Así Fue

La Historia Rescatada

Así Fue

La Historia Rescatada

Directora

María Borràs

Oíd, oíd lo que los hombres han hecho.

EUGENIO D'ORS
(Historia del mundo en quinientas palabras)

La colección Así Fue se propone ofrecer al público lector, de la mano de los mejores estudiosos de cada tema, una serie de obras que nos permitan el rescate de diversas parcelas de la historia, tanto española como universal –y con preferencia referidas a nuestro tiempo–, poco o mal conocidas, cuando no, en ocasiones, ignoradas por razones diversas. Esta tarea, que cuenta con precedentes ilustres, parece aquí y ahora de necesidad evidente, y de mayor urgencia tal vez que en otros momentos de nuestro quehacer colectivo, dada la tergiversación creciente de determinados acontecimientos históricos, sobre todo recientes, impuesta por los intereses dominantes. Bajo el sello editorial Plaza & Janés, esta colección aspira a crear un ágora de libre debate sin otra cortapisa que el respeto a los hechos históricos probados, sea cual sea la interpretación que a los mismos quiera dársele. A esta hermosa y arriesgada empresa –el rescate de la historia– invitamos a colaborar a cuantos, con honestidad y rigor, vienen esforzándose en diferentes campos de la investigación para ofrecernos un mejor conocimiento de los hombres, los hechos y las ideas que han forjado el mundo en que vivimos. Sólo un espejo paseado testimonialmente a lo largo del camino –a su derecha y a su izquierda– será capaz de ofrecernos una versión histórica contrastada, pero fiel a los planteamientos de cada autor. Y todo ello, por supuesto, sin dogmatismo ninguno, con total libertad de espíritu, sin otro condicionamiento que ajustarse a la verdad sin mixtificaciones de ningún tipo y dispuestos siempre, desde la liberalidad, a admitir que *el otro* puede tener razón.

Así Fue
La Historia Rescatada

Ferran Gallego

De Múnich a Auschwitz

Una historia del nazismo, 1919-1945

PLAZA JANÉS

Ilustraciones del interior: archivo EFE, Europa Press,
Keystone y diversos archivos particulares

Primera edición: mayo, 2001

Printed in Spain – Impreso en España

ISBN: 84-01-53044-X
Depósito legal: M. 14.640 - 2001

Fotocomposición: Víctor Igual, S. L.

Impreso en Brosmac, S. L.
Pol. Ind. N.° 1. Calle C, n.° 31, Móstoles (Madrid)

L 5 3 0 4 4 X

Para Carmen Bas

ÍNDICE

PRÓLOGO

Para algunos sobrevivientes del nazismo, tratar de explicar lo que ocurrió en el Tercer Reich es una osadía que desconoce la naturaleza íntima del mal. Este libro parte de una posición distinta. Creo que el nacionalsocialismo es un fenómeno histórico sin cuya explicación no llegaremos a entender nunca el siglo XX. Si no desentrañamos la lógica de la barbarie, si no somos capaces de superar el impacto anestesiante del terror, lo que fue un proyecto a la vez razonable y abyecto para organizar el capitalismo europeo en nuestra época quedará en silencio. Esta actitud científica no pretende erradicar de la operación el principio de la moralidad. No creo que el trayecto que lleva a Auschwitz tenga la consistencia moral, para un historiador del año 2000, que poseen otros episodios históricos, donde la pulcritud académica se identifica mejor con el distanciamiento emotivo y con la falta de juicios de valor. Aquí, se trata de comprender la otra cara de la modernidad, la perversión del progreso, la instrumentalización de la ciencia, la conversión del exterminio en una causa solidaria con la comunidad nacional. Ninguna de estas apreciaciones puede estar al margen de una actitud moral, valorativa, con capacidad para mostrar la indignación ante los crímenes y la compasión por sus víctimas. Pero con la fuerza, además, para hallar los elementos de continuidad lógica que permiten comprender y transmitir lo que fue el nazismo.

El libro se ha dividido en dos partes bastante diferenciadas y complementarias. La primera trata de la descomposición de una democracia, del desguace de sus elementos culturales y de la fe del pueblo en las instituciones. Sin esta crisis de cohesión social, el fascismo alemán nunca habría llegado al poder. La segunda parte analiza las esferas de acción del Tercer Reich en la paz y en la guerra que estaba en el fondo de su propuesta política. No me ha parecido necesario desarrollar la historia del conflicto bélico en sus términos estrictamente militares. La reciente biografía de Hitler escrita por Kershaw es una buena fuente para quien desee hallar una explicación detallada de los avatares del frente. Me ha interesado, más bien, indicar lo que era una sociedad en guerra. Y, además, en una guerra racial, que actuaba como justificación de su inicio y como marco de legitimación de los aspectos más pavorosos de su desarrollo. Para entendernos, me interesa más la brutalización de los soldados alemanes en el frente ruso que el recuento de las operaciones para romper el cerco de Stalingrado.

He añadido, finalmente, algo que me resultaba necesario. La digestión del recuerdo del nazismo en la sociedad alemana, acompañando los debates de historiadores con las percepciones públicas más generales. Durante toda la segunda mitad del siglo, Alemania ha contemplado su propia historia como algo ajeno, como una aberración incomprensible que ha pulverizado la memoria y ha roto la tradición que vincula la experiencia de las generaciones.

A estas alturas, suele hacerse un repaso a las personas que merecen el agradecimiento del autor. Yo quisiera empezar por tres historiadores ya fallecidos, cuyo magisterio ha sido indispensable en mi formación. Martin Broszat, Tim Mason y Detlev Peukert me han acompañado en mi trabajo con su envidiable potencia analítica y su dominio del abrumador material empírico existente. Toda muerte resulta una tragedia, pero hay circunstancias que la hacen aún más penosa, como el suicidio de Tim Mason o el fallecimiento de Peukert antes de alcanzar los cuarenta años. Junto a ellos, hay otro factor al que debo mi interés por el fascismo, y que mezcla de una forma creo que fecunda los elementos emotivos y las preocupaciones intelectuales. Mi padre, una persona bondadosa, sensible, que odiaba la humillación y la injusticia, creyó que el fascismo era una solución para los problemas de su época, y eso le llevó a arriesgar su vida a orillas del Voljov y a renunciar a buena parte de sus sueños materiales. Eso me permitió ver que tras esos regímenes se encontraban no sólo los verdugos, sino un tipo de complicidad que procedía de las grandes inseguridades y fracturas de un tiempo atroz, que llevaron a gente de este tipo a entregarse a una fe endiablada. Por otro lado, quiero agradecer a algunos compañeros de mi departamento, en la Universidad Autónoma, que hayan soportado mi obsesiva preocupación por el tema, expresada en largas conversaciones de sobremesa. Maite López, en la librería A-Libris, se convirtió en una colaboradora eficaz, consiguiendo aquellas novedades a las que las bibliotecas universitarias suelen ser inmunes durante meses preciosos para la redacción de un trabajo. María Borràs, la directora de la colección, ha sufrido las constantes demoras de la entrega, mostrando una paciencia ejemplar y comprendiendo que mi salud no me haya permitido el ritmo de producción programado. Por último, Carmen Bas, mi mujer, lleva demasiados años soportando los sacrificios de la creación intelectual sin tener a cambio las satisfacciones de la vanidad o la promoción profesional que se derivan de ello. Los dos sabemos que nunca podré agradecérselo de una forma adecuada.

Poco antes de redactar estas líneas, el profesor Ernest Lluch fue asesinado por ETA. Es esa otra crónica de una barbarie a la que alguien deberá encontrar racionalidad. Sirva también mi trabajo como homenaje a la memoria de un compañero de trabajo y de trinchera.

FERRAN GALLEGO
Barcelona, diciembre de 2000

INTRODUCCIÓN

Existen dos fotografías muy familiares para quienes se interesan por la historia del nazismo. Dos imágenes que parecen haber protegido, en su silenciosa cautividad, la materia con la que se edificó la evolución de Alemania —y tal vez de Europa entera— en la primera mitad de nuestro siglo.

Un rostro en la multitud...

La primera está fechada en Múnich, a comienzos de agosto de 1914. Una muchedumbre se agolpa en la *Odeonsplatz* y las calles adyacentes. La tonalidad sobria del blanco y negro se compensa con la sensación de un día soleado, que tiende algunos espacios brillantes sobre la fachada barroca de la *Theatinerkirche,* la iglesia que edificó a comienzos del siglo XVII el gran elector Fernando María en conmemoración del nacimiento de su hijo. Apenas se distinguen los anchos sombreros femeninos de la época: la presencia de mujeres en la manifestación es muy escasa, y los únicos adolescentes que se reconocen se han encaramado en la perspectiva ofrecida por uno de los leones de piedra que protegen la *Feldherrnhalle*. El resto son hombres, adultos, carne destinada a una matanza que acecha en un futuro inmediato, bajo la risueña complicidad de sus víctimas. Muchos de ellos enarbolan aún el sombrero de fieltro o el canotier, utilizándolos para acompañar la solemnidad de la declaración de guerra a Rusia. Después, se dispersarán por la ciudad, prestos a detectar las actitudes poco patrióticas y castigarlas adecuadamente, como ocurre cuando la orquesta de un café, extenuada, se niega a seguir tocando el himno nacional. Al anochecer, irán a vociferar el *Die Wacht am Rhein* en cualquiera de las abundantes cervecerías de la ciudad: la Hofbräuhaus, la Bürgerbräukeller, la Löwenbräukeller... Lugares de diversión y tertulia, nombres entonces sólo conocidos por los muniqueses, y que ahora llenan las crónicas de los años iniciales del nazismo.[1]

1. D. C. Large, *Where Ghosts Walked. Munich's Road to the Third Reich,* Nueva York, 1997, pp. 46 y ss.

Se trata de actores y argumentos que parecen plagiarse en todos los escenarios europeos a mediados de aquel verano. En París, la agresividad del debate sobre la guerra se alimenta con el recuerdo bochornoso de la derrota de Napoleón III y con las pavesas dispersas del *affaire* Dreyfus. Tal violencia ambiental, atestada de acusaciones que se cruzan entre los fanáticos de la revancha y los resignados a la prudencia, conducirá al asesinato de Jean Jaurés, el máximo exponente de la oposición socialista al conflicto, tiroteado por Raoul Villain en un restaurante de la calle Montmartre. La inmersión en el gran magma de la solidaridad nacional lleva al intransigente belicista Maurice Barrés a una visita emotiva al domicilio del líder asesinado, dando el pésame a su esposa y meditando unos instantes ante el cadáver.[2] El detalle de elegancia cívica será compensado por las autoridades judiciales cinco años más tarde, cuando la tensión fraternal de agosto de 1914 sea aplastada por la cínica petulancia de la cultura de la victoria. Raoul Villain será liberado, y la viuda de Jaurés condenada a pagar las costas del proceso. Entre el crimen y la impunidad, la familia Jaurés habrá de sufrir una pérdida más, cargada de la ironía con que la historia suele empequeñecer los grandes gestos. Louis, el hijo de quien da su vida por la causa de la paz, se alistará voluntario y morirá pocos meses antes de que acabe el conflicto.[3] Al otro lado de las fronteras alemanas, las actitudes de la muchedumbre de la *Odeonsplatz* se calcan en Petrogrado, que estrena su nombre ruso tras repudiar las resonancias foráneas de San Petersburgo. La capital del imperio zarista acaba de sufrir una huelga general seguida por una cuarta parte de la clase obrera censada. Ello no será obstáculo para que, al anunciarse el estado de guerra con Alemania, las autoridades movilicen sin resistencia alguna a 130.000 hombres.[4] La excitación nacionalista, que se filtra incluso en las filas del exilio, y el control social incrementado por la movilización contendrán el empuje de los reformistas y los revolucionarios que han hecho temblar los contrafuertes del edificio imperial a lo largo de la última década: concretamente, desde aquel «ensayo general» de la revolución de octubre que produjo el desastre de la guerra ruso-japonesa en 1905. Miles

2. M. Winnock, *Le siècle des intellectuels*. París, 1997, p. 134.
3. J. M. de Areilza, *París de la Belle Époque*, Barcelona, 1989, p. 172.
4. R. McKean, *St. Petersburg between the Revolutions. Workers and Revolutionaries, June 1907-February 1917*, New Haven, 1990, pp. 318 y ss.

de trabajadores desfilarán junto a miembros de la clase media, bajo la mirada cansina de un Nicolás II que confunde esa sumisión momentánea con una lealtad definitiva. Su soberbia incapacidad para el aprendizaje de la historia le llevará a ofrecer en bandeja a sus enemigos, corregida y aumentada, la coyuntura crítica sufrida por el régimen tras la caída de Port Arthur. Al sur de Baviera, donde se esparcen las dimensiones monumentales de un estado multiétnico, cuya variedad se percibe como la base de una extrema flaqueza, los dirigentes austrohúngaros contemplan la guerra como la ocasión para crear una identidad nacional que supere su simple encarnación dinástica. Para los socialcristianos, liderados hasta 1910 por el alcalde más prestigioso de Viena, Karl Lueger, el atentado de Sarajevo es una muestra de la debilidad del estado de los Habsburgo, el síntoma de una enfermedad que hallará una solución quirúrgica en la guerra, al inyectar por fin en los súbditos de Francisco José I la impresión de formar parte de un destino común.[5] Al norte, sin atravesar las fronteras del Reich, la efervescencia muniquesa puede verificarse también en el paseo *Unter den Linden*, frente al *Stadtschloss* del rey de Prusia y emperador de Alemania, Guillermo II. La multitud aguarda la respuesta rusa al ultimátum del káiser, exigiendo que el zar dé marcha atrás en su orden de movilización general. Cuando se informa a la muchedumbre del silencio ruso y, por tanto, de la entrada en estado de guerra con el temido y despreciado imperio zarista, el júbilo de las masas llega al paroxismo, lanzándose a la búsqueda de «espías rusos» acusados de haber envenenado las aguas del Müggelsee. Junto a deleznables brutalidades contra los extranjeros, que llegan al asesinato, la agitación patriótica provoca algunas medidas de gran valor simbólico aunque de dudoso gusto, como el cambio de nombre del hotel Piccadilly por «Hotel de la Patria», o la ridícula prohibición de la palabra *bonbon.*[6]

El continente parece cercado por un juego de espejos que reitera sin cesar la misma imagen, un espacio donde cada país podría encontrar la caricatura de sus convicciones en las proclamaciones suntuarias de sus enemigos. La similitud de las movilizaciones, cuyo

5. J. W. Boyer, *Cultur and Political Crisis in Vienna. Christian Socialism in Power, 1897-1918.* Chicago, 1995, pp. 372-373.

6. A. Richie, *Faust's Metropolis. A History of Berlin.* Londres, 1998, pp. 265 y ss. P. Fritzsche, *Germans into Nazis.* Cambridge (Mass) y Londres, 1998, pp. 13 y ss.

paralelismo habría de condensarse en las consignas complementarias pintadas en los trenes militares alemanes y franceses —*«à Berlin/nach Paris»*— tal vez nos invite a ironizar sobre la razón absoluta que cada combatiente cree poseer en el enfrentamiento: la compañía exclusiva de Dios, del Progreso, de la República o de cualquier otra coartada que ampare su sacrificio. Quizá podamos, desde nuestra confortable perspectiva, achacar una conmovedora ingenuidad a los ciudadanos rusos, austriacos o alemanes, que corean el nombre de sus monarcas, eslabones de dinastías centenarias que habrían de satisfacer el destino manifiesto de sus pueblos. Nuestro juicio será menos severo si consideramos que el delirio belicista no sólo capta la inteligencia presuntamente yerma de un populacho servil, sino que se extiende en las salas donde había campeado la firmeza doctrinaria de la Segunda Internacional y en los despachos donde se habían venerado los principios fraternales de la Ilustración. Plejánov, Blum, Ebert, no podrán o no querrán oponer la vetusta sensatez de las resoluciones de la Internacional a la marea patriótica que ha sumergido la conciencia de clase de sus compañeros. En Italia, donde la mayoría del Partido Socialista se manifiesta en contra de la guerra, Benito Mussolini, director de *Avanti!* y martillo de las desviaciones reformistas, acabará defendiendo la entrada en el conflicto, rompiendo con la dirección maximalista del PSI, en una de esas secuencias biográficas que repercute duramente en la marcha colectiva de la historia. Aulard y Mathiez, estudiosos magistrales de la Revolución Francesa, depondrán su predilección respectiva por Danton o Robespierre, para unirse en una restauración mística del año II, en una resurrección del principio de *«la patrie en danger»*.[7] En el mismo Múnich, los hermanos Mann entrarán en una amarga disputa personal por la actitud ante la guerra. Heinrich sufrirá la interrupción de las entregas de *El súbdito,* la enérgica parodia de un ciudadano modelo del Kaiserreich, en una revista ilustrada de la capital bávara. Thomas, en cambio, hará un paréntesis en la redacción de *La montaña mágica* para dedicarse a una amplia obra periodística a favor de la guerra, que habrá de culminar en sus *Reflexiones de un apolítico,* aderezadas con afirmaciones que poco tienen que envidiar a los delirios decadentistas de Oswald Spengler. La suerte de un hombre

7. R. De Felice, *Mussolini il rivoluzionario*, Turín, 1965, pp. 221 y ss; M. Winock, *Le siècle...*, p. 139.

como Thomas Mann nos indica que la capacidad infecciosa del ambiente era notable. La actitud de Heinrich nos confirma que el contagio podía evitarse.[8]

Menos comprensible puede resultarnos, a estas alturas, la torpeza de unos emperadores que creen reforzar la persistencia de sus regímenes obsoletos y sólo conseguirán acelerar su descomposición. Porque, docena y media de millones de muertos más tarde, aquella adhesión popular al trono se habrá difuminado en un rencor intratable, que convierte las palabras «Romanov», «Hohenzollern» o «Habsburgo» en la denominación de origen del sufrimiento de sus súbditos, quebrando la equivalencia entre dinastía y nación que se disfruta en la época de la *Burgfrieden.* Al anciano Francisco José, la vejez extrema parecerá compensarle de los devaneos de un destino poco propicio, que incluye episodios como el suicidio de su hijo Rodolfo junto a la baronesa María Vetsera en el pabellón imperial de caza de Mayerling, o la muerte de su esposa Isabel, apuñalada en Ginebra por el anarquista Luccheni. Menos intensos deben de ser sus sentimientos por el asesinato en Sarajevo del archiduque Francisco Fernando, cuyo matrimonio morganático con Sofía Chotek ha desaprobado. De hecho, el traslado a la capilla de Arstetten de los restos del heredero se realiza de una forma tan poco solemne, que la corte habrá de dar explicaciones sobre la premura y frialdad del acto.[9] Una defunción tranquila, a los ochenta y seis años, cuando el imperio anacrónico se mantiene en una aturdida resistencia, privará a Francisco José de la postrera humillación de la derrota y la pérdida de la corona dual. Pero la suerte no será tan benévola con los otros dos grandes monarcas que contemplan el entusiasmo popular de 1914 como la restauración de una autoridad erosionada. Guillermo II tendrá que soportar la exigencia de la abdicación por parte de sus propios generales, la exasperante petición de su entrega para ser juzgado por los vencedores, y un exilio dilatado hasta su muerte en 1941, mientras se van cancelando las posibilidades de una restauración de la monarquía, ni siquiera realizable en plena descomposición de la República de Weimar. Desde su refugio holandés, donde llegará a ver el estallido de una nueva guerra mundial, aunque no su catastrófico desenlace para Alema-

8. M. Krüll, *La familia Mann,* Barcelona, 1992, pp. 215-223.

9. H. Herwig, *The First World War. Germany and Austria-Hungary, 1914-1918,* Londres, 1997, pp. 8-9.

nia, el anciano káiser guardará aún el suficiente desprecio hacia sus antiguos súbditos para calificar a los 14 millones de personas que votan la expropiación sin indemnización de las tierras de los Hohenzollern de *Schweinehunde* —una palabra capaz de mezclar, en la indudable calidad sintética de la lengua alemana, los peores atributos del perro y del cerdo.[10] Nicolás II encarará una fortuna más penosa, quizá inversamente proporcional al poder del que se había creído legítimo depositario. Como otros monarcas de ese *Ancien Régime* con el que se identifica, ni siquiera podrá protegerse a sí mismo y a su familia cuando el viejo orden se venga abajo. En julio de 1914 experimenta una satisfactoria sensación de poder cuando sus súbditos, que han desafiado con tanta frecuencia su autoridad divina, parecen dispuestos a morir por su persona y por el sistema que ella encarna. Sólo cuatro veranos más tarde, aquella fusión sentimental con el pueblo, los desfiles bajo las banderas tricolores y los vítores interceptando los acordes solemnes del *Dios salve al zar* le parecerán un recuerdo extraño y amargo. Tal vez el último que registrará su mente cuando le despierten en mitad de una noche de julio para fusilarlo, con su familia y algunos sirvientes, en la bodega de la mansión del comerciante Ipatiev, en Ekaterinburgo, a miles de kilómetros de la capital de todas las Rusias y a miles de noches de los veranos lentos y despreocupados en su residencia estival de Tsarkoié Seló.[11]

La suerte de Luis III es menos conocida por el gran público, como corresponde a la discreción de un reinado breve y ejercido a la sombra de una autoridad superior. A pesar de su orgullosa conciencia diferencial, los dominios de la Casa de Wittelsbach padecen la merma de su soberanía a manos de la insaciable expansión de Prusia. La estructura federal del Reich obedece menos a la voluntad integradora de los bávaros que a la tolerancia de su poderoso vecino septentrional. Esa debilidad física de la corona se

10. H. Mommsen, *Die verspielte Freiheit. Der Weg der Republik von Weimar in den Untergang 1918 bis 1933*, Fráncfort, 1990, p. 251.

11. La ejecución de la familia imperial rusa, unida a las leyendas sobre la salvación milagrosa de algunos de sus integrantes, ha dado lugar a una amplia bibliografía. Para un recuento de la misma, así como una descripción de la noche del 16 al 17 de julio de 1918, *véase* D. Venner, *Les blancs et les rouges. Histoire de la guerre civile russe, 1917-1921*, París, 1997, pp. 171 y ss. El relato de la ejecución está basado en el informe del juez Sokolov, publicado en París en 1929, y refrendado por P. Bykov en *The Last Days of Tsardom*, Londres, 1934.

prolonga en la fragilidad mental de alguno de sus poseedores. Tras el enloquecido reinado de Luis II, de cuya extravagancia da cuenta la bella tensión formal del castillo de Neuschwanstein, el rey Otto será declarado incapaz de asumir sus tareas de gobierno, iniciándose una larga regencia que sólo concluirá en noviembre de 1913, cuando Luis Leopoldo exija la aprobación de una enmienda constitucional que lo convierte en rey. El ya anciano Luis III —tiene setenta y tres años en 1918— será víctima de la primera de las revoluciones que sacuden el Reich, viéndose obligado a abandonar con precipitación la ciudad insurrecta, en marcha hacia un exilio que se prolongará hasta su muerte, tres años más tarde.[12] Antes de sellar su escueto reinado con esa peripecia nocturna tan carente de las dimensiones trágicas de otros acontecimientos de la época, Luis III tiene la oportunidad de verse aclamado por una ciudad que no siempre se ha sentido orgullosa de los Wittelsbach. En las jornadas de comienzos de agosto, desde las ventanas de la *Residenz*, el viejo rey contempla el ir y venir de las multitudes cuyos rasgos personales se sumergen en la unanimidad de un patriotismo abstracto. Aunque, al pasar sobre la muchedumbre, su mirada pueda detenerse en un joven pálido, con el largo pelo oscuro cayéndole sobre los ojos, vestido con una modesta corrección, el monarca no podría identificarlo. Carece de importancia, de vida social, apenas tiene relaciones y, mucho menos, conexión alguna en los círculos influyentes de la ciudad, incluyendo a los numerosos protectores de las artes, marchantes y mecenas de la explosión vanguardista de Múnich, que ni siquiera han reparado en la obsesiva vocación artística del personaje. Es un inmigrante que sobrevive vendiendo acuarelas sin inspiración, de un realismo inmune a los forcejeos estéticos del momento, la misma ocupación que le ha permitido llevar una existencia anónima y frugal en Viena. Sin embargo, desde hace muchos años, es imposible contemplar la fotografía de aquella manifestación en la *Odeonsplatz* sin hallar el círculo que señala su posición y la desplaza para ampliar su rostro, como si lo que menos contase fuera la muchedumbre y lo que importara fuese su presencia en ella.

12. Sobre la figura de Luis III, *véase* la biografía de A. Beckenbauer, *Ludwig III von Bayern 1845-1921*, Ratisbona, 1987.

Sin saberlo, Adolf Hitler acaba de posar para su primer retrato «político». Una imagen que lo capta, por una vez tan sólo, en medio de la multitud y no frente a ella.[13] Su rostro es delgado, sometido a la dieta irregular de quien ha elegido la inseguridad y las penalidades de una orgullosa bohemia antes que someterse a la disciplina de un empleo mediocre. Pero falta poco para que las privaciones de su juventud se compensen con lo que él llamará el triunfo de la voluntad, aunque se trata, más bien, de su perfecto ajuste al ritmo y al carácter de los hechos. Falta poco tiempo, pero también poca distancia. A escasos metros del sitio que ocupa cerca de la *Odeonsplatz,* existen ya los lugares que pondrán nombre a un trayecto extraordinario. En una de las calles que brota de la inmediata *Max-Josephplatz,* se levanta el hotel *Vier Jahreszeiten,* donde se reúne la Sociedad de Thule y se pondrán las bases del minúsculo Partido Obrero Alemán. Muy cerca del establecimiento, que aún hoy es uno de los más elegantes de Múnich, se encuentra la rancia Hofbräuhaus, la cervecería del siglo XVII donde el Partido Nacionalsocialista realizará su primer gran mitin y aprobará su programa. Y, frente al lugar donde el joven Hitler participa de la gloria del día como un ciudadano más, afirma su volumen austero la *Feldherrnhalle,* la Lonja de los Mariscales, que presenciará el sangriento final del *Putsch* de noviembre de 1923 y lo que todos tomarán como la clausura de la fugaz carrera de un agitador provinciano. El hombre y los lugares están allí. Sólo faltan los acontecimientos.

... y una multitud sin rostro

Cuando se toma la segunda fotografía, ha transcurrido un tiempo no demasiado largo, ni siquiera la extensión media de la vida de una persona. Pero, en las imágenes de 1945, Alemania muestra una vejez prematura, la expresión saqueada de quien ha maltratado su cuerpo y roto su carácter. Es una de las fotografías más in-

13. Sobre la fotografía, que fue tomada por Hoffmann, y su difusión, I. Kershaw, *Hitler. 1889-1936: Hubris,* Londres, 1998, p. 89. Aunque la versión inglesa de las memorias de Hoffmann no cita el descubrimiento, realizado en 1930, de la presencia de Hitler en la foto, sí se cita en la versión alemana, *Hitler wie ich ihn sah. Aufzeichnungen seines Leibfotografen*, Múnich, 1974, p. 32. (Citado por P. Fritzsche, *Germans...*, p. 237n. Fritzsche destaca también el alto valor simbólico que Hoffmann y Hitler descubrieron inmediatamente en la fotografía.)

quietantes de un campo de exterminio. Lo que impresiona quizá sea su simplicidad, la ausencia de recursos conmovedores demasiado evidentes, la falta de cualquier emoción explícita. Posee la eficacia comunicativa de una consigna, de una breve pieza de diseño que simboliza en lugar de describir, que sugiere en vez de enumerar. No aparecen las hileras usuales de prisioneros, contemplando su liberación con una apatía que ha ido convirtiendo en harapos su voluntad. Ni los cadáveres que los propios guardianes son obligados a arrastrar hasta el margen de las fosas, y que ruedan por la pendiente desnudos, en un gesto desarbolado, sin dignidad. Ni siquiera los montones de prendas de vestir, los zapatos vacantes, la transparencia deforme de las gafas, los mechones de pelo innumerable. La ausencia de figuras humanas da a la imagen un extraño sentido de perpetuidad, como si el tiempo se hubiera agotado en el final de trayecto que marcan los raíles. Como si la historia, el progreso, la confianza en el futuro, los paraísos perdidos y las tierras prometidas a toda una generación hubieran quedado en suspenso, al término de un viaje al fin de la noche, a la náusea, a la condición humana o a cualquier otra expresión que los intelectuales de entreguerras hayan utilizado para sintetizar la calidad moral de su época. De esa misma ausencia se desprende, también, la impresión de la muerte. No de una muerte concreta, un episodio reconocible y doloroso en torno al cual la vida continúa ejerciendo su dominio, sino una especie de aniquilación, tras la que sólo resiste la conducta impasible de la materia: la obstinada vigilancia del torreón de entrada, la orientación tenaz de las vías férreas, el reposo de los escombros sobre la nieve sucia. Tras los años del ruido y de la furia, el silencio dormita en el campo. Un silencio consistente, con más gravedad que la falta de sonidos, semejante a una meditación callada de la tierra. En los tiempos iniciales de la criminología, se sostuvo que las víctimas de un asesinato guardaban en sus ojos la imagen del homicida. Los restos del *Lager* parecen haber absorbido las voces de sus muertos, los distintos idiomas en que trataron de definir su miedo, su frío, su hambre, y hasta la crueldad terminal de sus esperanzas falsificadas. Y, junto a la Puerta de la Muerte, por la que se filtra una luz turbia, desalentada, idéntica a la palidez espesa del cielo, las ruinas de Auschwitz enmudecen.

Auschwitz. La palabra posee la violencia de un aguijonazo, pareciendo confirmar la reputación de dureza que la lengua alemana tiene en los países latinos. Pero se trata de algo más, de las imágenes que siempre habrán de asociarse al sonido. Porque la palabra ha superado su sentido primitivo. Desde luego, nadie piensa en la pequeña ciudad polaca de Oswiecim, a 30 kilómetros de Katowice y a 60 de Cracovia, una pequeña comunidad que apenas llegaba a los 12.000 habitantes en 1939.[14] Ha adquirido el rango de un universal, una abstracción que elimina todos los aspectos accidentales y define la esencia del exterminio. Eso no siempre supone una ventaja, porque las dimensiones de la catástrofe parecen tener un efecto homeopático sobre la conciencia. Las cifras voluminosas dejan de ser un instrumento y se justifican por sí mismas. Los nombres vuelven a convertirse en números, en una reedición grotesca de las técnicas de reclusión. La deshumanización de las víctimas en los campos se reproduce en los documentos, en el esfuerzo por sintetizar una información abrumadora. Las vidas concretas se subliman, se diluyen en la esfera lógica de las categorías. La experiencia real se convierte en un mero ejemplo para ilustrar los conceptos. La multitud pierde sus rostros. Hace bastantes años, Georges Rudé trataba de localizarlos en los grupos de parisinos que capturaron la Bastilla, moldeando de nuevo la masa con que la historiografía liberal había fabricado una pieza compacta: *el pueblo.*[15] La sugerencia tuvo un efecto multiplicador. Rebeldes, revolucionarios, electores, asistentes a veladas literarias, cuadros de la administración, dirigentes sindicales, colonizadores, aventureros, maestros y policías han sido censados, catalogados, valorados, en un paciente rastreo académico que no siempre ha escapado a las maneras de los taxidermistas. Con todo, la identificación de quienes hacen la historia ha tenido más fortuna que la de quienes la padecen. Los estudios sobre el holocausto insisten en aterrarnos con las cantidades: 5 de agosto de 1942, 704 judíos son gaseados; 10 de agosto de 1942, 1.006 judíos son gaseados; 12 de agosto de 1942, 550 judíos son gaseados.[16] La reiteración cobra la fuerza de una figura literaria, un recurso de la retórica para vencer las objeciones, la indiferencia, el olvido. Pero la muerte es irrepetible. Las vidas se cancelan de una

14. E. Klee, *La médicine nazie et ses victimes,* Arles, 1999, p. 286 (edición alemana, *Auschwitz. Die SS-Medizin und ihre Opfer*, Fráncfort, 1997).

15. G. Rudé, *The Crowd in the French Revolution,* Oxford, 1959; «The Social Composition of the Parisian Insurgents, 1789-1791», en *Paris and London in the 18th Century. Studies in Popular Protest,* Londres, s.f., pp. 96-129.

16. Datos tomados de la excelente síntesis de César Vidal, *El holocausto*, Madrid, 1995, pp. 268-269.

en una, ya en el momento en que Rudolf Höss y sus ayudantes eligen a quienes deben perecer y a quienes, de momento, se salvan. La tragedia descrita por William Styron en *La decisión de Sophie* tiene un poder de convicción aún mayor —o por lo menos complementario— que el de las cifras y las fechas recaudadas por los estudiosos. La estremecedora serenidad de *Si esto es un hombre*, de Primo Levi, consigue una indignación superior al de las cifras, cuyo volumen subleva, aunque también desorienta. Lo que se pierde en términos de una perspectiva global se gana en la fuerza tranquila del testimonio, aun cuando su aparente resignación quede desmentida por el suicidio de su autor, incapaz de continuar soportando su atroz privilegio de superviviente, con el deber de habitar un recuerdo donde vibraba la dialéctica del amo y del esclavo, del verdugo y de la víctima. La literatura o el cine tienen una mayor eficacia divulgativa, porque les atañe menos la *realidad* que la forma en que ésta se *experimenta*. Lo que significa, en buena medida, la manera en que ésta se *humaniza*.

Sin embargo, el historiador debe ir más allá de las percepciones de los protagonistas, aun cuando le convenga no desdeñarlas. Devolver los rostros a la multitud, rescatar la vida de la negación a que quisieron condenarla no es suficiente. Hay que explicar su sacrificio, algo que supone un meticuloso conocimiento empírico, pero que lo rebasa, en busca de una línea argumental que no sólo permita seguir pensando después de Auschwitz, sino que logre *volver a pensar en Auschwitz*. Porque sus víctimas corren peligro. Como es obvio, el que deriva de las corrientes revisionistas que, en grados diversos, vienen matizando la masacre, convirtiéndola en un episodio más de la violencia generalizada de la guerra, similar a los bombardeos masivos sobre las ciudades alemanas o a la brutalidad nuclear de Hiroshima y Nagasaki.[17] En la medida en que este juego de equivalencias pueda seducir a sectores profesionales nada vinculados al neofascismo, en especial tras la erosión de los dogmas culturales de 1945, esta suavización podría llegar a normalizar Auschwitz de la misma forma en que la opinión pública europea aceptó Dachau o las leyes de Núremberg: convirtiéndolo en parte de la legalidad de la

17. El mismo C. Vidal ha dedicado una buena monografía al tema, *La revisión del holocausto*, Madrid, 1994. Sobre la personalidad de P. Rassinier, el pionero del negacionismo, *véanse* F. Brayard, *Comment l'idée vint à M. Rassinier. Naissance du révisionnisme*, París, 1996, y N. Fresco, *Fabrication d'un antisemite*, París, 1999.

Alemania del Tercer Reich y condenando sólo sus «excesos». O enmascarándola en los males sin dueño de una época de confusión. O sumando sus cepas a la cosecha roja de la historia, a la parte oscura que sigue, con la lealtad obsesiva de una sombra, los pasos progresivos de la humanidad. La negación del carácter específico de la violencia nazi, de su planificación por un Estado moderno, de su realización con métodos industriales, de su coherencia con la ideología, es una primera trampa intelectual, que reduce las responsabilidades al difuminar el carácter concreto de un proyecto que incluía, de una forma no contingente, los campos de trabajo y de exterminio, empujándolo a la fosa común donde se pudren diversas atrocidades del mundo moderno. La negación de las cámaras de gas, de la planificación del genocidio, atribuyendo las masacres al celo de autoridades subalternas o a formas de autodefensa en los tramos finales de la guerra, es un primer recurso para poder pensar en un nazismo sin holocausto. Una exquisita argucia aritmética para camuflar el carácter de nuestro siglo, unificando sus tragedias en un mínimo común denominador, en una simple cuantificación indiferente a las condiciones reales de su peripecia.

Otro riesgo menos grosero acecha, como un efecto no deseado de la exasperación que sacudió la conciencia europea en 1945, de la negativa a querer entender, suponiendo que toda *explicación* lleva, en una especie de doble fondo moral, una *justificación*. De acuerdo con ello, el horror no se razona, sólo se experimenta, se transmite, adquiere la forma de una tradición afectiva, pero nunca se introduce en la compleja trama de las complicidades sociales, del desconcierto cultural, de las tensiones de la modernización, de todo aquello que puede trazar un esquema de relaciones verificables en una investigación científica. Incluso quienes han sufrido los efectos del holocausto, hasta el punto de convertir su vida en un memorial infatigable, llegan a reaccionar con acritud cuando se trata de buscar las *razones* del nazismo.[18] La confusión entre otorgar racionalidad a un proceso y pretender legitimarlo, entre tratar de hallar la lógica de su existencia y añadirle por ese simple motivo atributos positivos, no existe en las esferas académicas, pero tiene una difusión evidente en los ámbitos de divulgación. El prestigio alcanzado por

18. Es el caso de Claus Lanzmann, director de *Shoah*, tal y como lo describe R. Rosenbaum en *Explaining Hitler. The Search for the Origins of his Evil*, Londres, 1998, pp. 251 y ss.

una aproximación al nazismo que lo expulsa de la normalidad, convirtiéndolo en una experiencia mórbida que abatió la rectitud moral del pueblo alemán, responde a las serias dificultades para consumir teóricamente Auschwitz y alimentar con ello una reflexión sobre la evolución de nuestro siglo. Por aceptables que sean los motivos de este rechazo, ha recortado la comprensión del nazismo por un público amplio que, sin embargo, ha sido golpeado constantemente por las imágenes del exterminio. Lo paradójico es la reiterada *contemplación* de escenas de la Alemania nazi, difundidas hasta la saciedad por los medios de comunicación, y la *ignorancia* real de los hechos, cuyo conocimiento implica algo más que la asistencia a un espectáculo siniestro. Esta insuficiencia no procede de la utilización de tales mecanismos artísticos que, como se ha dicho, poseen una singular eficacia para promover la compasión y despertar una alarma moral. Es el resultado de una deformación que, al señalar el carácter patológico de los dirigentes del Tercer Reich y de la relación que establecieron con su pueblo, neutraliza una apreciación realista de la función que tuvo el nazismo en la primera posguerra. *Pensar en Auschwitz* implica devolverle al nazismo su carácter, porque el espacio de *noche y niebla* al que deseaba llevar a sus víctimas parece haber levantado una atmósfera opaca, que obstaculiza la identificación de su proyecto. En este caso, la banalización no se realiza mediante una generalización que pierde pie en el curso de los acontecimientos. Aquí tenemos la excepcionalidad, el carácter único del movimiento hitleriano, una criatura monstruosa sin progenitores, un tumor maligno ajeno a los órganos vitales de la cultura europea, un virus que sólo halló receptores en las células propicias de una presunta *ideología alemana*. Esta posición, más sutil, y argumentada muchas veces con solidez, implica un trucaje de lo que se llamó, precisamente, la época del fascismo, al establecer un muro de material aislante entre los diversos fascismos —en especial los latinos— y el que tomó, en Alemania, el nombre de nacionalsocialismo. Tal exclusión no sólo no se corresponde con la percepción que tenían de su parentesco los protagonistas —lo cual indica una curiosa displicencia de algunos historiadores—, sino que en nada ayuda a situar los propios rasgos específicos del nazismo y a perfilar la verdadera naturaleza de la crisis europea en el período de entreguerras. Es probable que la dinámica simplificadora del terror y de la infamia tenga mayor popularidad que el difícil nudo donde se encuentran los hilos de la represión y del consenso.

Seguramente, la referencia a la mezquina pasividad de buena parte de los alemanes ante la seducción de un líder paranoico tenga más prestancia publicitaria que el examen de las fracturas de Weimar y las ofertas de reconstrucción de la cohesión social que hizo el nazismo. Sin duda, el recuento amorfo de la violencia contra los judíos genere menos cansancio que el examen de la complejidad del proyecto racial. Pero las primeras actitudes no dan respuestas. De hecho, ni siquiera plantean pregunta alguna. No señalan el camino del análisis, sino el callejón sin salida de la protesta. «Nuestro siglo XX es el siglo del miedo», escribió Albert Camus.[19] El nazismo ha representado un papel predominante en esa circunstancia. Pero si el moralista trabaja la intensidad y el perfil de la percepción, el uso de la conducta en los límites de la conciencia, el historiador tiene que compaginarla con diversos aspectos que afectarán a la experiencia humana, incluyendo el cruce de motivos que escapan a una corroboración inmediata de cada uno de los individuos, una tarea sin la que no puede establecerse el carácter transversal de lo *contemporáneo.*

Devolverle al nazismo un lugar en la historia no es absolverlo. Por el contrario, puede ser el camino para documentar una condena que ni siquiera acepte el atenuante fraudulento de la locura. Supone comprenderlo en una época de desconcierto, de inseguridad, de caducidad o inconsistencia de valores. Es integrarlo en un período de crisis, de modernización acelerada en el mundo material y en las concepciones políticas. Y es contemplarlo como una de las respuestas que, recién iniciado el siglo XX, se quiere dar a los desafíos de la modernidad.[20] El nazismo no sólo lleva el miedo al poder, sino que lo alcanza por el poder del miedo. Es una sociedad encolerizada por su miedo la que da base de masas al movimiento hitleriano. Es el desprestigio de la moderación la que da corpulencia a su radicalismo, credibilidad a su utopía. La hecatombe final del Tercer Reich desfigura su atractivo en los años treinta, cuando se desguazan los resortes de complicidad entre la democracia y los ciudadanos, cuando el nazismo es capaz de presentar mecanismos

19. «Ni víctimas ni verdugos», en *Moral y política*, Madrid, 1984, p. 77.

20. He hecho algunas consideraciones sobre este punto en mis artículos «La naturaleza del nazismo», *Investigaciones históricas*, 18 (1998), pp. 313-326 y «Del *Stammtisch* a la *Volksgemeinschaft*. Sobre el lugar del nazismo en la Alemania de Weimar», *Historia Social*, 1999, así como en «1933. Hitler y los totalitarismos», en la historia del siglo XX coordinada por F. García de Cortázar, Madrid, 1999.

de cohesión nacional que resulten verosímiles. Reconstruir el diseño de esa hegemonía implica detectar las causas profundas no sólo de la llegada de Hitler al poder, sino de la duración y firmeza de su régimen. Como lo es inculcar un sentido *razonable* a su ideología, que no procede de su validez íntima, sino de la coherencia con las demandas de un momento histórico, de su *funcionalidad.* El biologismo nazi es barbarie racista para quienes sufren la exclusión, la esterilización, la eutanasia, el genocidio. Pero es la fundamentación de la comunidad popular para quienes son incluidos en ella, para quienes son declarados individuos con valor, sanos, abnegados productores y reproductores protegidos por el resto de las células de ese organismo perfecto y sin conflictos. La organización del trabajo puede verse como una forma brutal de liquidación de derechos sindicales obtenidos a lo largo de décadas. Pero será reforzada por el proceso de racionalización industrial vivido desde la Gran Guerra, cuando el pacto social de Weimar sea sustituido por la idea de una «comunidad de empresa». La utilización de mano de obra esclava en los campos de trabajo —como la que era empleada en las dependencias de la IG-Farben cerca de Auschwitz— señalará la confluencia entre el racismo y el camino de desarrollo industrial, de modernización tecnológica y nueva estructura de clases —o de ausencia de las mismas— que fascina a la ingeniería social del régimen. Ésos son algunos rasgos de su *utilidad*, nada reducible a un instrumento pasivo, un títere del capitalismo, pero tampoco ajeno a los objetivos restauracionistas con que los grandes industriales rectificaron la revolución de 1918.

Auschwitz quiso ser una respuesta del régimen nazi a los problemas de una época. Ahora es una pregunta que se plantea la relación entre el mundo moderno y la racionalidad, de una forma menos cómoda que antes del exterminio. La pregunta se sostiene en pie sobre un paisaje cuya ruina parece copiar la devastación de una ideología. Es un monumento, incluso desde el punto de vista administrativo, desde que el gobierno polaco decidió, en 1947, convertir el complejo Auschwitz-Birkenau en un museo, en una actitud muy diferente de la que se tomó con Dachau, el primero de los campos de concentración, cuya desaparición sólo fue evitada por la tozuda resistencia de sus supervivientes.[21] Ahora, el color roto de los pabe-

21. Sobre el «silencio de Dachau», P. Reichel, *L'Allemagne et sa mémoire*, París, 1998, pp. 133 y ss. (edición alemana, *Politik und Erinnerung*, Múnich, 1995).

llones, el óxido que cicatriza los metales, la tensión perdida de las alambradas materializan el agotamiento de una utopía infame. Pero Auschwitz muere antes de que el régimen expire. El campo es dinamitado por orden de Heinrich Himmler a finales de 1944, cuando el *Götterdämmerung* de los caudillos nazis se entona en el retroceso imparable de la Wehrmacht. La demolición de Auschwitz por las SS tiene un profundo sentido ritual, que va más allá del intento de borrar las huellas del crimen, de lograr la impunidad. Pretende indicar el lugar exacto en que concluye el régimen, el momento en que se acepta su derrota. No es la amputación de un órgano gangrenado, sino un suicidio moral, la renuncia a la propia esencia. La destrucción de Auschwitz por sus administradores implica la clausura de una línea posible de la historia, de lo que podía haber sido el futuro de Europa sin la derrota alemana. La pregunta que se expresa en Auschwitz dependerá, en su formulación concreta, de la disciplina y de la opción metodológica de quien la realice. Para unos, el interrogante puntuará la violencia estructural del capitalismo. Para otros, se insertará en la crisis de los sistemas de representación democrática. Habrá quien se esfuerce por comprender la «banalidad del mal»[22] y quien trate de definir la «patología de la modernidad».[23] Pero todos deberán moverse, para hallar la respuesta, desde ese punto del mapa que ni siquiera ha querido conservar su nombre alemán hasta las calles de Múnich. Desde el silencio de las cámaras cegadas hasta la algarabía patriótica que desordenaba el aire del verano, cuando «la guerra nos parecía un lance viril, un alegre concurso de tiro celebrado sobre floridas praderas en que la sangre era el rocío»,[24] una impresión optimista del joven Jünger que Trakl matizará poco antes de su suicidio, al describir el campo de batalla donde «la noche abraza a los guerreros moribundos, el salvaje lamento de sus bocas rotas».[25] Quienes quie-

22. H. Arendt, *Eichmann en Jerusalén. Un estudio sobre la banalidad del mal*, Barcelona, 1999.

23. D. Crew, «The pathologies of Modernity: Detlev Peukert on Germany's Twentieth Century», *Social History*, 17, 1992, pp. 319-328.

24. E. Jünger, *Tempestades de acero*, Barcelona, 1987, p. 5.

25. *umfängt die Nacht*
Sterbende Krieger, die wilde Klage
Ihrer zerbrochenen Münder

G. Trakl «Grodek», 1914.

ran responder a la pregunta que aún resuella en los restos del campo de exterminio habrán de volver al momento en que esos soldados regresen, tal vez alegres aún, pero con una alegría embrutecida por la violencia, por la familiaridad de la muerte, por el valor relativo de la vida humana. Volver a aquel Múnich de la derrota, de la revolución y de la contrarrevolución, donde empezará a tenderse el camino que lleva a Auschwitz.

I

EN EL PRINCIPIO FUE LA REVOLUCIÓN

En mi principio está mi fin.

T. S. ELIOT

Como las personas, los episodios históricos poseen una reputación que casi siempre obedece más a las percepciones ajenas que al propio carácter. Weimar parece tener una existencia virtual en la historia alemana de la primera mitad del siglo. No existe por sí misma, sino por su condición de revolución socialista frustrada en sus inicios, por su naturaleza de preludio del Tercer Reich en sus estertores. Para una parte considerable de la historiografía, los orígenes de la república están marcados por una especie de deficiencia esencial, sea ésta la debilidad de la democracia frente a los movimientos radicales, sea la naturaleza insoportable del pacto social para una economía competitiva.[1] Weimar ha celebrado el doscientos cincuenta aniversario del nacimiento de Goethe con una pompa que ha dejado muy poca luz para recordar el ochenta cumpleaños de la primera constitución republicana. La ciudad de Turingia rechaza sus referencias históricas más obvias, prefiere el optimismo de la voluntad romántica a la prudencia razonable de la Asamblea Constituyente. Esta memoria selectiva, bajo la que se degradan las esperanzas y las frustraciones de una época, conceden a la república de 1918 una vida vicaria, interesante sólo por el sacrificio aleccionador de «lo razonable»,[2] por la forma en que dilapidó su liber-

1. K. Bracher, *Die Auflösung de Weimarer Republik. Eine Studie zum Problem des Machtverfalls in der Demokratie,* Villingen, 1955. K. Borchardt, *Perspectives on Modern German Economic History and Policy.* Cambridge, 1991 (edición alemana *Wachstum, Krisen, Handlungspielraüme der Wirtschaftspolitik,* Gotinga, 1982), especialmente cap. 9: «Constraints and room for manoeuvre in the great depression of the early thirties: towards a revision of the received historical picture», pp. 143-160. A pesar de lo que podría deducirse del sentido literal del título, el artículo de Borchardt se refiere a la capacidad de maniobra de los gobiernos de Weimar al comienzo de la década de los treinta, el marco criticado es el del pacto social constituido con la revolución de 1918.

2. P. Bookbinder, *Weimar Germany. The Republic of the Reasonable*, Manchester, 1996.

tad,[3] por la traición sufrida,[4] o por su fácil entrega al enemigo.[5] La severidad con que se juzga la experiencia weimariana, una severidad transversal que cruza culturas políticas muy distintas, ni siquiera le permite disfrutar de las opciones que tuvieron sus contemporáneos. Su nacimiento está sellado por un destino inmutable. En su principio está su fin.

El orden reina en Berlín

> Fuimos, en sentido estricto, los administradores de la quiebra del antiguo régimen.
>
> FRIEDRICH EBERT,
> ante la Asamblea Nacional, 1919

> ¡No olvidéis que el pueblo alemán ha hecho una revolución!
>
> *Frankfurter Zeitung*, a los diputados
> de la Asamblea Nacional, 10 de febrero de 1919

> Alguien tiene que hacer de sabueso: yo no pienso eludir la responsabilidad.
>
> GUSTAV NOSKE,
> al aceptar el cargo de ministro de Defensa,
> diciembre de 1918

Y, sin embargo, en el principio fue la revolución. O, para decirlo con mayor exactitud, en el principio fueron *las revoluciones*. Como ocurre en estos procesos, la diversidad de los actores del cambio y las distintas líneas de resistencia del antiguo régimen multiplican los ritmos, los objetivos, las alianzas. Cuando termina esa fase de alta densidad política, sus protagonistas, vencedores o vencidos, tratan de darle una coherencia que muchas veces deteriora la complejidad de las motivaciones, la trama de las conductas. La tradición comunista denunciará el fracaso de una re-

3. H. Mommsen, *Die verspielte...*
4. W. Hoegner, *Die verratene Republik. Deutsche Geschichte 1919-1933*, Múnich, 1958.
5. K. D. Erdmann y H. Schulze, *Weimar. Selbstpreisgabe einer Demokratie. Ein Bilanz heute*, Düsseldorf, 1980.

volución traicionada por los socialdemócratas, con la misma precisión de corte con que los socialdemócratas sumergirán a los comunistas en el magma radical que debilita los primeros pasos de la república. Los nacionalistas reaccionarios considerarán la nueva democracia un injerto extraño a la cultura alemana, con la misma energía con la que la clase media liberal ve en ella la continuidad de una trayectoria que arranca del *Vormärz* y se consolida en los esfuerzos frustrados de parlamentarización del régimen imperial.

Novemberverbrecher: los criminales de noviembre. La fecha fundacional de la república equivale, en el lenguaje de la extrema derecha, a un acto de delincuencia política, una insurrección antipatriótica que provoca la crisis militar. No es, sin embargo, la revolución la que causa la derrota, sino el movimiento por la paz el que conduce a la revolución. En el verano de 1917, los diputados del MSPD (Partido Socialdemócrata Mayoritario) se asociaron a liberales y católicos para pedir la paz.[6] En octubre de 1918, miembros ya del gobierno imperial, escribieron al presidente Wilson para solicitar un armisticio digno, confirmando la vía muerta sobre la que caminaba la exhausta máquina de guerra alemana. Las huelgas en favor de la paz indicaban, desde comienzos de año, el agotamiento psicológico de la población,[7] poco antes de que el armisticio con la Rusia soviética proyectase la doble imagen de un alivio para el ejército y un ejemplo para la clase obrera. El campo de maniobras para la planificación se había ampliado durante la guerra, estableciendo unos parámetros de cultura industrial irreversibles, pero el esfuerzo bélico había resultado excesivo para satisfacer al mismo tiempo la demanda del frente y las condiciones de vida de la retaguardia.[8] La alimentación de las grandes ciudades y de las tropas, regulada por la Oficina de Abastecimientos, implicó una intervención estatal que el campesinado vio en términos de coac-

6. A. Rosenberg, *Entstehung der Weimarer Republik*, Hamburgo, 1991 (1.ª edición de 1945), pp. 134-168.

7. Las penalidades de la vida en la retaguardia berlinesa pueden verse en J. Winter y J. L. Robert, *Capital Cities at War. Paris, London, Berlin 1914-1919*, Cambridge, 1997. También, R. Bessel, *Germany after the First World War*, Oxford, 1993, pp. 1-48, así como el espléndido epílogo de D. Blackbourn a su libro *The Long Nineteenth Century*, Londres, 1997, pp. 462-497.

8. G. Feldmann, *Army, Industry, and Labor in Germany 1914-1918*, Oxford, 1992 (1.ª edición en Princeton, 1966).

ción,[9] sin que esta economía dirigida pudiera evitar que se disparase la inflación en los núcleos urbanos.[10] La *Burgfrieden* había tenido su equivalencia en las relaciones laborales de la guerra, donde la lucha de clases se había subordinado a la victoria a través de la constitución de una comunidad de empresa. Pero la solidaridad establecida en la Ley de Servicio Auxiliar de 1916, eje de la colaboración de los sindicatos en el esfuerzo bélico, quebró con el colapso de las operaciones militares y el desguace de los sueños para una Europa central al servicio de la economía alemana, que buena parte del SPD había compartido.[11] Los meses centrales de 1918 asistieron al fracaso de la ofensiva de marzo, que consumió las energías que tal vez habrían permitido al ejército alemán soportar algo más de tiempo la presión aliada.[12] Tras el fiasco, su máximo responsable, el general Ludendorff, anunció la imposibilidad de sostener el frente, pidiendo al emperador una apertura política, que cargara la responsabilidad de la derrota sobre los autores del manifiesto de verano de 1917: «Veremos, pues, entrar a estos señores en los ministerios. A ellos corresponde gestionar la paz que debe realizarse. Ahora deben tomarse la sopa que nos han preparado.»[13] La serenata de la *Dolchstoss,* de la «puñalada por la espalda», había empezado a entonarse antes de que la revolución tomara cuerpo en la estrategia de los dirigentes socialdemócratas. El arco triunfal bajo el que desfilaron los veteranos en Berlín el día de las Fuerzas Armadas de 1921 ostentaba ese espíritu: *In Kriege Unbesiegt,* invictos en la guerra,[14] una consigna que ya ha-

9. R. G. Moeller, *German Peasants and Agrarian Politics, 1914-1924. The Rhineland and Westphalia*, Chapel Hill, 1983, pp. 43-68.

10. G. Feldmann, *The Great Disorder. Politics, Economics, and Society in the German Inflation, 1914-1924*, Nueva York, 1993, pp. 25-96. Sobre la manipulación de los empréstitos y sus efectos sobre el proceso inflacionario, B. Kent, *The Spoils of War. The Politics, Economics, and Diplomacy of Reparations, 1918-1932*, Oxford, 1989, pp. 45-55.

11. G. H. Soutou, *L'or et le sang. Les buts de guerre économiques de la Première Guerre mondiale,* París, 1985, pp. 15-107, 415-445, 571-725.

12. R. Paschall, *The Defeat of Imperial Germany, 1917-1918*, Nueva York, 1994 (1.ª edición en Chapel Hill, 1989), pp. 128-162.

13. H. A. Winkler, *Weimar 1918-1933. Die Geschichte der ersten deutschen Demokratie*, Múnich, 1994, p. 23 («Sie sollen die Suppe jetzt essen, die sie uns eingebrockt haben»).

14. A. Fergusson, *Cuando muere el dinero. El derrumbamiento de la República de Weimar,* Madrid, 1984, p. 57 (edición en inglés de 1975. Lo que se ha traducido, caprichosamente, como «derrumbamiento», en el original es «pesadilla»).

bía anunciado Friedrich Ebert al dar su entusiasta bienvenida a las tropas que regresaban del frente a finales de 1918, sin ser capaz de extraer la conclusión lógica de tan dudosa afirmación.[15]

El fin del Segundo Imperio alemán culminó en Berlín, pero se inició fuera de la capital. Tras la insurrección de la flota en Kiel, a finales de octubre, el puñado de dinastías que convivían bajo la autoridad del rey de Prusia fueron desmoronándose, mientras el poder era ocupado por consejos de obreros y soldados.[16] La paz era el objetivo de los revolucionarios y, además, el que les concedía hegemonía política. Ningún sector de la sociedad alemana —empezando por la propia burocracia y los mandos militares— quería continuar con la guerra, pero fueron los trabajadores quienes convirtieron ese deseo en una movilización. Tal protagonismo obedecía a un grado de organización política y sindical sin parangón en los partidos de la clase media liberal. Sin embargo, no correspondía a la voluntad de llevar a cabo una revolución socialista, sino al de edificar un régimen democrático donde las organizaciones de la clase obrera dispusieran de influencia. El Partido Socialdemócrata, controlado por sus sectores más reformistas tras la escisión de 1917 que dio origen al USPD (Partido Socialdemócrata Independiente), se había orientado en una dirección más moderada, ingresando en el gobierno del káiser y formando una coalición con católicos y liberales, que exigió una parlamentarización de la monarquía. El movimiento espontáneo de los consejos de obreros y soldados pudo contemplarse con desconfianza desde la dirección de un partido instalado ya en los salones del poder. Pero sus máximas figuras, Ebert y Scheidemann, tuvieron la perspicacia suficiente para no dejarse desbordar por los acontecimientos. El 9 de noviembre, antes de que el dirigente de la Liga Espartaco, Liebknecht, pudiera declarar la república socialista, Scheidemann proclamó desde los balcones del Reichstag el fin de la monarquía y del militarismo. Esa capacidad de avanzarse a la izquierda socialista, de ir asumiendo las consignas con las que el pueblo se identificaba —aunque poco tuvieran que ver con las intenciones iniciales del partido—, fue un factor

15. S. Haffner, *Failure of a Revolution. Germany 1918/1919*, Nueva York, 1972 (edición original alemana, con un título sustancialmente distinto, *Die verratene Revolution*, «La revolución traicionada», Múnich, 1969, p. 112.

16. A. J. Ryder, *The German Revolution of 1918. A Study of German Socialism in War and Revolt*, Cambridge, 1967, pp. 140-149.

táctico esencial para la victoria del MSPD sobre los sectores disidentes.[17] Tras proclamar la república, los mayoritarios aceptaron la constitución de un gobierno de unidad socialista, a pesar de que habrían preferido la formación de un gobierno de colaboración con la burguesía, que continuara la coalición de las últimas semanas del imperio. El consejo de los delegados del pueblo —*Volksbeauftragten*—, como se denominó el ejecutivo, estuvo controlado por un MSPD mucho más sólido que los socialdemócratas independientes, un partido cuyas divergencias internas le impidió siempre organizar una estrategia precisa.[18]

Los radicales, organizados en el ala izquierda del USPD, en la Liga Espartaco o en la coordinación de representantes de empresa —*Revolutionäre Obleute*—, esperaban que la revolución rusa desplegara su ejemplo sobre el proletariado alemán. Sin embargo, ni las lecciones del octubre bolchevique habían sido asimiladas correctamente por la izquierda socialista, ni los socialdemócratas mayoritarios habían permanecido desatentos a la experiencia de una derrota de tales dimensiones. A diferencia de Rusia, la reivindicación de la paz no fue una exclusiva de la izquierda, que no pudo rentabilizar el desprestigio en que habrían caído los mayoritarios en caso de sostener el conflicto. Curiosamente, las posiciones belicistas del MSPD le permitieron presentarse como un partido nacional responsable, que había aceptado el clamor popular en favor de la guerra y había tomado la iniciativa para terminarla. Cubierto ese flanco, el MSPD consiguió un tercer objetivo, que se sumó a la proclamación de la república y a la aceptación del ejecutivo de *Volksbeauftragten* para prestigiarlo. En las elecciones al Consejo de Obreros y Soldados de Berlín —*Vollzugrat*—, primero, y al de toda Alemania a mediados de diciembre, los seguidores de Ebert obtuvieron una mayoría aplastante sobre el USPD y los *Revolutionäre Obleute*. De esta forma, se evitó cualquier contradicción in-

17. Sobre la estrategia del MSPD en esta etapa, *véase* W. H. Mahel, *The German Socialist Party. Champion of the First Republic, 1918-1933*. Lawrence, 1986, pp. 1-28. Un libro clásico sobre el tema es el de S. Miller, *Die Bürde der Macht. Die deutsche Sozialdemokratie 1918-1920,* Düsseldorf, 1978. Acerca del papel de Ebert, D.K. Buse, «Ebert and the German Crisis, 1917-1920», *Central European History,* 5, 1972, pp. 234-255.

18. Sobre los independientes, *véase* D. W. Morgan, *The Socialist Left and the German Revolution. A History of the German Independent Social Democratic Party, 1917-1922*, Cornell, 1975. Para el período revolucionario, pp. 118-240.

salvable entre las organizaciones espontáneas de los trabajadores y el ejecutivo controlado por los reformistas. A ojos de los consejos de obreros y soldados, la situación era la de dos expresiones complementarias de la centralidad de la clase obrera en la transición política. Por el contrario, la izquierda socialista sí sufrió las tensiones de su propia heterogeneidad, que se expresaría en la crisis de la Navidad de 1918, cuando los representantes del USPD dejaron el gobierno, abandonando la única posición formalmente paritaria de poder que poseían, sin que su debilidad en los consejos obreros, especialmente en Berlín, les permitiera compensarlo y plantear expectativas reales de una crisis del ejecutivo. La formación del KPD (Partido Comunista de Alemania) en los últimos días de diciembre cristalizó las divergencias en el seno de la izquierda radical.[19] Con el gobierno monopolizado por los mayoritarios, con el control reformista del *Zentralrat* de los consejos de obreros y soldados, la derecha socialdemócrata disponía de los resortes de los organismos salidos del proceso rupturista de noviembre, lo cual implicaba contar no sólo con la fuerza, sino también con la legitimidad revolucionaria *a ojos de la clase obrera.*[20]

Naturalmente, esta posición hegemónica del MSPD no se debía sólo a una superioridad estratégica de sus dirigentes —lo cual, sin duda fue decisivo—, sino a las condiciones mismas del escenario y el papel que en él podía representar la socialdemocracia mayoritaria y *sólo ella.* Los trabajadores movilizados en noviembre, en la medida en que no se planteaban la conquista del poder por la clase obrera, habían de asegurar sus objetivos de participación a través de un partido con relaciones multilaterales en la sociedad. El MSPD podía

19. C. Fischer, *The German Communists and the Rise of Nazism,* Londres, 1991, pp. 1-21, sobre la evolución inicial del KPD. *Véase, también,* G. P. Bassler, «The Communist Movement in the German Revolution, 1918-1919: A Problem of Historical Typology?», *Central European History,* 6, 1973, pp. 232-277.

20. Una buena síntesis del proceso es la que ofrece U. Kluge, *Die deutsche Revolution 1918/1919. Staat, Politik und Gesellschaft zwischen Weltkrieg und Kapp-Putsch.* Fránfort, 1985, esp. pp. 54-104. Algunos ensayos generales sobre Weimar ofrecen reflexiones útiles: por ejemplo, las de Peukert sobre las tensiones entre ruptura y continuidad en los tres primeros meses de la república (*Die Weimarer...*, pp. 13-44); el examen de la correlación de fuerzas sociales, en R. Kühnl, *La República de Weimar*, Valencia, 1991; el análisis de la frustración de la revolución democrática propugnada por el USPD, en H. Mommsen, *Die verspielte...*, pp. 32-62; la habilidad estratégica del MSPD y la definición de una revolución «detenida» —*gebremste Revolution*—, en H. A. Winkler, *Weimar...*, pp. 33-68.

presentarse, al mismo tiempo, como un partido comprometido con la revolución, pero procedente del gobierno imperial, conteniendo los factores de continuidad y ruptura cuyo equilibrio caracterizó la instauración del régimen de Weimar. Disponía de recursos de negociación con los militares, los funcionarios y los empresarios procedentes de sus responsabilidades de gobierno durante la guerra, cosa que permitía tranquilizar a aquellos revolucionarios que deseaban evitar una catástrofe que ponía en peligro las condiciones de vida populares. Pero su hegemonía en los consejos de obreros y soldados lo convertía, a la vez, en referencia moderada para aquellos sectores del antiguo régimen dispuestos a aceptar la revolución para evitar una radicalización social que pudiera seguir el ejemplo ruso. Tal posición intermedia, desde la que el partido podía asegurar el *pacto revolucionario* entre sectores sociales antagonistas, resultaba inalcanzable para la izquierda radical, pero también para los partidos liberales que estaban reorganizándose en aquellas mismas semanas. La derecha socialdemócrata consiguió el apoyo de una clase obrera que tenía verdadero pánico al desempleo, a una desmovilización caótica, a la imposibilidad de atender a las víctimas de guerra, a una invasión del exterior que pondría en peligro la continuidad de Alemania como nación, e incluso a la guerra civil. Los trabajadores no se habían movilizado por la paz para enfrentarse a la continuidad de la violencia armada, y el MSPD supo presentarse como única garantía para preservarla, mientras que los llamamientos de la izquierda a una profundización del proceso revolucionario se percibían como una amenaza para la seguridad de una reconstrucción de la economía y el estado alemanes.

El control de la situación por parte de Ebert y sus compañeros no excluyó la presencia de fricciones con los consejos obreros, como la que se produjo con la aprobación de algunas reformas de la disciplina militar que podían ofender a los oficiales.[21] En general, las tensiones fueron muy escasas, pues las cuestiones fundamentales de la revolución democrática, sin ser explícitamente rechazadas por el partido, fueron dejadas al desarrollo de la constitución a aprobarse en el año siguiente. La pervivencia de los consejos obreros en un régimen parlamentario o la nacionalización de industrias clave, por ejemplo, elementos esenciales incluso para los trabajadores socialdemócratas moderados, irían agotando su contenido en

21. H. A. Winkler, *Weimar...*, pp. 43-45.

las coyunturas menos propicias para la izquierda que habrían de darse a comienzos de la década siguiente. La reforma agraria ni siquiera fue afrontada. Lo que sí se realizó, sin embargo, fue el acuerdo entre empresarios y sindicatos que continuaba el compromiso de solidaridad constituido en 1916. El pacto Stinnes-Legien del 15 de noviembre de 1918 suponía el reconocimiento del carácter corporativo de la democracia posbélica, en la que el sindicalismo pasaba a exigir la reglamentación de su poder en la empresa, a cambio de aceptar las relaciones de propiedad existentes.[22] La aprobación de los comités de fábrica, de la jornada de ocho horas, del arbitraje obligatorio y de la liquidación de los sindicatos amarillos ejemplifican el carácter de conquista sindical con que se presentó el acuerdo. Éste daría lugar a una institución emblemática de la revolución, el ZAG (*Zentralarbeitsgemeinschaft der industriellen und gewerblichen Arbeitgeber- und Arbeitnehmerverbände Deutschlands,* Comunidad Central de Trabajo de los Empresarios y Trabajadores Industriales y Profesionales de Alemania), gran organismo paritario regulador de una pretendida cogestión de las empresas, que la socialdemocracia podría presentar como la alternativa de una revolución democrática al caos económico a que conduciría una revolución comunista.[23] El sector empresarial, que ya había observado los beneficios de una colaboración de este carácter durante la guerra, podía asumir los costos salariales a través de su desplazamiento automático a los precios en una etapa de tensiones inflacionarias.[24] Mientras tanto, aguardaba condiciones de coyuntura más adecuadas para ir recuperando posiciones de poder en la empresa, situación esta que aparecería ya en la etapa de racionalización industrial de mediados de la década, y que alcanzaría su clímax en la Gran Depresión, cuando el desempleo convertiría en letra muerta los acuerdos de noviembre de 1918. El pacto Stinnes-Legien era una de las dos fórmulas de modernización laboral que se establecía tras la irrevocable modificación de la economía provocada por la guerra. El reconocimiento del conflicto de clase, la legiti-

22. C. S. Maier, *La refundación de la Europa burguesa. Estabilización en Francia, Alemania e Italia en la década posterior a la I Guerra Mundial*, Madrid, 1988 (edición original en Princeton, 1975), pp. 73-91.

23. H. A. Winkler, *Von der Revolution zur Stabilisierung. Arbeiter und Arbeiterbewegung in der Weimarer Republik 1918 bis 1924*, Berlín, 1984, pp. 76-80.

24. D. Peukert, *Die Weimarer...*, p. 114.

midad de las partes y la colaboración en la gestión empresarial era una de ellas, y obedecía a una situación de potencia de la clase obrera y de riesgo de una alternativa más radical. La constitución de una comunidad de empresa que negaba la existencia de un conflicto legítimo, trasladando a las relaciones laborales la disciplina de la comunidad racial, era la otra, y sería el resultado de la debilidad de los trabajadores por la crisis de finales de los años veinte. Algo que pasó inadvertido a los contemporáneos fue la dificultad para consolidar una democracia a través de un pacto social que sólo reconocía como interlocutores a los sindicatos de los obreros industriales y a los empresarios mejor situados en la asociación de industriales, la *Reichsverband der deutschen Industrie.* A medida que las sucesivas crisis económicas castigaran la oposición de la clase media y de trabajadores no vinculados a los sindicatos católicos o socialdemócratas, el tipo de cohesión social proporcionado por el pacto de 1918, lejos de favorecer la legitimidad republicana, la fracturaría, de la mano de sectores populares que la considerarían sectaria, excluyente, e irían en busca de un proyecto de cohesión alternativo en el populismo fascista. Éste es un aspecto menos visible en las aproximaciones a la contrarrevolución, pero se trata del que mejor explica, más allá de la violencia inmediata de los grupos paramilitares, la expansión lenta y rotunda de una base antirrepublicana en los diez primeros años de Weimar.[25]

La posición de fuerza de la socialdemocracia procedió, por tanto, de haber asumido una revolución democrática cuyos aspectos más radicales fue limando en beneficio de impulsar el entendimiento con el Zentrum católico y el DDP (Partido Demócrata Alemán), las tres fuerzas que constituyeron la llamada «coalición de Weimar». Sin duda, ello se hacía a expensas no sólo de una revolución socialista, sino también de los aspectos de profundización en la revolución democrática que habrían permitido un acuerdo con los socialdemócratas de izquierda. En el momento de tomar la decisión sobre las alianzas de clase que debían fundamentar el nuevo régimen, el MSPD se inclinó por aceptar las consecuencias lógicas del pacto Stinnes-Legien, que implicaban llevar a la Asamblea Nacional la expresión *política y constitucional* del pacto *social*, aunque

25. F. Gallego, «Del *Stammtisch* a la *Volksgemeinschaft.* Sobre el lugar del nazismo en la Alemania de Weimar», *Historia Social*, 34, 1999, pp. 73-100. Para este aspecto, pp. 88-89.

ello pudiera defraudar las ingenuas esperanzas de quienes creían posible separar ambas cosas. Y no dudó en recurrir a la fuerza, incluyendo la de los *Freikorps*, para asegurar lo que, a sus ojos, era la única estrategia posible para una adecuada reconstrucción de Alemania tras el esfuerzo bélico y la derrota. Ebert contó con el apoyo explícito del hombre fuerte del ejército, el jefe del Estado Mayor, Groener, ante quien se presentó como valladar frente al bolchevismo.[26] Pero reconoció algo que la extrema izquierda —y, con ella, una parte importante de la historiografía— no ha tenido demasiado en cuenta: el grado de movilización y organización de la clase media. Con una visión obsesivamente depositada en los consejos de obreros y soldados, poca ha sido la frecuencia con que se ha pensado en las formas de autodefensa burguesa que se establecieron *al margen de los grupos fascistas*.[27] Esta permanente movilización y organización de la burguesía explica la rapidez con que se tejieron organizaciones políticas de un gran impacto electoral pocas semanas más tarde, en especial el DDP y el DNVP (Partido Nacional Popular Alemán) y, en menor medida, el DVP (Partido Popular Alemán),[28] factor que debía convencer a la derecha socialdemócrata de la necesidad de canalizar la organización de los liberales progresistas en el apoyo al nuevo orden. Una pieza más conveniente para el proyecto reformista que la búsqueda de espacios de encuentro con los otros partidos obreros.

En estas condiciones, la convocatoria y realización de las elecciones para una Asamblea Constituyente a comienzos del nuevo año, antes de que se hubiera podido avanzar en la depuración del

26. R. Waite, *Vanguard of Nazism. The Freecorps Movement in Post-War Germany, 1918-1923*, Cambridge, Mas., 1952, pp. 4-6.

27. P. Fritzsche, *Germans...*, p. 96; «Breakdown or Breakthrough? Conservatives and the November Revolution», en L. E. Jones y J. Retallack, *Between Reform, Reaction, and Resistance. Studies on the History of German Conservatism from 1789 to 1945*, Oxford, 1993, pp. 299-328.

28. L. E. Jones, *German Liberalism and the Dissolution of the Weimar Party System 1918-1933,* Chapel Hill, 1988, pp. 15-29. B. Frye, *Liberal Democrats in the Weimar Republic. The History of the German Democratic Party and the German State Party,* Carbondale, 1985, pp. 38-54. W. Stephan, *Aufstieg und Verfall des Linksliberalismus 1918-1933. Geschichte der Deutschen Demokratischen Partei,* Gotinga, 1973, pp. 13-34. C. Baechler, *Gustave Stresemann (1878-1929). De l'impérialisme à la sécurité collective,* Estrasburgo, 1996, pp. 203-214. L. Hertzman, *DNVP Right-Wing Opposition in the Weimar Republic, 1918-1924*, Lincoln, 1963, pp, 32-60.

aparato del estado, el control de las fuerzas armadas, el reforzamiento de los órganos de base de los trabajadores o la reforma agraria, resultaba una salida más viable que el intento de enfrentar a una vanguardia obrera con el gobierno. La represión sobre comunistas e independientes de izquierda en el Berlín de enero de 1919 adquiere mayor fuerza simbólica al compararla con el resultado de los comicios celebrados tres días después de la masacre, cuando la inmensa mayoría de la clase obrera industrial dio su voto al MSPD, de Ebert, de Scheidemann, de Braun, pero también de Gustav Noske, ministro de Defensa y máximo responsable de la represión y el asesinato de los dirigentes comunistas más prestigiosos a manos de los *Freikorps*. Este resultado indica una derrota *política* previa a la catástrofe *militar* de la izquierda radical alemana. El último artículo de Rosa Luxemburg, publicado en *Die Rote Fahne* el 14 de enero, «El orden reina en Berlín», no sólo levantaba acta del fracaso de la revolución socialista, sino del éxito y progresiva acotación de la revolución democrática. La dirigente comunista habría de ser víctima de las relaciones no siempre benévolas entre la reforma y la revolución, un parentesco que ya había definido en el primero de sus ensayos políticos de relieve, veinte años atrás.[29]

La capital del movimiento

> Debe constituirse inmediatamente un gobierno popular, basado en la confianza de las masas.
>
> KURT EISNER, Manifiesto de la República de Baviera, 1918

> En Múnich funciona el terror ruso, dirigido por elementos foráneos.
>
> Manifiesto de JOHANNES HOFFMANN, 1919

Cuando los nazis se referían a Múnich como la capital del movimiento —*Haupstadt der Bewegung*— no sólo verificaban un origen, sino que establecían la línea que separaba la Prusia revolucio-

29. Sobre el artículo de R. Luxemburg, P. Nettl, *Rosa Luxemburgo,* México, 1974 (edición inglesa de 1969), pp. 570-571. Hay una edición en español de *Reforma o revolución*, Barcelona, 1974 (edición alemana de 1899).

naria de 1918 y la Baviera contrarrevolucionaria de 1919. Hitler defendió, como una de las garantías de su dominio del partido, la centralización de las decisiones en Múnich, cuando la lógica de una política de estado habría desplazado la capitalidad a Berlín. Sin embargo, incluso cuando las tensiones internas del movimiento nacionalsocialista fueron resolviéndose en favor de las posiciones de un Führer cada vez más identificado con el nazismo, Hitler guardó esa lealtad simbólica a Múnich, compartida más adelante con la que obtuvo Núremberg, la ciudad de los grandes congresos. Y esa fidelidad respondía a algo más que a un acto inspirado por la nostalgia de sus años iniciales de agitador nacionalista. Es muy posible que, de no haber sido por la corriente favorable de la reacción de 1919-1923, de no haberse resguardado tras las defensas del ambiente *völkisch* y la tolerancia de las autoridades conservadoras, el nacionalsocialismo no habría podido crecer hasta convertirse en una parte irrevocable del paisaje político.[30]

La imagen de un Múnich conservador, provinciano, centro administrativo de una región agraria, católica y monárquica, corresponde sólo a medias a la realidad. El Múnich de comienzos de siglo vibraba con las tensiones vanguardistas del barrio de Schwabing. Es cierto que la oposición de estos intelectuales a los valores decadentes de la buena sociedad muniquesa no siempre conduciría a actitudes políticas de izquierda, sino a un inconformismo radical, un rechazo de las convenciones y una obsesión por la destrucción de lo viejo que podría desembocar en un rupturismo nihilista, heraldo del fascismo. Lo confirman las trayectorias del poeta expresionista Stephan George o la de la provocativa Fanny zu Reventlow, cuya hostilidad al antiguo régimen tenía que ver más con Nietzsche que con Marx.[31] La bohemia expresaba los conflictos de la modernización que, en el nivel material, Múnich estaba experimentando ya durante la segunda mitad del siglo XIX, y que habría de acelerarse con las transformaciones de la guerra. El desarrollo industrial, aun cuando no tuviera el impulso de otras zonas, iba deteriorando las

30. A. Nicholls, «Hitler and the Bavarian background to National Socialism», en A. Nicholls y E. Matthias (eds.), *German Democracy and the Triumph of Hitler. Essays in Recent German History*, Nueva York, 1971, pp. 99-102.

31. D. C. Large, *Where...*, pp. 3-42; K. Löwith, *Mi vida en Alemania antes y después de 1933. Un testimonio*, Madrid, 1992 (edición alemana de 1986), pp. 23 y ss., es útil para observar la actitud de un joven estudiante de Múnich ante la Gran Guerra, el impacto de Nietzsche y el papel del círculo de George.

posiciones tradicionales de la clase media, erosionaba su identidad, la desconcertaba ya antes de que la Gran Guerra y la revolución dieran a esa fractura dimensiones dramáticas.[32] Así, junto a la mofa desarrollada por las representaciones de cabaret del grupo *Die Elf Schaftrichter,* alcanzaban una inmensa popularidad las canciones satíricas del reaccionario Weiss Ferdl, cuyo público estaba integrado por la clase media que habría de nutrir las filas del nacionalsocialismo.[33] Muchos de los que habrían de transformar, en un sentido u otro, la vida de la capital bávara eran *fremde,* lo cual no siempre tenía la traducción literal de la palabra: extranjeros. Se trataba de alemanes del norte, que desertaban de la aridez intelectual berlinesa, asfixiada por el peso de la maquinaria guillermina, o que encontraban en el barrio de Schwabing una mezcla de provocación artística e intransigencia política.[34] El carácter foráneo de estos radicales habría de generar una reacción en la derecha bávara, que se canalizó en un regionalismo conservador hegemónico hasta la captura del poder por el nazismo. Al mismo tiempo, la acusación de que tales individuos eran judíos —lo cual sólo era cierto en escasa medida—, alimentó un antisemitismo normalizado como actitud cultural, que rebasaría las líneas estrictas del nacionalsocialismo.

Uno de los inmigrantes, tal vez el más famoso entre los *fremde* que se instalaron en Múnich en vísperas de la guerra, no procedía del norte ni era un radical estético, a pesar de su inexpugnable vocación de pintor, resistente a las presiones familiares, a los fracasos académicos y a la falta de éxito. Era un extremista en cuestiones ideológicas, pero en un sentido muy distinto del de los residentes de Schwabing. Adolf Hitler había llegado a Múnich en 1913, poco después de cumplir los veinticuatro años. A esa edad, cuando cualquier hijo de una familia de clase media habría alcanzado una estabilidad profesional, Hitler no era nadie. No era nada. Su padre, Alois Schicklgruber, había conseguido forjarse una posición en el cuerpo de funcionarios imperiales austriacos con gran fuerza de voluntad,

32. K. Bosl (ed.), *Bayern im Umbruch. Die Revolution von 1918, ihre Voraussetzungen, ihr Verlauf un ihre Folgen*, Múnich, 1969, esp. A. Schnorbus, «Wirtschaft und Gesellschaft in Bayern vor dem Ersten Weltkrieg 1890-1914».

33. R. E. Sackett, *Popular Entertainment, Class, and Politics in Munich, 1900-1923*, Cambridge, Mas., 1982, pp. 46-69, para un estudio del público de Weiss Ferdl y su adversario, el cantante progresista Karl Valentin, durante la guerra.

34. R. Hanser, *Prelude to Terror. The Rise of Hitler 1919-1923*, Londres, 1971, pp. 38-62.

procediendo de una humilde familia de pequeños propietarios de la región de Waldviertel. Era hijo natural, y cargó con el apellido de soltera de su madre hasta cumplidos los cuarenta años. Contra lo que pudiera pensarse, esa condición no era nada excepcional en los medios campesinos de la provincia, y no debió de representar un elemento de marginación para el joven Alois.[35] Sin embargo, el sentido de respetabilidad de que quiso dotarse a medida que fue afianzando su lugar en el escalafón le empujó a modificar su apellido y adoptar el de su padrastro, Johann Georg Hiedler. En las primeras líneas de *Mein Kampf (Mi lucha)*, Adolf Hitler utilizaría el oficio de su padre como un elemento simbólico, al señalar la premonición de su nacimiento en la ciudad fronteriza de Braunau am Inn, donde Alois ejercía como jefe de aduanas. Sin embargo, Hitler no podía conservar recuerdos firmes de una población que abandonó muy pronto, cuando la familia inició sus numerosos cambios de residencia, al ritmo de los sucesivos destinos del padre o, más tarde, en busca de un lugar para que Alois realizara su sueño de convertirse en un granjero próspero. A los hijos de su anterior matrimonio, Alois y Angela, se sumarían los nacidos del enlace con Klara Pölzl: Gustav, Ida, Otto, Adolf, Edmund y Paula. Adolf disfrutó de la atención extraordinaria de una madre abrumada por el infortunio de ir perdiendo a sus hijos varones directos, lo cual se compensó con la acritud con que el padre contemplaba los malos resultados escolares del niño, en especial tras el traslado a la *Realschule* de Linz.[36] La muerte de Edmund y el abandono del hogar del hijo mayor hicieron de Adolf el objeto de una atención especial de Alois, cuyo retiro le permitía dedicar más tiempo a sembrar cierta disciplina en la mente dispersa del único hijo varón que permanecía en el hogar.[37] El disgusto por una actitud ociosa más que rebelde, abstraída más que resistente, pero distinta a la paciente laboriosidad en la que Alois Schicklgruber había edificado su carrera, se expresó en escenas frecuentes de violencia contra Adolf .[38] En estas condiciones, la muer-

35. B. F. Smith, *Adolf Hitler. His Family, Childhood and Youth*, Stanford, 1967, p. 20.

36. F. Jetzinger, *Hitler's Youth*, Londres, 1958, pp. 62-77.

37. J. Sidney Jones, *Hitler in Vienna, 1907-1913*, Nueva York, 1983, p. 226.

38. Testimonio de Paula Hitler, citado por E. Hamann, *Hitler's Vienna. A Dictator's Apprenticeship,* Nueva York, 1999, p. 11. Sobre el papel de la infancia en los desequilibrios afectivos de Hitler, *véase* el reciente texto de F. Redlich, *Hitler. Diagnosis of a Destructive Prophet*, Nueva York, 1999, pp. 13-18.

te del padre representó más un alivio que una tragedia para un niño que aún no tenía catorce años y que comenzaría, bajo la infatigable tolerancia de Klara, una vida ajena a cualquier esfuerzo de trabajo o estudio sistemáticos. La carencia de una formación académica adecuada, al haber abandonado el colegio tan temprano, debió de crear algún complejo en Hitler, que éste tapizaría en *Mein Kampf* con sus sarcásticos comentarios sobre la inutilidad del saber académico. El desprecio a sus profesores adquiría un volumen mayor cuando aquel joven convencido de su valía creativa fue suspendido en dos ocasiones en el examen de ingreso en la Escuela de Bellas Artes de Viena. Contemplar sus dibujos y sus acuarelas nos indica un trabajo *correcto*, lo cual, en las condiciones de la explosión vanguardista de comienzos de siglo, sólo puede significar *carente de genio.* Y es que el Hitler que vagabundeó en Viena entre 1908 y 1913 no era un bohemio, sino un desarraigado. Era convencional en sus gustos, atildado en su forma de vestir, incluso conservador en su vida sexual, como lo había demostrado en Linz, cuando embozó su deseo en la frustrante dependencia de un amor platónico, destinado a alguien a quien jamás dirigió la palabra.[39] No era un activista dispuesto a destruir el orden que le cerraba las puertas, sino un marginado que insistía en hallar una entrada de servicio. Su fascinación por el boato de los edificios públicos de la capital del imperio, su inclinación a los usos sociales de la burguesía, su reverencia ante la autoridad no podían construir el carácter productivo de un revolucionario, sino el resentimiento estéril de un rebelde.[40]

En diciembre de 1907, Klara murió de cáncer. Tanto su propio testimonio como el que nos ofrece el médico de la familia atestiguan el carácter demoledor del golpe que sufrió Hitler. Desde aquel día, se quedó solo, en una orfandad afectiva más eficaz que la legal. Debe valorarse adecuadamente lo que pudieron significar para aquel muchacho, en pleno proceso de maduración intelectual, los sucesivos impactos del rechazo académico y la pérdida de su madre, que ocurrieron con escasas semanas de diferencia. A partir de ahí, se afirmó en la soledad y la marginación, convirtiendo am-

39. Sobre la relación con Stephanie, R. Payne, *The Life and Death of Adolf Hitler*, Nueva York, 1973, pp. 48-52.

40. M. Kater ha hecho algunas reflexiones interesantes sobre el «lugar social» de Hitler en «Hitler in a Social Context», *Central European History,* 14, 1981, pp. 243-272.

bas en rasgos positivos de una situación que blindaba su carácter, que medía su estatura moral, reiterando su voluntad de mantenerse *distinto*. Durante seis años, fundamentales en una fase de formación personal, Hitler dejó que el tiempo transcurriera en Viena, sin hacer nada para que su situación económica se estabilizara. Tal desprecio por la servidumbre de un empleo desconcertaba a su amigo August Kubizek, cuyas memorias, por imprecisas que sean en los términos exactos de algunos episodios, muestran los signos de una personalidad que iba acentuando sus rasgos excéntricos.[41] Es muy posible que el futuro *Führer* prefiriera afrontar condiciones económicas muy penosas, incluyendo el frío y el hambre, antes que someterse a un trabajo rutinario, que a él debía de parecerle una rendición degradante a los proyectos paternos que tan duramente trataron de inculcarle en su infancia, aunque no considerara una humillación continuar recibiendo una pensión estatal.[42]

Hitler hizo de Viena la ciudad donde se cimentó su concepción del mundo.[43] Así lo expresó en un texto como *Mein Kampf*, cuya intención autojustificatoria invalida muchos de los aspectos interesadamente anacrónicos que contiene. Parece sensato considerar que, en las condiciones en que redactó el volumen, Hitler deseara presentarse como alguien formado en las ideas matrices del nacionalsocialismo *antes* de su ingreso en el DAP, e incluso de su llegada a Múnich. Un *Führer* designado por la Providencia no podía dilatar el proceso de formación ideológica hasta la posguerra, y se limitó a señalar tan sólo un cambio de *actitud* tras la revolución de noviembre: el deseo de llevar su ya firme *Weltanschauung* a la práctica política. Aceptando la rectificación que ha hecho la historiografía más solvente a esa apreciación,[44] sería un error invertir los términos en que Hitler reedificó su trayectoria intelectual. La estancia en Viena, a la que el Führer atribuía una función decisiva al escribir sus recuerdos en la prisión de Landsberg, proyectó

41. A. Kubizek, *Hitler: mi amigo de juventud*, Buenos Aires, s.f. (edición alemana en Graz, 1953).

42. J. Sydney Jones, *Hitler...*, p. 215.

43. A. Hitler, *Mi lucha*, Barcelona, 1995. Cap. 2, «Las experiencias de mi vida en Viena», y 3, «Reflexiones políticas sobre la época de mi permanencia en Viena».

44. Para el debate sobre esta cuestión, *véase* J. Lukács, *The Hitler of History*, Nueva York, 1997, pp. 52-75. I. Kershaw hace un atinado repaso a este tema en su magistral biografía, *Hitler, 1889-1936. Hubris*, Londres, 1998, pp. 29-69.

algunos factores culturales imprescindibles en su formación, aun cuando sólo la guerra y la revolución actuarían como catalizadores de esos ingredientes. La propaganda racista de Guido von List o Lanz von Liebenfels interesó a Hitler en Múnich, y resulta difícil pensar que permaneciera indiferente a ella en Viena. La admiración por el dirigente socialcristiano Karl Luger y por el caudillo pangermanista George Schönerer no pueden ser meros trucajes de la memoria para uso de sus seguidores recientes: es poco probable que un joven, sin duda interesado en los asuntos políticos —aun cuando no en la forma obsesiva en que quiso dibujarse más tarde—, resultara ajeno a la poderosa propaganda de ambas facciones del nacionalismo conservador. El eficaz populismo de Luger[45] alimentó la conciencia de Hitler de luchar contra la socialdemocracia utilizando sus mismos instrumentos de movilización de masas, aun cuando la catástrofe de 1918 habría de pulir dicho impacto, hasta convertir la necesidad del apoyo de los trabajadores en una consideración estratégica precisa.[46] De igual modo, la suspicacia ante la presencia eslava en la capital imperial sólo podía transformarse en una posición programática tras la mutilación del imperio alemán en beneficio de los estados eslavos. El antisemitismo que, según Hitler, derivó de un concienzudo examen «científico» realizado en Viena, y no de un mero prejuicio religioso, contrasta con sus relaciones personales de aquel tiempo, entre las que se hallaban familias judías. Por tanto, su conversión en el núcleo de su ideología hubo de definirse mejor durante la guerra y, sobre todo, con la experiencia de la revolución, cuando Hitler asimiló aquel suceso —como tantos otros cuadros de la derecha nacionalista— a una conspiración judía.[47] Junto a una innegable convicción personal, la popularidad de estos factores, su eco social, su capacidad movilizadora y su virtud de simplificación política —algo que un orador con talento como él habría de apreciar—, precipitaron los elementos originales de una ideología en un proyecto coherente.

45. R. Geehr, *Karl Luger. Mayor of Fin de Siècle Vienna*, Detroit, 1990. Sobre el período de la estancia de Hitler en Viena, cap. 4, pp. 143-169.

46. T. Mason, «The Legacy of 1918 for National Socialism», en A. Nicholls y E. Matthias (eds.), *German...*, pp. 215-239.

47. El papel de todos estos elementos en la formación ideológica de Hitler está recogido en B. Hamann, *Hitler's...*, pp. 200-359.

En 1913, Hitler abandonó repentinamente una ciudad por la que nunca guardó demasiado afecto. El cosmopolitismo de aquella Viena, donde se mezclaban la decadencia del poder imperial y el impulso de unas fracturas artísticas que nunca entendió,[48] le resultaron menos agradables que el germanismo y el tradicionalismo de Linz, para la que proyectó una gran renovación urbanística y hacia donde volvió obsesivamente su recuerdo en sus últimas semanas de vida.[49] Múnich le aguardaba con las mismas vacilaciones culturales de un mundo que estaba a punto de desaparecer, ofreciendo al joven diletante la ruptura brutal por la que *su* vida podría penetrar en *la* vida. No fue Viena la que hizo a un Hitler que, en las condiciones normales del antiguo régimen, habría permanecido, agazapado, en los suburbios sociales de una estructura inmóvil. Tampoco fue el Múnich de los Wittelsbach, ni la Alemania de los Hohenzollern, residuos de un orden arcaico donde Hitler nunca habría podido escalar posiciones. Fue la guerra, pero, sobre todo, la derrota y la revolución las que hicieron que Hitler fuera posible. Aquello que más odió toda su vida, aquella revolución cuya noticia recibió cuando se recuperaba en el hospital de Pasewalk, conmoviéndole hasta hacerle llorar y decidir su dedicación a la política, aquel «crimen de noviembre» que desguazó el imperio, aquella «puñalada por la espalda» que sepultó la monarquía, proporcionaron a Hitler la posibilidad de *ser alguien*, de convertirse en un individuo con un progresivo complejo de excepcionalidad perfectamente adaptado a las circunstancias excepcionales de la posguerra. Concedieron a un fanático la receptividad de un ambiente emotivo, que iba desdeñando los valores de la discusión y las diferencias para preferir la liturgia religiosa de la unanimidad de los creyentes. Otorgaron a un maestro de la manipulación de masas, lector indiscutible de sus deseos y hábil sintetizador de sus mitos, la vertebración ideológica de las multitudes, cuando las alternativas políticas

48. Además de en el libro de E. Hamann, puede hallarse una bella descripción de la Viena de Hitler en C. Schorske, *Vienne fin de siècle*, París, 1983 (edición original en inglés, Nueva York, 1961). *Véase también* el análisis de esta etapa crucial por H.B. Gisevius, *Hitler*, Barcelona, 1966, pp. 33-56, por J. Fest, *Hitler*, Barcelona, 1974, vol. I, pp. 31-66, por R. Payne, *The Life and Death of Adolf Hitler*, Nueva York, 1973, pp. 63-92 —el libro de Payne incluye la noticia de un viaje de Hitler a Gran Bretaña para visitar a su hermano, que resulta muy poco probable—, así como la estimulante disección bibliográfica de I. Kershaw, *Hitler, 1889-1936*, Barcelona, 1999, pp. 53-92.

49. E. Hamann, *Hitler's...*, pp. 3-6.

sólo podían construirse sobre esa base. Dieron luz a un Hitler que, en la afortunada expresión de su mejor biógrafo, encarnará *el poder de la idea.*[50]

El Múnich al que el cabo Adolf Hitler regresó a finales de 1918 tenía poco que ver con la ciudad que le acogió antes de la guerra. Los escombros de la monarquía ocultaban la amargura de una sociedad que había sufrido las lógicas privaciones del conflicto, pero escondían, sobre todo, la radicalización de una generación, algunos de cuyos principios morales básicos se habían sofocado en la brutalidad de las trincheras. Múnich fue un ámbito privilegiado para una «modernización» de la política adaptada a la fascinación por la violencia procedente de la experiencia bélica. La revolución que derribó a Luis III había sido casi afable, incluyendo una movilización por la subida del precio de la cerveza y una grotesca huida del anciano monarca seleccionando, entre todas sus pertenencias, una caja de puros.[51] Pero la primavera desorientó el ritmo pacífico de los acontecimientos. Kurt Eisner, el intelectual humanista inesperadamente alzado a la presidencia de la república de consejos, fue asesinado por un joven aristócrata a finales de febrero de 1919 cuando se dirigía a presentar su dimisión en el parlamento, tras unas elecciones desastrosas para su partido, el de los socialistas independientes.[52] El asesinato de Eisner pareció romper la veda de la violencia, que dejó de pertenecer a la conducta extraviada de algunos individuos para convertirse en el ejercicio organizado de grupos radicales. El intento de preservar el equilibrio entre el parlamento y los consejos obreros fue desarbolado por la presión de la extrema izquierda, que proclamó la *Räterepublik* a comienzos de abril mientras el gobierno encabezado por el socialdemócrata mayoritario Hoffmann huía de la capital. Aislado de lo que sucedía en el resto del país, sometido a tensiones fortísimas entre las diversas tendencias que lo constituían, odiado por la mayor parte de los muniqueses, el régimen consejista sería presa fácil de la acción combi-

50. I. Kershaw, *Hitler*, Londres, 1991, pp. 16 y ss.

51. R. Hanser, *Prelude...*, pp. 116-124.

52. Las elecciones para el parlamento regional *(Landtag)* del 12 de enero de 1919 dieron el siguiente resultado: USP, 86.254; Liga Campesina Bávara (BBB), 310.165; SPD, 1.124.584; DDP, 477.992; Partido Popular Bávaro (BVP), 1.193.101; Partido de la Clase Media (BMP), 196.818. (A. Mitchell, *Revolution in Bayern 1918-1919. Die Eisner Regierung und die Räterepublik*, Múnich, 1967 (edición original en inglés, Princeton, 1965), p. 186.

nada de los *Freikorps* y de la *Reichswehr*. En mayo, las tropas contrarrevolucionarias entraron en Múnich, desatando una oleada de terror cuya impunidad sería el aprendizaje de las escuadras fascistas en el futuro. En pocas semanas, la ciudad en la que había prendido la primera llama de la revolución democrática se convertía en el refugio para la peregrinación de la extrema derecha, en el *Ordnungszelle* de Alemania.[53]

Asesinos y guerreros

> La guerra ha acabado, pero los soldados aún desfilan.
>
> ERNST VON SALOMON, *Die Geächteten*

> La revolución de noviembre de 1918 es uno de los mayores crímenes, si no el mayor, que se haya cometido en Alemania.
>
> ERNST RÖHM,
> *Die Geschichte eines Hochverräters*

A comienzos de siglo, Alemania se presenta como la nación de los *Dichter* y los *Denker,* de los poetas y los pensadores. Estos últimos parecen, además, imponerse. La gran poesía alemana, de Goethe a Rilke —de Weimar a Múnich—, tiene una voluntad teórica que la aproxima a la filosofía, en unos términos que podrían dañar la estatura lírica del texto de no mediar la intuición genial de los autores. El encuentro entre ambas formas de expresión y conocimiento halla en Nietzsche su mejor textura: el anuncio del superhombre requiere el tono de un himno gozoso, donde la corpulencia poética de la palabra soporta y edifica su propio rigor conceptual. Después de la guerra, otra estética al servicio de la voluntad de los héroes brota

53. Además del libro de A. Mitchell, *véase* S. Haffner, *Failure...*, pp. 163-176. Un relato impresionista en D. C. Large, *Where...*, pp. 103-122. La acción de los cuerpos francos se recoge en N. H. Jones, *Hitler's Heralds. The Story of the Freikorps 1918-1922*, Londres, 1987, pp. 126-145. También, H. W. Koch, *Der deutsche Bürgerkrieg. Eine Geschichte der deutschen und österreichischen Freikorps*, Fráncfort, 1978, pp. 98-122. Para una visión complaciente de los *Freikorps,* D. Venner, *Söldner ohne Sold. Die deutsche Freikorps 1918-1923*. Berlin, s.f. (edición francesa París, 1974), pp. 85-101. El texto clásico es el ya citado de R. Waite, *Vanguard...*, pp. 79-93.

en el paisaje cultural alemán. *Dichter* y *Denker* serán sustituidos por *Mörder* y *Krieger,* asesinos y guerreros, cuya existencia se mezcla en las turbulencias de la revolución de noviembre y la dilatada contrarrevolución de los cinco años siguientes. El crimen político se convierte en una perversa reivindicación de la batalla perdida, cuya frecuencia va provocando la *desmoralización* de los excombatientes.[54] Los ministros de asuntos exteriores o quienes han desempeñado alguna tarea en la resolución de la paz se convierten en presa fácil de la Organización Cónsul, una trama secreta cuyo extraviado sentido del honor legitima el crimen, sin que la cobardía de su realización haga dudar a sus planificadores. Matthias Erzberger y Walther Rathenau morirán en la Selva Negra y en Berlín, indefensos, en acciones carentes hasta del sentido convencional de la valentía.[55] Mientras los responsables del primer magnicidio escapan a Hungría, protegidos por las autoridades bávaras, quienes acaban con la vida de Rathenau morirán en un enfrentamiento con la policía berlinesa, mucho más dispuesta a controlar las acciones de la extrema derecha. A estos crímenes de estado se suman tragedias personales menos célebres. En octubre de 1920, la sirvienta Marie Sandmaier denunciará en Múnich a sus antiguos señores por posesión de armas. Junto a su cadáver, descubierto al día siguiente en el parque Forstenrieder, se halló una nota: «Has traicionado a tu patria, maldita perra.»[56] La frustración de la derrota se compensa, en la paranoia de numerosos guerreros vencidos, mediante una violencia cuya validez exige dos niveles de aceptación: la malla protectora de las asociaciones patrióticas, que eterniza la camaradería de las trincheras, y la elaboración de una filosofía reaccionaria, capaz de codificar los sentimientos difusos de una generación.

La Alemania de la posguerra combina la desmovilización del ejército con la movilización de la sociedad civil. La herencia de un

54. N. H. Jones, *Hitler's Heralds...*, pp. 186-210.

55. Sobre la personalidad de Rathenau, *véase* su reciente biografía, P. Létourneau, *Walther Rathenau, 1867-1922*, Estrasburgo, 1995. Sobre el asesinato, puede leerse la versión de uno de los conspiradores, E. von Salomon, *Die Geächteten,* Berlín, 1930, y el estudio de M. Sabrow, *Der Rathenaumords*, Múnich, 1995. Sobre M. Erzberger, *véase* la monografía de K. Epstein, *Matthias Erzberger and the Dilemma of German Democracy*, Nueva York, 1971. El impacto de su muerte, con todo, fue mucho menor.

56. R. Hanser, *Prelude to Terror. The Rise of Hitler, 1919-1923*, Londres, 1971, p. 260.

rico tejido asociativo, las ligas —*Verbände*— burguesas, socialistas y católicas, se reitera en las condiciones propicias de la revolución y la contrarrevolución. La *Öffenlichkeit,* «lo público», se convierte en un ámbito de socialización de la experiencia, normalizada a través de los rituales de las ligas cívicas.[57] Ahora, junto a una persistencia de las viejas ligas, destinadas a la promoción, al prestigio del grupo, al reconocimiento mutuo y a la defensa corporativa, las organizaciones patrióticas se dedican a estimular la permanencia de la solidaridad de los soldados. Aunque se constituyan también formaciones de veteranos de izquierda, las asociaciones más frecuentes serán el instrumento de cooperación de la contrarrevolución, de quienes identifican las instituciones republicanas con la traición a los combatientes. Las ligas patrióticas plantearán mucho más que la simple conmemoración de los episodios bélicos, el culto a la experiencia del frente o la protección de las víctimas del conflicto. Organizarán la primera forma de resistencia contra la república, y ayudarán a la perpetuación del desafecto: la afiliación de gentes más jóvenes permitirá prolongar la experiencia de la guerra, en un espacio simbólico de confraternización con los mitos del frente. De esta forma, la formación cultural de un sector de la nueva generación se realizará en los valores de una violencia *cívica* que ni siquiera puede justificarse por las condiciones de un conflicto armado.[58]

El Partido Socialdemócrata había resistido las presiones de los consejos de obreros y soldados para la constitución de una milicia popular estable, que controlara la violencia radical evitando, sin embargo, la entrega del privilegio de la fuerza institucionalizada a sectores antirrepublicanos.[59] La preservación del orden público corrió, en buena medida, a cargo de milicias voluntarias cuya lealtad

57. Excelentes aproximaciones a la relación entre estas formas de organización de la burguesía y los orígenes del nazismo pueden hallarse en P. Fritzsche, *Rehearsals for Fascism. Populism and Political Mobilization in Weimar Germany,* Oxford, 1990; R. Koshar, *Social Life, Local Politics and Nazism. Marburg/Lahn, 1880-1935*, Chapel Hill, 1987, esp. pp. 126-176; O. Heilbronner, *Catholicism, Political Culture, and the Countryside. A Social History of the Nazi Party in South Germany*, Ann Arbor, 1998, esp. sección 3.

58. Un sector muy importante de las *Sturmabteilungen* (SA) estuvieron formadas por quienes no habían conocido directamente el frente, pero que tenían edad para entrar en un grupo de choque pocos años más tarde. *Véase* el ejemplo de Núremberg en E. G. Reiche, *The Development of the SA in Nürnberg, 1922-1934*, Cambridge, 1986, pp. 26-28.

59. H. A. Winkler, *Weimar...*, p. 43.

al nuevo régimen era más que dudosa: las ligas provisionales de voluntarios —*Freizeitwillingverbände*— y las guardias cívicas —*Einwohnerwehren*—. A pesar de los llamamientos de los dirigentes socialdemócratas, los trabajadores se negaron a incorporarse a estos grupos, que consiguieron edificar un extenso cuerpo de reserva al servicio de los intereses de la clase media. La movilización de la burguesía había hallado una manera de consolidarse para erosionar la hegemonía que habrían podido ostentar los trabajadores en este campo. La selección de oficiales por las ligas de pequeños empresarios aseguró aún más el carácter de este movimiento, que reunió a cientos de miles de ciudadanos a lo largo de 1919. Por otro lado, sus intenciones políticas, más allá de la mera restauración del orden, se manifestaron a comienzos de 1920. En pleno declive de la organización, y cuando las exigencias de los aliados podían poner en peligro su existencia, los dirigentes trataron de elaborar un espacio de acción para los voluntarios, que superara su condición de *Abwehrgemeinschaft* —asociación defensiva— para alcanzar la de *Aufbaugemeinschaft* —asociación para la reconstrucción—.[60] El intento de trenzar un tejido permanente de protección ciudadana que, al mismo tiempo, se encargara de una educación cívica patriótica sería frustrado por la disolución de estas formaciones en cumplimiento de las cláusulas del Tratado de Versalles. Sin embargo, su misma formulación indicaba que amplios sectores de la burguesía veían insuficiente la organización política parlamentaria, proponiendo estructuras de asociación popular que mantuviera la tensión de los vínculos de los primeros meses de la revolución, proporcionara la vigencia de una cultura política antirrepublicana y compensara la organización de masas de la izquierda.[61]

El aprendizaje de la violencia tuvo otra forma de socialización más eficaz, que estableció lealtades personales en una línea mucho más parecida a las que se habían producido en el frente. Los *Freikorps* fueron, durante su breve existencia, no sólo el instrumento de la reacción contra la izquierda radical, sino también una de las vías de acceso al territorio organizativo de la extrema derecha, aun cuando no todos sus integrantes acabaran ingresando en el movimiento nacionalsocialista. A diferencia de las milicias voluntarias,

60. J. M. Diehl, *Paramilitary...*, pp. 55-67.
61. La mejor monografía sobre Baviera es la de D. C. Large, *The Politics of Law and Order. A History of the Bavarian Einwohnerwehr, 1918-1921*, Filadelfia, 1980.

se trataba de cuerpos creados y entrenados a la sombra de algún oficial prestigioso, cuyo apellido solía dar nombre al grupo, en la más perfecta sincronía con las fórmulas de reclutamiento militar previas a los ejércitos nacionales modernos. La primera formación se creó a instancias del general Ludwig von Maercker, que el 14 de diciembre de 1918 constituyó el Cuerpo Voluntario de Fusileros.[62] El apoyo otorgado por el ministro de Defensa, Gustav Noske, propició la multiplicación de estos organismos, que llegaron a formar medio centenar de cuerpos con una militancia de alrededor de 400.000 hombres.[63] Tal expansión nos indica mucho más que la necesidad de preservar el orden público. Los *Freikorps* sirvieron, además, para el mantenimiento de los soldados que regresaban del frente y no disponían de alternativa alguna en la vida civil. Al sueldo, los combatientes sumaban su deseo de no abandonar la sensación de seguridad que les ofrecía la vida de milicia, en un sentido más amplio que la simple retribución económica. En un mundo totalmente distinto del que habían dejado atrás al marchar al frente, modificados ellos también de forma radical por una experiencia tan atroz como la Gran Guerra, millares de jóvenes encontraban en sus camaradas del frente una compañía leal, sellada por el uso constante de la fuerza, por la impunidad de la violencia contra quienes eran responsables de la derrota. Los *Freikorps* no venían a restablecer el viejo orden: de hecho, su fascinación por la destrucción, por una estética moldeada por la muerte, por el culto a la virilidad, a la fuerza y a la juventud, les hacían poco sensibles a los discursos conservadores y más cercanos a un nihilismo alimentado por su vida peligrosa y por su concepción de la política como aniquilación del enemigo. De una forma muy intuitiva, brotando de su propia experiencia del frente, los miembros de los *Freikorps* estaban planteando qué era la política para el nacionalsocialismo, tanto en sus factores negativos de exclusión del adversario, como en los elementos positivos de cohesión generacional de la «comunidad del frente» —*Frontsgemeinschaft*—. No fue, sin embargo, la experiencia de la guerra la que, por sí sola, proporcionó esta materia prima para el nazismo. Sin la contrarrevolución, sin la costumbre en el exterminio de los adversarios, sin el hábito de considerarlos una amenaza para la salud pública cuya li-

62. N. H. Jones, *Hitler's...*, pp. 47-49 para la constitución y ordenanzas de este primer grupo.
63. R. Waite, *Vanguard...*, pp. 33 y ss.

quidación aseguraba la perpetuación de Alemania, sin los meses de práctica de una violencia insana, embrutecedora, realizada contra sus propios compatriotas, la cultura del excombatiente no habría tenido por qué conducir a la formación automática de un nazi. Éste fue el espacio donde los hábitos de la guerra pudieron provocar la infección militarista de la vida civil. El lenguaje se atestó de una jerga cuartelera, la propaganda se endureció con metáforas belicistas. A la fascinación por la violencia como *método,* siguió su atractivo como *esencia* de las relaciones sociales. La intransigente dinámica de revolución y contrarrevolución, que enrareció la atmósfera política alemana en los primeros cuatro años de historia republicana, selló la identificación entre *militancia* y *militarismo.* La reivindicación de una nueva moral basada en la escala de valores del guerrero no fue insólita en la Europa de los años veinte, pero en Alemania desbordó los límites de algunas vanguardias literarias obsesionadas por el sentido heroico de la vida y el breve campo de gravedad de algunos cenáculos extremistas. La tupida red de organizaciones embriagadas por los rituales de la *bella morte* trenzó una cultura que superaba los viejos *cleavages* de clase, religión o procedencia regional, provocando una forma de nacionalización cohesionada por el sectarismo, la simplificación ideológica y el desprecio por la vida de los adversarios. Todo ello resultará la materia para edificar la progresiva indiferencia ciudadana ante el uso de una violencia sistemática contra los opositores, que debilitará la resistencia frente a las propuestas y la práctica políticas del Tercer Reich.[64]

A partir de 1920, tras el fiasco del *Putsch* de Kapp, la reorganización de la *Reichswehr* permitió la incorporación al ejército profesional de buena parte de los miembros de los *Freikorps*, aun cuando algunos de sus oficiales volvieron a constituirlos, de forma abierta o velada, aprovechando circunstancias como los enfrentamientos armados entre polacos y alemanes en la Alta Silesia. La disolución de las *Einwohnerwehren*, las *Freizeitwillingenwehren* y los *Frei-*

64. Sobre la ideología de los *Freikorps*, *véase* D. Venner, *Söldner...*, pp. 186-210. Sobre la cultura de la violencia, G. L. Mosse, *Fallen Soldiers. Reshaping the Memory of the World Wars*, Nueva York, 1990, pp. 159-181; P. H. Merkl, *Political Violence under the Swastika. 581 Early Nazis*, Princeton, 1975, esp. pp. 77-118 y 138-230; P. H. Merkl, *The Making of a Stormtrooper*, Princeton, 1980, pp. 101-132.

korps conduciría a buena parte de sus militantes a las asociaciones patrióticas. En la Baviera posrevolucionaria, este espacio fue disputado por las *Vaterländische Verbände,* fueran las de la derecha conservadora monárquica, o las que representaban un nuevo nacionalismo que se consideraba ajeno a cualquier parentesco con el Kaiserreich. En cualquier caso, ambas culturas se hallaban enfrentadas al orden republicano y extendieron una atmósfera de resistencia a la legalidad salida de la revolución de noviembre, donde la maduración del movimiento nacionalsocialista habría de producirse en circunstancias de adhesión o de simpatía ambiental, protegiendo sus primeros balbuceos de la hostilidad que asfixió organizaciones similares en Prusia. Baviera dispuso de una filial de la agrupación de ligas patrióticas de Alemania —*Vereignite Vaterländische Verbände Deutschlands*—,[65] la VVVD, dirigida por Hermann Bauer, y en la que se integraron decenas de grupos radicales, entre los que destacaba la Liga *Völkisch* Alemana de Defensa y Ofensiva —*Deutschvölkischer Schutz- und Trutzbund*—, la más numerosa de las asociaciones de ese carácter en el Reich, pero que en Baviera disponía de una presencia reducida.[66] La ineptitud de su máximo dirigente y las diferencias entre asociaciones tan diversas hicieron imposible el desarrollo de la VVVD, sometida, además, a una dinámica regional específica, donde competía con las asociaciones nacidas en el *Land.* Inmediatamente después de la disolución de la *Einwohnerwher* bávara, algunos de sus antiguos cuadros, bajo la protección y el aliento del ejército, impulsaron la formación de la liga *Bayern und Reich*, mandada por el doctor Otto Pittinger. El objetivo de ésta era mantener la unidad de todos los sectores contrarrevolucionarios de la región, en línea con los propósitos políticos de la milicia extinguida. A medida que cambiaba la coyuntura en una Baviera que ya estaba gobernada por la derecha antirrepublicana, fueron haciéndose frecuentes los enfrentamientos entre los sectores monárquicos conservadores y la tendencia nacionalista radical. Esta última acabaría saliendo de *Bayern und*

65. J. Diehl, «Von der "Vaterlandspartei" zur "Nationalen Revolution". Die Vereignite Vaterländische Verbände Deutschlands (VVVD) 1922-1923», *Vierteljahrshefte für Zeitgeschichte*, 33, 1985, pp. 615-639.

66. U. Lohalm, *Völkischer Radikalismus. Die Geschichte des Deutsvölkischen Schutz- und Trutz- Bundes 1919-1923*, Hamburgo, 1970. Sobre la escisión de la sección bávara, pp. 260-265.

Reich para constituir la *Reichsflagge,* liderada por los capitanes Ernst Röhm y Adolf Heiss, a comienzos de 1923.[67] No obstante, incluso tras esta deserción, *Bayern und Reich* sería la organización patriótica más potente de Baviera, llegando a unos sesenta mil miembros en vísperas del *Putsch* de noviembre.[68] Las asociaciones radicales trataron de constituir una federación rival, orientada a preparar el asalto a la república de forma inmediata, pero les resultó imposible sostener la unidad de sectores tan invadidos por querellas de liderazgo y por la actitud a tomar ante los núcleos más tradicionalistas de la derecha bávara. La primera plataforma, la Asociación de Ligas de Combate —*Arbeitsgemeinschaft der vaterländische Kampfverbände*—, constituida en febrero de 1923, sufrió diversas escisiones, hasta que se consolidó como *Deutscher Kampfbund.* En octubre, Adolf Hitler asumiría la dirección *política* de la plataforma, ya depurada de sus elementos más conservadores, e integrada sólo por las Secciones de Asalto nazis (SA), la pequeña organización del capitán Röhm, la *Reichskriegsflagge* —surgida de la división de la *Reichsflagge*— y el *Bund Oberland* originado en el *Freikorps* del mismo nombre.[69]

Filósofos, soldados y propagandistas

> Busqué grandes hombres y sólo hallé lacayos de sus ideas.
>
> FRIEDRICH NIETZSCHE, *La caída de los dioses*

> La guerra nos golpeó, nos cinceló, nos endureció hasta convertirnos en lo que somos.
>
> ERNST JÜNGER,
> *Der Kampf als inneres Erlebnis*

Estas diversas vías de organización permitieron sostener la movilización contrarrevolucionaria de la inmediata posguerra, darle consistencia y continuidad en los años críticos iniciales del nuevo

67. J. Mabire, *Röhm. L'homme que inventa Hitler*, París, 1983, pp. 86 y ss.
68. H. Gordon Jr., *Hitler and the Beer Hall Putsch*, Princeton, 1972, pp. 88-119, para un examen de las asociaciones patrióticas en el período inmediato al golpe.
69. D. Jablonski, *The Nazi Party in Dissolution. Hitler and the Verbotzeit, 1923-1925*, Londres, 1989, pp. 11-20.

régimen. No fueron un mecanismo exclusivo de irrupción en *lo público* por parte de jóvenes de la clase media, pero se convirtieron en organismos indispensables para la fermentación de la cosecha reaccionaria de 1918-1919. Fueron su forma más violenta, radical y, desde luego, fiel a la concepción de la política que habría de diseñarse en los márgenes de Weimar. Esta cultura habría de vertebrarse mediante la difusión de una ideología que convirtió el rechazo emotivo de la democracia en el discurso racional de la contrarrevolución. Incluso para quienes sostenían la primacía de la experiencia fáctica, era necesario el recurso identificador de las palabras. Resultaba indispensable la argumentación de algunos escritores, fascinados por una falla cultural que les permitía alcanzar no sólo la *popularidad*, sino una *función* precisa en la crisis de valores de la posguerra. Un papel que los promocionaba, permitiéndoles abandonar su solitaria condición de analistas de la decadencia y haciéndolos profetas que señalaban a la multitud el camino del orden nuevo. A sabiendas de que nunca conseguirían ponerse a la altura de Nietzsche, se resignaron a falsificar la de Zaratustra.

Y es que sólo una profunda violencia ejercida sobre el sentido de la obra de Nietzsche pudo hacerlo pasar por el inspirador último de la contrarrevolución alemana. En la crisis de la sociedad decimonónica, la revisión radical de valores propuesta por el filósofo fue percibida, con toda justicia, como una diatriba contra la moral convencional, contra los fundamentos del viejo orden. Para la derecha del Segundo Imperio, Nietzsche era un profesor de principios desquiciados, un provocador solitario cuya excentricidad se verificaría en la locura que lo sume en las tinieblas interiores a los cuarenta y cuatro años. A la hora de la fundación del nuevo imperio, después de que los medios académicos despreciasen *El nacimiento de la tragedia*,[70] el filósofo aludió a la falsa victoria de la cultura alemana, sepultada bajo las huellas del militarismo.[71] Años después, durante el debate sobre la subversión de mediados de los noventa, cuando el gobierno imperial se planteó la redacción de una ley para el control de la opinión radical, la obra de Nietzsche sería uno de los objetivos de las autoridades políticas y de los dirigentes del Centro

70. C. P. Janz, *Friedrich Nietzsche. Los diez años de Basilea, 1869/1879*, Madrid, 1981, pp. 154-167.

71. F. Nietzsche, *Consideraciones intempestivas. 1. David Strauss, el confesor y el escritor*, Madrid, 1988, pp. 23-33.

católico.[72] Los buenos conocedores de la cultura alemana rechazaron la caricatura de un Nietzsche pangermanista, oponiendo su feroz individualismo a las tesis nacionalistas raciales que desembocarían en el nazismo.[73] El «mensajero del nihilismo», como lo denominó uno de sus más profundos conocedores,[74] poseyó, en los momentos en que su obra comenzó a tener éxito —a partir de la década de los noventa—, la admiración de quienes vieron en él la defensa del ser individual frente a las diversas formas de dominio que se ejercen sobre la personalidad. Cuando agoniza el siglo XIX, el siglo de la razón, el materialismo y el positivismo, diversas corrientes de izquierda tratan de corroborar la suma de esa enérgica propuesta de emancipación del individuo con las tradiciones socialistas de la liberación colectiva. Si un ortodoxo como Mehring se resiste a la seducción, considerando la obra del filósofo una fenomenología del imperialismo, sectores disidentes, sean radicales o reformistas, creen posible completar la deriva fatalista del materialismo histórico con la subjetividad del vitalismo nietzschiano.[75] Como tantos rebeldes de su generación, Mussolini, entonces socialista revolucionario, ve en el filósofo de Röcken el vigor que tensa y humaniza un marxismo sepultado bajo las categorías. Ante la pasividad «científica» de la socialdemocracia, el futuro *Duce* queda fascinado por una apreciación de Nietzsche que le conduce a un socialismo aristocrático, vitalista: un «socialismo de superhombres».[76] Sin embargo, en esa misma Italia donde se desarrolla una crítica feroz de la cultura del XIX, no faltará quien, como Giovanni Papini, considere la obra de Nietzsche como la simple compensación vitalista de un cuerpo enfermo.[77]

Ninguno de los autores del pesimismo crítico, recelosos ante los principios de progreso normalizados tras las revoluciones liberales,

72. R. Hinton Thomas, *Nietzsche in German Politics and Society, 1890-1918*, Manchester, 1983, pp. 62-79.

73. E. Vermeil, *Doctrinaires de la révolution allemande, 1918-1938*, París, 1939, pp. 32-33. Una visión muy distinta es la que ofrece G. Lukács en *El asalto a la razón. La trayectoria del irracionalismo desde Schelling hasta Hitler*, Barcelona, 1972, pp. 249-323.

74. E. Fink, *La filosofía de Nietzsche*, Madrid, 1966, p. 9.

75. S. Aschheim, *The Nietzsche Legacy in Germany, 1890-1990*, Berkeley, 1992, pp. 164 y ss.

76. E. Gentile, *Le origini dell'ideologia fascista (1918-1925)*, Bolonia, 1996 (2.ª), pp. 69-80. P. Milza, *Mussolini*, París, 1999, pp. 105-107.

77. G. Papini, «El ocaso de los filósofos» (1906), en *Obras*, tomo IV, Madrid, 1957, pp. 1.065-1.188. Las referencias a Nietzsche, en pp. 1.164-1.180.

adquiere la rotundidad del nihilismo de Nietzsche, de su negación de los valores que han ido consumiéndose en la historia de occidente hasta convertirse en parte de su materia intelectual, en su propio sentido común. La célebre afirmación de *La gaya ciencia*, «Dios ha muerto», sintetiza la caducidad de la tradición metafísica occidental. En su afirmación de la existencia individual, de la inmediatez, de lo concreto, de lo aparente, Nietzsche no inicia la oposición de razón y vida. Por el contrario, denuncia esa dualidad como fundamento de la cultura occidental, que ha menospreciado la experiencia humana real en favor de diversas formas de trascendencia. La construcción positiva de un nuevo orden requiere una primera fase de negación de un edificio artificioso, idealizado, apartado del sentido auténtico de la experiencia vital, anegado en los excesos del racionalismo. Esa tarea corresponde a los individuos heroicos, excepcionales, ajenos a la corrupción de los falsos valores heredados por la tradición filosófica desde Sócrates y por la tradición religiosa judeocristiana. Corresponde a una nueva aristocracia, capaz de quebrar el sentimiento de inferioridad del hombre ante sus propias abstracciones.[78]

La visión de Nietzsche como mentor de la nueva derecha radical germana no corresponde sólo a un manoseo oportunista de su obra, sino a la ambigüedad característica de su estilo. Nietzsche se acerca al mundo con las herramientas analíticas del artista, rechazando los instrumentos epistemológicos del racionalismo. Esa valoración de la experiencia emotiva como manera de penetrar la realidad le obliga a un lenguaje sinuoso, donde las afirmaciones solemnes no son el resultado de una hipótesis sometida a las reglas de la lógica deductiva, sino frases lapidarias, tajantes, cinceladas por una potente sintaxis, y apoyadas en un pedestal de aforismos que van realzando la primera impresión. La palabra no es sólo un código de *comunicación,* sino una vía de *conocimiento.* Obedece a las propias necesidades ontológicas del escritor, para el que el lenguaje es, en su misma formulación convencional, en su construcción de conceptos, un espacio dominado por el prejuicio metafísico.[79] Pero él sabrá utilizarlo para romper esa función, usando su brillantez para pulsar la sensi-

78. B. Detwiler, *Nietzsche and the Politics of Aristocratic Radicalism*, Chicago, 1990, pp. 68-97.

79. J. L. Vermal, *La crítica de la metafísica en Nietzsche*, Barcelona, 1987, pp. 146-160. Sobre el estilo de Nietzsche, *véanse* las deliciosas páginas de S. Zweig, en *La lucha contra el demonio. Hölderlin, Kleist, Nietzsche*, Barcelona, 1999, pp. 263-272.

bilidad del lector y obligarlo a compartir más que a observar; a sentir más que a reflexionar.[80] La eficacia movilizadora de este mecanismo contiene, sin embargo, su propia flaqueza. Otros autores pueden ser difíciles de interpretar. Nietzsche es fácilmente malintepretado.

Por otra parte, Nietzsche es la punta luminosa de un iceberg, de un trastorno que supera las condiciones usuales de un debate doctrinario para adquirir los rasgos de un estado de ánimo.[81] Las posiciones de rechazo del viejo orden no son idénticas, ni lo son las alternativas que se ofrecen, en un paisaje brumoso donde se percibe mejor la atmósfera que los objetos. Lo cierto es que se trata de un episodio continental, que rebasa las fronteras alemanas, para convertirse en el sentido común de una amplia promoción de profesionales de la cultura o, tal vez, en su contrasentido común.[82] Cuestiones básicas en el debate sociopolítico del período de entreguerras se esbozaron en la crisis finisecular: el elogio de las elites y de desigualdad, la concepción instrumental de las masas, el rechazo de la «nación de ciudadanos» en favor de la nación integral, la visión orgánica y comunitaria de la sociedad frente a las formulaciones mecanicistas y competitivas, la combinación del liderazgo con la hostilidad al individualismo, el ajuste entre la negación del materialismo y la búsqueda de verificaciones materiales en las ciencias de la naturaleza. Todo ello, presentado como un gran movimiento de revisión de los valores normales de la cultura decimonónica, como un rechazo idéntico del liberalismo y del socialismo marxista, estaba aún lejos de organizarse como movimiento político, pero fue capaz de impulsar sus fundamentos últimos.[83] La impresión de que había concluido un ciclo histórico, de que el impulso de las ideologías racionalistas había expirado, la contemplación del presente como decadencia, la convicción de que las civilizaciones son organismos vi-

80. J. P. Stern, *A Study of Nietzsche*, Cambridge, 1979, pp. 93-96.

81. E. Collotti, *La Alemania nazi*, Madrid, 1972, p. 17: «Es difícil dar una definición unívoca de aquello que, más que una corriente doctrinaria homogénea, se ha de considerar como un estado de ánimo...»

82. Una buena muestra de este carácter son los textos de la conferencia internacional celebrada en 1990 en Jerusalén, y publicada por Z. Sternhell, *The Intellectual Revolt Against Liberal Democracy, 1870-1945*, Jerusalén, 1996.

83. El propio Sternhell ha definido de forma muy precisa esta ruptura cultural en la introducción a *La droite révolutionnaire, 1885-1914. Les origines françaises du fascisme*, París, 1978.

vos, sometidos a las leyes de infancia, plenitud y agonía, no fueron una exclusiva del pesimismo alemán, acentuado por el rigor de la derrota en la Gran Guerra,[84] sino que se trataba de una crisis internacional que ponía en duda las bases mismas del orden ideológico contemporáneo y que muchos vivieron en términos de tarea generacional.[85] El discurso a la juventud dispondrá de mayor eficacia tras la experiencia bélica, que reposó sobre unos límites de edad bastante precisos, pero correspondía, además, a la percepción —o la divulgación literaria— casi biológica de un envejecimiento de los tejidos culturales europeos, de la esclerosis de sus principios morales, de la decrepitud de una civilización.[86]

La nacionalización de Nietzsche o, si se prefiere, su *germanización*, fue el resultado de la propaganda paralela de la Entente y del Kaiserreich durante la guerra. Mientras los británicos presentaban al filósofo como el adalid del imperialismo alemán, aniquilando el contexto de algunas de sus expresiones más vibrantes, el Estado Mayor germano dispuso la edición de 150.000 copias de *Así hablaba Zaratustra*, para distribuirlas entre los combatientes.[87] La Gran Guerra dará lugar a la «revolución conservadora», cuyos ritmos serán también continentales, pero que en la Alemania de 1918 disponen del enérgico catalizador de la derrota nacional y la crisis política. Este movimiento poco homogéneo, que no reconocía autoridad personal alguna, habría de difundirse como una espesa marea negra sobre la cultura de Weimar, a través de una miríada de publicaciones,[88] con el apoyo de poderosos editores[89] y reuniendo en

84. M. Nacci, «The Present as Nightmare. Cultural Pessimism among European Intellectuals in the Period between the two World Wars», en Z. Sternhell (ed.), *The Intellectual...*, pp. 105-128.

85. Una reflexión sobre esa función generacional realizada en la inmediata posguerra, en J. Ortega y Gasset, *El tema de nuestro tiempo*, Madrid, 1959 (9.ª), pp. 11-18. El libro recoge la lección inaugural del curso 1921-1922. Un estudio de caso de esta cesura, que permite comparar muy bien la crisis generacional alemana y francesa, es el de J. L. Loubet del Bayle, *Les Non-conformistes des années 30. Une tentative de renouvellement de la pensée politique française*, París, 1969.

86. A. Herman, *La idea de decadencia en la historia occidental*, Barcelona, 1998. Para el pesimismo de Burckhardt y Nietzsche, pp. 83-114.

87. S. Aschheim, *The Nietzsche Legacy in Germany, 1890-1990*, Berkeley, 1992, pp. 128-136.

88. *Véanse* las que ofrece, por ejemplo, J. Herf en *El modernismo...*, pp. 64-67.

89. En su libro *Entrepeneur of Ideology. Neoconservative Publishers in Germany, 1890-1933*, Chapel Hill, 1981, Gary Stark ha estudiado los casos de cinco ca-

un mismo rechazo de los fundamentos de la república a intelectuales de muy diversa orientación.[90] En la medida en que los revolucionarios conservadores o los neoconservadores —como también se les ha llamado—[91] rechazaban furiosamente el legado del régimen imperial, podían rastrear en Nietzsche un ancestro, sobre todo cuando su negativa a aceptar los principios de la izquierda era igualmente inquebrantable.[92] Por el contrario, estos autores acusaban a las viejas clases dirigentes de haber permitido la contaminación de Alemania por principios políticos antigermanos, que habían debilitado el encuentro del pueblo con su propio espíritu y, por tanto, la imposibilidad de definir una verdadera revolución, adaptada a su *Kultur*. Según este grupo de escritores, los alemanes no debían lealtad a un régimen caduco, pero habían de negársela a un régimen antinacional, cuya inspiración procedía de los principios liberales, racionalistas, ilustrados, de la revolución francesa. El nuevo nacionalismo alemán nada tenía que ver con el nacionalismo jacobino, con la objetivación constitucional de los derechos de los ciudadanos, con la relativización normativa del poder y con el análisis cuantitativo de la voluntad general. Frente a ese edificio minucioso, atento a los equilibrios de fuerzas de una sociedad diversa, la revolución conservadora reivindicaba la fusión de los alemanes en una comunidad de sangre, un proceso que no podía teorizarse, redactarse en códigos específicos, delimitarse en un juego de renuncias contractuales mutuas.

---

sas editoras influyentes: Eugen Diderichs Verlag, J. F. Lehmanns Verlag, Hanseatische Verlagsanstalt, Heinrich Beenken Verlag y Gerhard Stalling Verlag.

90. Sobre el término «revolución conservadora», que se atribuye a Hoffmansthal y a Thomas Mann, *véase* W. Struve, *Elites against Democracy. Lidership Ideals in Bourgeois Political Thought in Germany, 1890-1933*, Priceton, 1973, nota en página 224. La atribución a Hoffmansthal puede verse, también, en F. Stern, *Politique et désespoir. Les réssentiments contre la modernité dans l'Allemagne préhitlerienne*, París, 1990, p. 13 (edición americana con el subtítulo *A Study in the Rise of the Germanic Ideology*, Berkeley, 1961). Hoffmansthal se refería, en *Das Schrifttum als geistiger Raum der Nation* (Múnich, 1927), a quienes no buscan «la libertad, sino los lazos comunitarios».

91. K. von Klemperer, *Germany's New Conservatism. Its History and Dilemma in the Twentieth Century*, Princeton, 1957.

92. El impacto de Nietzsche en esta generación puede entenderse en sus términos más amplios, en las palabras que le dedicó Gottfried Benn, «Nietzsche, cincuenta años después», publicado con otros trabajos con el título general de *El yo moderno y otros ensayos*, Valencia, 1999, pp. 165-175.

La revolución conservadora tuvo sus raíces pretéritas en la crisis intelectual de fines del siglo XIX, pero sus antecedentes visibles estuvieron en la experiencia de la guerra. La guerra atravesó la conciencia europea, dio formas precisas a tensiones intelectuales para convertirlas en vivencias. La crisis se desplazó del pensamiento a la acción, del conocimiento a la voluntad, de la ontología a la moral. Nadie negó la brutalidad de aquel episodio: algunos hicieron de él la base de un nuevo humanismo, otros la oportunidad de una revolución. Los neoconservadores la elevaron a la condición de un recuerdo atractivo, de la materia prima de un renacimiento nacional.[93] Para todos ellos, Oswald Spengler y Arthur Moeller van den Bruck fueron las vinculaciones directas con el pesimismo cultural de fines del Kaiserreich. Ambos personajes, nacidos en 1880 y 1876 respectivamente, habían madurado en la reorganización del pensamiento conservador previo a la Gran Guerra, y templarían sus convicciones en la gran fractura nacional de la derrota. De los dos, sólo Moeller había alcanzado cierta popularidad antes del conflicto, como crítico artístico y literario. Su dedicación al estudio de la estética se basaba en una convicción compartida con el romanticismo y con otros autores finiseculares, como Julius Langbehn: la contemplación de la obra de arte era el camino para penetrar en el *Volksgeist,* el espíritu de un pueblo. Su crítica del liberalismo se canalizó, tras el impacto de la capitulación, hacia una propuesta de «revolución alemana», de una revuelta de la «generación de 1919», que dictaría la caducidad de la generación de Guillermo II.[94] La revolución instauraría una comunidad orgánica sin conflictos internos, liderada por una nueva elite y estructurada por un Estado corporativo. El nuevo Reich habría de ser la síntesis entre la filosofía vitalista, y la superación de las fórmulas políticas procedentes de la Ilustración. De esta forma, la derrota, incluso bajo su aspecto de catástrofe, poseía la cualidad de condicionar un despertar nacional. La catástrofe de noviembre podía estimular una gran toma de

93. K. Sontheimer, *Antidemokratisches Denken in der Weimarer Republik. Die politischen Ideen des deutschen Nationalismus zwischen 1918 und 1933.* Múnich, 1962, pp. 115-139.

94. En 1904, en su obra *Die Deutschen,* Moeller había hablado ya de la necesidad de un «cambio de sangre, de una cólera de los hijos contra los padres, de una sustitución de la vejez por la juventud.» Cit. por S. Breuer, *Anatomie de la révolution conservatrice*, París, 1996, p. 41. Del mismo lugar proviene la cita del artículo «Die drei Generationen».

conciencia gracias a la cual Alemania asumiría los compromisos de una nación joven, dispuesta a cancelar la ideología importada de las viejas naciones. No en vano el órgano de prensa del Juni-Klub, que agrupaba a cualificados simpatizantes de esta corriente neoconservadora, se denominó *Gewissen* —«conciencia»—. Se trataba de que Alemania recuperara su contacto con la intimidad —*Innerlichkeit*—, el conocimiento de su ser auténtico, para edificar un orden nuevo que rechazase el liberalismo conservador imperial y la República Democrática de Weimar. La imagen de renovación y recuperación simultáneas, de revolución y tradición, se concretaría en el título del libro más célebre de Moeller, publicado en 1923, *El Tercer Reich*, recurriendo a una fórmula quiliástica que vinculaba la propuesta de unificación y liberación germánica con una corriente ancestral del pensamiento *völkisch.*[95] El «socialismo alemán» superaba las concepciones de clase, para convertirse en la organización de un nacionalismo depurado de su corrupción liberal.[96]

Tal coincidencia sería expresada por Oswald Spengler en un ensayo publicado en 1919, *Prusianismo y socialismo*, al establecer la identidad entre la cohesión férrea, la disciplina, la inmersión del individuo en lo común, propios del espíritu prusiano, con los valores solidarios del socialismo. El ensayo era una airada respuesta a la revolución de noviembre, por la que, a diferencia de Moeller, el filósofo no sentiría ni siquiera una simpatía inicial. En *Años decisivos,* publicada poco después de la subida de Hitler al poder, Spengler aclaró aún más sus relaciones con la república: «Odié, desde su primer día, la sucia revolución de 1918, como traición infligida por la parte inferior de nuestro pueblo a la parte vigorosa e intacta que se alzó en 1914 porque quería y podía tener un futuro.»[97] En su residencia de Múnich, Spengler había asistido, horrorizado, a la instauración del régimen de consejos de obreros y soldados. Aun cuando había denunciado el vaciado de la política por los intereses económicos, aun cuando insistiera en la formación de una nueva elite, que no tuviera en cuenta los orígenes de sangre o dinero, sus

95. Para la evolución de este concepto comunitario, J. Hermand, *Old Dreams of a New Reich. Volkish Utopias and National Socialism*, Bloomington, 1992, esp. pp. 26-83. También puede verse el libro clásico de G. Mosse, *The Crisis of German Ideology. Intellectuals Origins of the Third Reich*, Nueva York, 1964.

96. Una síntesis del pensamiento de la vida y obra de Moeller van den Bruck en F. Stern, *Politique...*, pp. 199-277.

97. O. Spengler, *Años decisivos.* Granada, 1938, p. 11 (edición alemana de 1933).

contactos personales, como miembro del *Herrenklub* de Múnich, lo situaron entre quienes deseaban entregar el poder a los capitanes de la industria.[98] Estos dos ensayos, junto con *El hombre y la técnica* (1931), incluso siendo bien recibidos, tuvieron menor divulgación que un extenso tratado de filosofía de la historia, que Spengler titularía, tras algunas vacilaciones, *La decadencia de Occidente.* El éxito de la obra, publicada en dos volúmenes en 1918 y 1922, le permitió alcanzar una cincuentena de ediciones en cuatro años[99] y resultó un afortunado ingreso en el espacio cultural de alguien que, hasta aquel momento, había soportado humillaciones por parte de los sectores académicos.[100] A diferencia de un amplio sector de público de clase media, éstos continuaron recibiendo desdeñosamente las reflexiones de Spengler, lo cual acentuó, sin duda, el antiintelectualismo de éste, su fascinación por los hombres de acción.[101]

La decadencia de Occidente es una interpretación de los ritmos vitales de las civilizaciones, que, a pesar de sus diferencias cronológicas, tienen paralelismos en sus ciclos de expansión y caída. Lo que se presenta es la *expresión* de la historia, la *realización* de las culturas. Se trata, al decir de su autor, de un ensayo morfológico, un estudio de formas concretas, de fenómenos. Cada cultura se contempla como un hecho exclusivo cuya conducta es la de un organismo, con sus mismas fases de plenitud y declive, aun cuando de los ejemplos particulares pueda extraerse la marcha de un fluir idéntico de *toda* cultura. La civilización es el momento culminante de una cultura, el inicio de su agotamiento: «Cuando el término ha sido alcanzado, cuando la idea [...] se ha realizado exteriormente, entonces, de pronto, la cultura se *anquilosa* y muere; su sangre se cuaja, sus fuerzas se agotan; se transforma en *civilización.*»[102] Esta visión circular de la historia poco tiene que ver con el sentido del progreso de la Ilustración, culminado en el darwinismo. Frente a esa concepción evolutiva, Spengler se suma a la crítica a la modernidad para anunciar el ciclo de decadencia en que, a la manera de otras cultu-

98. W. Struve, *Elites...*, pp. 234-242.
99. R. Woods, *The Conservative Revolution in the Weimar Republic*, Londres, 1996, p. 3.
100. A. Herman, *La idea...*, p. 235.
101. W. Struve, *Elites...*, p. 234.
102. O. Spengler, *La decadencia de Occidente. Bosquejo de una morfología de la historia universal*, Madrid, 1983, vol. I, pp. 153.

ras en momentos distintos, se encuentra la cultura occidental, herida de muerte por la primacía del racionalismo y el liberalismo, por el poder de la democracia y el dinero. La etapa de crecimiento de una cultura se define por el dominio de la voluntad sobre la razón, de los hechos sobre las verdades, de la vida frente a las ideas: «La vida verdadera, la historia, sólo conoce hechos. La experiencia de la vida, el conocimiento de los hombres, se refiere a hechos solamente. El hombre activo, el hombre de acción, de voluntad, de lucha, el hombre que tiene que afirmarse a diario frente al poder de los hechos y sojuzgarlos o perecer, ese hombre considera las simples verdades como algo insignificante.»[103] La oposición entre existencia y razón se expresa, desde el punto de vista de las categorías de clase, en el antagonismo entre nobleza y sacerdocio, entre la aristocracia de la acción, de la historia, del destino, del ser, y la aristocracia del pensamiento, de la naturaleza, de la causalidad, del significado. La civilización, fase terminal de una cultura, se nutre de la pérdida de relieve de la nobleza, de la extinción de una tradición marcada por el magisterio del ser que no sólo conoce, sino que entiende.[104] La llegada de la civilización se identifica, en todo su poder destructivo, con la pérdida de rango de la nobleza y, especialmente, con el ascenso de la burguesía, que exaspera el triunfo de la razón frente al espíritu del heroísmo o de la santidad.[105] Este análisis no sólo destaca la inserción de los «falsos valores» en etapas concretas del devenir histórico, sino que plantea las bases de la crítica neoconservadora al capitalismo, los fundamentos de un «socialismo nacional». Los estratos tradicionales, el guerrero o el campesino, constituyen una comunidad orgánica, que emana de la realidad rural: el castillo procede de la casa aldeana. De la ciudad brota, en cambio, una nueva relación con la economía, que separa el dinero de la propiedad. Este capitalismo que huye de su contacto con los bienes concretos se corresponde a la lucha entre la abstracción y la vida real. La crítica al capitalismo combinada con la defensa de la propiedad, que vertebrará el «socialismo» de la revolución conservadora, tendrá en los últimos párrafos del libro la forma de una exhortación, de un llamado a la insumisión, en los límites del ejercicio de la voluntad frente al destino: «[El dinero] ha transformado en nego-

103. *Id.*, vol. II, pp. 24-25.
104. *Id.*, vol. II, pp. 389-395.
105. *Id.*, vol. II, p. 405.

cio toda especie de oficio; invade hoy victorioso la industria para convertir en su presa y botín el trabajo productivo de empresarios, ingenieros y obreros. [...] Comienza la última lucha, en que la civilización recibe su forma definitiva: la lucha entre el dinero y la *sangre.* [...] Si llamamos capitalismo a esos poderes del dinero y socialismo a la voluntad de dar vida a una poderosa organización politicoeconómica, por encima de todos los intereses de clase, a la voluntad de construir un sistema de *noble* cuidado y de deber [...] esa lucha es, al mismo tiempo, la contienda entre *el dinero y el derecho.* [...] *La historia universal es el tribunal del mundo.* [...] Siempre ha sacrificado la verdad y la justicia al poder, a la raza, y siempre ha condenado a muerte a aquellos hombres y pueblos para quienes la verdad era más importante que la acción, y la justicia más esencial que la fuerza. [...] No somos libres de conseguir esto o aquello, sino de hacer lo necesario o no hacer nada.»[106]

Moeller había conducido la «metafísica del artista» hasta los parajes de la acción política. Spengler había dotado al pesimismo cultural de una concepción de la historia enfrentada al positivismo y al marxismo. *La decadencia de Occidente,* comprensible en el magma de una actitud frente a la modernidad muy extendida a finales de siglo, pensada como una reflexión metapolítica, halló una atmósfera propicia en la guerra y la derrota, cuando los sentimientos de extrañeza frente a la revolución de noviembre exigieron una literatura capaz de mezclar las ansias de renovación con la reacción frente a la democracia «ajena» de Weimar. Nietzsche, el gran mentor de una generación rebelde, sería filtrado por estos dos autores, pero también por las necesidades de un público concreto, que trató de moldear su propia identidad con principios leídos en su obra: la vinculación con un *Volkstum* germano permanente, superior a la decadencia del imperio, como sustancia de un nuevo nacionalismo; el elogio de la actitud agresiva del hombre, valorado como orgulloso y violento animal de presa —*Raubtier*—; el carácter positivo de la guerra para evitar el reblandecimiento de una cultura; la crítica a la democracia y el principio esencial de la desigualdad.[107] Lo que

106. *Id.,* vol. II, pp. 586-588.

107. R. Woods, *The Conservative...*, pp. 29-58. Una síntesis apreciable en castellano sobre este movimiento nos la ofrece K. Bullivant, «La revolución conservadora», en A. Phelan, *El dilema de Weimar. Los intelectuales en la República de Weimar*, Valencia, 1990, pp. 67-95.

había comenzado como una aventura filosófica, como un debate para la corrección del rumbo espiritual de Occidente, se precipitó en el laboratorio de las trincheras. A la manera de un cambio de estado físico, la guerra transformó los vapores ideológicos de una crisis intelectual en la materia sólida de una masa combatiente. El público sobre el que había sobrevolado el largo debate finisecular, se convirtió en un sujeto histórico que no sólo deseaba *razonar* lo que estaba sucediendo, sino *entender* lo que estaba haciendo. La oposición spengleriana entre *Dasein* y *Wachsein* —entre «ser ahí» y «ser despierto», entre existencia y conciencia—, se completaba con la distinción, ya utilizada por Thomas Mann, entre *Vernunft* y *Verstand,* entre el saber teórico y la comprensión a través de la experiencia.

La guerra, realizada tanto en defensa del viejo orden como con la esperanza de reformarlo, creó un escenario para que hallara su papel una tercera posición, que se entendía a sí misma como la síntesis de las grandes oposiciones ideológicas del siglo anterior.[108] La contienda había creado en sus inicios una impresión de unidad nacional, que desplazaba las viejas fracturas y las lealtades clásicas. El entusiasmo de los jóvenes de clase media, arrojados a la intensidad de un episodio excepcional, no delataba sólo un impulso patriótico resistencial, sino la voluntad de su *actualización,* en un sentido literal que encajaba bastante bien con sus cualidades simbólicas: su realización a través de los *actos.* Las ideas que pudieran haberse enarbolado, fueran los conflictos dinásticos, las ofensas diplomáticas, incluso el peligro de invasión, quedaron anegadas en una marea de participación, que dejó en quienes se enrolaron el impulso penetrante de una comunidad en marcha. Después de decenios de crítica al inmovilismo, pereza y decadencia de la vieja nobleza y de la clase media, abandonarse en ese movimiento unánime inculcaba la impresión de una existencia radical, la sensación de deslizarse en la espesura de un tiempo realmente vivido. La juventud abandonaba la rutina, la perfección mediocre de las aulas, los talleres y los trabajos campestres, para adentrarse en una tierra salvaje, en un espacio de perfiles ideológicos huidizos, que iría desfigurando los valores cívicos sobre los que se sostenían las certidumbres de la sociedad dejada atrás. La guerra ofrecía un nuevo

108. K. von Kemplerer, *Germany's...,* pp. 43-69. F. Stern, *The Failure of Illiberalism. Essays ot the Political Culture of Modern Germany*, Chicago, 1975, pp. 119-138.

continente moral a colonizar por una generación de descubridores, de conquistadores, dispuestos a sacrificar las coordenadas de su formación. La aventura del combatiente estaba a punto de rivalizar con los mitos de la fortuna legítima burguesa y de la emancipación proletaria.

La metáfora biológica para definir la decadencia de las culturas como su envejecimiento halló su verificación física en la edad de los soldados. La renovación del mundo obsoleto correspondía a la juventud llamada a filas en los primeros momentos. Exigiendo unas determinadas condiciones para la lucha y la supervivencia, la guerra ofrecía, como si fuera el efecto de su propio metabolismo, los valores que irían nutriendo de significado el sufrimiento de las trincheras. A la normalización del término «generación del frente», que marcaba una línea de solidaridad trazada por la fecha de nacimiento —precisamente la de quienes habían llegado al mundo en la mezcla de esplendor imperial y crisis ideológica de la etapa guillermina—, se sumaron otros factores identificativos. El heroísmo, el miedo, el dolor, la muerte o el homicidio individuales adquirieron sentido en el seno de un colectivo uniformado. El coraje personal hubo de someterse a la eficacia de la disciplina, donde el valor de los demás era garantía de la propia supervivencia. En la guerra pudo resolverse, así, la contradicción entre la naturaleza individualista del vitalismo nietzschiano y el sentido comunitario de los proyectos populistas. La tensión teórica entre igualitarismo y jerarquía se apaciguó en las exigencias cooperativas, y la aceptación de la jefatura correspondía a la equiparación del riesgo, de ahí que la obediencia fuera más natural, menos reglamentaria, en las relaciones entre soldados y oficiales con mando directo de tropa, aspecto que habría de continuarse en la formación de los *Freikorps.* La nación dejó de ser una abstracción para concretarse en la comunidad del frente. En la medida en que se *realizaba* a través de la guerra, la nación superaba su concepción legal para adquirir una solvencia mística. Se deterioraban sus aspectos jurídicos y se reforzaban los filosóficos. Ello no implica que el discurso nacionalista perdiera realismo: por el contrario, lo reforzó con la dureza de la experiencia bélica, y quien regresó de ella pudo burlarse de las ilusiones progresistas del mundo de la Ilustración. Significa, más bien, que la asunción de la realidad nacional consideró agotadas las normas de su reglamentación liberal, que limitaban su potencia, su voluntad de ser. Para Nietzsche, la guerra era el espacio de liberación de los instintos individuales. Para los combatientes, se trataba de la emancipación de las aspiraciones destructivas y creativas de una generación, en cuya conducta tomaba cuerpo la nación joven. Los niveles masivos de movilización pudieron dar la impresión de un compromiso total del pueblo, y ese rasgo contemporáneo fue acentuado por la eficacia atroz de las armas, que reconciliaron el antimodernismo político de finales de la centuria con la técnica. La guerra, aunque pudiera recoger cierta nostalgia de heroísmos medievales, era una guerra moderna, el primero de los grandes conflictos de este tipo. Y su modernidad, además de matizar el pesimismo cultural de los ideólogos de la decadencia, señaló el ocaso del viejo orden y la fuerza del mundo que se anunciaba, precisamente, en las constantes vitales de la batalla.

A medida que pasaban los meses, el entusiasmo inicial fue mostrando su fragilidad, para ser sustituido por un rechazo abierto de la lucha, que provocaría la ejecución de numerosos soldados acusados de deserción o cobardía ante el enemigo. Tal desmoralización encontró su complemento en el belicismo cínico, brutal, de otros, cuyo nacionalismo fue haciéndose más rencoroso contra la retaguardia y más complaciente con su mera expresión guerrera. Para los soldados que habían de consumir psicológicamente la inmediatez de la muerte, la suciedad, el terror a los gases y a las mutilaciones, el envilecimiento provocado por el acto mismo de matar, el tedio de las largas jornadas en las trincheras; en definitiva: para quien debiera mantener el equilibrio en una situación de un embrutecimiento incomparable con los hábitos de su vida civil, una terapia consistía en hacer de ese episodio la nueva normalidad, lo cual carecía de un verdadero sentido moral, pues no se consideraba tanto su *bondad* como su *realidad*. De esta forma, lo que se proponía, para justificar el sacrificio de una generación, era que la *Frontsgemeinschaft* se restaurara en el conjunto de la nación, que sus valores inspirasen los de una auténtica revolución. Si esta actitud opuso ferozmente a los nuevos nacionalistas con la izquierda obrera, también la apartó cada vez más de la defensa del viejo imperio. A su regreso a casa, los soldados disponían de una trama de percepciones políticas y sociales, pero carecían de un verdadero proyecto. Disponían de un mecanismo elemental, grosero, de identificación de amigos y enemigos, cuya escasa pulcritud les convirtió en un instrumento eficaz de las mismas castas que decían despreciar, fueran los políticos socialdemócratas o los reaccionarios monárquicos. Deseaban construir el tipo de «socialismo» que se había vivido en las trincheras, donde las pautas de desigualdad de origen habían ido cediendo el paso a la habilidad del mando y el coraje en la batalla. Anhelaban la fraternidad tangible de las trincheras, se emocionaban ante los símbolos unitarios que sintetizaban su inclusión en un gran organismo coherente: los uniformes, los estandartes, los cánticos. Querían un mundo donde la autoridad fuera tan plebiscitaria como la del oficial cuyo valor y preocupación por sus hombres lo convertían en un jefe natural, en el que era posible depositar la confianza, la propia seguridad. Un mundo que superase las diferencias de clase para establecer una jerarquía orgánica, basada en la colaboración y la dedicación abnegada de todos al esfuerzo común. Un mundo de hombres, cuya virilidad había sido definida en la asunción del riesgo y la fuerza.[109] Y, frente a quien se opusiera, sólo disponían del argumento de la violencia, de la implacable liquidación del adversario, que habían ejercido a lo largo de cincuenta meses. Se trataba de una violencia que no se usaría ya para sobrevivir, sino para vivir de otra manera: de una forma intensa, que exigiera a todos compartir la misma plenitud, y que protegiera a la comunidad no sólo de la indisciplina abierta, sino también de la debilidad provocada por la falta de entusiasmo, por la indiferencia.

Todo este mundo atestado de impulsos instintivos, de emociones que trataban de canalizarse en rituales de grupo, ha podido definirse mejor por los testimonios literarios que por la historiografía convencional. El éxito de *Tempestades de acero* y de *Sin novedad en el frente* corrobora que, para los protagonistas, tales testimonios resultaban profundamente evocadores. La controversia desatada por la novela de Remarque, el estreno de cuya primera versión cinematográfica boicotearon los nazis,[110] indica también la duplicidad de la herencia de guerra. No por casualidad, el nacionalista Franz Schauwecker se referiría a la obra como: «*Das Kriegserlebnis eines Untermenschen*», la experiencia de guerra de un infrahumano.[111]

109. G. L. Mosse, *The Image of Man. The Creation of Modern Masculinity*, Nueva York, 1996, pp. 107-132.

110. M. Broszat, *Hitler and the Collapse of Weimar Germany*, Oxford, 1987, pp. 32-36.

111. Cit. por Sontheimer, *Antidemokratisches...*, p. 119. Acerca de la novela de la Gran Guerra, *véase* MPA Travers, *German Novels on the First World War and their Ideological Implications, 1918-1933*, Stuttgart, 1982. El capítulo 4 está dedicado a la obra de Remarque.

La frase mostraba que no podía existir, a ojos de estos soldados-políticos, una diversidad de recuerdo que restaurara el individualismo: la memoria útil debía ser unánime. La identidad de los combatientes se mantuvo en todos los países, cruzó todas las ideologías.[112] Se encarnó en asociaciones convertidas en poderosos instrumentos de movilización ciudadana.[113] En todos los pueblos se levantaron monumentos a los muertos, no sólo como un elemento simbólico, sino como la indicación cuantitativa del volumen abrumador de pérdidas humanas que supuso. Los rituales conmemorativos, las oraciones por los caídos y las canciones para recordarlos precedieron a la violencia política de las décadas siguientes,[114] fijaron una estética adaptada a la concepción de la política en términos de sacrificio de la propia vida y de supervivencia colectiva mediante la liquidación del enemigo.

Esa prolongación de la guerra en la paz, a través de una mitificación de la experiencia del frente que subrayaba la camaradería, el olvido de los intereses individuales, la protección de la comunidad a sus miembros disciplinados, la intensidad de la vida en peligro, el desprecio de la mediocre comodidad de la vida burguesa y el odio a la carencia de patriotismo de la izquierda socialista, contenía un primer esbozo del perfil «revolucionario» de los excombatientes. La fascinación por un sistema que diera respuesta a los conflictos de la sociedad industrial mediante la construcción de un régimen corporativo se contemplaba como una modernización de la política, capaz de enfrentar los retos de una cultura profundamente impregnada por el dominio de la tecnología y por nuevos criterios de eficiencia. Tal actitud llegó también a los ámbitos socialdemócratas e incluso sindicalistas revolucionarios, tras la experiencia

112. Existe un bello ensayo sobre el impacto del conflicto en los socialistas, un impacto que determinaría curiosas derivas políticas en su trayectoria: D. S. White, *Lost Comrades. Socialists of the Front Generation, 1918-1945.* El impacto de la guerra en los jóvenes, en las pp. 9-25. También, R. Wohl, *The Generation of 1914*, Cambridge, Mas., 1979; P. Fussell, *The Great War and Modern Memory*, Nueva York, 1975; A. Gregory, «Lost generations: the impact of military casualties on Paris, London, and Berlin», en J. Winter y J. L. Robert, *Capital Cities...*, pp. 57-103.

113. Para el caso alemán, *véase* R. W. Whalen, *Bitter Wounds. German Victims of the Great War, 1914-1939.* Ithaca, 1984, esp. pp. 107-179. La obra clásica sobre una organización de veteranos es la de V. Berghahn, *Des Stahlhelm. Bund der Frontsoldaten*, Düsseldorf, 1966. El texto clásico sobre el caso francés es el de A. Prost, *Les Anciens Combattants et la société française, 1914-1939*, París, 1977.

114. G. Mosse, *Fallen...*, pp. 70-106.

«productivista» de la cogestión de la economía durante la Gran Guerra, y, desde luego, alcanzó a los analistas más lúcidos de la izquierda comunista, que trataron de renovar su análisis de la posición de la clase obrera en los procesos de «americanización».[115] Una futura víctima de los terroristas de la extrema derecha, Walther Rathenau, escribió su posición favorable a una nueva democracia industrial basada en criterios corporativos, lo cual muestra el grado de expansión que tuvo la defensa de una organización política que superara el viejo liberalismo.[116] La búsqueda de un programa para los excombatientes, sin embargo, buscó una «autenticidad» de la política que excluía la canalización del pluralismo o del conflicto de clases, para considerar que ambos eran un síntoma de la enfermedad del régimen decimonónico. Si el pesimismo decadentista del XIX había diagnosticado la dolencia, la Gran Guerra proporcionó el arsenal terapéutico: las doctrinas y sus realizadores, y la propuesta de los conservadores revolucionarios no fue un simple rechazo de la modernidad, sino una forma distinta de concretarla. Los estudios más solventes sobre relación entre fascismo y modernización han señalado hasta qué punto resultaría ilusorio considerar que el enfrentamiento más radical del período de entreguerras opuso a defensores y críticos de la modernidad, a una corriente «civilizadora» y a otra «nihilista». El debate se referiría, más bien, a los límites y perfiles de la democracia en una sociedad de masas con fuertes índices de desarrollo tecnológico y racionalización industrial.[117]

115. A este respecto, *véase* la reflexión de A. Gramsci, *Antología*, selección de M. Sacristán, Madrid, 1970, pp. 475-481.

116. E. Vermeil, *Doctrinaires...*, pp. 43-47. La posición de Rathenau puede ser interpretada como una revisión «modernista conservadora» de las relaciones industriales. Considérese, por ejemplo, la influencia que pudo tener en un debate muy similar, producido en la España de aquellos años, según lo indica J. L. Villacañas en *Ramiro de Maeztu y el ideal de la burguesía en España*, Madrid, 2000, p. 129.

117. Ésta sería la pregunta básica a la que responde el ensayo de J. Herf, *El modernismo reaccionario.* La relación entre fascismo, modernización y atraso fue expuesta con contundencia por G. Eley, «What produces fascism: pre-industrial traditions or a crisis of the capitalist state», en *From Unification to Nazism. Reinterpreting the German Past*, Londres, 1986, pp. 254-282. *Véase también,* M. Roseman, «National Socialism and Modernisation», en R. Bessel, *Fascist Italy and Nazi Germany. Comparations and Contrasts*, Cambridge, 1996, pp. 197-229, y M. Prinz y R. Zitelmann (eds.), *Nationalsozialismus und Modernisierung*, Darmstadt, 1994, con un útil apéndice de estado de la cuestión.

Lo que pedían estos sectores de excombatientes, y lo que fueron capaces de ofrecer los revolucionarios conservadores, fue una adaptación de la derecha radical a las condiciones de la posguerra. Pedían un programa para un «nuevo nacionalismo», para una tercera fuerza ajena al liberalismo y al socialismo obrero. Su primera expresión fue considerar que la juventud excombatiente era el nuevo sujeto revolucionario. A finales de la década de los treinta, Hans Zehrer escribía en *Die Tat* acerca de la necesidad de reunir todas las asociaciones paramilitares en un solo movimiento que reiterara la unanimidad nacional del frente y superara las querellas obsoletas del pueblo.[118] Su petición no fue escuchada, especialmente por los veteranos conservadores, como tampoco fue atendido el llamamiento de Mussolini a una constituyente del intervencionismo.[119] La *Frontgemeinschaft* dejaba de ser realizable a corto plazo y adquiría la condición de un recuerdo y de un mito. La sustitución del «socialismo de trincheras» por una democracia que reconocía las líneas ideológicas y sociales de fractura, limitándose a establecer un marco de pluralidad donde pudieran resolverse, se convirtió en el enemigo mortal de los nuevos conservadores y de quienes vieron en Weimar la gran ocasión perdida para la revolución nacional.[120] A lo largo de la década, los intelectuales nacionalconservadores dedicaron una ingente y heterogénea producción editorial a la erosión de los principios republicanos y a la definición de un nuevo realismo político. Mientras E. Jünger ofrecía una soberbia versión literaria de su experiencia bélica, que continuaría en su confusa digresión sobre el trabajador moderno, célula creativa de una comunidad disciplinada, Carl Schmitt iba evolucionando desde la crítica del parlamentarismo liberal y del romanticismo político, hasta el diseño jurídico de la dictadura presidencial.[121] Hans Zehrer hizo renacer el

118. R. Woods, *The Conservative...*, pp. 88 y ss.

119. Sobre ese espíritu de formación del fascismo, *véase* R. De Felice, *Mussolini il rivoluzionario*, pp. 419-544.

120. Acerca de las esperanzas de estos sectores, puede verse la aportación de P. Fritzsche, «Breakdown...»; también, K. von Klemperer, *Germany's...*, pp. 76-91.

121. E. Jünger, *Tempestades de acero*, Barcelona, 1987; *El trabajador*, Barcelona, 1990 (primera edición alemana de 1932). En la multitud de estudios dedicados a Jünger, puede recomendarse el de un buen conocedor de la revolución conservadora, ya citado, R. Woods, *Ernst Jünger and the Nature of Political Commitment*, Stuttgart, 1982. Para lo que aquí interesa, pp. 17-190. C. Schmitt, *Political Romanticism*. Cambridge, 1986 (edición alemana de 1919); *Legalität und Legitimität*, Berlín, 1932.

viejo periódico *Die Tat* poniéndolo al servicio de un proyecto político para vertebrar el discurso de una nueva elite, que identificara la regeneración nacional con los valores de la clase media, actitud que concluiría en el apoyo a las salidas elitistas del final de la república, rechazando el nacionalsocialismo como una opción sectaria y demagógica, contaminada por sus concesiones a las masas.[122] Wilhem Stapel, desde las páginas del no menos influyente *Deutsches Volkstum,* estrechamente relacionado con la organización sindical nacionalista DHV —Asociación Nacional de Empleados de Comercio—, trataba de ofrecer un nacionalismo racional, programático, que huyera de cualquier misticismo romántico y pudiera oponer una alternativa de cohesión comunitaria a las instituciones divisionistas de Weimar.[123] En *El dominio de los mediocres. Su descomposición y relevo mediante un nuevo Reich*, 1927, Edgard Jung ofrecería la propuesta más acabada de un régimen corporativo cristiano como alternativa a la democracia, según las líneas maestras establecidas por el conservador austriaco Othmar Spann.[124] En 1931, Hans Freyer publicó otro texto fundamental, *Revolución desde la derecha,* en el que planteaba la caducidad del espíritu del siglo XIX, vinculado al materialismo, al parlamentarismo y a una sociedad atomizada sin objetivos comunes, que ni siquiera había logrado ser destruido por el impulso ético del socialismo, víctima de la capacidad de absorción de la sociedad industrial; el estado liberal, donde se manifestaban los intereses mercantiles, individuales, de una comunidad cosificada, debería sustituirse por un estado popular que restableciera la primacía de la política al servicio de un propósito general.[125]

Estos y otros muchos ideólogos empezaron a dar forma a la «revolución alemana» que se exigía desde el retorno del frente de batalla. Dieron prestancia lírica y corpulencia épica a la experiencia de la guerra: le devolvieron la dignidad mancillada por el pacifismo y el antimilitarismo de los revolucionarios radicales de noviembre, trataron de responder a los desafíos de la modernidad distinguien-

122. W. Struve, *Elites...*, pp. 353-376.

123. R. Woods, *The Conservative...*, pp. 100 y ss.

124. W. Struve, *Elites...*, pp. 317-352. Sobre Spann, H. Lebovics, *Social...*, pp. 109-138.

125. J. Z. Muller, *The Other God That Failed. Hans Freyer and the Deradicalization of German Conservatism*, Princeton, 1987.

do entre el conservadurismo y la contrarrevolución, y consiguieron dar talla teórica a una crítica del liberalismo que, en toda Europa, recogía la herencia mezclada del vitalismo filosófico y el reformismo social antimarxista. La oposición decisiva a Weimar, sin embargo, no se consolidaría en los tranquilos espacios de reflexión teórica de este nutrido grupo de intelectuales. Fiel a su materia esencial, la verdadera «revolución alemana» nacería de la acción y la consigna, no del pensamiento y el debate. En 1922, Arthur Moeller van den Bruck se dejó convencer de que Hitler hablase en una de las habituales conferencias del *Juni-Klub*. El líder nazi trató de provocar el entusiasmo de un pequeño público exigente con los mismos instrumentos de persuasión que utilizaba en sus mítines de masas. El fracaso fue tan clamoroso, que Moeller comentó: «Preferiría suicidarme a ver a un tipo así en el poder.» Tres años después, el autor de *El Tercer Reich* sufría una depresión nerviosa y se suicidaba. Justamente cuando Hitler, tras salir de la prisión, establecía su autoridad suprema en el partido y comenzaba su marcha hacia el poder.[126]

126. F. Stern, *Politique...*, p. 249.

II

RETRATO DEL NAZISMO ADOLESCENTE, 1919-1923

Durante algo más de cincuenta meses, los que separan la fundación del Partido Obrero Alemán (DAP) del fallido *Putsch* en noviembre de 1923, la fortuna del nazismo se identificó con las dificultades de la república de una forma mucho más definida que en los últimos tramos de la democracia weimariana. A comienzos de los años treinta, el Partido Nazi pudo cobrar los réditos de la crisis de las instituciones republicanas, pero también los intereses de una larga marcha para crear una cultura fascista identificada con el movimiento hitleriano. En la fase inicial de la experiencia de Weimar, en cambio, el nacionalsocialismo formó parte de un extenso magma de rechazo de las instituciones salidas de la revolución y el armisticio. Fue vertebrándose como una zona más del territorio cultural de la contrarrevolución, cuya ideología, métodos y militancia se han descrito en las páginas anteriores. Carente de la voluntad de fundir en el NSDAP la totalidad de la oposición fascista a la república, dedicado sólo a su colaboración para articular una trama que sumara las distintas facetas de la contrarrevolución, el nazismo podía verse —como el fascismo italiano de la inmediata posguerra— a la manera de un movimiento contingente, reducible a la oposición y superación de la democracia. Más allá de lo que pudiera imaginarse en la «invención de una tradición» por la propaganda del Tercer Reich, la primera etapa del nacionalsocialismo lo convierte en un reflejo de una serie de oposiciones que dinamizan los primeros cinco años de la andadura republicana: la revolución y la reacción, el júbilo por la paz y la indignación por el Tratado de Versalles, la reconstrucción económica y el despegue de la inflación, la normalización diplomática y las ocupaciones territoriales, el diseño constitucional y la inestabilidad política.

Un adiós a Berlín

> Los Aliados y los gobiernos asociados declaran, y Alemania reconoce, que Alemania y sus aliados son responsables, como instigadores, de todos los daños y pérdidas sufridos por los gobiernos y los ciudadanos de los países Aliados y asociados, como resultado de la guerra que Alemania y sus aliados lanzaron sobre ellos.
>
> Artículo 231 del Tratado de Versalles

> Desde el día en que me vi ante la tumba de mi madre, no había llorado jamás.
>
> ADOLF HITLER, *Mi lucha*

> La República podía empeñarse en la guerra contra determinados partidos y clases burguesas, pero no con todos. [...] Aunque la socialdemocracia hubiera obtenido una mayoría suficiente para gobernar en solitario, la inclusión de los partidos burgueses republicanos en el gobierno habría sido una exigencia para la supervivencia de la república, incluso una necesidad vital para Alemania como nación.
>
> EDUARD BERNSTEIN, *La revolución alemana*

La elección de Weimar como lugar de reunión de la Asamblea Constituyente indicaba el temor de los nuevos gobernantes alemanes, para los que la vieja capital del imperio había dejado de ser un refugio seguro. Es posible que, convirtiendo la necesidad en virtud, Friedrich Ebert relacionara la localización de la ciudad de Turingia con la voluntad de una nueva unificación nacional,[1] aun cuando la imaginación y la retórica podrían haberle llevado a señalar la idoneidad de la ciudad como lugar de la muerte de Goethe, en 1832, y de Nietzsche, en 1900. La causa real se hallaba en el estado de guerra que imperaba en Berlín. El hecho tenía, sin embargo, un valor simbólico añadido: la reunión de la Asamblea lejos de la cuna de la revolución de noviembre establecía una fractura con el desarrollo

1. A. H. Winkler, *Weimar...*, p. 70.

inmediato de la misma, señalando el inicio de una rectificación o, para expresarlo en sus justos términos, la elección de una vía que quebraba la ambigüedad del conjunto de revoluciones que se produjeron en 1918. La consolidación de la república se realizó rompiendo las alianzas políticas y las formas de movilización social que habían dado perfil a la revolución, y restaurando aquellas que la habían precedido, en los estertores del Kaiserreich. Ya se ha señalado que la coalición de los socialdemócratas mayoritarios con los católicos del Zentrum y los liberales del DDP elevaba a rango gubernamental el pacto entre empresarios y sindicatos encarnado en el ZAG, lo cual señalaría una línea de coherencia entre los acontecimientos de noviembre y la formación del nuevo ministerio. No obstante, la confirmación de la ruptura con los socialdemócratas independientes mostraba una elección de ruta por parte del MSPD, que dejaba el encuentro de las diversas familias socialistas en una fase frustrada, rápidamente sustituida por un pacto de centro-izquierda que permitiera ganar, para la consolidación del nuevo régimen, a la clase media y a los amplios sectores del catolicismo popular. Si ello respondía a una atención a las difíciles circunstancias del momento, atestadas de los riesgos de un tratado de paz poco halagüeño, de las dificultades de la desmovilización, de la exasperación nacionalista o de la agitación de la extrema izquierda, o si obedecía a una estrategia de largo plazo de los socialdemócratas puede ser objeto de discusión, aunque esta segunda apreciación resulta la más plausible. Sin duda, era también la opción más realista, a la luz de unos resultados electorales que habían confirmado la hegemonía de la socialdemocracia mayoritaria en el campo de la izquierda, al tiempo que mostraban la considerable base de demócratas y católicos, que sumaron más de una tercera parte de los sufragios. El territorio antirrepublicano quedó reducido al 15% de los votos, sumando los que fueron a parar a las candidaturas del Partido Nacionalista (DNVP) y del Partido Popular (DVP) —el primero claramente monárquico, el segundo instalado en el accidentalismo, aunque con claras simpatías por la monarquía—, mientras el apoyo a la izquierda radical se expresaba en el exiguo 7,6% de votos obtenidos por el USPD, sin que el exiguo nivel de abstención —menos del 18%— pueda permitir una lectura radical, en uno u otro sentido del abanico ideológico, del resultado.

La llamada «coalición de Weimar» obtuvo una abrumadora mayoría —más del 70% de los sufragios—, mostrando un apoyo social extenso a la revolución democrática, que explica el vigor con que la joven república salvaría la coyuntura crítica de comienzos de los años veinte, y que desmiente la imagen de una clase media mayoritariamente opuesta al régimen desde sus inicios. La actitud de este sector estuvo sometida a la propia dinámica republicana, que erosionó progresivamente la base con que contaba el régimen. En los primeros pasos, la clase media organizó sus propios consejos, paralelos a los desarrollados por los obreros, y mantuvo posiciones favorables a un estado popular que superara las limitaciones del segundo imperio. Sus ilusiones de mantener la unidad de la clase media se rompieron, en especial al constituirse dos partidos nacionales liberales, aun cuando ello indicara la debilidad inicial de un populismo que rechazase los métodos parlamentarios de la democracia. El apoyo inicial a las opciones liberales, en especial al DDP, indican la fortaleza de esta ruptura con el orden prebélico y el carácter residual de las opciones antirrepublicanas, cuyo carácter visible, establecido a través de mecanismos de movilización callejera, no excluye su debilidad.[2] Por otra parte, la incorporación del catolicismo político al gobierno indicaba la captación de otra esfera de sociabilidad básica en la Alemania posguillermina, que se sumaba a la representada por la socialdemocracia y el liberalismo protestante. La instalación de la república se ejercitaba, así, más allá de su mero referente político, comprometiendo los intereses corporativos que iban a convertirse en campos magnéticos fundamentales en la organización de la sociedad tras la Gran Guerra: el sindicalismo cristiano o socialista, la propia continuidad del aparato del estado con su ingente sector de funcionarios, los representantes de las asociaciones industriales y, de manera indirecta, con una debilidad que habría de pesar en la evolución de la democracia desfavorablemente, la vieja clase media, de pequeños propietarios urbanos cuya representación se delegaba en los partidos liberales. Al concluir este período, cuando Alemania inició los pretendidos «años dorados» de Weimar (1924-1928), los problemas acumulados durante el primer lustro del nuevo régimen habían erosionado los fundamentos de la república de una forma que se mostraría irremediable. En las elecciones de diciembre de 1924, a pesar de que el cuerpo electoral se había incrementado en unos tres millones de

2. El análisis de esta movilización de la clase media ha sido realizado de forma magistral por P. Fritzsche, *Rehearsals*..., pp. 21-92.

votantes, la suma de los sufragios favorables a los dos partidos liberales nacionales había pasado de seis a cuatro millones. El 23% de apoyo electoral se había reducido al 16%, y bajaría al 13% al concluir la época de estabilidad. El voto conjunto de los dos partidos socialdemócratas se reduciría en cuatro millones de votos entre 1919 y 1924, y su porcentaje se encogió, desde el orgulloso 45,5 de 1919 al nada impresionante 26 obtenido en diciembre de 1924, tras haber descendido a la sima del 20 en la primavera de este año. Los abstencionistas o quienes depositaron un voto nulo o en blanco se convirtieron en la fuerza electoral más amplia, agrupando a 8.697.000 personas, que llegaron a sobrepasar los diez millones en las elecciones de la «estabilidad», en 1928. Casi dos millones y medio de votos se agrupaban en torno a las pequeñas opciones de partidos de interés, asociaciones corporativas de procedencia sectorial o local, generalmente recelosas de la cultura republicana, frente al poco más de medio millón que consiguieron en los primeros comicios. La derecha monárquica logró doblar su porcentaje electoral, consiguiendo más de seis millones de votos a finales de 1924, mientras se consolidaba, en torno al millón de sufragios, el voto a la extrema derecha fascista. Sólo el catolicismo político, en su expresión nacional o regional —el Zentrum o el Partido Popular Bávaro— conseguía estabilizar su apoyo electoral en torno a los cinco millones de votos.[3]

El desaliento de algunos sectores de la clase obrera por el curso que tomó la revolución democrática puede explicar la pérdida de votos por parte de la socialdemocracia, aunque la cesión de los mismos no se realizó forzosamente a la izquierda. El ascenso del USPD en las primeras elecciones celebradas tras la aprobación de la constitución fue mitigado rápidamente por la ruptura del partido, cuya militancia acabó integrándose en el SPD o en el Partido Comunista. La suma de sufragios de los partidos obreros no logró alcanzar nunca el porcentaje de las elecciones a la constituyente, aunque fuera muy diversa la forma en que se repartieron los votos de la izquierda socialista a lo largo de la etapa republicana.[4] El catolicis-

3. A. Milatz, *Wähler und Wahlen in der Weimarer Republik*, Bonn, 1968, p. 151. J. Falter, T. Lindenberger, S. Schuman (eds.), *Wahlen und Abstimmungen in der Weimarer Republik*, Múnich, 1986, p. 44.

4. El KPD obtuvo 3.693.000 (12,6%) y 2.709.000 (9%) votos en las dos elecciones de 1924. En 1920, cuando aún no se había fusionado con un sector del USPD, obtuvo sólo 590.000 votos (poco más del 2%).

mo conservó sus reservas electorales, pero su propio carácter confesional, que le aseguraba una cierta estabilidad, le impidió mejorar sus resultados. El vigor de la división religiosa actuaba así como recurso y limitación al mismo tiempo, impidiendo que se articulara un gran partido centrista liberal, que recogiera tanto a los sectores evangélicos como a los católicos en una fuerza que habría podido ser el centro de gravedad del régimen, obligado a apoyarse entonces en el Partido Socialdemócrata, no siempre dispuesto o capaz de constituir mayorías de gobierno estables. La dispersión más devastadora se dio en la expresión parlamentaria de la clase media protestante, que perdió sus ilusiones en la capacidad de representación de los dos partidos liberales, pronto vistos como grupos de presión de distintas fracciones de la gran industria. El desengaño de este sector fue tan inmenso y destructivo precisamente por la magnitud de las esperanzas que había depositado en el nuevo orden de cosas: una democracia que debería haber superado la exclusión política sufrida bajo el segundo imperio a manos de la política de alianza —*Sammlungspolitik*— de los terratenientes y los industriales. Lo peor no fue que la clase media, urbana y rural, sufriera los efectos de una crisis de coyuntura, sino que la forma en que se percibió la deriva de la república por estas clases se consolidó en una cultura antidemocrática y populista, con un rechazo a las formas oligárquicas de gobierno que se identificaban con el parlamentarismo, con una partitocracia indiferente a los intereses reales de la burguesía. Esta corriente profunda, que actuó con la eficacia propia de los movimientos de larga duración, no se hizo visible en un rechazo automático del nuevo régimen, rápidamente apoyado en una alternativa fascista. Pero, sin duda, puso en marcha los mecanismos de una desvalorización inexorable, que acabaría buscando soluciones globales más allá de los límites de las instituciones weimarianas.[5]

Es casi un lugar común que la república fue víctima de una constitución que, al favorecer el pluralismo, dejaba campo libre a la potencia disolvente de las pequeñas agrupaciones, responsables de la inestabilidad gubernamental y, por ello, de un factor más de desprestigio del régimen. Aún vemos a quien hoy mismo justifica las

5. Acerca de la evolución del voto de la clase media, *véase* T. Childers, *The Nazi Voter*. Sobre la pérdida de apoyo de los partidos liberales, *véase* Jones, *Weimar Liberalism...*

críticas al sistema de representación proporcional sobre la base de la experiencia de Weimar, cuyo bloqueo institucional se interpreta en estos términos. Cabe señalar, de entrada, que la frecuencia de cambios de gabinete en otros países, antes de la crisis de los años treinta, nada tiene que envidiar a la de Weimar. Puede afirmarse, además, que un período de cuatro años sin elecciones legislativas federales, como el que se desarrolló entre diciembre de 1924 y mayo de 1928, resulta ejemplar en términos de cumplimiento de los plazos de renovación del parlamento, y que, por ello mismo, los disturbios gubernamentales de 1919-1923 o de 1928-1933 responden a una crisis establecida en regiones distintas al procedimiento electoral o al reparto de poderes en el orden institucional. Por el contrario, los redactores del proyecto constitucional de Weimar, Hugo Preuss o Max Weber, eran partidarios de asegurar un poder fuerte por encima de las vicisitudes parlamentarias, que se concretó en la figura plebiscitaria del presidente de la república, elegido por sufragio directo, en cuyas manos se depositaba el uso de un artículo 48 destinado a otorgarle poderes extraordinarios para situaciones de emergencia. Cuando se ha insistido tanto en el papel desempeñado por el presidente Paul von Hindenburg en la destrucción de Weimar, resulta un tanto extraño que no se critique el exceso de autoridad formal que la constitución otorgaba al presidente en detrimento del Reichstag. Esta obsesión por los equilibrios llevó también a la coalición liberal-cristiana-socialista a renunciar a un fortalecimiento del poder central, teniendo que aceptar niveles de autonomía muy considerables que hicieron de Prusia o Baviera auténticos poderes paralelos al del estado, aunque con tonalidades ideológicas opuestas. Ese mismo deseo de mantener los acuerdos de coalición llevaron a reducir las declaraciones explícitas y minuciosas sobre la nacionalización de la energía y las grandes industrias, así como al poder de los consejos obreros, cuya estructura se había mantenido al lado del parlamento.[6] Las normas que preveían la intervención estatal para limitar los derechos de la propiedad o asegurar la justicia social tenían menos importancia y originalidad que el principio de cogestión recogido en el artículo 165 o la posible socialización de empresas, que serían gestionadas por los trabaja-

6. Ch. Gusy, «La conception de la démocratie dans la constitution de Weimar», en G. Krebs y G. Schneilin (eds.), *Weimar ou de la démocratie en Allemagne*, París, 1994, pp. 11-46.

dores, tal y como establecía el artículo 156. Tales principios constitucionales se reglamentarían en las leyes de consejos de empresa de febrero de 1920 y febrero de 1922, orientados a verificar la cogestión —*Mitbestimmung*— reclamada en la revolución de noviembre.[7] El desarrollo más apreciable del ZAG fue la creación del Consejo de Economía Nacional —*Reichswirtschaftsrat*—, cuyas funciones de intervención irían desvirtuándose, cuando la socialdemocracia dejó de estar en el gobierno, para acabar teniendo funciones meramente analíticas.[8] Las amenazas de socialización se limitaron, en la misma ley de marzo de 1920, a las minas de carbón y potasa, y la resistencia empresarial, así como el cambio de mayorías gubernamentales, impidió que la comisión avanzara en cualquier otro aspecto de transferencia de propiedad. Frente a estos factores de frustración, el desarrollo de mecanismos de protección social, compartidos por socialistas, católicos y demócratas, lograron mayor éxito.[9]

Las dificultades del régimen procedieron de una adaptación a la economía de la posguerra que todos los países sufrieron, en mayor o menor medida. A ello se añadió, en el caso alemán, la reglamentación del tratado de paz, cuyo desarrollo se identificó fácilmente con las dificultades de la reconstrucción económica, aun cuando la relación de causa/efecto sea discutible, por lo menos en los términos inmediatos que la opinión derechista situó en el debate político de entreguerras. Por poner un solo ejemplo, aunque significativo, hoy resulta bastante discutible que el pago de reparaciones supusiera un lastre tan insoportable para la recuperación económica del país. No hay duda, sin embargo, de la eficacia que tuvo el conocimiento del Tratado de Versalles para desmoralizar a los nuevos

7. R. Lasserre, «Weimar: une expérience de démocratie sociale», en *Ibíd.*, pp. 209-210.

8. H. Finer, *Representative Government and a Parliament of Industry. A Study of the German Federal Economic Council*, Londres, 1923. El decreto que crea y regula el *Reichswirtschaftsrat* en apéndice VI, pp. 249-265.

9. Básicamente, la Ley de Bienestar de la Juventud de junio de 1922 —*Reichsjugendwohlfahrtgesetz*—, la Ley de Asistencia Social de febrero de 1924 —*Reichsfürsorgepflichverordnung*— y las Orientaciones Básicas para la Determinación de las Necesidades, la Naturaleza y el Alcance de la Asistencia Pública de diciembre de 1924 —*Reichsgrundsätze über Voraussetzung, Art und Mass der öffenlichen Fürsorge*—. Y. S. Song, *Welfare, Modernity, and the Weimar State, 1919-1933*, Princeton, 1998, p. 35.

gobernantes: la cláusula de culpabilidad, que abría paso a duros abusos de indemnización, iba seguida de atentados a la soberanía nacional, por parte de las mismas potencias que enarbolaron los derechos de las nacionalidades para incrementar las fronteras del centro de Europa.

Alemania no fue desguazada, como solicitaron algunos sectores de la opinión pública francesa, y como lo habrían deseado algunas corrientes centrífugas germanas, resentidas aún con el poder prusiano. Esa suerte les correspondió a los variopintos imperios austrohúngaro y otomano. Pero el nuevo estado alemán, que continuó utilizando la palabra *Reich* para definirse, hubo de aceptar la ocupación temporal de algunas zonas de la frontera occidental, la pérdida de Alsacia y Lorena, así como el desalojo de territorios que pasaron a manos polacas. Se previó un plebiscito para Silesia, donde la mezcla de población hacía muy difícil establecer líneas tajantes de respeto a la mayoría étnica, pero su resultado, favorable a Alemania, no sería respetado por los aliados. La entrega de material ferroviario, minerales y buques anticipó el pago regular de la deuda provocada por los daños a los vencedores, y la capacidad de defensa del nuevo régimen, incluso frente a los enemigos interiores de la democracia, quedó reducida a una pequeña fuerza sin recursos de material pesado.[10]

La reacción de la coalición de Weimar fue muy dura, pero el estado de ánimo general, favorable a que no se aceptaran los términos del tratado, se contrastó con el riesgo de una ocupación de Alemania a la que el ejército no podría hacer frente, y que concluiría con la existencia misma del Reich. El DDP, que había basado buena parte de su identidad —frente al Partido del Pueblo— en el rechazo a la política belicista del imperio, tuvo que ser especialmente enérgico en su negativa a aceptar estas condiciones, que burlaban su juicio sobre una nueva apreciación de la política alemana en el exterior en cuanto se expulsara a los anexionistas de

10. Una recopilación exhaustiva de trabajos sobre el tratado es la que proporcionan M. F. Boemeke, G. Feldman y E. Glaser en *The Treaty of Versailles. A Reassessment after 75 Years*, Cambridge, 1998. El texto se articula en cinco grandes bloques: *a*) la versión de la paz defendida por cada uno de los participantes; *b*) la relación del primer punto con su opinión pública; *c*) la cuestión de las reparaciones, el problema del Rin y el tema polaco; *d*) las relaciones internacionales tras el tratado; *e*) el tema de la culpabilidad y el revisionismo británico, alemán y norteamericano.

las áreas de poder. Los católicos, por mediación de Konstantin Fehrenbach, llegaron a declarar que el Tratado de Versalles suponía la continuación de la guerra, mientras la derecha liberal del DVP y los monárquicos nacionalistas del DNVP planteaban la negativa rotunda a aceptar una humillación semejante, sin tener en cuenta la conducta de Alemania en Brest-Litovsk y los objetivos para la paz que se planteaban los anexionistas. La posición del propio SPD también fue contraria al acuerdo, y sólo el USPD sostuvo una actitud menos beligerante. En todo caso, y teniendo en cuenta los recursos propagandísticos del fascismo alemán para denigrar la «traición» de Weimar, no deja de ser significativa la resistencia a las condiciones del Tratado de Versalles, que llegaron a provocar la caída del primer gobierno constitucional, dirigido por Scheidemann, y su sustitución por el de Gustav Bauer, que ya no pudo contar con la participación de los demócratas, en junio de 1919.

Las sucesivas crisis con que se enfrentaron las mayorías de gobierno obedecían a los desajustes de la paz, cuyos efectos iban más allá de la humillación por la derrota y el trato de los aliados, aunque éstos fueran los más visibles y manipulados por la oposición. Las urgencias de la desmovilización de millones de hombres, de volver a situarlos en sus puestos de trabajo, de atender con recursos de asistencia social a los mutilados, enfermos o viudas y huérfanos de guerra; la forma en que se resolvía la intervención del estado en la producción alimenticia sin forzar un mayor descontento de los agricultores por el control de los precios; el hallazgo de un clima de convivencia adecuado en las empresas tras la revolución de noviembre y las reiteradas movilizaciones obreras de los cuatro años siguientes. Se trataba de aspectos compartidos con las otras posguerras europeas, que dieron lugar a desarrollos políticos muy diversos.

Lo que resultó específico de Alemania no fue, como tantas veces se ha indicado, la presencia de un amplio sector de la opinión pública que no creyera en el régimen recién instaurado. La prueba de los resultados electorales es demasiado obvia para insistir en ello, pero puede atenderse a los movimientos sociales de fondo, a las actitudes cívicas recogidas por quienes han examinado la conducta de los estratos medios en estos primeros compases republicanos, si se considera que la expresión electoral es insuficiente. El realce de una cultura antidemocrática básica en Alemania, de un «espíritu popular» contrario a las normas de la civilización liberal occidental conviene más a la propaganda de la revolución conservadora o, en todo caso, a las reflexiones que han hecho de la Gran Guerra, el nazismo y la Segunda Guerra Mundial los resultados inexorables del «carácter» prusiano, laminando las interferencias del imperialismo o del fascismo como fenómenos generales. Menos atención se ha prestado, desgraciadamente, a las tensiones provocadas por la modernización del país, a las consecuencias de una racionalización industrial combinada con una cultura americanizada, una ruptura con las maneras tradicionales de organizar la vida que provocó fracturas, formas nuevas de inclusión en el mercado de trabajo —como la participación de la mujer— o de exclusión definitiva del mismo —el desempleo estructural que siguió a la estabilización de 1924, las dificultades para colocar a los jóvenes nacidos poco antes de la guerra—. La riqueza expresiva de la cultura de Weimar, la constante experimentación de las novedades estéticas y la dureza del enfrentamiento entre las mismas revelan esa crisis de fondo, más perseverante y efectiva que las crisis coyunturales, que fue provocando el desconcierto ante un ritmo de modernización que no se controlaba y afectó con especial virulencia a un sector «desprotegido» por el vigor de las redes de resistencia sindical. Un sector formado por diversos fragmentos de la clase media: pequeños propietarios rurales, trabajadores de pequeñas empresas, empleados de comercio, funcionarios, artesanos, tenderos, pequeños rentistas, cuyo peso y prestigio sociales fueron sistemáticamente sacrificados a la relación de mayor envergadura entre grandes industriales, terratenientes y trabajadores de las mayores industrias. Cuando el parlamento y los gobiernos de Weimar se vean como un lugar de resolución de conflictos de estos intereses corporativos dominantes, la respuesta de estos núcleos excluidos será buscar alternativas sectoriales que implicaban la erosión paralela de la cultura liberal-parlamentaria, y su sustitución por mecanismos populistas de movilización y liderazgo, entre los que la elección directa de un presidente no republicano, en 1925, sería una estación pasajera, y el fascismo un fin de trayecto. Que esta modernización se acompañara del prestigio del biologismo, como corriente transversal y ambigua, útil para lecturas muy diversas que podían buscar, por ejemplo, la educación de las mujeres como madres con preparación científica en la higiene reproductora, o bien la consideración del carácter genético e incurable de la delincuencia; que se estableciera un optimismo de la ciencia destinado a resolver las causas de la vulnerabilidad humana a las infecciones o a romper los factores de desigualdad, o bien a fijar el valor radicalmente distinto de la vida de los ciudadanos. Esa progresiva influencia de una visión racial de la modernización ofrecería al fascismo alemán un campo de pruebas y de justificación «progresista» para sus proyectos.

La cuestión de las reparaciones de guerra y sus derivaciones en las relaciones internacionales de la república fueron los hechos que, después del trauma del tratado, inculcaron una huella más profunda en la conciencia del pueblo alemán, abriendo fisuras en sus grupos dirigentes, en especial cuando se produjeron la invasión del Ruhr y la hiperinflación de 1923. La decisión de la conferencia de Londres, fijando la cifra de 132.000 millones de marcos-oro la indemnización a pagar por Alemania, correspondía a la gestión del esfuerzo de guerra realizado por los vencedores. El Reich no debía pagar sólo por la destrucción física causada —lo cual habría beneficiado a Francia y Bélgica—, sino por el desequilibrio presupuestario que se había acumulado en los cuatro años de conflicto, cuando los gobiernos aliados no quisieron aumentar el descontento público mediante un aumento de los impuestos y prefirieron dilatar la impresión de las cargas bélicas a través del endeudamiento. La intransigencia en este tema procedía de la carencia de alternativas para los vencedores: el recorte de los préstamos norteamericanos, la exigencia de su devolución y la imposibilidad de añadir sufrimiento fiscal a las secuelas de la guerra impedían, ante una opinión pública educada en la culpabilidad del adversario, cualquier benevolencia que fuera más allá de ciertas revisiones de los plazos o auxilios sujetos al control de la economía alemana como los que llegarían, de la mano de los planes Dawes y Young, a mediados o a finales de la década.[11] El volumen de las indemnizaciones, rebajado entre las conferencias de Spa y de Londres casi a la mitad, provocó consecuencias inmediatas en la política alemana, aun antes de que las reparaciones se convirtieran en un mito de singular eficacia movilizadora en los años siguientes. Las exigencias francesas sobre la entrega de una parte de la deuda en carbón rompió cualquier esperanza de crear vínculos solidarios entre los grandes consorcios franceses y germanos: la violencia de la respuesta de

11. B. Kent, *The Spoils of War. The Politics, Economics, and Diplomacy of Reparations, 1918-1932*, Oxford, 1989, pp. 17-242 para el período 1918-1923.

un industrial tan implicado en la política como Hugo Stinnes lo confirman. Además, dio una excelente excusa para dilatar el proceso de socialización de la minería hasta el infinito.[12]

La noticia del peso de las reparaciones llegó en un momento delicado para la república. En la primavera de 1920, los intentos de Gustav Noske de disolver los *Freikorps* se saldaron con la exigencia de una crisis de gobierno y un *Putsch* dirigido por el antiguo líder del Partido de la Patria y miembro de la dirección de DNVP Wolfgang Kapp.[13] El golpe fue fácilmente aplastado por la resistencia de la propia burocracia a seguir las órdenes de los nuevos gobernantes y, sobre todo, por la huelga general convocada por los trabajadores, que derivaría en un levantamiento armado reprimido con inaudita dureza por un sector de los propios golpistas, al servicio ahora de Gustav Noske. El levantamiento, que tuvo especial incidencia en la cuenca del Ruhr, continuaba la línea de movilizaciones que se habían ido reiterando desde noviembre de 1918, provocando un distanciamiento cada vez más insalvable entre las diversas facciones de la izquierda socialista. Cuando en junio de 1920 el gobierno socialdemócrata de Hermann Müller afrontó la prueba de las elecciones, el SPD sufrió una espectacular sangría de votos, que acudieron a las candidaturas de los socialistas independientes y, en mucha menor medida, al Partido Comunista.[14] Lo más grave era, sin embargo, la pérdida de la mayoría de la coalición de Weimar, que pasó a disponer del 43,6% de los votos frente al 72,4% de 1919. Un solo año había bastado para arruinar una parte de las ilusiones de noviembre, fueran las de una paz digna, fueran las de una verdadera revolución que pusiera a la socialdemocracia en condiciones de poder aplicar un programa de reformas de fondo. La pérdida de votos hacia la derecha liberal o hacia los independientes —es decir, sin pulverizar aún el espacio liberal o socialdemócrata— eran la doble expresión parlamentaria de estos dos primeros desengaños. La coalición de Weimar sólo volvería a funcionar en la etapa 1921-1922, bajo el canciller católico Joseph Wirth. Cuando

12. E. J. Feuchtwanger, *From Weimar to Hitler. Germany, 1918-1933*, Londres, 1993, p. 89.

13. Sobre el *Putsch, véase* el libro de J. Erger, *Der Kapp-Lüttwitz Putsch*, Düsseldorf, 1967.

14. Los resultados de 1920 fueron los siguientes: DNVP, 4.249.000 votos; DVP, 3.919.000; DDP, 2.334.000; BVP, 1.173.000; Zentrum, 3.910.000; SPD, 6.104.000; USPD, 5.047.000; KPD, 590.000; partidos regionales, de minorías y otros, 870.000.

los socialistas recuperen el cargo, en 1928, habrán de hacerlo en una alianza con la derecha liberal, y en las condiciones de emergencia que pondrán fin al funcionamiento regular de las instituciones poco más tarde.

La crisis de la moneda alemana, que llevaría la república a su momento más difícil, hunde sus raíces en la inflación provocada por el mismo episodio bélico, y que se mantuvo para poder hacer frente a los gastos de desmovilización y reconstrucción económica. La inflación fue capaz, después de sostener el esfuerzo de guerra, de mantener una cierta cohesión social, permitiendo el incremento de los salarios que el empresariado desviaba rápidamente hacia los precios. Así se logró un nivel de desempleo inferior al 1% en la primavera de 1922, cuando el costo real del proceso inflacionario no se había acelerado. Incluso cuando, en el otoño, el ritmo de desvalorización de la moneda comenzó a hacerse preocupante, el proceso afectó de forma muy desigual a los diversos sectores, castigando a quienes no disponían de mercancías y dependían de ingresos en metálico, y premiando a quienes tenían deudas o conseguían que sus gastos constantes quedaran por debajo de los precios. Entre los sectores que más sufrieron se hallaban, claro está, quienes recibían pensiones, rentas fijas como arrendamientos rurales o urbanos, así como unos funcionarios sometidos a las mismas tensiones que un estado en ruina. Pero, también, aquellos campesinos que comercializaban sus productos y que pudieron verse afectados por la persistencia de los controles o la apertura a la entrada de productos de granja de la Europa del norte. Con todo, la destrucción de la economía monetaria en 1923, aun cuando actuara sobre un paisaje diverso, creó una extensa sensación de falta de confianza en el régimen, que los sectores antirrepublicanos de izquierda o de derecha tratarían de aprovechar. Sobre todo, obligó a una durísima estabilización en los años centrales de la década que tendría los mismos efectos distintos sobre la población. Finalmente, actuó sobre la memoria colectiva de los alemanes, impidiendo que se tomaran medidas anticíclicas de carácter inflacionario para afrontar la Gran Depresión a partir de 1930.

La vinculación entre el Tratado de Versalles, la revolución, el empeoramiento de las condiciones de vida y la pérdida de soberanía nacional pudo realizarse no sólo gracias a la propaganda de la extrema derecha, sino a la importancia que los asuntos internacionales habían tenido en la cultura política alemana desde la consolidación del Segundo Imperio. La forma en que estos temas actuaban sobre la vida real, sobre la experiencia de los ciudadanos, se observaba en la inercia de la memoria de la guerra en muchas formas de socialización y de actividad política. La relación de la paz con la revolución, que podía haber tenido la lectura positiva que se le dio generalmente en 1919, adquirió un semblante distinto a los ojos de buena parte de los sectores que habían apoyado la caída del emperador y la llegada del armisticio. No se trató sólo de la humillación de Versalles, sino de la forma en que se vinculaban con ésta las dificultades financieras de sectores concretos de la economía alemana, los mismos que habían quedado marginados del pacto social que dio paso al ZAG, los mismos que fueron sintiéndose sin representación política efectiva, reservada a quien ejerciera una presión sobre alguno de los partidos del sistema. A ello se añadió la virulencia de las condiciones internacionales, el exhibicionismo de que hicieron gala los vencedores a la hora de recordar a quién pertenecía la paz: a la ocupación de ciudades del norte del Ruhr, siguió el escándalo del plebiscito de Silesia, la orden de desmovilización de tropas voluntarias que habían combatido en la frontera oriental y, finalmente, la ocupación del Ruhr, en enero de 1923, por tropas belgas y francesas. No fueron, en modo alguno, la derrota y la caída del Káiser las que gestaron el antirrepublicanismo de la clase media alemana, sino la administración de la paz por los aliados. De poco sirvió, a medio plazo, el esfuerzo de normalización afrontado por Walter Rathenau, primero, y por Gustav Stresemann, después. Rathenau obtuvo un acuerdo con la Rusia revolucionaria que trataba de presionar sobre la intolerancia de las potencias occidentales, aunque sólo logró agravar la actitud de éstas, incluyendo a los moderados británicos, que se sintieron traicionados. La sensación de humillación de Alemania le costaría la vida, a manos de la extrema derecha, en 1922. Gustav Stresemann habría de enfrentarse a los sectores más intransigentes de la derecha nacionalista y de su propio partido en su política de pacificación. Y el agotamiento provocado por estas tensiones constantes le llevaría a una muerte prematura en 1929. Estos esfuerzos fueron menos visibles, para quienes sufrían la inflación o, luego, la estabilización, que las exigencias de los aliados y la debilidad del régimen para hacerles frente. La invasión del Ruhr consiguió unir a todas las fuerzas políticas —salvo, curiosamente, a los nazis— en un gran frente de solidaridad nacional, sintetizada en el gobierno de Stresemann, de agosto a noviembre de 1923, que llegó a sumar, por primera vez, ministros socialdemócratas y populares para salvar la situación provocada por la resistencia pasiva: a finales de año, los precios eran 1.261.000 millones de veces más altos que los de 1913. La moneda alemana había dejado de existir. La incorporación del DVP a la mayoría gubernamental de socialistas, liberales y católicos, ampliando la coalición de Weimar por la derecha liberal más influyente, constituía el único efecto positivo de una crisis que se trasladó rápidamente al terreno de la acción política. En el mismo momento en que se desarticulaba el gabinete Stresemann, los nazis trataban de lanzar una marcha sobre Múnich que debería haber culminado en el asalto a Berlín.

De la tertulia *völkisch* al partido del *Führer*, 1919-1921

> Distinguido señor: el Partido Obrero Alemán ha decidido admitirle como militante.
>
> Carta del DAP a Adolf Hitler

> Debía evitarse a toda costa que los rojos volvieran a alistarse en el ejército, y Hitler estaba especialmente dotado para este trabajo, por su agudo sentido político y por estar considerado alguien que juzgaba bien el carácter de los hombres.
>
> Relato de su compañero de armas Ernst Schmidt

> Cuando expliqué las veinticinco tesis de nuestro Movimiento sentí que me hallaba frente a una sala atestada de individuos unidos por una nueva convicción, por una nueva fe y por una nueva voluntad.
>
> Adolf Hitler, *Mi lucha*

Las referencias a la infancia del nazismo han creado una falsa tradición, que la propaganda nacionalsocialista atendió con especial cuidado incluso antes de la conquista del poder. Los orígenes humildes del partido y el papel crucial desempeñado por Hitler para sacarlo a la luz se hicieron *a posteriori* para resaltar la función del *Führer,* pero también para envolver con un halo de misión providencial a los primeros militantes, para hacer de ellos un círculo de nazis cuyas concepciones ideológicas y cuya estrategia estaba perfectamente diseñada en el momento mismo en que se fundó la organización o, para ponerlo en los términos de esa visión tradicional, cuando Adolf Hitler la dotó de un programa inconmovible, de una fe a prueba de circunstancias. En su libro autobiográfico *Mein Kampf,* Hitler se esfuerza en presentarse como alguien que se decide a entrar en política después de la revolución y teoriza que los treinta años cumplidos es un buen momento para tomar partido, cuando una persona ha sedimentado sus reflexiones y las ha convertido en una concepción del mundo coherente e irrenunciable. Además, ofrece una visión compasiva y siniestra del Partido Obrero Alemán, que habría de reiterar en los grandes actos de masas como una repetición de los pequeños principios de cualquier gran movimiento religioso. Basta con ver el discurso final de *El triunfo de la voluntad,* la espléndida filmación del congreso de Núremberg de 1934 realizada por Leni Riefenstahl, para advertir la función que tenía, en el ritual de una fuerza victoriosa, aquel homenaje emotivo a los primeros conversos, un episodio litúrgico tan potente como las oraciones por los caídos en el período de lucha.

La historia ha corregido esa construcción interesada que, curiosamente, continúa presente en las aproximaciones menos rigurosas —y a veces más extendidas— a la trayectoria del nazismo. La primera cuestión revisable es la propia insignificancia de Hitler, la carencia de compromiso político alguno antes de entrar en contacto con el DAP. Tras su abandono del hospital de Pasewalk, Hitler decidió mantener su vinculación al ejército, que no sólo le proporcionaba una forma cómoda de ganarse la vida, sino que se había convertido en la primera forma de hallar un ambiente de recepción adecuado a su personalidad. El antiguo bohemio, que no había deseado hacer la carrera funcionarial que le exigía su padre, se encontraba a gusto en el entramado de la disciplina militar, que le permitía un cierto grado de indolencia y de perpetuación de las condiciones familiares del *Frontsgemeinschaft* que habían fascinado a tantos compañeros de su generación. Para un solitario sin familia, sin patria, sin relaciones afectivas profundas, con un grado de frustración profesional muy acentuado, el orden y la camaradería de este espacio le debían de parecer compensaciones emotivas de gran valor, suficientes para hacerle dilatar su permanencia cuanto fuera necesario, eludiendo su reinserción en una sociedad civil donde, a los treinta años, le resultaba aún más complicada la verificación de sus sueños de adolescencia. Poco sabemos —y mucho ocultó él mismo— sobre su posición en la etapa de la república soviética, cuando no abandonó la milicia y tuvo que ponerse a las órdenes del gobierno revolucionario. Algunas biografías han señalado su participación en el movimiento, su complicidad con el izquierdismo y, después, su gran utilidad para delatar a sus compañeros ante las autoridades contrarrevolucionarias.[15] En cualquier caso, la carrera de Hitler en la nueva Reichswehr se benefició de los servicios prestados durante la reacción de la primavera de 1919. El cabo de infantería había llamado la atención a sus superiores lo suficiente como para ingresar en el Comando de Propaganda destinado a adoctrinar a los soldados, tratando de extirpar las ideas que se habían dispersado desde la revolución de noviembre. Asistió a cursos impartidos por algunos profesores de la derecha nacionalista, como Müller, quien advirtió a los oficiales encargados de las tareas de adoctrinamiento de las virtudes oratorias y la capacidad polémica del personaje.[16] Hitler, que ya disponía de un fuerte ascendiente sobre algunos de sus jefes,[17] llegó a ser encargado por uno de ellos, el capitán Karl Mayr, responsable del comando de adoctrinamiento, de responder a una pregunta sobre el antisemitismo, planteada en septiembre de 1919 por un participante en los cursos, Adolf Gemlich. La respuesta afirmaba la necesidad de convertir el prejuicio antisemita emotivo de las masas en una afirmación política racional, basada en algunos hechos: el carácter racial y no religioso del judaísmo, el materialismo esencial de su pensamiento y su carácter antinacional.[18] Se trataba del primer documento redactado por Hitler sobre la cuestión judía.[19] Fue, precisamente, esa confianza del capitán Mayr la que indujo a encomendar a Hitler la asistencia a una reunión del Partido Obrero Alemán, siguiendo con la práctica de la Reichswehr de espiar las actividades de los partidos muniqueses. Hitler ha narrado una difícil conversión a la militancia política, producida poco después de su asistencia a la primera reu-

15. W. Maser, *Hitler...*, p. 150.

16. *Ibíd.*, pp. 151 y ss.

17. A. Joachimsthaler, *Korrektur einer Biographie. Adolf Hitler 1908-1920*, Múnich, 1989; E. Deuerlein, «Hitlers Eintritt...».

18. Texto completo en J. Noakes y G. Pridham, *Nazism, 1919-1945. A Documentary Reader. 1. The Rise to Power, 1919-1934*, Exeter, 1983, pp. 12-14.

19. I. Kershaw, *Hitler, 1889-1936*, p. 143.

nión del grupo. Sin embargo, la tardanza en su incorporación real a la organización, y el hecho de que permaneciera en el ejército hasta comienzos de 1920 pueden señalarnos que durante varios meses estuvo vacilando entre su función de agitador y su trabajo de informador de las fuerzas armadas. En las biografías, la línea recta no siempre es la que une con mayor rapidez dos puntos: tal vez porque, en la historia, éstos son reales y no la construcción imaginaria de una geometría ideal y confortable.

La segunda cuestión que ha sido reconsiderada es la verosimilitud del dibujo del DAP realizado por Hitler en sus memorias. Que la Reichswehr destinara a un hombre de su valía para realizar un informe indica, por sí mismo, que el grupo era pequeño, pero no algo de una miserable insignificancia.[20] El perfil diseñado por Hitler puede ser manipulado si desconocemos la situación caótica de las formaciones políticas en el Múnich posterior a la contrarrevolución, donde pululaban docenas de formaciones paramilitares y grupos de debate, un ambiente en el que preocupaba menos la articulación de partidos de masa que la adscripción a un magma nacionalista del que cada pequeña organización se veía como un fragmento. Esta situación se modificaría radicalmente tras la crisis de 1923 y el inicio de la estabilización de la república. Sólo en esta perspectiva puede verse el origen del nazismo sin la deformación que interesaba a su equipo dirigente.

Los orígenes del DAP, en lo que afecta a sus datos más elementales, son de sobras conocidos, aunque tal vez lo sea menos el carácter que explícitamente deseaba tener el partido, y que sólo puede entenderse en una visión dinámica de la organización que no debe separarse de la evolución del ambiente muniqués, donde se concentró la mayor parte de la actividad del partido hasta el otoño de 1922. En la primavera de 1918, el empleado ferroviario Anton Drexler había constituido la rama muniquesa del Comité de Obreros Libres para una Buena Paz *(Freien Arbeiterausschuss für einen guten Freiden)*, tras una breve militancia en el Partido de la Patria *(Vaterlandspartei)*. La organización, que tuvo cierto éxito en el norte, apenas consiguió convencer a una docena de compañeros de trabajo de Drexler en Baviera.[21] Unos meses más tarde, se constituyó

20. D. Orlow, *The History of the Nazi Party, 1919-1933*, Pittsburgh, 1969, p. 14.
21. G. Franz-Willing, *Ursprung der Hitlerbewegung 1919-1922*. Oldendorf (2.ª), 1974, pp. 90-96 para los comienzos de la carrera de Drexler y el DAP.

el Círculo Político Obrero *(Politischer Arbeiterzirkel)*, dedicado a la discusión de algunos temas que, en general, fueron expuestos por Karl Harrer, periodista deportivo y perteneciente a la racista Sociedad de Thule, cuya concepción del grupo era el de un pequeño núcleo de debates de acuerdo con los principios *völkisch* de la extrema derecha bávara, exasperados en los primeros meses de la revolución. Al Círculo se sumó la organización de un Partido Obrero, por la exigencia de Drexler, que contaba con la mayoría de apoyos en una organización que se había extendido sólo entre sus compañeros de los ferrocarriles de Múnich. El mitin inicial, celebrado a comienzos de enero de 1919, contó con la asistencia de dos docenas de personas, y el número se mantendría por debajo de las setenta hasta el mes de octubre de ese año.[22] La cifra, muy pequeña, no sólo correspondía a la multiplicación de organizaciones de este tipo, entre las que se distribuía la asistencia,[23] sino a la posición de Harrer, favorable a mantener unas dimensiones limitadas de una organización que, aun tomando el nombre de partido, se mantenía en los límites de una pequeña tertulia. En su concepción, las organizaciones de masas habían de ser las ligas patrióticas paramilitares, mientras el núcleo duro de la organización, la que verdaderamente disponía de su control, seguía estando en el Círculo Político. De todas formas, el grupo se dotó de un esbozo organizativo, e incluso de unas líneas básicas de programa redactadas por Drexler.[24]

Aunque quiera relativizarse la importancia de la entrada de Hitler en el DAP, ésta resultó crucial por dos motivos: para conseguir que triunfaran las tesis favorables a la organización de un verdadero partido político, superando el espíritu conspirativo de Harrer y la visión tertuliana de algunos de sus miembros; y para dotar a una organización dedicada a la propaganda de una persona con un talento poco común para comunicarse con las masas. El ingreso formal de Hitler en el partido sólo se realizó cuando su éxito en las tareas oratorias pudo verificarse, en especial tras el mitin en la Hofbräukeller, en compañía de Erich Kühn, director de *Deutsch-*

22. R. Phelps, «Hitler and the DAP», en H. A. Turner, *Nazism and the Third Reich*, Nueva York, 1972, pp. 8-10.

23. En Múnich existían unos cincuenta partidos políticos en ese momento. C. B. Flood, *Hitler...*, p. 64. E. Deuerlein (*Hitlers Eintritt...*, p. 187) ofrece una lista de los grupos existentes en otoño.

24. D. Orlow, *The History...*, pp. 12-14. W. Maser, *Der Sturm auf die Republik. Frühgeschichte der NSDAP*. Düsseldorf, 1994 (primera edición, 1965), pp. 150 y ss.

lands Erneuerung, a mediados de octubre.[25] Su entrada en la organización fue acompañada de la exigencia de nuevas formas de relación con la base social a la que debía dirigirse el partido, así como a la demanda de que se dispusiera de una mínima base financiera que permitiese el paso a un grupo de propaganda de masas. Además de exigir el alquiler de salas de reunión de las cervecerías con capacidad para más de cien personas, tras el relativo éxito del mitin de octubre, pidió que los asistentes pagaran el derecho de entrada para poder crear una mínima infraestructura de propaganda, incluyendo la compra, en diciembre de 1919, de un pequeño local propio, una diminuta sala en la Sterneckerbräu.[26] Los mítines superaban con creces el centenar de asistentes, y la fama de Hitler como orador se iba consolidando, dándole, por consiguiente, mayor poder en el seno de la organización, donde ya había sido nombrado jefe de propaganda *(Werbeobmann)*, aunque Drexler y Harrer continuaban disponiendo del cargo máximo, el de presidentes *(Vorsitzender)*. Sin embargo, Hitler logró desembarazarse pronto de su principal adversario en aquel momento, un Karl Harrer que observaba que el DAP había abandonado inexorablemente la opción de un pequeño círculo de debates controlado por una organización secreta. A comienzos de 1920, Harrer abandonó la organización, precisamente tras haber perdido el debate con Hitler sobre la celebración de un gran mitin de masas, aunque también por las propuestas de éste de una democratización de la estructura del partido que respondiera menos a su etapa de grupo de conspiradores.[27]

Drexler había encontrado en Hitler un eficaz aliado para acabar con una versión sectaria del DAP, creyendo que podría confinarlo en las tareas de agitación, mientras él se disponía a elaborar la estrategia del partido. No cabe duda de la formidable impresión

25. El texto de la charla en E. Jäckel y A. Kuhn, *Hitler. Sämtliche Aufzeichnungen, 1905-1924*, Stuttgart, 1980, p. 91. Cit. por C. B. Flood, *Hitler...*, pp. 75-76. Algunos datos sobre el inicio de la carrera de Hitler y el ambiente muniqués de su primer desarrollo, en H. Auerbach, «Hitlers politische Lehjjahre und die münchener Gesellschaft 1919-1923. Versuch einer Bilanz anhand der neueren Forschung», en *Vierteljahrshefte für Zeigechichte*, 25, 1977, 1, pp. 1-45.

26. J. Toland, *Adolf Hitler*, p. 95.

27. G. Franz-Willing, *Ursprung...*, p. 106; comentario al documento «Organisation des Aussusches der Orstgruppe München und seiner Geschäftsordnung», remitido por Hitler a la dirección, en A. Tyrell, *Vom Trommler zum «Führer». Der Wandel von Hitlers Selbsverständnis zwischen 1919 un 1924 und die Entwicklung der NSDAP*, Múnich, 1975, pp. 29 y ss.

que causaba Hitler en sus oyentes, y del papel que desempeñaron sus dotes oratorias para que el partido pudiera ir imponiendo su presencia en un ambiente tan competitivo como Múnich. El 13 de noviembre, en la Eberlbraukeller, Hitler habló de la paz de Brest-Litovsk; el 10 de diciembre, en el hotel Deutsches Reich, realizó una conferencia con el título de «Alemania en el momento de su más profunda humillación», ante auditorios que superaban con creces el centenar de asistentes. De los 48 mítines que reseña Ernst Deuerlein en su trabajo sobre la entrada de Hitler en la política muniquesa, entre el 13 de noviembre de 1919 y el 24 de noviembre de 1920, 31 fueron realizados por Hitler o, por lo menos, contaron con su participación. El siguiente en la lista, el «economista» del partido, Gottfried Feder, sólo realizó cinco intervenciones.[28] Las cifras muestran la febril actividad del partido como el protagonismo de Hitler en su desarrollo publicitario. Testimonios muy diversos han dejado constancia de la calidad casi hipnótica de sus palabras. «Nadie que juzgue su capacidad por sus intervenciones en los últimos años puede hacerse una idea cabal de su habilidad. A medida que pasó el tiempo, fue emborrachándose con su propia oratoria ante grandes multitudes, y su voz perdió su carácter inicial por el uso del micrófono. En sus primeros años, tenía un control de su voz, de sus frases y de sus efectos que nunca han sido igualados.»[29] Hans Frank, futuro abogado personal de Hitler, da cuenta de una impresión aún más profunda: «Si había un hombre que pudiera dirigir el destino de Alemania, era Hitler.»[30] Kurt Lüdecke habría de quedar impresionado con mayor intensidad, si cabe: «Mis facultades de un examen crítico fueron eliminadas. Adelantándose en la tribuna, como si tratara de lanzar lo que llevaba en su interior a la conciencia de aquellos miles de espectadores, se apoderaba de las masas, y de mí mismo, bajo la fuerza hipnótica de sus convicciones.»[31] El futuro dirigente de las Juventudes Hitlerianas sólo tenía catorce años cuando escuchó a Hitler por primera vez, pero su impresión fue perdurable: «Sé tan sólo que presté especial atención al

28. E. Deuerlein, «Hitler Eintritt...», pp. 188-189. Las referencias, tomadas de los archivos del organismo encargado de la vigilancia de los partidos en la Reichswehr, indican que no se envió a ningún agente al mitin de presentación del programa del NSDAP, en la Hofbräuhaus, el 24 de febrero de 1920.

29. E. Hanfstaengl *Hitler. The Missing Years*, Londres, 1957, p. 33.

30. H. Frank, *Im Angesicht des Galgens*, Múnich, 1953, p. 52.

31. K. Ludecke, *I knew Hitler*, Londres, 1938, p. 22.

tono de su voz. Se trataba de un tono completamente diferente del que entonces se escuchaba en boca de maestros, sacerdotes, oficiales o políticos, pues era profundo y áspero. Parecía resonar como las notas de un violoncelo. [...] Al principio habló en un tono bajo, muy lentamente, como si meditara. [...] Yo no sabía que no solamente se apodera uno del auditorio con las palabras, sino también con la mirada, hasta caldearlo.»[32] A pesar de la impresión que causaba en los espectadores, Drexler y la vieja guardia del partido estaban lejos de considerarlo su máximo dirigente. Incluso se resistieron a aprobar las medidas destinadas a una mayor eficacia burocrática propuestas por Hitler, prefiriendo las características asamblearias del movimiento, propias de la tradición *völkisch*.[33]

En los meses que transcurren entre comienzos de 1920 y el verano de 1921, Hitler no sólo consiguió capturar el poder en el seno del partido, sino también fijar su carácter, estableciendo una distinción clara con respecto a las otras fuerzas que podían competir con su desarrollo, fueran éstas los pequeños núcleos racistas, las sociedades patrióticas, los grupos paramilitares o algún partido pequeño pero influyente, como el Partido Socialista Alemán (*Deutschsozialistische Partei,* DSP). Establecer la identidad del DAP en el ambiente de la extrema derecha y mantener, en cambio, los vínculos con el conjunto del movimiento nacionalista era un ejercicio de delicados equilibrios que los nuevos cuadros del partido habrían de imponer a sus fundadores. Este equilibrio implicaba, como se verá, alimentar una estrategia unitaria que poco tiene que ver con la soledad de unos pocos elegidos que la tradición nazi trató de convertir en realidad, algunos años más tarde. Incluso puede plantear serias dudas sobre la visión de la permanencia del partido una vez conseguido el objetivo de restaurar un gobierno nacional. La *contingencia* del nazismo sería muy parecida a la que se planteaba el fascismo de primera hora en Italia o movimientos patrióticos similares en la Europa de aquel momento. Esta dinámica tiene una estrecha relación con la historia inicial republicana, sean las sucesivas frustraciones de los golpes de la extrema derecha, sean las exigencias de desarme de los grupos paramilitares por los aliados. Tales hechos irían nutriendo la estrategia del nazismo de un carácter curtido en la experiencia, que transformaría su semblante

32. B. von Schirach, *Yo creí en Hitler*, Barcelona, 1968, p. 19.
33. D. Orlow, *The History...*, pp. 17-18.

de forma mucho más radical de lo que quiere hacernos creer su autobiografía, más favorable al suave desplazamiento cronológico de una ideología inmutable. A comienzos de 1920, se celebró el primer mitin de masas del partido, celebrado en la sala de Zum Deutschen Reich, con intervenciones de Dietrich Eckart, acerca del comunismo, y de Anton Drexler, sobre los propósitos del partido.[34] A finales de febrero, se celebraba la reunión de la Hofbräuhaus que la mitología del nacionalsocialismo, basada en las propias afirmaciones de Hitler, ha convertido en germen del movimiento.[35] El papel de Hitler fue tan secundario que ni siquiera aparecía en los carteles que se distribuyeron, siendo el orador principal un propagandista *völkisch,* Johannes Dingfelder, que ya había participado en otras actividades del DAP. En una pequeña referencia al acto, el *Volkischer Beobachter* sólo dedicó una breve alusión a Hitler, indicando que «desarrolló algunos puntos impactantes *(treffende)*».[36] Hitler dio una versión muy distinta de los hechos, como si el comienzo real del movimiento nacionalsocialista procediera de aquella reunión, en la que el público fue confirmando, con sus aplausos y griterío, cada una de las 25 exigencias del programa. De hecho, el texto había sido redactado por Hitler sobre la base de los borradores que Drexler había ido elaborando desde finales del año anterior. Y la escasa importancia que los comentaristas concedieron al programa residía en su carencia de originalidad. Los puntos recogían las afirmaciones que habían sedimentado una especie de «sentido común» de todos los grupos *völkisch* después de la revolución: la sustitución del derecho romano de propiedad por el germano; la consideración racial de la ciudadanía; el control por el Estado de la educación y los medios de comunicación; la protección de la clase media; la revisión del Tratado de Versalles... En comparación con el programa del DSP, parecían dos trabajos complementarios. Mientras el texto de los seguidores de Alfred Brunner se extendía especialmente en los temas económicos, refiriéndose con detalle a la reforma agraria, la

34. C. B. Flood señala la asistencia de unas dos mil personas, y la afiliación de cuarenta militantes al final del acto del día 5 (*Hitler...*, p. 89). Phelps («Hitler...», p. 13) no indica más que la intervención de Drexler, para señalar su papel relevante en la redacción del programa del partido. Deuerlein («Hitlers...», pp. 210-211), sólo reproduce las notas de la intervención de Eckart.

35. Un buen resumen del conflicto entre la realidad y el recuerdo ofrecido por Hitler es el que proporciona I. Kershaw, *Hitler, 1889-1936*, pp. 157-162.

36. Phelps, «Hitler...», p. 14.

política fiscal contra las empresas especulativas, la creación de una Oficina Económica *(Reichswirtschaftsamt)* encargada de la planificación indicativa, el programa nazi resolvía estos temas mediante afirmaciones muy genéricas, entre las que se contaban las famosas: el interés público por delante del privado *(Gemeinnutz vor Eigennutz)* o la quiebra de la «servidumbre del interés» *(Brechung der Zinsknechtschaft)*. Es decir, una defensa de la función social de la propiedad y una distinción entre capitalismo legítimo y capitalismo especulativo —en general, vinculado al judaísmo—, que serviría para definir los vagos rasgos «socialistas» del proyecto.[37] No obstante, para Hitler, estas deficiencias del programa —fueran su carácter demasiado genérico o sus similitudes con las posiciones del otro gran partido *völkisch*— no tenían importancia. De lo que se trataba era de cerrar definitivamente la etapa de ser un mero grupo de propaganda, para pasar a adquirir unos rasgos específicos que derivaban, en primer lugar, de su definición real como partido y de la publicación de unas líneas programáticas. Como tendremos ocasión de ver más adelante, los rasgos genéricos del programa permitían una extraordinaria flexibilidad en la estrategia y un implacable sentimiento de comunidad dogmática, propias del carácter antipolítico del movimiento. Cuando Hitler se refiera al carácter inmutable del programa querrá expresar, más bien, el carácter innecesario de algo distinto de un manojo de principios de tipo religioso, a los que sólo podía dar consistencia un liderazgo carismático. Es poco seguro que, en aquel preciso momento, Hitler se viera a sí mismo como poseedor de ese carisma, aunque no cabe duda que creía que ése debía ser el carácter de un dirigente nacional.

El partido, cuyo nombre se había modificado añadiéndole la adjetivación de «nacionalsocialista» (NSDAP),[38] combinaba esa inmersión en los lugares comunes ideológicos de la contrarrevolución bávara con algunos rasgos específicos. El primero y más llamativo de ellos era su insistencia en el carácter revolucionario de sus propuestas, e incluso en su preferencia por los trabajadores, que se observaba ya en la elección del nombre del movimiento. Se usó *Arbeiter* para referirse a los obreros, cuando en los sectores *völkisch*

37. La comparación entre los dos programas en A. Tyrell, *Vom...*, pp. 76-88.

38. Ello se hacía por tres motivos: para conectar con una tradición austriaca previa, para resaltar el nacionalismo y el socialismo del partido y, finalmente, para señalar el carácter de refundación que debía tener la jornada de la Hofbräuhaus.

era más frecuente el uso del término *Schäffende,* que no sólo se refería a los trabajadores en un sentido más amplio, sino que también lo distinguía de los recursos verbales de la izquierda. Aspectos estéticos, como enmarcar la esvástica en una bandera roja, ponían en un primer lugar el carácter rupturista de la formación. El rechazo constante a cualquier restauración del viejo orden, la crítica al imperio y la burla de las organizaciones conservadoras constituía un contenido esencial del discurso nazi, que no puede verse en absoluto como un simple mecanismo oportunista, sino como una correcta percepción del lugar social que ocupaban los propios dirigentes del partido, cuya promoción política sólo podía hacerse rechazando las barreras estamentales del antiguo régimen. Hitler y los otros oradores del partido condenaron sin piedad a los criminales de noviembre, pero siempre aceptaron la caducidad del Kaiserreich. En alguna ocasión, Hitler llegó a considerar, como luego harían con frecuencia los dirigentes del ala izquierda del partido, en especial Goebbels o los hermanos Strasser, la traición a los trabajadores que supuso una revolución rápidamente sometida a los intereses de la burguesía.[39] El NSDAP se distinguió, por tanto, no sólo por sus llamamientos específicos a los trabajadores, por desear ser el sector que representara a los estratos menos acomodados del movimiento patriótico, sino por tratar de presentarse como el ala izquierda del ambiente *völkisch.* El Partido Nazi descubría, como un factor diferencial —en el que sólo le acompañaba el DSP—, que la convocatoria de los sectores fascistas no podía hacerse mediante una simple supervivencia de los grupos de excombatientes combinada con las discusiones de sobremesa de los pequeños círculos de propaganda. El llamamiento a las masas implicaba abrir, dentro del ciclo inicial de la contrarrevolución, una nueva etapa, que superaba el campo de maniobras de los *Freikorps.* Esa posición permitió al nazismo superar la barrera generacional de los camaradas del frente, aunque sus constantes alusiones rituales al esfuerzo bélico hiciera posible que mantuviera una línea de alta tensión ideológica entre la experiencia de las trincheras y la de la contrarrevolución. Aun cuando el programa nacionalsocialista difícilmente pudiera entusiasmar a unos trabajadores con

39. R. Zitelmann, *Hitler. Selbsverständnis eines Revolutionärs,* Múnich, 1998 (4.ª), pp. 51 y ss. O. Strasser, *Hitler and I,* Boston, 1940, pp. 2-3, donde explica por qué abandonó el Partido Socialdemócrata.

conciencia de clase,[40] se hallaba en condiciones de llegar a quienes estuvieran más deseosos de un movimiento de integración que destacara su lugar en una comunidad nacional orgánica, una autoestimación obrera que ha tenido, bajo distintas siglas, un vigor tan importante como el de su lugar antagonista. Por tanto, los llamamientos a la clase, como las referencias al socialismo se leían, siempre, bajo el paradigma dominante de la nacionalidad. La equivalencia entre nacionalismo y socialismo fue patrimonio del conjunto del partido y su punto de apoyo con mayor capacidad de movilización.

Diversos listados de militantes del partido en Múnich realizados entre comienzos de 1920 y 1921 indican la presencia de una tercera parte de trabajadores, siendo progresiva la sección de quienes se clasifican como no especializados. Los miembros de la clase media sobrepasan la mitad de los afiliados, mientras aquellos que Kater incluye en la «elite» llegan a una quinta parte del total, con una importante representación de estudiantes y profesores.[41] La organización tenía ya, por tanto, un perfil social que variará escasamente, excepto en un apartado fundamental: el que se refiere a la presencia del campesinado, que en el otoño de 1923 llegaban al 12% del total de afiliados en el conjunto del Reich. La representación de la base recogía con bastante fidelidad la de sus cuadros dirigentes en aquel momento. Según un listado correspondiente a 45 miembros del partido el 12 de septiembre de 1919, había 13 profesionales, 16 trabajadores, 6 soldados, 5 estudiantes y 5 más de profesión desconocida.[42] La propaganda con que se llegaba a estos sec-

40. Kater, *The Nazi Party. A Social Profile of Members and Leaders, 1919-1945*, Oxford, 1983, pp. 20-23.

41. *Ibíd.*, p. 242, basándose en los datos de W. Maser, *Frügeschichte...*, Donald M. Douglas, «The Parent Cell. Some Computer Notes on the Composition of the First Nazi Party Group in Munich, 1919-1921», *Central European History,* 10, 1977, 62-65; James P. Madden, *The Social Composition of the Nazi Party, 1919-1930.* Tesis doctoral, Universidad de Oklahoma, 1976, pp. 69-70. La primera lista, referente a 675 miembros del partido hecha el 29 de mayo de 1920, indica, según Maser, el siguiente reparto de profesiones: obreros *(Facharbeiter, Handwerker)*, 27%; profesionales académicos, 8,5%; funcionarios y administrativos, 14,6%; soldados y oficiales, 5,2%; pequeños comerciantes, 13,3%; empresarios *(Geschäftsinhaber)*, 3,1%; estudiantes, 7,2%; obreros no cualificados *(ungelernte Arbeiter)*, 2,9%; campesinos, 0%; mujeres, escolares y militantes que no han dado referencias profesionales, 18,2% (Maser, *Der Sturm...*, p. 255).

42. W. Maser, *Die Sturm...*, pp. 158-159. *Véase* un análisis sociológico de la dirección en Franz-Willing, *Ursprung*, pp. 193-194.

tores solía desarrollar aquellos aspectos que ya habían mostrado capacidad de movilización: Ernst Deuerlein ha recogido, siguiendo los informes de la Reichswehr, cuáles eran los títulos de las conferencias: los efectos de la guerra y la revolución, el vasallaje del interés, la vergüenza de Versalles, las reparaciones económicas, «Alemania como estado libre», «Poder y Derecho», «Reconciliación o violencia», «Solidaridad internacional o autoayuda», «Política de negocios o bienestar del pueblo». Naturalmente, la cuestión judía ocupaba un lugar importante, aunque nada exclusivo. Ocho de los mítines reseñados, sobre 48, estaban dedicados al tema: una sexta parte.[43] El antisemitismo podía tener un papel en la afiliación al partido, pero un ciudadano que se moviera por ese motivo hallaba otros espacios de lucha alternativos, sin tener que compartir los aspectos sociales más «avanzados» y el barniz plebeyo del nazismo. De hecho, sumarse al NSDAP estaba determinado por una multitud de causas, que dependían de experiencias diversas en la guerra y en la crisis de la revolución: el prejuicio nacionalista podía tener una potencia similar al antisemitismo, y mezclarse con la impresión de pérdida de prestigio profesional, con el odio a los causantes de la derrota militar y la pérdida de fortunas por la inflación de la posguerra, las anécdotas atroces de la revolución y la contrarrevolución, y la permanencia de una cultura favorable a las acciones violentas en los márgenes y en contra de la política parlamentaria.[44] Todos estos elementos habían de conectar con experiencias regionales distintas, con una cultura de larga sedimentación sobre la cual habían actuado los factores de coyuntura. El antisemitismo desempeñaba un papel relevante en la cimentación de esta serie de actitudes culturales, y lo demuestra el que Hitler tuviera que realizar el 13 de agosto de 1920, en la Hofbräuhaus, un discurso de singular envergadura con el título de «¿Por qué somos antisemitas?», que se considera una de sus aportaciones más remotas y elaboradas al debate.[45] Se trataba de una explicación que comenzaba en términos defensivos, indicando la incomprensión por el antisemitismo del partido en círculos muy amplios, pasaba a

43. E. Deuerlein, pp. 188-189.

44. T. Abel, *Why Hitler came to Power?*, Cambridge, 1986; Merkl, *Political Violence under the Svastika*, Princeton, 1975.

45. R. Phelps, «Hitlers "Grundlegende" Rede über den Antisemitismus», *Viertel-jahrshefte für Zeitgeschichte,* 16, 1968, pp. 390-420, proporciona la totalidad del texto.

considerar la extrañeza esencial del judaísmo con respecto a las características del espíritu ario: una determinada concepción del trabajo como servicio a la comunidad, la estimación por la pureza y la salud racial, y el arraigo de una profunda vida espiritual *(tief-innerliche Seelenleben)*. El judaísmo suponía la inversión de estos tres valores básicos definidores del alma nórdica y, por tanto, envilecedores de la misma al propagar sus hábitos vitales y convertirlos en normalidad moral. La posesión por los judíos de los principales recursos económicos y de comunicación social impregnaban la cultura alemana de un elemento infeccioso que amenazaba con su expiración. No se trataba de la existencia de buenos o malos judíos, sino de la determinación biológica del carácter y de la necesidad de actuar con las medidas profilácticas que demandaba cualquier sensata forma de protección higiénica.

La originalidad del nazismo no era su propuesta antisemita, sino la voluntad y capacidad de convertirla en un movimiento de masas. Ello conectaba el movimiento con lo que ya había existido en la Alemania guillermina y en el imperio austrohúngaro, experiencias de antisemitismo popular que Hitler conocía bien. Pero su convicción de contar con una base de masas procedía también de otros episodios, como el fracaso del *Putsch* de Kapp, que Hitler pudo conocer directamente al encontrarse en Berlín con Drietrich Eckart para recaudar fondos. De aquella experiencia, Hitler aprendería la inutilidad de cualquier cuartelazo que no contara con el apoyo de un sólido movimiento popular.[46] En los meses centrales de 1920, Hitler había conseguido imponer la estrategia de una propaganda que no sirviera sólo para el adoctrinamiento del pueblo, sino que lo preparara para una acción política. El crecimiento del partido no había sido espectacular, pero contaba ya de una cierta audiencia en la ciudad de Múnich, único lugar donde dispondría de organización hasta la constitución de una filial en Rosenheim, en la primavera del mismo año. Los dirigentes del NSDAP continuaban viéndolo como una parte más del movimiento *völkisch*, cuya tarea era la de ayudar a cimentar un amplio movimiento popular que, en alianza con las fuerzas armadas, consiguiera echar abajo el régimen republicano. La desconfianza que el protagonismo de Hitler había ido creando en la vieja guardia obedecía, además de los factores personales, a la negativa de Hitler a una fusión orgánica con

46. C. B. Flood, *Hitler...*, p. 125.

otros grupos diseminados en zonas de habla alemana en Austria y Checoslovaquia, así como a un entendimiento con el Partido Alemán Socialista de Brunner, cuyas diferencias programáticas eran escasas, mientras su difusión en otras zonas de la geografía alemana —empezando por la Baviera protestante— podían permitir una dilatación del espacio de influencia que, por sí solos, los viejos dirigentes del DAP creían muy difícil conseguir. La actitud de Hitler no es fácil de explicar si no se recurre a la tesis clásica de su voluntad de un poder absoluto en el partido, que posiblemente se habría visto menguada por la fusión con una organización de mayores dimensiones. Ésta ha sido la lectura más frecuente de las diferencias entre Drexler y Hitler, que resultaron irreconciliables. Sin embargo, algunos episodios que se estaban dando en aquel mismo momento, y otros que se producirían más adelante, señalan las matizaciones que pueden hacerse a esta posición. Porque, de hecho, se parte de la voluntad de Hitler de obtener el poder no sólo en su propia formación, sino en el conjunto del movimiento *völkisch*, algo que resulta muy dudoso si se considera la propia evolución del personaje y su apreciable realismo político. Puede considerarse, por ejemplo, la frecuencia con que los miembros de las organizaciones paramilitares de la extrema derecha pasaban de una a otra formación e incluso su pertenencia a más de una al mismo tiempo, como se desprende de la orden de Hitler exigiendo a los miembros de las escuadras de choque que militen exclusivamente en el Partido Nazi y no se inscriban en ninguna otra organización. O la naturalidad con que colaboradores muy próximos a Hitler consideraron, durante los años posteriores al *Putsch* de 1923, la creación de un solo movimiento nacionalsocialista que fusionara, por lo menos, dos organizaciones rivales, a lo que Hitler respondió con un obstinado silencio mientras permaneció en la cárcel. Lo más acertado parece ser considerar unas condiciones muy variables, un auténtico paraje pantanoso, donde se partía de la inmediatez de la crisis de la república y del triunfo de un próximo movimiento contrarrevolucionario. A Hitler y sus camaradas de la nueva guardia no sólo les resultaba difícil combatir el sentimiento unitario de sus huestes, sino que seguramente compartían buena parte de ese espíritu. La intransigencia del grupo hitleriano residía, más bien, en ese difícil equilibrio entre mantener la identidad de un partido y asegurar la unidad del movimiento de masas en el que éste se desarrollaba. En la fusión orgánica con el DSP, Hitler sólo podía ver el retroceso del primero de estos factores cuando, más allá de lo que se refiriera a su persona, estaba tratando de dotar de una estructura de liderazgo sólida a su propia organización. Por otro lado, la fusión con los grupos de Austria y Checoslovaquia le parecía una pérdida de tiempo, cuando de lo que se trataba era de centrar los esfuerzos en un espacio concreto, en lugar de dispersarlos en una coordinadora que actuara sobre tres estados, dos de los cuales estaban muy lejos de vivir la crisis en que se hallaba sumida la República de Weimar.[47]

En julio de 1920, cuando se produjo el viaje a Salzburgo, Hitler no disponía todavía en el partido de la fuerza suficiente para tomar una posición más intransigente y enfrentarse abiertamente a Drexler, quien fue considerado por sus camaradas austriacos o sudetes como el auténtico caudillo del NSDAP. Durante la segunda mitad del año, la correlación de fuerzas en el partido cambió de manera decisiva a favor de las posiciones de Hitler. El crecimiento de la organización, por lo menos en su rama muniquesa —a comienzos de 1921 el Partido Nazi sólo existía en diez localidades—,[48] se debía a la actividad febril desarrollada por un Hitler liberado de cualquier obligación profesional, así como a sus dotes oratorias. Los mecanismos carismáticos habían comenzado a fundamentar la expansión del partido, y algunos de los más leales a Hitler empezaron a ocupar puestos de responsabilidad o a adquirir una fama propia en los ambientes *völkisch,* como era el caso de Eckart o de Esser. Dietrich Eckart, a quien Hitler debió buena parte de su fortuna en el partido, era un poeta de escasa calidad, director de una revista, *Auf gut deutsch,* y muy bien visto en los círculos acomodados de la derecha radical bávara, donde trató de introducir a su pupilo. Toland lo describe indicando que se trataba de un «maestro de las tertulias de café, un cínico sentimental, un charlatán sincero, constantemente actuando en el escenario, perorando con gran brillantez si se le daba la menor oportunidad en su propio apartamento, en la calle o en un café. Un drogadicto y un bebedor, con una vulgaridad atemperada por los vestigios de su origen social».[49] Alguien a quien Hitler deberá lo suficiente para acabar el primer volumen de *Mi lucha* con su nombre, aun cuando Eckart había comenzado a mostrar

47. Sobre el viaje de Hitler y Drexler a Austria, *véase* C. B. Flood, *Hitler...*, pp. 151-154.
48. D. Orlow, *The History...*, p. 23.
49. J. Toland, *Hitler...*, p. 99.

su disgusto por la creciente megalomanía del personaje poco antes del *Putsch.*[50] Hermann Esser era un antiguo izquierdista, de vida bohemia, mujeriego y disoluto, de extraordinarias cualidades como orador, sólo superadas por el propio Hitler, y de un radicalismo grosero que habría de colocarlo frente a políticos más realistas y presentables unos años más tarde. De momento, su lealtad a Hitler resultaba inapreciable, como también lo era la de personajes como Max Amann, Alfred Rosenberg o Rudolf Hess, cuyo perfil se establecerá más adelante, al analizar la elite nazi.

Al terminar el año, Hitler consiguió unir a esa multiplicación de militancia leal a su persona la compra del periódico más prestigioso en la extrema derecha muniquesa, el *Volkischer Beobachter,* que se hallaba en situación de quiebra y corría el riesgo de ir a parar a manos de los socialgermanos del DSP o a algún sector regionalista bávaro. Hitler vio la ocasión de obtener un órgano de prensa con que completar su labor oratoria, pero también la posibilidad de que el periódico, que hasta entonces había mantenido una actitud poco comprometida con el NSDAP, pusiera su prestigio al servicio del partido, silenciando en la ciudad de Múnich, por lo menos, lo que pudieran expresar sus competidores. La adquisición del órgano de prensa, realizada con un notable esfuerzo económico personal de Drexler y Eckart, supuso un golpe muy duro para el DSP, y una base de afianzamiento del poder personal de Hitler en el partido. Rápidamente, el periódico se convirtió en *su* órgano de expresión, con frecuentes artículos que llevaban su firma y otros que lo iban presentando como líder natural del movimiento: el paso de los 7.000 a los 17.000 ejemplares muestra la expansión que aceleró la influencia nazi y hitleriana en el Múnich del año siguiente.

A comienzos de 1921, el NSDAP celebraba su I Congreso en la capital bávara. Las cifras sobre la militancia no están claras, pero puede calcularse en una franja de dos mil a tres mil miembros, frente a los menos de mil del verano. En aquel momento, el NSDAP ya era un partido respetado de la extrema derecha bávara, reducido a la zona católica de una región pero indispensable en cualquier actividad seria que quisiera llevar adelante el movimiento patriótico radical. La expansión fuera de Múnich había ido debilitando a la vieja guardia y, en general, el propio crecimiento del partido lo ha-

50. E. Hanfstaengl, *The Missing...,* p. 83: «Este hombre está desarrollando un caso incurable de *folie de grandeur.*»

bía ido apartando de los objetivos iniciales, meramente propagandísticos, de sus primeros militantes.[51] El I Congreso tomó medidas tan significativas como la prohibición a las mujeres de alcanzar rangos dirigentes —votada por las mismas mujeres presentes—, y continuó considerando a Drexler el jefe del movimiento, sin que Hitler pudiera o quisiera entrar aún en el Comité Ejecutivo *(Vortsand)*.[52]

La radicalización de la situación política dio un impulso decisivo a los acontecimientos en Alemania, alentando las esperanzas de Hitler de endurecer la línea del NSDAP y de imponer un estilo nuevo de dirección. A comienzos de año, las exigencias de las reparaciones de guerra provocaron una gran conmoción. A la desolación de los dirigentes de Weimar se sumó la indignación de la derecha, que halló un nuevo pretexto para acusar a sus gobernantes de entreguismo. En febrero, Hitler conseguía un éxito personal al llenar la sala más importante de la ciudad, el Zirkus Krone, con más de seis mil asistentes que escucharon uno de sus discursos más inspirados, «Futuro o ruina». La importancia de Hitler no sólo en el partido, sino como figura pública de la extrema derecha alemana, como gran agitador, tambor *(Trommler)* del movimiento *völkisch,* hacía difícil que los restos de la vieja guardia pudieran seguir oponiéndole resistencia. La ocupación de ciudades en el Ruhr por parte de los aliados, el alzamiento comunista en la Alemania central y el resultado del plebiscito en la Alta Silesia, con la resolución de no aceptar la victoria alemana y dividir el territorio, fueron factores que acentuaron la necesidad de un nuevo tipo de partido. La ocasión, como es de sobras conocido, fue la negativa de Hitler a aceptar las maniobras de unificación con el DSP que había comenzado Drexler aprovechando el viaje de aquél al norte de Alemania a fin de recaudar fondos para el periódico. Si Hitler estaba muy seguro de sus fuerzas para dimitir de sus cargos, tratándose de una mera fórmula de presión, o si respondió a un gesto de indignación verdadero, sintiéndose humillado por quienes no habrían sacado al partido de una tertulia de taberna, es una discusión sin demasiado sentido, aunque ambas cosas debieron contar y, como Kershaw, me inclino a pensar más en un gesto de exasperación que en un cálculo frío.[53] Sin embargo, más que el encumbramiento de Hitler lo que

51. D. Orlow, *The History...*, pp. 24-25.
52. B. C. Flood, *Hitler...*, p. 177.
53. I. Kershaw, *Hitler, 1889-1936.*, Barcelona, 1999, pp. 177-178.

interesa es a qué situación política respondía más allá de las fronteras estrictas de la militancia.

En una fase de radicalización política, cuya culminación sería el asesinato de Matthias Erzberger a manos de la extrema derecha, el NSDAP había de construir una organización cuya estructura tuviera una eficiencia mucho mayor que la que se había legalizado el año anterior. El ascenso de Hitler no era el resultado de una simple ocupación progresiva del poder en el interior del aparato, sino de la presión de las circunstancias externas, las cuales exigían que la figura del máximo propagandista del nacionalsocialismo y el líder del partido coincidieran en la misma persona. Se precisaba una estructura más disciplinada que permitiera hacer funcionar las organizaciones locales, hasta entonces autónomas de las decisiones que se tomaban en la capital. El NSDAP de Drexler no era un partido bávaro, sino apenas una organización muniquesa cuya coherencia en el mismo casco urbano dejaba bastante que desear. El golpe de Hitler tuvo éxito porque, para muchos cuadros del NSDAP, la fusión con los socialgermanos podía convertirse en el abrazo de la muerte, justamente cuando el Partido Nazi parecía disponer de una coyuntura propicia para desarrollar sus propias fuerzas. La crisis del verano de 1921, que el entorno de Drexler trató de resolver injuriando a Hitler y denunciando su modo de vida,[54] concluyó de la única forma posible: aceptando las condiciones de éste de recibir un poder absoluto en el partido y llevar adelante una amplia modificación de su funcionamiento asambleario e ineficiente. El 29 de julio un mitin al que asistieron más de quinientos delegados daba a Hitler el poder supremo en el partido, aun cuando el nuevo caudillo permitiera a Drexler mantener una posición en la dirección. Es posible que, a juzgar por el respeto que siempre le tuvo Hitler, Drexler acabara aceptando la superioridad de éste y fuera decisivo a la hora de resolver la situación en su favor. De hecho, en febrero de 1921 Drexler había declarado que no le parecía mal verle como dictador del movimiento, aunque él quisiera reservarse una especie de presidencia.[55] En julio, la bicefalia había perdido cualquier sentido: en una carta a Streicher, donde confiaba en la entrada de

54. D. Orlow, *Hitler...*, p. 28; Deuerlein, *Aufstieg...* (cit. por Toland), p. 111; *véase* el texto: «Hitler ¿traidor?», que no se atribuye a Drexler, en Franz-Willing, *Ursprung...*, pp. 173-175.
55. Fest, *Hitler*, vol. I, p. 158.

los socialgermanos en el Partido Nazi, Hitler acababa firmando como *Führer* del NSDAP.[56]

Camino del *Putsch*, 1921-1923

> Así se nos presenta la imagen del dictador: agudo en el espíritu, claro y verdadero y, sin embargo, contenido, frío y osado; seguro de sí mismo, sopesando la decisión, irrefrenable en la rápida ejecución, sin contemplaciones para sí mismo ni para los demás, despiadadamente duro y, al mismo tiempo, blando en el amor para su pueblo, infatigable en el trabajo, con puño de acero en guante de terciopelo, capaz, finalmente, de vencerse a sí mismo.
>
> RUDOLF HESS

> —¿Cree que llegarán a alguna parte?
> —Desde luego que no. El pueblo alemán es demasiado inteligente para ser dirigido por estos tunantes.
>
> Conversación entre el cónsul americano en Múnich y un empleado alemán de la legación, 1921

> ¿Qué es lo que habéis hecho? Os habéis agazapado en una cobarde emboscada y habéis asesinado al más noble entre los hombres. [...] Locos ilusos, habéis asesinado a un hombre, pero habéis herido a sesenta millones. [...] Habéis traicionado el destino de nuestro pueblo. Habéis deteriorado el fundamento de nuestra vida común: la confianza.
>
> FRIEDRICH EBERT, discurso tras el asesinato de RATHENAU

La reorganización del partido para adaptarlo a las directrices de una combinación de liderazgo absoluto y eficacia administrativa, se produjo inmediatamente después de la asamblea de julio.[57]

56. B. C. Flood, *Hitler...*, p. 204.
57. A. Tyrell, *Vom Trommler...*, pp. 132-150; G. Franz-Willing, pp. *Ursprung der Hitlerbewegung 1919-1922,* Oldendorf, 1974, pp. 179-186.

Las medidas de reestructuración fueron combatidas, sin éxito alguno, por panfletos que trataban de organizar a los «nacionalsocialistas libres» contra la dominación de un caudillo,[58] aunque la falta de audiencia no indica que el camino de Hitler para ocupar la jefatura del partido y, sobre todo, para darle un carácter nuevo, tuviera el campo de acción tan libre como suele pensarse. De ahí, sin duda, el papel básico que desempeñó Anton Drexler, cuya oposición radical habría puesto en una situación difícil a Hitler.[59] El estatuto del NSDAP aseguraba un poder absoluto al primer secretario *(Vorsitzender)*, que nombraba a los integrantes de la estructura básica de la dirección, dividida en seis comités *(Ausschussen)*: propaganda, finanzas, juventud, deporte, investigación y arbitraje *(Schlichtung)*. Hitler se apresuró a colocar a hombres de su confianza en los comités, que pronto iban a desplazar al ejecutivo *(Vorstand)* en la dirección efectiva del partido: Esser fue encargado de la propaganda, Lenk de la juventud y Amann sustituyó a Schlüsser como responsable de la organización. A lo largo del verano, los seguidores de Hitler fueron venciendo la inercia de la base para imponer el dogma del liderazgo carismático *(Führerprinzip)*, superando el viejo carácter de una coordinadora de grupos autónomos en que había consistido el NSDAP hasta aquel momento, con un muy escaso control sobre las actividades de los grupos locales. En pocas semanas se había conseguido una cotización regular y una obediencia a las directrices de los comités dirigentes, al tiempo que aumentaba el número de empleados a tiempo completo para la realización de las tareas burocráticas. Sin embargo, la vinculación carismática, que halló cierta resistencia pasiva en las organizaciones locales, sólo pudo establecerse en el congreso de enero de 1922. En éste, una asamblea de carácter intermedio entre los viejos debates y las nuevas fórmulas de asentimiento a los discursos del *Führer,* Hitler logró establecer definitivamente su poder absoluto en el partido, consiguiendo que se le diera el poder de expulsar no sólo a individuos, sino a secciones enteras.[60]

58. *Véanse* los dos documentos en Franz-Willing, *Ursprung...*, pp. 176-177. El primero iba firmado por Beneickt Settele, uno de los primeros militantes del DAP, en nombre de un Comité de Nacionalsocialistas Revolucionarios, mientras que el segundo iba a nombre de la Asociación de Nacionalsocialistas Libres.

59. En el primer esbozo de la nueva estructura se dejaba a Drexler la posición de presidente de honor *(Ehrenvorsitzender)*.

60. D. Orlow, *The History...*, pp. 33-37.

Una de las modificaciones que había de tener mayor influencia en el futuro del partido fue la constitución formal de una sección defensiva. Desde los comienzos de los mítines de masas, el partido había dispuesto de unas escuadras de acción, encargadas de asegurar que las reuniones nazis pudieran realizarse con la menor interferencia de los grupos rivales. Esta organización, que se disfrazó bajo la forma de una sección deportiva, pasó a adquirir especial relevancia en la segunda mitad del año. En las efemérides del partido, la batalla de la Hofbräuhaus del 4 de noviembre de 1921 se consideró siempre la fecha fundacional de las Secciones de Asalto *(Sturmabteilungen)* o SA, que vinieron a ocupar el vacío dejado por la disolución de las ligas cívicas paramilitares originadas en la revolución de noviembre, impuesta por los aliados y realizada a pesar de las resistencias ofrecidas por el gobierno conservador de Baviera.[61] La organización fue entregada durante algunos meses —antes de encargarse a Göring— a Johann Ulrich Klintzsch, oficial de marina y antiguo miembro de la Brigada Erhardt. Éste trató de dar cierta uniformidad al grupo, llevado por las quejas del propio Hitler. Las gorras de esquí y las camisas grises con el brazal de la esvástica precederían a las camisas pardas, muy posteriores.[62] Las SA desempeñaron un papel decisivo como mecanismo de acción política, como garantía de la autonomía del partido y como espacio de socialización de la juventud en los momentos de crisis económica que se vivieron a partir de la hiperinflación de mediados de 1922. El ejercicio de la violencia indicaba un talante determinado del movimiento, que iba más allá de su uso defensivo y planteaba su comprensión de la política. Disueltos los *Freikorps,* las SA pasaban a ser una fuerza de combate de la contrarrevolución nacionalista mucho más atractivas, para los jóvenes radicales, que las ligas cívicas en buena sintonía con los gobiernos reaccionarios de Múnich. En momentos de fractura social, además, restauraban formas de camaradería que ofrecía un ámbito de seguridad, que se ensanchaba en la acción común y solidaria de los enfrentamientos con comunistas o socialdemócratas. Con las SA, el Partido Nazi disponía de la doble estructura militar y política de la que carecía el resto de las

61. Sobre los orígenes de las SA, J. Diehl, *Paramilitary Politics...*, p. 107. *Véase* también el libro de P. Longerich, *Die braunen Bataillone. Geschichte der S.A.*, Múnich, 1989.

62. Hanser, *Prelude...*, pp. 281-282.

fuerzas de la derecha. Existían organizaciones paramilitares mucho mayores, como *Reichsflagge*, *Oberland* o *Bayer und Reich,* pero todas ellas adolecían de la falta de un partido político que las nutriera y les diera la consistencia de una organización completa, con capacidad real de vertebrar una alternativa al régimen. Como partido, por otro lado, el NSDAP tenía la ventaja de mostrar una organización de choque que le permitía hacer visible su carácter de movimiento de nuevo tipo, antidemócrata y populista, capaz de combinar todas las formas de resistencia al nuevo sistema. Las SA pasaron a formar parte de un moderno estilo de propaganda de masas, con el recurso a los camiones para repartir octavillas, los desfiles y las concentraciones con los vistosos colores de la bandera nacionalsocialista, que se habían calcado de los de la enseña imperial, aunque poniendo en primer lugar el rojo, por su mayor visibilidad y su deseo de destacar el carácter revolucionario del partido. El NSDAP se había convertido ya en un especialista en la propaganda para la política de masas de la posguerra, y ello le permitió un crecimiento espectacular desde el verano de 1922, que obligó a cerrar las oficinas de Múnich a comienzos del año siguiente, por la imposibilidad de atender las peticiones de afiliación.[63] No obstante, la violencia desplegada por el partido provocaría una división de opiniones en el seno del gobierno bávaro, que chocaron con la habitual tolerancia de la policía de Múnich. Hitler incluso tuvo que cumplir una condena de un mes de prisión por alentar el asalto al mitin de un dirigente regionalista, y el ministro del Interior, Schweyer, llegó a sugerir la expulsión del país del *Führer*, a lo que se opondría el dirigente socialdemócrata Auer, argumentando que sólo se trataba de una figura cómica,[64] aunque el motivo real debía de estar en el deseo de dividir las fuerzas de la derecha en el territorio.

El disgusto que podía causar la violencia de las escuadras de acción, aunque creara algunos problemas legales a Hitler, no menguaba el prestigio que iba adquiriendo el antiguo *outsider* a quien el capricho de la fortuna, las convulsiones de la revolución y un talento especial para las relaciones sociales había permitido abrirse paso en la sociedad muniquesa. Cuando sus enemigos del partido, la vieja guardia que temía su poder absoluto, le trataron como un advenedizo convertido en «el rey de Múnich», en «Adolfo I», estaban

63. Hanser, *Prelude*..., pp. 286-287; Fest, *Hitler*, vol. I, pp. 144-147 y 175-176.
64. Hanser, *Prelude*..., pp. 288-289.

llevando al lenguaje del libelo, al terreno cenagoso de las luchas internas del movimiento, una realidad que se experimentaba de otra forma en el paisaje más calmado de los ambientes de la buena sociedad. Hitler se había esforzado por mejorar su educación, por lograr una apariencia más respetable e incluso por disfrutar de algunos lujos, como disponer de un coche y chófer propios. Para quien recuerde su actitud crispada en los actos de masas del Tercer Reich, la intransigencia con sus colaboradores en las horas más difíciles de la guerra, la crueldad de su régimen con las minorías políticas o raciales, será difícil llegar a ver a aquel joven pálido, vestido con un eterno traje azul, tocado con sombrero de fieltro y protegido por la gabardina que gastaba sus horas de ocio en algunos cafés muniqueses, como el café Weichand, el Carlton Tea Rooms o, su favorito, el Café Heck en Galerienstrasse, en compañía de sus colaboradores más próximos.[65] Hitler, el agitador de cervecería, el tambor nacionalista, deseaba frecuentar el trato de la alta sociedad, que le proporcionaba una aureola de personaje a tener en cuenta para la política del futuro —que él veía en los términos de un inmediato cambio de régimen—, y que también le proporcionaba una compensación por los años sufridos al margen del poder, de los ambientes refinados. Dietrich Eckart fue el primero que le introdujo en sociedad, pero sería Ernst *Putzi* Hanfstaengl, un especialista en arte que se había educado en Estados Unidos, quien le resultaría de más ayuda para abrirse camino en estos círculos. Hanfstaengl, que había tenido una visión inmediata de la vulgaridad de la apariencia física de Hitler, había quedado muy impresionado, como ya se ha visto, por sus cualidades oratorias. Sus maneras eran groseras, sin saber comportarse en la mesa de una forma adecuada, pero Hanfstaengl veía en él a alguien a quien todavía era posible moldear, especialmente en sus posiciones sobre la política internacional. Más adelante, la influencia de personajes como Rosenberg harían imposible que llegara a entender el fenómeno más importante de su tiempo: el papel de las potencias atlánticas en la génesis y resolución de los conflictos bélicos del siglo XX. De igual manera, su carácter habría de ir sufriendo el deterioro «napoleónico» de quien no quiere escuchar más que las opiniones que coinciden con sus deseos, una actitud que no era la de los primeros años de su carrera. El viejo amigo da cuenta, también, de un estilo

65. H. Hoffmann, *Hitler was my friend*, Londres, 1955, p. 50.

anárquico y bohemio de trabajo, que Hitler había sostenido en sus primeros años, y que mantendría a lo largo de toda su vida. Si podía sentirse en su ambiente en un acto de masas interminable, las tareas burocráticas le resultaban agobiantes y procuraba eludirlas a la menor ocasión.[66] Hitler disponía de un encanto especial para las damas de la alta sociedad, que competían en hacerle regalos y, en alguna ocasión, en disputarse el matrimonio de aquel soltero de oro con alguna heredera de la aristocracia bávara. El *Führer*, entusiasmado en este nuevo papel que desempeñaba en una sociedad que lo había rechazado con tanta firmeza en su primera juventud, veía un dulce desquite en aquellas veladas en las que se dejaba aconsejar, humildemente, sobre su forma de vestir, e incluso permitía que le obsequiaran con objetos como la fusta de piel de elefante con la que se paseaba por Múnich. De todas formas, su trato con las mujeres mantenía una especial ausencia de aventurerismo sexual que, más que una anormalidad, nos señala los rasgos de una prudente discreción.[67]

El crecimiento del NSDAP durante 1922 aprovechó estas características dinámicas del partido y el deterioro creciente de las instituciones, que se sumaban al empeoramiento de la inflación, rápidamente relacionada con la exigencia de las reparaciones de guerra. En el verano de 1922, el asesinato de Rathenau, realizado, además, con una brutalidad de formas estremecedora, golpeaba una de las dianas favoritas de la extrema derecha, pero también a un personaje clave en la normalización de las relaciones exteriores alemanas y a uno de los intelectuales más destacados en el análisis de la sociedad industrial de la posguerra. La indignación de los demócratas de Weimar fue tan intensa que parte de los diputados nacionalistas hubieron de abandonar el parlamento en la sesión de homenaje al ministro asesinado. Ni siquiera Hitler se atrevió a reivindicar la labor de los asesinos con demasiada energía, amenazado como estaba con la expulsión del país, a pesar de haberse referido a él como el responsable de la devastación de Alemania durante la guerra.[68] Sin embargo, supo aprovechar la resistencia del go-

66. E. Hanfstaengl, *Hitler...*, pp. 39 y ss.

67. Acerca de la escasa fiabilidad de Hanfstaengl en este punto, y de la existencia de relaciones obtenidas a través de su chófer y guardaespaldas, Emil Maurice, *véase* F. Delpla, *Hitler*, París, 1999, pp. 106-109.

68. C. B. Flood, *Hitler...*, p. 246.

bierno bávaro a las medidas de excepción decretadas por el Reich para vertebrar la agitación patriótica frente a la ley de protección de la república. En agosto de 1922, correspondió a los nazis el papel más vistoso en la manifestación contra la aplicación de la norma en Baviera y, nuevamente, el NSDAP mostró su carácter de aliado indispensable para cualquier función contrarrevolucionaria.[69] El grado de confianza que le inspiraba su potencia en la calle le hizo pensar en un golpe de fuerza, que combinaría con el doctor Pittinger, jefe de la organización *Bayern und Reich*, para echar abajo el gobierno conservador moderado de Lerchenfeld. A sabiendas de que el régimen resistiría, Pittinger desapareció de escena en una grotesca mezcla de viaje de vacaciones y fuga que enfureció a los nazis. Al parecer, Hitler declaró entonces su disposición a actuar en solitario, sin volver a contar con las sociedades patrióticas, y disponiendo de la fuerza exclusiva de su partido; promesa que, como veremos, incumplió sólo un año más tarde.[70] Y es que, incluso en aquellos momentos de crecimiento de su partido, Hitler se veía a sí mismo como un agitador, un portavoz del movimiento nacionalista que disponía de una excelente plataforma de acción personal en un partido bien organizado, pero que en modo alguno deseaba llevar a cabo en solitario. Ello no derivaba sólo del papel que se atribuía en el esquema del liderazgo *völkisch*, sino del carácter fundamentalmente militar de la acción a tomar contra la república. El reforzamiento de las SA, por más que estuvieran sometidas al partido, indicaba esta opción, que se confirmaría a lo largo de 1923. Mientras se tuviera una visión *«putschista»* del fin de la república, Hitler no podía esperar que su partido pudiera prescindir del ejército, de las asociaciones patrióticas y, sobre todo, de una proyección fuera de Baviera de la que carecía por completo. Si no cabe duda de su carácter de *Führer* del partido, existen todas las imaginables sobre su voluntad —y su posibilidad— de serlo del gran magma contrarrevolucionario.[71]

Los últimos meses del año asistieron a otro giro en la estrategia del Partido Nazi, que podría estar relacionado con las fórmulas de lucha del fascismo italiano que Hitler y su entorno conocían perfec-

69. Toland, *Hitler*, p. 117.
70. K. Lüdecke, *I knew...*, pp. 59 y ss.
71. *Véanse* dos opiniones complementarias en D. Orlow, *Hitler...*, pp. 39-40 y Tyrell, *Vom Trommler...*

tamente. No en vano, en aquellos momentos Hermann Esser se referiría a Hitler como «el Mussolini alemán».[72] La nueva estrategia consistía en la ocupación de las calles de algunas poblaciones, especialmente aquellas en que la izquierda tuviera cierta actividad, para imponer una presencia física de las escuadras a los adversarios y ganar el apoyo de los espectadores conservadores. La demostración de la fuerza salía, así, de los meros actos de propaganda para convertirse en la totalidad de la actividad política externa, que infundía temor a los enemigos, admiración a los simpatizantes y confianza a los miembros del partido. Todo ello, diseñando los rasgos básicos de un paisaje político que había de concluir —como lo haría en Italia— en un golpe de fuerza que obligara a los sectores dirigentes del país a cancelar la revolución democrática de la posguerra. La ciudad elegida para una primera acción de este tipo fue Coburgo, cerca de Turingia. El Partido Nazi no disponía de organización local *(Orstgruppe)*, pero la asociación antisemita *Deutschvölkischer Schutz- und Trutzbund* tenía una militancia de medio millar de afiliados, que podían dar cobertura a una acción del partido. Por otro lado, el movimiento obrero se había mostrado especialmente agresivo en los momentos de crisis de la república, y en la misma primavera de 1922 había protagonizado importantes huelgas en el sector eléctrico y ferroviario. A mediados del mes de octubre, se decidió la celebración de un «día alemán», organizado como una fiesta cívica, pero rápidamente convertido en exhibición de la fuerza del nazismo. Entre seiscientos y ochocientos miembros de las SA desfilaron por el centro de la ciudad, después de que Hitler se negara a aceptar las condiciones del consejo municipal, en el sentido de que se limitara a un acto en un local cerrado. Al final de la tarde se produjeron violentos enfrentamientos con militantes de la izquierda, que fueron fácilmente dispersados por la superioridad de los nazis y sus aliados. Hitler pudo pronunciar, en este marco de exhibición de potencia armada, un incendiario discurso en la Hofbräuhaus, y el impacto de la jornada fue suficiente para que, meses después, constituida ya la organización local, ésta alcanzara los seiscientos afiliados.[73] Los acontecimientos de Coburgo tuvieron otro efecto: la noticia salió en todos los periódicos alemanes. El NSDAP y su líder estaban superando su carácter provincial para alcanzar un relieve detectable a escala del

72. Toland, *Hitler...*, p. 121.
73. N. F.-Nayward y D. S. Morris, *The First Nazi Town*. Brookfied, 1988, pp. 58-79.

Reich.[74] Las repercusiones fueron lo bastante grandes para obligar a la embajada norteamericana a enviar a un funcionario, el capitán Truman Smith, quien modificó la versión benévola que el cónsul había dado del movimiento nazi unos meses antes. Después de entrevistarse con Hitler y con Ludendorff, por el contrario, envió un informe señalando el riesgo de expansión de una movilización de extrema derecha, en la que el nazismo tendría un papel relevante.[75]

Esa visibilidad nacional del NSDAP fue acompañada, a las pocas semanas de la ocupación de Coburgo, de una de las piezas fundamentales en el proceso de obtención de la hegemonía hitleriana en el ámbito nacionalista radical. Durante los primeros tres años del movimiento, el partido había conseguido su expansión en la zona católica de Baviera, pero tenía su talón de Aquiles en la Franconia protestante y, en especial, en su capital, la segunda ciudad de la región. Núremberg había tenido un fuerte crecimiento antes de la Gran Guerra. La mitad de la población que vivía en ella procedía del campo, y había acudido para trabajar en los centros industriales, concentrándose en los viejos barrios del centro —Wöhrd o Glockenhof— o en los de la nueva periferia —St. Leonard, Schweinarau o Sunbdersbühl—, donde las condiciones higiénicas dejaban mucho que desear. El número de trabajadores del sector industrial o el de transportes doblaba el porcentaje bávaro, y era notable la cantidad de personas que trabajaban en empresas con más de mil empleados, aun cuando una cuarta parte de la población activa se empleaba en pequeños talleres.[76] La concentración obrera y las condiciones penosas de su existencia determinaron una amplia actividad reivindicativa en la ciudad, ya antes de la caída de la monarquía, que se endureció tras la revolución de noviembre. En las elecciones a la Asamblea Constituyente, la mayoría absoluta de votos correspondió al SPD, seguido por el DDP, que consiguió casi una tercera parte de los sufragios, mientras que los católicos del BVP no llegaban a una décima parte y el USPD apenas superaba el 7%. Como ocurrió en el resto del país, la radicalización posterior haría crecer el voto de los socialistas independientes hasta más del 22%, mientras los mayoritarios descendían al 38% en las elecciones munici-

74. C. B. Flood, *Hitler...*, pp. 300 y ss.
75. Toland, *Hitler...*, pp. 126-128.
76. Estos datos están tomados del capítulo 1 de Reichel, *The Development...*, pp. 1-19.

pales de junio. No es éste el paisaje electoral que parece convenir al mito de Núremberg que los grandes congresos crearían después. Sin embargo, la erosión del voto al DDP, que indica como ningún otro la defección liberal de la clase media, pondrá las cosas en su lugar muy poco tiempo después: en las elecciones de 1924, el Partido Demócrata caía por debajo del 7%, mientras la coalición de extrema derecha liderada por los nazis alcanzaba casi el 12%. Las dificultades de penetración del nazismo en Núremberg procedían de la competencia de una figura singular: Julius Streicher. Considerado el modelo de antisemita patológico, Streicher había militado en el *Deutschvölkischer Schutz- und Trutzbund* durante unas semanas, antes de integrarse en el DSP y dirigir su órgano de prensa, *Der Deutsche Sozialist,* en Núremberg. La grosería de sus expresiones antisemitas acabaron por provocar su ruptura con Brunner, y su entrada en la pequeña *Deutsche Werkgemeinschaft*, fundada por el intelectual de Augsburgo doctor Dickel, e iniciando la edición de *Deutscher Volkswille* en noviembre de 1921. Hasta 1922, Streicher fue un celoso defensor de sus prerrogativas en la ciudad, y un enemigo de los intentos de Hitler de extender el nazismo a Franconia. Hitler procuró tratarlo siempre con delicadeza, señalando que precisamente la firmeza de sus convicciones antisemitas le habían llevado a romper con el DSP. El deseo de Hitler de convertir su partido en una fuerza hegemónica en Baviera sólo podía obtenerse mediante la alianza con el grupo de Streicher, a sabiendas de que ello acabaría por desmoronar las débiles defensas de los competidores del NSDAP y lo haría el único partido fascista en la región. En octubre, las dificultades financieras de un Streicher que ya había roto con Dickel, le forzaron a aceptar la petición de Hitler de ingresar en el Partido Nazi.[77] Muy poco más tarde, el DSP decidía su disolución y el nazismo se convertía en la única fuerza *völkisch* de importancia al sur del Main.[78]

En apariencia, la crisis desatada por la ocupación del Rhur a manos de tropas belgas y francesas, tras la negativa del gobierno Cuno a entregar el material —carbón y madera— exigido por los acuerdos

77. E. G. Reichel y R. Lenman, «Julius Streicher and the Originis of the NSDAP in Nuremberg, 1918-1923», en A. Nicholl y E. Matthias, *German Democracy...*, pp. 129-159.

78. Además de esa importancia cualitativa, el número de afiliados al NSDAP comenzaba a amenazar también la disposición de fuerzas de la liga patriótica más

de paz, alentaba una situación propicia para esa radicalización de la vida política que Hitler necesitaba a fin de tomar impulso. La ocupación llegaba, además, en un excelente momento para sus fuerzas, cuando el Partido Nazi había mostrado un espectacular crecimiento y la anulación de sus competidores. Sin embargo, las cosas se desarrollarían de forma más complicada. Como ha señalado recientemente un biógrafo de Hitler, la atribución del fracaso del *Putsch* a los errores exclusivos de un *Führer* incapaz de medir la distancia entre la realidad y el deseo; la insistencia en las prisas de Hitler y su brusca imitación del éxito de Mussolini; el reforzamiento de la visión de un personaje autista, sobre cuya mente las condiciones coyunturales se estrellaban con tanta tenacidad como ineficacia; todas estas frecuentes visiones de un Hitler que se compara con el enloquecido resistente del búnker de la cancillería son poco apropiadas para entender no sólo al personaje, sino lo que ocurrió en unos meses cruciales para la salvación de Weimar y para el giro en la estrategia política del nacionalsocialismo. Las fuerzas en presencia eran muy diversas: incluían a más de un gobierno —el técnico de Cuno y el de concentración política de Stresemann—, a los movimientos mal conocidos de la *Reichswehr,* a la actuación de la multitud de ligas patrióticas y a las propias dificultades internas del Partido Nazi, sobre el que se desarrollaban todas estas tensiones, muchas de las cuales eran nuevas y fuera de su capacidad de control real.

A mediados de enero de 1923, justamente cuando las tropas aliadas entraban en Alemania, Adolf Hitler definió la posición de su partido en el Zirkus Krone, afirmando la imposibilidad de establecer concordia alguna con los criminales de noviembre. Para el líder del NSDAP, el peligro mayor residía en el reforzamiento del régimen que podía derivar del movimiento solidario desatado por la ocupación, algo en lo que no estaba nada equivocado, a la luz de lo que se produciría en los años siguientes. El *Führer* había detectado los riesgos de una situación ante la que debía poner en marcha, apresuradamente, la maquinaria de su partido, pero en modo alguno para entregarse a la *Burgfrieden* solicitada por el gobierno. A fi-

potente. A comienzos de 1923, el partido tenía 20.000 miembros —frente a los 6.000 de comienzos del año anterior—, disponiendo de una fuerza armada de unos mil SA *Bayern und Reich* tenía 50.000, aunque sólo 30.000 en posición de movilizarse para la lucha. En noviembre de 1923, el NSDAP llegaría a unos 55.000 miembros. H. Auerbach, «Hitler...», p. 36.

nales de mes, el congreso nacional del Partido Nazi abandonó definitivamente cualquier apariencia de asamblea de debate, instalando el ritual que sería familiar en los años posteriores. La resistencia de las autoridades a la celebración del mismo sólo pudo ser vencida con la intervención directa de Otto von Lossow, jefe de la *Reichswehr* en Baviera, con la presión de Ernst Röhm y la palabra de honor de Hitler de que no se provocarían disturbios.[79] La impresión de debilidad que produjo este hecho —y que otros agravarían a lo largo del año—, muestra la seguridad de Hitler de que no podía actuar al margen de los deseos del ejército y, en buena medida, de los del propio gobierno y las fuerzas de seguridad bávaros. Por otro lado, acentuaban la necesidad de organizar frentes de acción más amplios, que ofrecieran una alternativa de solidaridad nacional ante la *Burgfrieden* de Berlín y, en buena medida, un margen de acción más amplio con respecto al ejército.[80] De ahí que se formara muy rápidamente una Asociación de Ligas Patrióticas de Combate (*Arbeitsgemeinschaft der Vaterländischen Kampfverbände,* AGVKV) cuya creación implicaba la ruptura de la vieja VVVB y cualquier contacto con la regionalista *Bayern und Reich.* En la nueva organización estaban presentes las asociaciones patrióticas más radicales, cuya dirección militar se ofreció a Hermann Kriebel, dejándose la dirección política a Adolf Hitler.[81] En la misma medida en que se reforzaba un frente único patriótico, la posición de los nazis quedaba diluida en una estrategia básicamente militar, donde la jefatura política pasaba a tener menor importancia que la graduación. De ahí que el nombramiento de Hitler, reconociéndole su papel de impulsor del movimiento, se contemplara como puesto a las órdenes de su auténtico líder espiritual, el general Ludendorff.[82] Un conflicto obvio, de carácter táctico, era el que suponía el examen de los ritmos y protagonismo de los acontecimientos. Para Hitler, la espera indefinida hasta que el ejército se decidiera resultaba un desgaste insoportable para sus hombres, mientras que para Luden-

79. Franz-Willing, *Ursprung...*, pp. 359-364.

80. Franz-Willing, *Krisenjahr der Hitlerbewegung 1923*, Oldendorf, 1975, pp. 36 y ss.

81. La *Arbeitsgemeinschaft* estaba formada por las SA, la liga Oberland, la Unión Patriótica de Múnich *(Vaterländische Vereine Münchens)*, la organización Estandarte del Reich *(Reichsflagge)* y la Liga de Combate de la Baja Baviera *(Kampfverband Niederbayern)*.

82. I. Kershaw, *Hitler, 1889-1936*, pp. 211-212.

dorff la subordinación a la *Reichswehr* se expresó en la entrega inmediata de sus armas al ejército. La disposición de Hitler a subordinarse a la *Reichswehr* —aunque le disgustara la función política que podía desarrollar Ludendorff—, puede seguirse en la larga entrevista mantenida con el jefe del Estado Mayor, general Von Seeckt, a quien ofreció la dirección del movimiento contrarrevolucionario, algo a lo que el general opuso su juramento de obediencia a las autoridades.[83] Sin embargo, ni las ambiciones de Seeckt pueden descartarse con tanta facilidad —como lo pretende la fuente citada—, ni Hitler tenía por qué ver en la negativa del general un rechazo terminante de cualquier acción contra el gobierno. La conversación, interrumpida con cierta brusquedad, había durado lo suficiente para que Hitler y Seeckt extrajeran la conclusión correcta: la imposibilidad de un golpe sin contar con el ejército y la disposición del primero de subordinarse al ritmo que éste marcara.

Esta situación de dependencia mutua y de celo a la hora de sostener la propia importancia en la alianza determinó enfrentamientos que fueron fragmentando el frente patriótico, aunque sin poner nunca en duda la necesidad de que existiera alguna organización amplia: es decir, sin que jamás se planteara una acción en solitario del partido. El momento de crisis más aguda, que caracterizó muy bien la situación en que se hallaban las diversas fuerzas, fue la preparación de una gran acción patriótica para responder a las celebraciones del Primero de Mayo por la izquierda. A sabiendas de los enfrentamientos que se producirían, el gobierno logró evitar que ambas concentraciones coincidieran, dejando que dos docenas de miles de socialistas se reunieran en Theresienwiese, mientras las asociaciones de la extrema derecha lograban reunir a unos tres mil hombres en Oberwisenfeld. La irritación de Hitler y sus hombres fue notable, en especial porque aquél confiaba en la amenaza de un golpe de la izquierda para facilitar una reacción armada que concluyera en la instauración de un gobierno de la oposición nacional en Baviera.[84] La imposibilidad de resistir a las exigencias gubernamentales dejó a los nazis en una situación de extrema debilidad política, arriesgándose a no poder controlar las acciones que pudieran desarrollarse por los sectores más radicales, o de no poder impe-

83. E. Hanfstaengl, *Hitler...*, pp. 85-87.
84. J. Mabire, *Röhm...*, pp. 96 y ss. Gordon, *Hitler...*, pp. 194 y ss. Informe del cónsul británico en Toland, p. 142.

dir la desmoralización de quienes llevaban demasiadas semanas aguardando un golpe de fuerza que acabara con el régimen. La *Arbeitsgemeinschaft*, algunos de cuyos elementos se habían negado a secundar la manifestación nacionalista, fue una víctima colateral de los acontecimientos, perdiendo organizaciones enteras, como la importante VVM, cuando Alfred Zeller quedó en minoría.[85] El fiasco del Primero de Mayo era, con todo, relativo. Nadie podía prescindir del partido mejor organizado y más numeroso de la extrema derecha, aunque todos estuvieran dispuestos a recordarle que no era más que un sector del movimiento nacionalista. El pulso de esa jornada debe entenderse en estos términos, sean las exigencias de Hitler —que debía aparecer ante sus bases con un nivel de radicalismo proporcional a la forma en que éstas percibían la crisis—, sean los toques de advertencia del gobierno regional, el ejército y las otras organizaciones patrióticas. La actividad desplegada por Hitler desde los hechos de mayo hasta finales de agosto fue importante, contra la visión tradicional, que ha colocado a Hitler en una de sus etapas de desmoralización, haciéndole depositario de descabelladas esperanzas en la manifestación de mayo, y de un no menos obstinado desaliento en las semanas que siguieron. Sus intervenciones públicas pasaron de la docena, para seguir recordando a sus difíciles aliados su posición insustituible, cosa que éstos contemplaron con agrado, aunque Hitler mantuviera sus SA como una fuerza autónoma de los servicios de seguridad del gobierno regional, a diferencia de otras organizaciones patrióticas, convertidas en fuerzas auxiliares de la policía.[86]

Un paso importante en la definición de este frente común fue la celebración del Día de Alemania en Núremberg, el 1 y 2 de septiembre.[87] La asistencia al acto fue general, con la presencia de todas las organizaciones patrióticas —incluida la moderada *Bayern und Reich*—, príncipes de las casas de Wittelsbach y Hohenzollern, y dirigentes como Hitler o Ludendorff. Unos cien mil hombres desfilaron en lo que se consideró una provocación a la izquierda, realizada en la ciudad bávara donde ésta disponía de mayor importancia, provocación a la que los socialdemócratas respondieron expul-

85. D. Jablonski, *The Nazi Porty in Dissolution*, Londres, 1989, pp. 12-14.
86. Kershaw, *Hitler, 1889-1936*, pp. 210-211.
87. Para un relato de la jornada y sus consecuencias en el crecimiento del partido nazi en la localidad de Franconia, *véase* E. G. Reichel, pp. 40-44.

sando de sus puestos de trabajo a los obreros que habían tomado parte en la concentración. Röhm y sus compañeros de las organizaciones paramilitares consiguieron construir un nuevo frente de acción, mucho más sólido que la vieja *Arbeitsgemeinschaft,* y que tomaría el nombre de Liga Alemana de Combate *(Deutscher Kampfbund)*, constituida por el Partido Nazi, la organización Oberland y la *Reichsflagge,* a la que poco más tarde se uniría el sector de la VVM que había permanecido fiel a Alfred Zeller. Kriebel fue nombrado jefe militar de la organización, mientras que un nazi, Scheubner-Richter, se hacía con el cargo de responsable de la organización *(Geschäftsführer).*[88] El nombramiento de Hitler como jefe político, unos días más tarde, provocó una gran alegría en los sectores del partido, hasta el punto que el *Völkische Beobachter* anunciaba el 26 de septiembre: «El resultado de la capitulación alemana. Adolf Hitler obtiene la dirección política absoluta de las *Kampfverbände.*»[89] En esa fecha, el gobierno Stresemann había decretado el fin de la resistencia pasiva, acompañándolo de medidas inmediatas para recuperar el orden público, una de las cuales fue nombrar a Von Kahr comisario de Baviera, para quebrar la alianza entre el nacionalsocialismo y los sectores más conservadores. El efecto fue inmediato: mientras Kahr prohibía la salida del diario del partido, acusado de haber difamado a la esposa de Von Seeckt, el *Reichsflagge* abandonaba el *Kampfbund*, obligando a Röhm a escindirse y crear la *Reichskriegsflagge.* El golpe había sido duro, dada la importancia de la organización de Heiss en zonas como Franconia, pero más aún por la división que se establecía con las autoridades bávaras —que habían tomado parte en el Día Alemán de Núremberg— y la quiebra del gran frente nacionalista. Que el gobierno de Stresemann no sólo estuviera dispuesto a acabar con la agitación de la extrema derecha, sino que pareciera disponer de los recursos necesarios para sacar al país de la crisis, con el mayor apoyo parlamentario con el que contaría un gabinete en Weimar, no hacían más que agravar la situación, planteando una sensación de urgencia que se sumaba al progresivo debilitamiento de las posiciones más radicales; una impresión de «ahora o nunca» que dejó poco espacio para medir con serenidad el margen de maniobra del nazismo y que, correspondiendo al fin de un ciclo en la

88. Auerbach, «Hitler politische Lehjahre...», p. 39.
89. Franz-Willing, *Krisenjahr...*, p. 121.

política del régimen, implicaría dotar al NSDAP de un nuevo carácter.

La prohibición de un gran número de mítines nazis y la disposición de Knilling a actuar, a través de Kahr, contra el nazismo, convenció a Hitler de la necesidad de iniciar la conspiración.[90] Von Kahr y sus consejeros, el jefe de la *Reichswehr* Lossow y el jefe de policía Seisser, sólo estaban dispuestos a participar en un golpe de fuerza si podían controlarlo, con la inclusión de los grupos paramilitares en las fuerzas armadas regulares, y, sobre todo, si se producía un cambio de gobierno en Berlín, con la sustitución de Stresemann por Von Seeckt.[91] Ésta era la variable que permitía la comparación con la marcha sobre Roma realizada por los fascistas italianos un año antes: asegurar el traspaso de poderes en la capital del Reich, no en una capital de provincias, una vez se hubiera liquidado cualquier posibilidad de una salida política que excluyera a la extrema derecha. Ninguna de estas condiciones se daba en Alemania y, por consiguiente, tampoco en Múnich, y mucho menos en el resto de Baviera, y a pesar de las declaraciones de «traición» que los *«putschistas»* descargaron sobre el triunvirato Kahr-Lossow-Seisser, éstos manifestaron abiertamente, en la reunión con las *Verbände* del 6 de noviembre, su oposición a cualquier aventura que sustituyera la instauración de una dictadura nacional por una algarada de corta duración.[92]

Los hechos que siguieron son muy conocidos. Descartada cualquier posibilidad de actuación desde el triunvirato, Hitler y los dirigentes del *Kampfbund* decidieron que la única salida era la pasividad, enfrentándose a un desprestigio que dispersaría sus fuerzas y les llevaría a una bancarrota política y a un total desprestigio moral, o poner a Kahr ante un hecho consumado, obligándole a hacerse cargo de responsabilidades compartidas con el *Kampfbund* en un nuevo gobierno nacional. En la noche del 8 de noviembre, Hitler irrumpió en la Bürgerbräukeller, donde Kahr pensaba hacer un discurso. La escena estuvo llena de dramatismo: Hitler disparó al aire para acallar el tumulto, declarando la instauración de un gobierno a escala del Reich, bajo su dirección, del que formarían par-

90. Toland, p. 144-145. Para un análisis de la gestión de Kahr, *véase* Gordon, *Hitler and the Beer Holl Putsch*, Princeton, 1975, pp. 212 y ss.

91. Gordon, *Hitler...*, p. 246 y ss.

92. Gordon, *Hitler...*, Princeton, 1975, pp. 255-257.

te Ludendorff, Lossow, Seisser y Kahr, además de Pöhner, antiguo jefe de la policía muniquesa. La aceptación de los designados, en especial de Kahr, que había sido nombrado regente *(Verwesser)* de Baviera, pareció dar por acabado el enfrentamiento en Múnich, aunque ninguno de ellos tenía la menor intención de cumplir su palabra. Por el contrario, a Lossow se le presentó la posibilidad de organizar la resistencia ante la anárquica ocupación de la ciudad que llevaron a cabo los insurrectos, mientras se impedía el acceso a Múnich de refuerzos externos. Al llegar la mañana, la correlación de fuerzas era claramente desfavorable al *Kampfbund*,[93] no tanto por el número de hombres como por la diversidad de armamentos y la carencia de reservas de los amotinados. La única esperanza era organizar una marcha hacia el centro de Múnich que permitiera la adhesión de una parte importante de la población y decidiera a la *Reichswehr* y a la policía a sumarse al movimiento. A mediodía, una columna de unos dos mil hombres salió de la Bürgerbräukeller, atravesó el Ludwigsbrücke sobre el Isar, y se adentró en el centro histórico de Múnich. Al frente de la misma marchaban Hitler, Ludendorff, Scheubner-Richter, Göring, Kriebel, Weber, Ulrich Graf y Wilhelm Brückner, seguidos inmediatamente por los bien uniformados miembros del *Strosstrupp*, que contrastaban con el lamentable aspecto del resto de la columna. Se produjeron pequeños actos de violencia contra grupos de policías que fueron fácilmente desarmados, y se llegó a arrestar a algunos miembros socialistas del ayuntamiento, incluyendo al alcalde, Schmid. Al llegar ante el cordón de policía estacionado ante la *Feldhernhalle,* en la Odeonsplatz, un disparo fortuito dio lugar a un nutrido fuego de la policía que barrió las primeras filas de los amotinados, produciendo la desbandada del grupo. Göring cayó herido en una pierna y Scheubner-Richter, a escasos centímetros de Hitler, recibió un disparo mortal, mientras que el *Führer* se rompía la clavícula al ser arrastrado al suelo por su camarada. Como era de prever, nadie se atrevió a disparar contra Ludendorff, pero sí contra la contrarrevolución que él deseaba encabezar.[94] Los dirigentes del partido, incluyendo a Hitler, escaparon, aunque el líder del NSDAP fue capturado en casa de *Putzi* Hanfstaengl. El 9 de noviembre se convertiría en una fecha mítica para la liturgia de los caídos. Durante el Tercer Reich el lu-

93. Fuerzas disponibles de ambos bandos en Gordon, *Hitler...*, pp. 270-272.
94. D. C. Large, *Where the Ghosts...*, pp. 185-188.

gar de esa primera matanza fue venerado anualmente por los dirigentes nazis, y Hitler incluyó el nombre de la docena de muertos en su libro. El partido disponía del martirologio que le permitiría realizar los rituales de sangre de un movimiento religioso. A los dogmas inconmovibles de su fe y al testimonio perpetuo de los mártires, habría de añadir, en muy poco tiempo, la solidez de un caudillo mesiánico y la orientación hacia una tierra prometida.

III

TIEMPOS DIFÍCILES, 1923-1925

El *Putsch* de Múnich estableció una fractura en la evolución vital del movimiento nazi. No sólo fue un episodio traumático, a partir del cual el sujeto va recuperando sus constantes psicológicas, sino una falla territorial que devastó el paisaje sobre el que había caminado el nacionalsocialismo hasta aquel momento. En la medida en que ese cambio clausuraba también una etapa ambiental, modificando sustancialmente el ecosistema de la República, la necesidad de adaptación del movimiento hitleriano al nuevo orden de cosas fue urgente. Se realizó, como no podía ser de otra forma, con la confusión propia de un cambio profundo de estrategia, de contemplación de la propia imagen, de concepción del papel a desempeñar en el movimiento *völkisch* y de la dinámica misma que este sector había de edificar en el panorama social del futuro. En una medida igualmente destacable, la función carismática de Hitler pasaba a ocupar un lugar más semejante al que tenemos la costumbre de ver. El *Führer* dejaba de ser el simple agitador nacionalista, el orador hábil indispensable, para convertirse en el gran catalizador de un movimiento fascista que engulliría todas las reservas de la extrema derecha alemana. El NSDAP afrontaba, en plena recuperación del aliento del régimen, cuando la república superaba la peor de sus crisis, una etapa de prohibición legal, de encarcelamiento de su máximo dirigente y de conflictos internos muy duros que pudieron haber acabado con el partido. La superación de todas estas circunstancias nos señala hasta qué punto, a pesar de la derrota del 9 de noviembre, el nacionalsocialismo, a los cinco años de su fundación, se había consolidado como una fuerza política insoslayable.

Las sombras tras los gozos.
La «estabilidad» republicana

> El capital de los sectores medios ha sido aniquilado.
>
> FRANZ EULENBURG, «Die soziale Wirkungen der Währungsverhältnisse»

> Alemania debe rechazar la participación en la Conferencia de Londres a no ser que los aliados le reconozcan la condición de participante de idéntico rango en todas las conversaciones.
>
> Primera condición del DNVP para la participación en la Conferencia de Londres de 1924

> [El colaboracionismo] es la rendición de la democracia. [...] La seguridad no reside sólo en la forma de gobierno o en el nombre «república», sino en el contenido y carácter del estado. [...] Weimar está consolidándose como algo menos republicano y democrático cada día.
>
> TONI SENDER, discurso en la convención del SPD en Berlín, junio de 1924

El capítulo de la gran monografía de Winkler dedicada a Weimar, del que se ha extraído la primera cita, lleva el título de «La precaria estabilización». Por su parte, D. Peukert recuerda que los años de tranquilidad, que parecen definir las líneas de fondo del edificio republicano en el período 1924-1929, solamente pueden llamarse así en comparación con las crisis inicial y terminal de la república, y se refiere a la estabilidad «engañosa» *(trügerische Stabilisierung).*[1] Ya tendremos ocasión de señalar cuáles son los factores de lenta erosión republicana que se producen, justamente, en los años de su apariencia más saludable. Nos limitaremos aquí a señalar el rumbo que toma el régimen tras el gobierno de concentración de Gustav Stresemann y el final de la resistencia pasiva, las dificultades para reconstruir la coalición de Weimar, y las medidas económicas con que se inicia la fase de estabilización, para si-

1. H. A. Winkler, *Weimar...*, p. 244; Peukert, *Weimar...*, pp. 191 y 204.

tuar el marco en que habrá de entenderse la crisis de identidad del nacionalsocialismo entre el *Putsch* del 9 de noviembre y la refundación del partido a comienzos de 1925.

A la caída del gobierno de Stresemann, provocada por el SPD, no siguió la «rectificación» que esperaban algunos sectores del ejército y de la derecha: la entrega de la cancillería al general Von Seeckt. En las condiciones que rodearon el golpe de Múnich, la normalización de la situación política había de tomar medidas excepcionales, pero que mantuvieran la legalidad republicana. Al gobierno de concentración siguió un gabinete de centro-derecha, dirigido por el democristiano Marx, que había de contar con poderes especiales para poder llevar adelante el plan de estabilización que permitiera levantar la economía. Con la oposición inmediata de los socialdemócratas, sólo la amenaza del presidente Ebert de recurrir al artículo 48 de la constitución permitió la aprobación de una ley de plenos poderes *(Ermachtungsgesetz)*, el 8 de diciembre de 1923, que dejaba las manos libres al gobierno para afrontar algunas modificaciones del pacto revolucionario de noviembre. Entre tales medidas se contaba la revisión de la jornada de ocho horas, la principal conquista que la socialdemocracia podía exponer a los críticos de su ala izquierda. Aunque la norma quedó escrita, la cantidad de excepciones aprobadas por el gobierno Marx normalizaron el incremento de la jornada hasta situarla próxima a las diez horas. A ello se sumó una reducción brutal de los sueldos y del número de empleados públicos de diversas categorías, medidas que aliviaron las condiciones angustiosas del Tesoro pero crearon un resentimiento considerable entre los afectados por el desempleo, que había actuado con una cuidadosa selección de acuerdo con la categoría de quienes habían de sufrir la medida.[2] Finalmente, el tercer decreto de emergencia fijó unos criterios de valoración de los títulos de deuda pública que fue declarada incluso ilegal por parte de los tribunales de justicia, al reducir a un 15% el valor de los mismos. Los afectados por este proceso guardarían también en la memoria esta pérdida de confianza en el régimen, que había actuado sin guardar unas elementales normas de respeto a su propia garantía monetaria, aunque es difícil que hubiera podido responder con los criterios señalados por los tribunales, de equivalencia absoluta con el período de hiperinflación. Los afectados acabarían

2. Feuchtwanger, *From Weimar...*, pp. 145-146.

creando un partido propio, que se presentaría a las elecciones como uno de los numerosos *splinter parties* defensores del interés corporativo de una franja de la clase media.[3]

La estabilización pudo recuperar así la circulación monetaria en Alemania, realizada en unas difíciles condiciones que llegaron a amenazar con la creación de una zona libre en Renania que precedía a la desmembración del Reich. La interrupción de la emisión monetaria realizada por Hjalmar Schacht a comienzos de 1924 fue poniendo las bases para que se fundara una nueva moneda, el *Reichsmarck,* quer sustituyera al provisional *Rentenmark* que funcionó durante algunas semanas y no en los territorios ocupados.[4] El final de este proceso estuvo en la aprobación de un plan de revisión del pago de las reparaciones de guerra, que ha pasado a ser conocido por el nombre del presidente de la comisión, el economista norteamericano Dawes. El plan, dado a conocer a comienzos de 1924, establecía un préstamo a Alemania, garantizado por el control de las emisiones del *Reichsbank* así como por una semiprivatización de los ferrocarriles, creándose una sociedad de cuyo consejo directivo llegarían a formar parte miembros de las potencias vencedoras.[5] Algunas medidas, como la creación de esta sociedad autónoma, la formación de un banco de crédito industrial y la presencia de un agente para las reparaciones, con poderes para influir sobre la política fiscal alemana, se contemplaron como intolerables recortes de la soberanía nacional,[6] aun cuando la aprobación del Plan Dawes suponía un giro de ciento ochenta grados en la política de los vencedores, coincidiendo con una mayor intervención americana en la reglamentación del Tratado de Versalles y la victoria de opciones de izquierda en Gran Bretaña y Francia. No obstante, la propaganda nacionalista y la que realizaron los comunistas, centrada en la firma de la esclavitud alemana que suponía el Plan Dawes ayudaron a instalar su desprestigio. Debe tenerse en cuenta

3. T. Childers, «Interest and Ideology. Anti-system Politics in the Era of Stabilization, 1924-1928», en G. Feldman y E. Müller-Luckner (eds.), *Die Nachwirkungen der Inflation auf die deustsche Geschichte 1924-1933*, Múnich, 1985, pp. 1-20.

4. Para la corrección de las finanzas públicas en la era de la estabilización, *véase* H. James, *The German Slump. Politics and Economics, 1924-1936*, Oxford, 1987, pp. 39 y ss.

5. H. A. Winkler, *Weimar...*, p. 258; E. Eyck, *A History of the Weimar Republic.* Nueva York, 1967, vol. I, pp. 303 y ss.

6. H. Mommsen, *Die verspielte...*, p. 187.

que tales acusaciones fueron hechas en plena campaña para las elecciones generales del 6 de mayo, y contenían serias dosis de demagogia, como lo prueba la actitud posterior, mucho más pragmática, de un sector mayoritario del DNVP. Pero el mal ya estaba hecho, y la impresión de una nueva humillación nacional se sumaba a los golpes consecutivos de la inflación y la estabilización. Los únicos que podían sentirse realmente satisfechos con esta última fueron los sectores industriales que tendieron inmediatamente a una fuerte concentración, cuyos ejemplos más notables serían la creación de la IG Farben y de Vereignite Stahlwerke en 1925. Este proceso de concentración industrial, que establecía, además, una cierta recuperación de los sectores tradicionales de la minería y de la siderurgia en las confrontaciones internas del capitalismo alemán, puede compararse con la pérdida sufrida por la clase media —artesanos, comerciantes, pensionistas, rentistas y empleados públicos—, y también por la progresiva pérdida del poder de los sindicatos, cuya afiliación se redujo casi a la mitad, al tiempo que se incrementaba el número de *white collars* —*Angestellten*— que preferían unirse a la reaccionaria Gedag (*Gesamtverband deutscher Angestelltengewerkschaft*, Unión General de Empleados) antes que continuar en los sindicatos socialistas.

Las elecciones de mayo de 1924 se realizaron en medio de una intensa agitación nacionalista contra el Plan Dawes, cuando estaba aún fresca la ocupación del Ruhr y los intentos comunista y *völkisch* para derribar el régimen. El giro a la derecha del electorado con respecto a las elecciones de 1920 fue muy importante, y delataba la erosión de la cultura republicana que se había producido no sólo en el ambiente de crisis de 1923, sino también en la forma concreta de su solución.[7] De entrada, el número de abstencionistas y votos se elevó en más de un millón trescientos mil, llegando a pasar de los nueve millones de electores. El gran beneficiado fue el Partido Nacional-Popular, que, con más de cinco millones de votos, se instaló en las cercanías del 20% de los votos válidos. La extrema derecha *«putschista»* rozó los dos millones, mientras los pequeños partidos de interés, de tendencia conservadora o claramente antirrepublicana, entre los que destacaba ya el Partido de la Economía *(Wirtschaftspartei)*, llegaban a sumar casi dos millones más. Todo ello implicaba que una tercera parte de los electores había pasado

7. Análisis de las elecciones de 1924 en T. Childers, *The Nazi...*, pp. 50-118.

a las filas de la derecha antirrepublicana. La coalición de Weimar había quedado completamente desautorizada: mientras los socialdemócratas eran incapaces de sacar rendimiento de la reunificación del partido, obteniendo aún menos votos que en 1920, la mayor parte de los seguidores del USPD se decidieron a apoyar al Partido Comunista, que obtuvo un apreciable 12,6% de los sufragios. El Zentrum obtuvo el mismo número de votos en términos absolutos, aunque su porcentaje se elevó al 16,6, y los liberales iniciaron el proceso de lenta disolución que habría de prolongarse durante el resto del período republicano. Los demócratas perdieron setecientos mil votos, muchos de los cuales fueron a parar a las filas *völkisch,* y los populares dejaron escapar hacia la derecha más de un millón de sufragios, por su compromiso con la política internacional desplegada por Stresemann. Los resultados, que empeoraban el giro a la derecha de las elecciones de 1920, hacían inviable cualquier reedición del pacto de la Asamblea Constituyente, aun cuando pudo evitarse aceptar la exigencia de los monárquicos del DNVP, que exigieron, como minoría más importante de la cámara —tras integrarse en su grupo los diputados de la Liga Campesina—, la cancillería y la apertura de un proceso revisionista de la constitución y de la política exterior, dirigido por una coalición burguesa. En este caso, la presencia de un socialdemócrata en la presidencia fue decisiva para evitar los problemas que, en torno a ese tema, habían empezado a crear fisuras en el DVP.

Aunque pudiera detenerse un giro político que hiciera de la derecha más conservadora el eje gubernamental, las tensiones en el seno de los partidos derrotados hicieron inviable la recuperación de una Gran Coalición que, sumando fuerzas desde el DVP hasta la socialdemocracia, pudiera continuar llevando a la práctica el programa de estabilización y, sobre todo, la aceptación del Plan Dawes. El SPD se mantuvo fuera del gobierno, tras un congreso celebrado en Berlín donde se detectaron las críticas a una política de subordinación que tenía visos de provocar más pérdidas electorales en favor de los comunistas que los beneficios derivados de la gestión.[8] El KPD, por su parte, se hallaba en una etapa de fuerte debate interno tras el fracaso de las acciones de 1923, que se sumaba a la crisis sucesoria del partido bolchevique, cuyas fracturas actuaban también —aunque en un camino de ida y vuelta— sobre el en-

8. W. H. Maehl, *The German...*, pp. 97 y ss.

frentamiento entre los sectores radicales y los más moderados de la sección alemana de la Internacional Comunista. En cualquier caso, la liquidación del ala más derechista hacía imposible pensar en acuerdo alguno por parte de los partidos obreros, que en conjunto habían sufrido un notable retroceso con respecto a las primeras elecciones de la democracia.[9] La creación de un nuevo gobierno de centro-derecha fue la opción más viable, aunque su supervivencia sólo podía basarse en un apoyo de los votos socialdemócratas refugiados en la necesidad de evitar una alternativa de coalición del conjunto de la derecha. En la práctica, se trataba tan sólo de apoyar a un gobierno cuya única misión sería resolver, en la conferencia de Londres del verano de 1924, los problemas pendientes de la ocupación del Ruhr, ya fuera el retorno de Renania al Reich, ya fuera la consolidación de la moneda y el abandono de su forma provisional. Es decir, la aceptación definitiva de las consecuencias del Plan Dawes en el nuevo marco de relaciones internacionales que abrían el debilitamiento francés y el intervencionismo americano. La inexistencia de alternativas puede verse en el voto de la mitad de los diputados nacionalistas al Protocolo de Londres. Una vez ganada la votación en la cámara, la imposibilidad de obtener una mayoría estable condujo a nuevas elecciones, a celebrar el 7 de diciembre.

Si alguien esperaba que la mejora de la situación económica rectificara sustancialmente la composición del *Reichstag*, se equivocaba. Es cierto que la extrema derecha *völkisch* redujo sus votos a la mitad, pero esta circunstancia sólo sirvió para acentuar la consolidación del voto del DNVP y del *Wirtschaftspartei*. La recuperación de los dos partidos liberales fue muy ligera y, en cualquier caso, claramente alejada de los resultados de 1919 o 1920, manteniendo una tendencia que ya no se modificaría. La pérdida de un millón de votos por los comunistas permitió una recuperación casi paralela de los socialdemócratas, que llegaron a captar el 26% de los sufragios, pero en unas condiciones que ya no hacían del SPD un partido que vertebrase las coaliciones republicanas, ni por su potencia ni por la de sus aliados naturales —en especial el Partido Demócrata— ni por su propio temor a perder fuerza en favor de los comunistas. Por otra parte, la insistencia del DVP en centrar su

9. M. Hayêc, *Historia de la Tercera Internacional. El Frente Único, 1921-1935*, Barcelona, 1984.

campaña en los ataques a la socialdemocracia impedía la reedición de un acuerdo que ampliara la coalición de Weimar hacia la derecha. Los liberales de Stresemann tenían, de hecho, la misma preocupación con respecto al DNVP que la que atenazaba a los socialdemócratas con el Partido Comunista.[10] También hay un factor que resulta obvio, y que acabaría por desencadenar un nuevo debate en la socialdemocracia. Resultaba difícil que el SPD se convirtiera en el eje del régimen si continuaba siendo percibido como un partido del proletariado, cuyas referencias a los trabajadores de la pequeña empresa o a la clase media se veían como meros recursos instrumentales, apelaciones a sectores secundarios de su proyecto. Mientras los liberales hubieran podido representar a éstos, el SPD habría podido mantener su carácter de partido de clase sin que la mayoría republicana de Weimar perdiera consistencia. Al ir evaporándose la capacidad de inclusión en el sistema representado por el DDP o por el DVP, la desorientación de la socialdemocracia quedaba aún más en evidencia. La elección como canciller de Hans Luther, un técnico de la derecha, en enero de 1925, y la formación de un gabinete con participación de ministros del DNVP venía a confirmar el giro a la derecha del régimen, incluso teniendo en cuenta el apoyo externo al gobierno fijado por el Partido Demócrata. De esta manera, el segundo de los gabinetes técnicos de la historia republicana, justificado por las dificultades de establecer una mayoría gubernamental, volvía a establecerse sobre los fundamentos de un gran pacto de la derecha. El «bloque burgués» venía a sustituir a la coalición de Weimar, aunque los nacionalistas tuvieran que hacer algunas concesiones elementales a Stresemann en los temas relacionados con la normalización de la política exterior.[11]

Sin embargo, el factor que vino a mostrar la rectificación vivida por la república se refirió a la más alta de sus magistraturas. A mediados de febrero, Friedrich Ebert murió víctima de una peritonitis, tras retrasar una operación por la necesidad de hacer frente a una campaña de difamación pública que le acusaba de haber traicionado los esfuerzos de guerra del país al incitar a la huelga a comienzos de 1918. Los importantes poderes del presidente de la república hacían de la campaña electoral una nueva prueba para que el régimen averiguara su grado de consolidación y la verdadera ca-

10. T. Childers, *The Nazi...*, p. 62.
11. E. Eyck, *A History...*, p. 322.

lidad política de la recuperación económica en que se encontraba. La primera vuelta, con la participación de siete candidatos representando a todos los grandes partidos, se saldó con un triunfo relativo de Karl Jarres, del DVP, que agrupó casi al 40% de los electores, seguido por el socialista Otto Braun, con poco menos del 30%. Los católicos, que presentaban al ex canciller Marx, llegaron a su resultado habitual del 15%, mientras sus compañeros regionalistas bávaros, que presentaban al presidente Held, rozaban el 4%. Comunistas y demócratas, con sus candidatos Thälmann y Hellpach, sólo alcanzaron dos millones y un millón y medio de votos respectivamente. El desastre más espectacular fue el sufrido por Lüdendorff, que no alcanzó los trescientos mil sufragios y quedó muy por debajo de lo que había conseguido la coalición *völkisch* pocos meses antes. Una aplicación mecánica de los acuerdos del ejecutivo habría llevado al gobierno a Jarres, apoyado por todo el centro-derecha. Sin embargo, los católicos no deseaban apoyar al que sería el candidato natural del DNVP, y lograron convencer al SPD de que la única candidatura viable sería la del ex canciller Marx, al descartarse el voto de los electores centristas a un nuevo presidente socialdemócrata. Al pacto para presentar a Marx en la segunda vuelta se sumaba el apoyo centrista a Otto Braun como jefe del gobierno prusiano.[12] La derecha sabía que a Jarres le resultaría muy difícil incrementar el techo electoral en un debate entre representantes de partidos, y realizó una jugada arriesgada y genial: presentar a una figura que pudiera lograr apoyos muy diversos, de quienes vieran con desconfianza la república pero no estuvieran dispuestos a volcarse en el apoyo a alguno de los políticos críticos con sus estructuras. La elección del mariscal Paul von Hindenburg como candidato fue un hecho crucial, que establecía la responsabilidad de sectores teóricamente comprometidos con el régimen, pero dispuestos a situar en su cúspide a quien habría de ser, si no su enemigo más declarado, sí el partidario más abierto de gobernar con la exclusión de los socialistas y, cuando hiciera falta, sin las presiones del parlamento. La segunda vuelta, celebrada el 26 de abril, dio la victoria al mariscal con el 48,3% de los votos, mientras Marx obtenía el 45,3% y el comunista Thälmann el 6,4%. Ha sido una costumbre culpar al sectarismo comunista del triunfo de Hindenburg, empezando por la propia prensa del SPD al día siguiente

12. H. A. Winkler, *Weimar...*, pp. 279-280.

de las elecciones.[13] Desde luego, Thälmann había mantenido los casi dos millones de votos de la primera vuelta, indicando que no se trataba de una simple consigna de la dirección izquierdista del KPD, sino de una actitud extendida entre los propios electores comunistas que, en caso de la inexistencia de un candidato propio, se habrían quedado en casa. Pero hay otros responsables de esa derrota, y más importantes que una franja electoral con la que no se contaba. Por ejemplo, los votantes católicos del BVP, que decidieron apoyar al protestante y prusiano Hindenburg; o los liberales que se inclinaron por un candidato autoritario para debilitar el catolicismo político aliado de la socialdemocracia.[14] El triunfo de Hindenburg no sólo colocaba a un monárquico en la máxima autoridad republicana, ampliando el margen de maniobra del revisionismo, sino que expresaba una fisura social más profunda, en la que podía medirse la debilidad de fondo de las instituciones y el apoyo popular a una salida autoritaria, paternalista y antipolítica, en el centro mismo de una pretendida estabilidad republicana.[15]

Juegos prohibidos. El nazismo durante el *Verbotzeit*

> El deseo de Hitler de volver a despertar la fe en la causa de Alemania, la fe en un pueblo oprimido y desarmado, es un honor, en cualquier circunstancia en que se haya dado.
>
> LUDWIG STENGLEIN, fiscal en el proceso contra los implicados en el *Putsch* de Múnich

> No es cierto, tal como lo indica el jefe parlamentario del Völkisch Block, que yo rechace las posiciones de los señores Streicher o Esser. Mi renuncia a ejercer el liderazgo del movimiento es tan inequívoca y clara que, si realmente existen dos grupos, ninguno tiene el derecho a actuar en mi nombre.
>
> ADOLF HITLER, carta de agosto de 1924

13 . H. A. Winkler, *Weimar...*, p. 281: «Hindenburg von Thälmanns Gnaden!» (Hindenburg gracias a Thälmann) fue el titular del *Vorwärts.*

14. H. A. Winkler, *Der Schein der Normalität. Arbeiter und Arbeiterbewegung in der Weimarer Republik 1924 bis 1930*, Berlín, 1988, pp. 240-245.

15. P. Fritzsche, «Presidential Victory and Popular Festivity in Weimar Germany. Hindenburg's 1925 Election». *Central European History,* 23, 1990, pp. 205-224;

El *Putsch* de noviembre implicó la inmediata prohibición del partido en todo el Reich, sumándose a la que ya existía en otros *Länder*, como Prusia. Sin embargo, la prohibición no supuso, en modo alguno, la clandestinidad. Las propias autoridades estaban dispuestas a tolerar la aparición de algún grupo con nombre distinto que permitiera cierto control sobre las actividades del movimiento *völkisch* y del nacionalsocialismo. El tiempo de la ilegalidad *(Verbotzeit)* tiene un interés especial porque sacó a relucir los enfrentamientos internos acerca de la estrategia del partido, pero también porque impuso cambios cualitativos importantes, adquisiciones de nuevas actitudes que ya no podrían abandonarse. No era la menor, entre ellas, la participación en las elecciones, que implicaba una ruptura radical con la naturaleza misma de la política *völkisch* desde la posguerra. Tampoco lo sería la percepción del liderazgo de Hitler, no sólo de su mitificación, aprovechando el papel desempeñado en el golpe, sino de su necesidad para la cohesión del movimiento.

El proceso de los implicados, que debía haberse realizado en Leipzig, de acuerdo con la ley de protección de la república, se llevó a cabo en el ambiente judicial mucho más favorable de Múnich. Hitler amenazó reiteradamente con implicar a personas que no habían sido formalmente acusadas, incluyendo a sectores de la *Reichswehr*, y eso debió darle ciertas garantías de benevolencia, que se sumaron a la simpatía de buena parte de la magistratura por sus motivaciones patrióticas, aun cuando se discrepara de sus formas de acción.[16] Ello nos indica que Hitler era, todavía, el mascarón de proa de un movimiento nacionalista, el factor más visible de una amalgama de patriotas heridos en su orgullo por la derrota y la revolución, que trataban de devolver a Alemania un régimen como el que había sido vencido en 1918. De esta forma podían verlo las autoridades conservadoras, entre ellas las encargadas de administrar justicia. El proceso, que fue seguido con gran atención por todos los medios de prensa, duró cuatro semanas, que fueron aprovechadas por Hitler para adquirir el rango de una figura nacional y para ir desplazando a los demás participantes al papel de

N. Cary, «The Making of the Reich President, 1925. German conservatism and the nomination of Paul von Hindenburg», *Central European History*, 23, 1990, pp. 179-204.

16. I. Kershaw, *Hitler*, pp. 225 y ss.

meros comparsas. La absolución de Ludendorff y la máxima condena sobre Hitler, por leve que ésta fuera —cinco años en la fortaleza de Landsberg, con promesa de liberación condicional al cabo de un año—, convirtieron al jefe del Partido Nazi en el verdadero caudillo del golpe.[17] Desde ese momento, todos los que trataron de mantener en pie el movimiento *völkisch,* incluidos quienes nunca habían sido nazis, buscaron en Hitler su apoyo en la lucha contra las otras facciones; una función de arbitraje que pasó a convertirse en rasgo esencial de su liderazgo carismático. La rivalidad que Ludendorff pudiera ejercer en ese terreno habría de ser rebatida pronto por las elecciones presidenciales de 1925, cuando el viejo general mostró la escasa popularidad de que disponía incluso en los círculos nacionalistas.

Quien pensara que el golpe había debilitado al nazismo estaba equivocado. En las calles de Múnich, se insultaba a la policía bávara por haberlo reprimido, y en otras ciudades hubo manifestaciones a favor de Hitler. La relativa tolerancia de las autoridades con las organizaciones de cobertura con las que el nazismo se reconstruyó hubo de combinarse con la prohibición de numerosas actividades, a veces presentadas como prácticas de carácter recreativo.[18] Hitler había entregado el mando del partido a Alfred Rosenberg, un ciudadano báltico frío, con escasa energía y cuya única aunque soberbia pretensión era dotar al nazismo de una filosofía propia. Sin tener la violencia de carácter de otros elementos de Múnich o Núremberg, sin la agresividad de Esser o la obscenidad de Streicher, sin el respeto de Drexler o la habilidad organizativa de Gregor Strasser, la elección de Rosenberg por parte de Hitler sólo ha podido interpretarse en términos utilitarios, para asegurar que el liderazgo no fuese ejercido por alguien con capacidad para sustituirle durante los meses de cárcel. Es posible que Hitler pensara en una total parálisis del movimiento hasta que se produjera su liberación, pero el propio Rosenberg hubo de convencerle de la necesidad de revitalizarlo y del riesgo de su desaparición en caso de que a la derrota del *Putsch* se añadiera la inactividad.[19] En enero de 1924 se constituyó, para sustituir al partido en la ilegalidad, la Comunidad Popular de la Gran Alemania (*Grossdeutsche Volksgemeinschaft*,

17. G. Pridham, *Hitler's Rise...*, p. 12.
18. *Ibíd.*, pp. 12-14.
19. A. Rosenberg, *Memories*, Chicago, 1949, p. 76.

GVG), a cuyo frente se pusieron Alfred Rosenberg y Hans Jacob. En otras zonas del país, el partido buscó formas distintas de reorganización, como el Partido Alemán (DP) en Hesse, o el Partido Obrero Alemán (DAP) en la ciudad de Núremberg. Con la misma celeridad, sin embargo, se reconstruyeron las redes orgánicas del movimiento *völkisch,* volviendo a hacer de los nazis una parte del mismo. Fue también a comienzos de año cuando se creó el *Völkischer Block*, que se extendió al resto del Reich con el nombre de Bloque Social Popular (VSB). Uno de los problemas a debatir durante el período de prohibición, y que procedía de una dinámica de los años iniciales del movimiento, estaba servido: la relación del Partido Nazi con el resto del movimiento *völkisch.* El segundo problema sería el que supondría una ruptura más acusada con la práctica del ambiente de la extrema derecha: la decisión de participar en los procesos electorales.

Ambos factores caminaron juntos a lo largo del período de prohibición, y sólo la refundación del partido en 1925 por Hitler sería capaz de deslindarlos. Puede suponerse que a Hitler no le interesaba la participación en las elecciones, entre otras cosas porque su propia carencia de ciudadanía alemana le impedía ser candidato; pero, sobre todo, porque temía que la parlamentarización del partido condujera a una revisión de su fórmula organizativa carismática. Por ello, respondió en términos de gran violencia cuando Rosenberg le planteó la posibilidad, antes del proceso a los inculpados por el *Putsch.*[20] Las conversaciones entre los diversos grupos *völkisch*, que se iniciaron a comienzos del año en Austria, fueron indicando, no obstante, la necesidad de tomar parte en ellas. Tales encuentros estuvieron protagonizados por dos fuerzas: la que representaba el viejo NSDAP, y la que encarnaban los cuadros del Partido *Völkisch* de la Libertad (DVFP), una escisión del DNVP encabezada por Albrecht von Graefe, que contaba con algunos diputados y cargos municipales electos, con cierta presencia al norte del Main.[21] Las revelaciones sobre las conversaciones entre ambos partidos resultan muy confusas, pues Graefe se apresuró a señalar que la conferencia de Salzburgo había llegado al acuerdo de una fusión de las dos organizaciones, respetando la mayor fuerza de una u otra en el norte o sur de Alemania, cosa que tuvo que desmentir,

20. A. Rosenberg, *Memories...*, p. 77.
21. L. Hertzman, *D.N.V.P...*, pp. 124 y ss.

con cierta violencia, el propio Rosenberg.[22] Sin embargo, un dirigente como Gregor Strasser, que habría de alcanzar una talla nacional precisamente en el *Verbotzeit,* parecía más inclinado a aceptar los términos de la amalgama de las organizaciones, en especial cuando el NSDAP había sido ilegalizado.[23] A finales de febrero, Graefe y Rosenberg firmaron un acuerdo en Múnich que parecía aceptar, cuando menos, los requisitos de la no competencia entre las dos organizaciones, dejando la dirección a la que dispusiera de mayores recursos en cada zona. Aunque el texto pudiera leerse en sus términos más provisionales y restrictivos, en la práctica ello suponía la renuncia a la extensión del partido en el norte y la consideración de que las circunstancias posteriores al 9 de noviembre aconsejaban la formación de una nueva organización política. La falta de un esencialismo de partido en esa fase por sectores tan cualificados como el que representa Strasser nos hace pensar en el carácter instrumental del partido en la fase anterior al golpe, subordinada a la construcción de un movimiento nacional amplio, en el que el partido sería una etapa o una parte de un proceso constituyente, ahora acelerado por las condiciones de nueva estrategia de legalidad en que se embarcaba el nacionalsocialismo.

Porque el segundo aspecto, el referente a las elecciones, cubrió de inmediato el flanco de las conversaciones sobre la fusión del movimiento *völkisch,* reforzándolo en la medida en que se dispusiera de éxitos electorales. Ya se ha indicado en qué ambiente se realizó la campaña de la primavera de 1924, que en Baviera tenía un factor añadido: la realización de elecciones al *Landtag* en pleno proceso de los «*putschistas*» del 9 de noviembre. Ni siquiera a los más recalcitrantes enemigos del sistema parlamentario se les podía pasar por la imaginación abandonar las posibilidades que ofrecía el juego electoral con el prestigio que habían adquirido los acusados, y el *Völkischer Block* participó en las elecciones regionales. Como ocurriría en las generales de mayo, se obtuvo un triunfo resonante en las grandes ciudades —Múnich, Núremberg, Ingolstad, Coburgo, Ansbach, Bayreuth—, donde se había realizado una campaña muy activa, mientras el éxito entre el campesinado quedaba mermado por la eficaz competencia del BVP y de la Liga Campesina de la

22. D. Jablonski..., *The Nazi Party*..., pp. 60-61.
23. Sobre el papel de Strasser en la conferencia de Salzburgo, *véase* P. Stachura, *Gregor Strasser*..., pp. 31 y ss.

Clase Media (BBMB).[24] El VB llegó en cabeza los comicios de Múnich, y en tercer lugar en los del conjunto de la región, siendo superado por el partido católico y, sólo por unas décimas, por el socialdemócrata. En total, el VB obtuvo más de medio millón de votos, equivalente al 17% de los electores. Las elecciones generales celebradas un mes más tarde confirmaron estas características, aunque con cierta caída del voto en Baviera, una vez había pasado el efecto más inmediato de las sentencias judiciales. Los casi dos millones de votos obtenidos por la extrema derecha *völkisch* en todo el país ofrecían 32 diputados, de los cuales, sin embargo, sólo 10 eran nazis, frente a los 22 del DVFP.[25]

El éxito electoral, debido en buena medida a unas condiciones de coyuntura, que arrastraron hasta las candidaturas *völkisch* votos de la derecha conservadora más impresionada por los sucesos de Múnich o más indignada por el Plan Dawes, acentuó los deseos de un sector del nazismo de construir una nueva organización política que fusionara todas las fuerzas que habían recibido un apoyo tan espectacular. De igual forma, sin embargo, actuó como un catalizador de las resistencias a ese mismo proceso, al desenvolverse éstas en los ambientes menos favorables a los síntomas de la parlamentarización de la extrema derecha. En este terreno, la salvaguarda de la autonomía del nazismo y la lucha contra una desviación conservadora del movimiento *völkisch* se identificaban. Uno de los lugares de conflicto fue en la propia Baviera, especialmente Franconia, donde los sectores agrupados en torno a Julius Streicher comenzaron a capturar las bases de la GVG a expensas de los núcleos más moderados. Streicher, como haría poco después Hermann Esser en Múnich, consideraba que el nazismo estaba perdiendo su pureza activista y revolucionaria al quedar en manos de los parlamentarios del *Völkischer Block*, buena parte de los cuales ni siquiera habían militado en el partido antes del golpe.[26] Poco a poco, los radicales de Franconia y Múnich, a quienes se unirían los de Turingia y Hesse, fueron desplazando a los seguidores de la línea más moderada, li-

24. G. Pridham, *Hitler's...*, pp. 18-19.

25. D. Jablonski, *The Nazi...*, p. 85. Los mejores resultados se obtuvieron en Mecklemburgo (20,8%), Franconia (20,7%) y Alta Baviera (17%). Muy por debajo de la media del país quedaron zonas como Renania y Westfalia (A. Milatz, *Wähler...*, p. 112).

26. E. G. Reiche, *Development...*, pp. 52 y ss.

derada por el jefe nominal del partido, Rosenberg, que iba perdiendo a pasos agigantados cualquier autoridad moral.

Sin embargo, el debate más importante se produjo en el norte, donde las características del Partido Nazi eran algo distintas. El NSDAP había vivido la mayor parte de su existencia de forma clandestina, y en lugares como la Baja Sajonia se había nutrido de sectores del *Deutschevölkischer Schutz- und Trutzbund* descontentos por el escaso activismo de la organización antisemita y por su voluntad de mantenerse al margen de los partidos. En Hannover, el Partido Nazi se había organizado en julio de 1921, bajo la dirección de Bruno Wenzel, y se extendió a comienzos de 1922 a otras ciudades del área, como Gotinga, Hildesheim o Gifhorn. En la ciudad de Gotinga destacó rápidamente la figura de Ludolf Haase, un joven que había sido jefe local del DVSTB.[27] El nacionalsocialismo del norte había tenido que luchar en circunstancias mucho más adversas que las que conocían sus camaradas bávaros. Los gobiernos prusianos habían sido muy poco tolerantes con sus actividades, los partidos de izquierda disponían de una fuerza abrumadora y no resultaba fácil encontrar un hueco para situar un discurso nacionalista entre los sectores de trabajadores, a los que querían dirigirse de forma prioritaria los nazis. Por otro lado, habían de disputar la considerable fuerza de que disponía el DVFP, en condiciones de aprovechar las ventajas de su carácter parlamentario, con los beneficios añadidos de la inmunidad de sus dirigentes y los recursos económicos que los cargos representativos proporcionaban. En cualquier caso, eso ayudaba también a marcar el carácter específico del nacionalsocialismo y a no aceptar la inmersión en las filas de un movimiento de hegemonía *völkisch* conservadora e institucionalista. En noviembre de 1922, a las dificultades expresadas se sumó la ilegalización del NSDAP, lo cual fue aprovechado durante los siguientes meses por el Partido *Völkisch* de la Libertad para tratar de fagocitar las bases del Partido Nazi, que crearon desesperadamente organizaciones nuevas para actuar en una precaria legalidad.[28] Desde el primer momento, Haase estuvo en contra de cualquier proceso de fusión con el DVFP, aunque estuvo dispuesto a colaborar en las elecciones, quejándose de que los dirigentes con-

27. J. Noakes, *The Nazi Party in Lower Saxony, 1921-1933*, Oxford, 1971, pp. 9-23.

28. *Ibíd.*, pp. 28-29. Entre ellas, el Partido Obrero de la Gran Alemania (GDAP) y el Movimiento Obrero de la Gran Alemania (GDAB).

servadores *völkisch* procuraban eliminar a los nazis de las candidaturas conjuntas.[29]

Tras el éxito electoral, todos los sectores en discordia trataron de ganarse el apoyo de Hitler en vano. Por medio de su secretario Fobke, Hitler informó de que no intervendría en las querellas del movimiento, hasta que la libertad le permitiera hacerse una idea adecuada de los problemas y actuar en coherencia con ella. Sin embargo, las cosas eran algo más complicadas. Su información sobre lo que estaba ocurriendo fuera de Landsberg era bastante precisa. Tenía gran libertad para recibir correspondencia y visitas, y la redacción de *Mi lucha* no le impedía prestar atención a lo que sucedía. Si hemos de juzgar por lo que ocurrió a la salida de la cárcel y por lo que había sido su carrera anterior, Hitler no podía ver con buenos ojos el proceso de fusión que impulsaban algunos de los dirigentes nazis, pero poca cosa podía hacer para oponerse a algo que tenía la popularidad mostrada en las elecciones. Muy distinta sería su posición cuando unos meses más tarde se produjera el retroceso en las mismas. Si no podía oponerse abiertamente a la colaboración de los partidos *völkisch* y tampoco estaba en su mano negarse a una participación electoral que se presentaba como una actividad indispensable tras el fracaso definitivo de la vía *«putschista»*, lo único que podía hacer era calmar a algunos de sus cuadros más intransigentes y negarse a una condena explícita de los mismos, protegiéndose tras su situación de pérdida de libertad. Como correspondía también a un estilo de trabajo bastante arraigado en su carácter, debía esperar a ver cómo evolucionaban los acontecimientos, en especial el prestigio de algunos líderes que podían arrebatarle su primacía en el movimiento, algo que iba estrechamente vinculado a que la línea electoral continuara ofreciendo progresos. Por último, no podemos negarle a Hitler las mismas vacilaciones que atenazaron a algunos de los dirigentes nazis en el período de prohibición, al darse cambios de estrategia tan acusados y al enfrentarse a la consolidación de una república a la que ya le habían contado los días de vida. Desde esa posición, Hitler no tenía nada que perder. No haberse opuesto a la línea unitaria y electoral podía permitirle recoger una cosecha positiva. No haberla apoyado con entusiasmo le permitiría ofrecer, cuando llegara la hora de su libe-

29. D. Jablonski, *The Nazi...*, pp. 64 y ss.; J. Noakes, pp. 42-43, sobre los resultados en Baja Sajonia y las luchas por las candidaturas.

ración un sentido de responsabilidad en el que habría llegado a sacrificar sus convicciones.

Esta falta de intervención directa de Hitler no impidió que cada sector actuara reclamando su aquiescencia. Inmediatamente después de las elecciones de mayo, y tras una visita de Hitler a Landsberg, se constituyó una coordinación de los parlamentarios *völkisch* que se agruparon con el significativo nombre de Partido Nacionalsocialista de la Libertad *(Nationalsozialistische Freiheitspartei)*, que indicaba la voluntad explícita de vincular la parlamentarización a la fusión orgánica de las dos principales formaciones de la coalición. De todas formas, se insistió en que la referencia orgánica se refería sólo a la coordinación de las labores legislativas, hasta que cada uno de los integrantes del movimiento pudieran decidir, por separado, la forma en que debían establecer sus relaciones. En las condiciones del momento, sin embargo, ello sólo podía implicar el avance hacia la amalgama. Las resistencias a la misma continuaron procediendo de los sectores radicales de Baviera y del norte, que no lograron constituirse en una fuerza coherente. A la formación de una dirección colectiva del NSFP, formada por Ludendorff, Graefe y Strasser —el llamado *Reichsführerschaft*—, los radicales respondieron con estrategias diferenciadas, vinculadas a las tensiones locales. En el sur, los enemigos fundamentales no eran los seguidores del DVFP, sino los propios moderados que apoyaban a Rosenberg. En el norte, donde el Partido Nazi era mucho más débil y sufría una constante tendencia a la absorción por el poderoso Partido *Völkisch* de la Libertad, se constituyó un directorio, presidido por el báltico Adalbert Volck, del que también formaron parte Haase y Reinhold Sunkel.[30] Sus esfuerzos por evitar una posición del partido favorable a la fusión resultaron vanos, por la incapacidad de encontrar aliados en el grupo de Baviera y por la negativa explícita de Hitler a la participación en las querellas intestinas. La asamblea de julio, última que celebraría el partido antes de su refundación, asistió más bien al aislamiento de los sectores críticos del norte, cuyo dirigente fue interrumpido en varias ocasiones por los insultos de Hermann Esser, quien indicó que los bálticos no eran alemanes, algo que le servía también para descalificar a su principal enemigo, Alfred Rosenberg.[31] La oposición de éste a la fu-

30. J. Noakes, *The Nazi...*, p. 45.
31. D. Jablonski, *The Nazi...*, p. 105.

sión, mientras apoyaba el trabajo parlamentario por motivos tácticos, fue un factor más de división en el seno de quienes se negaban a aceptar la unificación *völkisch.* Un mes más tarde, la asamblea *völkisch* de Weimar creó un Movimiento Nacionalsocialista de la Libertad (*Nationalsozialistische Freiheitsbewegung,* NSFB), nombre sugerido por Ludendorff para distinguir la totalidad de la organización *völkisch,* de carácter parlamentario y paramilitar al mismo tiempo, de la organización meramente parlamentaria, que continuaría recibiendo la denominación de «partido».[32] La Asamblea de Weimar supuso un triunfo claro para los moderados del nazismo, en especial Gregor Strasser y Gottfried Feder, al tiempo que implicaba un nuevo empuje a la asunción del liderazgo *völkisch* por Ludendorff, dejando a Hitler cada vez más abandonado a una posición de referente carismático pero de ineficacia política. Además, selló la alianza entre Ludendorff y Ernst Röhm, quien, desde la salida de la cárcel, estaba tratando de reunir todas las organizaciones paramilitares en un solo *Frontbann,* que fue bien acogido por el general en igual medida en que era condenado por Hitler o por Weber, el jefe de la liga *Oberland.* Röhm lograba así no sólo su mayor autonomía con respecto a Hitler para conseguir la fusión de los grupos de acción, sino asegurar una concepción del movimiento nacionalsocialista que continuara distinguiendo claramente entre actividad parlamentaria y lucha en la calle, terreno este que no tendría por qué subordinarse a aquél. Una diferencia estratégica fundamental que habría de acompañar las relaciones entre Hitler y Röhm hasta su trágico desenlace, diez años más tarde,[33] pero que en aquellos momentos había de implicar la prolongación de Hitler en la cárcel, al negársele la libertad condicional el 1 de octubre por su posible implicación en las actividades paramilitares.

La relativa estabilización de la república en la segunda mitad del año vino a empeorar las condiciones en que se desarrollaba el trabajo de cada una de las facciones enfrentadas del movimiento *völkisch.* Mientras la organización bávara de Esser y Streicher, la GVG, iba perdiendo fuerza en favor del *Völkisch Block* —que había decidido su inclusión en el NSFB en noviembre—, las actividades de los radicales del norte no lograban sustentarse más que en sus

32. Franz-Willing, *Putsch,* pp. 261-265; D. Jablonski, *The Nazi...,* pp. 118-121; J. Noakes, *The Nazi...,* pp. 48-49; P. Stachura, *Gregor Strasser...,* pp. 35 y ss.
33. J. Mabire, *Röhm...,* pp. 153 y ss.

posiciones negativas y atentistas, a la espera de que Hitler saliera de la cárcel y se pusiera claramente de su lado. En la asamblea de Ülzen de comienzos de noviembre, la Asociación Nacionalsocialista (NSAG) dirigida por Volck, Haase y Sunkel comenzó a dar señales de agotamiento, en un debate poco fructífero sobre el inminente proceso electoral, en el que se optó por la abstención o cualquier forma de debilitamiento del DFVP, aunque ello incluyera el voto a la derecha conservadora.[34] El NSFB, que había adquirido cierta potencia al absorber a la mayoría de los nazis bávaros, encontró algunas resistencias en otras zonas del país, como Baden[35] y, en cualquier caso, sólo podía sostenerse sobre una nueva victoria electoral y la integración de Hitler en la lógica del *Reichsführerschaft,* aspectos ambos muy poco probables.

El 7 de diciembre, en efecto, la caída de los votos del movimiento *völkisch* fue devastadora. En el conjunto del país, se había pasado a menos de un millón de votos, lo cual otorgaba sólo catorce diputados. Los lugares en los que la coalición había mostrado una mayor potencia sufrieron una verdadera catástrofe. En Mecklenburgo no se llegó al 12% de los votos, y en Franconia sólo se alcanzó el 7,5%, mientras que en la Alta Baviera ni siquiera se llegaba al 5%. La campaña anticatólica de Ludendorff había tenido una función precisa en el alejamiento de los sectores confesionales que podían simpatizar con un movimiento más flexible, pero la combinación de la mayor estabilidad del régimen, la mejora de las condiciones económicas y la escisión de los nazis —que en las elecciones de mayo habían ido juntos, bajo el paraguas del *Völkischer Block*— acabó de decidir la posición de los votantes, que acudieron a un DNVP presentado ya como alternativa conservadora-protestante al BVP, pasando del 14,9 al 23,6% en Franconia y del 7,5 al 12,4% en la Alta Baviera. En zonas como Düsseldorf, Colonia o Coblenza, el movimiento quedó por debajo del 1% de los votos.[36] El mal resultado pudo provocar la alegría de Hitler,[37] para quien el liderazgo del *Reichsführerschaft* había quedado herido de muerte por los resultados no sólo de las elecciones, sino de una gestión que había di-

34. J. Noakes, *The Nazi...*, pp. 53-55; D. Jablonski, *The Nazi...*, pp. 145-147.
35. H. Grill, *The Nazi Movement in Baden, 1920-1945*, Chapel Hill, 1983, pp. 94 y ss. para la organización del *Deutsche Partei* y su inclusión en el NSFB.
36. A. Milatz, *Wähler...*, 112 para los votos del NSFB; p. 104 para el DNVP.
37. Franz-Willing, *Putsch,* p. 276.

vidido gravemente a los nacionalsocialistas. De esta forma, la derrota venía a sumarse a la ausencia de Hitler en el período de debates internos para incrementar su capital carismático.

Pocos días más tarde, Adolf Hitler conseguía la libertad provisional. Sólo tuvo que esperar a que se levantara la prohibición del partido y de su órgano de prensa para poder recuperar las riendas de una jefatura que nadie le disputaba en el movimiento. Ni siquiera se molestó en atizar las querellas que se habían desencadenado por el fracaso electoral, acusando a unos de excesiva confianza en el parlamentarismo o a otros de una desfavorable imagen de radicalización y división del movimiento. Su regreso había de ser el que ofreciera la cohesión, el que cimentara la unidad del nacionalsocialismo con la materia ineludible de su liderazgo. De ahí que se negara a cualquier ruptura con quienes habían sido sus fieles seguidores durante su encierro, Essser o Streicher, a pesar de las presiones de Graefe en este sentido. Además de la valoración que Hitler hiciera de la lealtad a su persona, la negativa a romper con los dirigentes del GVG le permitía desvincularse del DVFP y dar el golpe definitivo al *Reichsführerschaft*. En pocas semanas, el Partido *Völkisch* de la Libertad rompía con Hitler, acusándolo de ser un simple agitador al servicio del catolicismo, y Ludendorff daba por concluida la existencia del *Reichsführerschaft,* inviable sin el apoyo de Hitler.[38] Lo importante, en todo caso, era recuperar la libertad de movimientos y conseguir que las autoridades bávaras fueran benignas, para evitar cualquier riesgo de expulsión del país o de un nuevo encarcelamiento. La visita al presidente Held tuvo ese sentido penitencial, para asegurarle su desvinculación de cualquier intento de militarizar la vida política del país o salirse de la legalidad. El 16 de febrero, el gobierno bávaro levantaba la prohibición que pesaba sobre el Partido Nazi y su prensa. Hitler escribió varios artículos en la edición del 26 de febrero del *Völkischer Beobachter.* En ellos, reiteraba su negativa a refundar el partido sobre las querellas que lo habían desguazado en los últimos meses. El nuevo comienzo se basaría en el respeto idéntico a todos los que habían mantenido su lealtad al movimiento, y se señalaba que no se pediría a nadie cuentas de su pasado, sino la disposición a trabajar lealmente en el futuro. Las disputas de carácter religioso no tenían sentido alguno en el movimiento y sólo servían para desviarlo de

38. D. Jablonski, *The Nazi...,* pp. 156-158.

sus objetivos fundamentales. Finalmente, la unidad del sector *völkisch* era abandonada como objetivo, para reafirmar la consolidación del partido sobre las bases de su programa de 1920 y los estatutos de funcionamiento de 1921.[39] Al día siguiente, ante cuatro mil personas, en la Bürgerbräukeller, Hitler dirigía por primera vez la palabra a la militancia desde el *Putsch* de noviembre de 1923. Lo hizo en su tono habitual, con extraordinaria violencia contra quien quisiera poner en duda su liderazgo, en especial Ludendorff, o quien pretendiera mantener la división del movimiento. La exigencia de sumisión total del partido a su jefatura fue acompañada de una irrupción en la tribuna de todos los líderes, que olvidaron sus diferencias para ponerse a las órdenes del *Führer*. Strasser, Röhm, Rosenberg y Drexler no se hallaban presentes, pero los intentos del primero de sostener el NSFB o los esfuerzos de Drexler por levantar una organización alternativa a la de Esser y Streicher se hundieron en el vacío.[40] El NSDAP se refundaba sobre una base de liderazgo que ninguno de los caudillos citados había sido capaz de obtener. Hitler lo hizo con una sola arenga, con el estruendo de sus palabras tras quince meses de silencio.

39. Artículos en J. Noakes y G. Pridham, *Nazism...*, pp. 38-40.

40. J. Fest, *Hitler,* pp. 257-258. Drexler creó una organización rival, la Comunidad Nacionalsocialista de Trabajadores *Völkisch* (NSVAG), que fue abandonada por la mayor parte de sus miembros en las siguientes semanas (D. Jablonbski, *The Nazi...*, pp. 169-170).

IV

GRANDES ESPERANZAS, 1925-1930

La refundación en febrero de 1925 del NSDAP fue más que una simple restauración administrativa. El cambio de estrategia era tan radical como la concepción misma del movimiento nacionalsocialista y la del juego de fuerzas políticas y sociales que se desarrollaban en una etapa de estabilidad del sistema. Adolf Hitler disponía de mucho menos control del aparato político del que se le podía suponer, dado su fácil triunfo a la salida de la fortaleza de Landsberg. No es que dispusiera de una oposición organizada, de una verdadera alternativa a su persona y a su línea de acción; lo que ocurría, más bien, es que se carecía de una auténtica trama en la sociedad alemana de mediados de los años veinte, un sólido andamiaje sobre el que pudiera ir sedimentándose la propaganda nazi. El ambiente parecía ofrecer los peores augurios para un movimiento radical que tenía todo el aspecto de mantener la antorcha de la contrarrevolución gestada en los años iniciales de la república. El movimiento nazi fue mucho más que eso en su desarrollo, y sin el corte de 1925 y la asunción de un nuevo ciclo resulta imposible entender ya no su crecimiento, sino ni siquiera su supervivencia. El resto de organizaciones alimentadas sólo por la reacción a la revolución de noviembre quedaron devastadas por la cultura política de Weimar, incluyendo la que esgrimían los enemigos del régimen. Aun así, las condiciones generales no eran las que dotaban de mayores posibilidades a un partido que se definía por su oposición completa al sistema y que, a diferencia de los comunistas, se dirigía a sectores que disponían de opciones políticas bastante consolidadas. Lo que resulta más difícil de explicar es la contundencia de la penetración del nazismo en sectores tan amplios y diversos de la sociedad alemana, lo cual implicaba el fracaso de un abanico muy extenso de opciones políticas para cumplir esa función desde posiciones aparentemente más favorables. El crecimiento del fascismo alemán se ha explicado a veces como la súbita respuesta a la Gran Depresión, realizando una cómoda comparación entre el pésimo resultado electoral de 1928 y la conversión del nazismo en un partido de gran influencia parlamentaria sólo dos años más tarde. La insuficiencia de la metodología es evidente: el nazismo creció no sólo en la medida en que la población conectó con sus propuestas, sino en proporción a la quiebra de la cultura política de Weimar, a la destrucción de la base electoral y la confianza creada por los partidos del régimen, en especial aquellos a los que se había percibido como representantes de la clase media. Sólo la lenta erosión de los cimientos de ese edificio explica la rapidez y continuidad de su caída. Y esa erosión hubo de darse, precisamente, en los años que han adquirido el prestigio de ser sólidos fundamentos de la primera democracia alemana. Cuando llegó la Gran Depresión, a comienzos de la siguiente década, podía resultar discutible la salida política que se daría a la crisis. De lo que no había duda era de la defunción de las instituciones creadas con la revolución de noviembre.

Vicios privados, virtudes públicas. Apariencia y realidad en la consolidación de la democracia de Weimar

> Lo más preocupante de la actual situación en Alemania es la tendencia a poner excesivo énfasis en los aspectos puramente económicos y vocacionales de la lucha política. Si triunfa la lógica que se halla tras el Partido de la Economía, el edificio político de la vida nacional alemana se fragmentará hasta extremos de que habrá grupos agrarios aquí, industriales allá, de funcionarios, de empleados, etc. Pero, en medio de todo esto, el cemento espiritual necesario para fundir todos estos elementos en un conjunto orgánico y dinámico se habrá perdido miserablemente.
>
> GUSTAV STRESEMANN, 1926

Los resultados de las elecciones presidenciales de la primavera de 1925 podían indicar ya la fragilidad del régimen constitucional de 1919. Señalaban, entre otras cosas, las dificultades para asegurar la lealtad de los partidos y los votantes del área liberal —e incluso de fuertes segmentos del área católica— a la república y al tipo de coalición gubernamental que en mejor situación se hallaba de representarla: aquella que concediera un peso decisivo a la socialdemocracia. Podía suponerse, sin embargo, y así se hizo en la coyuntura de 1925, que el voto masivo a Paul von Hindenburg era el resultado de la permanencia psicológica de la crisis de la hiperinflación, y que la consolidación del régimen iría poniendo las cosas en su lugar. Posteriormente, la destrucción de los gobiernos parlamentarios, la crisis económica, la quiebra de los mecanismos de asistencia social y la ruptura definitiva del acuerdo entre elites económicas y sindicatos a comienzos de la década de 1930 incrementaron el prestigio de los años centrales de la república como los heraldos de una estabilidad institucional que sólo se arruinaría por una desafortunada coincidencia de circunstancias hostiles al régimen. En realidad, las elecciones presidenciales de 1925 no eran tanto un efecto emotivo tardío de una crisis ya superada, como un síntoma de falta de afecto al régimen, expresado en los términos de una votación plebiscitaria, en la que buena parte del país indicó la voluntad de corregir la estructura diseñada en la correlación de fuerzas de la revolución de noviembre. En buena medida, había sido una ocasión de expresar el apoyo al fortalecimiento del poder ejecutivo frente al legislativo, poniéndolo en manos de alguien que iba a ejercer tantas veces como fuera posible el margen autoritario del artículo 48 de la constitución. También había expresado un alto nivel de desconfianza de los ciudadanos hacia las instituciones, planteando el rechazo de la identificación entre los partidos y la representación directa de los intereses de base. Sugería la existencia de una dinámica populista, que defendía formas de expresión de la voluntad de la ciudadanía que superase el vehículo de los partidos, contemplados como poseedores de una lógica propia, que oponía las necesidades de la clase política a las de la comunidad. Estos aspectos, si se tuvieron en cuenta, fueron rápidamente olvidados al calor de lo que se consideraban las líneas maestras de una normalización del régimen en cuatro zonas fundamentales: la integración de Alemania en una posición cada vez más ventajosa en las relaciones internacionales; la institucionalización de la derecha más intransigente, con la entrada del DNVP en los gobiernos de amplia coalición; el debilitamiento de las opciones que pretendían una ruptura armada revolucionaria con el régimen constitucional; y la estabilidad de las variables económicas de crecimiento, inversión, desempleo y beneficios sectoriales. Como se verá, todos estos aspectos tenían más visos de apariencia que de corriente de fondo, y se corresponden, más bien, con la comparación con la catástrofe de los años siguientes.

Los años centrales de la república han sido llamados «la era Stresemann», en la medida en que la definición de la normalización institucional implicaba dos aspectos en que el líder del Partido Popular tuvo una gestión decisiva: la política internacional y la consolidación de los gabinetes de coalición liberal.[1] A pesar de dirigir una pequeña fuerza política, Stresemann era una personalidad de talla excepcional, situada por encima de la media de los políticos alemanes del momento, capaz de haber abandonado cualquier vínculo con el antiguo régimen y de prestar lealmente sus servicios a la nueva democracia. Había logrado, además, que el DVP aceptara la colaboración con la socialdemocracia, al tiempo que hacía comprender al SPD la necesidad de ampliar hacia la derecha los gobiernos weimarianos. Resistió hasta donde pudo las tensiones del ala derecha de su partido, favorable a la representación de los sectores más duros de la Asociación de Industriales y, por tanto, cada vez más proclive a abandonar los compromisos fundacionales de la república. Sin duda, su desaparición en pleno inicio de la Gran Depresión fue un golpe decisivo para que un sector amplio del liberalismo alemán abandonara el terreno de la democracia.[2] Desde su abandono de la presidencia del gobierno de emergencia de 1923, se había hecho cargo de la cartera de relaciones exteriores, que mantendría hasta su muerte. La época de la estabilidad se inauguraría, en 1925, con la firma del tratado de Locarno, por el que Alemania reconocía las fronteras occidentales. Stresemann obtuvo, en ese acuerdo básico para forzar la revisión de otros aspectos del sistema de Versalles, el apoyo de la socialdemocracia, pero también provocó una fuerte agitación nacionalista que llevó al abandono del gobierno por parte del DNVP, que no entraría en el siguiente gabinete presidido por el mismo Hans Luther, pocas semanas después de la ratificación del tratado por el Reichstag.[3] En la primavera del año siguiente, Stresemann lograba la entrada de Alemania en la Sociedad de Naciones y la firma de un tratado con la URSS que aseguraba la neutralidad en caso de ataque de un tercero. El pago de las reparaciones iba estrechamente unido a ese reajuste de las

1. M. Stürmer, «Parliamentarey government in Weimar Germany, 1924-1928», en Nicholls y Matthias, *German...*, pp. 59-78.

2. Existen dos monografías apreciables sobre la figura de Stresemann: H. A. Turner Jr., *Stresemann and the Politics of the Weimar Republic*, Princeton, 1963; y C. Baechler, *Gustave Stresemann (1878-1929). De l'imperialisme à la securité collective*, Estrasburgo, 1996.

3. R. P. Grathwol, *Stresemann and the DNVP. Reconciliation or Revenge in German Foreign Policy, 1924-1928*, Lawrence, 1980, pp. 121 y ss.

condiciones de Versalles que buscaba Stresemann, y que se mostró imposible de sostener al mismo tiempo que se mantenía la estabilidad gubernamental. En el verano de 1929 se aprobó el Plan Young, que permitía un alivio de las cargas financieras de las reparaciones, aunque suponía su reconocimiento y la continuidad de los pagos hasta casi el fin del siglo. Fue una lamentable circunstancia que esta posición realista en las condiciones en que se movía la política exterior coincidiera con los primeros avisos de la Gran Depresión y con elementos de descontento en la población a cuyas causas nos referiremos más adelante. En cualquier caso, desde julio de 1929 se formó un amplio movimiento de rechazo del Plan Young, que trató de obtener las firmas necesarias para la convocatoria de un referéndum. El Comité Nacional para la Iniciativa Popular *(Reichsausschuss für das deutsche Volksbegehren)* apenas logró rebasar la cifra mínima de firmas necesaria para la celebración de un plebiscito *(Volksentscheidung)*, que se realizó en diciembre de 1929 y que dio menos de seis millones de sufragios a favor del rechazo del plan. Lo importante, sin embargo, era que el DNVP había salido del debate con su ala moderada deshecha y su sector más autoritario reforzado y más proclive a un entendimiento con los nazis. Alfred Hugenberg, en efecto, había logrado desplazar a los llamados *volksconservativen* y se había hecho con el control absoluto del partido y del grupo parlamentario, con lo que se quebraba la línea de colaboración que los nacionalistas habían llevado hasta 1928.[4] Un efecto secundario nada despreciable había sido la visibilidad del nacionalsocialismo, que lograba salir de los espacios de la marginalidad política para ser considerado un socio en las movilizaciones ultranacionalistas, preparando así el camino para su gran salto electoral de 1930. En lo que afecta a la política internacional, no fue menos virulenta la reacción del SPD ante la colaboración militar con la URSS que, denunciada por la prensa del partido, se sumaría a la crítica a las actividades de una Reichswehr clandestina en una célebre intervención parlamentaria de Scheidemann en diciembre de 1926, llevando a la caída del gobierno del centrista Wilhelm Marx.

La inestabilidad gubernamental fue el resultado de desacuerdos en política exterior pero, sobre todo, de la diversa manera de en-

4. J. Leopold, *Alfred Hugenberg. The Radical Nationalist Campaign Against the Weimar Republic*, New Haven, 1977, pp. 55 y ss.

focar los problemas domésticos. Algunos tuvieron un valor puramente testimonial: por ejemplo, la crisis por el uso de la bandera imperial en las delegaciones extranjeras, que provocó la caída del gobierno Luther en la primavera de 1926. En el mismo año, la izquierda comunista arrastró a los socialdemócratas en su demanda de un plebiscito sobre la expropiación sin indemnización de las propiedades de las dinastías en el poder antes de la revolución de 1918. Aunque la participación electoral en el plebiscito realizado tras el trámite parlamentario no permitió la aprobación del proyecto, el debate empeoró las relaciones entre socialdemócratas y liberales, indicando a los sectores más moderados de éstos la conveniencia de buscar sus aliados en otra parte.[5] Las discusiones básicas, sin embargo, se realizaban en otros terrenos, en especial en el referente a la política financiera y social de la república. De la misma forma que se habían superado las condiciones de catástrofe monetaria de 1923, se habían alterado las relaciones de fuerza que dieron consistencia a un acuerdo entre empresarios y sindicatos. Cuando en septiembre de 1926 Paul Silverberg realizó un llamamiento a contar con la socialdemocracia en la gestión de gobierno, sus compañeros del RDI respondieron con profunda agresividad, considerando que era imposible e indeseable restaurar las condiciones de negociación que había impuesto la clase obrera en las inmediaciones de la revolución.[6] Suele decirse que la etapa de depresión general de la economía fue aprovechada por los sectores industriales «duros» para invertir las relaciones laborales gestadas en la Gran Guerra y en el acuerdo de noviembre de 1918. Sin embargo, fue en la misma época de estabilidad cuando esta ofensiva cobró sus primeros rasgos, precisamente cuando la recuperación económica debía aprovecharse para un proceso de «racionalización» industrial que incluía horarios más flexibles, reorganización de la disciplina en la empresa y despido de mano de obra sobrante. Los empresarios se acogieron a la tesis de unos crecimientos salariales que no tenían correspondencia con el crecimiento de la productividad y que habían generado una «economía enferma», poco competitiva. Se consideraba también que estas expectativas de ampliación de los costos salariales disminuían el estímulo a las inversiones, reduciendo el margen de

5 F. West, *A Crisis of Weimar Republic. The German Referendum of 20 June 1926*, Filadelfia, 1985.

6. H. Mommsen, *Die verspielte...*, pp. 228-229.

maniobra de los sectores estratégicos de la economía alemana.[7] Una de las características de la economía nacional desde la revolución era el alto nivel de intervención estatal, lo que incitó a una politización de los problemas económicos en su sentido estricto, es decir, en el uso de las organizaciones políticas para defender los intereses de alguno de los sectores enfrentados, fuera el DVP en auxilio de la industria pesada, fuera el DNVP en apoyo de los terratenientes o el SPD y el propio Zentrum en defensa de sus indispensables clientelas obreras. Este camino hacia una política corporativa fue acompañada por la actividad realizada, al margen del parlamento, por las asociaciones económicas que agrupaban a las diversas franjas sociales en competencia.[8] Harold James ha establecido siete factores de debilidad de la economía alemana, cuyo enfoque delimitaba los campos de este enfrentamiento, haciendo imposible la estabilidad de los gabinetes:[9] un contexto mundial desfavorable, con caída de exportaciones, confiscación de patentes y privación de territorios esenciales; el aumento de la población en edad de trabajar, en coincidencia con la caída de consumidores por la reducción de la tasa de natalidad a partir de 1914; la caída de la inversión interna y la progresiva dependencia de los créditos exteriores; la debilidad del proceso de racionalización y «americanización» económicos y la perversa calidad de las inversiones bancarias, que acudían a capitalizar los créditos de las industrias más atrasadas; las escasas perspectivas de beneficios por los salarios altos; la inestabilidad de las finanzas públicas; la atención discriminatoria a los sectores rurales más potentes, en perjuicio de las industrias exportadoras y los intereses de los consumidores. Los grandes sectores industriales fueron capaces de mantener su nivel de beneficio a costa de dos op-

7. Existe en la historiografía un intenso debate sobre esta cuestión, en especial en torno a las tesis del profesor Knut Borchardt, que pueden hallarse en su libro *Perspectives on Modern German Economic History and Policy*, Cambridge, 1991. En apoyo de sus planteamientos sobre el exceso del peso salarial, puede verse la obra de H. James, *The German Slump. Politics and Economics, 1924-1936*, Oxford, 1987. Una respuesta clásica a Borchardt es la de C. L. Holtfrerich, «Zu hohe Löhne in der Weimarer Republik? Bemerkungen zur Borchardt-These», *Geschichte und Gesellschaft,* 19, 1984, pp. 122-141.

8. La visión más completa que conozco de este conflicto multidireccional es el texto de G. Schulz, *Deutschland am Vorabend der Grossen Krise*, Berlín, 1987.

9. H. James, «Economic reasons for the collapse of the Weimar Republic», en I. Kershaw, *Weimar. Why did German Denmocracy Fail?*, Oxford, 1990, pp. 30-57.

ciones complementarias: la reclamación de una política fiscal generosa, en forma de recorte de impuestos y aumento de subvenciones;[10] la cartelización en el sector químico y en el siderúrgico, que pasó también a asegurar unos precios mínimos en el mercado interior. La productividad se incrementó, aunque la contracción del mercado interior por el aumento del desempleo no permitió el uso de la totalidad de la potencia industrial del país. Un avance en el tipo de relación industrial que promovían los sectores más duros de la RDI fue el impulso del Instituto Alemán para la Educación Técnica del Trabajo o DINTA *(Deutsches Institut für technische Arbeitsschulung)*, cuya función era desarrollar un concepto de «comunidad de empresa» bastante semejante a la *Betriebsgemeinschaft* que habrían de imponer los nazis.[11] Las cosas habrían de endurecerse mucho más en los tramos finales de la fase de estabilidad. Fueron ejemplos de ello la resistencia a algunas medidas sociales del gobierno, como el importante incremento de las retribuciones de los funcionarios, las medidas contra las horas extras o la ley para la protección de los parados del 9 de julio de 1927, sin duda una de las leyes sociales más importantes de la república, que convertía la indemnización en un seguro financiado por cuotas obreras y empresariales.[12] Las críticas a los gastos excesivos de la administración, lanzadas desde la derecha, algunos sectores del Zentrum y las organizaciones empresariales fueron importantes, mientras se silenciaba, en estos mismos sectores, lo que estaba provocando mayor irritación en la izquierda: la construcción de un gran navío de guerra, una irritación que permitió centrar buena parte de la campaña de los partidos obreros en una fácil alternativa para los recursos públicos: gastos en un crucero o en el bienestar de la infancia alemana. Los sectores conservadores habrían de lanzar una ofensiva mucho más seria a las bases de lo que ellos llamaban el «Estado sindical» después de la victoria socialdemócrata en las elecciones de 1928, cuando provocaron un inmenso *lock-out* en la cuenca del Ruhr, en respuesta a una sentencia arbitral del Ministerio de Trabajo. En la práctica, aunque se llegara a una intervención conciliatoria, la movilización empresarial de fines de 1928 era una victoria para los sectores más intransigentes de la gran industria, y mos-

10. H. Mommsen, *Die verspielte...*, pp. 226 y ss.
11. *Ibíd.*, p. 233.
12. H. A. Winkler, *Weimar...*, pp. 322-324.

traba los cambios registrados en la composición política de su dirección.[13] Aun cuando resulte aceptable que los grandes industriales no financiaron el ascenso del nazismo,[14] es indiscutible que la fractura que se produjo en los años veinte indicaba ya un apoyo firme de un sector cada vez más fuerte de la RDI a opciones políticas autoritarias cuyo objetivo fuera demoler el edificio de negociaciones laborales levantado en los meses iniciales de la república. No resulta extraño que esta actitud más dura se produjera allí donde los costos salariales representaban un porcentaje más alto de producción, como la minería, frente a aquellos sectores, como la industria eléctrica, donde suponían apenas el 15% del costo total.[15]

Las dificultades para sostener el acuerdo gubernamental procedían, también, de la pérdida de clientela por parte de las organizaciones liberales. En efecto, desde la aprobación del plan de estabilización, la clase media había ido desertando de los dos grandes partidos que la habían representado en las elecciones de 1919 y 1920, para provocar una dispersión política en busca de formaciones que fueran percibidas como verdaderas expresiones orgánicas de los pequeños comerciantes, artesanos, funcionarios, empleados y campesinos. Los partidos liberales encontraron cada vez más dificultades para asegurar esa captación del voto de la clase media, que contemplaba al Partido Popular como un emisario de los grandes consorcios industriales y comerciales, al Partido Demócrata como un satélite de la socialdemocracia y al Partido Nacional Popular como el representante más fiel de los grandes intereses agrícolas. Se trató de un proceso lento pero inexorable de reagrupación de la base social de la república, en beneficio de un rechazo de los partidos como representantes generales *(Volksparteien)* y de la asi-

13. H. A. Winkler, *Der Schein der Normalität. Arbeiter und Arbeiterbewegung in der Weimarer Republik, 1924 bis 1930*, Berlín/Bonn, 1988, pp. 557-572.

14. Como lo ha demostrado sobradamente H. A. Turner Jr., *German Big Business and the Rise of Hitler*, Nueva York, 1985.

15. D. Geary, «The industrial elite and the nazis in the Weimar Republic», en M. Dobkowski e I. Wallimann (eds.), *Towards the Holocaust. The Social and Economic Collapse of the Weimar Republic.* Westport, 1983, pp. 177-196; *Id.*, «Employers, workers and the collapse of the Weimar Republic», en I. Kershaw, *Weimar...*, pp. 92-152; D. Abraham, *The Collapse of the Weimar Republic. Policial Economy and Crisis.* Nueva York, 1986; *Id.*, «State and classes in Weimar Germany», en M. Dobkowski e I. Wallimann, *Radical Perspectives on the Rise of Fascism in Germany, 1919-1945*, Nueva York, 1989, pp. 21-68.

milación de una cultura populista y corporativa. Tal posición no se expresaba solamente en el ámbito de los partidos. Los sindicatos, tanto los socialistas como los cristianos, sufrieron la pérdida del apoyo de los empleados *(Angestellten)*, que fueron reforzando organizaciones propias al margen de las que dependían de los sindicatos libres o de los vinculados al Zentrum.[16] Al mismo tiempo, los ámbitos de movilización ciudadana, fuera a través de organizaciones culturales, deportivas, recreativas, ligas profesionales o de excombatientes, se llenaron de un espíritu antirrepublicano, muy crítico con respecto al «Estado sindical» o a la «partitocracia».[17] Este proceso de «contaminación» de las áreas de sociabilidad respondía a procesos objetivos muy claros: entre ellos, la forma en que se había llevado a cabo la revalorización de la moneda, la competencia de las grandes superficies que deterioraba las condiciones del pequeño comercio, las dificultades para obtener créditos por las políticas restrictivas de la estabilización, la protesta, como pequeños productores de granja o consumidores, por las tarifas que protegían a los grandes propietarios agrícolas, productores de cereales, o la pérdida de valor de los productos agrarios frente a los industriales. Sin embargo, existía otro factor que responde más a la forma de comprender este proceso por las personas que resultaban afectadas por la «modernización» y las políticas discriminatorias que se tomaban desde el gobierno, bien en favor de los grandes industriales y terratenientes, bien en beneficio de los sectores sindicales mejor organizados de la clase obrera. Se trataba de una impresión, sólidamente verificada en la realidad, de pérdida de posición social, de función apreciable en el edificio social republicano, de reducción del propio prestigio: una crisis de conciencia de la burguesía que fue la forma concreta de encajar las transformaciones operadas antes de la Gran Depresión. No exactamente una resistencia a la modernización, sino la oposición al tipo de pactos sociales y de su institucionalización gubernamental que garantizaba una forma concreta de progreso.[18]

16. H. Speier, *German...*, pp. 141 y ss.

17. *Véanse* los libros de P. Fritszche, *Rehearsals...*, y de R. Koshar, *Social Life, Local Politics and Nazism. Marburg, 1880-1935*, Chapel Hill, 1986.

18. B. Breisbrod, «The crisis of bourgeois society in interwar Germany», en R. Bessel (ed.), *Fascist Italy and Nazi Germany. Comparisons and Contrasts*, Cambridge, 1996, pp. 23-39; H. A. Winkler, *Mittelstand, Demokratie und Nationalsozialis-*

La respuesta más evidente al desafecto de estas capas medias fue la constitución de partidos de interés, dispuestos a aprovechar las asociaciones burguesas de base para constituir candidaturas electorales. Tal fue el caso del más influyente de estos grupos, el Partido de la Economía *(Wirtschaftspartei)*, que más tarde cambiaría su nombre para indicar claramente sus objetivos clientelares: Partido Nacional de la Clase Media *(Reichspartei des deutschen Mittelstandes)*: Surgido de una movilización de pequeños propietarios urbanos berlineses dirigidos por Hermann Drewitz, se extendió por el norte y centro de Alemania, obteniendo rápidamente el apoyo de numerosos propietarios urbanos y artesanos. Aunque el partido no logró romper la base de los partidos liberales en los primeros años de la república, el plan de estabilización, con su recorte de créditos a los pequeños propietarios y el mantenimiento de los impuestos municipales sobre los pequeños negocios, hizo crecer de forma considerable su presencia electoral, que se reflejó ya en docena y media de diputados —en alianza con la Liga Campesina Bávara— en diciembre de 1924. El partido halló a las organizaciones corporativas de la vieja clase media cada vez más atentas a la formación de un único partido de este sector, cuya propuesta institucional fue la construcción de un régimen de representación corporativa. En el otoño de 1926, el WP fue capaz de pasar del 10% de los votos en las elecciones al parlamento de Sajonia, mientras los partidos liberales perdían casi la mitad de su apoyo. En las elecciones generales de 1928, el *Wirtschaftspartei* logró doblar el porcentaje obtenido en las de diciembre de 1924 y llevar 23 diputados al Reichstag, mientras los dos partidos liberales perdían setecientos mil sufragios. Menos fortuna que el Partido de la Economía tuvo la agrupación de afectados por la reevaluación de la moneda, que unieron las diversas organizaciones formadas desde 1924 en el Partido Popular de la Justicia *(Volksrechtspartei)*, bajo el liderazgo de Adolf Bauser, en 1926. En las elecciones de Sajonia de aquel otoño lograron atraer casi cien mil votos, y en las generales de 1928 alcanzaron el medio millón.[19]

mus, Colonia, 1972; H. Mommsen, «Die Auflösung des Bürgertum seit dem späten 19. und 20. Jahrhundert», en J. Kocka (ed.), *Bürger und Bürgerlichkeit im 19. Jahhundert*. Gotinga, 1987; F. Gallego, «Del *Stammtisch* a la *Volksgemeinschaft*. Sobre el lugar del nazismo en la Alemania de Weimar». *Historia Social*, 34, 1999, pp. 90-92.

19. M. Schumacher, *Mittelstandfront uns Republik. Die Wirtschaftspartei —Reichspartei des deutschen Mittelstands, 1919-1933*, Düsseldorf, 1972; L. E. Jo-

A la «revuelta» de la clase media urbana se sumó la organización independiente del pequeño y mediano campesinado, cuyas organizaciones corporativas fueron distanciándose de la tutela del Partido Demócrata y del Partido Nacional Popular, en el primer caso por divergencias en el tema de la política aduanera y en el segundo por la excesiva dependencia de los grandes productores cerealísticos de la Alemania oriental. En la primavera de 1928, bajo la dirección del líder de la organización Campesinado Alemán *(Deutsche Bauernschaft)*, Anton Fehr, se constituyó el Partido Campesino Alemán *(Deutsche Bauernpartei)*, y pocos días más tarde, algunos cuadros de la vieja Asociación Agraria *(Reichslandsbund)* rompieron con el DNVP para formar el Partido Nacional Cristiano de Campesinos y Granjeros (*Christlich-nationale Bauern- und Landvolkspartei*, CNBLP). En las elecciones nacionales de 1928, los dos partidos obtuvieron más de un millón de votos, a expensas, sobre todo, del DNVP. A pesar de ello, el triunfo mostró una nueva clave de fragmentación, al concentrarse el voto al CNBLP en algunas regiones como Turingia y Hesse, mientras el DBP obtuvo la mayor parte de sus sufragios en Baviera.[20]

De esta forma, las elecciones que se presentan como prueba de la estabilidad de la república han de ser examinadas al calor de esta pérdida de sufragios del área liberal y conservadora en favor de los pequeños partidos de interés que indicaban el rechazo al sistema de partidos creado con la república, justamente cuando se había conseguido la formación de gabinetes que habían incluido al conjunto de las fuerzas políticas, excepción hecha de comunistas y nacionalsocialistas. Esta fragmentación reflejaba un panorama de fuerzas en las que cada sector social trataba de ver defendidas directamente sus posiciones parciales, sin albergar ilusiones sobre la representación transversal ideológica. Sin embargo, esta misma fractura provocaba una desazón pública por la ausencia de un sue-

---

nes, *German Liberalism...*, pp. 251-265 y 297-305; L. E. Jones, «Inflation, revaluation and the crisis of middle-class politics. A study in the dissolution of the German party system», en *Central European History*, 12, 1979, pp. 142-168; T. Childers, «Interest and ideology. Anti-system politics in the era of stabilization, 1924-1928», en G. Feldman y E. Müller-Luckner (eds.), *Die Nachwirkungen der Inflation auf die deutsche Geschichte 1924-1933*, Múnich, 1985, pp. 1-20.

20. L. E. Jones, «Crisis and realigment. Agrarian splinter parties in the late Weimar Republic, 1928-1933», en R. Moeller (ed.), *Peasants and Lords in Modern Germany. Recent Studies in Agricultural History*. Boston, 1986, pp. 198-232.

lo institucional firme, que se agravaría en los años siguientes y buscaría precisamente una fuerza que expresara la voluntad de unión nacional por encima de cualquier consideración clasista, regional o confesional. En este ambiente habría de hallar el NSDAP uno de los factores de su crecimiento.

Los comicios de mayo de 1928 supusieron un avance considerable del SPD, que alcanzó casi el 30% de los votos, su mejor resultado desde las elecciones constituyentes hasta el fin de la república. El DDP y el DVP, que en 1924 habían reunido el 16,4% de los votos, descendieron en conjunto al 13,6%. El Zentrum perdió un punto y el KPD pasó del 9 al 10,6%, mientras los nazis llegaban sólo al 2,6%, por debajo del millón de votos y una docena de escaños. Los pequeños partidos sectoriales y regionales consiguieron doblar su representación, alcanzando el 13,9% de los sufragios. Hindenburg se vio obligado a entregar la presidencia del gobierno al moderado dirigente socialista Müller, una vez fracasó el intento de hacer coincidir la cancillería con la jefatura del gobierno prusiano en la persona de Otto Braun. La recomposición del gobierno de gran coalición se hizo a pesar de la resistencia del Zentrum, que adquirió una posición meramente simbólica con la cartera de transportes. Muy poco tiempo después de la formación del gabinete, éste hubo de enfrentarse a un fuerte giro hacia la derecha de algunos partidos y sectores sociales fundamentales para la reedición de una línea de colaboración. Además de la crisis del *lock-out* del Ruhr, se produjeron transformaciones importantes en el DNVP y en el Zentrum, con el desplazamiento de los sectores más colaboracionistas y el ascenso de los intransigentes de la derecha, encarnados en Hugenberg y el prelado Kaas. A ello siguió la radicalización de la extrema izquierda y de la opinión conservadora en paralelo, la primera con el giro del KPD a raíz del VI congreso de la Internacional Comunista, que hizo imposible cualquier acuerdo o simple tolerancia de la socialdemocracia en vísperas de la grave crisis económica. Por su parte, los sectores más radicales de la derecha alemana se agrupaban en el movimiento contra el Plan Young, dando vida a la primera gran movilización de la derecha desde el *Putsch* de Múnich, y permitiendo que Hitler exhibiera su potencia militante para compensar la flaqueza electoral de un año y medio atrás. Aunque la movilización fracasó en su objetivo teórico —el rechazo del plan—, había infundido moral a los enemigos del régimen. La movilización de campesinos del *Land-*

volk de Schleswig-Holstein, por ejemplo, se expresaba en un lenguaje antirrepublicano, de revolución popular contra las instituciones, que llegó a desbordar los planteamientos del DNVP en beneficio del nazismo. Todo ello sucedía cuando la economía alemana comenzaba a dar indicaciones de la Gran Depresión, en especial en la caída de los precios agrarios y, sobre todo, en el incremento del desempleo. Precisamente el problema de cómo afrontarlo acabaría causando la crisis de la gran coalición. El Ente Nacional que se había creado con la ley de 1927 no podía haber previsto una financiación para millones de desempleados, y había de recurrirse a un incremento de las cotizaciones, que fueron fuertemente criticadas por el DVP, cuya ala derecha aprovechó para ir rompiendo sus lazos con el gobierno y aproximarse a quienes exigían un régimen de excepción. Sólo la notable energía de Stresemann fue capaz de sostener la lealtad del partido, cuando se estaba avanzando en temas cruciales de política exterior como la firma del Plan Young. Pero el líder liberal se encontraba ya muy enfermo, y los esfuerzos desplegados para salvar la coalición, logrando medidas fiscales compensatorias para los empresarios, acabó por agotarle y provocarle la muerte. Con su desaparición, en el otoño crítico de 1929, y su sustitución por el derechista Scholz, el camino para la fractura de la coalición estaba despejado. En diciembre de 1929, la agitación de los sectores financieros y la RDI conseguía la dimisión del ministro de Finanzas Hilferding, perteneciente al ala izquierda de la socialdemocracia. En marzo de 1930, tras haber negado a Müller poderes excepcionales para afrontar la crisis. Hindenburg siguió los consejos de su entorno y nombró canciller a una de las personalidades que más había criticado el despilfarro financiero durante la estabilización, el dirigente del ala derecha del Zentrum Heinrich Brüning.

La caída del gobierno Müller implicaba la destrucción del último gobierno con mayoría parlamentaria y conducía la república a una nueva etapa, la que se ha conocido como de «gobiernos presidenciales», dependientes del apoyo de Hindenburg y apoyados en el uso del artículo 48 de la constitución. El mismo Brüning dejaría pocas dudas, en las memorias publicadas tras su muerte, sobre los objetivos de reforma constitucional de su gabinete, que podía incluir la restauración de la monarquía.[21] Fuera ésta la pretensión o una

21. H. Brüning, *Memorien...*, W. Patch. Mommsen.

construcción *a posteriori,* Brüning se planteó un régimen que superara las diferencias de partidos para llevar adelante su plan de saneamiento de las finanzas públicas, evitando afrontar la crisis mediante orientaciones de carácter inflacionista y poniéndose en las mejores condiciones para acabar con el régimen de reparaciones de guerra. Su gobierno excluyó, de entrada, la participación del SPD, cuya exclusión de la gestión pública se había convertido en un objetivo crucial para los sectores revisionistas. Su marcha fue compensada con la entrada en el gabinete del DNVP, el Partido de la Economía y una pequeña escisión de los nacionalistas, la Asociación Popular Conservadora (VKV). El Partido Socialdemócrata se decidió, a instancias de su ala derecha, por una política de tolerancia que le permitiera cierto margen de negociación, una política que mostró en pocos meses su carácter ilusorio. No se consiguió evitar, por ejemplo, la implantación de un impuesto general *(Bürgesteuer)* independiente de las fortunas de sus pagadores, propuesto por un DVP que giraba cada vez más hacia la derecha, ni otras medidas fiscales que afectaban a los empleados y funcionarios. En el mes de julio, tras haber utilizado el artículo 48 para poner en marcha el *Bürgersteuer*, el gobierno vio rechazadas por el Reichstag sus propuestas presupuestarias. En lugar de dimitir, como había sido lo usual en la historia republicana en circunstancias parecidas, Brüning consiguió el decreto de disolución de manos de Hindenburg y la convocatoria de elecciones generales para el mes de septiembre.

Las elecciones de 1930 son presentadas, con justicia, como un momento crucial en la historia institucional del régimen: el principio del fin de la república. Ya hemos contemplado los aspectos de erosión lenta que explican este zarpazo propinado a las clientelas de los partidos liberales. Incluso en el más corto plazo, los augurios habían de ser poco favorables. La agitación nacionalista de 1929, en su doble vertiente campesina y por el referéndum sobre el Plan Young, no había reforzado las posiciones de la extrema derecha constitucional, sino que las había debilitado, provocando serias fracturas en el seno del DNVP, al tiempo que se incrementaba la visibilidad del nacionalsocialismo. En elecciones celebradas a lo largo del año, en Baden, Lübeck y Turingia, el NSDAP obtuvo cada vez mejores resultados, hasta superar la barrera del 10% en este último *Land*. Entretanto, el DVP había perdido su liderazgo más sólido y se movía hacia la derecha tratando de recuperar, desesperadamente, el apoyo de las asociaciones profesionales de la clase media, que iban a buscar el cobijo de los partidos específicos o del nazismo. El DDP fue víctima de esa misma tensión de sus sectores más conservadores, que propiciaron que fuera abandonando su carácter de «partido de la constitución» *(Verfassungspartei)*, para ir convirtiéndose en un «partido del estado», defensor del reforzamiento de la autoridad presidencial y buscando formas nuevas de «democracia alemana». No resulta tan extraña, en esa calidad de movimientos, la fusión con la Orden de la Juventud, de Walter Mahraun, una organización neoconservadora cuyos textos estaban atestados de referencias a la «comunidad popular» frente a la democracia liberal. Tampoco lo es que la nueva formación tomara el nombre, dos meses antes de las elecciones, de Partido del Estado (*Deutsche Staatspartei*, DStP). Las elecciones llegaron al campo de los partidos obreros en un momento de radicalización, pero también de debilitamiento, por el impacto que causaba el desempleo en su capacidad de negociación. El crecimiento del voto comunista a expensas del socialdemócrata no expresaba sólo un giro a la izquierda de la clase obrera, sino el establecimiento de dos verdaderos ecosistemas diferenciados, impermeables; la existencia de dos ámbitos cualitativamente distintos por edad, experiencia de militancia sindical, situación de empleo y, por último, estrategia política. En plena descomposición de las finanzas públicas, incapaces de hacer frente al desempleo sin alterar radicalmente la estructura social del país, el proyecto socialdemócrata hacía tantas aguas como las propuestas insurreccionales de un Partido Comunista reforzado, pero aislado de los sectores mayoritarios de la propia clase obrera. Las cifras fueron devastadoras. Con una participación electoral del 82% —frente al 75% de 1928—, el Partido Nazi se convertía en el primer grupo de la derecha, con el 18,3% de los votos, lo que implicaba multiplicar por ocho los términos absolutos de su base electoral. Los partidos específicos aguantaron el tirón nazi, o compensaron la fuga mediante votos de los partidos liberales. El DNVP perdió la mitad de su porcentaje, al igual que el DVP, y el nuevo DStP, con menos pérdidas, cayó por debajo del 4%. El Zentrum se mantuvo, ganando incluso en términos absolutos, mientras que la socialdemocracia bajaba a menos del 25% y los comunistas ascendían por encima del 13%. La estabilidad había desembocado, en los atisbos de la Gran Depresión, en el cambio de carácter del nazismo, paralelo al definitivo cambio de naturaleza de la democracia de Weimar.

Reorganización y crisis del partido, 1925-1928

> El líder siempre debe preceder a la organización, y no al contrario.
>
> ADOLF HITLER, 1925

> El NSDAP no quiere teoría, ni un programa de partido, ni un dogma de partido, sino la unificación de todas las clases trabajadoras en un gran Partido Nacionalsocialista.
>
> HERMANN ESSER, 1926

> Nosotros, nacionalsocialistas, hemos reconocido que existe una relación causal inevitable entre la libertad nacional de nuestro pueblo y la liberación económica de la clase obrera alemana.
>
> GREGOR STRASSER, *Kampf um Deutschland*

La refundación del NSDAP en febrero de 1925, así como la asunción del liderazgo indiscutible por parte de Adolf Hitler, hallaba un movimiento recién salido de una etapa de confrontaciones personales, luchas estratégicas y falta de cohesión orgánica. Cuando se repasan los análisis regionales de la vida del partido en aquellos años, se comprende la urgencia de las tareas de simple coherencia político-administrativa que deseaba darse desde el cuartel general de Múnich a la organización. En Sajonia, donde en 1921 se había creado la primera célula del partido, el movimiento no había pasado de una docena de filiales locales que llevaban a cabo tareas más propias de las tertulias que de un verdadero partido antes de 1923. El crecimiento que se dio a partir de 1925, de la mano del nuevo dirigente Martin Mutschmann, logró alguna influencia en las elecciones regionales de 1926, pero sólo allí donde se habían realizado mítines, lo cual indica la importancia de la propaganda directa y el conocimiento personal de los líderes frente a la simple proyección nacional de las siglas.[22] En Baden, la sustitución de Erwin Müller por Robert Wagner como dirigente regional dio un fuerte impulso al partido, que consiguió quedarse con la mayor parte de los cuadros

22. C. C. Szejumann, *Nazism in Central germany. The Brownshirts in «Red» Saxony*, Nueva York, 1999, pp. 25 y ss.

y militancia en la zona norte del *Land,* mientras los seguidores de Graefe mantenían su hegemonía en el sur, con una militancia de mayor edad, mejor posición económica y menos radicalismo social. A pesar de los esfuerzos de centralización en manos del grupo dirigente de Karlsruhe, el nazismo de Baden no consiguió una solvencia financiera capaz de mantener un aparato administrativo estable hasta 1927, y resultaba muy difícil sostener la salida regular de su órgano de prensa regional, *Der Führer.* Los mítines eran más bien charlas de cervecería al atardecer —*Sprachabend*—, en las que participaban no sólo miembros del partido, sino militantes de los diversos grupos *völkisch* que existían en las localidades, manteniendo el desorden magmático de los tiempos previos al *Putsch* de Múnich. A este efecto, tanto para seguir las instrucciones del *Reichsleitung* como para asegurarse su propio control de la organización regional, Wagner hubo de marcar las diferencias entre el partido y el resto del movimiento populista. De cualquier forma, estos esfuerzos de organización fueron escasamente gratificados por los electores. En los comicios regionales de 1925, el Partido Nazi obtuvo poco más de ocho mil votos —el 1,2%—, sólo cuatro décimas por encima de sus aún más débiles rivales del partido de Graefe, el Movimiento *Völkisch* de la Libertad (DVFB).[23] Algo parecido ocurría en la ciudad de Altona, junto a Hamburgo, donde el partido había aprovechado la fuerza del movimiento *völkisch* para obtener un resultado apreciable de casi el 10% en las elecciones municipales. La falta de directrices claras, de cohesión interna y de una política local coherente llevaron al desastre en las elecciones de 1927, cuando el partido quedó reducido a un solo representante en la corporación. El nazismo, como ocurría en Baden, había conseguido atraerse la militancia más joven del movimiento *völkisch,* con una sobrerrepresentación de los sectores de clase media en la cúpula, aun cuando se dispusiera de una notable presencia de trabajadores en la base.[24] Esta presencia importante de sectores proletariados, incluso de sectores desarraigados desde la desmovilización posbélica, era también la característica del partido en Berlín donde, hasta la llegada de Joseph Goebbels en 1926, los militantes se dedicaban casi exclusivamente a las charlas de taberna y a las peleas con la izquierda co-

23. J. H. Grill, *The Nazi...*, pp. 107 y ss.

24. A. McElligott, *Contested City. Municipal Politics and the Rise of Nazism in Altona, 1917-1937*, Ann Arbor, 1998, pp. 45 y ss.

munista y socialdemócrata.[25] Albert Krebs, *Gauleiter* de Hamburgo entre 1926 y 1928, nos ha dejado un expresivo recuerdo del grado de desorganización, querellas intestinas y continuidad de los grupos armados de la posguerra en que consistía el NSDAP en aquella ciudad cuando se desplazó a ella desde Berlín; que un recién llegado como él pudiera sustituir al antiguo *Gauleiter* indica hasta qué punto de disolución se había llegado.[26] En la ciudad universitaria de Marburg, los espléndidos resultados electorales del bloque *völkisch* en la primavera de 1924 no se correspondían, como ocurría en la casi totalidad del país, con una organización fuerte del partido. De hecho, lo que caracterizaba a los nazis era su capacidad para aprovechar los espacios de sociabilidad y antipoliticismo ya arraigados en la comunidad a fin de llevar a cabo sus tareas de propaganda y discusión. Pero este mismo carácter era un obstáculo inicial para la plena consolidación orgánica del NSDAP, cuya militancia fue muy volátil en los años previos a 1928.[27] En la misma Baviera, cuna del movimiento, los informes de las autoridades señalaban que el Partido Nazi nunca volvería a tener el impacto social previo al *Putsch*. La tranquilidad de la vida pública, la mejora de las condiciones económicas y los problemas internos que había vivido el movimiento eran razones para convertirlo en un factor definitivamente marginal de la sociedad bávara. De hecho, el partido hubo de sufrir una escisión dirigida por Drexler, que constituyó una Liga Nacionalsocialista rival, opuesta a las maneras de personajes como Esser o Streicher. En Múnich, antigua plaza fuerte del partido, el nazismo contaba con menos de mil quinientos afiliados en 1925, y la situación no era mucho mejor en Núremberg. En el verano de 1925, el propio Hitler tuvo que realizar una gira para asegurar su control de la organización y tratar de inculcarle cierta coherencia.[28]

No resulta extraño, en estas circunstancias, que la obsesión del *Führer* fuera asegurar un mínimo de disciplina en un movimiento que se había caracterizado, incluso en sus momentos de aparente

25. M. Broszat, «Die Anfänge der Berliner NSDAP, 1926/1927», en *Vierteljahrshefte für Zeitsgeschichte,* 8, 1960, pp. 85-118.

26. A. Krebs, *The Infancy of Nazism. The Memoirs of Ex-Gauleiter Albert Krebs, 1923-1933.* Edición de William Sheridan Allen, Nueva York, 1976, pp. 38 y ss.

27. R. Koshar, *Social...*, pp. 179 y ss.

28. G. Pridham, *Hitler's...*, pp. 42 y ss.

vigor —como la primavera de 1924—, por la potencia de sus fuerzas centrífugas. Asegurar el predominio de Múnich sobre las autoridades locales del partido, cortar la autonomía de los *Gaue* convirtiendo a sus jefes en delegados de Hitler y no en caudillos elegidos por la base y establecer la trama de un movimiento de liderazgo carismático eran objetivos que se complementaban con la necesidad de un mínimo orden administrativo. Si algo no estaba dispuesto a tolerar Hitler era el simple reconocimiento de su primacía, contrastado luego con una realidad de caudillos que dispusieran de una fuente de legitimidad distinta a su confianza. La reorganización de la administración central del partido no dependió de la eficacia burocrática del *Führer* —siempre lejano a una dedicación a estas tareas—, sino de la abnegación de algunos personajes grises, que vieron con claridad la necesidad de dotar de prestancia organizativa a un movimiento tan disperso. Tanto Max Amann, como Philipp Bouhler o Franz X. Schwarz comenzaron a convertir aquel caos en una verdadera estructura, que tuviera clara la cadena de mando, la coherencia propagandística y la solvencia financiera. Una de las primeras medidas tomadas por el *Reichsleitung* de Múnich fue asegurarse la entrega de todos los carnets de la organización, que deberían renovarse en su totalidad. Además del control de admisión que ello suponía, y del prestigio de la aplicación de antigüedad a cada uno, la dirección muniquesa recibía la ventaja añadida del pago inicial por la posesión del carnet. Por encima de todo, esa actitud marcaba el inicio de una nueva época, en la que las decisiones no iban a proceder, nunca más, de la voluntad de los diversos territorios. La fase asamblearia del nazismo estaba siendo sustituida por la de la burocratización.[29]

La mayor resistencia a la pérdida de autonomía había de proceder de aquellos lugares donde el NSDAP había tenido ya cierta vigencia en años previos al período de prohibición y, especialmente, donde se habían producido debates con algunos dirigentes que continuaban teniendo importancia en el sur. La zona en la que esta divergencia sobre centralización y autonomía acabó generando una seria crisis política fue la del norte y oeste, en especial en la región del Ruhr, Baja Sajonia y Schleswig-Holstein. A lo largo del *Verbotzeit,* como ya se ha indicado en otro lugar, la crítica a la colaboración con sectores moderados del movimiento *völkisch* y la denuncia

29. D. Orlow, *The History...*, pp. 59 y ss.

de la participación electoral como una traición a la dinámica revolucionaria del nazismo procedieron especialmente de cuadros de esa zona, que en 1925 sus posiciones no habían variado en absoluto. Por el contrario, quien sí parecía haber cambiado sus criterios de estrategia era Gregor Strasser, que estableció una sólida alianza con los sectores más radicales del partido, posiblemente llevado por la desconfianza que le producían los líderes de Múnich y, en especial, Hermann Esser y Julius Streicher, a cuya colaboración Hitler se negaba a renunciar.[30] Algunos sectores del norte ya habían acogido con disgusto una de las jugadas maestras del *Führer*: la presentación de la candidatura del general Ludendorff a las elecciones presidenciales de 1925. Al contrario que los sectores más moderados, no lo hacían por preferir al conservador Karl Jarres, sino por su oposición de principio a la táctica electoral. Sin embargo, les resultó más presentable la candidatura independiente del resto de la derecha, que a Hitler le sirvió para medir el exiguo carisma de Ludendorff —que obtuvo un miserable 1% de los votos— y expulsar de la política a quien había sido su principal competidor en el movimiento *völkisch*. Desde mediados de 1925, mientras Hitler se negaba a establecer directrices del sector preciso de la sociedad al que debía dirigirse el partido o de los aspectos fundamentales en que debía destacar su propaganda y su programa, los cuadros del norte decidieron cubrir ese vacío al tiempo que utilizaban su coordinación para atajar la influencia del equipo de Baviera. De ninguna forma se trataba de una operación dirigida a poner en duda el liderazgo de Hitler. Nadie, ni siquiera Strasser, podía ignorar su carácter insustituible en aquel momento; pero sí se pretendía apartarlo del grupo de antisemitas radicales del sur y poner su carisma a disposición de las propuestas programáticas del norte.

Entre septiembre de 1925 y enero de 1926, los dirigentes septentrionales crearon un instrumento de coordinación: el Grupo de Trabajo Nacionalsocialista del Norte y el Noroeste, conocido como AG *(Arbeitsgemeinschaft)*. El AG, dirigido por Gregor Strasser, Joseph Goebbels, Karl Kaufmann, Franz Pfeffer y Ludolf Haase, entre otras figuras relevantes del nazismo noroccidental, inició la pu-

30. Para el conflicto entre la agrupación de dirigentes del norte y la dirección de Múnich, *véase* J. Noakes, *The Nazi...*, pp. 56 y ss.; J. Nyomarkay, *Charisma...;* P. Stachura, *Gregor...*, pp. 40 y ss.; R. Kühnl, *Die nationalsozialistiche Linke, 1925-1930*, Meisenheim, 1966.

blicación de un órgano de prensa propio, *N-S. Briefe*, que fue dando cierto cuerpo a la posición política de este sector. Sin embargo, el esfuerzo más importante de constituir una doctrina fue el que realizaron los hermanos Gregor y Otto Strasser, presentando un programa que fue discutido en dos asambleas consecutivas del partido, en Hannover, en noviembre de 1925 y enero de 1926.[31] El programa presentaba un proyecto de representación corporativa, de defensa del pequeño productor y de vagas promesas sobre la participación de los trabajadores en los beneficios empresariales. Reiteraba los principios antisemitas del programa original de 1920 y —ésta era tal vez su única aportación novedosa— planteaba la formación de unos Estados Unidos de Europa. En cualquier caso, su verborrea «socialista» se correspondía más con las inquietudes de la clase media, partidaria de un estado fuerte de representación profesional, que asegurara su protección frente al gran capital, que una definición de los objetivos de los trabajadores industriales, un vacío que se llenaba con pomposas referencias a la «comunidad de destino» *(Schicksalsgemeinschaft)*. Aun así, el programa no consiguió la unidad estratégica de los sectores del norte. Pfeffer, Haase y otros denunciaron su carácter democrático e igualitarista, su alejamiento de los propósitos contrarrevolucionarios puros del movimiento *völkisch* construido en la inmediata posguerra. No era menor la inquietud que debían de causar las simpatías de hombres como Otto Strasser o el mismo Joseph Goebbels por la experiencia de la Revolución Rusa, en la línea de lo que habían expresado las corrientes nacional-bolcheviques en los inicios de la República de Weimar. Frente a la posición oficial del partido —y el sentimiento general de los militantes—, que creía que Rusia era una simple dictadura judía, estos dirigentes habían señalado, por lo menos, su comprensión del movimiento de liberación nacional en que había consistido también la Revolución Rusa, un esfuerzo por arrancar el país del imperialismo. Las discrepancias, con todo, no presentaban un ala izquierda y un ala derecha claramente delimitadas: por ejemplo, en la cuestión de la participación en las elecciones, la posición de hom-

31. El programa puede verse en R. Kühnl, «Zur Programmatik der Nationalsozialistischen Linken. Das Strasser-Programm von 1925-1926», en *Vierteljahrshefte für Zeitgeschichte,* 14, 1966, pp. 317-333. El título original era: «Der nationale Sozialismus. Dispositionsentwurf eines umfassenden Programms des nationalen Sozialismus.»

bres como Haase o Fobke era de una oposición de principio, mientras Gregor Strasser aceptó sólo una discrepancia táctica con la misma. Y eso, en un tema en el que Hitler aún no se había pronunciado de una manera firme, a pesar de los requerimientos que, de manos del sector más antielectoral, iban llegando al cuartel general de Múnich, de donde sólo salían apreciaciones coyunturales, dando la razón a los intransigentes en las cuestiones de principio, pero negándosela en el terreno de la oportunidad. De todos modos, los cuadros de la AG mostraron más una dispersión de posiciones que una verdadera discrepancia bilateral que permitiera llegar a un acuerdo de mínimos. Manifestaron su apoyo a la necesidad de un nuevo programa político que diera mayor consistencia a las propuestas genéricas de 1920, pero no estuvieron de acuerdo en sancionar el texto de los hermanos Strasser. También se mostraron a favor de la necesidad de una expropiación sin indemnización de las casas reinantes, apoyando el plebiscito que había iniciado el KPD y al que se sumaría el conjunto de la izquierda. Finalmente, descubrieron que nada podía hacerse para sustituir a Hitler. Fueran cuales fuesen las ambiciones de Strasser en este terreno, el mito del *Führer* había adquirido tan notable consistencia, que resultaba imposible degradarlo con una lucha por la dirección del movimiento. Por otro lado, las cualidades de G. Strasser como incansable organizador no podían compararse con el talento de Hitler para manipular a las masas con el recurso de su oratoria. Así, las pretensiones del AG sólo podían plantear un acercamiento a Hitler, tratando de apartarle de la influencia de los reaccionarios y burócratas de Múnich.[32] Todo ello significa que, a pesar de lo arraigado que haya podido estar, el «strasserismo», caso de representar una corriente real en el seno del partido, no se expresaba tanto en los aspectos teóricos como en la necesidad de construir un partido programático más que un movimiento de liderazgo carismático. La referencia a una pretendida ala «izquierda» del nacionalsocialismo en la crisis de 1925-1926 debería reajustarse, al indicar con escaso

32. «Hitler está rodeado de gente falsa. [...] Vamos a realizar una batalla contra los escleróticos burócratas de Múnich. Vamos a atraer a Hitler a nuestras posiciones» *(Hitler ist von falschen Leuten umgeben. [...] werden wir ein Kampfmittel gegen die verkalkten Bonzen in München haben. Wir werden uns schon bei Hitler durchsetzen).»* Anotación del diario de Goebbels del 21 de agosto de 1925. J. Goebbels, *Tagebuch. Herausgegeben von Ralf Georg Reuth*, Múnich, 1992, vol. I, p. 190.

grado de matización una división tajante entre el norte y el sur. La frecuencia de las referencias «socialistas» e incluso «obreristas» en la propaganda del norte obedecía a un entramado social distinto donde se quería crecer, pero no a una verdadera orientación «de clase» de los dirigentes septentrionales, que fuera más allá del anticapitalismo que compartían los cuadros del sur, es decir, el que procedía del antisemitismo y el que atacaba a la bolsa y a la banca, pero no a la propiedad productiva. El horizonte del «socialismo» del norte, al igual que el del sur, se resumía en la frase «el interés general está por encima del interés privado» *(Gemeinnutz geht vor Eigennutz)*, consigna comunitarista que venía proclamándose desde comienzos de la historia del partido y que tenía que ver más con el nacionalismo populista que con la visión del socialismo de la izquierda.

A pesar de estas limitaciones, Hitler observó el peligro que aquella coordinación de dirigentes podía implicar para su poder absoluto sobre el movimiento, en especial después de que Gottfried Feder, que había asistido a las reuniones de la AG, le expresara su alarma por la propuesta de modificación del programa. Hitler estaba tratando de inculcar al partido el principio absoluto del *Führerprinzip,* que no sólo se refería al carácter de la jerarquía, sino a la naturaleza misma del nacionalsocialismo. Para hombres como Strasser, la superioridad del NSDAP estaba en un programa nacionalista que expresaba las necesidades de la totalidad del pueblo alemán frente al marxismo, al capitalismo judío y a los gobernantes republicanos. Para Hitler, la calidad del nazismo residía en no ser, a diferencia de todos los otros grupos, un partido de programa, sino un movimiento unido en torno a un líder, quien actuaba como corriente de transmisión de unos pocos principios dogmáticos y factor que le daba cohesión. Para el *Führer*, las discusiones programáticas no eran más que vehículos para la limitación de su poder, pero también obstáculos para la unidad del partido, factores de quiebra de su materia íntima. Si desde una perspectiva democrática lo que planteaba Hitler puede resultar aberrante, en el marco de la fragmentación política de los años veinte este planteamiento acabó gozando de un gran atractivo: fue el sustento de la moral de los combatientes nazis y la base de buena parte de su poder de seducción sobre sectores de la sociedad que buscaban un movimiento comunitario, con una identidad firme y unificada, frente al proceso de erosión y fractura del sistema político de Weimar.

A comienzos de febrero, el cuartel general de Múnich convocó a una reunión amplia en la ciudad de Bamberg, para el 14 del mismo mes. La elección de esta ciudad, situada en el norte de Baviera, podía favorecer el acceso de algunos dirigentes del norte, pero algunos, como Kaufmann, no fueron invitados, aunque otros, como Fobke o Pfeffer, prefirieron no asistir, mostrando ya las discrepancias que se daban en el *Arbeitgemeinschaft*. El triunfo de Hitler en la reunión de Bamberg fue completo. Se negó a cualquier tipo de compromiso que pudieran esperar de él los cuadros del norte y expresó su rechazo frontal a la revisión de la política internacional del nazismo, que debía preferir la alianza con Italia y Gran Bretaña a cualquier devaneo de simpatías por la Revolución Rusa: el bolchevismo era una simple variable del judaísmo, y el territorio ruso constituía el marco natural de la expansión germánica. Sostuvo la oposición al plebiscito para la expropiación de las casas reinantes, indicando que no podía hacerse una excepción a sus miembros, arrebatándoles el derecho de propiedad que correspondía a cualquier ciudadano alemán, con lo que situó el partido en la línea de resistencia de la derecha alemana en ese tema de *cleavage* en la arena política nacional en 1926. Añadió su negativa a tocar el programa de 1920, cuyas afirmaciones resultaban suficientes, en compañía de la adhesión a su persona, para garantizar la unidad del movimiento y evitar las inútiles disputas parlamentarias propias de los partidos democráticos. En realidad, para quien hubiera leído el primer volumen del *Mein Kampf* y para quien, tras esa farragosa experiencia, estuviera dispuesto a emprender la del segundo volumen, que Hitler iba a publicar enseguida, no había demasiados motivos para la sorpresa. En lo que debía considerarse la Biblia del nacionalsocialismo o, por lo menos, la condensación del pensamiento del *Führer,* lo único que se señalaba era la concepción racista, antisemita y antidemocrática de la política. Este último punto integraba una determinada noción del liderazgo y de la función del programa, cuya utilidad se distinguía de la de los *principios* básicos, dogmáticos, del movimiento. La concepción de la oratoria y de la propaganda como un simple mecanismo para captar voluntades, para seducir a unas masas pasivas, se relacionaban también con esa concepción antidemocrática de las relaciones entre los dirigentes, el proyecto político y la base clientelar de su realización. Las referencias a la política exterior se reducían a las de una concepción racista de la historia, que incluía el derecho de la Alemania nazi a continuar el camino de los antiguos caballeros teutónicos en su Marcha hacia el Este. Apenas había indicaciones sobre la organización del Estado futuro, cuya tarea fundamental era la preservación de la pureza racial de los ciudadanos. Éstos eran los problemas que interesaban a Hitler; los detalles de programa, de estrategia, de concepción de la sociedad futura, le resultaban, salvo en los aspectos citados, absolutamente secundarios, lo cual garantizaba una cierta impunidad en su formulación, siempre y cuando no se vieran en peligro su liderazgo y la unidad del partido.

Tras la conferencia de Bamberg, la posición de la AG, ya muy debilitada por las disensiones programáticas, se hizo insostenible. La trinchera que defendían los dirigentes del norte sólo podía ser un punto de partida para la captura del poder en el NSDAP contando con Hitler, y la intransigencia de éste en lo referente a aceptar cualquier tipo de faccionalismo que se expresara, además, en términos de la búsqueda de un programa, fue letal para las aspiraciones del AG. De hecho, en la propia reunión de Bamberg, Gregor Strasser había opuesto débiles argumentos a lo expresado por Hitler, que descorazonaron a un seguidor tan entusiasta como Goebbels, quien permaneció en silencio, preguntándose si el esfuerzo por ganarse a Hitler había sido acertado.[33] Los esfuerzos para mantener el AG tras la reunión de Bamberg resultaron baldíos y, además, se encontraron pronto con la continuidad de la ofensiva de la dirección de Múnich. Si los asistentes más radicales del norte llegaron a hablar de la «victoria pírrica» de Bamberg, Hitler se cuidó muy bien de evitar un final cartaginés. Exigió la retirada del programa, asegurándose de que ni esta ni ninguna otra alternativa al de 1920 se pusiera en circulación. Trató con tacto exquisito a los dirigentes a los que podía atraerse, reconociendo su validez. Aunque el caso más clamoroso fue el de Goebbels, invitado a Múnich y seducido por la magnitud de recursos puestos a su disposición, además de por el magnetismo personal del *Führer*, el resto de los dirigentes, salvo contadas excepciones muy secundarias, no sólo se plegó a los designios de Múnich, sino que se integró en puestos de relevancia de su estructura de mando. En el mismo 1926, Franz Pfeffer fue nombrado nuevo jefe

33. «Hitler habla. Dos horas. Me quedo anonadado. ¿Qué es Hitler? ¿Un reaccionario? [...] No puedo decir una palabra. Tengo la cabeza hecha polvo» *(«Hitler redet. 2 Stunden. Ich bin wie geschlagen. Welch ein Hitler? Ein Reaktionär? [...] Ich kann kein Wort sagen! Ich bin wie vor den Kopf geschlagen»)*. Diario de Goebbels, anotación del 15 de febrero de 1926. Edición citada, vol. I, p. 228.

de las SA, Gregor Strasser responsable de propaganda en el *Reichsleitung,* y Joseph Goebbels *Gauleiter* de Berlín. De esta forma, el triunvirato que había gobernado el *Gau* único del Ruhr —Pfeffer, Goebbels, Kaufmann—, quedaba disuelto. El propio Karl Kaufmann sería nombrado *Gauleiter* de Hamburgo en 1928. La única contrapartida obtenida por los líderes del norte fue la destitución de Hermann Esser como jefe de propaganda, más por su ineficacia organizativa que por la energía de las demandas de Strasser, que también se habían referido a Julius Streicher. En julio de 1926, una orden de Hitler declaraba disuelto el AG, indicando que el propio NSDAP era un *Arbeitgemeinschaft* que no podía aceptar poderes paralelos, partidos dentro del partido. El primer congreso del partido tras la prohibición, celebrado en Weimar, subrayó el éxito completo de Hitler. Un año y medio después de la refundación, el *Führer* contaba con un partido sólido, unificado, que había superado las querellas internas y había aceptado el liderazgo carismático. El NSDAP había definido en este tiempo algunas de las características que le permitirían convertirse en una pieza clave en la crisis de Weimar: la reactivación de su militancia, las condiciones para la cohesión orgánica, la progresiva anulación y absorción del resto de los grupos *völkisch,* la superación de una estructura asamblearia y el establecimiento del *Führerprinzip,* además de la superación definitiva de cualquier debate programático. Quedaba, sin embargo, una cuestión fundamental para asegurar el crecimiento de la proyección de un partido cuya militancia era aún muy reducida: establecer un contacto preciso con la sociedad, decidir cuál era el tipo de propaganda a hacer y sobre qué sectores se había de crecer. En definitiva, fabricar una estrategia que sustituyera al vacío dejado por el fracaso del *Putsch.*

Éstos eran aspectos en los que la dirección del partido no tenía las ideas demasiado claras. La máxima preocupación de Hitler era la prohibición de hablar en público que pesaría sobre sus actividades hasta 1927 y que, considerando las cualidades de su liderazgo, le arrebataban un punto fundamental de su conducta, reduciéndola a meras charlas internas destinadas a los afiliados. Sobre algunas cuestiones de organización, no obstante, Hitler había expresado, como ya se ha visto, opiniones bastante tajantes. Un tema que el episodio de la AG había llevado a su grado más conflictivo era el referente a los sindicatos obreros. En el norte ya se habían realizado algunas experiencias de afiliación, pero Hitler siempre consideró la inconveniencia de esa estructura. En este caso, la concepción de un partido de masas podía considerar más conveniente la organización de células nacionalsocialistas obreras que de un sindicato propiamente dicho, capaz de atenuar el impulso ideológico del movimiento en favor de los asuntos de negociación cotidiana. En el segundo volumen de *Mein Kampf,* Hitler dedicó un capítulo entero a esta cuestión, que mostraba el grado de confusión en que se hallaba o, por lo menos, la necesidad de contentar tendencias opuestas en el seno del partido.[34] Siendo su posición muy poco favorable a una organización de clase, lo que se decidió fue mantener la militancia en las organizaciones nacionalistas ya existentes, pero no crear un grupo de interés que podría convertirse en la base de actuación del ala izquierda del partido. Sólo en el otoño de 1928, tras la conferencia organizativa de Múnich, se tomó la decisión de constituir una Organización de Células de Empresa Nacional-Socialistas (*Nationalsozialistische Betriebszellen-Organisation,* NSBO), que nunca tuvieron el apoyo total del partido y que, en cualquier caso, aun creyendo en las propias cifras hinchadas de su militancia, jamás llegaron a penetrar en los trabajadores cualificados de la industria, aunque tuvieron cierta presencia entre los empleados.[35] De todas formas, para la dirección del partido, las células de empresa —que habían venido existiendo, aunque de forma no reconocida ni extendida al conjunto del país, desde 1925— eran una vía de actuación del NSDAP para plantear sus objetivos *políticos* y su proyección *ideológica* en el ámbito de la clase obrera, nunca una vía para resignarse a una lucha de carácter sindical propiamente dicha, lo cual debilitó las posibilidades reales de expansión de las células, que lo hicieron siempre en paralelo y en dependencia de la organizacion política o del nacionalsocialismo. Un carácter parecido tuvo la construcción de una densa red de organizaciones profesionales que dependían del NSDAP, y que nunca fueron vistas como entidades autónomas que representaban los intereses sectoriales en la cúpula del partido, sino como vehículos para recibir y canalizar mejor la estrategia de la conquista del poder. Junto a las Ju-

34. Se trata del capítulo XII, «El problema de los sindicatos obreros».

35. *Véanse* los recuerdos de uno de sus organizadores, el ex cuadro del sindicato nacionalista DHV. Albert Krebs, en sus memorias ya citadas, pp. 76 y ss. La monografía más importante es la de V. Kratzenberg, *Arbeiter auf dem Weg zu Hitler? Die Nationalsozialistische Betriebszellen-Organisation. Ihre Entstheung, ihre Programmatik, ihre Scheitern, 1927-1934*, Fráncfort, 1989. *Véase también*, G. Mai, «Die Nationalsozialistische Betriebszellen-Organisation. Zum Verhältnis von Arbeitschaft und Nationalsozialismus», *Vierteljahrshefte für Zeitgeschichte*, 31, 1983, pp. 573-613.

ventudes Hitlerianas, el período posterior al congreso de Weimar vio la constitución de organizaciones sectoriales como la Liga de Estudiantes Nacionalsocialista (*Nationalsozialistische Deutsche Studentenbund,* NSDStB), la Liga de Juristas *(Rechtswahrerbund)*, la Liga de Médicos *(Ärtzebund)* o la de Profesores *(Lehrerbund)*, a lo que acabó sumándose también una organización femenina *(Frauenbund)*.[36]

En los meses que siguieron a la crisis de Bamberg, esta reorganización del partido fue acompañada por una orientación precisa de la acción política, destinada a actuar como un camino intermedio entre el «*putschismo*» y la vía estrictamente electoral. Siguiendo la estrategia del fascismo italiano, de lo que se trataba era de ocupar masivamente las principales ciudades del país, conseguir una presencia constante de la militancia en la calle y en los espacios públicos, saturar el ambiente de propaganda, aterrorizar a los adversarios mediante la violencia e interrumpir la marcha del país a través de huelgas y manifestaciones. Cuando se plantea que en 1925 Hitler escogió la vía electoral, suele confundirse su desilusión con respecto a la posibilidad de un golpe de estado, con la continuidad de una confianza en la acción callejera, una estrategia en la que los episodios electorales debían actuar de forma secundaria o, en el mejor de los casos, como un aspecto más de la actividad del partido. Lo que Hitler había marcado en 1925 era su decisión de abandonar cualquier subordinación personal o del NSDAP al movimiento *völkisch,* cuya falta de solidez debía sustituirse por un partido bien organizado, con principios y liderazgo claros. En cuanto Gregor Strasser asumió la responsabilidad de la propaganda, ésta se dirigió a consolidar una acción destinada especialmente a subrayar el carácter «socialista» del partido, así como a centrarse en las ciudades grandes y medianas, donde la influencia de una ocupación territorial podía tener mayor impacto político sobre la población. Lo que un notable historiador ha llamado «el plan urbano»[37] había comenzado.

La derrota del AG en Bamberg no implicó, como se ha dicho, la purga de sus dirigentes, sino que a éstos se les retirara su coordinación específica, contemplada como un desafío al liderazgo de Hitler. Desde la conservación —o incluso la promoción— de sus posiciones en la jerarquía del partido, los dirigentes del sector más obrerista consiguieron extender más allá de las fronteras septentrionales un

36. K. D. Bracher, *La dictadura alemana...*, vol. I, p. 189.
37. D. Orlow, *The History...*, pp. 76-127.

discurso en el que se primaba la crítica al capitalismo. Con todo, no debe pensarse que ello implicara la búsqueda exclusiva del apoyo del proletariado, sino también el de una clase media que contemplaba con preocupación la modernización y concentración económica. En la Baja Sajonia, los mítines se anunciaron rápidamente con consignas como «¿Capitalismo o socialismo? ¿Wall Street o Moscú?», «Abajo el capitalismo» o «La lucha contra el capitalismo», llegándose a denunciar la actitud de los socialdemócratas por no haber exigido la expropiación de los especuladores de la hiperinflación y la estabilización, una forma de responder a la crítica de la izquierda por la actitud de los nacionalsocialistas en el tema de la expropiación de las dinastías.[38] Gregor Strasser aprovechó su casa editora —la Kampfverlag— para cubrir el norte de Alemania con periódicos fieles a esta línea más radical: al *N-S. Briefe* se añadirían los diarios *Der Nationale Sozialist, Der Märkischer Beobachter* y *Der Sächsicher Beobachter,* así como los semanarios *Berliner Arbeiterzeitung, Rhenisch-Westfalische Arbeiter-Zeitung* y *Der Faust.*[39] En Berlín, ejemplo claro de objetivo a cubrir por la nueva orientación del partido, el nuevo *Gauleiter*, Joseph Goebbels, había roto por completo sus lazos con los hermanos Strasser, que apoyaban a una de las facciones en lucha en la ciudad. Tanto para asegurar su completo liderazgo como por la convicción de una lealtad limitada a Hitler, Goebbels mantendría una ofensiva obrerista propia, desligándose cada vez más de la tutela de Strasser y tratando de debilitar las posiciones de éste en la capital. Una de las operaciones más importantes, después de que la prensa estrasserista insultara seriamente a Goebbels por su cojera, atribuyéndola a una falta de pureza racial, fue la creación de un órgano de prensa propio, el semanario *Der Angriff,* que comenzó a salir en el verano de 1927 y con el que Goebbels se construiría una sólida reputación, basada también en el fuerte crecimiento de la militancia, que seguía a la intervención del NSDAP en los barrios obreros antes completamente controlados por la izquierda.[40] En otros lugares, en especial Baviera, la propaganda fue menos obrerista y «socialista» que la que se respiraba en el norte: en marzo de 1927, en el primer mitin en que tuvo ocasión de hablar después de

38. Para la propaganda en la Baja Sajonia, *véase* Noakes, *The Nazi...*, pp. 101-104.
39. P. Stachura, *Gregor...*, p. 141, n. 135. En general, para las tareas de jefe de propaganda y el plan urbano, *véanse* las pp. 60-66.
40. R. G. Reuth, *Goebbels. Eine Biographie*, Múnich, 1990, pp. 108-137.

dos años de prohibición, Hitler hizo un discurso más clásico, poco violento, a fin de evitar el castigo de las autoridades, pero en una línea nacionalista, que llamaba a la fusión de los trabajadores manuales e intelectuales. La misma insistencia en su dedicación a Baviera, señalaba que Hitler quizá no tuviese muy clara la estrategia del partido y esperara contemplar sus resultados sin implicarse excesivamente en ella, manteniendo una posición más continuista en su viejo feudo del sur.[41]

Para que la nueva estrategia tuviera éxito había que romper algunas de las vacilaciones de los dirigentes y las ambigüedades en las que Hitler veía una seguridad más que un riesgo. La ausencia de una organización sindical propia resultó un obstáculo fundamental para la conquista de las empresas, porque indicaba una falta de preocupación real, más allá de la retórica, acerca de las condiciones de los trabajadores y, sobre todo, porque no se implicaba en una práctica de la negociación con los empresarios que permitiera sacar a los cuadros nazis del confortable terreno de las afirmaciones de principio. Estas y otras cuestiones, como la sólida implantación de las organizaciones de izquierda precisamente en aquellos lugares donde se esperaba disponer de mayor desarrollo, frustró las expectativas de un crecimiento en la clase obrera, que continuó siendo una minoría en la organización del partido, inferior al 10% de su militancia, a pesar de que en algunas zonas rebasara el 20%.[42] La expansión del partido, que llegó a casi cien mil miembros en vísperas de las elecciones de 1928, se había dado especialmente en sectores de la clase media, que también se había mostrado sensible al discurso anticapitalista, pero que podía serlo más a un discurso que equilibrara las críticas al sistema con las denuncias más vigorosas del poder de los sindicatos y de la izquierda, que conectara más con los valores nacionalistas y comunitarios de este sector, antes que en el roce de la lucha de clases, como había ocurrido en numerosos mítines del NSDAP. Por otro lado, la clase media, a pesar de su alejamiento progresivo del régimen, podía verse alarmada por los excesos de la violencia o el uso casi exclusivo del terror en la calle como mecanismo para imponerse a los adversarios. Una de las operacio-

41. Sobre la propaganda en Baviera, *véase* Pridham, *Hitler's...*, pp. 73-77.

42. P. Stachura, *Gregor...*, p. 64. Sobre la propaganda obrerista del partido, *véase* el libro de M. Kele, *Nazis and Workers. National Socialist Appeals to German Labor, 1919-1933*, Chapel Hill, 1972. Para este período, pp. 100-126.

nes más cuidadosas de Hitler había sido restaurar las SA separándolas de cualquier contacto con el resto de fuerzas de choque de los grupos *völkisch* y convirtiéndolas en una organización de masas más que en una fuerza exclusivamente paramilitar. En la práctica, las *Sturmabteilungen* se habían comportado como si lo fueran, y representaban, para mayor disgusto de algunos sectores moderados de Múnich, un segmento más popular de la organización, reclutado entre quienes mayor sensibilidad mostraban ante el discurso obrerista y anticapitalista.[43] Los esfuerzos para reorientar el trabajo de las SA y la imagen del partido sólo podrían hacerse cuando el crecimiento de éste en otros ámbitos fuera espectacular, o cuando se obtuvieran éxitos en labores comunes con la derecha radical o en los procesos electorales. Hasta el cambio de coyuntura de 1929, ninguno de estos aspectos pudo realizarse, y resultó imposible una reorientación de las actividades terroristas. El intento de ganarse a los veteranos del *Stahlhelm* como una forma de dotarse de una base de masas que acabara restando la imagen violenta de las SA no tuvo efecto, y Hitler no logró renunciar al que se había convertido en su único punto de apoyo paramilitar. Sin embargo, trató de modificar esta imagen del partido en sus contactos con los empresarios, no sólo para ampliar su base social, sino para mejorar la situación de extrema penuria de las finanzas del partido. Sus esfuerzos para tranquilizarles, indicándoles que el plan urbano iba en beneficio de los empresarios al ganar el apoyo de los trabajadores a un partido contrario a la lucha de clases, no tuvieron demasiado impacto.[44]

Estos obstáculos a la hora de sostener el plan urbano, basados en la inconsistencia de una estrategia uniforme y en las dificultades objetivas para crecer en un ambiente hostil, se hicieron más evidentes por el fracaso reiterado en las elecciones, lo que probaba —por secundarias que éstas fueran en la apreciación nazi— el escaso apoyo social

43. C. Fischer y D. Mühlberger, «The pattern of the SA's social appeal», en C. Fischer (ed.), *The Rise of National Socialism and the Working Classes in Germany*. Providence, 1996, pp. 99-113. Este carácter se compartía con organizaciones cuyo origen social podía hacer pensar que tendrían actitudes más moderadas. Tal es el caso de los sectores jóvenes, en especial del liderazgo de la NSDSt.B, controlado en esos años por el ala «socialista». *Véase* M. Kater, «Der NS-Studentenbund von 1926 bis 1928. Ransgruppe zwischen Hitler und Strasser», *Vierteljahrshefte für Zeitgeschichte*, 22, 1974, pp. 148-190.

44. D. Orlow, *The History...*, pp. 97 y ss. para el contacto con las asociaciones de veteranos; p. 110 para los contactos con los empresarios.

de que se disponía. En sucesivos procesos electorales, el NSDAP había tenido un resultado menos que discreto: el 3,4% en las elecciones de Turingia de comienzos de 1927 resultaron oscurecidas por el 1,6% previo de Sajonia y el 1,5% posterior en Hamburgo, una ciudad que debía responder con mejor talante al plan urbano. En vísperas de las elecciones de 1928, los nazis sólo estaban representados en los parlamentos de Prusia, Baviera, Turingia y Sajonia, además de los escaños que conservaban desde las elecciones de 1924. A comienzos de 1928, en medio de rumores de un enfrentamiento entre Hitler y Strasser, que ambos negaron, éste dejaba las tareas de propaganda y pasaba a dirigir el aparato organizativo del partido. Aun tratándose de un ascenso, era evidente para todos que el intento de hacerse con las ciudades había resultado un fracaso. Las elecciones generales del 20 de mayo de 1928 vinieron a demostrarlo. El partido, que había crecido considerablemente en militancia, sólo consiguió el 2,6% de los votos, algo más de ochocientos mil sufragios. Tenía un número de afiliados importante, pero era incapaz de trasladar esa fuerza a las urnas e influir institucionalmente, condición indispensable para hacerse respetar por el resto de las fuerzas nacionalistas y adquirir cierta reputación en los medios dirigentes de la economía alemana. Los resultados habían sido, además, especialmente desastrosos en las zonas donde el discurso obrerista debería haber tenido mayor repercusión. Al 1,4% de Berlín se sumaban el escaso 3,7% de Turingia, el 1,9% de Leipzig, el 1,1% de Colonia o el 1,2% de Düsseldorf-Oeste. El análisis realizado por el *Reichsleitung* no fue, sin embargo, tan negativo. Obtener doce diputados cuando en 1924 sólo se habían conseguido cuatro, en el magma de una coalición *völkisch*; haber mantenido el porcentaje de diciembre de 1924 a pesar de vivir una etapa de estabilidad de la república, o haber eliminado cualquier competidor en este campo, resultaba una victoria parcial, en medio de una derrota del conjunto de la derecha, que fue bien valorado por Strasser, Hitler y Goebbels.[45] Con todo, existían algunos factores que resultaban no sólo preocupantes, sino indicadores de una nueva dirección a tomar. El resultado general había mostrado el descontento de la clase media que, en un porcentaje muy apreciable de votos, había dado la espalda a los partidos del régimen para buscar refugio en los pequeños parti-

45. U. Kissenkoetter, «Gregor Strasser. NS-Parteiorganisator oder Weimar Politiker?», en R. Smelser y R. Zitelmann (eds.), *Die Braune Elite. 22 biographischen Skizzen*, Darmstadt, 1989, p. 275.

dos sectoriales, urbanos y campesinos. Los resultados del partido habían sido mejores en las zonas rurales, en pequeñas poblaciones donde en los últimos tres años se había hecho una campaña relativamente escasa. En una visión más global, los mejores resultados se habían obtenido en los tradicionales feudos de Franconia —8,1%— y Alta Baviera —6,2%—. Si, desde las últimas semanas de 1927 se venían corrigiendo las líneas del plan urbano, tras los resultados de las generales de 1928, el sentido de la necesaria reorientación había quedado claro.[46]

El gran salto, 1929-1930

> El campesinado alemán se ve hoy forzado a enviar a sus hijos a la ciudad porque no tienen la posibilidad de obtener tierras, y la propiedad paterna no puede atender sus necesidades. En las ciudades, comparten la triste suerte de las masas trabajadoras. El campesinado no tiene patria. El suelo alemán ha sido vendido o hipotecado por el poder internacional de los judíos.
>
> JULIUS STREICHER, 1927

> Como ministro del interior, el Dr. Frick efectuará una extensa depuración de los elementos procedentes de la revolución roja que haya en la administración y en los cuerpos de funcionarios. [...] Como ministro de Educación Popular, llevará adelante la nacionalización de las escuelas. Vamos a hacer que el deber de la totalidad del sistema educativo de Turingia sea la conversión de todos los alemanes en fanáticos nacionalistas.
>
> ADOLF HITLER, 1930

El NSDAP no tardaría mucho tiempo en sacar las adecuadas conclusiones de unos resultados que parecían lanzarlo al terreno de la marginación. Es cierto que, en su salida del espacio de reclusión política en que podría haber quedado a causa de ello existieron

46. P. Stachura, «Der kritische Wendepunkt? Die NSDAP und die Reichstagswahlen vom 20. Mai 1928», en *Vierteljahrshefte für Zeitgeschichte*, 26, 1978, pp. 66-99.

factores externos que desempeñaron un papel fundamental. Podríamos decir que se produjo un incremento de la receptividad de amplios estratos sociales a la seducción del nazismo, hasta entonces un grupo numeroso, pero prescindible, de activistas radicales. La crisis económica, el desafecto de la clase media urbana y rural, la pérdida de influencia de los partidos liberales de la clase media, el giro global de las elites económicas hacia salidas autoritarias, los cambios operados en el partido hasta entonces hegemónico en la derecha, el DNVP, o la nueva actitud de las organizaciones de veteranos, singularmente el *Stahlhelm,* hacia la formación de un frente antirrepublicano donde los nazis debían tener su lugar, constituían, todas ellas, circunstancias favorables, pero para dar el salto desde una posición de activismo urbano y violencia a la de una nutrida representación parlamentaria, decisiva para articular mayorías en las instituciones weimerianas, se debía entender el ritmo de una coyuntura de cambio y, sobre todo, ser capaz de modificar la imagen del partido, la percepción que del mismo podía tener la sociedad alemana en crisis.

Si bien la lectura más obvia de las elecciones obligaba a una transformación en los objetivos propagandísticos del partido y en su forma de organización, forzaba también un cambio radical de estrategia, que el NSDAP pudo soportar, sin las fracturas internas que ello habría provocado en otras formaciones, por el carácter de su liderazgo, capaz de crear una cohesión ideológica que hiciera del movimiento una materia de gran flexibilidad a los ajustes tácticos. Hitler y el resto del *Reichsleitung* se decidieron a continuar un camino que, en la práctica, ya había empezado a tomarse en la segunda mitad de 1927. Durante el período del plan urbano, la carga propagandística fundamental del partido se había basado en el antisemitismo y el anticapitalismo, en la oferta de un «socialismo» de raíces germánicas, opuesto al que proponían los marxistas. En 1928, el partido estaba en condiciones de variar esta oferta para asumir la que correspondía plenamente a una organización fascista. Si el antisemitismo continuó formando parte de la propaganda, lo hizo en menor medida de lo que se cree usualmente, con un carácter instrumental, vinculado al discurso antirrepublicano y antimarxista más que al discurso racista propiamente dicho, y compartido, además, con el carácter antisemita de las campañas del resto de la derecha en Weimar. A partir de su etapa de mayor crecimiento del partido, el antisemitismo no fue, pues, su característica esencial, sino un aspecto que compartía con el resto de las organizaciones de la extrema derecha y de la derecha conservadora. Por otro lado, resultaría poco aceptable que un crecimiento del partido, en las proporciones en que tuvo lugar entre 1928 y 1930, obedeciera a una expansión paralela de la cultura antisemita en Alemania capaz de trasladar el voto de los partidos conservadores a una formación inspirada por este único mecanismo ideológico fundamental, es decir, por un *single issue party* o partido creado en torno a una sola cuestión. Eso nada indica sobre la firmeza del antisemitismo en el fundamento ideológico de Hitler y sus más inmediatos secuaces, aunque pudiera ser relativamente importante en el conjunto de la militancia. Se quiere indicar, más bien, que tenía una frecuencia menos acusada en el redoblado esfuerzo propagandístico del nazismo en vísperas de la Gran Depresión y que, por tanto, permitió que el partido no fuera contemplado como una mera formación antisemita.[47] De igual modo, el reajuste de la propaganda no implicó el abandono de elementos como el «socialismo» y el «anticapitalismo», que continuaron desempeñando un papel básico en algunos lugares como Berlín y la cuenca del Ruhr, y continuaron estando presentes, de forma secundaria, en otras zonas del país. De lo que se trata es de un cambio de *énfasis*, haciendo que la propaganda se refiriera más a aquellos aspectos que el *Mittelstand* podía ver con mejores ojos. La denuncia de la política exterior del régimen, la exigencia de una revisión completa del Tratado de Versalles, las campañas contra los acuerdos sobre el pago de reparaciones, la crítica a la política aduanera de la república, las referencias a los valores de la clase media y, en especial, del campesinado, la crítica a la «república sindical» y a los partidos marxistas, eran los puntos que pasaron a situarse *en primer término*, aunque no exclusivamente, en una propaganda de carácter nacionalista. En este sentido, el objetivo del NSDAP era presentarse como el gran catalizador de la miríada de descontentos de los diversos estratos de la clase media, tras las crisis sucesivas de la inflación y la estabiliza-

47. S. Gordon, *Hitler, the Germans and the Kewish Question*. Princeton, 1984; I. Kershaw, «Ideology, propaganda and the rise of the Nazi Party», en P. Stachura (ed.), *The Nazi Machtergreifung*, Londres, 1983, pp. 162-181; M. Broszat, *L'État Hitlerien. L'Origine et l'évolution des structures du troisième Reich*, París, 1985, prólogo a la edición francesa; F. Gallego, «La naturaleza del nazismo», *Investigaciones históricas,* 16, 1996, pp. 313-326.

ción, y cuando comenzaban a observarse algunos atisbos de la Depresión. En la medida en que el partido deseara convertirse en el instrumento de la contrarrevolución de la clase media, y abandonase su plan de hacer un discurso *prioritariamente* obrerista y anticapitalista, o dejase a un lado su imagen *völkisch* de una legión de excombatientes antisemitas, el nazismo estaba pasando a comportarse como un movimiento fascista, lo que recordarían rápidamente algunos exponentes de sus corrientes izquierdistas, al repudiar el modelo italiano en favor de las posiciones socialistas-revolucionarias de mediados de los años veinte.[48]

La forma de aprovechar las condiciones concretas de la segunda fase de la historia republicana era contactar de una forma mucho más directa con las angustias que envolvía la vida del *Mittelstand*. En un proceso de rápida modernización, de entrada en una sociedad de masas que había arruinado su función en el mundo anterior a 1914, la clase media se consideraba la gran repudiada por los pactos sobre los que se construía el conjunto de equilibrios que mantenía en pie el edificio de Weimar. El pacto entre los grandes sindicatos y los industriales más avanzados había liquidado las expectativas favorables a la revolución que anidaron en la conciencia de la pequeña burguesía alemana, y que le hizo dar su voto a opciones de ruptura con el *Kaiserreich*, en favor de un nuevo orden que contemplaría un desplazamiento de las viejas elites imperiales. Si eso suponía la continuidad de algunos movimientos de carácter populista que se habían dado en el curso del Segundo Imperio, pronto se perdieron las ilusiones depositadas en el nuevo régimen como expresión institucional de las aspiraciones regeneracionistas de la clase media. Tras el período de la hiperinflación y las correcciones económicas de la estabilización, lo único que se había producido era una modificación del paisaje de relaciones laborales a favor de los industriales, pero no una mejora en las condiciones del *Mittelstand*. Artesanos, tenderos, funcionarios y empleados de las grandes empresas se unieron a los pequeños propietarios rurales para expresar su desafecto, por la vía del apoyo a los partidos que se proclamaban defensores de los intereses sectoriales de estas franjas sociales. Como se ha visto más arriba, ésta es la lectura más adecuada de las elecciones de mayo de 1928, contempladas como el modelo de la «estabilidad republicana». ¿Qué podía ofrecer

48. P. Stachura, *Gregor...*, p. 74.

el nacionalsocialismo a estas capas? Por un lado, la falta de compromisos con una república cada vez más detestada, que iba creando frustraciones a medida que enajenaba de su posición social a los sectores de la pequeña burguesía. A ese discurso negativo, sin embargo, el nazismo fue capaz de sumar la denuncia intransigente de quienes habían olvidado los intereses generales de Alemania para defender en exclusiva los suyos. La crítica a la izquierda podía hacerse denunciando la forma en que se habían vendido los intereses de los trabajadores, pero también acusando a los sindicatos marxistas de constituir un grupo de presión que empeoraba las condiciones de vida de la clase media, carente de idénticos recursos de negociación. Los partidos liberales podían ser contemplados como defensores de un sistema parlamentario que fracturaba la voluntad nacional en una multitud de formaciones políticas, mientras que el catolicismo del Zentrum podía atacarse, especialmente en el norte de Alemania, como una forma de organización religiosa que también quebraba la unidad del *Volkstum*, de la esencia popular. El nacionalsocialismo supo desempeñar a la perfección un mensaje percibido de dos formas complementarias: se dirigió prioritariamente en busca de los sectores de la clase media que ya habían abandonado cualquier esperanza en la república, hizo un discurso sectorial que se refería tanto a las condiciones materiales que sufrían los pequeños y medianos campesinos, asediados por las quiebras, la carencia de créditos y el costo de los productos industriales; clamó por la necesidad de salvaguardar los pequeños negocios, asediados por los supermercados o los intereses de la gran industria; se orientó a distinguir las condiciones de la clase obrera de la de los empleados *(Angestellten)*, defendiendo una concepción de la empresa que reconocía la desigualdad de sus integrantes y su necesaria cooperación, frente a la simple canalización del conflicto entre los *blue-collars* y los empresarios; acudió a restaurar la seguridad en el trabajo de los funcionarios públicos, que habían sido depurados en el proceso de estabilización, refiriéndose a la invasión de cargos procedentes de la revolución de noviembre. Junto a esta defensa de las posiciones particulares de fragmentos de la clase media, articuló un discurso globalizador que hacía del nacionalsocialismo el defensor de una nueva comunidad popular *(Volksgemeinschaft)*, en la que todos estos intereses hallarían su mutua compensación, expulsando de la misma tan sólo a los especuladores y a los indignos de pertenecer a la nación alemana.

2 de agosto de 1914, ante la Feldherrhalle en Múnich. Un rostro en la multitud... Adolf Hitler, sin saberlo, aparece en su primer retrato «político» y, por esta vez tan sólo, en medio de la multitud y no frente a ella.

Adolf Hitler había llegado a Múnich en 1913, poco después de cumplir los veinticuatro años. A esa edad, cualquier hijo de una familia media habría alcanzado una estabilidad profesional. Hitler no era nadie. No era nada.

Noviembre de 1923: la única esperanza era organizar una marcha hacia el centro de Múnich que permitiera la adhesión de una parte importante de la población y decidiera a la Reichswehr y a la policía a sumarse al movimiento.

El 9 de noviembre de 1935 se convertiría en una fecha mítica. Durante el Tercer Reich, los caídos en el putsch de Múnich de 1923 fueron venerados anualmente por los dirigentes nazis y Hitler incluyó el nombre de la docena de muertos en su libro.

Hitler, Goebbels y Dietrich visitan las tumbas de los muertos en el putsch de Múnich. A los dogmas inconmovibles de su fe y al testimonio perpetuo de los mártires, habría de añadir la solidez de un caudillo mesiánico y la orientación hacia una tierra prometida.

Fiedrich Ebert, líder socialista, fue elegido presidente de la República de Weimar en 1919.

La llegada de Hitler al poder sella una etapa de la historia de Alemania. Se trata de la culminación de un proceso que suponía un cambio cualitativo en la destrucción de la democracia de Weimar.

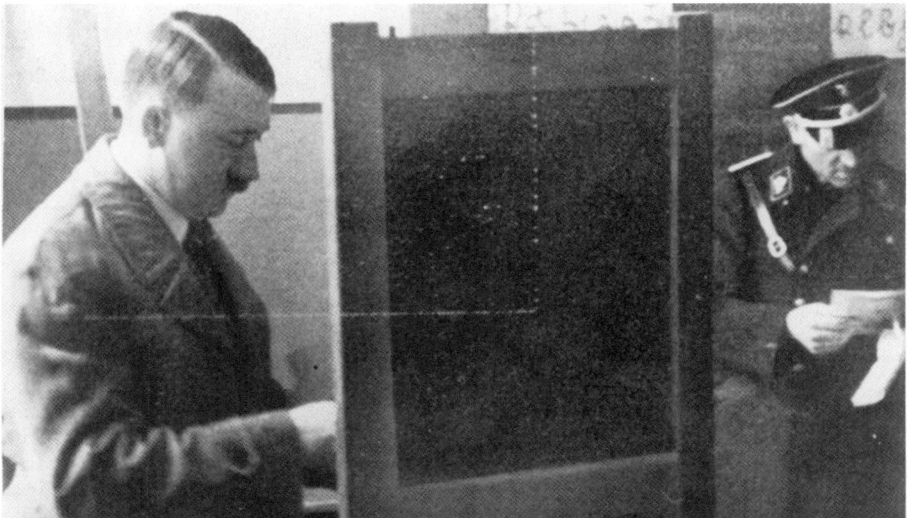

Hitler votando en las elecciones de 1933; a la derecha, su jefe de guardaespaldas Sepp Dietrich.

El Führer dejaba de ser el simple agitador nacionalista, el orador hábil indispensable, para convertirse en el gran catalizador de un movimiento fascista que engulliría todas las reservas de la extrema derecha alemana.

Seguramente, la referencia a la mezquina pasividad de buena parte de los alemanes, ante la seducción de un líder paranoico, tenga más prestancia publicitaria que el examen de las fracturas de Weimar y las ofensas de reconstrucción de la cohesión social que hizo el nazismo.

Tras la conversación de sus consejeros más próximos, entre los cuales se encuentra el propio Von Papen, Hindenburg entrega la cancillería a Hitler en enero de 1933.

La jornada del 30 de julio marca la verdadera culminación de la conquista del poder y, como si la historia se pusiera al ritmo de las necesidades del canciller, el 2 de agosto Hindenburg fallecía. Hitler cancelaba la figura del presidente y pasaba a convertirse formal y realmente en la máxima autoridad del Estado. (En la fotografía, exequias de Hindenburg.)

Encuentro entre el primer ministro británico Neville Chamberlain y el jefe del gobierno italiano Benito Mussolini en una de las secciones que llevaron a la firma del Pacto de Múnich. Italia era poco favorable a mantener fronteras con un Reich poderoso y menos abierta a una expansión alemana hacia una zona que consideraba un marco de expansión natural. El mayor objetivo de Chamberlain fue tratar de evitar la guerra europea.

Hitler saluda al primer ministro francés Édouard Daladier. Las presiones de Mussolini y la actitud influyente de Goebbels y sobre todo Göring, lograron obligar a Hitler a aceptar un acuerdo entre todas las grandes potencias, excluyendo a Checoslovaquia y otros países fronterizos. El acuerdo fue firmado en Múnich.

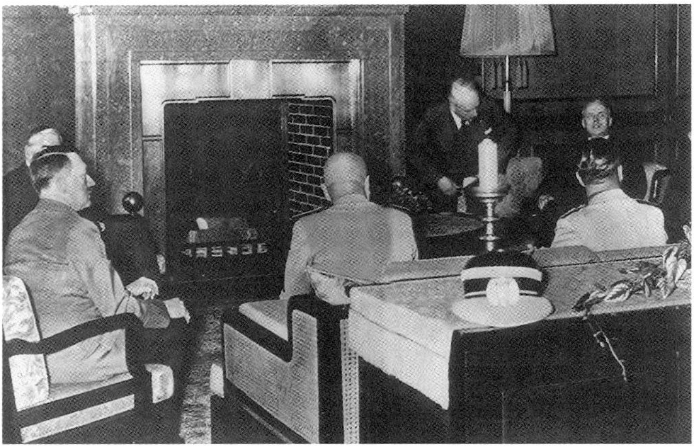

A pesar de lo que ha podido pensarse, Hitler no quedó nada satisfecho del resultado de la conferencia, que le privaba de un golpe de fuerza inmediato y le obligaba a retrasar un enfrentamiento que ya creía inevitable.

Saludo entre Hitler y Chamberlain durante la Conferencia de Múnich, en septiembre de 1938. Dos días después de la entrada de las tropas alemanas en París, el jefe de Gobierno británico confirmó su desconsuelo por haber sido sistemáticamente engañado por Hitler.

El pueblo que aclamaba a Hitler no sólo creía que había llegado la victoria sino que también se estaba en las puertas de la paz. El desengaño habría de llegarle en muy poco tiempo, no sólo por la terca resistencia del enemigo, sino por la extensión de los frentes de lucha.

Tras la invasión de Checoslovaquia, Hitler se apresuró a declarar el Protectorado de Bohemia y Moravia, a cuyo frente puso a Von Neurath. La población saluda a las tropas alemanas en su entrada en Bruenn, capital de Moravia. Abajo, bando que declaraban la ley marcial (13 de septiembre de 1938).

Tras la incorporación de Austria al Reich, el siguiente golpe de la diplomacia hitleriana se dirigiría hacia la destrucción del estado checoslovaco, con el pretexto de liberar a los ciudadanos de origen germano del territorio de los Sudetes. El 15 de marzo de 1939 las tropas alemanas entraron en Praga.

Hitler charla con Franz von Papen antes del primer Consejo de Ministros. Von Papen jugó un papel muy importante en la subida al poder de Hitler, quien le nombraría vicecanciller en enero de 1933.

Franz von Papen contesta las preguntas del tribunal de desnazificación de Núremberg el 13 de febrero de 1947. Von Papen fue condenado a ocho años de prisión, pero salió en 1949 por enfermedad y edad avanzada.

El general Kurt von Schleicher, predecesor de Hitler, hubo de presentar la dimisión de su gobierno el 28 de enero y asistir estupefacto a la llegada de Hitler a la Cancillería, sólo cuarenta y ocho horas más tarde de su dimisión y solamente un mes después de que se le considerara un hombre acabado. Fue asesinado junto con su esposa el 30 de junio de 1934.

Los años centrales de la república han sido llamados «la era Stresemann», en la medida en que la definición de la normalización institucional implicaba dos aspectos en que el líder del Partido Popular Alemán tuvo una gestión decisiva: la política internacional y la consolidación de los gabinetes de coalición liberal. Stresemann obtuvo, en 1926, junto con el francés Aristide Briand, el Premio Nobel de la Paz.

Hitler flanqueado por miembros de la SA. Las secciones de Asalto fueron las verdaderas protagonistas de una represión masiva que sufrieron, en especial, los militantes del KPD, que eran internados en cárceles privadas, muchas veces clandestinas, donde desaparecía cualquier garantía judicial de los derechos del detenido.

Gregor Strasser, jefe de la organización de masas más importante del NSDAP, mantuvo serias diferencias con Hitler. Fue asesinado en los locales de las SS en Berlín en la sangrienta Noche de los Cuchillos Largos, el 30 de junio de 1934.

Sólo un año y medio después de su nombramiento como canciller por Paul von Hindenburg, Hitler pudo decretar el fin de la primera etapa de la revolución mediante la sangría de la Noche de los Cuchillos Largos. El 30 de junio de 1934, conservadores aterrados por la marcha del régimen, antiguos nazis desengañados como Strasser o radicales de las SA disgustados por su escasa promoción social, hallaron un fin idéntico a manos de la autoridad suprema del Tercer Reich.

Robert Ley sustituyó a Strasser como nuevo responsable de organización del NSDAP.

Göring conoció a Hitler en 1921. Fue herido en una pierna en el putsch de Múnich en 1923 y llegó a ser la segunda persona más influyente en el partido nazi. Condenado a pena de muerte en el proceso de Núremberg, se suicidó unas horas antes de su ejecución.

Adolf Hitler junto a Hermann Göring visita la casa de campo en los Alpes de Baviera cerca de la ciudad de Berchtesgaden y que al poco tiempo compraría.

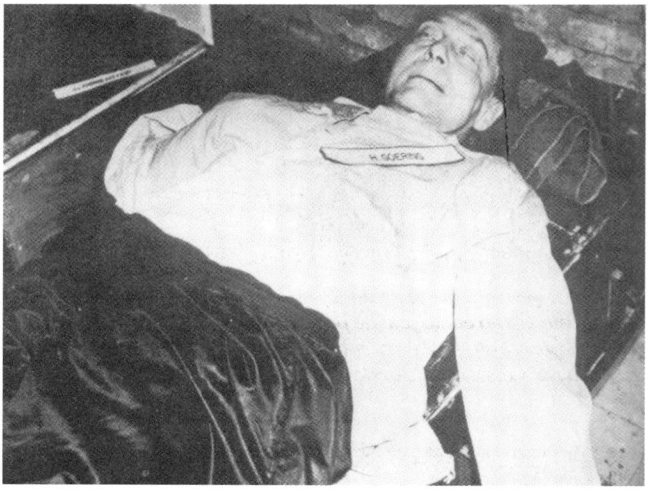

Cadáver de Göring, quien se suicidó antes de ser ejecutado en Núremberg. (Foto del ejército de los EE UU.)

Alfred Rosenberg, un ciudadano báltico frío, con escasa energía, y cuya única, aunque soberbia, pretensión era dotar al nazismo de una filosofía propia.

Himmler, que comenzó con un aparentemente modesto cargo como jefe de policía de Múnich, fue ganando poder para finalmente llegar a la dirección absoluta de la policía.

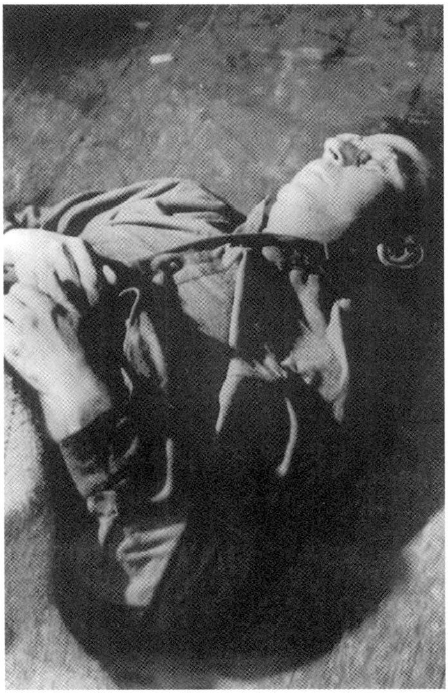

En abril de 1945, Himmler fue capturado por las tropas británicas. Esperaba ser juzgado en el proceso de Núremberg junto a otros compañeros, cuando se suicidó con cianuro el 24 de mayo.

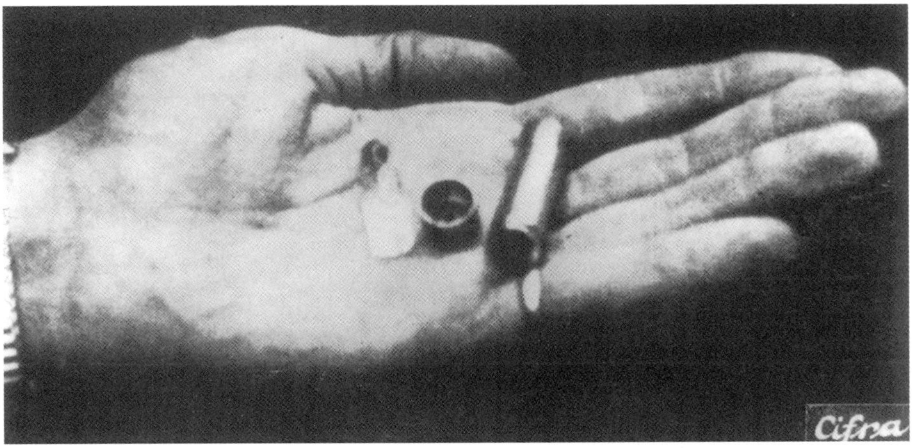

Himmler utilizó esta cápsula, que contenía cianuro, para suicidarse. Hitler repartió cápsulas de este tipo entre sus lugartenientes para usarlas llegado el caso de caer en manos enemigas.

Los personajes más poderosos del Reich (Goebbels entre ellos) lo fueron en la medida en que combinaban la dirección de un ámbito del partido con la gestión de una esfera gubernamental.

Al propio Goebbels le gustaba presentarse como un fanático del cine, nuevo instrumento de masas al que los nazis siempre prestaron atención.

Reinhard Heydrich, mano derecha de Himmler, tras el nombramiento de este último como inspector general de la Gestapo, pasó a ocupar la dirección de ésta, sumando a ese cargo el de jefe del Servicio de Seguridad.

Julius Streicher, miembro del partido nazi desde sus principios, fue periodista y editor del periódico nazi Der Stürmer, y destacó por su fanática posición antisemita. Fue condenado en el juicio de Núremberg y ejecutado.

Para personas como Wilhelm Frick, el nazismo incorporaba las masas a una contrarrevolución popular, pero las relaciones entre el partido y las elites que habían actuado para derribar la república no podían verse interferidas por la acción de los cuadros locales o sectoriales.

La firma del Pacto Ribbentrop-Molotov (en la fotografía) el 23 de agosto de 1938 venía a romper de forma provisional la línea ideológica de la diplomacia del Tercer Reich.

Con el decreto del 28 de febrero de 1933, después del incendio del Richstag (en la fotografía), la policía pudo prescindir de cualquier control del aparato judicial.

El nacionalismo se identificaba, así, con el socialismo, pero no con el que había ejercido la propaganda nazi de mediados de la década ni, mucho menos, con el que proclamaba la izquierda, sino con una propuesta de cohesión nacional, corporativa, funcionalista, jerárquica y autoritaria, dirigida por un Estado fuerte que la garantizara. La superación de la democracia que el nazismo ofrecía en su propaganda a partir de 1928 era como la de cualquier partido fascista: la reconstrucción de una identidad nacional que protegería a todos los integrantes de la comunidad y expulsaría a sus factores indeseables. Esta fórmula totalizadora, que el NSDAP combinaba con un discurso concreto para cada uno de los sectores a los que se dirigía, resultó de una eficacia devastadora en los momentos de inseguridad que atravesó la república en la Gran Depresión, pero hizo mella recogiendo los frutos más impresentables de la presunta «estabilidad». En estas condiciones, resultaba un arma de indudable potencia letal presentar el NSDAP como un partido sólidamente unido en torno a un líder, un partido que en su misma práctica superaba ya la democracia, el antecedente de la organización de la sociedad futura como un gran movimiento de fe, sin fisuras, reunido en torno al carisma de un personaje que garantizaba la cohesión social de sus diversos componentes.

Hitler y el nuevo responsable de organización, Gregor Strasser, eran conscientes de que el nuevo curso sólo podía caminarse mediante una combinación de cambios en el discurso y alteraciones radicales en el funcionamiento del partido que permitieran su canalización. En el verano de 1928, tras haberse negado a organizar un congreso que habría podido generar algún debate sobre la derrota electoral, Hitler convocó una reunión de cuadros en Múnich a fin de reorganizar el partido. A partir de ese momento la orientación electoral del NSDAP quedaba clara: se abandonaba la principal ilusión del plan urbano —la conquista de las grandes ciudades por un partido de escuadristas— para plantear el camino a través de las instituciones. Si el partido había mostrado cierto éxito en zonas rurales, donde difícilmente podía crearse el impacto de grandes concentraciones humanas, pero de donde se extraía un fluido de votos precioso para ir acumulando fuerza parlamentaria, el esfuerzo había de dirigirse por esa senda. De ahí que los *Gaue* se ajustaran a las demarcaciones exactas de los distritos electorales. Por otro lado, la burocratización del partido alcanzó los niveles propios de una maquinaria que debía funcionar mediante una inflexible cadena de mando y dando muestras de una gran eficacia en los trabajos cotidianos. Los *Gauleiter*, que dependían en exclusiva de la voluntad del *Führer*, se convirtieron en jefes absolutos de sus demarcaciones, pudiendo nombrar también a los jefes de las organizaciones locales.[49] Esta compacta estructura piramidal se completó con una planificación muy cuidadosa de las campañas electorales, que correspondió al nuevo responsable de propaganda, Heinrich Himmler, en estrecha colaboración con Gregor Strasser. Se prepararon escuelas de oradores y se decidió la realización constante de actividades de propaganda en pequeñas localidades, fuera o no período electoral. El partido acudió a las zonas rurales en lugar de aguardar a que los campesinos se trasladaran a los mítines urbanos, y este contacto directo, realizado por dirigentes de tercer orden, preparó el terreno para los mítines de masas, realizados en las capitales provinciales, y a cargo de alguno de los líderes principales. No hace falta decir que, cuando se producían episodios electorales, el partido era capaz de realizar un esfuerzo de concentración militante inaudita, que podía llevar a cabo cientos de mítines en una sola región en el curso de dos semanas. Semejante «peinado» del territorio permitió ir a buscar los votos a las zonas más alejadas: en Baden, por ejemplo, el NSDAP fue capaz de obtener sufragios en 1.073 poblaciones en las elecciones regionales de 1929, frente a las 885 en que había obtenido algún voto en las de 1928.[50] El cambio de tono de la propaganda fue acompañado, por consiguiente, de una actividad que distinguía a los nazis del resto de organizaciones de la derecha y, en especial, de los pequeños partidos sectoriales. La militancia se multiplicó y las organizaciones de base lo hicieron a la misma velocidad, indicando un crecimiento horizontal del partido y no sólo en algunos puntos privilegiados. La progresión de militancia, locales, votos y actividad puede observarse, por ejemplo, en la región de Sajonia. El partido pasó de algo más de cuatro mil militantes a más de veinte mil entre enero de 1929 y diciembre de 1930; de 134.000 a 560.000 votos entre mayo de 1929 y septiembre de 1930; y de 132 a 783 organizaciones locales entre finales de 1930 y comienzos de 1933. Sólo la organización de Dresde alcanzó las 32 secciones en 1931. El número de mítines en la región se dobló to-

49. D. Orlow, *The Nazi...*, pp. 128 y ss.
50. J. Grill, *The Nazi...*, p. 171.

dos los años.[51] Ejemplos parecidos de este fenómeno se dieron en la Baja Sajonia y en Baviera.[52]

A lo largo de 1929, antes de que la catástrofe económica se abalanzara sobre Alemania, pero cuando ya existían indicios inquietantes de la misma —descenso del precio de los productos agrarios, aumento del desempleo, quiebra de pequeñas empresas rurales—, el NSDAP halló un clima cada vez más propicio para que este inteligente cambio de rumbo se viera gratificado. Parecía que, por fin, el nazismo había encontrado la coincidencia de mensaje, público y coyuntura capaz de ofrecerle sus mejores éxitos. Uno de los primeros campos de prueba fue el movimiento de campesinos de Schleswig-Holstein, desarrollado en 1928-1929, y constituido por pequeños granjeros muy castigados por la política fiscal y aduanera del gobierno, y que a comienzos de año pasaron a la acción de forma muy violenta. De hecho, en 1928 el partido había hecho algunos avances electorales, sobre todo en las comarcas más áridas del este, pero fue su vinculación a las quejas campesinas lo que le dio mayores réditos en el futuro inmediato. Un aspecto importante lo constituyó la anulación de sus competidores a la derecha, una vez que el DNVP, antes muy potente en la región, pasó a manos de Hugenberg y, por tanto, del ala «industrialista» del partido. Para el nacionalsocialismo, la política de terror seguida por los activistas campesinos podía suponer un inconveniente en su cambio de táctica, pero la dirección se mostró muy hábil al dar a las quejas del campesinado un sentido nacionalista que lo alejara de una simple movilización de las capas más pobres del mismo, enmarcándolo en la lucha de Alemania por su liberación.[53] Por otro lado, no fue menos hábil la capacidad nacionalsocialista de sumar los esfuerzos de los muy diversos grupos agraristas para darles una vía de cohesión y una representación de carácter nacional.[54] Este apoyo a los movimientos agrarios locales y el esfuerzo para redefinirlos estuvo acompañado de una revisión de la actitud del partido en el tema agrario. Walther Darré fue puesto al frente de una oficina específica, el Aparato Político Agrario *(Agrarpolitische Apparat)*, al tiempo que se di-

51. C. C. Szejnmann, *Nazism...*, p. 32.
52. G. Pridham, *Hitler's...*, pp. 78-132; J. Noakes, *The Nazi...*, pp. 121-146.
53. D. Orlow, *The History...*, pp. 153-155.
54. R. Heberle, *From Democracy to Nazism. A Regional Case Study of Political Parties in Germany*, Nueva York, 1970, pp. 58 y ss.

fundían obras suyas como *El campesinado como fuente de vida de la raza nórdica (Die Bauerntum als Lebensquell der nordiche Rasse)*, de 1929, o *La nueva nobleza de la sangre y el suelo (Neuadel aus Blut und Boden)*, de 1930, que hacían del campesino el depositario de todas las virtudes originarias de la nación.[55] En 1928 se había producido una modificación en el programa del partido, firmada por el propio Hitler, por la que se señalaba que las referencias a la expropiación de tierras sólo hacían alusión a las propiedades judías. En 1930, la dirección del partido dio paso a un programa específico agrario que, tras señalar las virtudes del campesinado alemán, fuente de la raza y reserva del espíritu nacional-popular, indicaba la defensa de los pequeños productores mediante un adecuado sistema de créditos y protecciones aduaneras, así como de un esfuerzo de colonización de las tierras baldías.

Otro frente abierto por la rectificación de la estrategia del partido fue el de la relación con las fuerzas de la derecha conservadora, muy radicalizadas en la etapa final de la estabilización. La ocasión más propicia se presentó en el verano de 1929, cuando Hitler se sumó al Comité para un Plebiscito sobre el Plan Young, en el que pudo hacer causa común con el *Stahlhelm* y con Alfred Hugenberg, nuevo líder del DNVP, firmemente decidido a romper el orden constitucional de la república. El plebiscito resultó un sonoro fracaso, en especial por las peticiones más radicales de Hitler, pero fue la primera ocasión desde 1923 en que el partido era aceptado como socio de honor de la derecha conservadora. Por grande que fuese la irritación de algunos sectores del NSDAP, en especial el grupo de la Kampverlag, la casa editora de Otto Strasser, la operación había sido de una extraordinaria habilidad al hacer posible que el nazismo fuera recibido como un compañero indispensable de la nueva «oposición nacional». Este hecho debía plasmarse en una contemplación más benevolente por parte de los sectores dirigentes de la economía, en la posibilidad de hacerse con la fuerte base electoral de las asociaciones de excombatientes nacionalistas y, además, en la presencia constante en la prensa nacional, especialmente por el

55. G. Corni, «Richard Walther Darré. Der "Blut-und-Boden-Ideologe"», en R. Smelser y R. Zitelmann (eds.), *Die braune...*, pp. 15-27; *Íd.*, *Hitler and the Peasants*, Nueva York, 1990, pp. 21 y ss.; H. Gies, «NSDAP und landwirtschaftliche Organisationen in der Endphase der Weimarer Republik», *Vierteljahrshefte für Zeitgeschichte,* 15, 1967, pp. 49-67.

apoyo que podía prestar alguien tan influyente en la misma como el propio Hugenberg.[56] Tales avances de los contactos con la derecha se verificarían de forma menos retórica poco más adelante, con ocasión de las elecciones de finales de 1929, en las que el nazismo superó por vez primera el 10% de los votos, dando la posibilidad al NSDAP de hacer de árbitro de una mayoría gubernamental en Turingia. Hitler, que viajó rápidamente a la región, exigió las carteras de Interior y Educación para Wilhelm Frick y dobló la resistencia del DVP gracias a las presiones de los industriales. Para los nazis, no sólo se trataba de un avance electoral significativo —que ya se había experimentado en Baden unas semanas antes—,[57] sino de la posibilidad de experimentar un avance de lo que podría ser su acceso al gobierno de la nación.[58]

En el verano de 1929, el congreso de Núremberg señaló un éxito aún mayor de Hitler con respecto a los de los congresos de 1926 y 1927. No sólo se cuidó mucho más el aspecto de las concentraciones, tratando de mejorar la imagen del partido, de su disciplina, de la calidad de sus uniformes y estandartes y, en síntesis, de la fuerza de su escenografía, sino que acabó también de ajustarse la sumisión completa de la organización al líder, cuyo cambio de curso radical fue aceptado sin crítica alguna. Como bien les indicó Robert Ley a algunos delegados que trataban de discutir el tema de la organización sindical, al congreso se iba a escuchar, no a hablar.[59]

El congreso dio una sensación de unidad y fortaleza que causaría un fuerte impacto en la sociedad alemana y se sumaría a la visibilidad del partido en la campaña contra el Plan Young y los primeros éxitos electorales de importancia. Desde esa posición de fuerza, Hitler pudo anular fácilmente el último bastión crítico de la formación, liderado ahora por Otto Strasser, quien planteó sus quejas por la orientación conservadora del nazismo, por los compro-

56. J. Jung, «Plebiszitärer Durchbruch 1929? Zur Bedeutung von Volksbegehrend und Volksentscheid gegen den Youngplan für die NSDAP», *Geschichte und Gesellschaft,* 1989, pp. 489-510.

57. E. Faris, «Takeoff point for the National Socialist Party. The landtag election in Baden, 1929», en *Central European History,* 8, 1975, pp. 140-171.

58. F. Dickmann, «Die Regierungsbildung in Thüringen als Modell der Machtergreifung. Ein Brief Hitlers aus dem Jahre 1930.» *Vierteljahrshefte für Zeitgeschichte*, 14, 1966, 454-464; D. Tracey, «The development of the National Socialist Party in Thuringia, 1924-1930», *Central European History*, 8, 1975, 23-50.

59. D. Orlow, *The Nazi...*, p. 169.

misos con la derecha y por la alianza que se había realizado en Turingia, la cual impediría el apoyo de los nacionalsocialistas a los obreros en huelga en esa región. Tras asegurarse de que la relación entre los hermanos Strasser estaba totalmente rota y de que Gregor se había situado en la línea mayoritaria del partido,[60] Hitler se enfrentó con absoluta sinceridad a Otto en una conversación que tuvo lugar en el hotel Sansouci de Berlín, expresándole una concepción del «socialismo» nazi que nada tenía que ver con la que defendía Otto Strasser, que abandonó el partido poco tiempo después para constituir una pequeña formación de nacionalsocialistas revolucionarios.[61] El exiguo seguimiento a la llamada a los «socialistas» del NSDAP a seguir la escisión muestra, además de la influencia del mito cohesionador de Hitler, el nuevo carácter del partido, del que ya se habían ido apartando algunos sectores más radicales, y que había ido tomando, en especial en su estructura burocrática, el origen social y las orientaciones ideológicas propios de la nueva etapa.

Precisamente para que ésta tuviera un buen fin, se necesitaba que los diputados electos en las elecciones municipales de 1929 y en las elecciones regionales que se iban celebrando dispusieran de cierto apoyo logístico, en forma de propuestas concretas que plantearan, en términos positivos, cuáles eran las posiciones del partido en temas de actualidad y qué sociedad alternativa presentaba. Gregor Strasser, la persona más sensible a esta evidente deficiencia debido a su inteligencia organizativa y a su propio carácter de parlamentario, decidió desdoblar la secretaría de organización, creando una *Reichsorganisationsleitung II,* llamada también *Aufbau* (de construcción), bajo la dirección de quien sería un íntimo colaborador suyo, el oficial retirado Konstantin Hierl, de una probada eficacia en términos administrativos. La oficina comenzó a emitir inmediatamente directrices para asesorar a los cargos públicos y para dar una imagen pública del partido de preparación para gobernar, cosa que se estaba verificando con la entrada en algún gabinete regional. Tras la entrada en el de Turingia, el NSDAP había roto el bloqueo al que le habían sometido, *de facto*, los partidos con-

60. P. Stachura, *Gregor...*, pp. 78-81.

61. O. Strasser, *Hitler and I,* Boston, 1940, pp. 100 y ss. P. Moreau, *Nationalsozialismus von links. Die «Kampfgemeinschaft Revolutionärer Nationalsozialisten» und die «Schwarze Front» Otto Strassers 1930-1935*, Stuttgart, 1985, pp. 30 y ss.

servadores, y se convertía en la garantía para evitar gobiernos de izquierda en numerosos puntos del país.

La campaña de 1930 fue preparada minuciosamente por el *Reichsleitung*, convencido de la importancia de este acontecimiento, que iba a poner a prueba la bondad de la nueva táctica. Como ha señalado un especialista en los procesos electorales de Weimar,[62] el NSDAP era el grupo al que las elecciones cogían en su mejor momento, con mayor cohesión interna, en un proceso de crecimiento imparable y de gran receptividad a su mensaje por parte de los medios conservadores, desmoralizados por las flaquezas de los partidos liberales. El aparato de propaganda, dirigido ya por Joseph Goebbels, actuó con una energía impecable. Prohibió la edición de panfletos por las organizaciones locales y se aseguró una orientación centralizada de la campaña, que había de tener un marcado signo nacionalista, aprovechando los efectos del plebiscito contra el Plan Young. Los dirigentes regionales fueron minuciosamente informados de cuáles debían ser el tono y los temas de la campaña, y se realizó un esfuerzo gigantesco para asegurar la llegada de documentación a todo aquel que quisiera tener información de las propuestas del partido. A ello se sumaron las habituales manifestaciones públicas, los desfiles de los SA uniformados y la impresión de constituir una impresionante fuerza joven y renovadora en la política de Weimar. Aun cuando se esperaba un resultado favorable a los nazis, los datos fueron espectaculares. El NSDAP, con el 18,3% de los votos, se había convertido en el primer partido de la derecha, 11 puntos por encima de los votos obtenidos por el DNVP y cuadruplicando los que había obtenido el Partido Popular. Los partidos sectoriales, que habían aguantado bien el tirón nazi, con su 14,4% de los votos, es posible que se beneficiasen de un cruce de sufragios, perdiendo algunos votos en favor del nazismo y recuperándolos de las pérdidas nacional-populares, democráticas o populares. Había otros elementos para la satisfacción del *Reichsleitung*. El voto nazi había sido extraordinariamente importante en las zonas a las que se había orientado el discurso ruralista y de clase media, mientras que la resistencia de los barrios obreros de Berlín, por ejemplo, había permitido que la victoria nazi no se extendiera al conjunto de la sociedad. La capacidad de restar votos a los conservadores había sido importante, en especial, en los distritos agrarios protestan-

62. T. Childers, *The Nazi...*, pp. 137 y ss.

tes: en Prusia Oriental —22,5%—, en Pomerania —24,3%—, Breslau —24,2%— o Schleswig-Holstein —27%—, donde las pérdidas del DNVP fueron abrumadoras. En Baviera, sin embargo, resultó mucho más difícil penetrar en la clientela católica, y los resultados quedaron por debajo de la media nacional, salvo en la protestante Franconia. En total, los nazis habían pasado de 12 a 107 diputados, convirtiéndose, desde entonces, en una fuerza indispensable para la rectificación de la república que exigía el conjunto de la derecha social y política. La anotación de Goebbels en su diario el 16 de septiembre parece justificada: «¡Esta alegría para nosotros, y la consternación para nuestros enemigos!»[63]

63. *«Na, diese Freude bei uns und die Bestürzung bei den Feinden»*, edición citada, vol. 2, p. 518.

V

LOS HOMBRES QUE PUDIERON REINAR, 1930-1933

Las elecciones de septiembre de 1930 tuvieron un gran impacto sobre partidarios y enemigos del nazismo, sobre sus militantes y sobre quienes, hasta entonces, habían considerado que el movimiento hitleriano era una parte prescindible del edificio político de Weimar. A partir de ese momento, las decisiones políticas que se tomaran en la marcha de la república debían considerar cuál era la posición del NSDAP, qué capacidad tenía de bloquear alguna salida o de forzar un tipo determinado de alianzas. Éste es el principal cambio de calidad que se da en el último tramo del régimen creado en 1919. El nazismo había conseguido que la política de Weimar girara, en buena medida, en torno a su existencia, bien como peligro, bien como esperanza, bien como resignada compañía de viaje. Como se ha visto, la impresión de que esto se debió exclusivamente a la Gran Depresión constituye uno de los falsos lugares comunes que se han trenzado en la historia del ascenso del movimiento hitleriano. Mucho antes de que la gran tormenta económica se desatara sobre la sociedad alemana, la erosión de la legitimidad del régimen había alcanzando franjas muy considerables de la población, expresándose incluso en el voto ya antes de 1930. Sin duda, el desarrollo de la crisis vino a confirmar la racionalidad de la falta de apoyo al régimen por parte de quien había comenzado a abandonarlo en la etapa de estabilidad aparente. En la medida en que el nuevo sistema no podía asegurar el bienestar de sus ciudadanos, su prestigio decrecía a marchas forzadas, levantando rápidamente los márgenes de legitimidad de que disponían quienes siempre se habían opuesto a la primera democracia alemana. Los dos años y medio que separan el primer gran salto electoral de 1930 y el nombramiento de Hitler como canciller en 1933 son la crónica de una agonía, de una progresiva deserción de las elites y de amplios sectores de las bases populares, de la incapacidad de los defensores del régimen para presentar un frente coherente, de la reducción sistemática de su número en favor de quienes, sin estar de acuerdo en el tipo de revisión que debía operarse, habían llegado a la conclusión de que el régimen debía desaparecer. A partir de 1930, ya no se trataba de saber si

Weimar iba a sobrevivir o no. El único interrogante era si sería sustituida por una dictadura nacional-conservadora, a la manera de otros países del área, o por la irrupción de un régimen fascista.

Los inviernos del descontento, 1930-1932

> Creo que se formará una Gran Coalición de los hombres razonables que, con una mayoría de gobierno suficientemente sólida, podrá concentrar todos sus esfuerzos en la lucha contra el paro y por la mejora de las condiciones de vida de las grandes masas.
>
> OTTO BRAUN, 1930

> No hemos venido a este edificio a envenenarnos con el parlamentarismo. Ni siquiera hemos venido a hacer pactos políticos para obtener ministerios. [...] Un estado que no es capaz de mantener en orden sus propios asuntos, especialmente cuando está representado por hombres como los aquí presentes, no podrá, bajo ninguna circunstancia, empezar y realizar la tarea esencial de renovación tan necesaria para la salvación del pueblo alemán.
>
> GREGOR STRASSER, 1930

Heinrich Brüning quizá se sintiera descorazonado por la caída de la derecha liberal en las elecciones de septiembre; sin embargo, el margen de maniobra de que disponía para obtener la aprobación de sus decretos de emergencia era mayor del que el que habría podido suponer en un primer momento. Contaba con el apoyo indispensable del presidente de la república, dispuesto a concederle el uso sistemático de los poderes excepcionales de la constitución —que algunos juristas conservadores se encargarían de extender a temas no contemplados en el espíritu constituyente—,[1] de la misma forma que se lo había negado al canciller Müller. Disfrutaba, además, de las simpatías de los sectores dirigentes de la industria y la agricultura, resueltos a dar aliento a un gobierno que podía proteger las necesidades de los grandes terratenientes orientales y favorecer un

1. H. Mommsen, *Die verspielte...*, pp. 365-366.

ajuste duro de las relaciones industriales. Si en el frente puramente político carecía del apoyo del DNVP, llevado al terreno de la «oposición nacional» por Hugenberg, podía contar con la lealtad de los restos de los partidos liberales —aunque cada vez menos con el DVP— y, sobre todo, con la de su propio partido, un Zentrum que había soportado bastante bien la caída de las formaciones gubernamentales y conservaba un apoyo transversal en la sociedad alemana nada desdeñable. Por último, iba a contar con un refuerzo menos esperado: el de la socialdemocracia. Contra la opinión de algunos reductos de su ala izquierda, que acabarían desertando y creando un pequeño Partido Socialista Obrero (*Sozialistische Arbeiterpartei,* SAP),[2] en el SPD se impuso la opinión de los sectores más moderados, orientados fundamentalmente por el presidente prusiano Braun, que plantearon una política de tolerancia con respecto al gabinete Brüning para evitar dos males mayores: la disolución de la coalición de Weimar que seguía funcionando en Prusia y la deriva del gobierno en busca de un apoyo en el nacionalsocialismo.[3] De esta manera, aunque la Gran Coalición resultó imposible, por la oposición que planteaba el presidente y por la escasa voluntad del propio Brüning, se disponía de una precaria base parlamentaria para mantener la estabilidad gubernamental, que no fue víctima de una rectificación del SPD, sino de los movimientos de la derecha liberal en los meses más ásperos de la crisis económica.

Que el temor de la socialdemocracia era algo a considerar lo demuestra el encuentro de Brüning con Hitler, a comienzos de octubre, en el transcurso del cual el canciller trató de obtener, por lo menos, la neutralidad del nacionalsocialismo en su política de revisión progresiva del Tratado de Versalles. La respuesta de Hitler fue negativa, algo lógico si se considera que el crecimiento del NSDAP en los diversos procesos electorales había tenido mucho que ver con una campaña nacionalista intransigente, en la que las penurias que estaba padeciendo la clase media se relacionaban de forma directa con los efectos del Plan Young. Además, en el invierno de 1930 el Partido Nazi estaba tratando de digerir su propio éxito, que no sólo se había verificado en un incremento de los votos, sino en una importante afluencia de nuevos militantes que debían ser in-

2. W. H. Maehl, *The German...*, pp. 177-181.
3. D. Harsch, *German...*, pp. 87-105.

tegrados en la lógica del movimiento. Ya no se trataba de los abnegados activistas de un movimiento marginal, sino de multitud de los llamados *Septemberlinge* —algo penosamente traducible como las «setas de septiembre»—, que podrían decepcionarse si no disponían de un inmediato acceso a posiciones de gobierno. Desde este punto de vista, que Brüning no contara con los nazis podía resultar preocupante, y debían buscarse fórmulas alternativas para mantener la cohesión.

La figura de Hitler desempeñaba un papel fundamental en este tipo de movimiento de liderazgo carismático, y se cuidó atentamente que el «*Führer* de la futura Alemania»[4] dejara de presentar el aspecto de un bohemio contrarrevolucionario, vinculado al viejo movimiento *völkisch,* para destacar su imagen de hijo de un funcionario, persona de orden, cuyos hábitos, gustos y valores podían ser el espejo donde deseaban reflejarse las nuevas huestes clientelares de la clase media. De cualquier forma, el funcionamiento del partido y la contención y eficacia de su nueva militancia resultaba imposible sin la combinación del mito de Hitler con una severa reorganización interna. Tal tarea correspondió al responsable de organización, Gregor Strasser, que dedicó mucho más esfuerzo a sus tareas en la gestión interna del movimiento que a su práctica parlamentaria, aunque en modo alguno abandonara ésta por completo. Strasser consiguió una excelente combinación de un partido burocrático que no ponía en duda el liderazgo absoluto de Hitler, pero que se ocupaba de un control constante de las tareas cotidianas de la organización, de una forma que el *Führer* no quería ni podía llevar a cabo. El reforzamiento de la centralización del partido se realizó, especialmente, en el *Reichsorganisationsleitung,* que se orientó a controlar la totalidad de la actividad del NSDAP, excepción hecha de la oficina personal de Hitler, asignada a Rudolf Hess, las SA, las Juventudes Hitlerianas y la Secretaría de Propaganda, que iría a parar a las manos de Joseph Goebbels. Una de las tareas de la nueva estructura sería asegurar, junto al poder absoluto de los *Gauleiter* en su territorio, que en nada dependía ya de la voluntad de la base, el control de los dirigentes de distrito a través de un servicio de inspectores que informaban directamente a Strasser del

4. I. Kershaw, *The «Hitler Myth». Image and Reality in the Third Reich*, Oxford, 1987, da este título al capítulo primero, que trata de la imagen de Hitler durante la República de Weimar.

funcionamiento de los diversos *Gaue,* permitiéndole así la intervención para asegurarse la homogeneidad del partido, la superación de querellas faccionales o personalistas y el cumplimiento de las directrices de las oficinas centrales. De esta forma, la afluencia de militancia nueva a la organización fue metabolizada a través de un exigente sistema de control de todos los escalones de la organización, que no podía realizarse mediante el simple estímulo ideológico del mito de Hitler. El *Führerprinzip* pasaba a funcionar en términos más amplios que los de la simple relación entre el líder y cada uno de los militantes, convirtiéndose en la base organizativa de una estructura compleja, fuertemente burocratizada y jerarquizada, en cuya cúspide se encontraba el casi centenar de militantes que dependían directamente de Strasser en los locales de Múnich.

La estructura de dominación *sobre* el partido tenía su reflejo en el esfuerzo de hacer del NSDAP un microcosmos que reflejara el conjunto de la sociedad alemana y fuera «infectando» los espacios de sociabilidad ya existentes mediante la invasión de cuadros del partido.[5] A la propaganda global y sectorial se añadía, así, la «captura» de organismos asociativos de masas teóricamente apolíticos, a través de una incansable labor y del refuerzo que podían ofrecer los diversos departamentos *(Abteilungen)* en que Gregor Strasser dividió la responsabilidad de organización, y que afectaban prácticamente a todos los aspectos de la vida cotidiana de los alemanes. Por ajustada que esta pretensión estuviera a las necesidades del partido, y por muy bien que anticipara algo que el nazismo realizaría desde el poder a partir de 1933, su éxito resultó más bien precario por entonces. Sin duda, fue notable al obtenerse cierta influencia en el *Reichslandsbund,* gracias a la labor incansable del *agrarische Apparat* y de la mayor receptividad del sector,[6] pero fracasó rotundamente en otros espacios, como el de las organizaciones de la clase media urbana y, sobre todo, en la penetración de los sindicatos obreros.[7] En general, la tarea de «nivelación» de las diversas tareas del partido tuvo que enfrentarse a las contradicciones propias del movimiento, las mismas que, por otro lado, le habían dado su primer impulso. El punto de debilidad de un *catch-all party*

5. D. Orlow, *The History*..., pp. 193 y ss.; P. Stachura, *Gregor*..., pp. 86 y ss.; U. Kissenkoetter, «Gregor...», pp. 278-279.
6. G. Corni, *Hitler*..., p. 30.
7. G. Krebs, *The Infancy*..., pp. 76-86.

como el NSDAP era el esfuerzo por sostener con coherencia promesas diferenciadas lanzadas a los diversos sectores que se deseaba atraer, aunque fueran de la misma clase media. Por ejemplo, la propaganda en favor de la disminución del precio de los productos agrarios en favor de los pequeños consumidores urbanos podía ir en detrimento de la campaña favorable a los cultivadores. En la nueva etapa, cuando el partido había pasado a tener una fuerte y diversa representación institucional, los factores clásicos de cohesión, liderazgo y disciplina, habían de tener el apoyo necesario de las promesas políticas claras, de la oferta de soluciones a corto plazo y de la credibilidad como partido que era escuchado por los sectores dirigentes del país. En caso contrario, existía la posibilidad de que el apoyo se volatilizara. El movimiento de fuerte identidad ideológica debía combinarse con un partido capaz de ofrecer, sobre la base de programas de acción, una política de alianzas y extender sus redes de influencia social.

Un paso fundamental en esta línea fue el intento de dotar al partido de un programa económico, al tiempo que se intentaba adquirir influencia en los sectores industriales y financieros. Puede decirse que, hasta el invierno de 1931-1932, la receptividad de los sectores dirigentes del capitalismo alemán fue muy escasa, con las excepciones de algunos personajes como Emil Kirdorf, Fritz Thyssen, el ex presidente del Reichsbank Hjalmar Schacht y el síndico de la Asociación de la Industria Pesada del Noroeste, Ludwig Gauert.[8] Los sectores más influyentes de la gran industria aún no habían perdido sus esperanzas en la política de Brüning y veían con recelo la imagen socialrevolucionaria que continuaba alimentando el nazismo. Aunque pudieran apreciar los esfuerzos de su sector menos radical para moderar el mensaje «socialista», el NSDAP no podía abandonar este aspecto de su propaganda, pues corría el riesgo de perder su carácter de *Volkspartei* o, por lo menos, de un *Sammlungspartei,* de partido de alianza entre los diversos sectores de la clase media, alguno de los cuales no veía con malos ojos el discurso poco favorable a las grandes concentraciones de capital. En la misma medida en que trataba de ganarse el recurso financiero de los grandes industriales —tarea en la que desempeñó un papel crucial Hermann Göring, incrementando así su poder en el partido—,

8. H. A. Turner, «Emil Kirdorf and the Nazi Party», *Central European History*, 1, 1968, pp. 324-344; *Íd.*, *German...*, pp. 142 y ss.

el nazismo diseñó una estrategia económica muy elemental, sin la que resultaba imposible enfrentarse a la etapa de crisis que vivía Alemania y cuyos primeros signos —por ejemplo, el impacto del *crack* de la bolsa de Nueva York— habían pasado totalmente inadvertidos para la dirección del partido. Strasser organizó un departamento económico que se encargaría de redactar algunos esquemas básicos y que dispondría, entre sus consejeros, de Walter Funk. Otros contactos importantes que llevó a cabo Strasser y le asegurarían la elaboración en 1932 de unas medidas inmediatas económicas *(Wirtschaftliche Sofortprogramm)*, fueron gentes tan diversas como el llamado «círculo de Gereke», agrupado en torno al diputado del CNBLP Günther Gereke, o las personalidades del reformismo neoconservador Heinrich Dräger, Ernst Wagemann y Wilhelm Lautenbach.[9] De esta forma, el partido atendía a la necesidad de extender sus propuestas a los círculos económicos que comenzaban a romper con las instituciones de Weimar, y obtenía, al mismo tiempo, los recursos teóricos de los que sus cuadros de activistas carecían, para intentar presentarse como un partido que disponía de un proyecto viable para la crisis alemana de comienzos de la década, aunque, como se verá, resultaba difícil que el contenido del programa fuera del agrado de los sectores dirigentes del gran capital alemán.

En el esfuerzo por dar cohesión al partido, uno de los principales obstáculos lo constituyeron las SA, que disponían de una estructura autónoma de la responsabilidad de organización, con sus propias finanzas y una trama administrativa que no coincidía necesariamente con los límites geográficos de los *Gaue*, lo cual había creado algunos problemas de definición de la autoridad a escala local entre los dirigentes del partido y los de las *Sturmabteilungen*. Los militantes de las SA se consideraban a sí mismos el núcleo más combativo del partido, su auténtica columna vertebral, la que realizaba llamamientos de carácter más radical y disponía de una militancia más popular, que fue acrecentándose a medida que el desempleo juvenil llevó a sus filas a sectores de jóvenes proletarios.[10]

9. P. Stachura, *Gregor...*, pp. 99-100.

10. C. Fischer *Stormtroopers. A Social, Economic and Ideological Analysis, 1929-1935*, Londres, 1983. R. Bessel, *Political Violence and the Rise of Nazism. The Stormtroopers in Eastern Germany, 1925-1934*, New Haven, 1984, esp. pp. 33 y ss. E. Reiche, *The Development...*, pp. 89 y ss.

En el verano de 1930, antes de que se celebraran las elecciones de septiembre, ya se habían producido algunos roces entre Pfeffer y Hitler, que se resolvieron con la dimisión del jefe de las SA, aunque su impacto inmediato fue una revuelta de las secciones de asalto berlinesas contra el *Gauleiter* Hitler, que sólo pudo resolverse con una intervención directa de éste, quien aseguró que se haría cargo en persona de la dirección de la organización. Tal postura resultaba harto improbable, considerando que, en realidad, Hitler ya era el jefe de las SA en su calidad de líder máximo del movimiento y que, en cualquier caso, estaba muy poco dispuesto a sumergirse en los problemas internos de un sector del mismo. Le resultaba más cómodo nombrar a una persona de su total confianza, la cual, además, tenía sobrado prestigio como organizador: Ernst Röhm. Tras un período en Bolivia, el antiguo capitán del ejército estaba dispuesto a aceptar el encargo que se le ofrecía, incluso cuando éste supusiera poner las SA bajo la disciplina absoluta del movimiento, no sólo en los términos teóricos en los que generalmente se aceptaba, sino en la pérdida de áreas importantes de autonomía financiera.[11] Sin embargo, ni siquiera Röhm logró evitar que, en marzo de 1931, el dirigente de las SA en la Prusia Oriental, Walter Stennes, tras haber tenido serias diferencias con Hitler acerca de la colaboración con la Reichswehr para la defensa de la frontera con Polonia, se declaró en rebeldía ante la exigencia de obedecer el decreto contra la violencia política del gobierno Brüning, una normativa que Hitler, en pleno proceso de acercamiento a la derecha conservadora, se había apresurado a hacer observar. Aun cuando en un primer momento pareció que la rebelión de Stennes conseguiría hacerse con el control de Berlín, e incluso hacer confluir a los miembros de las SA en la «izquierda» nazi escindida en 1930, la solidez del mito de Hitler volvió a golpear el movimiento escisionista, que se disolvió rápidamente, dejando tras de sí una situación aún más precaria para la autonomía de las SA, y la impresión general de que el *Führer* había impuesto la disciplina a los sectores más vehementes de su organización.[12]

Este episodio sirve para mostrar hasta qué punto resultaba difícil asegurar, aun en los momentos de máximo crecimiento y de mejores expectativas de gratificación personal, la coherencia de un

11. D. Orlow, *The History...*, pp. 213-214.
12. R. Bessel, *Political...*, pp. 62-65; R. Reuth, *Goebbels...*, pp. 188-192.

movimiento tan disperso como el nacionalsocialismo, a cuyo impresionante crecimiento cuantitativo —210.000 militantes en 1930, casi 400.000 en enero de 1931 y el doble a comienzos del año siguiente— se sumaba una cierta exuberancia de clientelas sociales diversas. Si se examinan los abundantes estudios sobre la composición social de su militancia y sus votantes, se observa hasta qué punto es cierto. La tesis clásica de un movimiento de los estratos más pequeños y radicalizados de la clase media ha sido puesta en duda por una creciente historiografía, dotada cada vez de más recursos para hacer análisis sofisticados de la base electoral del nazismo y de sus afiliados. Se ha podido constatar, así, que la presencia de sectores de clase alta era mayor de lo que podía pensarse,[13] aspecto detectable en los análisis de los medios académicos alemanes, tanto de profesores como de alumnos,[14] o en el análisis de algunas profesiones, como la de los médicos.[15] En este caso, que podría extenderse a otros sectores de la elite, se había vivido con especial crudeza el exceso de oferta de mano de obra en un estado social que dejaba buena parte de la atención sanitaria a las instituciones públicas, reduciendo la esfera privada. Contrariamente a la imagen que querían dar de sí mismos, el de los médicos era un sector politizado situado generalmente en el ámbito más conservador de las opciones ideológicas del momento. No resulta extraño que una de las asociaciones profesionales que se crearon fuera precisamente ésta, por personas que, como el especialista en el tratamiento de la tuberculosis Kurt Klare, comenzaron a señalar la diferencia entre una medicina «alemana», atenta a las condiciones de la herencia, pureza racial y selección natural, y otra «judía», preo-

13. *Véase* el análisis del voto en una docena de ciudades por Hamilton en *Who voted for Hitler?*, Princeton, 1982; *Íd.*, «Braunschwieg 1932. Furhter evidence on the support for National Socialism», *Central European History*, 17, 1984, pp. 3-36.

14. G. J. Giles, «National Socialism and the educated elite in the Weimar Republic», en P. Stachura (ed.), *The Nazi Machtergreifung,* Londres, 1983, pp. 48-67; *Id.*, *Students and National Socialism in Germany*, pp. 26-100. M. Kater, *Studentenschaft und Rechtradikalismus in Deutschland, 1918-1933. Eine sozialgeschichtliche Studie zur Bildungkrise in der Weimarer Republik,* Hamburgo, 1975; A. Faust, *Der Nationalsozialistische Deutsche Studentenbund. Studenten un Nationalsozialismus in der Weimarer Republik*, Düsseldorf, 1973; M. S. Steinberg, *Sabers and Brown Shirts. The German Student's Path to National Socialism, 1918-1933*, Chicago, 1973, esp. pp. 72 y ss.

15. K. Jarausch, «The crisis of German professions, 1918-1933», *Journal of Contemporary History*, 1985, pp. 379-398.

cupada solamente por los tratamientos costosos.[16] A este sector podría añadirse el de los funcionarios. La relación con los mismos resultaba un verdadero desafío para la propaganda nazi, pues su crítica al sistema político de Weimar incluía, en numerosas ocasiones, la denuncia de la administración y sus servidores. No obstante, el NSDAP necesitaba ganarse el apoyo del millón y medio de funcionarios y, sin renunciar a su radicalismo frente a las instituciones republicanas, debía encontrar caminos para llegar a un sector que ya había mostrado serias dificultades con los progresivos recortes de salarios y pérdida de posiciones sociales de prestigio. La solución propagandística fue la referencia constante a una «restauración» *(Wiederherstellung)* de la función pública alemana que devolviera el honor a la carrera funcionarial, deteriorado durante la república. En la crisis de comienzos de la década, Strasser se encargó de crear una oficina especial dedicada al funcionariado, e incluso llegó a editarse un periódico dirigido al sector, el *Nationalsozialistische Beamten Zeitung.*[17] El crecimiento del voto y la militancia en estos sectores más elevados de la clase media respondía, por consiguiente, tanto a una especial dedicación de la propaganda nazi, creando asociaciones y prensa específica para cada caso, como al deterioro de las condiciones de vida de cada profesión a lo largo de la república, un deterioro que se experimentaba personalmente o se temía experimentar, cuando la expansión de la crisis, con las imágenes terribles del desempleo en las calles, afectaron incluso a las personas que disponían de trabajo, haciéndoles actuar en posiciones más radicales de las que se derivaban de su posición económica *tout court.*

Otros estudios han tratado de aumentar la importancia de la clase obrera en la clientela del nazismo. Así, ha llegado a mostrarse una transmisión de votos socialdemócratas mucho más importante de lo que se creía,[18] lo cual elimina una visión de «fortín» impermeable a la entrada del nazismo en su base electoral, aunque resulta

16. M. Kater, «Phisicians in crisis at the end of the Weimar Republic», en P. Stachuta (ed.), *Unemployment and the Great Depression in Weimar Germany*, Londres, 1986, pp. 49-77; *Íd.*, «The Nazi Phisicians' League of 1929. Causes and Consequences», en T. Childers (ed.), *The Formation of the Nazi Constituency, 1919-1933*, Londres, 1986, pp. 147-181.

17. J. Caplan, «Speaking the rigth language. The Nazi Party and the civil service vote in the Weimar Republic». T. Childers (ed.), *The formation...*, pp. 182-201.

18. J. Falter, *El extremismo político en Alemania.* Barcelona, 1997, cap. 3: «¿Fue el NSDAP el primer partido popular alemán?»

más discutible que ello también sucediera en la militancia. Debe tenerse en cuenta que las propias estadísticas nazis mostraron su preocupación por la baja representación de la clase obrera en el partido.[19] Según los propios datos ofrecidos por el NSDAP después de la toma del poder, sólo una tercera parte de los afiliados al movimiento pertenecía a la clase obrera,[20] cuando en aquel momento este sector representaba, incluyendo a los trabajadores sin tierra, más de la mitad de la población. Los intentos de aumentar esta cifra han tenido que incluir labores más bien del área artesanal, como es el caso de los zapateros, sastres, carniceros o panaderos que Mühlberger engloba en la clase obrera, pero que, por sus actitudes culturales y vida material difícilmente podrían equipararse a los trabajadores industriales.[21] Puede decirse que si los nazis nunca llegaron a renunciar a una propaganda orientada a ganarse a los trabajadores de fábrica, los obreros que lograron captar pertenecían a zonas donde el sindicalismo de clase estaba poco extendido, en empresas de carácter familiar, en pequeñas fábricas situadas en núcleos medianos o pequeños, o en el seno de una juventud en paro de larga duración, poco socializada por la experiencia de un empleo previo y cuya experiencia del mercado de trabajo había sido viciada por los efectos de la Gran Depresión.[22] El NSDAP era, en vísperas de la caída de la república, un partido de la clase media, especialmente de los sectores de pequeños artesanos, comerciantes, pequeños campesinos, funcionarios de nivel bajo y medio, y, con mucha menos intensidad de lo que se creía, de un sector empleado *(Angestellten)* que distribuyó su voto entre las diversas opciones de Weimar de manera bastante uniforme. Los estudios más serios sobre su base electoral no ofrecen una visión muy diferenciada de esta militancia,[23] aunque el

19. D. Mülberger, «A "Workers' Party" or a "Party without workers"? The extent and nature of the working-class membership of the NSDAP, 1919-1933», en C. Fischer (ed.), *The Rise of National Socialism and the Working Classes in Weimar Germany*, Providence, 1996, p. 48.

20. M. Kater, *The Nazi Party. A Social Profile of Members and Leaders, 1919-1945*, Oxford, 1983, p. 250.

21 D. Mühlberger, «A workers'...», pp. 59-66; *véase también* su libro *Hitler's Followers. Studies in the Sociology of the Nazi Movement*, Londres, 1991.

22. P. Stachura, «The NSDAP and the German working class, 1925-1933», en M. Dobkowski e I. Wallimann, *Towards the Holocaust. The Social and Economic Collapse of the Weimar Republic*, Westport, 1983, pp. 131-153.

23. T. Childers, *The Nazi...*; *Íd.*, «The middle classes and National Socialism», en D. Blackbourn y R. Evans (eds.), *The German Bourgeoisie. Essays on the Social*

voto podría indicar una penetración circunstancial en zonas donde la afiliación no llegaba a consolidarse. De cualquier forma, el NSDAP aparecía como un gran partido de integración social en una medida que ninguna otra fuerza había conseguido mostrar. Los liberales siempre se habían dirigido explícitamente a la clase media, aunque el lenguaje utilizado por los partidos de esta tendencia pronto comenzó a abandonar el esquema estrictamente[24] democrático-parlamentario para comenzar a hacer referencias a la *Volksgemeinschaft*, y tanto la socialdemocracia como el Partido Comunista fueron percibidos como formaciones de clase obrera industrial, a pesar de los esfuerzos del SPD para convertirse en un partido popular amplio y de los intentos del KPD de alcanzar influencia entre el campesinado sin tierra. Dado que el Zentrum se orientaba sólo a la opinión católica, sus referencias a la *Volksgemeinschaft* eran menos creíbles que las que podía hacer un partido como el nazi que, si bien había hallado serias dificultades para penetrar en los sectores rurales del catolicismo, había logrado algunos éxitos incluso en este campo.[25]

La negativa de Brüning a contar con el NSDAP para acabar con el régimen republicano afectó las expectativas del partido y agudizó su radicalización. En la apertura del nuevo Reichstag, los diputados nazis respondieron al decreto de prohibición de uso de uniformes ostentando la camisa parda. Brüning no se sintió demasiado impresionado por una fuerza que él creía que podía domesticar a medio plazo. De todas formas, impuso medidas para asegurarse su neutralización. El 10 de febrero de 1931, el parlamento aprobaba dos mociones que afectaban a la libertad de movimientos del partido y a sus posibilidades propagandísticas. Mientras se reducían los márgenes de la inmunidad de los parlamentarios, en especial en lo referente a su responsabilidad en la dirección de órganos de prensa, se vetaba la presentación de propuestas de gasto público que no

History of the German Middle Class from the Late Eighteen to the Early Twentieth Century, Londres, 1991, pp. 318-337; *Íd.*, «Who, indeed, vote for Hitler?», *Central European History*, 17, 1984, pp. 45-53.

24. T. Childers, «Languages of Liberalism. Liberal discourse in the Weimar era», en K. Jarausch y L. E. Jones, *In Search of Liberal Germany*, Oxford, 1990, pp. 323-359.

25. K. Holmes, *The NSDAP and the Crisis of Agrarian Conservatism in Lower Bavaria*, Nueva York, 1991; G. Pridham, *Hitler's...*; O. Heilbronner, *Catholicism...*, pp. 165 y ss.

fueran acompañadas de la justificación de su financiación. Los nazis, los comunistas y los nacional-populares respondieron abandonando el parlamento, aunque los segundos regresaron a él poco después. Mediante estos decretos, se impedía al NSDAP que presentase proyectos demagógicos, destinados simplemente a utilizar el Reichstag como un espacio de agitación pública. Al mismo tiempo, la impunidad con la que actuaban la prensa del partido quedaba limitada o, por lo menos, se restringía el uso que podían hacer de la propaganda más agresiva los miembros de la minoría nazi en el parlamento. Pocas semanas más tarde, el 28 de marzo, el gobierno publicaba un decreto contra la violencia política, que iba a afectar igualmente a las organizaciones de choque del KPD y a las SA, forzando a Hitler a adoptar una actitud conciliatoria para no ganarse la enemistad de sectores del entorno presidencial.

Durante el verano de 1931, el gobierno de Brüning se ajustó inflexiblemente al objetivo que se había trazado el canciller, y que le hacía actuar al margen de su popularidad o de los deseos que expresara el parlamento, de una forma que acabó restándole base política y le dejó indefenso frente a la ofensiva de la extrema derecha.[26] Su orientación básica era preparar las condiciones para una revisión de la constitución de Weimar en sentido autoritario, volviendo a la implantación de una monarquía constitucional, intenciones que el propio Brüning describía en sus memorias, publicadas póstumamente.[27] Sin embargo, el interés fundamental del canciller centrista era examinar las posibilidades de actuación ante la crisis económica. Para Brüning, la única manera de salir de la depresión, que en enero de 1930 había llevado el número de desempleados a tres millones y que en noviembre de 1931 alcanzaría los cinco millones, era la recuperación de la capacidad de exportación de la industria alemana, base tradicional del crecimiento de la economía nacional. Para poder hacerlo, debía aplicarse una política de rigor presupuestario, deflacionaria, que a corto plazo haría que aumentasen el desempleo y las dificultades de los sectores más populares, pero que, a la larga, permitiría una producción nacional más competitiva, por la reducción de costos de producción interna. En condiciones similares, podría haberse recurri-

26. M. Broszat, *Hitler...*, pp. 103-106.

27. H. Brüning, *Memoiren 1918-1934*, Stuttgart, 1970. Para el período de la cancillería, pp. 161 y ss.

do a planes alternativos, ya fuera el incremento de la inversión pública, que habría recortado el déficit con el aumento del consumo privado y el crecimiento paralelo de los impuestos, o una devaluación que abaratara el precio de las exportaciones. Si esta última vía, más ortodoxa, resultaba imposible por los tratados internacionales a partir de Versalles, el recurso a medidas expansivas anticíclicas no estaba en la agenda del canciller. Y no sólo por criterios de escuela económica, sino por considerar que una política de extrema austeridad podía convencer a las potencias occidentales de la buena fe de Alemania en el pago de sus reparaciones y de la necesidad de acabar con ellas si se deseaba continuar contando con un socio con el que comerciar, o que estuviera en condiciones de devolver los créditos a la empresa privada.[28] A Brüning la primacía de la política exterior le parecía el camino más adecuado para acabar con la demagogia nacionalista; en caso de que lograse obtener una anulación del pago de las reparaciones, tal éxito permitiría restar buena parte del lastre propagandístico de los nazis y de los nacional-populistas, al tiempo que le concedería un prestigio interno que le permitiría llevar adelante el tipo de política económica deflacionaria capaz de sanear la economía alemana, que Brüning consideraba enferma por el excesivo incremento del gasto público que había tenido lugar en los años de la estabilidad. De esta forma, y prescindiendo de las campañas que los comunistas y los nazis hicieron contra el «canciller del hambre», Brüning fue aprobando decretos de emergencia que recortaban gastos sociales como la indemnización a los parados jóvenes de larga duración, las pensiones a los mutilados e inválidos de guerra, o el tiempo de duración del subsidio de desempleo, al tiempo que se tomaban otras medidas de ajuste, como el recorte de los sueldos de los funcionarios. Esta política, al combinarse con algunos proble-

28. Sobre la política económica de Brüning, *véase* W. L. Patch, *Heinrich Brüning and the Dissolution of the Weimar Republic,* Cambridge, 1998, esp. pp. 172 y ss.; K. Borchardt, «Wirtschaftspolitische Beratung in der Krise. Die Rolle der Wissenschaft», en H. A. Winkler (ed.), *Die deutsche Staatskrise 1930-1933*, Múnich, 1992, pp. 109-132; *Id., Perspectives on Modern German Economic History and Policies,* Cambridge, 1991, pp. 143-160; C. L. Holtfrerich, «Vernachlässigte Perspektiven der wirtschaftlichen Probleme der Weimarer Republik»; H. A. Winkler, *Die deutsche...*, pp. 133-150; U. Büttner, «Politische Alternativen zum Brüningschen Deflationkurs. Ein Beitrag zur Diskussion über "ökonomische Zwangslagen" in der Endphase von Weimar», *Vierteljahrshefte für Zeitgeschichte*, 37, 1989, pp. 209-251.

mas de la economía internacional, acabó deprimiendo aún más la economía alemana, impidiéndole cualquier fórmula de recuperación. Aunque en junio de 1931 Brüning consiguió del presidente norteamericano Hoover la aprobación de una moratoria de un año para el pago de las reparaciones, un mes más tarde se producía la catástrofe financiera, con la quiebra de la *Danatbank*, tras un período prolongado de retirada de los fondos de los bancos que había seguido a la quiebra del *Kreditanstalt* de Viena en el mes de mayo. El gobierno se vio obligado a intervenir cerrando las sucursales bancarias e inmovilizando los capitales para evitar una retirada general de fondos. La respuesta de más hondo calado, que consistió en un drenaje de fondos públicos para reflotar la banca, realizar algunas fusiones y promover una práctica estatalización sólo provocó una mayor irritación popular, toda vez que el gobierno sólo renunciaba a sus medidas de austeridad para salvaguardar los intereses financieros.[29] Fue el momento en que Gregor Strasser pudo hablar de la expansión de un fuerte sentimiento anticapitalista en Alemania. Otra de las condiciones internacionales que empeoró la depresión alemana fue el abandono del patrón oro por Gran Bretaña, el 20 de septiembre, y la devaluación de la libra esterlina, hechos que provocaron la toma de medidas proteccionistas por parte de Francia e Italia. Semejante panorama hacía muy difícil que se restauraran las exportaciones alemanas y, sobre todo, que ésta fuera la base sobre la que fundar la salida de la crisis. Sin embargo, el canciller no modificó un solo punto de su programa. Por el contrario, los decretos de emergencia del 6 de octubre y del 8 de diciembre de 1931 agudizaron la tendencia a la estabilización de precios y salarios en el interior. El resultado fue una caída de la producción industrial en un 43% en el período 1932-1933 en comparación con el de 1927-1928, mientras la renta media se reducía en un 41% en el período 1929-1932. Brüning no sólo se ganó la hostilidad de los sectores sindicales, sino que perdió la confianza de la gran industria, al observar ésta que sus medidas para salir de la crisis eran insuficientes y que añadía otras, como el recorte de los beneficios empresariales, impecables en la lógica del plan deflacionario pero intolerable para la lectura del reajuste que hacían dichos sectores.

29. W. L. Patch, *Heinrich*..., pp. 172-183; para un análisis de todo el período, H. A. Winkler, *Weimar*..., cap. 14: «La política de la depresión.»

En el invierno de 1931-1932,[30] la gran industria comenzó a considerar agotado el proyecto de Brüning. La ilusión de una unión aduanera con Austria, capaz de generar una nueva expansión del mercado alemán en el centro de Europa, fue abortada por la intervención francesa y la decisión del Tribunal de La Haya, llevando a la crisis del primer gobierno Brüning el 7 de octubre. Los buenos augurios de un cambio en la reclamación del pago de reparaciones, que se habían atisbado con el aislamiento de Francia en la conferencia de Londres en julio, y el anuncio de una conferencia en Lausana para la revisión del sistema de pagos, quedaron excesivamente dilatados en el tiempo al coincidir con la campaña para las elecciones parlamentarias francesas de la primavera de 1932, unas condiciones políticas en las que era impensable obtener una declaración pública más clara. En febrero de 1932, la conferencia internacional de Ginebra sobre el desarme hizo que Brüning abrigara aún más esperanzas, al permitir a la delegación alemana razonar que el desarme impuesto al Reich por el Tratado de Versalles se había realizado como primer paso para una reducción general de la carrera de armamentos. Como tal hecho no se había producido, se esperaba obtener la abrogación de las cláusulas de limitaciones técnicas para el armamento del ejército germano. Sin embargo, el veto del presidente francés Tardieu, que conocía la situación de debilidad política en que se hallaba Brüning, impidió que el acuerdo se llevara adelante.[31] En ese mismo momento, el número de parados alcanzaba, según las estimaciones, entre los seis y los siete millones de personas. El fracaso del canciller, por mucho que éste situara su dimisión a pocos metros de la línea de llegada, cuando se aceptarían las cláusulas del rearme y la interrupción del pago de las reparaciones, era evidente. La fase de debilidad fue aprovechada por los nazis y la extrema derecha para dar una nueva prueba de fuerza. En octubre, después de que se verificara la primera crisis de gobierno, se realizó en la ciudad de Bad Harzburg una concentración en la que tomaron parte, además del DNVP, el NSDAP y el *Stahlhelm*, algunas personalidades del DVP y el *Wirtschaftspartei.* Hitler tuvo una actitud cautelosa ante la movilización de la derecha, que se negaba a presentarlo como jefe del conjunto de la oposición nacional. Llegó tarde a los desfiles y permaneció, exclusi-

30. H. A. Turner, *German...*, pp. 158 y ss.
31. H. Schulze, *La Repubblica di Weimar*, Bolonia, 1987, pp. 438-439.

vamente, para saludar el de sus propias SA. Al cabo de una semana, reunía en Brunswick a un centenar de miles de miembros de las Secciones de Asalto, indicando que la potencia de que disponía en solitario y que su relación con la oposición nacional no era la de dar cheques en blanco a los conservadores, sino en exigirles el reconocimiento de su primacía.[32] A fin de cuentas, el partido había obtenido resultados muy apreciables en elecciones regionales que se celebraron en aquel período: en mayo, el NSDAP consiguió un 37% de los votos en Oldenburg, que reiteró en noviembre en Hesse. Estos avances le permitían negociar en una doble dirección: en la del frente de la «oposición nacional» y en los intentos de aproximación al Zentrum y al propio Brüning, realizados a finales de año con el objetivo de alcanzar un gobierno de coalición.[33]

Las negociaciones entre Hitler y el canciller se vinieron abajo, sin embargo, cuando los nacionalsocialistas se negaron a apoyar la prórroga del mandato presidencial de Hindenburg, que concluía en la primavera de 1932. Las condiciones puestas por el NSDAP incluían la celebración de nuevos comicios para el Reichstag y la dimisión del canciller, algo a lo que ni siquiera el entorno presidencial estaba dispuesto aún. La negativa de los nazis forzaba la convocatoria a elecciones, y Brüning se lanzó a organizar en toda Alemania comités para la reelección de Hindenburg. Las cosas resultaron, sin embargo, un tanto estrafalarias. La base lógica del presidente, aquella con la que él se sentía más estrechamente vinculado, era la que representaba la «oposición nacional». Sin embargo, los representantes del Frente de Harzburg se decidieron por la presentación de un candidato alternativo, lo que empujó al conjunto del centro-izquierda alemán a dar su apoyo al presidente ultraconservador.[34] Hindenburg, presidente honorario del *Stahlhelm,* ni siquiera consiguió que la organización de veteranos le apoyara en su totalidad, pero recibió el sorprendente auxilio del Partido Socialdemócrata, al que desde hacía dos años pretendía apartar de las inmediaciones del poder. La coherencia resultó igualmente da-

32. K. D. Bracher, *Die Auflösung...*, pp. 360 y ss.

33. Para las complejas relaciones entre Brüning y los nazis, *véase* G. Jasper, *Die gescheiterte Zähmung. Wege zur Machtergreifung Hitlers 1930-1934*, Fráncfort, 1986, pp. 63-74.

34. V. Berghahn, «Die Harzburger Front und die Kandidatur Hindenburgs für die Prädisentschaftswählen 1932», *Vierteljahrshefte für Zeitgeschichte*, 13, 1965, pp. 64-82.

ñada en el bando de la «oposición nacional». Los sectores moderados del nazismo, dirigidos por Gregor Strasser y Frick, que confiaban en alcanzar algún tipo de acuerdo para la entrada en el gobierno, intentaron hasta el último momento que Hitler, que ya había obtenido la ciudadanía alemana, no presentara su candidatura, por la ruptura que ello podía implicar con el Zentrum y con Hindenburg, así como por la imposibilidad real de ganar las elecciones. Por su lado, Goebbels presionó con igual insistencia a un dubitativo Hitler, asegurándole la posibilidad de recibir la totalidad de los votos de la derecha en una segunda vuelta y llegar así a imponerse al anciano presidente. Para Strasser, la situación era especialmente dura, porque implicaba detener las tareas de una paciente reorganización interna que había llevado desde la primavera de 1931, mientras que sumergir el partido en una operación propagandística centrada en la figura de Hitler implicaba concentrar todo el poder en manos del sector más radical, agrupado en torno a la figura de Goebbels. Éste aprovecharía la campaña para ganar espacio a expensas de los moderados y convencer a Hitler de la necesidad de una política que concluyera en la ocupación de la totalidad del poder por el partido, renunciando a cualquier camino de subordinación o de equilibrio con las fuerzas de la derecha moderada.[35] Finalmente, Goebbels se decidió por dar el golpe de efecto y proclamar, el 22 de febrero, en un acto de masas que tuvo lugar en Berlín, la candidatura de Hitler a pesar de que éste, probablemente, aún no había tomado una decisión definitiva.

En el otro extremo de la «oposición nacional», Hugenberg y los nacionalistas conservadores se negaron a otorgar a Hitler el papel que éste se creía con el derecho a mantener, y proclamaron la candidatura del dirigente del *Stahlhelm*, Duesterberg, en tanto que los comunistas volvían a presentar a su candidato de 1925, Ernst Thälmann. Hindenburg estuvo a punto de obtener la mayoría absoluta en la primera vuelta, pero le faltaron unos centenares de miles de votos. Para la humillación del mariscal, en algunas zonas rurales de la Prusia Oriental, la candidatura de Hitler pasó por delante de la del presidente en funciones. Hitler logró un 30%, inferior al resultado de los nazis en algunas elecciones regionales recientes, y muy por debajo de las expectativas que había alimentado Goebbels, pero 12 puntos por encima del resultado legislativo

35. D. Orlow, *The History...*, pp. 245 y ss.

de 1930. El candidato conservador Duesterberg mostró la extrema debilidad de las opciones de la «oposición nacional» sin Hitler: sólo consiguió el 6,8% de los votos. Tählmann, por su parte, se acercó a la votación legislativa del KPD con un 13,2%, aunque quedó por debajo del resultado que los comunistas obtendrían en las elecciones generales de julio, lo cual indica que algunos comunistas llegaron a dar su voto a Hindenburg para cerrar el camino a Hitler desde el principio. En la segunda vuelta, Hitler recogió los votos de la oposición nacional y alcanzó el 36,8%, mientras Hindenburg obtenía el 53%. El mariscal tendría muy pocas simpatías por el candidato que le había desafiado, pero nunca perdonaría a Brüning que su elección dependiera de socialdemócratas y católicos y le hubiera enajenado en apoyo de las fuerzas nacionalistas.[36]

La caída de Brüning estuvo determinada, además, por la enemistad manifiesta de la persona que más había influido en su nombramiento, el prominente jefe de la secretaría *(Ministeramt)* del Ministerio de Defensa —cargo que prácticamente le ponía al frente de la *Reichswehr*—, general Kurt von Schleicher, una figura crucial en la formación de los gabinetes presidenciales. Schleicher confiaba en domesticar el nacionalsocialismo y contar con sus importantes Secciones de Asalto para convertirlas en una fuerza auxiliar del ejército. Estaba convencido de que la solución de la crisis de Weimar pasaba por un golpe de estado que reuniera a las diversas fuerzas nacionalistas, incluyendo, en una posición subordinada, a los nazis y excluyendo cualquier continuidad del apoyo al SPD, que había convertido el *Land* prusiano en un último bastión de resistencia de la vieja coalición de Weimar. Sin embargo, ésta perdió la mayoría cuando en mayo de 1932 se realizaron las elecciones regionales prusianas, en las que el NSDAP alcanzó más del 38% de los votos y se produjo en hundimiento del antiguo DDP, rebautizado en 1930 como *Staatspartei.* Las condiciones para un asalto definitivo a la fortaleza socialdemócrata parecían ya dadas, pero Brüning y su ministro de Defensa, Groener, habían creado serias dificultades para esta estrategia al ilegalizar las SA, después de que la policía prusiana hallara documentación comprometedora en un registro realizado en sus cuarteles el 17 de marzo.[37] El presi-

36. J. Falter, «The two Hindenburg elections of 1925 and 1932. A total reversal of voter coalition», en *Central European History*, 23, 1990, pp. 225-241.
37. K. D. Bracher, *Die Auflösung...*, pp. 424 y ss.

dente se resistió a firmar el decreto y, cuando lo hizo, señaló reiteradamente su disgusto, indicando a Brüning la necesidad de incluir a las organizaciones de combate de la izquierda socialdemócrata en la prohibición.

Al descontento por los resultados de las presidenciales y la ilegalización de las SA se sumarían las presiones de los grandes propietarios de la Prusia Oriental, entre quienes se hallaba el propio Hindenburg, a quienes años atrás los *Junker* habían regalado el latifundio de Neudecke. Allí, rodeado de las grandes familias de propietarios tradicionalistas, el presidente fue informado de la revocación de los criterios con los que, hasta la fecha, se estaba llevando adelante el llamado programa de ayuda al este, el *Osthilfe*. En una zona poco productiva, alejada de los mercados y acostumbrada a la protección aduanera de la época imperial, la Gran Depresión había causado un endeudamiento insostenible, sólo soportable gracias a la sangría de las finanzas públicas, que consolidaban la deuda de las grandes propiedades a un bajo interés, respondiendo con los propios recursos del estado. A comienzos de 1932, el comisario del Reich encargado de la inspección de la *Osthilfe* presentó un nuevo proyecto, que contemplaba la ayuda sólo a aquellos latifundios que pudieran sostenerse, mientras los demás se expropiaban con indemnización, entregándose la tierra a trabajadores desprovistos de ella.[38] El resultado de esta última presión fue devastador para las aspiraciones de Brüning de llegar a la conferencia de Lausana. A finales de mayo, en una entrevista realizada tras la dimisión del gabinete Braun en Prusia, Hindenburg se negó a seguir firmando decretos de emergencia del gobierno y exigió la dimisión de Brüning. Nuevamente, la anotación de Goebbels en su diario indica a quién favorecía realmente la nueva situación: «La bomba ha estallado. [...] Todo está frenético de alegría».[39]

38. H. Schulze, *La Repubblica...*, pp. 453-456.
39. J. Goebbels, *Tagebuch*, vol. II, pp. 661-662 (*«Die Bombe ist geplatzt. [...] Alles rast vor Freude»).*

Verano y humo: 1932

> Hay muchos entre nosotros que temen que este gobierno haga demasiadas cosas y no nos deje nada a nosotros.
>
> JOSEPH GOEBBELS, 1932

> Nadie quería creerlo. Cuando la noticia se confirmó, todos se echaron a reír o sonrieron. [...] [Papen] se caracteriza porque ni sus amigos ni sus enemigos le toman en serio.
>
> ANDRÉ FRANÇOIS-PONCET, embajador francés

El sucesor de Heinrich Brüning carecía de la preparación intelectual y el prestigio de éste como líder de un sector de la opinión económica del Zentrum. Franz von Papen, designado canciller pocas horas después de la dimisión de Brüning, tenía, sin embargo, algunos avales que resultaron decisivos. Su propia carrera política en el ala más conservadora del Zentrum lo era, pero también su carrera en el ejército, interrumpida por la derrota, así como sus aventuras como agregado militar de la embajada alemana en Washington, cuando fue expulsado del país. Otros de sus puntos fuertes eran la amistad con el hijo de Hindenburg y, sobre todo, la relación con Kurt von Schleicher, a quien le unían las veladas en el *Herrenklub* de Berlín, una sociedad de reaccionarios atentos a las nuevas doctrinas proclamadas por la revolución conservadora para destruir la democracia de Weimar. A ojos de Schleicher, la carencia de una base política firme por parte del nuevo canciller constituía una ventaja que lo hacía más manejable. Esta base se estrechó aún más cuando Von Papen tuvo que abandonar el Zentrum antes de ser expulsado, dada la profunda irritación que provocó en el partido católico su aceptación de la cancillería arrebatada a Brüning.[40] Sin embargo, la escasez de recursos parlamentarios no era un tema que preocupase en exceso al nuevo canciller. La formación del nuevo gobierno se realizó a expensas de cualquier consideración sobre la composición del Reichstag. Los ministros que pertenecían al

40. Para la trayectoria y personalidad del nuevo canciller, *véase* J. Petzold, *Franz von Papen. Ein deutsches Verhängnis*, Múnich, 1995, pp. 63-118 para el período de su mandato.

DNVP, Gayl, Gürtner y Braun, lo abandonaron para no enturbiar la presentación de un gabinete situado por encima de los partidos, pero no por encima de otro tipo de relaciones. Además de las conexiones con los medios financieros y agrarios, casi la totalidad de los miembros del gobierno eran nobles, lo que permitió hablar pronto del «gobierno de los barones». La *Reichswehr* también reforzaba su posición en el nuevo gabinete, al colocar en el puesto de ministro de la Defensa al general Schleicher.

Dos gestos inmediatos del gobierno señalaron la orientación ultraconservadora de éste, no sólo otra vuelta de tuerca en el abandono del control parlamentario que había iniciado Brüning, sino la entrada en una fase en la que el Reichstag perdía de forma definitiva toda existencia que no fuera virtual, mientras se preparaba la revisión a fondo de las instituciones. El primero fue la declaración gubernamental del 4 de junio acerca de un «nuevo estado» que superaría el «bolchevismo cultural» de la República de Weimar, instaurando una fórmula corporativa basada en los valores tradicionales cristianos. Tal proyecto fue recibido por un observador de mente ágil como un «documento increíble», en comparación con el cual las declaraciones del gobierno imperial habrían parecido «ejemplos de una deslumbrante actitud ilustrada».[41] A esta declaración de principios, que excluía cualquier posibilidad de regreso a la democracia parlamentaria, el gobierno añadió, el 14 de junio, un nuevo decreto de reducción salarial que, según los estudios de los sindicatos cristianos, vino a rebajar el poder adquisitivo de los trabajadores entre un 20 y un 50%.[42] Este decreto no hacía más que confirmar la línea deflacionaria mantenida por el gobierno anterior, y, de hecho, es de suponer que el decreto estaba ya preparado por Brüning. Pero también ayudaba a tranquilizar a los sectores industriales, muy poco representados en el nuevo gabinete, la falta de flexibilidad con que iba a continuarse una política de desmantelamiento de las condiciones de vida de los trabajadores, algo indispensable para debilitar aún más la capacidad de resistencia de éstos ante las transformaciones institucionales que se deseaba llevar a cabo. En cualquier caso, venía a confirmar la interpretación de la crisis de la economía alemana en los términos de unos excesos de

41. H. Kessler, *The Diaries of a Cosmopolitan, 1918-1937*, Londres, 1999, pp. 418-419.
42. H. A. Winkler, *Weimar...*, pp. 481-482.

gastos sociales provocados por los acuerdos fundamentales de la república. En cuanto a la declaración del 4 de junio, sus pretensiones se acercaban a las que habían presentado algunos teóricos muy influyentes en los círculos próximos a Von Papen y Schleicher, defensores de una destrucción de las bases culturales de la democracia. Tal era el caso de Edgard Jung, autor de un manifiesto titulado *El dominio de los inferiores,* del círculo *Die Tat* y su principal representante, Hans Zehrer, o de Walter Schotte, que programó la alternativa de un gobierno situado por encima de los partidos *(Überparteilichkeit)*.[43] Toda esta literatura culminaba los trabajos de la llamada «revolución conservadora» para dar un cuerpo teórico a la demolición del edificio levantado a partir de noviembre de 1918, y cuyos antecedentes ya se han analizado al comienzo de este libro.

En las condiciones de aquel verano de 1932, sin embargo, resultaba muy difícil que la destrucción de la democracia weimariana pudiera hacerse sin contar con la opinión y el apoyo del nacionalsocialismo. Lo que diferenciaba la experiencia alemana de otros casos de camino a un régimen autoritario era precisamente la movilización de masas que tanto repugnaba a los teóricos de la revolución conservadora, y que no podía revisarse mediante la simple apelación a un golpe de estado dado con la fuerza exclusiva del ejército y el aparato gubernamental. La misma radicalización de la sociedad que había debilitado la república impedía una solución de ese estilo, al haber dado vida a un movimiento como el NSDAP, cuyos recursos de movilización popular en la calle eran tan considerables como su fuerza institucional, mostrada en cada una de las elecciones que se habían ido celebrando desde septiembre de 1930. Ni Von Papen ni Schleicher habían perdido esta visión del campo de juego, y tratаton de ganarse el apoyo del nazismo respondiendo de inmediato a dos exigencias que planteó Hitler a cambio de dar una tregua al nuevo gobierno. La primera era la disolución del Reichstag, que el presidente Hindenburg otorgó a Von Papen antes de que pudiera prosperar una moción de censura preparada por socialdemócratas y católicos. La convocatoria de nuevas elecciones se justificaba, según el decreto presidencial, por el hecho de que los resultados de las elecciones regionales celebradas en los últimos meses mostraban que la representación del parlamento no se ajus-

43. H. Momsen, «Regierung ohne Parteien. Konservativen Pläne zum Verfassungsumbau am Ende der Weimarer Republik»; H. A. Winkler, *Die deutsche...*, pp. 1-18.

taba a la voluntad popular. La segunda condición puesta por Hitler fue el levantamiento de la prohibición de las SA, que tan mal había sido acogido por los sectores duros de la *Reichswehr* y suponía un grave obstáculo para el desarrollo efectivo de la propaganda nacionalsocialista. Una vez que se había tomado la decisión de destituir a Brüning y cerrar cualquier camino a la colaboración con la socialdemocracia, una vez que se rompían las bases de la política de la tolerancia por parte del SPD y el Zentrum, el Reichstag de 1930 estaba muerto. De esta forma, se liquidaba la última oportunidad del régimen, acabando la legislatura en 1934, cuando la crisis económica habría superado su fase más aguda y el NSDAP se habría consumido por las contradicciones internas de un movimiento que necesitaba llegar al poder rápidamente.

En las semanas siguientes, y como una parte esencial de la campaña electoral, Von Papen trató de obtener un éxito en política exterior que culminara los denodados esfuerzos de Brüning durante los dos años de su gobierno. En la conferencia de Lausana, el canciller trató de conseguir un acuerdo con Francia a expensas de Gran Bretaña, incluyendo la formación de un Estado Mayor combinado, creyendo que de esta forma lograría romper la intransigencia de Herriot en los temas relacionados con el artículo 231 del Tratado de Versalles —la culpabilidad alemana en la Gran Guerra—, el pago de las reparaciones y la política de rearme germano. El resultado fue provocar la irritación de Gran Bretaña, que creyó volver a las condiciones anteriores a su alianza con Francia y de ninguna manera estaba dispuesta a tolerar un eje París-Berlín. Por otro lado, Francia tampoco estaba dispuesta a quebrar su alianza con Gran Bretaña sin tener clara cuál sería la política exterior alemana con respecto a las fronteras orientales. En cualquier caso, además, existían pocas posibilidades de que la exención de la responsabilidad alemana en la guerra no fuera contemplada como un insulto a Bélgica. El gobierno de Francia estaba contemplando una serie de medidas financieras que seguían teniendo en cuenta el pago de reparaciones y, como le señaló Herriot al propio Von Papen, el primer ministro francés se sentía incapaz, a las pocas semanas de su nombramiento, de presentarse ante la cámara con una propuesta semejante.[44] La conferencia,

44. F. von Papen, *Der Wahrheit eine Gasse*, Múnich, 1952, pp. 198 y ss. K. Hildebrandt, *Das vergangene Reich. Deutsche Aussenpolitik von Bismarck bis Hitler*, Stuttgart, 1995, pp. 548-554.

de la que el canciller esperaba obtener un fuerte prestigio nacional, si bien no representó un fracaso —Alemania tenía que pagar, a través de un sistema de créditos, una suma total de tres mil millones de marcos oro para saldar el sistema de reparaciones—, fue presentado por los nacionalsocialistas como una continuación del Tratado de Versalles, mientras el resto de la opinión pública contemplaba aquellos episodios con menos interés que la agudización de la crisis en el interior del país.

Además de la crisis económica, existía un estado de violencia y crispación que acompañaría la campaña electoral a pesar del decreto del gobierno contra las manifestaciones. El 27 de junio de 1932, el conde Kessler escribía en su diario: «Las luchas entre los movimientos radicales tienen mayor afinidad con las guerras de religión [...] que con los conflictos políticos de los siglos XVIII y XIX. Son ásperos conflictos armados entre dos ideologías que excluyen los compromisos.» El 12 de julio, el mismo observador escribía: «Mientras dedicamos el domingo a recorrer nuestra amada campiña, el terror organizado nazi proclama que ha sufrido diecisiete muertos y cerca de doscientos heridos. Esto es una continua matanza de San Bartolomé, día tras día, domingo tras domingo.»[45] No era sólo el gobierno el que prescindía del Reichstag, sino la lucha política en su conjunto, que trasladaba su aspecto crucial fuera del recinto parlamentario, a la lucha sin cuartel en las calles, donde las víctimas mortales durante la campaña electoral se contaron por docenas, especialmente entre militantes del NSDAP y del Partido Comunista. El 20 de julio, el gobierno aprovechó uno de los enfrentamientos más duros entre ambos contendientes, el llamado «domingo sangriento de Altona», para llevar adelante un plan básico cuyo objetivo era poner fin al sistema de Weimar: el *Preussen Schlag,* el golpe prusiano. Aprovechando la crisis institucional en que se encontraba el gobierno regional, que había perdido la mayoría en las últimas elecciones para el *Landtag,* y tras hacer llegar a Hindenburg el rumor de que se preparaba una alianza entre socialdemócratas y comunistas para entregar la policía prusiana al KPD, el canciller llamó a los miembros del gobierno prusiano Carl Severing, Heinrich Hirtsiefer y Otto Klepper para indicarles que, dada la imposibilidad del gobierno regional de alcanzar una base parlamentaria estable, y existiendo asimismo pruebas de los riesgos que ello su-

45. H. Kessler, *The Diaries...*, pp. 420-423.

ponía para la seguridad pública, la presidencia de la República y el canciller habían decidido decretar la disolución del gabinete prusiano y la instalación de un comisario especial nombrado por el gobierno central. Cuando Carl Severing señaló que sólo cedería ante la violencia, se le indicó que, en previsión de una respuesta así, el presidente había autorizado la declaración del estado de sitio en Berlín, y que el general Von Rustedt estaba listo para aplastar cualquier tipo de resistencia que se planteara.[46] El golpe de estado fue valorado adecuadamente por Goebbels: «Los rojos han perdido su momento. No tendrán una oportunidad parecida.»[47] El último lugar que podía ofrecer una resistencia seria a la rectificación de la república acababa de ser liquidado de un plumazo. La resistencia estaba fuera de lugar. La policía del *Land* no se hallaba en condiciones de enfrentarse al ejército, y el llamamiento a una huelga general, como lo indicaron algunas prospecciones realizadas entre los dirigentes sindicales, habría encontrado a una clase obrera cuya capacidad de resistencia había sido desguazada por la crisis. El fin de la autonomía prusiana llegaba, curiosamente, de la mano de las fuerzas que más se identificaban con los valores tradicionalmente asignados a aquella región. No se trataba, sin embargo, de un golpe contra Prusia, sino de un manotazo a la última expresión sólida de resistencia weimariana que quedaba, el último lugar donde, hasta las recientes elecciones regionales de la primavera, había podido subsistir la vieja alianza entre católicos, demócratas y socialistas. Que el golpe fuera tan indoloro para quien lo propinaba sólo anunciaba la facilidad con que pocos meses más tarde se darían otros pasos en este sentido.

Las elecciones del 31 de julio mostraron los síntomas del estado de crispación en que se encontraba el país y lo desdichado de su convocatoria. Von Papen y Schleicher podían esperar un crecimiento espectacular de los nazis, acorde con los últimos resultados generales, pero no una caída paralela tan acusada de los partidos más moderados. El DVP, con menos de 450.000 votos —el 1,2%— prácticamente había dejado de existir, mientras que el *Wirtschaftspartei* se había reducido hasta el punto de obtener menos de 150.000. La bolsa de los pequeños partidos de la clase media había caído casi en su totalidad en el cofre del nacionalsocialismo, al

46. K. D. Bracher, *Die Auflösunf...*, pp. 501 y ss.
47. J. Goebbels, *Tagebuch...*, vol. II, p. 676. Anotación del 21 de julio.

igual que algunos cientos de miles de votos del DNVP, que con sus poco más de los dos millones de sufragios continuaba la caída iniciada en 1930. El Zentrum, que dudosamente podía considerarse un partido con el que contar, había conseguido aumentar su número absoluto de votos en casi medio millón, mientras los socialdemócratas apenas llegaban a los ocho millones, perdiendo 700.000 sufragios, y los comunistas los recibían de una forma casi mecánica, alcanzando los 5.200.000 votos —un 14,5%—. Como era de esperar, el NSDAP salió como gran triunfador de la jornada, con 13.800.000 votos —un 37,4%— y 230 diputados. Sin embargo, el nacionalsocialismo había alcanzado el nivel máximo de sus fuerzas en una competición a escala nacional. Apenas había superado los resultados de la segunda vuelta de las presidenciales de la primavera anterior, y su aprovechamiento de los votos de los pequeños partidos y de la mayor afluencia a las urnas no le dio suficiente poder para rebasar la meta del 40%, que nunca podría alcanzar en condiciones de libertad. En comparación con cualquier otro movimiento fascista, sus recursos electorales eran impresionantes, pero insuficientes para la línea radical que se habían propuesto Hitler, Göring y Goebbels frente a los sectores más moderados del partido. Hitler aprendería la lección muy rápidamente. En su encuentro con Von Papen, a mediados de agosto, se negó a aceptar una vicecancillería en un gobierno de coalición nacional, y exigió la cancillería para él y la presidencia del gobierno de Prusia para un dirigente del partido. Según los recuerdos del propio canciller, la actitud conciliadora de Hitler a comienzos del verano había dado paso a una posición arrogante, que no aceptaba ningún tipo de compromisos.[48] La entrevista de Hitler con el presidente resultó igualmente poco fructífera, y de escasísima duración. Tras escuchar los argumentos de Hitler, quien señaló que, como fuerza política más votada, le correspondía a él la cancillería, Hindenburg afirmó que no se podía dar el poder total a un partido cuya actitud ante sus adversarios era tan intransigente. Con indudable cinismo o ingenuidad, considerando lo que había llegado a hacer hasta entonces, el anciano mariscal se refirió a Dios, a su conciencia y a la patria como testigos incómodos de una acción semejante.[49] La resistencia de Hindenburg parecía más seria que la que estaba dis-

48. F. von Papen, *Der Wahrheit...*, pp. 222-223.
49. H. U. Thamer, *Il Terzo...*, p. 257.

puesto a emprender el propio gobierno. En su reunión del 10 de agosto, algunos ministros señalaron la conveniencia de entregar la cancillería a Hitler, mientras Von Papen y Schleicher se negaban a tomar partido en la discusión.[50] Los deseos de un acuerdo con el líder del NSDAP, de abrir el camino del nazismo al gobierno, eran mucho más intensos de lo que luego ha podido pensarse.[51]

La respuesta de Hitler no se hizo esperar. Contra la opinión de algunos de sus seguidores, especialmente Frick y Strasser, indicó a Göring, nombrado presidente del nuevo Reichstag, que apoyara la moción de censura que pensaba presentar el Partido Comunista. De esta forma, aun antes de que Von Papen tuviese ocasión de exponer su programa o antes incluso de que éste pudiera disolver un parlamento en el que sólo podía contar con el apoyo de los escuálidos DVP y DNVP, el Reichstag mostró la absoluta carencia de apoyo popular con que contaba el canciller. La votación contraria a su gobierno fue la más humillante que sufrió un primer ministro en la historia republicana: 512 diputados apoyaron la moción de censura, frente a los 42 que la rechazaron. Göring se permitió el gesto despreciativo de indicar que no podía aceptar un decreto de disolución que venía de un canciller desprovisto de tal poder por el parlamento. En la mayor de las ironías de la historia, un dirigente nazi se convertía en el defensor de las instituciones frente a los abusos de los gabinetes presidenciales. Sin embargo, la medida había agotado la paciencia de Gregor Strasser, que decidió enfrentarse abiertamente a la política del «todo o nada» que le presentaban Hitler, Goebbels o Göring. Disponiendo para ello, en principio, del apoyo de muchos cuadros del partido, que veían preocupados cómo se alejaba de la ocasión de instalarse en el gobierno, aunque fuera en una posición subordinada, Strasser comenzó a señalar su disgusto por las condiciones en que las últimas campañas, incluyendo la presidencial, habían dejado al partido. Prácticamente exhausto y sin recursos financieros, y vio evaporarse la posibilidad de algunas ayudas por parte de sectores económicos dirigentes debido a la posición beligerante contra el gabinete de Von Papen, a quien los industriales, terratenientes y financieros consideraban, con toda razón, como

50. H. A. Winkler, *Weimar...*, pp. 509-510.

51. U. Hörster-Philipps, «Conservative Concepts of Dictatorship in the Final Phase of the Weimar Republic. The Government of Franz von Papen»; M. Dobkowski e I. Wallimann, *Towards...*, pp. 115-130.

su mejor representante.[52] En los últimos meses, Strasser había ido moderando su posición, ganándose incluso la estima del canciller Brüning, y había establecido contactos personales con el entorno de Schleicher, que empezaba a ver en él la cabeza visible de un nazismo «responsable» dispuesto a entrar en la lógica de una coalición en posición subordinada, frente a la actitud intransigente de Hitler en el tema de la cancillería. Para quienes sabían que la crisis no podía resolverse, en un sentido autoritario, sin la ayuda de una formación popular como el NSDAP, la posición que representaba Strasser resultaba muy atractiva y esperanzadora, después de los últimos desaires de Hitler y los radicales del partido. De igual forma, para Strasser, que conocía a fondo la situación real de éste, dejar pasar la oportunidad de integrarse en un gobierno nacional suponía echar por la borda todos los esfuerzos organizativos previos, poniendo en peligro unos resultados electorales que, en caso de defraudar a los votantes más recientes, podrían invertirse.[53] Pocas personas como el propio responsable de organización estaban en condiciones de apreciar el desastre que implicaba un nuevo llamamiento a las urnas, cuando el partido se enfrentaba a una tremenda desorientación por no haber visto compensados sus avances en los comicios de julio con una inmediata entrada en el gobierno. Si un sector considerable de los electores procedentes de los pequeños partidos de la clase media rectificaba su voto, la situación financiera y política del partido podría convertirse en desesperada, e iniciar una caída en picado de éste tan virulenta como el crecimiento experimentado desde 1928.

Eso fue, precisamente, lo que ocurrió o, por lo menos, lo que comenzó a ocurrir de inmediato. Von Papen se ganó el apoyo de los sectores empresariales y de los terratenientes con sendos decretos, del mes de agosto, que planteaban ayudas estatales para las empresas que crearan puestos de trabajo, y una política proteccionista en favor de numerosos cultivos. Levantar, como se hizo desde el mes de septiembre, una violenta campaña electoral contra el gobierno, exigiendo medidas de expansión del gasto público, de atención a los parados mediante mayores desembolsos sociales y tratando, en fin, al gobierno Von Papen de «reaccionario», sólo podía

52. H. A. Turner, *German...*, pp. 272 y ss.

53. P. Stachura, *Gregor...*, pp. 89 y ss., para la evolución de Strasser en este período.

entorpecer los esfuerzos del nazismo para abrirse paso entre los sectores más influyentes de la economía, por mucho que estas medidas fueran vistas con cierta benevolencia al darse en el calor competitivo de una campaña electoral. El retroceso sufrido por los nazis el 6 de noviembre señaló hasta qué punto se había producido un agotamiento de sus reservas clientelares, iniciándose un descenso provocado por el incumplimiento de las expectativas de los votantes, que esperaban que el nazismo llegara a puestos de gobierno cuanto antes.[54] Con un millón y medio más de abstencionistas, el NSDAP perdió dos millones de votos, una parte de los cuales regresó al DNVP y el DVP, que en conjunto incrementaron el número de sus electores en un millón. El SPD continuó derramando sus votos en las arcas del Partido Comunista, que llegó a los seis millones, mientras que el resto del panorama político quedaba prácticamente inmóvil. En la noche del 6 de noviembre, sin embargo, los grandes derrotados eran los nazis. Strasser se había encargado de pronosticarlo, y recibió el castigo del agorero, que Goebbels recoge en su diario: «En compañía de Hitler. Está furioso con Strasser. Es lo que yo pienso. Strasser siempre está saboteando.»[55]

La posición de Hitler tuvo, de todas formas, efectos devastadores en los proyectos de Von Papen. La cámara resultante de las elecciones disponía de una mayoría aplastante opuesta al gobierno, al igual que la que acababa de salir. Hitler creyó que unas pocas presiones sobre Hindenburg, procedentes de algunos sectores empresariales afines, bastarían para hacer ceder al presidente, pero éste le hizo llegar de nuevo su negativa, señalando que un gobierno dirigido por el *Führer* podría dar lugar a una dictadura de partido.[56] A la dimisión de Von Papen, el 17 de noviembre, había seguido un intento de Hindenburg de lograr una base parlamentaria mínima, capaz de vincular a centristas y nacional-populares, pero el DNVP se negó a un acuerdo de estas características que, por lo demás, resultaba claramente insuficiente para superar la crisis. Los miembros del gabinete en funciones llegaron a sugerir la posibilidad de

54. T. Childers, «The Limits of National Socialist Mobilization. The Elections of 6 November 1932 and the Fragmentation of Nazi Constituency», en T. Childers, *The Formation...*, pp. 232-259.

55. J. Goebbels, *Tagebuch...*, vol. II, p. 716. (*«Zu Hitler und die Wohnung. Es ist wütend auf Strasser. Das kann mir denken. Strasser macht immer Sabotage».)*

56. H. U. Thamer, *Il Terzo...*, p. 261.

un golpe de estado que dejara sin convocar el Reichstag durante unos meses, volviéndose a la cancillería de Von Papen. En este momento, la posición de Schleicher resultó, de nuevo, decisiva. Llevando a cabo un juego de simulación militar, ejemplificado por el teniente coronel Eugen Ott, Schleicher convenció al gobierno de la imposibilidad de enfrentar la *Reichswehr* con la resistencia combinada de las fuerzas paramilitares del NSDAP y del Partido Comunista. Una solución Von Papen al margen del parlamento, después de dos convocatorias electorales sucesivas, implicaba disponer de un poder armado frente a la sociedad civil del que se carecía. Cabía considerar el riesgo de una guerra civil que podría ser aprovechada por Polonia para hacer retroceder las fronteras alemanas. Todo ello, ciertamente, era una exageración, y suponía el encuentro de numerosos factores coadyuvantes.[57] Pero tenía razón al definir el callejón sin salida en que se encontraría un nuevo gabinete Von Papen, y ello fue suficiente para que se presentara otro candidato. Durante la reunión, el nombre flotaba en el ambiente. El 2 de diciembre, Kurt von Schleicher culminaba su carrera política con su ascenso a la cancillería.

Sesenta días que conmovieron Alemania, 1932-1933

> La esperanza de que el caos dará lugar a la hora del partido es, según creo, errónea, peligrosa y nada tiene que ver con los intereses globales de Alemania.
>
> GREGOR STRASSER, 1932

> Me habría resultado más fácil jugar a hacer de ministro sin emprender la lucha por el poder. Si entonces estaba decidido a no ceder el derecho de primogenitura por el plato de lentejas de la participación en un gobierno sin poder, hoy lo estoy aún más.
>
> ADOLF HITLER, 1933

Al inicio de su nombramiento, Schleicher contaba con perspectivas más halagüeñas que las que había disfrutado su antecesor. La

57. H. Schulze, *La Repubblica...*, pp. 478-479.

prensa nazi le atacó, pero el general creía que el mayor peligro no podía venir de ese sector. Hitler había quedado desairado de nuevo por Hindenburg en las conversaciones de mediados de noviembre, cuando el mariscal volvió a negarse a entregar la cancillería al *Führer*. A pesar de la irritación que pudiera radicalizar las posiciones del dirigente del NSDAP, Schleicher contaba con su escasa capacidad de movimiento. Sin el apoyo presidencial, a Hitler le resultaba muy difícil plantear una estrategia de asalto legal a la jefatura del gobierno. Los resultados de las elecciones de noviembre, al marcar una línea descendente del partido —que muy poco después se confirmaría con el desastre de las elecciones en Turingia—, indicaban la inconveniencia de votar una moción de censura que provocara la disolución del parlamento y la convocatoria de nuevos comicios, en los que los nazis sufrirían, según todos los indicios, considerables pérdidas. Por lo tanto, Schleicher podía contar, de parte del nazismo, con una política de «tolerancia» parlamentaria similar a la que el SPD había ejercido durante la presidencia de Brüning. En otra línea de actuación, el nuevo canciller había establecido contactos muy sólidos con Gregor Strasser, a quien propuso que aceptara un puesto en el nuevo gabinete, forzando así la marginación de los sectores más radicales del partido y la entrada en razón de Hitler. Schleicher no se planteó, como alguna vez se ha indicado, la ruptura del NSDAP ganándose la escisión de Strasser, sino la obtención de un cambio de línea que mantuviera unido al Partido Nazi en torno a una política de compromiso y apoyo al nuevo gobierno.

La recepción de su cancillería había sido más indulgente en otros ambientes, en especial los del centro-izquierda, que consideraban que la sustitución de Von Papen acababa con los riesgos más importantes para el sistema constitucional. Una situación de especial relevancia fue la que se dio en el seno del SPD, que temía ejercer una política de negación de cualquier apoyo al gobierno, temiendo que una nueva convocatoria electoral pudiera provocar mayores avances del voto comunista, que ya estaba a las puertas de rebasar la base electoral de la socialdemocracia. De todas formas, el partido no podía adoptar una actitud de indulgencia, considerando el papel que había desempeñado el nuevo canciller en la destrucción del gobierno de Prusia, y temiendo abrir una mayor brecha en su ala izquierda, que sería aprovechada por el KPD para acusar a los socialistas de vender a la clase obrera a un gobierno de la derecha. En realidad, los contactos entre Schleicher y diversos dirigentes del

SPD habían sido frecuentes ya antes del nombramiento de aquél como canciller,[58] y continuarían a lo largo de su mandato. Schleicher había procurado ampliar sus contactos, no sólo con el jefe de la fracción parlamentaria, Otto Wels, sino también con otros líderes, como el antiguo presidente de Prusia, O. Braun, o el dirigente parlamentario Rudolf Breitscheid. A ello se añadiría el contacto específico con los dirigentes sindicales, especialmente con el responsable máximo de la ADGB, Theodor Leipart. Las respuestas de estos interlocutores no siempre fueron coincidentes y, mientras los sindicalistas manifestaron su complacencia ante los proyectos de rectificación de la política económica de Brüning y Von Papen, Braun señaló su disposición a la apertura de un estado de emergencia que permitiera estabilizar el país y convocar las elecciones en la segunda mitad del año siguiente. En términos de respuesta oficial, sin embargo, el SPD mantuvo una actitud de oposición, aunque la existencia de estas contradicciones internas dio la esperanza al canciller de llegar a disponer de un margen de maniobra bastante amplio.

Los primeros pasos del nuevo ministerio parecieron confirmar esta posición optimista. El 6 de diciembre, el Reichstag comenzó un breve período de sesiones de tres días, para entrar luego en receso y permitir que el canciller moviera piezas en el tablero político. Se aprobaron algunas mociones, en especial la que afectaba a la retirada de los aspectos sociales del decreto de emergencia del 4 de septiembre, algo con lo que Schleicher había mostrado su acuerdo. De hecho, el nombramiento del dirigente de cooperativas agrarias Günther Gereke para ocupar el nuevo cargo de comisario del Reich para la Creación de Empleo *(Reichskomissars für Arbeitsbeschafung)* ya había indicado que éste sería un terreno en el que Schleicher pensaba modificar la conducta de los anteriores gobiernos. La presentación de una moción de censura por el Partido Comunista fue rechazada y, de esta forma, con el receso *sine die* del parlamento, el canciller disponía de tiempo para realizar las maniobras que deberían consolidar su proyecto político. La consistencia de éste era difícil de apreciar en la declaración gubernamental realizada por Schleicher el 15 de diciembre, cuando se definió a sí mismo como un «general social» que rechazaba la imposición de cualquier tipo de

58. Una visión muy completa de estos contactos es la que ofrece R. Breitman, «On German Social Democracy and General Schleicher, 1932-1933». *Central European History*, 9, 1976, pp. 352-378.

dictadura, que quería contar con las fuerzas vivas del país —y en especial con las que disponían de una fuerte representación parlamentaria— y que consideraba básico el esfuerzo destinado a la creación de empleo.[59] Una posición que se presentaba como equidistante del socialismo y del capitalismo podía causar cierta perplejidad, especialmente entre quienes habían dado su apoyo a los gobiernos presidenciales, pero en la concepción de Schleicher tenía plena coherencia. El objetivo del general era hacerse con un poder transversal *(Querverbindung)*, capaz de ganarse el apoyo o la colaboración de las organizaciones de masas del país, en especial los sindicatos cristianos, los sindicatos libres, el Zentrum y el NSDAP dirigido por el sector moderado de Strasser. Esta suma de fuerzas sólo podría conseguirse mediante un ambicioso proyecto de renovación institucional, que contemplaría la revisión del estado de Weimar y el avance hacia un régimen donde las organizaciones profesionales dispondrían de recursos de intervención política mayores. Para ganarse la voluntad de estos sectores, Schleicher debía mostrar su inclinación a una política económica más avanzada, y se apresuró a dictar medidas como el programa de ayuda invernal, destinado a la reducción de precios de alimentos, y el llamado «Plan Gereke», que planteaba la aprobación de un crédito de quinientos millones de marcos destinado a la realización de obras públicas, lo que provocó la reacción de los sectores industriales, que preferían la política de créditos a las empresas para la creación de puestos de trabajo impulsada por Von Papen.[60] Sin embargo, Schleicher, que con estos puntos de vista corría el riesgo de ganarse la animadversión de los sectores empresariales, debía asegurar a éstos que la situación se mantendría bajo control y que de ninguna forma se restablecerían las condiciones de autonomía obrera de comienzos de la república. Schleicher no era, en modo alguno, el general dispuesto a convertirse en un instrumento de los sindicatos, sino un personaje que necesitaba dotarse de una base social y, además, un canciller que sabía que era indispensable contar con ella para dar estabilidad a los cambios constitucionales a realizar.[61] Las posibilidades de detallar los proyectos de

59. G. Jasper, *Die gescheiterte...*, p. 118.
60. H. A. Winkler, *Weimar...*, p. 565.
61. Una definición de la carrera y los objetivos del canciller en P. Hayes, «"A Question Mark with Epaulettes?". Kurt von Schleicher and Weimar Politics», *Journal of Modern History*, 52, 1980, pp. 35-65.

Schleicher más allá de estas aproximaciones son remotas, dada la rapidez de los cambios que se operaron en la arena política alemana, que contribuyeron a añadir frustración y oscuridad a los objetivos a medio plazo que realmente se planteaba.

Uno de estos objetivos quedó seriamente afectado en los mismos días en que se reunía el Reichstag, cuando Gregor Strasser, tras entrevistarse con Schleicher, fue incapaz de convencer a Hitler de la necesidad de entrar en el nuevo gobierno. Totalmente aislado en la dirección, desanimado por la sistemática obstrucción a sus tareas administrativas que Hitler iba realizando, dada la evidencia de sus diferencias políticas con Strasser, el responsable de organización del NSDAP envió una carta al *Führer* renunciando el 8 de diciembre a todas sus responsabilidades en el partido.[62] El efecto en la prensa, en la militancia y en los medios políticos fue inmenso. Nadie dudaba de la importancia de Strasser en el partido, donde se le veía como el único sustituto posible de Hitler y quien disponía de un mayor control de la organización. Y se conocía el carácter de las diferencias entre ambos, que suponían una reorientación radical de la estrategia nacionalsocialista. La reacción de los radicales del partido fue de consternación. Hitler llegó a amenazar con suicidarse si el NSDAP se disgregaba, y Goebbels se quejó amargamente del buen día que la prensa antinazi tenía con aquella noticia.[63] Es posible que Strasser diera la batalla por perdida o que pensara librarla en otras circunstancias más favorables, como tras su nombramiento como ministro, al margen de lo que dijera el partido, unas semanas más tarde. También es posible que algunos *Gauleiter*, que debían su promoción personal a Strasser, esperaran una orden de éste para plantear una crisis interna del partido. Lo más probable es que Strasser quisiera darse unos días para pensar y ver de qué forma se clarificaba la atmósfera, pero las dos semanas de vacaciones que se tomó resultaron un error fatal. Hitler se apresuró a reunir a los miembros de la delegación en el Reichstag para defender su postura, y presentó a Strasser como un ambicioso sin principios que debilitaba la posición radical del movimiento. Tras nombrar a Robert Ley nuevo responsable de organización, se encargó de desmantelar la meticulosa arquitectura que Strasser había inspirado en el partido, volviendo a un sistema donde el *Führerprinzip* se ex-

62. El texto de la carta, en P. Stachura, *Gregor...*, pp. 113-114.
63. J. Goebbels, *Tagebuch*, vol. II, p. 734-735.

presaba como alternativa a cualquier normativa de organización.

Schleicher no apreció lo mucho que sus planes habían quedado heridos de muerte por la crisis del Partido Nazi. Hasta, por lo menos, la segunda mitad del mes de enero, estuvo seguro de poder ganarse a Hitler y Strasser para la entrada de los nazis en su gobierno y obtener así su «domesticación». Ni siquiera el agresivo comunicado de Año Nuevo que publicó el *Völkischer Beobachter*, «Mensaje de combate para 1933», desengañó al canciller, que lo contempló como una necesaria dosis de confianza a los militantes desesperados por los recientes reveses electorales y el bloqueo de una salida parlamentaria para el nazismo. Schleicher confiaba en que la prolongación de esta situación, así como el terror de Hitler a la convocatoria de unas nuevas elecciones, acabaría por doblegar la posición del *Führer*. Sin embargo, esta última cuestión iba a modificarse por completo en los primeros días de 1933. El 4 de enero, atendiendo a las gestiones de algunos dirigentes industriales, Von Papen y Hitler tuvieron una entrevista en casa del magnate Schröder, en Colonia. En el encuentro, el ex canciller culpó a Schleicher de todos los vetos puestos a Hitler para la ocupación de la cancillería, y se mostró favorable a impulsar el cambio del gobierno, aunque mostró a Hitler la poca disposición de Hindenburg a nombrarle primer ministro, ofreciéndole a cambio una cartera clave como la de Interior. La hostilidad de Von Papen hacia Schleicher llegó al extremo de comunicar a Hitler una cuestión vital, de la que el ex canciller tenía conocimiento por sus buenas relaciones con Hindenburg: el mariscal no estaba dispuesto a conceder a Schleicher el decreto de disolución del Reichstag. De esta forma, la principal arma del primer ministro frente a la oposición nacionalsocialista quedaba desactivada. La entrevista debía permanecer en secreto, pero un sector de la prensa fue alertado y la noticia, incluyendo una fotografía, salió en el *Tägliche Rundschau* al día siguiente. Von Papen y Hitler se apresuraron a dar explicaciones, en especial el primero, quien tuvo sendas entrevistas con Hindenburg y Schleicher de diferente tonalidad, mucho más sincera la primera de ellas, de la que obtuvo el permiso del presidente para continuar sus contactos informales con Hitler, algo que, a pesar de las promesas hechas a Schleicher, Von Papen estaba determinado a continuar.[64]

64. H. A. Turner, *Hitler's Thirty Days to Power. January 1933*, Londres, 1996, pp. 31-52.

Los encuentros se mantuvieron en los días siguientes, mientras Schleicher se enfrentaba a una fuerte movilización del *Reichslandbund* contra su política económica que tuvo la ventaja de ofrecerle las simpatías de la RDI, pero el grave problema de aumentar la desconfianza de Hindenburg hacia su persona, justamente cuando Hitler comenzaba a salir de su aislamiento y la conspiración contra Schleicher parecía disponer de recursos cada vez mayores.[65] El principal de ellos fueron las elecciones celebradas en el pequeño estado de Lippe, de algo más de ciento cincuenta mil habitantes. En los últimos días de diciembre, las noticias que llegaban sobre la desorganización del partido y el abandono de militantes se habían hecho alarmantes, llevando la posibilidad de una reapertura de la crisis de Strasser a la mente de los dirigentes.[66] La crisis había llegado al punto de provocar una nueva revuelta regional de las SA, esta vez dirigida por el jefe local de Franconia, Stegmann.[67] Aunque el movimiento fue rápidamente sofocado, era indicativo del grado de desolación de los sectores menos comprometidos y de la angustia por la falta de expectativas de los más radicales. Sin embargo, el *Land* de Lippe reunía algunas condiciones ideales para que Hitler pudiera cambiar la imagen de declive del partido. Era un estado con un alto porcentaje de población rural, protestante, y tenía las dimensiones suficientemente pequeñas para que, a pesar de las pésimas condiciones financieras y organizativas del NSDAP, éste pudiera realizar una de sus campañas de «concentración del fuego» en sus límites. El propio Hitler dio más de una docena de mítines, a los que se sumaron los que ofrecieron los más altos dirigentes del partido, en una campaña de intoxicación que pocas fuerzas políticas estaban en condiciones de contrarrestar. Los socialdemócratas, por la escasa población obrera; los liberales, por su decadencia; los centristas, por el carácter evangélico de la población; los nacional-populares, por el miedo a cargar las tintas excesivamente contra los nazis.[68] Los resultados no fueron tan espectaculares como para indicar una recuperación del voto nazi a escala nacional, pero indicaron una recuperación con respecto a las elecciones de noviembre, aunque una pérdida con respecto a las de ju-

65. M. Broszat, *Hitler...*, pp. 135-138.
66. Por ejemplo, noticias de la Baja Sajonia, en J. Noakes, *The Nazi...*, pp. 241 y ss.
67. E. Reiche, *The Development...*, pp. 146 y ss.
68. H. A. Turner, *Hitler's...*, pp. 53-68.

lio de 1932. Los datos eran suficiente para que los nazis pudieran proclamar el fin de la caída electoral y el inicio de una recuperación, que debía concretarse en la exigencia de la cancillería.

Así lo reiteró un Hitler envalentonado por el resultado electoral en sucesivos encuentros con Von Papen y con Hugenberg, aunque ambos mantuvieron su negativa a la concesión de la cancillería al *Führer*, que seguía procediendo de la resistencia del presidente. Aunque, en la reunión del Consejo de Ministros del 16 de enero, Schleicher pasó a la ofensiva, creyendo que aún tenía posibilidades de presionar a los nazis con la disolución del Reichstag, algunos de sus ministros expusieron la línea de una dictadura apoyada en la voluntad del presidente. Sin embargo, la resistencia de Hindenburg iba a ser erosionada por dos factores complementarios. Por un lado, la denuncia del diputado del Zentrum Joseph Ersing, que descubrió la existencia de serias irregularidades en el Osthilfe, que afectaban a amigos personales de Hindenburg, provocó mayores presiones de los terratenientes orientales para dar un golpe de fuerza contra el gobierno.[69] En segundo lugar, un encuentro entre Hitler y el entorno inmediato del presidente —su hijo Oskar y el jefe de la Oficina Presidencial, Meissner—, el 22 de enero, dejó muy impresionado al vástago de Hindenburg, mientras conseguía arrancar de Von Papen su conformidad con la vicecancillería y la entrega de la presidencia del consejo de ministros a Hitler.

Estos contactos, unidos a la movilización del Reichslandbund, a las sospechas de la gran industria por los contactos con la socialdemocracia, al fracaso de la estrategia para cambiar el rumbo del Partido Nazi y, finalmente, al rechazo de socialdemócratas y centristas a una suspensión del Reichstag hasta finales de año, dejó a Schleicher sin demasiadas posibilidades de supervivencia cuando se preparaba la reapertura de las sesiones, previstas para el 31 de enero. El punto final a su cancillería lo puso el propio Hindenburg, que se negó a conceder el decreto de disolución del parlamento y la convocatoria de un estado de emergencia para dilatar las elecciones hasta la segunda mitad del año. Los argumentos utilizados por Schleicher contra Von Papen podían resultar obvios en esta misma situación, pero los factores que decidieron a Hindenburg tienen que ver con la «conversión» de sus consejeros más próximos —entre los cuales se encontraba el propio Von Papen— a la entrega de la can-

69. H. A. Winkler, *Weimar...*, pp. 578-579.

cillería a Hitler, que se amortiguó con la seguridad de la formación de un gobierno de unidad nacional, que procurara excluir sólo a la izquierda socialdemócrata y comunista. Realizada esta promesa, y salvadas las reticencias finales de Hugenberg, que no pudo soportar la presión de su propio partido, Schleicher hubo de presentar la dimisión de su gobierno el 28 de enero y asistir, estupefacto, a la llegada de Hitler a la cancillería, sólo cuarenta y ocho horas más tarde de su dimisión y solamente un mes después de que se le considerara un hombre acabado.

VI

EL PODER Y LA GLORIA

La llegada de Hitler a un gobierno en el que los nazis estaban en minoría no parecía alterar la lógica de los gabinetes presidenciales. Sin embargo, no haría falta esperar mucho tiempo para ver de qué forma se quebraban los vínculos aún existentes con las medidas de emergencia contempladas en la constitución de Weimar. En pocos meses, la república, cuya carta fundamental nunca fue abrogada formalmente, había perdido cualquier existencia real. La pluralidad sindical y parlamentaria habían dejado paso a un frente único de trabajadores y la organización de un régimen de partido único. Las diversas formas de asociación ciudadana fueron contaminadas de buen grado o por la fuerza hasta perder cualquier relación con el apoliticismo o la neutralidad de la etapa anterior. La rapidez con que se produjeron los acontecimientos poco tenía que ver con lo que había ocurrido en la Italia fascista, aunque el largo período de oposición había permitido aprovechar la misma dinámica de las instituciones republicanas en marcha hacia su propia destrucción, en la etapa de los gabinetes presidenciales. La conquista del poder, el *Machtergreifung* nazi, sólo fue posible por la combinación de dos elementos complementarios: la existencia de un partido de masas, capaz de movilizar franjas inmensas de la sociedad desde la base, y la complicidad o resignación de los sectores de la elite, convencidos de la inviabilidad del proyecto republicano y dispuestos a jugar la carta de una relación de conveniencia con el nazismo. La impresión inicial sería la de una simple renovación nacional a la que eran llamadas todas las fuerzas antimarxistas y antirrepublicanas. Tras las elecciones del 5 de marzo, el llamamiento ya fue hecho exclusivamente a los nacionalsocialistas, convertidos en nueva elite dirigente de Alemania. Con la apariencia de la legalidad en sus manos, viendo cómo la parálisis de la oposición y el oportunismo de los compañeros de viaje coincidían en darle potencia, el movimiento de ocupación del poder se realizó sin la resistencia que cabía esperar de parte de una república enfrentada a otras situaciones de crisis. La primera democracia alemana había durado catorce años, convertidos, en la propaganda del nuevo régimen, en un valle de corrupción y desgracia para el pueblo, en un cautiverio faraónico del que Hitler habría de sacar a los alemanes para llevarles a la tierra prometida de una comunidad popular. Sólo un año y medio después de su nombramiento como canciller, Hitler pudo decretar el fin de la primera etapa de la revolución mediante la sangría de la Noche de los Cuchillos Largos. El 30 de junio de 1934, conservadores aterrados por la marcha del régimen, antiguos nazis desengañados como Strasser o radicales de las SA disgustados por su escasa promoción social, hallaron un fin idéntico a manos de la autoridad suprema del Tercer Reich. La conquista del poder cedía el paso al ritmo de su consolidación.

El sueño de una noche de invierno

> Es casi como un sueño. La Wilhelmstrasse nos pertenece. El *Führer* ya trabaja en la cancillería del Reich.
>
> JOSEPH GOEBBELS

> Ayer cometí la estupidez más grande de mi vida. Me he aliado con el mayor demagogo de la historia.
>
> ALFRED HUGENBERG

Hasta el último momento, la posibilidad de que el nombramiento de Hitler como canciller se abortara estuvo flotando en el ambiente. Los rumores de un golpe de estado protagonizado por Schleicher, que incluía el rapto del presidente y su hijo Oskar, las reticencias de Hugenberg, las especulaciones sobre la actitud del Zentrum... Sólo la exigencia de Hindenburg, a última hora de la mañana, pidiendo que se resolvieran los últimos impedimentos, aceleró la entrega de la cancillería al líder del nazismo. Las especulaciones sobre un golpe de estado por parte de la Reichswehr fueron rápidamente despejadas con el nombramiento de Von Blomberg como nuevo ministro de Defensa, al margen de cualquier procedimiento constitucional, por el propio presidente de la república. A mediodía, Hitler ya había constituido un gabinete en el que los nazis disponían, además de la presidencia del Consejo de Ministros, el Ministerio del Interior, en manos de Frick, y la asignación a Göring de un cargo sin cartera en el Reich, pero que incluía la responsabilidad de Interior en Prusia. De esta forma, los nazis adquirían dos carteras clave en la etapa política que acababa de iniciarse, en vísperas de un nuevo proceso electoral. El resto de los ministerios permaneció en manos de independientes del área conservadora, con Schwering von Krosigk en Finanzas y Von Neurath en Asuntos Exteriores, mientras el dirigente del *Stahlhelm* Seldte se hacía con la cartera de Trabajo y el líder del DNVP, Hugenberg, fusionaba las de Economía y Agricultura. La cartera de Justicia, a la espera de negociaciones con el Zentrum, quedaba vacante. Von Papen se aseguraba la vicecancillería y la presidencia de Prusia. Ésta fue la primera fórmula del gobierno de unidad nacional con la que los nazis se presentaron ante la opinión pública, propia o ajena.[1]

La llegada de Hitler al poder sella una etapa de la historia de Alemania. La fecha adquirió una relevancia tumultuosa, cuando se produjo la movilización estimulada por las SA en las calles de Berlín y otras capitales del país. La palabra con que se designó el proceso contiene la contundencia que deseaban dar a la fecha los militantes: *Machtergreifung*, «conquista del poder», aunque parece ser que el término se consagró más adelante, prefiriendo utilizarse, al principio, la palabra mucho más suave *Machtaufnehmen*. Se trataba, en todo caso, de la culminación de un proceso que suponía un cambio cualitativo en la destrucción de la democracia de Weimar. El mito de la toma legal del poder se ha fundamentado en los factores de continuidad con la república que presentaba la nueva jornada. Durante tres años, los gabinetes habían dependido de la voluntad de Hindenburg y, especialmente en el caso de los de Von Papen, se habían sostenido al margen de cualquier base parlamentaria. La fractura del funcionamiento regular de las instituciones había comenzado antes, y ello ayudó a contemplar el nombramiento de Hitler como un nuevo eslabón en la cadena de gobiernos presidenciales que venían sucediéndose desde 1930, con la particularidad de que el nuevo canciller, a diferencia de sus tres predecesores, disponía de un partido de masas a sus espaldas. La llegada de Hitler al gobierno y la destrucción de la república no eran inevitables, aunque los relatos que se hacen del proceso suelen hacer de la democracia un pequeño preludio para justificar cronológicamente el Tercer Reich. La república había salvado una situación tan difícil como la de 1930-1933 en el período inicial de su constitución, cuan-

1. Sobre las negociaciones de última hora, *véase* H. A. Turner, *Hitler's Thirty...*, pp. 135-161.

do la moneda se extinguió, el país fue ocupado por potencias extranjeras y la contrarrevolución estuvo dispuesta a arriesgar un golpe de fuerza contra el régimen de noviembre. Y, aun cuando la rectificación de la república fuera la consecuencia necesaria de la suma de crisis que se produjeron a comienzos de la década de los treinta, ello no tenía por qué implicar, necesariamente, el acceso del nacionalsocialismo al poder. Fue, por lo tanto, una opción buscada, aceptada, con todas sus consecuencias antidemocráticas, por quienes la hicieron posible. Sin la crisis económica, las condiciones de miseria, desempleo y falta de horizontes de la mayoría de la población no habrían propiciado cambios radicales, pero sin el apoyo a la candidatura de Hitler de sectores muy influyentes de la elite económica y militar alemana, el *Führer* no habría alcanzado la cancillería, incapaz como era de plantear una estrategia revolucionaria, de captura del poder con el uso exclusivo de sus fuerzas. Un asalto al estado desde fuera resultaba impensable.

Weimar se había fundamentado en un pacto entre los factores fundamentales de una sociedad industrial avanzada: los representantes empresariales y los dirigentes de los sindicatos. La canalización del conflicto social a través de un sistema de garantías mutuas constituía una de las formas de establecer la cohesión social en el tipo de sociedad de masas que siguió a la Gran Guerra. A lo largo de la misma los industriales habían experimentado los beneficios de un capitalismo organizado, con factores amplios de intervención estatal y un compromiso solidario en el esfuerzo productivo por parte de los trabajadores, que después de la revolución de noviembre identificarían tal nueva orientación con un mayor protagonismo en la gestión de la empresa, ya fuera a través de los representantes directos en los comités, ya por medio del poder de que disponía el aparato sindical o el Partido Socialdemócrata. Esa forma de resolver las relaciones sociales correspondía a una determinada posición de fuerza de cada uno de los interlocutores, y las condiciones de 1918-1919 eran las de una clase obrera a la ofensiva, capaz de desmantelar el viejo imperio y de exigir un nuevo orden en la economía, una revolución democrática. En 1930, tras los años de aparente estabilidad que pusieron a prueba el rendimiento del sistema, la coyuntura se movió en una línea muy distinta. En los sectores empresariales comenzó a asentarse el principio de la rectificación del pacto social realizado al calor de la revolución de noviembre, depositando en las concesiones hechas a los trabajadores y, sobre todo, en la amenaza de su potencia de negociación, una de las principales causas de la debilidad de la economía alemana: para decirlo tal y como lo veían los empresarios más intransigentes, su *patología*. El incremento del desempleo pulverizó las posibilidades de la clase obrera industrial de establecer una línea sólida de resistencia a las capitulaciones consecutivas que acabarían en la gran derrota de 1933. El enfrentamiento entre los dos partidos obreros, comunista y socialdemócrata, se ha presentado como la causa de la debilidad de los trabajadores. Creo que, por el contrario, la división cada vez más radicalizada de sus espacios de actuación y la exclusión mutua en que basaban su cultura eran el *resultado* de estas condiciones adversas, que alimentaba la tendencia de la socialdemocracia a reconocer la propia impotencia y a buscar aliados desde posiciones más defensivas, mientras los comunistas analizaban cada episodio de crisis institucional como la verificación de su radicalismo. La diferente composición de los dos partidos obreros nos señalan que las diferencias iban mucho más allá de meras opciones estratégicas, para representar sectores diferenciados, en la vida material y en las percepciones que se tenían de ella, de los muy diversos estratos de las clases trabajadoras.[2]

Además de estas diferencias *internas* de los segmentos de clase obrera de orientación marxista, existía un factor de debilidad en el tipo de cohesión social elegido en 1918-1919 que desempeñaría un papel fundamental en la crisis final de las instituciones de Weimar: un elemento básico para darle la potencia política y la base de masas necesarias para echar abajo la estructura democrática del país. La clase obrera industrial nunca pasó de ser una minoría en el conjunto de la población alemana del período de entreguerras. Una minoría, es cierto, con capacidad de intervención, cohesionada, con una tradición organizativa y experiencias de combate y negociación considerables, pero junto ella existían las múltiples capas de trabajadores de otros sectores, de la pequeña industria, empleados, artesanos, pequeños campesinos, funcionarios, profesionales, cuyas condiciones de existencia empeoraron durante el período republicano. Todos estos sectores medios se vieron a sí mismos en decadencia, frente a la posición de columna vertebral de la sociedad que habían ejercido en los decenios previos a la guerra. No se sentían solidarios con las clases dirigentes que deseaban regresar al siste-

2. S. Bologna, *Nazismo y clase obrera (1933-1993)*, Madrid, 1999.

ma imperial, pero buscaban una fórmula de cohesión nacional alternativa a la que en 1918 habían ofrecido los sindicatos y la patronal. Su exclusión del pacto republicano fue una de las causas más importantes de su alejamiento de la democracia, de su búsqueda de vehículos distintos de representación, capaz de expresar directamente las necesidades corporativas de algún sector o, más adelante, de ofrecer un proyecto nacionalista que hablara en nombre del conjunto de la comunidad y no sólo en favor de los dos principales sectores antagónicos. Esta búsqueda de la clase media, formada también por *trabajadores* que se sentían más próximos al *Mittelstand* que al proletariado, explica la ascensión del nazismo en Alemania, su exitosa andadura desde los márgenes de la cultura contrarrevolucionaria de los excombatientes hasta el escenario central del fascismo. Entre 1930 y 1932, el nacionalsocialismo había conseguido convertirse en el portavoz de millones de excluidos del modelo de cohesión social propiciado por la democracia de Weimar y el inductor de un tipo de cimentación nacional alternativo. Su credibilidad se basó en aquellos factores en los que era capaz de expresar *prácticamente* la inversión de los valores de Weimar. Por ejemplo, el carácter dogmático-religioso de su movimiento, su carencia de objetivos programáticos definidos —y divisionistas— y la cohesión en torno a un líder carismático, capaz de dar un perfil funcional a los diversos rostros de la clientela nazi. En el marco de una fragmentación que algunos han calificado del «hiperpluralismo»,[3] la búsqueda de un reconfortante espacio de unidad, de identidad superadora de las divergencias, de comunidad de intereses complementarios, adquiría ventajas comparativas frente a las propuestas de reconocimiento del conflicto esencial de una sociedad avanzada y de la construcción de mecanismos de su regulación. El nazismo fue capaz de crear la ilusión de que los conflictos que se generaban en la sociedad eran el resultado de la malversación del interés común por parte de algunos desaprensivos, pertenecieran a una clase obrera cegada por el marxismo, a una clase empresarial egoísta, o al judaísmo como vinculación espiritual básica de ambas conductas.

Los sectores empresariales no apostaron de inmediato por el nacionalsocialismo. Su proyecto era acabar con las condiciones del pacto social impuesto en 1918. Más aún, acabar con la democracia

3. M. Tarchi, *La «Rivoluzione legale». Identità colletive e in crollo della democrazia in Italia e Germania*, Bolonia, 1993.

parlamentaria y establecer un régimen autoritario con carácter definitivo. La responsabilidad de las clases dirigentes alemanas es haber jugado a fondo, desde 1930, contra cualquier asomo de salvación de la república, al principio desafiando sólo la presencia de los socialdemócratas en el gobierno, y más adelante considerando que los procesos parlamentarios mismos eran un enojoso trámite para la gestión pública. La crisis económica había ofrecido al empresariado la posibilidad de contar con una clase obrera desalentada, dividida y desconcertada, con sus recursos de resistencia mínimos fracturados por la curva del desempleo. La misma crisis, al tiempo que ofrecía una circunstancia favorable para corregir el edificio constitucional, obligaba a tomar medidas de reactivación económica que podían enfrentarse a los intereses de los trabajadores y que exigían, por lo tanto, la anulación definitiva de sus posiciones de poder, como la representación parlamentaria que aún estaban en condiciones de ejercer. La crisis había agudizado, además, el desafecto de la clase media, su movilización y su engarce en un movimiento político nacionalista como el hitleriano. No obstante, y aun cuando se daban las condiciones óptimas para buscar el fin de la república, los industriales y los terratenientes fueron incapaces de levantar su propia base de masas. El partido conservador, el DNVP, que habría podido serlo, vio mermados sus efectivos en lugar de aprovechar la crisis de las pequeñas opciones corporativas.

La carencia de esta base de masas hizo a Hitler indispensable. La crisis política que se produjo en 1932, fuera y dentro del Partido Nazi, expresaba las *condiciones concretas* en que debía darse el apoyo de Hitler al cambio de régimen. Mientras Strasser, sectores afines a la «revolución conservadora», la Reichswehr, el Reichslandbund, la RDI y el propio presidente Hindenburg pensaban en una posición secundaria, que pusiera la cancillería en manos de un conservador seguro, la tenacidad de Hitler y sus partidarios le hizo jugar, en las peligrosas circunstancias de finales de 1932 y comienzos de 1933, la peligrosa carta del todo o nada. Considerando la desmoralización del partido, su agotamiento en caso de no llegar al poder cuanto antes, el abandono de numerosos militantes y la caída electoral experimentada, escoger a Hitler como canciller fue una opción en modo alguno inevitable. Por el contrario, cabe pensar que el poder salvó al nazismo de una grave crisis interna, poniéndolo al frente de los asuntos públicos cuando su consistencia comenzaba a menguar.

Hitler, y con él el círculo dirigente del partido, era consciente de los factores coyunturales que habían conducido a éste a su posición de privilegio. En la tarde y noche de aquel 30 de enero de 1933, pudieron contemplar la espectacular manifestación organizada por las SA y las SS, a las que se añadieron los veteranos del *Stahlhelm* y personas sin filiación alguna. Hindenburg también asistió a esa impresionante demostración de fuerza que anulaba las barreras del Partido Nazi para ganar a gran parte de la opinión pública conservadora. A la luz sobrecogedora de los miles de antorchas, se escucharon los cánticos tradicionales, el *Deutschland über alles* y la *Die Wacht am Rhein,* que comenzaron a ser sepultados por la popular marcha dedicada a uno de los mártires de las SA, convertida en himno oficial del movimiento nazi, en *Horst Wessel Lied.* Los gritos fueron entusiastas bajo las ventanas de la Presidencia de la República, pero se hicieron atronadores al llegar al pie del Kaiserhof, desde donde Hitler saludó a la muchedumbre. La propaganda nazi quiso convertir el acto en la restauración del espíritu nacional de agosto de 1914, y el *Volkischer Beobachter* se apresuró a señalar, al día siguiente, la conexión entre ambas fechas.[4] Tales deseos de guardar la imagen de un resurgimiento nacional, al que se sumaban también quienes no pertenecían o votaban al partido, se expresaron en la conducta inmediata de Hitler, que había aceptado el encargo de formar gobierno bajo la condición de agrupar al máximo de fuerzas de la derecha posibles, rompiendo así las últimas resistencias de Hindenburg a la posibilidad de un gobierno exclusivo del nazismo.

El primero de febrero, Hitler ya había conseguido lo que se le había negado a Schleicher pocos días atrás: el decreto de disolución del Reichstag y la convocatoria de nuevas elecciones. Los conservadores del gabinete, y en especial Hugenberg, habrían preferido mantener las cosas como estaban, gobernando sin necesidad de convocar el parlamento o declarando la caducidad de los escaños del Partido Comunista, a lo que Hitler adujo los riesgos de una guerra civil, que tanto habían impresionado a Hindenburg cuando Schleicher los esgrimió. El *Führer* aprovechó a la perfección las diferencias que existían entre sus aliados del momento. Por ejemplo, el esfuerzo de algunos círculos por incluir al Zentrum en el gabinete —esfuerzos a los que Hindenburg estaba muy cercano—, topaba

4. Una soberbia descripción de la jornada en P. Fritzsche, *Germans...*, pp. 139 y ss.

con el desagrado de Hugenberg, que ya se había enfrentado al ala sindical del partido católico y para cuyo protestantismo la concesión confesional resultaba intolerable. Durante unos días Hitler simuló tener interés en llegar a algún acuerdo con el Zentrum, que le solicitó algunas garantías constitucionales y la protección de los intereses de la opinión católica. En la práctica, el líder del nazismo estaba muy poco interesado en dotarse de una mayoría basándose en el Reichstag elegido en noviembre, que lo ponía en manos de los nacional-populares y los católicos, y consideraba más oportuno, para dar un impulso al proceso de conquista del poder y cambiar la correlación de fuerzas, celebrar nuevos comicios. De esta forma, solemnizaba además el ascenso del nazismo y adquiría una relevancia propia, más independiente de la voluntad de Hindenburg. Hitler dio su palabra a Hugenberg de que el gabinete no sufriría modificación alguna en función de los resultados obtenidos en unas nuevas elecciones, algo que temían los dirigentes del DNVP, quienes consideraban que la oleada de entusiasmo nacionalista que acompañaba al nuevo gobierno beneficiaría al partido del canciller.

Salvados los mencionados inconvenientes, Hitler se dirigió al país en un mensaje radiofónico con el que, en realidad, iniciaba su campaña electoral. El tono poco tenía que ver con el nihilismo revolucionario que habría agradado a algunos viejos luchadores. No fue un guiño lanzado a los adeptos, sino un llamamiento a la renovación de Alemania que afectaba a la totalidad de la ciudadanía. Los enemigos no eran los judíos: la campaña debía enfocarse como una lucha sin cuartel contra el marxismo, como una cruzada para erradicar esa peste de la sociedad alemana e iniciar el proceso de recuperación de ésta. Hitler ni siquiera evitó el tono religioso, sino que lo utilizó con habilidad, haciendo referencias a la voluntad de Dios y al hecho de que, abandonada de su mano, la Alemania de Weimar había sido conducida a la miseria por los criminales de noviembre. Fue un discurso para halagar los oídos del conservador harto del poder de los sindicatos, del nacionalista cansado de las humillaciones de la patria, del ciudadano desesperado por la magnitud de una crisis a la que los políticos de la república no habían sabido encontrar un final.[5] Por eso, junto a la lucha contra el marxismo, la consigna del momento no era la revolución nacionalsocialista, sino el resurgimiento nacional, la *Wiederherhebung,* que Hit-

5. H. U. Thamer, *Il Terzo*, p. 300.

ler volvería a usar de forma magistral en el discurso de comienzo de la campaña de su partido, el 10 de febrero, en el Palacio de los Deportes de Berlín, al concluir, de forma mística y muy eficaz, su pieza oratoria con la palabra «amén».

La mayoría de la población acogió con esperanza el nuevo ritual, que venía a desembozar la cañería institucional en que parecía haberse convertido las dimisiones, mociones de desconfianza y convocatoria electoral, que acrecentaban la progresiva desconfianza en el futuro de los alemanes de 1933. Buena parte de quienes nunca habían votado a Hitler se sintieron llamados por su convocatoria a la *Wiederherhebung* nacional.[6] En Baviera, por ejemplo, donde el campesinado, agobiado por la caída de los precios agrarios, había permanecido algo indiferente al cambio, pronto se sintió el acercamiento al nuevo orden de cosas, que parecía prometer a todos los que estuvieran al margen de la izquierda un futuro mejor.[7]

Una campaña orientada contra el marxismo tenía bastantes posibilidades de levantar el ánimo de amplias franjas de la sociedad alemana del momento, que veía en la república un instrumento de la socialdemocracia, amenazada, además, por la progresiva crispación y potencia del Partido Comunista. La simplificación con la que se identificaba cualquier enemigo del resurgir de Alemania con estos responsables de la derrota de 1918 y de los catorce años de miseria vividos bajo la república descuartizaban cualquier intento de reflexión sobre la responsabilidad compartida por otras fuerzas, como los liberales, los católicos e incluso los nacionalistas que habían formado parte de sus gobiernos. Esta capacidad para concentrar la atención nacional en un solo punto, esta habilidad para orientar las energías negativas de la sociedad hacia un enemigo difuso, esta manipulación que permitía concretar por fin a los responsables de una situación desesperada, corresponden a las dotes propagandísticas en que se habían curtido los nazis, pero también

6. *Véanse* los testimonios que ofrece Kershaw, *Hitler*, pp. 425 y ss. Sobre el ambiente en el que se desarrollan los primeros meses de la cancillería, el mejor texto sigue siendo el de K. D. Bracher, W. Sauer y G. Schulz, *Die nationalsozialistische Machtergreifung. Studien zur Errichtung des totalitären Herrschaftsystems in Deutchsland, 1933-1934*, Colonia, 1960. *Véase también*, la colección de documentos recopilada por J. y R. Becker (eds.), *Hitlers Machtergreifung. Dokumente vom Machtantritt Hitlers 30. Januar 1933 bis zur Besielegung des Einparteienstaates 14. Juli 1933*, Múnich, 1983.

7. G. Pridham, *Hitler's...*, pp. 297-298.

a la resignación con que las fuerzas políticas no socialistas aceptaban el tono básico de la campaña. Estas fuerzas políticas toleraron los ataques contra la socialdemocracia con la que habían compartido gabinetes, aplaudieron la persecución de un partido de extensa base parlamentaria como el KPD y creyeron posible expulsar a estos adversarios sin quebrar las bases mismas del funcionamiento de la república. Cuando menos, creyeron que el proceso iba a ser tan selectivo como lo anunciaba la propaganda oficial y que no iba a afectarles en absoluto. El hecho de que políticos profesionales se fiasen de las promesas de Hitler resulta, contemplado con la perspectiva que da el tiempo, algo más que una irresponsabilidad o un acto ingenuo: es una conducta de colaboración con la eliminación de los enemigos comunes, en el convencimiento de que el resto del trayecto podrá hacerse sin más incidentes.

En el otro campo, los nazis hallaron una resistencia nimia. Los llamamientos a la huelga general que trataron de realizar los comunistas fueron rápidamente sofocados cuando el 4 de febrero el gobierno aprobó un decreto destinado precisamente a restringir los derechos de opinión y de reunión para aquellas fuerzas que trataran de perturbar la seguridad pública. Al calor de este decreto, la prensa comunista fue prohibida, los locales del partido asaltados y los militantes que trataban de dirigirse a la población detenidos. Los socialdemócratas, por su parte, sólo encontraron una formación que se desmoronaba, enfrentada con su fatal debilitamiento de los últimos años, totalmente desmoralizada por su incapacidad para la movilización y, lo que es peor, dividida entre distintas formas de interpretar lo que estaba sucediendo. Mientras que para algunos se trataba de la continuidad de los gobiernos presidenciales, para otros se estaba entrando de lleno en un régimen de características nuevas, en la antesala del fascismo.[8]

Los instrumentos de intimidación con que contaban los nazis fueron haciéndose cada vez más poderosos: no disponían sólo de mayores recursos para la propaganda, con la utilización masiva de las ondas radiofónicas, de una forma desconocida hasta entonces, sino también de un fondo económico más generoso. De lo que se trataba era de la mayor capacidad para practicar la violencia contra los adversarios en una sociedad en que la brutalidad ejercida con-

8. A. Merson, *Communist Resistance in Nazi Germany*, Londres, 1985, pp. 27 y ss; D. Harsch, *German...*, pp. 224 y ss.

tra los «rojos» no desautorizaba, sino que prestigiaba a quien la utilizaba.[9] Si podemos hablar de una sociedad paralizada por el terror, hemos de hacerlo también refiriéndonos a una mayoría que no sólo toleraba su ejercicio, sino que estimulaba lo que consideraba un acto de purificación elemental para salir de la crisis. Si en un lugar estas acciones de represión y violencia conjugaron perfectamente la ofensiva de las escuadras de asalto y la actitud de las autoridades, ese lugar fue Prusia, que había quedado encomendada a la enérgica labor de limpieza que había emprendido Hermann Göring. El 6 de febrero, el *Landtag* prusiano fue disuelto, con lo que se eliminaba la última trinchera de resistencia ante las actividades del comisario del Reich y del ministro del Interior prusiano. En ese mismo momento, Göring inició una campaña sistemática de detenciones de personalidades de la izquierda y de depuración de la burocracia. Catorce jefes de policía de las principales ciudades del estado fueron sustituidos, aunque sólo cuatro lo serían por dirigentes del partido, mientras los otros diez cargos eran ocupados por conservadores autoritarios. La operación era necesaria para contentar y comprometer a los aliados del 30 de enero, pero se compensó con la creación de los comisarios para Misiones Especiales *(Komissare zur besonderen Verwendung)*, una figura que permitió a algunos jefes de las SA y de las SS ocupar espacios oficiales en las dependencias ministeriales, y que empezó a complicar el panorama institucional del nuevo régimen, con la creación de figuras burocráticas que servían para integrar el partido en el Estado y confundir los ámbitos de competencia de cada uno de ellos. El 17 de febrero, Göring dio instrucciones explícitas de llevar adelante una campaña con brutalidad, que incluyera el uso de las armas de fuego. El nuevo «monarca» prusiano advirtió a sus propios policías que sería indulgente con el exceso de celo, pero intransigente con la debilidad en el cumplimiento del deber. El 22 de febrero, en un acto que clausuraba cualquier viso de legalidad de las acciones policiales, 50.000 miembros de las SA, las SS y el *Stahlhelm* se incorporaban a la policía prusiana como «fuerzas auxiliares». Las posibilidades de acción de los opositores en la campaña electoral fueron aniquiladas en el mayor de los estados del Reich.

9. *Véase*, por ejemplo, Pridham, *Hitler's*, p. 302, cuando se señala cómo el gobierno de Held en Baviera aprovecha el ambiente anticomunista para reprimir las actividades de la izquierda.

Mientras Göring desataba contra la izquierda esta acción combinada desde la base y desde las instituciones, Hitler se encargaba de seducir a la elite del país. Por un lado, había contentado a los terratenientes permitiendo que Hugenberg hiciera pasar en el Consejo de Ministros algunas medidas relacionadas con las tarifas arancelarias. Por otro, se negó a tomar ninguna indicación precisa en la campaña electoral, sobre todo en lo referente a las propuestas «socialistas» que habían caracterizado los ejercicios propagandísticos de 1932. El cinismo lúcido del *Führer* le hizo afirmar en el Consejo de Ministros que resultaba muy difícil presentar un programa en el que estuvieran de acuerdo los dieciocho o diecinueve millones de alemanes con los que se quería contar.[10] La seducción de las elites gobernantes comenzó el 3 de febrero con la reunión con los jefes militares preparada por Blomberg. Allí, Hitler, que de entrada se encontró con un ambiente no demasiado entusiasta, se extendió en un análisis de la necesidad del rearme alemán, a lo que dedicaría todos los esfuerzos de su economía, señalando, por otro lado, que su gobierno consideraría entre sus enemigos más acérrimos a los marxistas y los pacifistas. La parte dedicada a la expansión natural hacia el este no fue tan relevante como para no parecer una simple distracción superficial a alguno de los asistentes. De todas formas, Hitler, que daba el rearme, exigió a cambio una posición de neutralidad absoluta por parte de la Reichswehr en los temas políticos, cediendo toda la soberanía en este campo a los dirigentes civiles.[11]

Unos días más tarde, Hitler se entrevistaba con los dirigentes de la industria y las finanzas: personalidades como Krupp, Vögler, Schnitzler o Schröder estuvieron presentes en una reunión en la que el *Führer* volvió a expresar los puntos de vista sobre la función del capitalismo y las relaciones de fuerza en las empresas que venía exponiendo desde comienzos de la década, distanciándose de las posiciones radicales sobre el «socialismo alemán», que dejaba para consumo interno del partido y para la propaganda dirigida a algunos sectores de la clase media. Luego de que Hitler abandonara la reunión, Göring continuó tranquilizando a los presentes, asegurándoles la voluntad del gobierno de no correr aven-

10. Thamer, *Il Terzo...*, p. 312.

11. Kershaw, *Hitler...*, pp. 435 y ss. Sobre la actitud del ejército en esta etapa, M. Geyer, «Etudes in Political History. Reichswehr, NSDAP and the Seizure or Power», en P. Stachura, *The Nazi...*, pp. 101-123.

turas económicas y la primacía de la lucha contra la izquierda. Finalmente, Hjalmar Schacht planteó la necesidad de ofrecer una contribución especial para la campaña, recogiéndose tres millones de marcos.[12]

Los nazis no necesitaban excusa alguna para continuar llevando adelante una campaña de violencia contra la izquierda. Sin embargo, un hecho providencial sirvió para que se ampliara aún más, y dentro en apariencia de los límites de la legalidad, el margen de maniobra de los nuevos gobernantes. En la noche del 27 al 28 de febrero, un ex comunista holandés, Marinus van der Lubbe, incendió el Reichstag. La conmoción entre los dirigentes nazis fue inmensa, seguros de que los preparativos de un plan comunista para la insurrección habían comenzado con un acto de terrorismo. La investigación ha mostrado que los indicios iniciales de la policía, señalando la autoría individual de Lubbe, eran correctos, y que el atentado provocado por la conspiración comunista o por el gobierno fueron fantasías elaboradas en uno u otro lugar.[13] El incendio provocó la inmediata movilización de la sociedad conservadora alemana, convencida de que era obra de los comunistas, ya como acto de resistencia ante la represión que estaban sufriendo, ya como señal para un levantamiento contra el gobierno antes de que se produjeran las elecciones. En un ambiente que reforzó la autoridad moral de Hitler, se aprobó un decreto para la protección del pueblo y del estado que resultó, en la práctica, una cesura normativa básica para que los excesos realizados contra la oposición a lo largo de aquellas semanas tuvieran todo el apoyo de la legalidad. El decreto de emergencia no sólo se beneficiaba de un ambiente de histeria colectiva, sino del efecto estupefaciente del empleo reiterado, durante los últimos tres años, de instrumentos legales similares para llevar adelante proyectos que no contaban con una mayoría parlamentaria. Un decreto de emergencia más venía a sumarse a los usos que se habían convertido en normalidad jurídica desde la cancillería de Brüning. La aplicación directa del decreto por las autoridades de los *Länder* implicaba, además, el aumento de las posibilidades de los planes represivos de Göring en Prusia.

12. H. A. Turner, *German...*, pp. 329-331.

13. H. Mommsen, «L'incendie du Reichstag et ses conséquences politiques», en *Id.*, *Le national-socialisme et la société allemande. Dix essais d'histoire sociale et politique*, París, 1997, pp. 101-178.

En estas condiciones, el triunfo electoral del NSDAP estaba garantizado. La única incógnita era si el partido obtendría o no la mayoría absoluta. No fue así. Los nazis se beneficiaron de una afluencia a las urnas de casi el 90% de los ciudadanos. Esto significaba una reducción de la abstención de nueve millones a cinco millones y medio, indicativa de la dimensión plebiscitaria de los comicios. El NSDAP obtuvo casi el 44% de los votos —algo más de diecisiete millones—, mientras los nacionalistas de Hugenberg, agrupados ahora en el Frente Rojo-Blanco-Negro conseguían poco más de tres millones. Entre el DDP y el DVP no alcanzaron los 750.000 votos, en tanto que los pequeños partidos de la clase media continuaban su declive. El Zentrum y el Partido Popular Bávaro se mantuvieron, si bien el gran incremento de participación hizo descender su cuota. Los socialdemócratas descendieron menos de cien mil votos, y los comunistas, con sus diputados bajo arresto y la mayor parte de su maquinaria desguazada, se acercaron a los cinco millones de votos. El SPD y el KPD, en unas elecciones hechas abiertamente contra el marxismo, habían conseguido retener una tercera parte de los votos, lo que sorprendió a los observadores.[14] La distribución territorial del voto nazi era significativa. Sus mejores resultados continuaron estando en la Prusia Oriental —56,5%—, en Pomerania —56,3%—, en Hannover —54,3%— y en Schleswig-Holstein —53,2%—, pero su recuperación fue impresionante en lugares donde las elecciones más recientes habían sido muy desfavorables, como Turingia, donde se pasó del 47% de los votos. Aún más significativa era la penetración en zonas católicas, rompiendo la resistencia del voto del Zentrum y del BVP, como el 45% de Baden, el 42% de Wurtemberg o el 41% de la Alta Baviera. Los peores resultados correspondieron a Berlín —31,3%—, a Düsseldorf, a Westfalia y a Colonia —entre el 30 y el 37%—.[15]

14. Conde Kessler, *Diaries...*, p. 449.

15. M. Broszat, *L'État hitlérien. L'origine et l'évolution des structures du troisième Reich*, París, 1985, p. 137.

Otra vuelta de tuerca

> Adolf Hitler garantiza el orden. Con Adolf Hitler no hay peligro. Vota por Adolf Hitler o, en caso contrario, no hay seguridad de que Alemania continúe existiendo después del 5 de marzo.
>
> Panfleto distribuido en Baviera

> Nosotros no decimos «ojo por ojo, diente por diente». No. Al que nos haga saltar un ojo le cortaremos la cabeza, y al que nos salte un diente le romperemos la mandíbula
>
> WILHELM MURR, marzo de 1933

Al día siguiente de las elecciones, la voluntad nazi de acelerar la revolución no dejaba lugar a dudas. El mecanismo para asegurar la conquista total del poder simulaba una respuesta de las instituciones, en forma de normativas legales, a la movilización autónoma de la sociedad. La actuación del gobierno parecía moverse así no sólo en los límites de la legalidad,[16] sino en los márgenes de la respuesta de un gobierno popular a las exigencias de la ciudadanía. Desde el día 6 de marzo, las fuerzas de choque del partido, orientadas por las directrices de los *Gauleiter*, redoblaron las acciones de violencia contra quienes matizaran la magnitud de la victoria nacionalsocialista. El objetivo de estas acciones por la base era el de intimidar a los militantes de los partidos de la oposición, pero también el de asegurar el apoyo del resto de la sociedad, indicando a la gente la imposibilidad de permanecer neutral en el proceso revolucionario. En las horas que siguieron al conocimiento de los resultados, las SA y las SS se dedicaron a sustituir las autoridades existentes a todos los niveles, desde el municipal hasta el del gobierno de los *Länder,* por cuadros del NSDAP, operación tras la que llegaba el correspondiente reconocimiento del gobierno central. En la ciudad de Northeim, estudiada como modelo por W. S. Allen, los concejales socialdemócratas fueron diezmados mediante la intimidación o la cárcel, para que ni siquiera pudieran formar parte de las comisiones de gobierno municipal o provin-

16. Sobre el mito de la «revolución legal» *véanse* los comentarios de K. D. Bracher, en *La dictadura...*, vol. I, pp. 258 y ss.

cial.[17] Ya antes de la prohibición formal de los partidos, en julio de 1933, las posibilidades reales de actuación de los elegidos en los diversos niveles de la representación popular resultaron muy limitadas. Mientras tanto, la actuación directa contra diversos enemigos clásicos de las SA se fueron incrementando. En las ciudades de la Prusia Oriental, como Breslau, Könisberg, Görlitz o Liegnitz, a pesar de algunos esfuerzos de los dirigentes locales del partido para mantener el orden, las SA organizaron la destrucción de los locales de los partidos de la izquierda, con una especial predilección por los socialdemócratas, creando en los propios sótanos de los locales incautados las cárceles donde los adversarios eran torturados e incluso asesinados.[18] En Núremberg, las SA asaltaron los locales de los sindicatos y el 27 de marzo llegaron a ocupar la Cámara de Comercio. Cuando el gobierno bávaro, en manos de Von Epp, las incluyó en la policía regular como fuerzas auxiliares, siguiendo el ejemplo de Prusia, la violencia nazi pudo protegerse bajo el uniforme de la legalidad y superando el de la mera complacencia y pasividad de la policía, llegando a establecerse un espacio de detención especial en el hotel Deutscher Hof, el lugar que Hitler utilizaba como residencia cuando visitaba la ciudad.[19]

De forma complementaria a esta violencia de la base, el gobierno realizó un rápido proceso de homogeneización *(Gleichschaltung)* de la administración federal, a fin de establecer gobiernos de obediencia nazi en todos los *Länder*. El proceso recorrió Alemania como una oleada que empapó la administración y cerró los cauces reales de descentralización existente en el Reich. El procedimiento era la ocupación física de las dependencias oficiales por los escuadrones de asalto, ritual que se acompañaba de la colocación de la esvástica en los edificios administrativos y la exigencia de dimisión de los representantes populares. El estado de confusión y de rebeldía social era aprovechado para aplicar la normativa legal: el decreto del 28 de febrero para la protección del pueblo y del estado señalaba que las autoridades de los *Länder* serían las encargadas de su aplicación, pero que el Ministerio del Interior podría actuar en

17. W. S. Allen, *The Nazi Seizure of Power. The experience of a Single German Town, 1922-1945*, Londres, 1989, pp. 152 y ss.
18. R. Bessel, *Political Violence and the Rise of Nazism. The Storm Troopers in Eastern Germany, 1925-1934*, New Haven, 1984, pp. 100 y ss.
19. E. Reiche, *The Development...*, pp. 178 y ss.

caso de que algún gobierno estatal no mostrara el celo suficiente en la protección de la seguridad pública. Este último aspecto fue de especial utilidad en los lugares en que los nazis encontraron alguna resistencia. El caso paradigmático fue Baviera, donde el primer ministro Held resistió hasta el último momento las presiones de los nazis locales. Incluso se planteó la posibilidad de proclamar una monarquía en la persona del príncipe heredero Rupprecht, cuestión que fue desarbolada por las amenazas directas de Hitler de hacer intervenir a la Reichswehr. Los gobernantes del Partido Popular mantuvieron la esperanza de que el presidente Hindenburg cumpliría con su promesa de evitar el fin de la autonomía bávara, pero la palabra del anciano mariscal empezaba a contar muy poco frente a las decisiones gubernamentales. Incapaces de movilizar una resistencia efectiva contra el nazismo, y responsables ellos mismos de haber minado la oposición inicial de la izquierda, los dirigentes regionales de Baviera hubieron de plegarse al nombramiento de Von Epp como comisario especial, cargo que equivalía a un jefe de gobierno paralelo. Pocos días más tarde, después de que algunos de los miembros del gabinete sufrieran vejaciones como ser detenidos en plena noche por las SA, el gobierno Held dimitió y el puesto de éste fue ocupado por un ejecutivo nacionalsocialista. El proceso fue convenientemente normalizado a finales de mes, mediante una ley que disolvía los parlamentos regionales y establecía una representación proporcional a los resultados del 5 de marzo, excluyendo los votos comunistas, lo cual daba una mayoría legal a los nazis y sus aliados en toda Alemania. Una segunda ley para la homogeneización del gobierno del Reich creaba, el 7 de abril, la figura del gobernador *(Reichstatthalter)*, representante directo del gobierno del Reich y responsable de la adecuación de la política estatal a la del gobierno nacional.[20]

Esta forma de sumar la revolución por la base y la respuesta legal del gobierno otorgaron ciertos visos de legitimidad al proceso, aunque no impidieron airadas protestas de algunos sectores de la oposición moderada que estaban siendo sometidos a violencia por parte de las SA. Cuando el propio Von Papen se dirigió a Hitler para manifestarle la preocupación de los elementos conservadores del gobierno ante la actuación de las escuadras nazis, el *Führer* reac-

20. N. Frei, *L'État hitlérien et la société allemande, 1933-1945,* París, 1994, pp. 85-88.

cionó con una acritud calculada, negándose a desautorizar el trabajo realizado por miembros de su partido, aludiendo a la situación de emergencia revolucionaria en que se encontraba el país y, sobre todo, exigiendo a Von Papen que no volviera a dirigirse a él para expresarle quejas de ese estilo.[21] Considerando de quién procedía la queja, no es difícil imaginar el estado de confusión que había creado en todo el país el ejercicio del poder por la base del partido. Tal actuación sólo podía molestar a Hitler si ponía en peligro real a su gobierno o si se manifestaba, como ocurriría rápidamente, como una fuerza centrífuga capaz de desbordar las órdenes que llegaran desde Berlín. De momento, la necesidad de contentar a sus hombres, de mostrar la unidad total entre el partido y su líder, de intimidar incluso a los aliados, explican la intransigencia de Hitler en una cuestión en la que podía haber actuado con mayor diplomacia, desentendiéndose de los excesos cometidos por sus militantes. La respuesta a Von Papen prueba, por el contrario, que no se trataba de actos aislados, sino de una movilización orquestada, que incluso cuando actuaba con cierta autonomía lo hacía en beneficio del poder central. La coincidencia entre las necesidades del *Führer* y los impulsos primarios de sus seguidores, imponiendo su presencia en la calle, violentando a los adversarios y asediando a los partidarios tibios, era completa en aquella fase de la revolución, aunque pudiera crear contradicciones en el futuro. La violencia presuntamente «no regulada» de las SA, con sus campos de prisioneros privados, y la violencia normativa de las SS, que establecieron un modelo de campo público en una antigua fábrica de municiones ubicada en Dachau, forman parte del mismo rompecabezas de un proceso revolucionario en el que las acciones espontáneas actúan como primer impulso para legitimar el poder revolucionario y ser justificadas, a continuación, por el propio ejercicio del nuevo régimen.[22]

La convocatoria del nuevo Reichstag fue la ocasión para dar unos pasos decisivos en la consolidación de la revolución nazi. El 21 de marzo, Hitler y Hindenburg celebraron conjuntamente la apertura del parlamento en la Garnisonkirche de Potsdam. La jornada fue calculada detalladamente por el Joseph Goebbels, recién nombrado ministro de Ilustración Popular y Propaganda, para que se

21. M. Broszat, *L'État...*, p. 141.

22. P. Ayçoberry, *La société allemande sous le IIIè. Reich, 1933-1945*, París, 1998, pp. 25 y ss.

convirtiera en la escenificación de la síntesis de la vieja y la nueva Alemania, separadas por los catorce años antinacionales de la República de Weimar. Hindenburg se presentó vestido con uniforme de mariscal de campo, mientras Hitler lo hacía vestido de chaqué, renunciando al uso del uniforme del partido. El presidente y el canciller visitaron la tumba de Federico el Grande, y el segundo saludó respetuosamente al viejo mariscal en un gesto reverencial cuya fotografía ha quedado como una de las más representativas del momento político. Hindenburg saludó con su bastón el trono vacío del emperador, y ambos leyeron sendos mensajes saludando el momento de la regeneración nacional. Las escenas, con el encuentro entre generaciones de veteranos de diversos conflictos bélicos, la audición de música coral y la actitud de Hitler mostraban una cara bien distinta de las acciones que habían recorrido toda Alemania durante aquellas semanas. Plasmaban, a ojos de todos, la imagen de la unidad, con Hitler como gobernante del conjunto de los ciudadanos y no como líder de una fuerza política concreta. Se trataba del Hitler de la restauración, más que del Hitler de la revolución. O, en todo caso, del *Führer* de un movimiento capaz de hacer una gran movilización popular contra la revolución que, sólo catorce años antes, parecía haberse ganado la voluntad de la inmensa mayoría de los alemanes frente a un régimen imperial desacreditado.[23]

Unas horas más tarde, el escenario cambió por completo, cuando se celebró la reunión inaugural del Reichstag en la Kroll-Oper de Berlín. Hitler se presentó a la reunión con el uniforme del partido, y los militantes de las SA y las SS injuriaron a los diputados socialdemócratas que se presentaron. Los 81 diputados comunistas, buena parte de los cuales se encontraban ya en las dependencias policiales o en alguna de las cárceles ilegales de las escuadras de asalto, tuvieron vedado el acceso. Hitler solicitó ante el parlamento la aprobación de una ley de plenos poderes *(Ermachtigungsgesetz)* que había sido elaborada por el gobierno, sin disponer de la firma de Hindenburg, considerada innecesaria. Según los apartados del proyecto, el gobierno pasaba a aprobar leyes sin necesidad de votación del Reichstag, no importando que tales normas pudieran apartarse de lo escrito en la Constitución de Weimar. El ejecutivo que-

23. Sobre la jornada de Potsdam, *véase* K. J. Müller, «Der Tag von Potsdam und das Verhältnis der preussich-deutschen Militär-Elite zum Nationalsozialismus», en B. Kröner, *Potsdam. Stadt, Armee, Residenz*, Fráncfort, 1993, pp. 435-449.

daba con las manos libres incluso en los temas de política exterior, y se fijaba una duración de cuatro años para el ejercicio de los poderes especiales. Cuando se considera el resultado de las elecciones y la violencia utilizada desde el incendio del Reichstag —incluyendo las posibilidades legales que seguía ofreciendo el decreto del 28 de febrero—, puede resultar sorprendente que los nacionalsocialistas quisieran apurar un trámite parlamentario que exigía algunas cuestiones formales, como la presencia de dos terceras partes de los diputados y el voto favorable de los dos tercios de los asistentes. Diversas argucias legales, como la consideración de que la falta no justificada no contabilizaba una ausencia, permitieron que el partido necesitara muy pocos votos de los grupos no gubernamentales para hacer pasar el proyecto de ley. No obstante, Hitler negoció con el Zentrum a fin de conseguir que la normativa dispusiera del mayor consenso posible, con la intención de presentarla al país y a las elites que podían desconfiar de los excesos «revolucionarios» de los nazis como un compromiso que sólo excluía a los marxistas. A pesar de la resistencia de algunos diputados del centro, como Stegerwald y Brüning, la mayoría de la facción del Zentrum consideró que los intereses del catolicismo político alemán se defenderían mejor aceptando una ley cuyo plazo de vigencia era limitado. La única oposición procedió del Partido Socialdemócrata, cuyo máximo dirigente, Otto Wels, realizó un brillante discurso contra la nueva situación política del país. El *Führer,* que estaba preparado para esta intervención y que, de hecho, pensaba utilizarla, respondió en los mismos términos en que se había desarrollado la captura del poder hasta aquel momento: la socialdemocracia no formaba parte del esfuerzo de renovación nacional; la experiencia de Weimar demostraba hasta qué punto había quedado invalidada para considerarse representante de sector alguno de la nación. Hitler llegó a señalar que ni siquiera deseaba contar con los votos del SPD. Desde luego, no los necesitaba, y su discurso le sirvió para marcar la línea que separaba aquella parte de la opinión que iba a ser absorbida de la que debía quedar al margen de la revolución. La actitud unánime de todos los partidos, incluyendo el minúsculo DDP-DStP, proporcionaban al nuevo gobierno la imagen de una base social y política que superaba con mucho los márgenes de la victoria nacionalsocialista del 5 de marzo. Así pues, 444 diputados, 156 más de la representación nazi, dieron su apoyo al proyecto, frente a la oposición del grupo parlamentario socialdemócrata, que ni siquiera se encontraba intacto a causa de las detenciones. A los ojos de Alemania y de los observadores extranjeros, la política del nuevo gobierno podía desarrollarse, de forma legal, con el apoyo de la inmensa mayoría de la población y de sus representantes. Los antiguos políticos liberales, católicos y conservadores, que habían formado parte de los gobiernos de la república, acababan de prestar un auxilio precioso a sus sepultureros.[24]

La política de la *Gleichschaltung* se aceleraría notablemente a partir del mes de abril. No se había tratado sólo de una operación política o institucional destinada a centralizar el poder, sino que conformaba un plan para invadir la totalidad de la vida asociativa alemana y conseguir una completa nazificación de la sociedad, invadiendo aquellos espacios ya existentes, depurándolos y subordinándolos al nuevo régimen, de la misma forma que se había hecho tras las elecciones con el poder de los *Länder*, las provincias, las comunas y los ayuntamientos. Utilizando aún la táctica de una fuerte presión social desde abajo, que se combinaba con la coordinación posterior desde el gobierno, el primer día de abril se asistió a una jornada de lucha contra el comercio judío, cuya ejecución concreta se había encargado a un comité dirigido por Julius Streicher. La jornada de boicot se presentaba como una respuesta a las acciones de las minorías judías en otros países, que promovían el bloqueo de la economía alemana por las acciones antisemitas que se estaban produciendo desde la llegada de Hitler a la cancillería. La acción no respondía sólo a una empresa de depuración liderada por el gobierno, sino a la necesidad de dar una salida a la energía de las organizaciones de clase media controladas por los nazis, en especial la Liga de Combate de los Pequeños Empresarios *(Kampfbund für den gewerblichen Mittelstand)*, fundada a finales de 1932 y que, bajo el liderazgo de Adrian von Tenteln, estaba infiltrándose en las cámaras de comercio y trabajo, labor que culminaría con la constitución, en el mes de mayo, de la Cámara de Industria y Comercio Alemana *(Deutscher Industrie und Handelstag)*, totalmente controlada por la organización nacionalsocialista. La organización de combate de la pequeña empresa canalizaba una lectura del radicalismo nazi, un «anticapitalismo» que se dirigía especialmente con-

24. Sobre la actitud de los diversos partidos ante el proyecto de ley y su trascendencia, *véase* R. Morsey (ed.), *Das «Ermächtigungsgesetz» vom 24.März 1933,* Düsseldorf, 1992.

tra las cooperativas de consumo socialdemócratas y los comercios judíos. La jornada del 1 de abril resultó un fracaso que ni siquiera las autoridades centrales pudieron ignorar, a pesar de que el 30 de marzo el partido había ordenado que en todas las organizaciones de base se crearían comisiones para organizar el boicot, que incluiría la realización de mítines y marchas exigiendo la depuración de las escuelas, la abogacía y la profesión médica como parte de la defensa del pueblo alemán contra la intoxicación judía.[25] La prueba es que el biocot, que se preveía prolongar durante algunos días más, fue perdiendo fuerza desde el mismo sábado, primero de abril, y a comienzos de la semana sólo se observaba la presencia de algunos miembros de las SA en las puertas de los comercios. El gobierno tuvo que poner fin al mismo, señalando que el declive de las críticas en el extranjero —que, de hecho, se habían acentuado—, lo hacía superfluo.

Como otras acciones del momento, el boicot contra el comercio judío, además de liberar las energías de un sector radical del partido, permitió justificar una normativa que clarificara la cuestión, a fin de que el gobierno diera respuesta a las peticiones de la sociedad y no se viera desbordado por la violencia y la arbitrariedad. No es de extrañar que, muy pocos días después del boicot, el 7 de abril, el ejecutivo aprobara una ley fundamental: la llamada Ley para la Restauración del Funcionariado» *(Gesetz zur Wiederherstellung des Berufsbeamtentums)*. El decreto permitía una depuración de la administración pública de todos los funcionarios no arios, medida que tuvo que ser rectificada por petición de Hindenburg para excluir a aquellos que hubieran combatido en la Gran Guerra. Además, permitía al gobierno un control de la administración que no había tenido la república, en cuestiones que afectaban a la movilidad del funcionariado, a su promoción y a su expulsión de la carrera.[26] A la depuración de la función pública se añadieron medidas destinadas al control de escolares judíos, cuyo porcentaje debía ser similar al existente en la sociedad, así como medidas relativas a la abogacía y al ejercicio de la medicina pública. Uno de los efectos de esta *Gleichschaltung* en el terreno de la función pública fue que afectó gravemente al terreno de la ciencia, al considerarse también ámbi-

25. H. Graml, *Antisemitism in the Third Reich*, Oxford, 1992, pp. 93 y ss.
26. J. Caplan, *Government without Administration. State and Civil Service in Weimar and Nazi Germany*, Oxford, 1988, pp. 141 y ss.

to de su aplicación aquellos institutos de investigación que tuvieran un cincuenta por ciento de inversión estatal. Ello provocó la depuración inmediata de la Sociedad Kaiser Guillermo (KWG), el principal centro de investigación alemán, fundado en 1911, en especial en sus institutos de antropología, medicina, bioquímica y biología, que eran los que dependían exclusivamente de financiación pública. A esta sangría científica se sumaría la de los profesores-investigadores que trabajaban en la universidad, y que fueron afectados no sólo por este decreto, sino por progresivas medidas que destruían la autonomía de la institución.[27]

La ocupación de los espacios de sociabilidad previos se realizó en todos los ámbitos posibles, incluyendo toda forma de convivencia en el ocio o de asociación profesional, desde las pequeñas asociaciones de ajedrecistas o ciclistas, hasta las grandes federaciones de industriales. En algunos casos, esta infiltración ya se había realizado previamente. Tal el ejemplo de los médicos, terreno en que la organización nacionalsocialista que agrupaba a los militantes de esta profesión *(la NS-Ärtzebund)* había conseguido un nivel de afiliación considerable y de simpatías obvias en la Liga de Médicos de Alemania *(Verband der Ärtze Deutschlands)*. El 22 de marzo, después de la jornada de Potsdam, los dirigentes de esta asociación se dirigieron a Hitler exponiéndole su voluntad de trabajar en favor de la recuperación nacional proclamada por el gobierno. El jefe de la NSAB, Gerhard Wagner, fue nombrado comisario especial para las organizaciones de la profesión médica *(Komissar der ärtzlichen Spitzeverbande)*, lo que ya significaba una indicación hecha desde el gobierno a la corporación para que acabara su proceso de nazificación nombrando a Wagner presidente de una nueva asociación profesional, lo cual se realizó en el mes de abril. El proceso se completaría en el mes de agosto, con la ocupación del sistema de mutuas privadas creado por la vieja asociación médica, la *Kassernärtzliche Vereinigung,* que propició el sistema de control corporativo de las actividades profesionales.[28] Algo parecido sucedió con la prensa que no había sido expropiada, como sucedió con ciento cincuenta órganos socialdemócratas y comunistas. Los represen-

27. K. Macakris, *Surviving the Swastika. Scientific Research in Nazi Germany*, Nueva York, 1993, pp. 51 y ss.; U. Deichmann, *Biologists under Hitler*, Cambridge, Mas., 1996, pp. 10 y ss.

28. M. Kater, *Doctors under Hitler*, Chapel Hill, 1989, pp. 19 y ss.

tantes de la Asociación de Editores de Periódicos (*Verein Deutscher Zeitungsverleger,* VDZV), liderados por el doctor Krumbhaar, se entrevistaron sucesivamente con Hitler y con Goebbels, garantizándoles la posición no beligerante de la prensa y recibiendo, a cambio, garantías de su supervivencia. Hitler se permitió incluso referirse a la necesidad que tenía el régimen de contar con el apoyo de la prensa «independiente» para completar el que ya tenía por parte de la del partido. Goebbels, cuya hostilidad a la asociación era conocida desde sus tiempos de director de *Der Angriff,* se mostró algo más agresivo, aunque no tanto como Otto Dietrich, jefe del gabinete de prensa, quien reprochó ásperamente a los periódicos de la clase media haber hecho el juego al marxismo durante la república. Esta distinta tonalidad de los mensajes que recibía el sector respondía a algo más que a la simple diferencia de opinión de los dirigentes nazis. De hecho, eran mensajes que se complementaban, notas que daban forma a una melodía que mezclaba la seducción y la amenaza. Los empresarios se dieron por enterados. Ni una sola vez se quejaron de la destrucción de todo un sector de la prensa a manos del gobierno, y se apresuraron a mostrar su acuerdo con las tareas genéricas de las autoridades nacionales. Sin embargo, no pudieron escapar al proceso de depuración. El 28 de junio, la VDZV fue reorganizada, siendo destituidos los líderes peor vistos por la dirección del partido: Krumbhaar, Von Boetticher y Neven Du Mont. Max Amann, magnate de la prensa del NSDAP, fue nombrado presidente de la asociación.[29]

Un ámbito ejemplar para la comprensión del proceso de *Gleichschaltung* fue el artístico. Antes de la toma del poder, el partido había organizado, bajo la dirección de Alfred Rosenberg, una Liga en Defensa de la Cultura Alemana *(Kampfbund für deutsche Kultur)*, que se encargó de llevar adelante los primeros pasos de la ocupación de los espacios asociativos ya existentes a partir del mismo 30 de enero. Aunque el número de afiliados al *Kampfbund* se incrementó notablemente en los primeros seis meses del año, los deseos de Hitler eran ordenar de una forma más sistemática el proceso de fusión de las actividades culturales alemanas, y entregarlo a una persona en la que tenía mayor confianza, concretamente en el nuevo ministro de Ilustración Popular y Propaganda, Joseph Goebbels. El proceso siguió, por tanto, la misma dinámica de presión desde la base y pro-

29. O. Hale, *The Captive Press in the Third Reich*, Princeton, 1964, pp. 76 y ss.

yectos de coordinación general que se han observado en los otros casos. Las asociaciones musicales fueron ocupadas por los profesionales nazis, dirigidos por Gustav Havemann, hasta que se constituyó un Cartel de Músicos Alemanes *(Kartell der deutschen Musikerschaft)*, que exigió la afiliación obligatoria a todos los que quisieran ejercer la profesión, bajo la presidencia del propio Havemann. Los arquitectos, organizados en la Liga de Arquitectos Alemanes *(Bund deutscher Architekten)* fueron obligados a escoger un nuevo directorio, en abril de 1933, entregando la dirección de la asociación a Eugen Hönig, que a finales de los años veinte ya había destacado por su crítica a la arquitectura moderna. Algo parecido se produjo en la Asociación de Artistas Plásticos *(Reichsverband bildener Künstler Deutschlands)*, cuyas filiales fueron ocupadas por los militantes del *Kampfbund,* apoyados por las escuadras de las SA y medidas gubernamentales, hasta que se decidió la creación de una nueva cámara presidida por el profesor de la escuela de Artes y Oficios del Museo de Berlín, Max Kutschmann. Estas organizaciones se encargaron de llevar adelante de manera autónoma los procesos de depuración de los profesionales no arios del sector, al calor del decreto del 7 de abril y de su propia iniciativa. El esfuerzo por organizar este sector creó problemas en el sistema de poliarquía nazi, que ya estaba madurando desde antes de la captura del poder y ahora alcanzaba niveles de una urgente ocupación de espacios de poder personal para cada dirigente. En sus intentos por coordinar en una sola cámara centralizada todas las actividades culturales, Goebbels tuvo que enfrentarse a las aspiraciones corporativas de Robert Ley, que había ido creando filiales en el Frente Alemán del Trabajo (DAF), a la soberanía de los *Länder,* especialmente el de Prusia, y a las objeciones de otros ministerios, como el del Interior, que temían ver invadidas sus responsabilidades. Sólo el apoyo decidido de Hitler, que esta vez intervino con singular energía en favor de una de las posiciones en conflicto, permitió que se consolidara una sola Cámara de Cultura Alemana *(Reichskulturkammer)*, fundada por decreto en agosto de 1933, bajo la presidencia de Goebbels, quien podía nombrar a los presidentes de cada una de las cámaras sectoriales.[30]

30. A. Steinweis, *Art, Ideology, and Economics in Nazi Germany. The Reich Chambers of Music, Theater, and the Visual Arts*, Chapel Hill, 1993, pp. 32 y ss.; M. Kater, *The Twisted Muse. Musicians and their Music in the Third Reich*, Nueva York, 1997, pp. 75 y ss.; L. Richard, *Le nazisme et la culture*, Bruselas, 1988, pp. 105 y ss.

La ocupación de los espacios de cultura fue acompañada, como ocurría en otros ámbitos del proceso de *Gleichschaltung,* de una previa permeabilidad de la sociedad alemana, que en el caso de la filosofía, el arte, la literatura, la música y la función a cumplir por el creador de ideología en la sociedad, se habían resuelto ya en las ideas de la «revolución conservadora». Frente al racionalismo, el individualismo, el positivismo y las diversas herencias de la Ilustración, el nuevo *Kulturkampf* establecía los valores del comunalismo, la subordinación de la labor del artista al esfuerzo del pueblo y la raza, la fascinación por la vida, por la fuerza de la voluntad, por la crítica a la razón y, en definitiva, por la herencia del pesimismo cultural de finales del siglo anterior, mezclados con la reacción heroica y vitalista de las inmediaciones de la Gran Guerra. Por ello, el nazismo halló a artistas y autores preparados para someterse al nuevo rumbo de la cultura alemana, dispuestos a expurgarla de cualquier tipo de contaminación foránea. Una nueva generación de autores ansiaba someterse, como lo harían Hauptmann, Benn o Heidegger, a la poderosa corriente de la voluntad y el instinto del pueblo, a la corriente de la vida, frente a la cual bien poca cosa era la razón. Sin tener en cuenta el desengaño por una república de «lo razonable», del compromiso, de la creencia en el libre albedrío, en la autonomía de la conciencia individual, en el poder del pensamiento frente a las emociones; sin tener en cuenta el desafecto por un sistema que no había sabido o no había podido crear una cohesión democrática, resulta imposible comprender el éxito de una homogeneización que incluyó a algunos artistas de talla considerable y cuya orientación no era un simple ejercicio de oportunismo. La quema de libros del 10 de mayo de 1933, organizada tanto por la Organización General de Estudiantes Alemanes como por la Liga Nacionalsocialista, fue un ejemplo de alto valor simbólico de este proceso de depuración de la cultura alemana, del inicio de una nueva era libre de la influencia de las corrientes ajenas al espíritu de la comunidad nacional.

Un espacio fundamental para asegurar la desaparición de poderes paralelos en la sociedad fue el trato dado a las Iglesias católica y protestante. El primer caso resultaba especialmente irritante para el nuevo régimen, porque el catolicismo había dispuesto una trama organizativa de juventudes, asociaciones femeninas, cooperativas, sindicatos y partidos que vulneraban con especial dureza el proyecto totalitario del nacionalsocialismo. Por otro lado, la

Iglesia católica, en defensa de los poderes autónomos que había conseguido, se había mostrado muy firme en sus acusaciones contra la absorción promovida por el nuevo gobierno, así como en la denuncia de la violencia que las SA habían dirigido también contra los miembros de los partidos católicos, los espacios gubernamentales controlados por éstos, así como los cuadros sindicales y los jóvenes de sus asociaciones. La resistencia se basaba también en la crítica que desde el Partido Nazi se ejercía contra el catolicismo, considerado una religión ajena a Alemania, una embajada de un poder extranjero y un exasperante punto de resistencia a las ambiciones de expansión ideológica del nazismo. Aunque no se tomara demasiado en serio las posiciones de Rosenberg sobre la creación de un «cristianismo alemán», o las posiciones paganas de algunos de los cuadros nazis, Hitler creía firmemente en la necesidad de disciplinar la actitud de la Iglesia, haciendo las concesiones necesarias para llegar a un acuerdo con un poder que, en cualquier caso, tenía recursos importantes fuera del país y no podía ser sometido sin algún tipo de gesto de reciprocidad. Los contactos con el clero se hicieron, además, a través de dirigentes del Zentrum que eran prelados, como Kaas, quien mantuvo siempre la posición más favorable a un entendimiento con las nuevas autoridades, a condición de que se respetaran derechos elementales de la Iglesia, como el referente a la educación y la autonomía plena en el ámbito de los nombramientos jerárquicos. Ésta fue, precisamente, una de las cuestiones que Hitler tuvo que aclarar al presentar su proyecto de Ley de Plenos Poderes el 23 de marzo, asegurando la disposición del nuevo régimen a actuar en colaboración con los derechos de la Iglesia, siempre y cuando ésta actuara de acuerdo también con sus deberes, algo que, para Hitler, implicaba el abandono de la actuación política autónoma y el enfrentamiento ideológico con el nazismo. Estas declaraciones permitieron que la Conferencia Episcopal alemana levantara la prohibición de actividades en el nazismo que, por otro lado, podía obligar a los cristianos nazis a pasarse al protestantismo. Siguió a ello una frenética actividad para conseguir un concordato a escala de todo el Reich que superara los firmados durante la república con los diversos *Länder*. En el mes de julio de 1933, cuando los partidos católicos habían dejado de existir, se anunció la firma del concordato entre la Santa Sede y el gobierno nacional, que incluía la renuncia a las actividades políticas por parte del clero, a cambio de la permanencia de la enseñanza religiosa y el nombramiento de los obispos de forma autónoma por el Vaticano, con un pequeño margen de tiempo para que el gobierno expresara alguna queja por la propuesta de alguno de ellos.[31]

La relación con la Iglesia protestante, que debía resultar más satisfactoria por su independencia de un poder exterior y porque las zonas de la Iglesia reformada habían sido las de mayor avance del nazismo, presentó obstáculos de otra índole, quizá porque el nuevo régimen, que creyó posible una actuación mucho más intervencionista en este terreno, encontró resistencias más serias de lo esperado. El Tercer Reich contaba con el apoyo de una asociación autónoma del partido, pero muy próxima a él en sus planteamientos ideológicos —que incluían una revisión teológica del cristianismo para nazificarlo—, llamada Movimiento de Fe de los Cristianos Alemanes *(Glaubensbewegung «Deutsche Christen»)*, que el nacionalsocialismo utilizó para hacerse con la mayoría en las elecciones para el sínodo de la Iglesia protestante alemana, consiguiendo el nombramiento de Ludwig Müller como obispo del Reich en septiembre de 1933. La respuesta de los sectores disconformes se refirió, mucho más que al nombramiento de este antiguo capellán de Könisberg, a la pretensión de los «cristianos alemanes» de alterar algunos principios dogmáticos de la Iglesia reformada. Se creó una Asociación de Emergencia de los Pastores *(Pfarrernotbund)*, que consiguió agrupar a varios miles de éstos en contra del movimiento. La movilización fue suficiente para alarmar a Hitler, que nunca había deseado conflictos de carácter religioso capaces de debilitar la impresión de unidad de su partido, y que estaban afectando también a sectores protestantes que habían manifestado su acuerdo con el nuevo régimen. Poco a poco, el apoyo del Tercer Reich a los «cristianos alemanes» se evaporó, y aunque éstos continuaron existiendo, la Iglesia protestante reafirmó su autonomía organizativa y teológica.[32]

La «coordinación» impuesta por el régimen nacionalsocialista se extendió también al ámbito de las organizaciones agrarias e industriales. En el caso de las asociaciones agrarias, la carrera de Walther Darré había ejemplificado los métodos de infiltración del

31. G. Lewy, *The Catholic Church and Nazi Germany*, s.l.e., 2000, pp. 25 y ss.
32. Sobre el movimiento «cristianos alemanes», *véase* D. Bergen, *Twisted Cross. The German Christian Movement in the Third Reich*, Chapell Hill, 1996. Sobre el conflicto, N. Frei, *L'État...*, pp. 121-123.

NSDAP antes de la conquista del poder, acompañándose la ocupación de zonas de poder en las asociaciones con la elaboración de una cultura ruralista, que hacía del campesinado la base de los valores de la raza aria. Cuando se organizó el primer gobierno de Hitler, las exigencias de los nacionalistas conservadores evitaron que Darré fuese nombrado ministro de Agricultura, cargo que pasó a manos de Alfred Hugenberg, junto con el de Economía. Esta coincidencia levantó las críticas del propio Darré, quien inició de inmediato su operación de acoso al nuevo ministro, y de los industriales, que consideraban las diferencias sustanciales en las demandas del RLB y las que interesaban a sectores económicos vinculados con la exportación. Hugenberg dio muestras muy pronto de la atención especial que pensaba dedicar a los intereses de los propietarios agrícolas, a través de una serie de decretos que afectaron a la política aduanera del país, a la concesión de una nueva ayuda para levantar el endeudamiento de las posesiones de la Prusia Oriental, y a la obligación de utilizar materias primas de las granjas alemanas en la elaboración de productos como, por ejemplo, la margarina. En todos estos temas, Hugenberg consiguió vencer la hostilidad de consumidores, acreedores y comerciantes, e incluso de la campaña promovida por el propio Darré. Sin embargo, su posición se vio muy debilitada por el aluvión de críticas que levantó entre sectores tan diversos de la sociedad y en las filas del propio gobierno. Cuando en la conferencia económica de Londres, Hugenberg planteó ásperamente objetivos agresivos en política exterior, su posición se hizo insostenible, y se vio obligado a dimitir el 26 de junio, siendo sustituido por Darré. En el caso de la agricultura, la *Gleichschaltung* combinaba así la acción en las asociaciones profesionales con la ocupación de la cartera correspondiente en el gobierno. Darré había ido fusionando las diversas organizaciones campesinas, culminando en la organización de una *Deutsche Landwirtshaft* el 20 de abril y en su proclamación como jefe de los campesinos del Reich nueve días más tarde. Tras su nombramiento como ministro, Darré edificó una gran organización corporativa que habría de integrar al conjunto de las personas implicadas en la producción y comercialización de los productos alimenticios, la *Reichsnährstand.*[33] La coordinación del espacio industrial necesitó de instrumentos distintos, al no haber realizado previamente el movimien-

33. G. Corni, *Hitler and the Peasants*, Nueva York, 1990, pp. 39 y ss.

to nazi una verdadera obra de infiltración. En este terreno, el partido se enfrentaba a la desconfianza de los sectores de la RDI, a los que los economistas oficiales del NSDAP, Feder y, sobre todo, Otto Wagener, planteaban la creación de una estructura corporativa a la que deberían someterse. El 23 de marzo, el mismo día en que se votaba la Ley de Plenos Poderes en el Reichstag, una reunión general de la RDI asistió a un ataque de Fritz Thyssen contra los dirigentes de la organización que se habían mostrado contrarios al nazismo, exigiendo explicaciones por hechos como los esfuerzos para bloquear el nombramiento de Hitler antes del 30 de enero, o por episodios de carácter simbólico, como la orden de arriar una bandera con la esvástica que se había izado en el edificio de la corporación, por parte de su presidente, Krupp. Aun cuando se logró finalizar la reunión con un mínimo acuerdo sobre la necesidad de ajustarse a las nuevas circunstancias, la ofensiva nacionalsocialista en el ámbito empresarial tuvo efectos inmediatos. El día 1 de abril, el mismo en que los dirigentes de la RDI debían entrevistarse con el canciller, los locales de la organización fueron ocupados por las SA, al tiempo que Otto Wagener, responsable de economía del partido, indicaba la necesidad de subordinar la industria al Estado mediante la instalación de un régimen corporativo. Los dirigentes industriales se dirigieron de inmediato al canciller para recordarle las promesas que se les habían hecho pocas semanas atrás. La estructura recomendada por Wagener nunca llegó a construirse en los términos integrales en que éste la concebía. De hecho, la caída del responsable económico en los meses siguientes liquidaría buena parte de las propuestas corporativas que proponía. Aun así, la RDI fue sometida a una depuración de dirigentes que despertaban escasa confianza del régimen, como Ludwig Kastl, y de otros de sangre judía, como Paul Silverberg, a quien de nada sirvieron sus esfuerzos para hacer llegar a los nazis al gobierno en 1932. El 22 de mayo, la RDI fue sustituida por una nueva organización nazi, que conservaba las siglas de la antigua organización de los industriales.[34] A partir de esa pequeña depuración, el acuerdo entre ambos interlocutores funcionó por dos mecanismos complementarios: la revitalización industrial a través de las propuestas de rearme y la disciplina en la empresa mediante la destrucción de las organizaciones sindicales. El Consejo General de la Econo-

34. H. A. Turner, *German...*, pp. 333 y ss.

mía pasó a convertirse en una forma de influencia de los empresarios en el gobierno, mucho más que en un mecanismo de control de la actividad industrial por parte del nuevo régimen.

La conquista de los ámbitos de sociabilidad cultural fue acompañada, lógicamente, de la destrucción de las organizaciones relacionadas de forma más clara con la acción sindical y política, los sindicatos y los partidos. La ADGB, vinculada a la socialdemocracia, estaba ya distanciándose de las posiciones del SPD desde finales de 1932, en un intento de salvar una posición autónoma que salvara la inmensa obra sindical que había tardado generaciones en crear un espacio asociativo paralelo. La moderación de Theodor Leipart, en especial, le había llevado a negociar la posibilidad de un gobierno autoritario «neutral», que tolerara la persistencia de las organizaciones sindicales en Alemania, durante el corto período de la cancillería de Schleicher. Tales conversaciones fueron condenadas por la socialdemocracia y llevadas a un punto de no retorno por el fracaso del «general político» desde mediados del mes de enero de 1933. Tras la victoria del gobierno nacionalista en las elecciones del 5 de marzo y la aprobación de la Ley de Plenos Poderes, que fue seguida de innumerables actos de violencia contra el partido, la ADGB hizo llegar al régimen su disposición a un *modus vivendi* que incluiría la colaboración con las NSBO, que habían obtenido un resultado apreciable, pero muy insuficiente, en las elecciones para los comités de empresa. Sin embargo, este mismo resultado había indicado a los dirigentes nazis la necesidad de acelerar el proceso de liquidación de cualquier oposición sindical. La forma en que se hizo ejemplifica perfectamente la mezcla de seducción y represión que caracterizó no sólo los primeros pasos del régimen, sino toda su andadura. El Primero de Mayo fue minuciosamente preparado por Goebbels como Día del Trabajo Nacional. Se declaró día festivo y se celebró una gran manifestación en la Tempelhofer Feld, en la que las consignas favorables a la dignificación del obrero, el honor del trabajo y la necesidad de respeto a la función de la clase en la comunidad nacional resultaron embriagadores para una masa desmoralizada por las condiciones de los últimos años de la república. La jornada del Tempelhofer Feld tiene el mismo valor simbólico para la conquista de la clase obrera que la de Potsdam para el convencimiento de los sectores conservadores. Por un lado, la solemnidad del acercamiento a un sector de la sociedad que pasaba a fundirse en la nueva Alemania. A continuación, la represión contra quienes no formaban parte de ella. Si este último factor fue el de la Ley de Plenos Poderes, no se demoró mucho la cara represiva de la moneda en el caso de los sindicatos. El 2 de mayo, veinticuatro horas después de una ceremonia en la que los sindicatos socialistas se habían apresurado a participar, los locales de la ADGB fueron ocupados por militantes de la NSBO.[35] Los sindicatos cristianos y los sindicatos liberales no tardaron en seguir la misma suerte.[36] El mismo mes de mayo, se fundaba el Frente Alemán del Trabajo, cuya misión sería fundir las diversas actividades relacionadas con el mundo laboral en una sola organización, controlada bajo el partido. Para que no hubiera dudas de ello, la jefatura de la nueva institución recaía en el sucesor de Gregor Strasser al frente del aparato de organización del NSDAP, Robert Ley.[37]

Con la Ley de Plenos Poderes, que otorgaba un poder discrecional al gobierno durante cuatro años, la función de los partidos de Weimar había quedado disuelta en la vorágine de la revolución nacional. La disolución del Partido Comunista y de sus organizaciones de masas era ya un hecho desde el decreto de emergencia firmado tras el incendio del Reichstag. Los otros partidos le acompañaron en un rápido proceso que, nuevamente, volvió a incluir la represión y el convencimiento. La represión se refirió, claro está, al SPD, el único partido que el 23 de marzo había votado contra la *Ermächtigunsgesetz*. El desmoronamiento de la organización, que había soportado bastante bien la prueba electoral del 5 de marzo, puede seguirse en las numerosas cartas de militantes que renunciaban a continuar afiliados a la socialdemocracia, por motivos muy diversos, que podían referirse a la actitud temerosa del partido o a la nueva situación, que convertía la afiliación en una dura prueba de civismo.[38] Las disensiones en su seno también debilitaron el partido, enfrentando a quienes pretendían algún tipo de adaptación a una nueva etapa de persecuciones, similar a la que había padecido el SPD en la época de las leyes antisocialistas de Bismarck, y quienes mantenían una posición más intransigente.

35. G. Braunthal, *Socialist Labor and Politics in Weimar Germany. The General Federation of German Trade Unions*, Hamden, 1978, pp. 74-83.
36. W. Patch, *Christian Trade Unions in the Weimar Republic, 1918-1933. The Failure of «Corporate Pluralism»*, New Haven, 1985, pp. 216-227.
37. R. Smelser, *Robert Ley. Hitler's Front Leader*, Oxford, 1988, pp. 133 y ss.
38. H. U. Thamer, *Il Terzo...*, p. 359.

Una parte de la dirección se instaló en el exilio, y en Praga empezó a funcionar un nuevo órgano de prensa, que denunció la situación por la que estaba atravesando el país. Precisamente esta clase de acciones justificaron la medida tomada por el gobierno el 22 de junio, prohibiendo el SPD y declarando anulados los mandatos de sus diputados.[39] La suerte corrida por el Partido del Estado —el antiguo Partido Demócrata— resultó más lastimosa. El partido se había aliado con los socialdemócratas en las últimas elecciones, y ello lo hacía sentirse especialmente inseguro ante la violencia nacionalsocialista. En lugar de plantear una digna batalla frontal al régimen, el DStP llegó a buscar acomodarse al mismo, manifestando su acuerdo incluso con la disolución de los sindicatos. De nada le sirvió una posición que no hacía más que mostrar su debilidad. El 28 de junio, adelantándose a lo irremediable, el partido anunció su autodisolución.[40] En el caso del Partido Popular, la dirección del mismo se encontró con una realidad no del todo inesperada: la autodisolución de organizaciones de base, cuyos militantes fueron al encuentro del Partido Nazi, una posición que también tomaron algunos de los dirigentes nacionales, como el diputado Otto Hugo, a pesar de la resistencia del líder de la formación, Eduard Dingeldey. La fragmentación de la base y de la dirección del DVP llevaron a que el 4 de julio se decidiera la disolución de éste.[41] En el mismo mes de julio, las organizaciones católicas, el Zentrum y el BVP, tomaron una decisión idéntica, señalada por la voluntad de la Santa Sede de sacrificarlos en favor de un mejor acuerdo con las autoridades del Reich. La disolución se produjo antes de que llegara a firmarse el concordato.[42] La posición gubernamental del DNVP tampoco logró salvarlo del proceso de «normalización» iniciado con la Ley de Plenos Poderes. El Partido, que había pasado a denominarse Frente Nacional Alemán, creyendo así poder integrarse como una organización autónoma en el proceso de la *Gleichschaltung*, tuvo que disolverse en cuanto comenzó a ejercerse una cuidadosa

39. E. Matthias y R. Morsey (eds.), *Das Ende der Parteien 1933. Darstellungen und Dokumente*, Düsseldorf, 1984, pp. 101-278; D. Harsch, *German...*, pp. 233-238.

40. E. Matthias y R. Morsey (eds.), *Das Ende...*, pp. 31-97; L. E. Jones, *German...*, p. 473; B. Frye, *Liberal Democrats in the Weimar Republic. The History of the German Democratic Party and the German State Party*, Carbondale, 1985, pp. 187-190.

41. E. Matthias y R. Morsey (eds.), *Das Ende...*, pp. 523-539; L. E. Jones, *German...*, pp. 473-474.

42. E. Matthias y R. Morsey (eds.), *Das Ende...*, pp. 281-519.

represión contra las organizaciones del Frente. La dimisión de Hugenberg como ministro fue la señal para que los nacionalistas vieran bloqueado cualquier camino de convivencia autónoma con los nazis.[43] El 14 de julio, aniversario del inicio de las revoluciones democráticas con la toma de la Bastilla en París, el gobierno decretaba el sistema de partido único, mediante la Ley contra la Reconstrucción de los Partidos Políticos. El proceso de normalización necesitaba sólo de una versión complementaria: la que se dirigiría contra un sector del propio partido.

El año que viene, en Bad Wiessee

> La revolución no es un estado permanente. Debe dirigirse fluido de la revolución que se ha liberado por el cauce más seguro de la evolución.
>
> ADOLF HITLER, 1933

En el verano de 1933, la dirección del gobierno y del partido había llegado a observar las dificultades que podía llegar a generar el proceso revolucionario desde la base. El 6 de julio, en una reunión con los gobernadores del Reich, Hitler señaló el fin de la revolución y la entrada en un proceso de consolidación de la misma, que no evitaría la continuación de la política tendente a depurar algunos residuos de oposición en la administración, pero que, en cualquier caso, había de aceptar la máxima de la equivalencia entre el Partido y el Estado. Las cosas no resultaban tan sencillas, ni siquiera en la misma práctica política del *Führer*. El NSDAP era una organización vinculada por dos aspectos cruciales: el liderazgo carismático y el objetivo de la conquista del poder. Fuera de esos dos aspectos, la organización para un verdadero relevo en la cúspide del poder, la preparación de los cuadros del partido para hacerse con el control de un sistema complejo de gobierno, resultaba más que discutible. Combinar la necesidad de mantener cuadros de la administración con las ansias de un puesto de trabajo que premiara los servicios prestados en los años de lucha no era tarea fácil. De hecho, resultó más sencilla la domesticación de los antiguos funcionarios de talante conservador, puestos rápidamente al servicio del

43. *Ibíd.*, pp. 543-652.

nuevo orden, que la resignación de los militantes, en especial los cuadros y base de las SA, que esperaban que el proceso de nazificación supusiera para ellos una inmediata promoción personal.[44] Hitler debía actuar con extraordinaria cautela, pues, como se ha visto, el proceso de legitimación de sus acciones contra la disidencia política o la autonomía de la sociedad se verificaba, en gran medida, a través de una movilización por la base que a esas alturas era difícil desautorizar. El ideal del *Führer* habría sido una integración del partido y del estado en la que ambas partes se complementaran, la una asegurando la inspiración política y la otra administrando la vida cotidiana del país. Sin embargo, al no referirse a entidades abstractas, sino a organizaciones que disponían de una base clientelar, tal objetivo era difícil de obtener. Por poner sólo un ejemplo, el cuadro de las SA que había permanecido en paro desde el inicio de la Gran Depresión, que se había afiliado al partido precisamente para disponer de oportunidades tras la llegada de Hitler a la cancillería y que ahora tenía un puesto en la administración municipal, difícilmente se consideraría subordinado al Estado o diferente de la autoridad de éste. Lo quisiera o no —y es difícil considerar que algunos aspectos de este complejo juego no convinieran al mantenimiento del liderazgo carismático como único factor de cohesión—, Hitler tenía que enfrentarse a un sistema poliárquico, donde las responsabilidades de la burocracia del Estado y las del partido se entrecruzaban, comenzando por las propias posiciones de personajes como Darré o Goebbels, quienes compartían una función ministerial con la que correspondía a la de ser dirigentes del partido en un área específica, fuera la agricultura o la propaganda.

Sin embargo, las mayores dificultades procedían de los estadios inferiores al gabinete y a la máxima dirección del partido. La experiencia prusiana, que los nazis utilizaron como modelo para su proceso de instalación en el poder, señalaba ya alguna de las contradicciones entre los cargos en el partido y los que se tenían como funcionarios gubernamentales. A lo largo del mes de marzo, Göring había tratado de colocar a tantos *Gauleiter* como le fue posible en puestos de responsabilidad gubernamental, la de presidentes provinciales *(Oberpräsidenten)*. Sin embargo, el hecho de que existieran muchos más *Gauleiter* que provincias exasperó a quienes no

44. Sobre las condiciones en que se encuentra el partido, *véase* D. Orlow, *The History of the Nazi Party, 1933-1945*, Pittsburgh, 1973, pp. 3-110.

habían recibido tal promoción, que comenzaron a actuar al margen de las decisiones de los *Oberpräsidenten,* a veces desde la dirección del partido en sus *Gaue,* a veces desde escalones más bajos de la administración, donde habían conseguido colocarse. La nueva promoción había provocado una diversidad de trato a los antiguos iguales en la jerarquía del partido, que los perjudicados no estaban dispuestos a aceptar. Las medidas orientadas a la colaboración entre los presidentes provinciales y los *Gauleiter*, como el decreto del 29 de marzo, no tuvieron demasiado éxito, y Göring hubo de crear un organismo de poder ficticio, el Consejo de Estado de Prusia, convirtiendo a todos los *Gauleiter* en miembros natos del mismo, por decreto del mes de julio. Esta experiencia llevó a que, ya en el mes de abril, Hitler decidiera, en la segunda ley de uniformización, la creación de una nueva figura: el gobernador del Reich *(Reichstatthalter)*, que podía representar la soberanía de cada uno de los *Länder*, pero cuya misión era, en la práctica, la de asegurar el cumplimiento de la línea política marcada desde Berlín en su área de competencia. Este régimen de «virreinatos» constituía un claro esfuerzo por controlar el poder autónomo que pudieran darse los jefes regionales del partido al convertirse en presidentes del consejo de ministros en cada uno de los *Länder* o en jefes de las Secciones de Asalto. Se trataba de una de las medidas más claras para asegurar el funcionamiento del Estado por encima de una dinámica de base, de escala regional sobre todo, que podía hacer inoperante el gobierno del Reich. Ello no implicaba, con todo, un sistema en que el funcionamiento de las instituciones siguiera el cauce gubernamental como le habría gustado, por ejemplo, al ministro del Interior, Frick. Por el contrario, Hitler se aseguró de que, en caso de necesidad —cuya importancia sólo el propio *Führer* consideraría—, cualquier gobernador podía resolver algún asunto dado de su competencia dirigiéndose al jefe del Ejecutivo sin pasar por el ministro correspondiente. La necesidad de conservar el *Führerprinzip* también en el Estado implicaba mantener una vía de acceso directo a Hitler que impedía un funcionamiento regular del sistema, para sustituirlo por el discrecional. Por otro lado, el enfrentamiento entre los gobernadores y los jefes regionales del partido podía molestar a Hitler, en términos de eficiencia gubernamental, en la misma medida en que le beneficiaba por el mutuo desgaste que ello suponía para las diversas esferas del partido, que nunca habían de acumular suficiente poder sin tener inmediatamente, en el ámbito de su influencia, un contrapoder que exigiera la intervención final del *Führer* y mantuviera neutralizada la posibilidad de un espacio que amenazara el liderazgo de éste.[45]

En el verano de 1933, el congreso del NSDAP que tuvo lugar en Núremberg, llamado «de la victoria», vino a delimitar con claridad teórica las funciones del Estado y del partido, haciendo de éste el método para seleccionar una vanguardia ideológica que inspirara el espíritu de la revolución. No obstante, en ese mismo momento el interés de los dirigentes del partido estaba fijado más en la posición internacional de Alemania que en los debates de los estertores de la *Gleichschaltung*. Y ello por un motivo que complementaba el proceso de «coordinación». Para Hitler, la política exterior debía convertirse en un factor de prestigio y cohesión para la política doméstica. Si el acceso al poder del líder nazi había despertado la preocupación de los gobiernos europeos que lo consideraban un exponente de las corrientes pangermanistas, Hitler actuó con extraordinaria cautela, procurando presentarse como un dirigente que iba muy poco más allá de la línea de revisión del Tratado de Versalles que habían comenzado los gobernantes de Weimar. El 17 de mayo, después de que Von Neurath manifestara en la conferencia de Ginebra su radical oposición a las limitaciones del rearme alemán, Hitler se dirigió al Reichstag en un discurso prudente, medido, destinado tanto a calmar a los observadores extranjeros como a mantener la reputación en los círculos nacionalistas alemanes. Manifestó no tener ánimo expansionista alguno, sino la simple voluntad de que Alemania dispusiera de igualdad de derechos. La posición de Hitler era la de construir una relación bilateral con Gran Bretaña que eliminara los sistemas multilaterales de seguridad levantados tras la Gran Guerra y, en especial, la Sociedad de Naciones. Para obtener el apoyo del Foreign Office, Hitler debía presentarse como un canciller contrario a la política del *Kaiserreich*, renunciando a cualquier posición revisionista en los términos de competencia con Gran Bretaña en el reparto de las colonias. Ello podía disgustar a algunos sectores duros de la diplomacia alemana y, en especial, desconcertar a una parte de los conservadores que se habían alineado con el nuevo régimen. Hay que tener en cuenta, sin embargo, que en esta actitud Hitler era fiel a las posiciones que en política exterior mantenía desde hacía años: la alianza con Gran Bretaña e Italia y la ex-

45. M. Broszat, *L'État...*, pp. 175-186.

pansión hacia el Este, una operación que venía a sustituir las reclamaciones coloniales de los pangermanistas clásicos. En la busca de esa política de apaciguamiento de la desconfianza internacional, en junio de 1933 Hitler sacrificó a Hugenberg cuando éste expuso la voluntad del gobierno alemán de recuperar las colonias para obtener materias primas.

Por otro lado, el *Führer* había asegurado a la *Reichswehr* que se inclinaba por un rápido rearme de Alemania, cuestión a la que debería subordinarse cualquier consideración de orden político y económico en el país. El ministro de Defensa, Von Blomberg, tenía, en esta cuestión, una actitud más radical en ocasiones que la del propio Hitler, y que prueba el grado de autonomía de que aún disfrutaba la *Reichswehr* para expresar sus propias aspiraciones. La fijación del objetivo del rearme, la necesidad de mantener una alianza con Gran Bretaña y la voluntad de aislar a Francia fueron cuestiones básicas en esta fase de la política exterior de Hitler. En el verano de 1933 estaba claro, sin embargo, que la obtención de tales cuestiones debía implicar el fin de las negociaciones en Ginebra y la realización de un golpe de fuerza que permitiera atemorizar a los adversarios extranjeros y ganarse el apoyo de la población. El 14 de octubre, Hitler proclamó el abandono de la conferencia de desarme de Ginebra y de la Sociedad de Naciones, sumándose a la posición que había tomado el Japón ese mismo año. En un discurso transmitido por la radio, el *Führer* expresó a los alemanes que lo único que se había solicitado, sin éxito, era una igualdad de derechos, en los temas de defensa, que permitiera al ejército alemán cumplir con su deber de proteger las fronteras del país. En modo alguno se refirió a los objetivos de una política expansionista, sino al derecho a la legítima defensa de la soberanía nacional. El resultado inmediato fue una gran conmoción en las cancillerías europeas y la sustitución del imposible terreno de la negociación multilateral por el de los tratados entre potencias. Una buena prueba de ello sería la firma, a comienzos del año siguiente, de un tratado de no agresión con Polonia, lo que habría sido inimaginable por parte de los gobernantes de Weimar, y que suponía un duro golpe a la política exterior de la república, orientada a la normalización de las relaciones con Francia. Esa demostración de pragmatismo en el tema de la política oriental estuvo acompañada de una radicalización del discurso antibolchevique, agudizado al crearse una Oficina de Asuntos Exteriores del partido, que había de trabajar paralelamente al ministerio, que se encomendó a Alfred Rosenberg. Mostrando estos signos de identidad anticomunistas, y una política orientada a la creación de un espacio de influencia en el centro de Europa, que lo relacionaban más con Bismarck que con Guillermo II, Hitler logró dividir el frente aliado y ganarse las simpatías británicas. Pero, además, obtuvo una impresionante victoria en el frente interior. Después del proceso acelerado de «coordinación», que había asistido a escenas de fuerza tan considerables, se planteó un plebiscito sobre la política exterior del régimen que fue acompañado de la elección de un nuevo Reichstag, con una lista única llamada «del *Führer*». Por amañado que estuviera un resultado superior al 90% de votos afirmativos en el plebiscito del 12 de noviembre, nadie pudo negar que el gobierno del Tercer Reich había recibido un sólido apoyo de la población, la cual respondió, por abrumadora mayoría, que la política del gobierno expresaba la voluntad del pueblo alemán.[46]

El prestigio alcanzado por el gobierno en esta operación de política internacional se enturbiaría en los meses siguientes. Las críticas al régimen llegaron desde diversos puntos, comenzando por las expresiones de descontento de sectores de la opinión pública, ya fuera por parte de la clase media, resentida por el mantenimiento de las grandes empresas competidoras, ya por parte de una clase obrera que se quejaba de los salarios, aunque apreciara el aumento de puestos de trabajo, ya por parte del campesinado a causa de las leyes de inmovilización de la propiedad, que se consideraban un atentado contra su libertad económica. Los rumores preocuparon lo suficiente al gobierno para que el 11 de mayo de 1934 Goebbels, en un discurso pronunciado en el Palacio de los Deportes de Berlín, exigiera la lucha contra los detractores del Estado.[47] Los ataques no se produjeron sólo en la base de la sociedad, sino que formaban parte de la crisis íntima del movimiento de «regeneración nacional» iniciado a comienzos de 1933, y que había establecido alianzas muy heterogéneas. Así, en el seno de la *Reichswehr* se manifestaban actitudes recelosas de la posición del nuevo régimen, en especial favorables a que el proceso de «normalización» incluyera el fin de las actividades de las SA y sus constantes amenazas de una segunda

46. I. Kershaw, *Hitler...*, p. 487; K. Hildebrandt, *The Foreign Policy of the Third Reich*, Berkeley, 1973, pp. 24-33; K. Hildebrandt, *Das vergangene...*, pp. 563-586.
47. N. Frei, *L'État...*, pp. 37-45.

revolución. La pretensión de las Secciones de Asalto de convertirse en una milicia popular alternativa al ejército podía ser una simple bravuconada o una infamia propagada por sus enemigos, pero no hay duda que la *Reichswehr* lo contemplaba como un peligro real, y tampoco debe dudarse de la aspiración de las SA a aumentar su función tutelar de la defensa nacional con un contenido político más acusado. Aunque Hitler tuviera el apoyo decidido del ministro de Defensa, ni siquiera Blomberg era indiferente a la campaña de Röhm en favor de la radicalización y extensión del proceso de la *Gleichschaltung*.

Otro de los puntales de la crítica al régimen era la posición de la Iglesia católica, que después de haber firmado el concordato observaba con desaliento la posición absorbente del nuevo régimen, que ponía en serio peligro algunas organizaciones específicas, como la de la juventud. El reforzamiento de Acción Católica, la institución creada por Pío XI para extender el mensaje cristiano con independencia de estado, clase o posición social, sirvió para crear una primera red de resistencia, a lo que se sumaron amenazas más institucionales, como la de leer en todos los púlpitos alemanes una pastoral en la que se condenaran ciertas actitudes del régimen.

Precisamente un sector cristiano conservador que se movía en torno a Franz von Papen desempeñaría el papel coagulante de esta oposición de la derecha al nuevo gobierno. Los dirigentes más destacados de este movimiento eran Edgar Jung y Herbert von Bose. El primero había sido asesor permanente de Von Papen a lo largo de 1932, redactando la mayor parte de sus discursos, y recuperó esta posición después del nombramiento de Hitler como canciller. Von Bose había sido designado jefe del gabinete de prensa de la vicecancillería. Jung, cuya reputación intelectual en los medios de la «revolución conservadora» era muy considerable, se puso en contacto con diversas personalidades —entre las que se contaba Schleicher— para forzar la caída de Hitler mediante una conspiración en que los sectores conservadores críticos con el nazismo y la *Reichswehr* serían fundamentales, una vez fracasado el intento de domesticación del canciller. Jung consideraba que los nacionalsocialistas, a quienes había admirado con cierta reticencia a comienzos de la década, eran también el resultado de la sociedad democrática de masas, y su régimen de violencia plebeya debía ser sustituido por un orden autoritario corporativo en el que todos los partidos, incluyendo el nacionalsocialista, habrían quedado disueltos. Estas críticas fueron redactadas por Jung y leídas por Papen en la Universidad de Marburgo en mayo de 1934, para irritación de los nazis, como puede imaginarse. El débil Von Papen corrió a entrevistarse con Hitler reiteradamente para disculparse y esclarecer el «malentendido», mientras una nueva indiscreción suya con el hijo de Hindenburg provocó el arresto de Edgar Jung.[48]

En el otro extremo del escenario político, las SA estaban tratando de responder a la operación de aislamiento a que estaban siendo sometidas. En agosto de 1933, Göring, respondiendo al espíritu de las declaraciones de Hitler el mes anterior, ordenó la disolución de las fuerzas auxiliares de la policía, redujo considerablemente los recursos financieros de las SA y creó una comisión especial para examinar los excesos que pudieran cometerse tras haber decretado una ley de amnistía. En otras zonas no fue tan sencillo llevar adelante la ofensiva, sobre todo porque, hasta la primavera de 1934, Hitler se limitó a dar instrucciones indirectas, mientras trataba de llegar a alguna solución satisfactoria con Röhm. Un ejemplo de la tolerancia del *Führer* fue permitir la orden de septiembre de 1933, por la que el jefe de las SA creaba una red de agentes especiales para asegurar el control político de las autoridades. Otro ejemplo fue la entrada de Röhm en el gabinete —junto con Hess—, para solemnizar la fusión del Estado y el partido. En febrero de 1934, Hitler se había reunido con los *Gauleiter* a fin de indicar cuáles debían ser las funciones del partido, señalando que debía reducirse a crear las condiciones sociales para que la política del gobierno pudiera aplicarse en la sociedad. Asimismo, condenó abiertamente a quien señalara la continuidad del proceso revolucionario y señaló que la multiplicación de los objetivos sólo conducía a la multiplicación de los errores.[49]

Röhm no sólo no moderó su posición, sino que en la primavera de 1934 se mostró aún más radical. A pesar de haber fijado con Hitler unos límites muy claros a la capacidad operativa de las SA en acciones militares, el líder de las Secciones de Asalto continuó tratando de armar a sus milicias, como si deseara que fueran capaces de un enfrentamiento abierto con cualquier enemigo del proceso de

48. L. E. Jones, «The Limits of Collaboration. Edgar Jung, Herbert von Bose, and the Origins of the Conservative Resistance to Hitler, 1933-1934», en L. E. Jones y J. Retallack, *Between*..., pp. 465-501.

49. M. Broszat, *L'État*..., pp. 310 y ss.

una «segunda revolución». Al mismo tiempo, comenzó a publicar en su prensa *(Der SA-Mann)* reiterados llamamientos a acabar con los obstáculos burocráticos para la culminación del proceso revolucionario. Debe indicarse que, posiblemente, y más allá de lo que el propio Röhm pensara, sólo trataba de ponerse a tono con la multitud de quejas que se observaban en la base de su organización, en especial por motivo de la situación de desempleo en que se hallaban muchos de los viejos militantes de las SA, lo que generaba una postración social que después de la toma de poder se consideraba intolerable.[50] Considerando las dimensiones alcanzadas por las SA, que contaban con tres millones de miembros, el riesgo de alguna operación de fuerza era real. De igual manera, la imprudencia de Röhm sólo puede explicarse por la impunidad reiterada de las acciones de sus milicias desde el 30 de enero. Lo que no había entendido el líder de las Secciones de Asalto era hasta qué punto ponía en peligro la propia continuidad del bloque social que apoyaba al nuevo régimen, y que no coincidía exactamente con las fronteras del territorio de los «viejos camaradas».

La política de asfixia de las SA, que se llevó adelante desde marzo de 1934, incluyó la mejora de las condiciones políticas e institucionales de las SS, como el nombramiento de Himmler como jefe de la policía prusiana. Este apoyo a uno de los sectores armados del partido resultaba no sólo del maquiavelismo de Himmler, sino de una elemental medida de defensa preventiva de la dirección del partido, que deseaba contar con este sector en caso de que se produjera una resistencia armada por parte de las Secciones de Asalto.

A comienzos del verano, Hitler ya estaba dispuesto a tomar medidas excepcionales y definitivas, animado por su entorno político —Hess, Göring, Goebbels— y presionado por sus interlocutores en la *Reichswehr*. En la madrugada del 30 de junio, en una operación por sorpresa, Hitler acudió a Múnich e hizo encarcelar a algunos jefes de las SA, como Wilhelm Schmid y August Schneidhuber, arrancándoles personalmente los galones. Unas horas más tarde, se dirigió con más de un millar de SS al balneario de Bad Wiesse, donde se encontraban Röhm, Edmund Heines y otros jefes de las SA. A lo largo del día, fueron ejecutados varias docenas de oficiales

50. *Véanse* estas críticas en Reiche, *The Development...*, pp. 173-221, y en R. Bessel, *Political...*, pp. 118 y ss.

de las Secciones de Asalto, a los que se sumaron sus enemigos de la derecha: Edgar Jung, Herbert von Bose, Kurt Schleicher e incluso el antiguo gobernador de Baviera, Gustav von Kahr. Una víctima especialmente significativa fue Gregor Strasser, asesinado en los locales de las SS en Berlín. Ernst Röhm tuvo que esperar unas horas, hasta que fue ejecutado en la prisión de Stadelheim, en Múnich, el primero de julio al mediodía.

Hitler tardó casi quince días en dar una explicación al pueblo alemán, a través de una sesión del Reichstag retransmitida por la radio. En un largo discurso, se refirió a la necesidad de tomar una determinación rápida, como si se estuviera en tiempo de guerra, contra quienes pensaban amotinarse contra el Estado y poner en peligro la supervivencia. Ante el parlamento y la nación, el *Führer* acababa de justificar el asesinato político, lanzando una seria advertencia a sus críticos de cualquier facción. La muerte era el punto de llegada de la oposición al régimen. Si Hitler se había atrevido con un ex canciller, con el antiguo número dos del partido y con el jefe de la organización de masas más importante del NSDAP, ¿ante qué enemigo interno podía detenerse? De nuevo, la intimidación y la seducción se recluyeron en su mutua dependencia. Hitler actuaba como verdugo, pero para eliminar un miembro gangrenado de la comunidad popular, lo mismo que venía haciéndose desde el 30 de enero del año anterior. En este sentido, en semejante mezcla cuidadosa de amenaza y protección, la jornada del 30 de junio marca la verdadera culminación de la conquista del poder. Como si la historia se pusiera al ritmo de las necesidades del canciller, el 2 de agosto, Hindenburg fallecía. Hitler cancelaba la figura de presidente y pasaba a convertirse, formal y realmente, en la máxima autoridad del Estado. El ejército prestaba, en ese mismo día, juramento de lealtad al nuevo *Führer* de la nación alemana.

VII
LA EDUCACIÓN SENTIMENTAL

Los primeros pasos del régimen nacionalsocialista mostraron el carácter complementario de la acción por la base y de la respuesta desde el gobierno, a lo que seguía un movimiento de carácter inverso: instrucciones del Estado y receptividad de la sociedad. Esta trama, complicada por el uso diverso de los mecanismos del partido y el gobierno, que añadía un esquema horizontal a las líneas paralelas verticales, se completa desde el principio con el uso de la seducción y la represión como mecanismos que se explican mutuamente. Todos los recursos utilizados para la inclusión de una mayoría social en el proyecto nacionalsocialista van acompañados de tajantes sistemas de exclusión, que pueden actuar como factor de cohesión: el ejemplo más claro es la ofensiva contra las empresas judías en la jornada de boicot de abril de 1933. En la medida en que el régimen excluye, ofrece la promoción inmediata a quien es incluido en la comunidad. El sistema necesita no sólo el asentimiento, sino la complicidad; no sólo la asistencia, sino la movilización. Los recursos utilizados para el terror son, al mismo tiempo, mecanismos para la fascinación de aquellos a quienes se llama a participar. Por tanto, la división analítica de la seducción y la represión solamente puede entenderse si se comprende su carácter complementario, el cruce permanente de sus efectos persuasivos. Si el antisemitismo expresado en la jornada del día 1 de abril es factor de cohesión y de exclusión al mismo tiempo, el proyecto racial en su conjunto, el mito de la comunidad popular *(Volksgemeinschaft)* actúa en el mismo registro. La división entre clases, regiones, religiones, partidos, etc., es sustituida —y sublimada— por la unidad de quienes pertenecen a la misma comunidad, que ya no acepta las divisiones artificiales sino sólo las que proceden de la naturaleza. La división entre los compañeros de la comunidad *(Volksgenossen)* y quienes son ajenos a ella *(Gemeinschaftsfremde)* responde a una nueva delimitación, una nueva fractura social, que se expresa manteniendo incólume la unidad básica comunitaria, y señalando a quienes, lejos de constituir una parte antagónica, discrepante o insatisfecha de una sociedad plural, son individuos que no pertenecen a la misma. La pluralidad o el antagonismo se expresa, así, en términos orgánicos. La salud racial se interpreta en términos de conducta, de la aceptación y el entusiasmo por el nuevo orden de cosas, de la disciplina laboral, del gusto estético, de las orientaciones sexuales. La falta de salud se manifiesta en la oposición al régimen, en la búsqueda de la fragmentación de la comunidad, en las inclinaciones estéticas que se salen de la uniformidad. La pluralidad se expresa como desviación, como degeneración. La metáfora biológica sirve para fundamentar, en el proyecto racial, la represión sobre quien se esfuerza en ser distinto, sobre quien no tiene otro remedio que serlo. Sin embargo, el proyecto racial tiene una inmensa capacidad de integración, de definición «científica» de la unidad nacional, de expresión racional de lo que se entiende por pueblo. El Estado de terror que implanta el complejo institucional de las SS tiene su factor de integración paralelo, su espejo deformante, en la delación, que exige la complicidad de la población para ponerse a salvo de las denuncias o para sentirse vinculada a la comunidad a través de su colaboración con la represión. Comprender el nazismo es acercarse a sus manifestaciones sociales como básicamente excluyentes o integradoras, pero entendiendo que todas ellas tienen ese doble carácter, que las define en términos menos rígidos de los que querría una explicación lineal, pero más eficaces para extenderse sobre la sociedad al actuar, al mismo tiempo, con las dos caras del proyecto.

Lo sagrado y lo profano. Los recursos de una mitología

> Que me hayáis encontrado entre tantos millones es el milagro de nuestro tiempo. Que os haya encontrado a vosotros es la fortuna de Alemania.
>
> ADOLF HITLER, 1936

> Este gobierno no estará satisfecho por mucho tiempo sabiendo que tiene al 52% del país detrás de él, mientras debe aterrorizar al 48% restante. Por el contrario, su próxima tarea será ganarse al 48% que queda para su causa.
>
> JOSEPH GOEBBELS, 1933

En el recorrido del Tercer Reich, la figura del *Führer* posee una función política y otra simbólica que resultan mutuamente indispensables. Más allá de los mecanismos institucionales que, a partir de la muerte de Hindenburg, establecen la coincidencia de los cargos de presidente y canciller, haciendo de Hitler la autoridad máxima de la nación, el poder discrecional que ofrece a éste la estructura misma del régimen es muy importante. La confusión entre las áreas de responsabilidad del Estado y del partido llegaba a la persona de Hitler, donde culminaba la máxima autoridad de ambos. El complejo institucional nazi va a consolidarse con la dualidad de los poderes discrecionales y normativos,[1] como una convivencia de poderes paralelos[2] que atenúan la tendencia de cada uno de ellos a monopolizar las decisiones. En definitiva, se trata de una forma poliárquica de poder, una estructura más feudal que monolítica, donde el gobierno y el partido —o, más bien, las diversas y poco armónicas estructuras de ambos— van tratando de ocupar espacios propios a expensas de los demás, para reforzar su poder en una constante competencia.[3] Esta maquinaria, sin recursos legales claros ni reconocimiento formal de la pluralidad, resulta de gran inestabilidad, porque niega la fundamentación misma del régimen, cuya aspiración a una sociedad sin fisuras se ve constantemente desmentida por la realidad de los propios gestores del país, enfrentados por la captación y recompensa de sus clientelas. El grado de deslegitimación a que puede conducir esta contradicción entre la ideología y la percepción pública de lo que está sucediendo erosiona, sin duda, el vigor del sistema, que debe hallar mecanismos compensatorios, lugares simbólicos, mitos asumibles donde esta contradicción íntima quede sublimada, donde se recupere el sentido comunitario, la identidad única de la *Volksgemeinschaft,* la verdadera integración, en una sola voluntad, del pueblo, del partido y del gobierno. Es cierto que esta forma poliárquica de funcionamiento, este enfrentamiento de centros de poder diversos que ni siquiera se informan de responsabilidades compartidas, se ha creado en la dinámica del período anterior al *Machtergreifung,* con un modelo de partido caracterizado no tanto por su organización burocrática como por la lasitud de su tejido institucional, el margen de manio-

1. E. Fraenkel, *Der Doppelstaat*, Nueva York, 1941.
2. F. Neumann, *Behemoth. Pensamiento y acción en el nacionalsocialismo*, México, 1943.
3. G. Hirschfeld y L. Kettenacker, *Der «Führerstaat». Mythos und Realität*, Stuttgart, 1980.

bra que adquieren las instancias inferiores una vez han reconocido la autoridad suprema del *Führer* y el carácter inmutable del programa fundacional. Estas dos piezas actúan como cimientos de un partido que vive en función de su propia movilización, de su constante actividad en busca del poder, de su infatigable propaganda contra el régimen de Weimar. Incluso cuando existe cierta formalización, comienzan a crearse organizaciones sectoriales que recrean la diversidad de núcleos de decisión. Tales asociaciones nacionalsocialistas de diversas actividades profesionales actúan como una malla que se superpone a las autoridades territoriales del NSDAP, estableciendo zonas en las que se confunde la responsabilidad. Las deficiencias de esta forma de funcionamiento podían atenuarse en el período de lucha, camufladas bajo la energía del movimiento y la dirección unívoca de la conquista del poder. Una vez en el gobierno, se mantuvieron como mecanismos de conservación clientelar, pero en perjuicio de un funcionamiento más razonable e incluso «controlable» de las estructuras de gestión del Tercer Reich. En caso de que podamos apreciar una batalla por la primacía del gobierno o del partido —tema de discusión en el análisis de todos los regímenes fascistas—, la victoria relativa correspondió al gobierno, que fue haciendo del NSDAP una estructura subordinada, con funciones cada vez más marginales en la organización de la sociedad. De hecho, los personajes más poderosos del Reich lo fueron en la medida en que combinaban la dirección de un ámbito del partido con la gestión de una esfera gubernamental: tal fue el caso de Göring, de Himmler, de Goebbels o de Ley. Por debajo de ellos, los antiguos *Gauleiter* procuraron obtener puestos en la jerarquía administrativa, y la tendencia llegó hasta el último escalón de la burocracia. Sin embargo, el triunfo del Estado sobre el partido, que se expresó legalmente en julio de 1933 y políticamente en las constantes referencias de Hitler a la función subordinada del NSDAP, no se manifestó en la verdadera organización de un nuevo Estado nazi que definiera perfectamente las formas de representación y los ámbitos de competencia. La reforma administrativa de Frick resultó frustrada, y el ministro del Interior acabó presentando su dimisión tras perder toda esperanza de construir una estructura normativa permanente que superara los poderes discrecionales de un estado de emergencia constantemente renovado.[4] Todo ello correspondía a

4. M. Broszat, *L'État...*, pp. 187 y ss., pp. 421 y ss.

una opción decidida por Hitler, quien ya había utilizado este territorio de prácticas de darvinismo institucional como una forma de asegurar su poder antes de llegar al gobierno. Obedecía también a un estilo de trabajo personal y laxo, con escasa afición a la lectura de documentos, a la labor de despacho y al control de las tareas burocráticas, aunque éstas se multiplicaban, en las esferas más bajas, hasta la exasperación. La cúspide del Estado y del partido, personificada en Hitler, no disponía de una visión general de las cosas mayor de la que podían tener sus ayudantes más inmediatos, incluyendo a Hess o a Martin Bormann, que se encargaban precisamente de hacer de intermediarios entre el *Führer* y el aparatoso sistema burocrático dual. La decadencia de cualquier forma de dirección colegiada del gobierno, con la reducción de las reuniones del gabinete, y la inexistencia de formas colectivas de coordinación del NSDAP impedían que se dispusiera de una impresión de conjunto, que ni siquiera estaba en manos de Hitler, y que permitió la creación de ámbitos prácticamente libres de cualquier control, como fue el imperio de las SS, de la misma forma que arrebataba a alguna estructura determinada su responsabilidad más obvia, como ocurrió con el Plan Cuatrienal, que quedó en buena medida al margen de los ministerios implicados.[5] La actitud general de Hitler fue siempre la de esperar a que estallaran los conflictos sin intervenir en temas que él consideraba no tanto secundarios como objeto de lucha entre las diversas esferas interesadas. La impresión de «caos organizado» de la administración, con su falta de responsabilidades directas, con la abdicación voluntaria de sectores de la vieja burocracia en favor de nuevos organismos que actuaban con arbitrariedad, es más que una simple visión superficial de las cosas. Se atiene en mayor medida a los mecanismos íntimos del Tercer Reich que la visión tradicional, muy ligada a la teoría del totalitarismo, de un control permanente, absoluto y, sobre todo, minuciosamente organizado, de la sociedad por parte del Estado. Por el contrario, la multiplicación de la burocracia en la base de la sociedad podía obedecer a la duplicación de las funciones, de la misma forma que la movilización por la conquista del poder fue sustituida por una constante radicalización de cada uno de los centros de la poliarquía para ofrecer victorias parciales al *Führer,* obteniendo así algún tipo de recompen-

5. D. Petzina, *Autarkiepolitik im Dritten Reich. Der nationalsozialistische Vierjahreplan*, Stuttgart, 1968.

sa. Esta dinámica acabaría conduciendo a la ebullición del régimen en los años de la guerra, y a serias dificultades para organizar de forma coherente el esfuerzo militar y la movilización nacional que éste precisaba.[6]

De este modo, la función formal de Hitler pasaba a ser la de un punto de referencia teórico, un puesto de mando unipersonal en la toma de decisiones, por encima de un paisaje de «anarquía autoritaria», un terreno de feroz competencia de organismos gubernamentales y partidarios que sólo reconocían la primacía absoluta del caudillo del nacionalsocialismo, no existiendo ninguna autoridad a la que Hitler le debiera obediencia alguna.[7] Semejante modelo de liderazgo tenía, sin embargo, otra manifestación, una realización igualmente importante en su dimensión mítica. Precisamente la dispersión que sostenía la Alemania nazi permitía incrementar la necesidad de un punto inmóvil, de un eje simbólico sobre el que girara la vida comunitaria. La apreciación de esta presencia viva, de un gran diseñador del futuro del país que se situaba por encima de las miserias cotidianas, así como la percepción de un hombre salido del pueblo, pero excepcional en sus virtudes públicas, como verdadera encarnación de la idea, se acentuaban en la medida en que la fragmentación social de Weimar, que los nazis habían denunciado con tanta insistencia, no había dejado de existir con la llegada de éstos al poder. En el funcionamiento regular del país, el mito de Hitler se convirtió en mucho más que un mero instrumento artificial de la propaganda hábilmente arrojada sobre las masas. Fue un símbolo creíble de la unidad orgánica entre la nación y sus dirigentes, que llegó a superar la dilapidación del prestigio del partido en los años posteriores al *Machtergreifung*. El *Führer,* más allá de su propia situación jurisdiccional en la frágil estructura normativa del país, más allá de su propio estilo de trabajo y de su mismo deseo de conservar esta función caudillista, aseguró una vinculación de una sociedad que podía considerarse insatisfecha por la

6. H. Mommsen, «La place de Hitler dans le système de pouvoir national-socialiste», en *Id.*, *Le national-socialisme...*, pp. 67-99; *Id.* «Cumulative radicalisation and progressive self-destruction as structural determinants of the Nazi dictatorship», en I. Kershaw y M. Lewin (eds.), *Stalinism and Nazism. Dictatorships in Comparison*, Cambridge, 1997, pp. 75-87.

7. M. Marx, *Government in the Third Reich,* Nueva York, 1937, pp. 53 y ss.; O. Mitchell, *Hitler's Nazi State. The Years of Dictatorial Rule, 1934-1945*, Nueva York, 1988, pp. 71 y ss.

marcha de algunos asuntos, pero reconfortada por un liderazgo incontestable. Claro está que la función había de ser gratificante para los receptores: el mito se conservaba en la medida en que el país, en su conjunto, funcionara. Se mantenía en la medida en que, más allá de la experiencia más inmediata, se consolidara la impresión de que Alemania iba mejor, alcanzaba sólidos éxitos en batallas cruciales: contra el desempleo, contra el Tratado de Versalles, contra la herencia corrupta de Weimar. Sólo el éxito en estos frentes podía mantener el carisma de Hitler, que fue diluyéndose a partir de las penalidades de la guerra, sobre todo cuando fue evidente su incapacidad de seguir proporcionando victorias a su pueblo.

El mito del *Führer* tenía su origen en una vasta literatura *völkisch* que empezó a depositar la confianza en Guillermo II para trasladarla luego a un mítico redentor que habría de liberar al pueblo alemán de las penalidades de la derrota de 1918. Junto al mito de un nuevo Reich, la revolución conservadora había ido creando el mito de un caudillo que encarnaría el ritual de la emancipación nacional.[8] Como se ha visto al relatar los años de fundación del NSDAP, Hitler no se vio a sí mismo con esa misión hasta mucho después de su ingreso en el partido. La referencia al *Führer*, que compartió durante algún tiempo con Drexler, hacía mención más al tipo de caudillaje parcial de un grupo de agitación nacionalista entre otros que a una misión de estatura nacional. Hitler no se veía a sí mismo más que como el jefe máximo de una organización *völkisch*, el mejor propagandista en la lucha contra la república y los «criminales de noviembre». De igual forma, los ambientes patrióticos de la extrema derecha lo contemplaban como uno más, sin duda de los mejor dotados en recursos oratorios, en la organización de las tareas de la contrarrevolución. La relación con Hitler era mucho más instrumental que mística, y su liderazgo en los ambientes nacionalistas siempre estuvo sometido a la dura competencia de otros caudillos, como el propio Ludendorff, cuando no a políticos que se presentaban a sí mismos como más experimentados y de mejor origen social, como fue el caso de Graefe, por no hablar de los jefes de organizaciones paramilitares que se consideraban iguales en rango a Hitler. El cambio de posición de éste, tanto en su propia percep-

8. K. Sontheimer, *Antidemokratisches Denken...*; J. Hermand, *Old Dreams...*, pp. 26-99.

ción de su papel como en la actitud que frente a él tomaron los militantes nacionalistas, se produjo en las inmediaciones del *Putsch* de Múnich y, sobre todo, en el proceso que siguió a su fracaso. En las luchas faccionales que siguieron, Hitler adoptó el papel de no intervención, manteniéndose como una esperanza para todos los sectores que disentían acerca de la estrategia a seguir por el movimiento derrotado en noviembre de 1923. De igual modo, la redacción de *Mein Kampf* ya indicaba la forma en que Hitler se había apropiado de la fuerza del destino, convirtiendo los episodios de su existencia en premoniciones de su función como líder del movimiento nacionalista en Alemania. Este papel habría de perfilarse en las luchas internas del partido, especialmente cuando Hitler logró convencer a sus seguidores de la función cohesionadora del *Führerprinzip* en momentos en que debía lograrse la integración de sectores muy diversos de la sociedad alemana. Este liderazgo carismático frente a la unidad sobre la discusión de un programa fue la base de la posición indiscutible de Hitler, y también, como ya se ha visto, lo que daba visos de consistencia y unidad al partido frente a la fragmentación de la sociedad weimariana. Así lo entendieron personas como Gregor Strasser, cuya cuidadosa construcción de un organismo burocrático para completar el caudillaje hitleriano fue fácilmente destruida en cuanto abandonó sus labores al frente de la secretaría de organización, en la crisis de diciembre de 1932.

El liderazgo habría de adquirir cambios cualitativos importantes en la última fase de la república y, sobre todo, tras la toma del poder. Incluso cuando había de compartir con Hindenburg el liderazgo del país, Hitler pasó de ser el jefe de un partido político para convertirse en *Führer* de la nación alemana. Toda la propaganda que se realizó en torno a su figura durante la campaña electoral de 1933 no se refirió al dirigente nacionalsocialista, sino al responsable del despertar del pueblo alemán, al líder que debía orientar el proceso de regeneración de la patria. Para un amplio sector de población conservadora, decepcionada de la república, pero que no había votado nazi, esta clase de propaganda tuvo una gran eficacia: fue una prueba contundente de que la época de los políticos de partido había concluido, cediendo paso a quien encarnaba una era de sometimiento al interés general. Esta transformación de Hitler, que renunció a su posición estricta del líder del NSDAP para ensanchar su dimensión hasta abarcar el liderazgo de la mayoría no marxista y no judía de Alemania, fue decisiva en la construcción del mito del *Führer*. La acelerada ocupación de todos los espacios por la revolución nacional, la liquidación de todos los ámbitos autónomos, la infiltración de los nazis en las instituciones parlamentarias, en las asociaciones profesionales y en los recintos de sociabilidad donde se organizaba el ocio, todo el inmenso empuje de la *Gleichschaltung* fue acompañado de un extraordinario crecimiento del partido y, sobre todo, de una acentuación indiscutible del papel superior de Hitler, situado por encima del proceso social que se estaba viviendo, orientándolo desde su posición de encarnación de la nueva Alemania, como personalización de la *Wiederherhebung*. El plebiscito de la lista del *Führer* en noviembre de 1933 vino a atestiguarlo, más allá de las manipulaciones y la violencia ejercida contra quienes aún resistían el empuje simbólico del mito y la presión física de las SA. Unos meses más tarde, cuando el mito podía resultar dañado por la insatisfacción de las promesas económicas a la clase media, cuando el país empezaba a estar harto del radicalismo de la base del partido, el nuevo golpe de Hitler, el 30 de junio de 1934, asentó aún más su liderazgo. El derramamiento de sangre pareció tener las virtudes de un real de purificación pagano. Hitler no fue visto como el responsable de una matanza, de una cadena de asesinatos orquestados con la impunidad del poder público, sino que, por el contrario, se lo contempló como el celador del orden social en Alemania, que venía a clausurar los excesos y la corrupción intolerables de algunos jefes de las Secciones de Asalto. Hitler había sacrificado a sus viejos compañeros de lucha en bien del conjunto de Alemania. El amor a Hitler, que se iría manifestando y ampliando con las sucesivas victorias en la política exterior —en especial la recuperación del Sarre, la remilitarización de Renania y la unificación con Austria—, estuvo acompañado de la crítica al partido. Hitler fue inmune a las quejas constantes, que recogían perfectamente los encargados de medir el «humor» *(Stimmung)* público, referentes a los abusos de las nuevas autoridades locales o sectoriales, unas quejas que se expresaban con mayor crudeza allí donde había habido un corte más sustancial con las tradiciones políticas locales, como podía ocurrir en Baviera.[9] La respuesta generalizada era: «Si el *Führer* lo supiera», algo bastante común en un

9. A este respecto, *véase* un excelente estudio de la evolución de la opinión pública en I. Kershaw, *Popular Opinion and Political Dissent in the Third Reich. Bavaria, 1933-1945*, Oxford, 1991.

régimen no democrático, pero que indica la potencia integradora del mito, capaz de encajar la crítica a la realidad cotidiana de la gestión de un régimen sin acusar a su máximo responsable y, por tanto, sin afectar la ideología justificativa de su dominio. Los «pequeños Hitlers», como los ha llamado Kershaw en su estudio fundamental sobre esta cuestión,[10] actuaban como verdaderos absorbentes de la indignación o malestar popular contra la práctica política del nacionalsocialismo allí donde éste despertaba tales sentimientos. De esta forma, el mito desarrollaba, junto a su poder simbólico, una función nada desdeñable en la neutralización de la oposición política, convirtiéndola en simple disentimiento resignado a que sólo cambiaran algunos elementos del entorno inmediato.

Esta función simbólica del carisma de Hitler tenía mayor eficacia y plena verificación al reunirse con el otro gran mito de la sociedad nazi, el de la comunidad popular o *Volksgemeinschaft*. Difícilmente puede existir uno sin el otro. El *Führer* es la personificación de la idea, pero también el símbolo de la comunidad, el cuerpo visible de la misma. En una cultura que rechaza la complejidad de las abstracciones propias de la sociedad liberal, esta encarnación es requerida como el fundamento de una comunicación entre el líder y la comunidad, pero también de ésta consigo misma. La aspiración a una *Volksgemeinschaft* que restaure la unidad íntima del pueblo, que sea la canalización para el principio romántico de una nación sin política divisionista, no procede del nazismo, sino de una cultura largamente gestada en el nacional-populismo alemán, y que adquiere cierta forma en la *Burgfrieden* de agosto de 1914, un antecedente que el nacionalsocialismo trató siempre de reiterar como fuente de legitimación del Tercer Reich y de deslegitimación de la República de Weimar. La primera democracia alemana presenta abiertamente sus agentes antagónicos, trata de establecer formas para que el conflicto social e ideológico halle vías pacíficas de manifestación. El pluralismo como virtud se convierte en el vicio de la fragmentación, en el abismo de una sociedad fracturada, atomizada, cuya debilidad se percibe con mayor dramatismo en la medida en que la crisis económica la hace más evidente. El mito de la comunidad orgánica se basa en la angustia por la fragmentación de la

10. I. Kershaw, *The «Hitler Myth». Image and Reality in the Third Reich*, Oxford, 1987, pp. 83 y ss.

sociedad liberal. Es cierto que las formas de sociabilidad son mucho más extensas y arraigadas de lo que se había pensado, pero en un momento de crisis nacional resultan insuficientes. Algunas de ellas, por el contrario, serán la cuna del fascismo alemán. El desarraigo de amplios sectores de la democracia weimariana acaba siendo más poderoso que la expresión de la pluralidad, la representación libre, el reconocimiento de las diferencias, la tolerancia. La búsqueda de la unidad deviene una parcela mítica tan sólida como la creencia en los enemigos de la comunidad y la reconciliación con un pasado interrumpido por el desorden de la modernidad. Tal vez ésta sea la función más obvia del antisemitismo, pero también la que corresponde al antirrepublicanismo y al antimarxismo que expande el mensaje nacionalsocialista hasta ganar la voluntad de un tercio de los electores. Se trata de un proceso de *recuperación*, de una revolución que quiere *restaurar* un principio de equilibrio orgánico en las relaciones entre los individuos, que se ha quebrado por la intervención de la «civilización» ajena a la «cultura» alemana: el liberalismo, el socialismo, expresiones ambas del espíritu judío. En una sociedad atravesada por el miedo, por la incertidumbre, por los cambios acelerados, en que la clase obrera ha visto sus estrategias pulverizadas por la crisis económica, en que el parlamentarismo se muestra como el débil reflejo de una comunidad atomizada, se busca una nueva forma de reconciliación entre el individuo y ésta. El joven que no encuentra su primer empleo, la mujer que ha ocupado un puesto de trabajo gracias a la «americanización» de la economía y ahora es expulsada del mercado, el funcionario cuyos ingresos le hacen acercarse peligrosamente a la proletarización, el campesino que pierde sus tierras hipotecadas, el pequeño comerciante avasallado por los grandes almacenes; todos aquellos, en suma, que han percibido, como parte de una experiencia aterradora, su propio proceso de decadencia social, de camino inverso a la promoción que prometía la «sociedad abierta» republicana, buscan otra forma de organizar las cosas, que comienza por la búsqueda de la unidad. Se impone una fiebre por sumergirse en la marea de una comunidad sin oposiciones, de un organismo vivo sin más enemigos que los agentes raciales infecciosos, así como una propuesta de integración, de nueva cohesión social en la que nadie será rechazado, en la que todos recuperarán su libertad a través de una voluntad general homogeneizada. La renuncia a la libertad tiene lugar en el marco de la aceptación de la seguridad, pero también en el de otra concepción de lo que significa ser libre, de lo que, en realidad, significa la experiencia política individual, algo que desaparece para ser el tejido indispensable de un conjunto vital, y no una simple variable de una construcción lógica.[11]

La coincidencia del *Führer* y la *Volksgemeinschaft* exige un escenario, un lugar donde se realiza la conversión de la política en estética. El espacio privilegiado es el del congreso del partido, el *Parteitag*, que desde la época de la lucha por el poder ha dejado de ser un ámbito de discusión política para convertirse en un lugar de reafirmación ideológica. Cuando Hitler ya es el *Führer* de la nación alemana, las posibilidades que da el uso de los recursos públicos, puestos al servicio de esta vasta operación de propaganda, permite que las dimensiones del encuentro se hagan grandiosas. Núremberg se convierte, durante una semana, en un ambiente en el que va a producirse la condensación de la *Volksgemeinschaft*. P. Reichel ha descrito el ritual, que contiene las fibras básicas de un ropaje religioso. Los mismos discursos de Hitler, que desde su conversión en canciller hacen constante mención a la protección y la voluntad de la Providencia, poseen una estructura que recuerda la de una oración, murmurada en sus comienzos, que va alcanzando luego potencia, atestada de invocaciones respondidas por el coro de los asistentes, y que culmina con el entusiasmo de éstos, a quienes se ha concedido un mensaje de integración en la asamblea eclesiástica. El discurso ha ido produciendo la unificación del líder y el pueblo, y éste se reconoce a sí mismo como tal solamente al ser recibido en la congregación por el pastor. Esta puesta en escena tiene un impacto fascinante sobre los feligreses, que intentarán reiterarlo en fiestas menores sin alcanzar el mismo grado de afirmación colectiva. Se trata de una fase de alta densidad que no puede sostenerse permanentemente, pero que, mientras dura, concreta la existencia real de la comunidad en un ambiente repleto de símbolos que obliga a la participación y recompensa con la sensación vertiginosa de ser una parte fundamental de un mismo cuerpo místico, una célula esencial y anónima en el fluido orgánico de la nación. La construcción del espacio trata de impresionar a los asistentes, hacen que se sientan pequeños como individuos y sólo notables cuando se reúnen como masa. El conjunto monumental de Núremberg tiene unas dimensiones que no podrán acabarse antes del fin de la gue-

11. P. Ayçoberry, *La société allemande*..., pp. 77-79.

rra. Los esfuerzos de Albert Speer por crear un conjunto urbanístico integrado resultarán infructuosos debido al escaso tiempo que se le concede. La sala de congresos, de doscientos metros de anchura, trescientos de longitud y cincuenta de altura con cuatro pisos de galerías y prevista para cincuenta mil asistentes; el campo de Marte *(Märzfeld)* de mil metros de anchura y seiscientos de longitud, con tribunas para la asistencia de unas ciento sesenta mil personas, que se utilizará para las exhibiciones de la *Wehrmacht*; el espacio de Luitpold, pensado para la consagración de banderas y la oración por los caídos; la gran calle *(Grosse Strasse)* de dos kilómetros de longitud y veinticuatro metros de anchura, que debía unir el palacio de congresos, el Luitpold y el *Märzfeld*, con esculturas y tribunas levantadas a ambos lados; el proyecto fallido de un gran estadio para competiciones deportivas y el *Zeppelinfeld*, con la gran tribuna de veinte metros de altura, desde donde Hitler podía dirigirse a un público de trescientas mil personas.[12] Tal impresionante lugar es el que Leni Riefenstahl filmará en *El triunfo de la voluntad*, permitiendo que millones de alemanes asistan al congreso de 1934. La pericia de la realizadora nos muestra uno de los factores clave del funcionamiento del ritual. Hitler aparece solo, en primera persona. Las jornadas giran en torno a él, incluso cuando llega a la ciudad por avión y se nos muestran las vistas de Núremberg desde el aire. El resto de los participantes, incluidos los otros dirigentes y cuadros medios del partido, no son más que comparsas, piezas en el gran rompecabezas que cobra sentido bajo la mirada del *Führer*.

A esta centralidad del personaje que encarna la unidad de la comunidad popular, se añade el mecanismo creativo y no meramente conmemorativo del congreso, cuyo objetivo es la afirmación de la pertenencia, una inyección perdurable de entusiasmo en los participantes, que nunca podrán olvidar un episodio de tan radical eficacia simbólica. Copiadas miles de veces, las imágenes tratan de reiterar esta sensación de pertenencia al grupo, así como recrear, aunque sin la misma eficiencia, la impresión que se ha dejado sobre quienes han podido entrar en el congreso. Sin embargo, la filmación, que no siempre consigue conmover a los espectadores indirectos, impresiona con la imagen del ritual de los asistentes, condensa la fuerza de una idea y la transmite incluso a quienes la

12. P. Reichel, *La fascination du nazisme*, París, 1993, pp. 113-115.

observan con recelo. Muestra un enemigo formidable a los opositores, una actitud de entrega ejemplar a los indiferentes, una comunión religiosa a los agnósticos. El ritmo del ritual está cuidadosamente medido, con su mezcla de formas teatrales, festivas, de competición deportiva, de exhibición militar y de acontecimiento sagrado en recuerdo de los combatientes muertos. Los discursos diferenciados de Hitler a cada uno de los sectores del partido reflejan una voluntad integradora básica. A los representantes del Servicio de Trabajo, Hitler les recuerda que la comunidad popular ha dejado de estar dividida en clases; a los miembros de las SS y de las SA, poco después de la crisis del 30 de junio de 1934, les señala la imposibilidad de dividir el movimiento en facciones; a los miembros de las Juventudes Hitlerianas, les anuncia el futuro del Reich, en el que estos adolescentes habrán alcanzado la madurez, después de que el régimen haya concluido sus tareas de higiene social, para librar Alemania de los viejos vicios. En uno de los días intermedios, docenas de proyectores de las Defensas Antiaéreas crean un inmenso espacio mágico de luz, bajo el que desfilan miles de banderas con la esvástica, en un juego de luces y sombras que acentúan el anonimato de la masa bajo la visibilidad de los símbolos del movimiento. Finalmente, antes del discurso de clausura de Hitler, la ceremonia por los caídos sella la vinculación de la nueva Alemania con un pasado de sacrificios por parte del nazismo. Como la consagración de las banderas, se trata del ritual de mayor contenido religioso. Hitler, mesías de la comunidad popular, permanece unos instantes, en silencio, respetuosamente inclinado ante el monumento que recuerda a los mártires. La sangre, la comunicación de los fieles, la encarnación del dogma, el sacrificio reiterado en el homenaje, tienen el ritmo sagrado de una misa.

Las fiestas tratarán de mantener la tensión de los congresos del partido, integrando a quienes no pertenecen al mismo. Se trata de la generación de espacios públicos en los que se mantiene y se acentúa la tensión de la movilización. No es una manera de controlar el ocio, sino de abolirlo como zona familiar o privada, de invadirlo con mecanismos que sigan asegurando la sensación de pertenencia a una comunidad organizada. Entre el 30 de enero y el 25 de diciembre se sucede prácticamente una fiesta cada mes, incluidas, junto al ascenso de Hitler a la cancillería y la Navidad, celebraciones como el cumpleaños del *Führer*, el Primero de Mayo, las cosechas o la festividad de los caídos. La celebración del Día del Trabajo, que ha sido declarado festivo por los nazis, tiene una importancia central en todo el entramado de símbolos destinados a integrar a un sector en principio hostil al movimiento hitleriano, y contra el cual éste desplegó buena parte de su actividad propagandística durante la república. Es el día que marca la reconciliación de los diversos factores de producción, y en el que la fiesta condensa una gran cantidad de símbolos destinados a magnificar el papel del obrero en la construcción de la nueva Alemania. El trabajo pasa a ser honorable, liberador, purificador, actividad central en la regeneración nacional. La lucha del régimen contra el egoísmo del viejo capitalismo habrá de compensarse con la aceptación de la función subordinada de los trabajadores en las empresas, mediante la aceptación de una «comunidad de fábrica» *(Betriebsgemeinschaft)* que duplica la estructura orgánica de la *Volksgemeinschaft*. Las referencias a los orígenes humildes de Hitler vuelven a desempeñar un papel de vinculación entre el mito del *Führer* y el de la comunidad. Las victorias contra el desempleo se emplean como refuerzo de una práctica social que el viejo orden no ha sabido realizar. El Frente Alemán del Trabajo, con sus filiales para la organización del ocio y las recompensas a los trabajadores eficientes, se presenta como la alternativa comunitaria al sindicalismo de la lucha de clases. Esta idealización de la realidad, que supone una cadena de falsificaciones atractivas, creíbles en la medida en que la propaganda consigue modificar la percepción global de la sociedad a expensas de la experiencia individual, tiene otro ejemplo en el ritual de los caídos, celebrado en la *Feldhernhalle* de Múnich, donde los primeros caídos del 9 de noviembre, en un *Putsch* no estrictamente nazi y desbaratado por la acción de la *Reichswehr,* es presentado como el precedente estrictamente nacionalsocialista de la nueva Alemania, y la fusión entre el ejército y el partido. Ambos factores falsarios se sumergen, sin embargo, en un ambiente de alta densidad emotiva, en la invención de una tradición que se realiza como un pasado verdadero frente a los hechos reales de 1923. Como en los congresos, este ritual fúnebre expresa uno de los factores íntimos del nuevo régimen, cuya fascinación por el culto a los muertos procede de las guerras de la sociedad moderna y encuentra en el martirio la justificación de una captura del poder plena de violencia. En el acto de homenaje a los caídos, los nazis no establecen sólo una línea de continuidad entre la contrarrevolución de la posguerra y el *Machtergreifung*, sino que se erigen en continuadores de las víctimas de la

Gran Guerra, recuperando así la mística del *Frontsgemeinschaft* que completa la de la comunidad de empresa y la comunidad nacional.

La percepción de las masas no era el resultado de un estado de ánimo espontáneo, sino también de una cuidadosa planificación, que se ejerció con especial atención desde la campaña electoral de febrero-marzo y el posterior período de «coordinación». Joseph Goebbels había culminado su carrera política con su nombramiento como ministro de Ilustración Pública y Propaganda poco después de la victoria electoral.[13] En su primera aparición ante la prensa, el 15 de marzo, Goebbels anunció las líneas generales que habían inspirado la creación del ministerio. Tras señalar que la revolución nacional había llevado a cabo en pocas semanas lo que otros episodios históricos habían precisado años, el nuevo ministro indicó que la creación de una cartera como la suya indicaba la voluntad de crear un vínculo estable entre el pueblo y su expresión política, que era el nuevo gobierno. La revolución, añadió Goebbels, no podía apoyarse sobre las bayonetas: la voluntad de permanencia en el poder debería sustentarse en haber conquistado no sólo la neutralidad, sino el apoyo activo de la mayoría de la población. Por mucho que pudiera resultar extraña la creación de un ministerio de «propaganda», ello obedecía a la necesidad de movilizar a los alemanes, además de a través del trabajo objetivo del gobierno, con la explicación y amplia difusión de sus realizaciones, que actuarían como constante legitimación y reforzamiento de la revolución nacional. La propaganda debía servir para establecer el contacto entre los líderes y las masas de una forma distinta a como lo había hecho la democracia parlamentaria. El líder debía actuar de acuerdo con el interés de la mayoría, pero no podía limitarse a adularla ni a ocultarle aspectos de la lucha política que le resultaran demasiado oscuros. Poniendo el ejemplo del Plan Young, cuando algunos dirigentes de Weimar señalaron que el pueblo no estaba preparado para entender la complejidad del acuerdo internacional, Goebbels indicó que los nacionalsocialistas habían actuado en un sentido contrario, señalando que no existía idea política que el pueblo fuese capaz de entender, sino sólo gobernantes que se negaban a usar los recursos adecuados. Goebbels defendió, por último, la centralización del poder de la pro-

13. R. M. Martín de la Guardia, «Propaganda y control social en la Alemania nacionalsocialista», *Historia Social*, 34, 1999, pp. 101-115.

paganda, e indicó que, para ser eficaz, ésta no podía atenerse a criterios estéticos preconcebidos, sino al uso adecuado de la nueva tecnología y al conocimiento de los diversos mensajes que debían darse a una población compleja, dividida aún en grupos de interés, en confesiones religiosas y en culturas territoriales.[14] Goebbels sumó, de acuerdo con la trama algo confusa de la poliarquía nazi, las responsabilidades en el partido y en el Estado, aunque estas últimas pasaron a ser fundamentales. La creación de la Cámara de Cultura del Reich, el 22 de septiembre de 1933, vino a cerrar el círculo de definición de las responsabilidades que se colocaban bajo el mando el nuevo ministro. La función de la RKK era cuidar de que el arte y las actividades culturales se pusieran al servicio del pueblo, abandonando cualquier forma de autosuficiencia de su práctica.[15] La Cámara se dividía en seis secciones, referentes a la literatura, la prensa, la radio, el teatro, la música y las artes plásticas, a lo que se añadía un párrafo dedicado a la Cámara de Cine, ya existente desde el 14 de julio de 1933, y cuya regulación debía inspirar la del resto de las secciones. Se entregaba a Goebbels la responsabilidad de la regulación de la RKK pero, al mismo tiempo, se le exigía que en los asuntos financieros del sector, se tuviera en cuenta la opinión de los ministros de Finanzas y de Economía. A esta limitación formal, que Goebbels irá reduciendo a su mínima expresión, se unía la existencia de un ámbito de lucha cultural del partido, orientado por la Liga de Combate por la Cultura Alemana. El *Kampfbund* había sido fundado por Alfred Rosenberg a finales de la década anterior, y el ideólogo del NSDAP había esperado ver sus tareas recompensadas con un ministerio. Al no ser así, trató de mantener la autonomía del espacio del partido y darle la primacía en el combate por una cultura fiel al espíritu germánico. De hecho, en torno al *Kampfbund* se reunían los sectores más fanáticamente antimodernistas del nazismo, con lo que el combate por la ocupación de espacios de poder se convirtió también en una lucha por la aplicación de criterios estéticos divergentes. Goebbels ya había manifestado que el gobierno no se implicaría en una lucha entre arte «reaccionario» o «moderno»,

14. Los textos que se glosan pueden encontrarse en el apéndice documental de D. Welch, *The Third...* y en la colección de documentos publicada por J. Noakes y G. Pridham, *Nazism, 1919-1945*, vol. 2, pp. 380 y ss.

15. A. Steinweis, *Art, Ideology, and Economics in Nazi Germany. The Reich Chamber of Music, Theater, and Visual Arts*, Chapel Hill 1993, pp. 32-49.

que consideraba pasada de moda y fuera de sus competencias, pero hubo de responder a los ataques que el *Kampfbund* dedicó a la cultura «antialemana» desde el momento mismo de la llegada al poder. La participación de Goebbels en la quema de libros fue un indicador de que el nuevo ministro no iba a moverse en una sola dirección, sino de acuerdo con su necesidad de mantener el máximo de apoyo a su persona y de no enfrentarse a una movilización cultural que hubiera conseguido el apoyo de sectores importantes de la sociedad y del partido, como fue el caso de la actuación de los estudiantes en la jornada de «depuración» de la literatura alemana. Así, mientras Rosenberg y sus compañeros del *Kampfbund* realizaron una crítica feroz a todo el arte de vanguardia, Goebbels y los administradores de la RKK trataron de salvar algunas manifestaciones de la misma, como la obra de los expresionistas Nolde o Barlach. La realización de una exposición sobre el futurismo italiano, en marzo de 1934, dio lugar también a un enfrentamiento entre ambos sectores, con una crítica áspera de Rosenberg a la degeneración expresiva de esta tendencia artística y su extrañeza a cualquier forma estética de la raza nórdica. A pesar de que Rosenberg fue perdiendo fuerza en el ámbito de la crítica cultural, algunas de sus acciones tuvieron éxito, como la destitución de Richard Strauss al frente de la Cámara de Música del Reich, o la del presidente de la Cámara de Arte, Eugen Honig. Ello indica un aspecto más de la precariedad de la posición de cada uno de los elementos de la pluralidad de poderes en el Reich, que llegaba a afectar incluso el territorio del presuntamente todopoderoso ministro de Propaganda.[16] Aunque Goebbels lograría la disolución del *Kampfbund* y la integración de sus funciones en el DAF, los criterios estéticos del ministerio se harían cada vez más rígidos: el 27 de noviembre de 1936 se decretaba que la crítica sólo podría ser una descripción de la obra de arte, nunca una valoración, que correspondía a los celadores de la misma y al juicio del conjunto del pueblo.[17]

Los instrumentos de construcción de una sociedad homogénea fueron los *mass media,* a cuyo control se dedicó el Ministerio de Propaganda, no teniendo siempre el éxito lineal que podría suponerse en la emisión de un discurso directamente político, y debiendo someterse a los gustos de una audiencia de masas. El caso más claro fue el de la radio. Ésta había sido nacionalizada por el gobier-

16. P. Reichel, *La fascination...*, pp. 75 y ss.
17. D. Welch, *The Third Reich. Politics and Propaganda*, Londres, 1993, p. 28.

no de Weimar en 1932, lo que dio mayor facilidad a Goebbels para llevar a cabo el proceso de conquista de un medio que apenas había sido utilizado por la propaganda nazi y en el que, en principio, se confiaba poco, por considerarse que estimulaba la reclusión en la vida privada. En su discurso ante la prensa el 15 de marzo, Goebbels indicó que la audiencia no había cerrado los receptores, lo cual indicaba que el gobierno había ofrecido al público lo que éste deseaba. Al contrario de lo que había ocurrido en la época anterior, de lo que se trataba era de que las masas pudieran participar en los grandes acontecimientos nacionales, incluyendo las sesiones del Reichstag, que no se habían radiado durante la república. Unos días más tarde, ante los representantes de la radio, Goebbels aseguró que la ruptura ideológica del 30 de enero había sido la sustitución del individualismo por el sentimiento de pertenencia a una comunidad nacional. La radio, que debía situarse en el espíritu de la época *(Zeitgeist)* tenía la obligación de aceptar esta fractura con el pasado, siendo el medio más efectivo de conexión con las masas y de creación de un estado de opinión. A este respecto, a nadie debía ocultarse que la radio había sido conquistada por el gobierno popular, y que el nacionalsocialismo sólo la utilizaría para transmitir su propia ideología. La radio no debía contemplarse como un fin en sí mismo, sino como un mecanismo moderno al servicio del movimiento nacional. Podía deleitar espiritualmente, pero también debía colaborar en la labor de dar significado al concepto de ser un miembro de la comunidad, de dar identidad moral a Alemania. El gobierno necesitaba la movilización del espíritu, una sana difusión de ideología de apoyo al nuevo Estado que es aquello de lo que se había carecido en 1914, cuando sólo se realizó una movilización material. Como exigencia principal para poder cumplir este fin, la radio debía evitar la rutina y el aburrimiento. No se trataba de crear espíritu nacional con marchas militares y poesía patriótica, sino con mecanismos modernos y atractivos que pudieran llegar a las masas sin necesidad de agobiarlas con una pesada exposición de propaganda directa. En poco se equivocaba Goebbels al señalar que la radio podría acabar desplazando a la prensa escrita: ese convencimiento le llevó a estimular la producción de aparatos de bajo precio, los llamados «receptores populares» *(Volksempfänger)*, que permitieron elevar la cantidad de aparatos a nueve millones en 1938, a lo que se sumaban instalaciones públicas para la audiencia colectiva. La necesidad de centralizar las operaciones de propaganda llevó a Goebbels a enfrentarse con los gobernadores y los *Gauleiter*, que esperaban disponer de este recurso a su antojo. Aunque el control absoluto no pudo llegar a realizarse más que en la guerra, teniendo que disputarse algunas esferas de actividad con otros ministerios, Goebbels logró inyectar a la radio sus propias ideas, entre ellas el recorte de los discursos de los dirigentes y de las noticias de las actividades del partido, que llegaron a cansar al público y pusieron en peligro la audiencia. Incluso un programa como *La hora de la Nación* hubo de limitar sus emisiones y, finalmente, fue suprimido. Por tanto, se tuvo que ir mezclando las actividades de diversión con las de adoctrinamiento. Un ejemplo fue la reducción de la música clásica en exclusiva, orientada desde arriba, y el paso a un sistema de colaboración de la propia audiencia, que solicitaba la emisión de determinadas piezas a petición de los oyentes, siempre y cuando hubieran colaborado con el servicio de «Ayuda de Invierno» del partido.

Al igual que otros terrenos de control cultural del régimen, el de la prensa estuvo sometido a un enfrentamiento constante entre los tres dirigentes que tenían competencias sobre ella: Goebbels, en su calidad de presidente de la RKK; Amann, como encargado de las finanzas y de la prensa del partido, y Dietrich como jefe de prensa del gobierno. Lo que se produjo fue una seria confusión de los propios periodistas, que habían de rendir cuentas a autoridades distintas y, en realidad, a criterios diferentes, dada la ausencia de un órgano colegiado de dirección que coordinara este ámbito. Si bien no se produjo una absorción de la prensa por el gobierno o el partido, los niveles de control y depuración fueron reduciendo el número de cabeceras existentes, mientras se extendían las que dependían del NSDAP. En 1939, éste controlaba 150 casas editoras, mientras se producía la caída a la mitad de las revistas y la prensa diaria. En su discurso a la prensa el 15 de marzo de 1933, presentando las líneas de actuación de su ministerio, Goebbels se complació en señalar que, como antiguo director de un periódico, nadie podía darle lecciones de haber padecido la censura: las quince prohibiciones de *Der Angriff* lo probaban. El ministro señaló que el gobierno no deseaba dedicarse a una sistemática prohibición de la prensa que expresara sus críticas al régimen, aunque afirmó con energía que tales críticas habían de realizarse desde la aceptación de los principios del nuevo Reich. Como hizo con el resto de los sectores implicados en su ministerio y en la RKK, Goebbels exhortó a los periodistas a aceptar el nuevo espíritu del tiempo y a ponerse a trabajar en favor no sólo de la información, sino también de la instrucción del pueblo. El 4 de octubre de 1933, la Ley de Editores señalaba el derecho del Estado a controlar la actividad de la prensa, incluyendo quién podía ser director de un periódico. Así, quedaban excluidos aquellos que no tuvieran la ciudadanía alemana o quienes no fueran arios ni estuvieran casados con no arios; a ello se sumaba la necesidad de haber cumplido los veinticinco años, tener capacidad profesional y no haber perdido el derecho a ejercer la función pública. Los editores tenían la obligación de no publicar nada que pudiera «confundir» la opinión pública, que atentara contra el honor de Alemania, que pudiera debilitar la fuerza del Reich, ser inmoral en cualquier forma que contemplara la autoridad u ofensivo para la religión. Aun así, en su enfrentamiento con otros sectores del partido, Goebbels quiso impulsar una cierta apertura en algunos órganos de prensa, como *Das Reich*, permitiendo la colaboración de personas que no eran plenamente adictas al régimen, siempre y cuando no manifestaran una crítica general y radical del mismo. Entre las firmas que aparecieron en la revista se encontraban Theodor Heuss, Max Planck, Hans Havemann, Manfred Hausmann, Karl Krolow y otros destacados científicos, analistas políticos y críticos literarios de la época. Hasta el momento en que el régimen se radicalizó, en la preparación de la guerra inmediata, órganos como *Das Reich* o el *Frankfurter Zeitung* dieron una cierta visión de libertad de prensa que habría de reducirse a partir de 1938.[18]

El cine fue un instrumento de masas al que los nazis siempre habían prestado atención: al propio Goebbels le gustaba presentarse como un fanático del nuevo medio de expresión artística, expresando su admiración por películas como *El acorazado Potemkin* o *Anna Karenina*. El interés por la función de homogeneización cultural que podía desempeñar el cine se mostró en la precocidad con que se resolvió el tema de la «coordinación» en este campo. En marzo de 1933, un dirigente nacionalsocialista fue puesto al frente de la Asociación de Propietarios de Salas, y tras la *Gleichschaltung* antisindical del 2 de mayo de 1933, la organización profesional DACHO fue integrada en el Frente Alemán del Trabajo. En julio de

18. P. Reichel, *La fascination...*, p. 163-167; para una visión general, O. Hale, *The Captive...*, pp. 76 y ss.

1933 fue creada una Cámara de Cine del Reich, que fue incorporada a la RKK en el mes de septiembre, manteniendo su estructura básica, bajo la dirección de Fritz Scheuermann. Aunque el *Kampfbund* pidió una acción enérgica y abierta en este campo, que llevara a la práctica nacionalización de la industria, los pasos se dieron con algo más de prudencia. La centralización, destinada a limitar el margen de libertad de la creación cinematográfica, se realizó a través de medios indirectos, como el establecimiento de un sistema de crédito que, en la práctica, suponía la posibilidad de producir o no películas en Alemania. A ello siguió la eliminación de profesionales judíos, por el sistema de no admitirlos en la Cámara, la afiliación a la cual era obligatoria para poder dedicarse a esta actividad. La diáspora de profesionales fue importante, pero en absoluto letal para el futuro del cine alemán bajo el nazismo. Si personajes como Peter Lorre, Marlene Dietrich, Fritz Lang o Robert Siodmark tomaron el camino del exilio, el régimen contó con un excelente plantel de profesionales, ya fueran actores como Emil Jannings, Hans Albers o Willy Fritsch, ya de directores dramáticos como Hans Steinhoff o Veit Varlan, o documentalistas de la talla de Leni Riefenstahl. El 28 de febrero de 1933, en una charla ante profesionales en el Kaiserhof, Goebbels sintetizó el tipo de actividad que el régimen tenía pensado en relación con el cine. Como ocurría en todas las actividades artísticas, sus profesionales debían partir de la base de que Alemania estaba padeciendo una severa crisis espiritual, además de la material, a la que el gobierno tenía que dar una respuesta ideológica. Tal respuesta implicaba un control estricto de todos los mecanismos de creación de cultura, entre los que el cine iba a ocupar un lugar privilegiado. Goebbels afirmó lo que acabó convirtiéndose en un lema de sus intervenciones: su falta de creencia en la objetividad y, por tanto, su aspiración a una cultura que expresara, como se decía con frecuencia, el espíritu del tiempo. La perspicacia del ministro de Propaganda le hizo señalar hasta qué punto el cine había ido perdiendo su contacto con la realidad, al no reflejar los problemas que padecía el hombre de la calle, lo cual había conducido al vaciado de las salas y a la caída del negocio. El cine, según indicó Goebbels, dispondría de libertad de creación en los límites fijados por los principios culturales del nacionalsocialismo. La referencia al espíritu judío como algo que no tenía cabida en la nueva etapa era esclarecedora. El ministro añadiría algo que también había señalado al hablar de la radio: el cine debía ser, además de impulsor de una doctrina, un factor de diversión para la población, un vehículo de distracción de sus angustias cotidianas. Goebbels siempre manifestó que la propaganda más efectiva era la indirecta y, por ello, la mayoría de las casi mil cien producciones del Tercer Reich —más del 80%— no tuvieron el carácter de un discurso político directo. La mayor parte de la producción se dedicó a las comedias, el *thriller* o los musicales. Entre la masa de una filmografía cuidadosamente revisada por la censura, fuera cual fuese el tema que trataba, se filtraron películas con importante subvención estatal, dedicadas a los temas centrales de la ideología nazi, que se sumaban a los noticiarios *(Deutsche Wochenschau)* y a los documentales, como los que Leni Riefenstahl dedicó al congreso del NSDAP de 1934 o a los Juegos Olímpicos de 1936. Películas como *Ich klage an (Yo acuso)*, de 1941, destinada a movilizar los sentimientos populares en favor de la eutanasia, son un buen ejemplo de ello. Aunque el público pudiera disfrutar de un tipo de cine menos doctrinal, todo él debía pasar por el sistema de censura establecido por la Ley del Cine de febrero de 1934, que establecía la figura de un censor previo, al que se presentaban los proyectos y los guiones, y una oficina formada por un miembro de la RKK y un equipo de profesionales. La censura, que siempre podía ejercer el propio Goebbels, estaba destinada a evitar la circulación de películas que, según la ley, pusieran «en peligro los intereses y la seguridad del Estado», ofender «al nacionalsocialismo, a la religión, a la moral o al sentimiento artístico» o dañar el prestigio de Alemania en el exterior. Este sistema de censura directa fue acompañado de un mecanismo de estímulo, concediéndose menciones *(Prädikate)* a aquellas películas que se consideraran de un valor político o artístico relevante, favoreciéndose su exhibición. La voluntad de nacionalizar la industria, que podía estar en los objetivos finales de Goebbels y Hitler, no pudo obtenerse inmediatamente por las estrechas relaciones de las productoras alemanas con el exterior. Sin embargo, aprovechando la crisis en la que se movía la industria por la caída del consumo y por los cambios tecnológicos como el paso al cine sonoro, el Estado fue adquiriendo acciones de las mayores empresas hasta conseguir un verdadero sistema de «nacionalización silenciosa», que culminaría con la creación de una productora nacional en 1942.

La creación de un ámbito cultural controlado por las autoridades del nuevo gobierno completaba el impulso propagandístico del que el activismo nazi había hecho una característica ya antes de su llegada al poder. A los rituales de las fiestas, los congresos, las celebraciones en memoria de los caídos o la exasperación del mito de Hitler, se sumó una cuidadosa selección de la trama funcional para la creación artística y la difusión de la cultura. Los esfuerzos de Goebbels para la realización de una propaganda indirecta muestran hasta qué punto el astuto ministro intuía las reglas básicas para la creación de hegemonía, de forma mucho más clara que algunos de sus colegas, más dispuestos a una formación doctrinaria sistemática que sólo habría penetrado en los sectores ya adictos —y, por tanto, minoritarios— del pueblo alemán, alejando a una mayoría que podía conquistarse por otros mecanismos más sutiles.

La comunidad organizada

> Los dirigentes de la economía y las teorías económicas deben servir exclusivamente a esta lucha para la afirmación de nuestro pueblo.
>
> ADOLF HITLER, 1936

> Si a un pueblo sólo se le exigen sacrificios, [...] puede parecer correcto, pero hay un límite para la resistencia de cada individuo y de cada pueblo.
>
> ROBERT LEY, 1936

La recuperación económica fue la fuente necesaria de consenso y la base material indispensable para la expansión imperial del Reich. El partido nunca había desarrollado una base firme de teorías económicas, sino que se había limitado a algunos lugares comunes que establecían la defensa del interés colectivo frente al privado y la protección de la propiedad alemana frente al capitalismo judío.[19] Había tenido que frecuentar clientelas dispares y, en su carácter de movimiento nacionalista heterogéneo, había de llevar al terreno de la ideología las propuestas de cambio que impulsaba,

19. A. Barkai, *Nazi Economics. Ideology, Theory, and Policy*, Oxford, 1990, pp. 21-70.

hallando en la utopía de la *Volksgemeinschaft* el lugar de la superación de los conflictos sociales. La carencia de una estrategia económica precisa resultaba, así, de la imposibilidad de que cada uno de los sectores del partido se hallara plenamente representado en una minuciosa aproximación a la economía, aun cuando algunas consignas, referidas al antisindicalismo y al antimarxismo, pudieran servir de puntos de referencia para excluir del movimiento a aquellos ciudadanos que identificaban sus penalidades con las relaciones industriales existentes. El crecimiento exponencial del partido entre los sectores de la clase media, a partir de 1929, indicaba la capacidad de seducción de un discurso nacional-populista entre pequeños comerciantes, artesanos, propietarios rurales medianos y profesionales, atraídos por un proyecto que les ofrecía la cohesión social desbaratada por las sucesivas crisis de Weimar. Con igual rotundidad, sin embargo, incluso ese reducido margen de precisión de objetivos podía cerrar la puerta de las empresas a los nacionalsocialistas, siempre desalentados por la constancia de la lealtad obrera a sus viejas organizaciones de clase. La captura de puñados de jóvenes proletarios radicalizados, que integraron el sector «socialista» de las SA, confirma más que desmiente el argumento, al señalar que sólo aquellos trabajadores que no disponían de una experiencia pública dilatada, de una práctica de negociación y conflicto con el empresariado, podían encontrar en las Secciones de Asalto una forma de socialización alternativa, mientras podían adormecerse con las confusas referencias a la comunidad popular donde las clases serían abolidas.

El discurso populista no era, de todas formas, un mero humo de pajas, una vana coartada para desmantelar en favor del empresariado el pacto social de 1918. El grueso de la militancia nazi creía en él, y su frecuencia determinó la falta de un apoyo mayor de los industriales alemanes al movimiento. Las relaciones entre la economía capitalista y el nacionalsocialismo son más complejas que las referentes a una relación de patrón-títere o a un mero expediente de financiación. Los historiadores que han negado al nazismo su carácter de opción política del empresariado alemán aciertan al denunciar una tesis que se basaría en una relación simplificada entre ambos; pero pueden argumentar una simplificación complementaria, aunque tejida con mayor sutileza intelectual, descartando cualquier vinculación entre las necesidades del capitalismo alemán de los años treinta y el proyecto político global que ofrecía el nazismo.[20] Una visión dinámica de las fuerzas sociales en conflicto a lo largo de la República de Weimar y del Tercer Reich debe resaltar ciertas discontinuidades, distinguiendo la indiferencia por el NSDAP en los años veinte, la opción por una entrada de los nazis en el gobierno controlada por los conservadores a comienzos de la década siguiente, y la financiación directa de la campaña de marzo de 1933. Por no resaltar la que parece más obvia: la irrupción del nuevo régimen y la adaptación de sus directrices a los proyectos productivos y relaciones sociales que resultaron más fructíferos para la burguesía. Lo que Mason llamó la «primacía de la política»[21] no puede entenderse más que en su sentido literal, de subordinación de toda la gestión hitleriana, incluyendo la política económica, a los objetivos ideológicos más profundos del régimen, aspecto que podía llevar a debates faccionales sobre las prioridades en la asignación de recursos, como el referente a los privilegios en la obtención de mano de obra, materias primas y fijación de precios por el Hermann Göring Werke de Salzgitter. Otra cosa son, sin embargo, las negociaciones sociales que el sistema hubo de llevar adelante, las dificultades para actuar en favor de uno u otro de los sectores que habían empujado el partido hacia el poder, que deben contemplarse también en una dinámica interna que nunca excluyó la coincidencia de fondo entre los *medios* utilizados por el régimen para consolidarse y los *fines* de los empresarios para recuperar el poder en las fábricas. La aniquilación de los recursos de defensa de la clase obrera es una muestra clara de ello, al actuar en una triple dirección: asegurar la superación ideológica de la lucha de clases, desguazar los mecanismos de oposición al nuevo régimen y restablecer el reinado del empresariado en su ámbito, tal vez no en relación con el Estado, pero sí, desde luego, en su relación con los trabajadores.

Los industriales alemanes y el nazismo no eran la misma cosa, pero compartieron zonas cruciales del proyecto, incluyendo el racismo laboral, cuando se recurrió a mano de obra esclava para sol-

20. *Véanse* las diferencias que esta relación ofrece en las obras de H. Turner, *German...*, y de D. Abraham, *The Collapse of the Weimar Republic. Political Economy and Crisis*, Nueva York, 1981, siendo el primero favorable a la completa autonomía del proyecto político nazi.

21. T. Mason, «The Primacy of Politics. Politics and Economics in National Socialist Germany», en *Nazism, Fascism, and the Working Class*, Cambridge, 1995, pp. 53-76.

ventar las carencias del mercado de trabajo. De la misma forma, aunque a veces se presenta el nazismo como el proyecto orgánico de la clase media, la influencia real de este sector en las decisiones económicas del régimen es más que discutible, como ya veremos con algún detalle. El régimen tuvo que hacer concesiones iniciales a una movilización de base que se produjo en el caos de los primeros meses de su gestión, cuando la *Gleichschaltung* necesitaba de la presión desde abajo para justificar las medidas revolucionarias del gobierno. El modernismo del nuevo orden en sus esquemas de desarrollo económico, indispensable para la creación de una comunidad popular armada y poderosa, había de tener un conflicto de principio con las demandas «reaccionarias» de artesanos y tenderos, e incluso con las que pudieran hacer algunos sectores de la industria de bienes de consumo. Si el régimen hubiera cumplido la imagen utópica que le asignaba la clase media en la economía, habría debido renunciar al núcleo duro de su propuesta ideológica: el proyecto racial y la expansión hacia oriente. Aquí puede verse, de nuevo, cómo el vector ideológico del nazismo se impuso a las necesidades inmediatas de su base de masas. Aunque estuvo dispuesto a hacer concesiones y equilibrios para no enajenarse su apoyo, nunca renunció a la preparación de la guerra. Y fue la exigencia de ese programa de rearme el ámbito en que se desarrollaron las tensiones internas del Tercer Reich.

El rearme, por tanto, fue la finalidad profunda de la recuperación económica alemana. Sin embargo, la lucha por conseguir salir de la crisis y poner al país en condiciones de realizar una ofensiva territorial fue acompañada de una campaña propagandística en favor de una salida de la depresión que contemplara el pleno empleo como objetivo prioritario. La cohesión lograda en esta batalla sería tanto más fuerte cuanto mayor fuera la memoria de la crisis económica. La experiencia devastadora de la depresión no sólo había provocado una fractura en las relaciones sociales, sino un debilitamiento cultural, una dislocación psicológica de sectores muy diversos que, sin llegar a propiciar el entusiasmo por el régimen, sembró las posibilidades del conformismo y clausuró la senda de una denuncia global del Tercer Reich. Como el régimen convirtió cada logro en la lucha contra la crisis en una parte del triunfo de la voluntad, en el resultado de la lógica implacable de una nueva época, como acompañó cada propuesta con los gestos simbólicos de la utopía de la *Volksgemeinschaft*, la recuperación fue proyectada ideológicamente y, en buena medida, percibida así por la población, que comparaba sus condiciones de vida con los años más desfavorables —y más próximos— de Weimar, al tiempo que el régimen nazi estaba en condiciones de vincular un cambio de ciclo como el cumplimiento de promesas sólo verificables en el seno del Tercer Reich. Reforzado así el nudo ideológico del régimen, cabía la posibilidad de que se convirtiera en la justificación de las deficiencias del mundo material edificado por el nacionalsocialismo, cuando, por ejemplo, los éxitos en política exterior pudieran servir como paliativo de las condiciones salariales, y más aún si la obtención del pleno empleo se vinculaba con una política de reforzamiento de la potencia industrial alemana que garantizaba la superación de las humillaciones de Versalles.

Los datos de la recuperación son indudables. En 1938, la producción industrial había crecido un 22% con respecto a la de 1928, la renta nacional doblaba la de 1932 y el desempleo se situaba en unas cuatrocientas mil personas, aunque los precios superaban en un 26% los de 1928.[22] De hecho, la recuperación ya podía mostrarse antes de la llegada de los nazis al poder, en forma de un cierto cambio de ciclo, aprovechando el bajo precio de las materias primas y la reactivación de la mano de obra. Pero la aceleración decisiva del proceso se dio bajo el nuevo régimen y, en buena medida, por iniciativa de éste. La política intervencionista, que dedicó cinco mil millones de marcos a la creación de empleo, evitó las críticas de los sectores industriales, tan reticentes ante políticas sociales de la república extinguida. Ni ellos ni el nuevo ministro de Economía, Hjalmar Schacht, podían ignorar que la alternativa a la recuperación por la vía del gasto público suponía la catástrofe, al carecerse de otras vías de salida. No podía pensarse, por ejemplo, en la mera reactivación automática del mercado interior ni en la recuperación de las exportaciones como base de una acumulación de recursos. El Nuevo Plan de Schacht, por el contrario, preveía una regulación estatal de las relaciones comerciales externas, que suprimiera al máximo las importaciones para salvaguardar la moneda del país. El mantenimiento del valor de ésta se convirtió, de forma casi automática, en un obstáculo añadido a la exportación de mercancías alemanas, que coincidió con la reacción proteccionista de los países que luchaban contra la depresión. El crecimiento, por tanto, debía

22. R. Overy, *The Nazi Economic Recovery, 1932-1938*, Londres, 1982, p. 29.

depender de una actividad desplegada por el Estado a través del gasto y las inversiones directas. Ello supuso un incremento del déficit público, que se disfrazó mediante la emisión de bonos del Tesoro y de los bonos MEFO *(Metallurgische Forschungsgemeinschaft)*, garantizados por la gran industria, que servían como papel negociable para pagar los gastos militares sin que se fijaran directamente en el presupuesto.[23] El horror a la inflación, especialmente al recuerdo de su acción devastadora durante la República de Weimar, no se acababa en el oscurecimiento del déficit por estos mecanismos contables, sino en la política conservadora en dos aspectos clave de lo que habría sido una opción «keynesiana». El estímulo del mercado interior no fue el principal objetivo de la política económica del régimen, sino que pudo ser el *resultado* del crecimiento del empleo. Las medidas fiscales y salariales que habrían debido funcionar en esa línea se evitaron cuidadosamente para esquivar el riesgo de la inflación. Hasta 1938 por lo menos, los salarios reales quedaron por debajo de los de 1928, mientras los impuestos se mantenían altos y los tipos de interés bajos, algo que se ha presentado, con cierta exageración, como el recurso a una política conservadora por parte del nacionalsocialismo.[24] No era conservadora en absoluto, sin embargo, una actividad que depositaba en manos del Estado casi la mitad de la inversión bruta en el período 1933-1938 y que duplicaba el montante del gasto público dentro del PIB con relación a 1932. Sí lo eran, en cambio, los esfuerzos por corregir las tensiones inflacionarias derivadas del déficit a través de un control estricto del medio circulante, del práctico monopolio del comercio exterior, de la emisión de bonos negociables o de la aceptación de un comportamiento salarial relacionado con la destrucción de los organismos sindicales y con la lógica de un exceso de la oferta de la mano de obra.

La batalla contra el desempleo y la política de rearme fueron las bases complementarias de la acción gubernamental. Algunos especialistas han dudado de la eficacia de las medidas directas para crear empleo y han hecho de éste un mero resultado de la recuperación económica global, conseguida mediante la reducción de

23. H. U. Thamer, *Il Terzo...*, p. 595.

24. H. James, «Innovation and Conservatism in Economic Recovery. The Nazism Alleged "Nazi Recovery" of the 1930s», en T. Childers y J. Caplan, *Reevaluating the Third Reich*, Nueva York, 1993, pp. 114-138.

los costes laborales.[25] Sin embargo, aunque se acepte el maquillaje de las estadísticas, no se puede negar ni el interés objetivo del régimen en solucionar este problema, que afectaba a su propia legitimidad, ni el éxito conseguido en la absorción del desempleo, con la creación de más de dos millones de puestos de trabajo en los dos primeros años.[26] Ciertamente, los gastos militares fueron creciendo hasta situarse muy por encima de lo que representaban los recursos *directos* para resolver el paro. Así, la Wehrmacht absorbió el 39% del presupuesto en 1936, frente al 4% de comienzos del régimen, y los gastos de las fuerzas armadas para el período 1933-1934 se acercaron a los que el Plan Reinhardt dedicaba al desempleo. La inversión del Estado en vivienda, en carreteras y en el apoyo a la industria del motor fueron factores importantes para el desarrollo del empleo, como también lo fueron para la reducción estadística del paro la creación del Servicio de Trabajo Obligatorio, la reinstauración del servicio militar obligatorio y los préstamos concedidos a las parejas con la condición de que la mujer se retirara del mercado laboral. Pero el crecimiento económico, que tuvo como un derivado esencial la absorción del desempleo, contempló otros aspectos alentados desde la gestión gubernamental: la mejora de la agricultura, que permitió un crecimiento de los precios, el estímulo al pequeño negocio por el impacto de la construcción, a los pequeños talleres como consecuencia del rearme, o el desarrollo del consumo de automóviles para una clase media que había incrementado sus ahorros en los años treinta, aunque, en este último caso se tratara de recuperar una posición de desventaja con respecto a otros países industrializados.[27]

En 1936, el régimen había alcanzado un punto crucial en la elección de la asignación de recursos. A la carencia de divisas se sumaba la importancia del déficit público y la necesidad de evitar tensiones inflacionistas, que podrían derivar del crecimiento del consumo interno a medida que se iba ganando la batalla al desem-

25. T. Mason, *Social Policy in the Third Reich. The Working Class and the «National Community»*, Oxford, 1993, pp. 109 y ss.

26. Un riguroso análisis de la relación entre recuperación económica y batalla contra el desempleo puede hallarse en D. P. Silverman, *Hitler's Economy. Nezi Work Creation Programs, 1933-1936*, Cambridge, Mas., 1998. Sobre el uso de las estadísticas, *véanse* las pp. 10-27.

27. R. Overy, *The Nazi...*, pp. 32-33; *Íd.*, *War and Economy in the Third Reich*, Oxford, 1994, pp. 38-89.

pleo, o del volumen de la inversión pública al servicio del rearme. La elección la realizó el mismo Hitler en un memorial redactado en agosto de ese año en el que respondía a esos problemas situando la prioridad de la política económica del régimen en la preparación de Alemania para la guerra en un período de cuatro años, tras el cual la conquista de espacios vitales serviría para eliminar la carencia de mano de obra, de recursos monetarios, de materias primas y de productos agropecuarios. El ajuste autárquico del régimen, que tendía a la fabricación de carburante sintético y a la sustitución de productos alimenticios, debía aliviar las condiciones del comercio exterior hasta entonces.[28] En el congreso de Núremberg, Hitler anunció un Plan Cuatrienal, a cuyo frente fue colocado, como plenipotenciario *(Beauftragter)*, Hermann Göring. Dicho plan, que no fue exactamente una propuesta de planificación, sino sólo de control, vigilancia o atención especial a algunas partes estratégicas de la reactivación económica,[29] permitió la creación de una amplia red de influencia por parte de algunos sectores del partido y del gobierno en la empresa privada, autorizando, al mismo tiempo, que dirigentes de la misma pasaran a la esfera de las decisiones económicas gubernamentales. Las críticas de Schacht al plan, en el que veía no sólo un desafío a su autoridad como ministro de Economía, sino también la opción por una autarquía radical que ponía en peligro la producción de bienes de consumo y la industria de exportación, causaron su caída en 1937, siendo sustituido por el propio Göring en un primer momento y por Walter Funk a partir de 1938. Ello puede señalar un primer punto de fractura entre algunos intereses industriales y los que inspiraban la acción del gobierno, de la misma forma que podía expresar la radicalización de una política económica ya absolutamente orientada a la preparación de la guerra. El plan estaba dirigido por un consejo del que formaban parte los secretarios de Estado de Economía, Agricultura, Trabajo y Transporte, y cuya responsabilidad era la de coordinar la producción de materias primas y alimentos, los precios y la mano de obra que asegurara el esfuerzo bélico. El plan consiguió orientar buena parte del consumo privado hacia productos que Alemania era capaz

28. W. Treue, «Hitlers Denkschrift zum Vierteljahresplan 1936», *Vierteljahreshefte für Zeitgeschichte,* 3, 1955, pp. 184-210.

29. D. Petzina, *Autarkiepolitik im Dritten Reich. Der nationalsozialistische Vierjahresplan*, Stuttgart, 1968.

de obtener en su territorio: margarina frente a mantequilla, pan de centeno frente al de trigo, mermelada... Al mismo tiempo, la mejora general de las condiciones de vida, en comparación con los momentos más duros de la depresión, permitió a la población sobrellevar la reducción del consumo de otros productos, como la carne. Los éxitos que se obtuvieron en este terreno, acompañados de un impulso importante a la agricultura que contemplaba la reducción de créditos y precios de fertilizantes, el estímulo a la producción de grasas y la expansión de la superficie cultivada, fueron muy superiores a los obtenidos en el que era un campo fundamental: el de la industria química, cuyos objetivos de sustitución de importaciones no fueron conseguidos hasta la guerra.[30]

Las dificultades de la economía de guerra alemana han permitido distinguir entre un «rearme en profundidad» y un «rearme de superficie», que se distinguirían por la firmeza de la infraestructura industrial lograda y por la disponibilidad a largo plazo de materias primas. El caso alemán sería del segundo tipo, al prepararse sólo una producción masiva de armamentos para operaciones de una guerra de corta duración, que permitiera disponer del territorio conquistado como fuente para el futuro rearme. De esta forma, el caos provocado por la superposición de autoridades, por la competencia de instituciones y por los desequilibrios de un crecimiento económico que no podía financiar la guerra sin renunciar al consumo popular, se suavizaría.[31] El conflicto más serio de esta economía de guerra, y, sin embargo, el que obligaría a una aceleración del conflicto, fue el que derivó de la carencia de mano de obra. Curiosamente, el régimen fue víctima de su propio éxito en este campo. A la obtención del pleno empleo siguió una competencia feroz entre la ciudad y el campo, entre la industria pesada y la ligera, por conseguir este bien escaso de la única forma que podía hacerse: mediante los aumentos salariales. El riesgo, para los delicados equilibrios del régimen, era doble: mostraba a la clase obrera un espacio de poder en el mercado laboral que invertía las condiciones de la depresión y los primeros años del Tercer Reich y, al mismo tiempo, podía provocar la distracción de fondos de inversión a la industria de consumo, para satisfacer las posibilidades de compra de los tra-

30. H. U. Thamer, *Il Terzo...*, pp. 608-609.
31. El modelo fue teorizado por B. H. Klein en *Germany's Preparation for War*, Cambridge, Mas., 1959.

bajadores. La intervención autoritaria del régimen mediante la restricción de la movilidad no fue excluida, en 1939, sumándose a ello el reclutamiento forzoso de cuatrocientos mil obreros para las fortificaciones de la frontera con Francia. Sin embargo, existía el serio riesgo de que esta situación empañara los niveles de consenso social obtenidos en la batalla contra el desempleo, y Hitler y sus colaboradores tenían plena conciencia del error que podía representar iniciar una guerra de conquista con un frente interno abierto, pues era posible que desembocara en una revolución como la de 1918.[32] Para evitarlo, el régimen podía acelerar el desarrollo del conflicto, adelantándolo dos o tres años con respecto a las previsiones originales,[33] pero debía tener dispuesto un sistema de «contención» de la clase obrera que contemplara su anulación o su colaboración con el régimen.

Las relaciones entre el nazismo y los trabajadores industriales no habían logrado la «entrada en las fábricas» que pretendía no sólo el sector estrasserista, sino el conjunto de la organización durante la segunda mitad de los años veinte. Ni siquiera tras el giro estratégico de 1928-1929 cesó el partido de hacer llamamientos a la clase obrera, aunque éstos adquirieron un carácter más genérico —en el seno de un proyecto básicamente nacionalista— y secundario —en los márgenes de una política que primaba la atención a la clase media—. El fracaso de esta aproximación a la clase obrera había de vivirse en el régimen nazi como un estado de permanente desconfianza hacia unos trabajadores que durante la República de Weimar habían expresado su cultura política en términos antifascistas. Ello no implicaba el recurso exclusivo de la violencia y el terror, sino que exigía la permanente acción de los mecanismos de neutralización, división y, hasta donde se pudiera, integración de los trabajadores. Ninguno de estos elementos debe examinarse por separado. Por el contrario, fue la combinación de todos ellos, la mutua explicación con que se ejercían lo que dio sustancia a la dictadura nacionalsocialista, algo que se producía en otros ámbitos fun-

32. A. Barkai, *Nazi...*, pp. 229 y ss.; T. Mason, «The Legacy of 1918 for National Socialism», en A. Nicholls y E. Matthias, *German Democracy...*, pp. 215-239.

33. T. Mason, «Innere Krise und Angriffskrieg 1938/1939», en F. Forstmeier y H. Volkmann (eds.), *Wirtschaft und Rüstung am Vorabend des Zweiten Weltkriegs*, Düsseldorf, 1975, pp. 155-188; *Íd.*, «The Domestic Dynamics of Nazi Conquests. A Response to Critics», en T. Childers y J. Caplan (eds.), *Reevaluating...*, pp. 161-189.

damentales de su acción política.[34] Lo que debe tenerse claro es que el nazismo siempre consideró a la clase obrera, especialmente la que procedía de la tradición weimeriana —otra cosa era lo que se opinaba de los jóvenes que llegaban al mercado de trabajo durante el nuevo régimen—, como un mundo ajeno a su ideología, en el que la cultura de clase, tan arraigada, se oponía frontalmente a las aspiraciones de construir la *Volksgemeinschaft*. El Tercer Reich recurrió de forma simultánea a todos los expedientes: la destrucción de los organismos de autodefensa sindical y política de los trabajadores; la destilación de un mensaje integrador fundamentado en compensaciones sociales poderosas, como la batalla por el pleno empleo y las organizaciones para desarrollar el ocio; la conciencia de los trabajadores de una permanente vigilancia de la Gestapo, dispuesta a actuar en caso de resistencia abierta al régimen; la fragmentación de la clase y el desarrollo de un discurso que combinaba las apelaciones a la comunidad popular con el estímulo de la competencia individual; el intento de conectar el discurso laborista nazi con el orgullo de clase procedente de la tradición marxista; la sublimación de las relaciones sociales por un discurso racial que penetraba aspectos concretos de la vida de los trabajadores, como sus vivencias familiares o su percepción del progreso imperial de Alemania como algo que tenía que ver con el bienestar material de cada uno de los ciudadanos; y la inserción de los mecanismos de control en la cadena de producción que, lejos de implicar un regreso a situaciones precapitalistas de carácter corporativo, conectaban perfectamente con la racionalización industrial que en la República de Weimar se había acelerado.

En contraste con la resistencia de los espacios de sociabilidad obrera a la penetración del nazismo durante la etapa democrática, la capacidad de respuesta de los trabajadores organizados a la toma del poder por el fascismo alemán resultó desalentadora. Puede decirse que la socialdemocracia y el comunismo no fueron vencidos por los nazis, sino que la derrota política y la dislocación social de los trabajadores integrados en los sindicatos y los partidos de clase aseguró que el movimiento hitleriano conquistara el poder con facilidad. No estamos aquí en condiciones de asegurar cuál habría sido la dinámica de los primeros meses del Tercer Reich si hu-

34. T. Mason, «The containment of the working class in Nazi Germany», en *Nazism...*, pp. 231-273.

biese debido enfrentarse a un boicot a la producción y a una movilización masiva de los militantes del KPD y del SPD, pero su amenaza podría haber influido en un cálculo de costos y beneficios a realizar por las clases dirigentes cuando entregaron la cancillería a Adolf Hitler, de la misma forma que la realización de tales episodios de resistencia podría haber dado moral a quienes, en los partidos liberales o en el Zentrum católico, planteaban más dudas a un apoyo a las leyes de excepción del régimen. Hay quien puede indicar que la movilización obrera habría empujado a los conservadores alemanes a cerrar filas en torno a Hitler de una forma más rotunda. Ésa fue la posición de un buen número de cuadros sindicales de la ADGB, aunque la visión retrospectiva deja pocas dudas al respecto, pues la falta de firmeza de todos ellos no les salvó de la aniquilación política ni, en algunos casos, de la persecución personal. Más envergadura tiene el ver en una movilización de este tipo un esfuerzo inútil, que habría conducido a una masacre sin lograr el desmantelamiento del nuevo régimen, sino su radicalización. Ambas posiciones tal vez exageran el poder real del nazismo en las primeras semanas de su existencia, cuando la autoridad de Hindenburg y las presiones de los conservadores podían actuar contra Hitler; pero no hay duda de que su visión de la correlación de fuerzas se fija mucho más en las condiciones de la década anterior o de los primeros meses de la crisis económica. No se tiene en cuenta el papel devastador de la crisis económica para romper el mercado laboral y, por consiguiente, una de las zonas de negociación básica de clase. No se contempla en toda su terrible dimensión el papel del desempleo prolongado y masivo en la destrucción de la confianza de los trabajadores, en su desmoralización y su regreso a los espacios privados, alimentando dosis de individualismo para sobrevivir a una crisis que se presentaba, entre otras cosas, como competencia por recuperar un salario. No se considera hasta qué punto se perdió la identificación de clase en el paisaje desguazado de las salidas personales, la desesperación por imponerse a otros en la búsqueda de un empleo y la aceptación de condiciones laborales que implicaban la derrota social del conjunto de los trabajadores. Sobre todo, no se tiene en cuenta hasta dónde podía resultar tangible la fractura de la estrategia de los dos partidos obreros a finales de la república, cuando la crisis de las finanzas estatales echó por tierra el proyecto de asistencia social diseñado por la socialdemocracia, y cuando pudo verse el callejón sin salida del sectarismo del Partido

Comunista. Aún más: tal vez no se haya prestado la suficiente atención a los dos ecosistemas diferenciados que, más allá de una simple disputa de línea política, representaban las organizaciones mayoritarias de la clase obrera, algo que puede deducirse de la composición de ambos partidos —más madura, con mayor tradición de negociación, más extensa entre obreros cualificados en el caso del SPD, más vinculada a los desempleados y obreros jóvenes sin experiencia laboral en el del KPD—, pero que establecía una concepción de la lucha social diferenciada, que creó una auténtica falla cultural entre ambas organizaciones.[35] Algo que, en las condiciones de 1933, iba a resultar fatal para su supervivencia, al coincidir —y no por casualidad— con un reforzamiento de las actitudes fascistas en los espacios políticos de los sectores empresariales. No fue, por consiguiente, la amenaza de un movimiento obrero poderoso lo que llevó a la instauración del nazismo, sino una debilidad manifiesta que iba a permitir rectificar de forma radical las condiciones del pacto social de 1918. Si añadimos a ello el falso juicio que realizaron los líderes sindicales más moderados, considerando que el nuevo régimen abría un mero paréntesis de política represiva similar al de la Alemania de Bismarck, la coincidencia entre penuria estratégica, dislocación social, fortaleza y resolución del adversario resulta abrumadora para sellar la suerte de una clase obrera resistente en los términos en que, sólo doce años antes, había podido imponer la caída de la monarquía y algunas reglas básicas de las relaciones laborales.

La orientación del régimen nazi en las cuestiones relacionadas con la clase obrera fue transparente: buena parte de su propaganda en la Gran Depresión, aquella que le había permitido ganarse la confianza de la clase media y la indulgencia de los sectores empresariales, prometió la lucha intransigente contra las organizaciones marxistas, un espacio en el que el nacionalsocialismo incluía tanto los partidos como los sindicatos y las asociaciones de autodefensa. La ofensiva del régimen contra ellas comenzó de inmediato, cuando la «revolución desde abajo» promovida por las Secciones de Asalto se dedicó a perseguir, encarcelar y amedrentar a los cuadros de las organizaciones obreras, proceso que habría de culminar con el decreto del 28 de febrero de 1933, especialmente destinado a combatir a los comunistas desde unas nuevas condiciones de legalidad.

35. S. Bologna, *Nazismo y clase obrera*, Madrid, 1999.

Hitler no se enfrenta sólo al judío concreto, visible, sino a una entidad abstracta que lo trasciende y completa, su «espíritu». El combate contra los judíos se convierte en una lucha a muerte por la salvaguardia de la propia especie y ocupará la mente de Hitler con la constancia incansable de una obsesión.

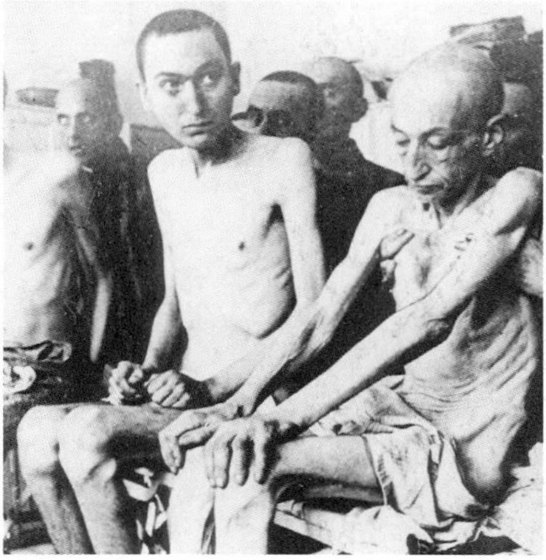

Devolver los rostros a la multitud, rescatar la vida de la negación a que quisieron condenarla no es suficiente, hay que explicar su sacrificio, que no sólo permita seguir pensando después de Auschwitz sino que logre volver a pensar después de Auschwitz.

Según palabras de Hitler, «hoy quiero ser profeta de nuevo. Si el judaísmo internacional en Europa y fuera de Europa consigue precipitar a los pueblos a una guerra mundial, el resultado no será la bolchevización de la tierra y la victoria del judaísmo, sino el exterminio de la raza judía en Europa».

31 de marzo de 1938: «La obra por la que hace noventa años nuestros padres lucharon y sangraron se puede considerar ahora como conseguida. Yo estoy convencido, y tengo la firme esperanza, de que esta obra, el nuevo "Reich alemán", existirá para la eternidad porque está siendo soportado por el mismo pueblo alemán, apoyado en el eterno deseo del pueblo alemán de tener su propio Reich.»

Testimonios muy diversos han dejado constancia de la cualidad casi hipnótica de sus palabras.

Discurso de Hitler a los jóvenes en el Congreso de 1934: «Queremos ser un pueblo pacífico, pero al mismo tiempo valeroso. Es por eso que debéis ser pacíficos y valientes al mismo tiempo. Queremos que nuestro pueblo ame el honor: por ello debéis aprender el concepto del honor desde muy pequeños. Queremos ser un pueblo orgulloso y debéis ser orgullosos, orgullosos de ser miembros más jovenes de la nación más grande... Todo lo que espera Alemania de su futuro, nosotros lo esperamos de vosotros...»

Los discursos de Adolf Hitler han ido produciendo la simbiosis entre el líder y el pueblo.

Una de las características del movimiento hitleriano había sido su influencia en la juventud, que reproducía dos aspectos de la propia dirección del partido: su edad media y la insistencia en un lenguaje favorable a la irrupción de una generación nueva en la vida pública.

Hitler saluda a Walter Darré, quien fue puesto al frente de la oficina del Aparato Político Agrario creada en 1930 para apoyar a los movimientos agrarios locales y redefinir la actitud del partido en este tema.

Curiosa fotografía de Hitler tomada en el Berghof el 22 de agosto de 1939. (Colección Stanley S. Hubbard.)

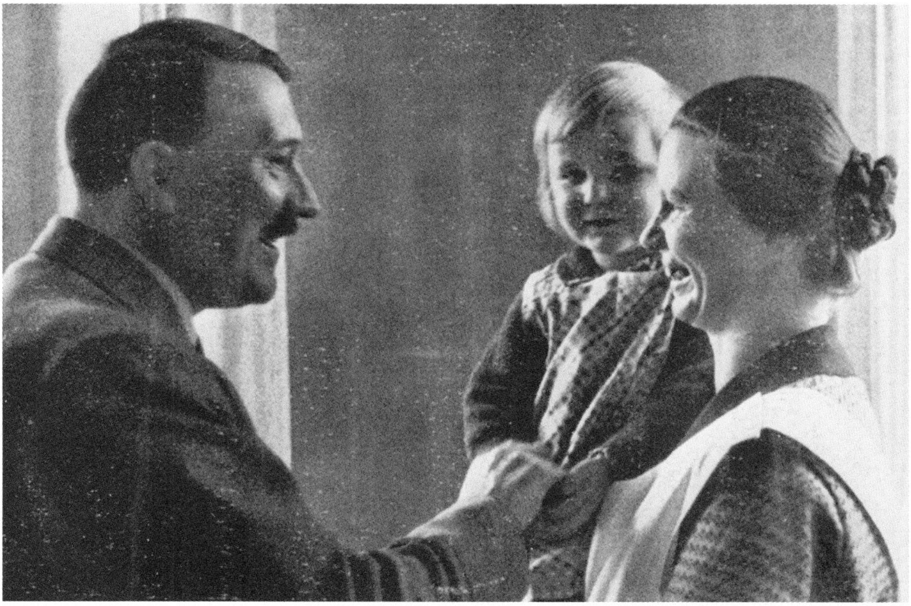

La condición de la mujer autorizada a reproducirse puso a las madres alemanas en una categoría legal superior, que las ensalzaba con indiferencia de su origen social, a la vez que establecía un rango jerárquico que producía mayor satisfacción.

El régimen utilizaba la red propagandística en los términos contradictorios que solía caracterizar las campañas nazis. La política de reproducción se refería a la necesidad de aumentar la tasa de natalidad al mismo tiempo que se exasperaba por la falta de espacio vital para alimentar a los ciudadanos alemanes.

Los adolescentes de la Juventudes Hitlerianas, que las fotografías han captado aceptando el saludo del Führer o el elogio de Goebbels (abajo) quieren contribuir en la batalla sin esperanza de Berlín. Su resistencia inútil, heroica y absurda sólo sirvió para custodiar la solemnidad de la muerte de sus dirigentes.

Baldur von Schirach fue nombrado jefe de la Juventud del Reich en 1933. Schirach fue tratando de modificar las actitudes «socialistas» de los primeros años de la juventud hitleriana en una posición más integrada en un discurso nacionalista comunitario.

En el otro gran land del Reich, Baviera, Adolf Hitler es saludado por una esquiadora en los Alpes, donde Hitler adquirió su casa de campo.

Durante un descanso en su residencia de los Alpes bávaros, Hitler lee la prensa de los partidos de la oposición.

Albert Speer. El arquitecto del partido nazi hizo grandes esfuerzos por crear un conjunto urbanístico integrado en Núremberg, pero no pudo lograrlo debido al escaso tiempo que se le concedió. Cumplió la condena impuesta en el proceso de Núremberg en la prisión de Spandau, en Berlín.

La coincidencia del Führer y la Volksgemeinschaft exige un escenario, un lugar donde se realiza la conversión de la política en estética. El espacio privilegiado es el del congreso del partido, el Parteitag, convirtiéndose en un lugar de reafirmación ideológica.

Hitler visitando el palacio de Congresos de Núremberg en 1935.

El despacho particular de Adolf Hitler en la cancillería del Reich, obra de Albert Speer.

Ante una de las fotografías de un campo de exterminio. Una multitud sin rostro... En las imágenes de 1945, Alemania muestra una vejez prematura, la expresión saqueada de quien ha maltratado su cuerpo y todo su carácter.

La imagen inquietante de un campo de exterminio posee la eficacia comunicativa de una consigna, de una breve pieza de diseño que simboliza en lugar de describir, que sugiere en lugar de enumerar.

Este montón de cenizas y huesos representa la matanza de prisioneros de un día en el campo de concentración de Buchenwald. El 12 de diciembre de 1941 Hitler se dirigió a los dirigentes del partido para señalarles que, cumpliendo con la promesa hecha ante el Reichstag en enero de 1939, la mundialización de la guerra a causa de la conspiración judía debía conducir a la destrucción de este pueblo.

Dachau: la utilización de mano de obra esclava en los campos de trabajo señalará la confluencia entre el racismo y el camino de desarrollo industrial, de modernización tecnológica y nueva estructura de clases que fascina a la ingeniería social del régimen.

La guerra permitió la modernización y racionalización industrial dadas las perfectas condiciones del poder absoluto y de la mínima resistencia de los trabajadores.

Trabajadora ucraniana en la fábrica de Siemens en Berlín. El empleo de mano de obra afectó a todos los países ocupados, pero el uso de trabajadores de la Europa oriental fue el factor que introdujo mayores contradicciones en la actitud del régimen, ya que enfrentaba a unos empresarios deseosos de aumentar el rendimiento de sus trabajadores con una administración que los consideraba seres inferiores.

El general Erich Ludendorff, máximo responsable del ejército, anunció la imposibilidad de sostener el frente, pidiendo al emperador la apertura política que cargara la responsibilidad de la derrota sobre los autores del manifiesto de verano de 1917: «Veremos, pues, entrar a estos señores en los ministerios. A ellos corresponde gestionar la paz que debe realizarse. Ahora deben tomarse la sopa que nos han preparado.»

Hitler rodeado de los miembros de su gabinete.

La guerra ayudó a definir con mayor nitidez las características del régimen, a desnudar su naturaleza, a restarle los adjetivos de los compromisos, al tiempo que iba abriendo los cauces de su descomposición. El pueblo lucharía «hasta el amargo final», pero los mitos fundamentales del régimen y la cohesión de su equipo dirigente se quebraron con la inmediatez de la catástrofe de 1945.

Fotografía sacada desde uno de los mosquitos alemanes durante el ataque a un edificio en La Haya, que contenía documentos de gran importancia para las autoridades alemanas. Durante la Segunda Guerra Mundial, la fuerza aérea de Alemania llevó a cabo una política de terror bombardeando ciudades europeas como Rotterdam y Coventry.

Eva Braun, compañera de Hitler durante más de diez años, se casó con él sólo unas horas antes del suicidio de ambos.

El matrimonio con Eva Braun y la relación de su testamento disponen el argumento final de la tragedia íntima del régimen.

El 30 de abril, después de comer, Hitler se despide de sus colaboradores y oficiales y en sus habitaciones se dispara un tiro en la cabeza. Junto a él, Eva Braun prefirió usar cianuro.

Al día siguiente del suicidio de Hitler, Goebbels lleva a cabo la decisión que ya había tomado hacía tiempo. Según sus palabras, un mundo sin Hitler y el nacionalsocialismo no era digno de ser vivido, tampoco por sus hijos.

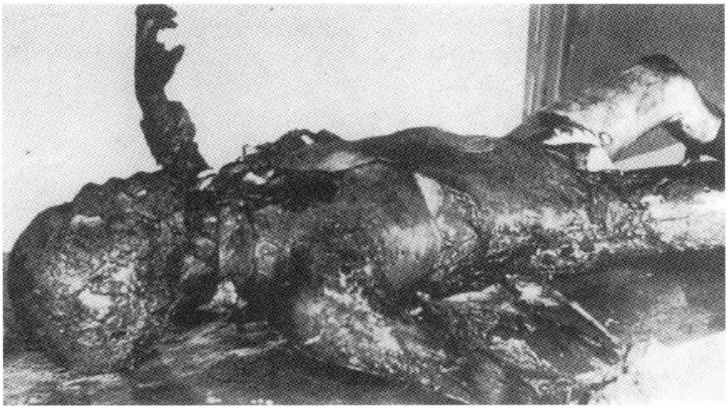

Dachau, el primero de los campos de concentración liberado por las tropas norteamericanas el 3 de mayo de 1945.

Apertura del juicio de Núremberg el 20 de noviembre de 1945. Los europeos pueden enfrentarse a la experiencia nazi como una atrocidad que se contempla o que se sufre pasivamente. Alemania la vive como un desequilibrio de conducta, una mutación del sentido moral cuyo recuerdo se transmite a las generaciones sucesivas como una pavorosa herencia familiar.

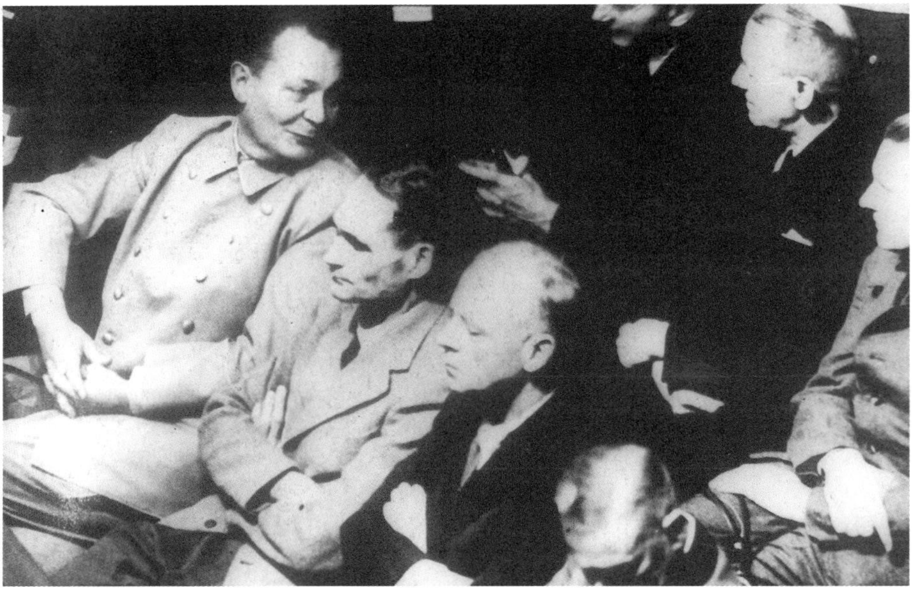

Hermann Göring charla con Doenitz durante el proceso de Núremberg el 21 de noviembre de 1945. Göring fue el máximo responsable de la organización de la policía política del nuevo régimen en Prusia y creó la Gestapo, organismo que asumió tareas muy amplias de investigación y detención, pasando a establecer una línea geórgica que prescindía de las autoridades locales.

El nazismo obliga a comprenderlo en una época de desconcierto, de inseguridad, de caducidad o inconsistencia de valores. A integrarlo en un período de crisis, de modernización acelerada en el mundo material y en las concepciones políticas. Y a contemplarlo como una de las respuestas que, recién iniciado el siglo XX*, se quiere dar a los desafíos de la modernidad.*

El vacío legal que se generó con la destrucción de los sindicatos en mayo de 1933 fue rápidamente cubierto por una serie de medidas destinadas a complementar la destrucción de las organizaciones de clase con la fijación de un esquema básico que concretaba el espíritu de la *Volksgemeinschaft.* Todas estas reglamentaciones, a las que siguió una fuerte ofensiva ideológica por parte del régimen, no sólo iban destinadas a la ruptura de las relaciones industriales generadas por el pacto social de 1918, sino que trataban de crear un espacio de colaboración alternativo, una nueva forma de cohesión en la producción que levantara, en el nivel de la empresa, los signos esenciales de la utopía nazi. En mayo de 1933, poco después de la formación del DAF, se decretaba la Ley de Fiduciarios de Trabajo *(Treuhänder der Arbeit)*, los cuales, nombrados por el canciller en número de doce, tenían la misión de regular las condiciones laborales, supervisando la paz entre obreros y empleados a la espera de que se decretara una ley general.[36] La subordinación de los *Treuhänder* al ministro del Trabajo iniciaba una toma de posición en el conflicto entre partido y Estado, que caracterizaba los orígenes de la revolución nacionalsocialista, y que habría de concretarse en las leyes de carácter más amplio. A esta línea responde el acuerdo firmado por Ley, el delegado de Hitler para asuntos económicos, Keppler, el ministro de Trabajo, Seldte, y el de Economía, Schmitt, el 27 de noviembre de 1933, destinado a reducir las competencias del DAF en la definición de las relaciones sociales y la actividad económica. Tras definir el Frente del Trabajo como la organización de «todos los trabajadores sin referencia a su posición social o económica», se negaba al DAF el carácter de un espacio donde pudieran decidirse aspectos concretos de las relaciones laborales, excluyendo de sus tareas la armonización de las divergencias aparecidas en el lugar del trabajo. Por el contrario, el DAF se presentaba como un terreno para integrar la solidaridad nacional, un ámbito donde nadie defendería intereses de clase, destinado a educar a todos los miembros de la comunidad empresarial en la ideología nacionalsocialista y asegurando el apoyo al nuevo régimen.

Unas semanas más tarde, el 20 de enero de 1934, se aprobaba la medida laboral más importante de las que llegaría a fijar el gobierno del Reich. La Ley Fundamental de Organización del Traba-

36. El texto de las leyes laborales que se citan está tomado de la recopilación de J. Noakes y G. Pridham, *Nazism...*, vol. 2, pp. 333 y ss.

jo destruía el concepto de relaciones laborales conflictivas que se había regulado en la República de Weimar, para establecer la empresa como un espacio de colaboración entre factores desiguales de la producción. El empresario era nombrado jefe de fábrica *(Betriebsführer)*, mientras los trabajadores quedaban reducidos a la categoría de séquito *(Gefolsgschaft)*. Mientras al empresario se le encargaba tomar las decisiones fundamentales de la planta y cuidar del bienestar de los trabajadores, a éstos se les demandaba lealtad hacia su jefe. Para garantizar la gestión común de la *Betriebsgemenischaft* se establecía un consejo de delegados de los obreros *(Vertrauensrat)*, que ejercería labores de consulta del empresario, en aquellas cuestiones que afectaran a las condiciones generales del trabajo, y que sería elegido por el *Gefolgschaft* en una lista propuesta por el *Betriebsführer* en colaboración con la NSBO. Los *Treuhänder der Arbeit* mantenían responsabilidades importantes en la ordenación de las relaciones laborales, bajo la orientación directa del Ministerio de Trabajo, en colaboración con los de Economía e Interior. A ellos correspondía mantener la paz industrial y supervisar la labor de los consejos de delegados, llegando a nombrar candidatos al cargo cuando, por desacuerdos entre el empresario, la NSBO y los trabajadores, se careciera de una adecuada representación. Les correspondía, además, fijar las condiciones mínimas del empleo. La reglamentación del trabajo quedaba sujeta a la decisión del empresario, quien disponía las condiciones del ritmo laboral y la naturaleza de los contratos. Finalmente, se establecía un Tribunal de Honor ante el que debían presentarse aquellos empresarios, trabajadores o funcionarios que atentaban contra la paz social. El sistema venía a sustituir, de modo explícito, las condiciones contractuales que existían antes del Tercer Reich, anulando cualquier autonomía de los trabajadores así como sus mecanismos de defensa. El lenguaje de solidaridad, cooperación y espíritu unitario iba acompañado de la entrega del poder en la empresa al patrón, que recuperaba así una autoridad matizada por el pacto social de 1918. Ni siquiera el DAF había conquistado posiciones importantes en la gestión de las relaciones laborales, sometidas a la dinámica interna de cada fábrica y, en último término, a la fiscalización de las autoridades ministeriales. La esquirla de libertad que se había concedido a los trabajadores, permitiéndoles votar una lista de delegados que ellos no habían elaborado, desapareció en cuanto los procesos electorales fueron aprovechados para mostrar el descontento obrero, tachando de las candidaturas a cuadros del partido o colocando a quienes, a pesar de tener el carnet del mismo, adoptaban una actitud más combativa y menos ortodoxa con el «fin de la fase revolucionaria». El lenguaje corporativo y arcaizante de la Ley Fundamental del Trabajo no debe llamarnos a engaño: lejos de ser una desviación del curso de la modernización tecnológica, se adaptaba perfectamente a las condiciones de la racionalización industrial, mediante la introducción de una norma disciplinaria que superaba los mecanismos de canalización del conflicto social que se habían establecido en Weimar. El sentido de la nueva *Betriebsgemeinschaft* —un reflejo perfecto de la comunidad popular a escala de empresa— consistía en sublimar el conflicto bajo el engranaje de una nueva utopía industrial, en la que los trabajadores perdían su percepción de clase para adquirir una doble relación con la realidad social: por una parte, el individualismo de una propuesta destinada a estimular la desigualdad y la fractura de la solidaridad obrera, en un discurso darvinista ajustado al proyecto racial, en el que cada miembro de la comunidad había de buscar el desarrollo de la propia situación personal; por otra, la asunción de formar parte de un espacio donde habían desaparecido los antagonismos de grupo, apagados por el nuevo marco de competencia individual que era la *Volksgemeinschaft.* Esta atomización cubierta por un velo comunitario sometido a las leyes de la lucha racial había de sustituir, tanto en su aspecto de cohesión como en sus aspectos de fragmentación, la propuesta del pacto social. Y, en este sentido, se presentaba como un modelo de modernización alternativa a la que propuso Weimar perfectamente armonizada con las propuestas más avanzadas de innovación tecnológica y de ingeniería social.[37]

Los esfuerzos del jefe del DAF para ampliar las competencias de su organización en la poliarquía nazi, a expensas de los ministerios de Trabajo, Economía e Interior, estuvieron a punto de lograr su objetivo cuando Hitler ordenó la publicación de un decreto datado el 24 de octubre de 1934 bajo la presión de Robert Ley. Según la

37. T. Mason, «Zur Entstehung des Gesetzes zur Ordnung der nationalen Arbeit vom 20. Januar 1934. Ein Versuch über das Verhältnis "archaischer" und "moderner" Momente in der neuesten deutschen Geschichte», en H. Mommsen, D. Petzina y B. Weisbrod (eds.), *Industrielles System und politische Entwicklung in der Weimarer Republik*, Düsseldorf, 1974, pp. 322-351.

norma sobre la naturaleza y los objetivos del DAF, éste pasaba a responsabilizarse de las relaciones entre obreros y patronos para hallar un justo equilibrio entre las aspiraciones de ambos. Se decretaba, literalmente, que «la representación de todos los participantes necesarios en el proceso de conciliación es una tarea exclusiva del Frente Alemán del Trabajo», lo cual vulneraba radicalmente las prerrogativas reconocidas al Ministerio de Trabajo o a los propios empresarios en la creación de los consejos de delegados y el carácter de los *Treuhänder*. Las protestas de la burocracia y el empresariado llegaron a Hitler, quien se limitó a hacer caso omiso de la normativa recién publicada, en una forma de actuación que ejemplifica perfectamente el juego de compensaciones en que trabajaba el *Führer*. Con ello, el DAF perdía la batalla de la organización de la producción y, en buena medida, la de convertirse en la verdadera plasmación del nacionalsocialismo en competencia con el gobierno e incluso con el partido.

Los trabajadores se vieron despojados de sus instrumentos tradicionales de defensa sin levantar un dedo para impedirlo. Ciertamente, el terror influyó de forma decisiva en su falta de resistencia, en una etapa marcada, además, por la desmoralización y la impresión de derrota generalizada que había provocado la Gran Depresión. En las condiciones en que se realizó el acceso al poder del nacionalsocialismo, la crisis económica y la dislocación social se vieron completadas por las dos fórmulas complementarias de represión sufridas en las primeras etapas del régimen, precisamente cuando el ciclo depresivo había alcanzado sus niveles más bajos: la movilización autónoma de las SA, ejerciendo una durísima violencia física y una constante amenaza contra los trabajadores socialistas, comunistas o católicos, y la represión institucionalizada de la Gestapo, que iría adquiriendo más márgenes de libertad de acción a medida que las leyes de emergencia fueran arrebatando las garantías constitucionales de las que se había disfrutado. La violencia fue tan aniquiladora que no permitió la supervivencia de los espacios sociales, tangibles, en los cuales podría haber encontrado refugio una resistencia articulada. Los barrios obreros fueron barridos por las inspecciones de las fuerzas de asalto y la policía, las sociedades de ocio fueron destruidas, y a ellas se iría oponiendo la construcción de un espacio público alternativo controlado por el régimen. En estas condiciones, la base material, la red de contactos de confianza y lugares seguros fue liquidada por una onda expansiva que no dejaba ámbitos oxigenados desde donde fundamentar una resistencia de masas.[38] Hubo episodios de protesta reiteradamente, pero se trató de factores locales, aislados y discontinuos, que nunca llegaron a tramar una lógica de oposición al régimen sacada de las experiencias de descontento por aspectos parciales de su gestión.[39] Esta disociación entre la queja por la conducta de un empresario, por la pérdida de capacidad de negociación o por la corrupción de un funcionario del DAF y la crítica al régimen en su conjunto es, seguramente, la mayor frustración del descontento social, lo que impidió su formulación en términos de antifascismo, como maneras concretas de resistencia, para expresarse en la forma de un mero *disenso*, una postura que impedía la integración completa de la clase obrera en el régimen, pero que obstaculizaba decisivamente la construcción de una red de oposición activa. Naturalmente, la precisión de la Gestapo a la hora de distinguir entre ambas actitudes era muy importante para aislar a quienes se orientaban hacia la resistencia, al conseguir fracturar la relación entre una vanguardia que acababa actuando por pura autorreferencia y las diversas fórmulas de desacuerdo social que iban impregnando el paisaje del Tercer Reich, quedando anotadas cuidadosamente en los informes del Partido Socialdemócrata en el exilio (SOPADE) o en los que redactaba la policía política para medir la «salud» de la opinión pública.[40] De hecho, la misma pérdida de la capacidad de negociación sindical había arrebatado a los viejos cuadros socialistas y comunistas la capacidad de orientar la lucha de sus compañeros en los temas concretos y, de esta forma, el distanciamiento entre los dirigentes con experiencia de gestión de los conflictos y su antigua base se expresó en la imposibilidad de convertir las quejas de los trabajadores en un factor de concienciación de clase y de oposición al régimen. Si, en un principio, estas protestas se habían dirigido contra el mantenimiento de altos niveles de desempleo y contra el Servicio de Trabajo Obligatorio, a partir de 1937, cuando los niveles de ocupación fueron ya muy altos, se orientaron a combatir la pérdida de los derechos sindicales, el aumento del rit-

38. D. Peukert, *Inside Nazi Germany. Conformity, Opposition and Racism in Everyday Life*, Londres, 1989, pp. 104-105.

39. Algunos ejemplos de estas acciones en F. L. Carsten, *The German Workers and the Nazis*, Aldershot, 1995, pp. 51 y ss.

40. T. Mason, «The containment...», pp. 239 y ss.

mo de la producción, la incompetencia de los representantes nazis o los altos costos de las contribuciones a los servicios de seguridad social.[41] Ninguna de estas impresiones dio lugar más que a una conducta general que consistía en tratar de escapar, de forma individual, de las condiciones de trabajo que imponía el régimen, a través del absentismo por enfermedad *(Bummelei)* o la presión sobre los empresarios, aprovechando el pleno empleo y la escasez de la oferta de mano de obra para conseguir mejores condiciones salariales. Ni una ni otra vía era más que una forma perversa de adaptarse al darvinismo social impuesto por el régimen, una manera de invertir las líneas de promoción personal que ofrecía el nacionalsocialismo como alternativa a la lucha de clases. Las fórmulas propagandísticas de integración en una «comunidad de eficiencia» *(Leistungsgemeinschaft)* hallaban su respuesta en vías de escape que nada tenían que ver con la vieja solidaridad de clase, desguazada y archivada entre los recuerdos de Weimar. Lejos de expresarse en la imagen de un rechazo de la totalidad del sistema, se manifestaban en la idea de una simple supervivencia individual dentro del mismo, un tipo de inconformismo que ni siquiera pudo quebrarse cuando las condiciones colectivas de los trabajadores mejoraron, en la etapa del pleno empleo.[42]

Por el contrario, tal mejora sirvió para acentuar los mecanismos de división de la clase obrera que el régimen utilizó para imponerse a ella. La búsqueda de beneficios salariales en las empresas con mayor necesidad de trabajadores podía convertirse en la promoción de un segmento de la clase, pero iba en contra de los intereses de quienes continuaban con un empleo en las zonas rurales o, sobre todo, en una industria de consumo a la que el régimen prestaba menos atención. Los trabajadores podían incluso llegar a experimentar su promoción individual en coherencia con la política del rearme, acudiendo a buscar empleo bien remunerado precisamente en aquellos espacios de la producción que resultaban indispensables para preparar la guerra. De hecho, la incentivación de las diferencias sólo pudo frenarse por el miedo a la inflación y por la intervención del Estado para limitar la movilidad de la mano de

41. D. Peukert, *Inside...*, pp. 109-110.
42. T. Siegel, «Whatever was the Attitude of German Workers? Reflections on Recent Interpretations», en R. Bessel (ed.), *Fascist Italy and Nazi Germany. Comparisons and Contrasts*, Cambridge, 1996, pp. 61-77.

obra, con lo que el régimen tuvo que escoger entre diversas opciones que le interesaban de forma similar: aumentar la fragmentación y la competencia entre los trabajadores o evitar que esa actuación en las condiciones del mercado laboral pudiera volverse contra los equilibrios financieros del país. La división de los trabajadores tenía otros rasgos, que incluían la diversidad de sus experiencias laborales y, en especial, la separación entre los más jóvenes y aquellos que habían adquirido su madurez en los tiempos de la República de Weimar. Necesariamente, el obrero que llegaba a recuperar su condición de trabajador activo después de largos años de desempleo tenía una actitud diferente al que alcanzaba la edad de trabajo cuando el mercado ofrecía ocupación. Debería de verse hasta qué punto la simple tradición de lucha en la república resultaba un elemento de identidad lo bastante vigoroso para compensar la devastación causada por el desempleo a comienzos de los años treinta, aunque ello abre un gran abanico de posiciones diferenciadas, dependiendo del tipo de militancia —católica, comunista o socialdemócrata—, del grado de compromiso, de la experiencia concreta de la crisis, etc., factores todos ellos que ofrecen situaciones personales dispares en un marco genérico de destrucción de la percepción a una clase diferenciada. Por su lado, los obreros más jóvenes, en la medida en que alcanzaran su sociabilidad laboral en los años de expansión de mitad de los treinta, podían ser más exigentes en la resolución de las malas condiciones salariales, pero debían resultar más sumisos en la crítica global al régimen, que había podido inculcarles toda su carga ideológica desde la adolescencia o la primera juventud.[43]

El nacionalsocialismo llevó adelante un esfuerzo muy serio de neutralización de la clase obrera que, iniciada en la destrucción de sus organismos políticos y sindicales, se continuó en la creación de instituciones dedicadas a estimular la impresión de que sus miembros se integraban en la comunidad popular. Los instrumentos de creación de una imagen de la *Volksgemeinschaft,* en la que los

43. Sobre estas experiencias concretas, *véanse* T. Siegel, *Leistung und Lohn in der nationalsozialistischen «Ordnung der Arbeit»*, Opladen, 1989; W. Zollitsch, *Arbeiter zwischen Weltwirtschaftkrisse und Nationalsozialismus. Ein Beitrag zur Sozialgeschichte der Jahre 1928-1936;* T. Mason, *Social Policy...*; dos buenos estudios sobre modelos de empresa son P. Hayes, *Industry and Ideology. IG Farben in the Nazi Era*, Cambridge, 1987, esp. pp. 69-211 y N. Gregor, *Daimler-Benz in the Third Reich*, New Haven, 1998, pp. 36-75.

trabajadores pasaban a ser un factor básico de la vida económica, tuvieron una cuidadosa elaboración simbólica. El propio discurso de Hitler hablando del «honor del trabajo», las referencias de Ley a «dar la mano a los trabajadores», la existencia de un discurso que elogiaba la masculinidad y el vigor en el manejo de las máquinas eran factores de continuidad con un orgullo de clase que procedía de la vieja cultura socialdemócrata de los obreros alemanes, a los que el régimen recordó constantemente su carácter de fundamento del régimen, de su raíz vital, de su base material, de la misma forma que elogiaba a los campesinos refiriéndose a la pureza de su sangre. Esta constante campaña ideológica que restauraba la moral de los trabajadores como miembros indispensables de la comunidad había de tener una especial importancia en el seno de una clase a la que se compensaba simbólicamente por las pérdidas sufridas en el terreno sindical, *al mismo tiempo* que se le ofrecía la recuperación de su ciudadanía con una agresiva mezcla de discurso racial y de victoria sobre el desempleo. Las referencias a una pertenencia a la *Volksgemeinschaft*, alcanzada a través del respeto a las leyes de la sangre y recompensada por la protección del Estado en forma de subsidios a la familia y obtención de un empleo, se construyeron, en buena medida, sobre la consideración de la primacía de los trabajadores, que los nazis devolvieron a la clase obrera alemana despojándola de su sentido de clase inicial, y atestándola de los factores de integración interclasista que convenía al régimen.[44]

La plasmación institucional de estas propuestas se concretó en dos organismos dependientes del DAF. El primero de ellos, la Oficina «Belleza del Trabajo» *(Schönheit der Arbeit)* era una aplicación de la modernización estética funcionalista al lugar del trabajo, en la línea de lo que venían teorizando algunos sociólogos e incluso algunos grandes industriales americanos.[45] Dar una imagen bella del trabajo, liberarlo de la suciedad, combatir por obtener mejores condiciones higiénicas podía convenir tanto a los trabajadores como a unos empresarios que veían en estas formas de producción una posibilidad de aumentar el rendimiento de la mano de obra. Para el

44. A. Lüdtke, «The Honor of Labor. Industrial Workers and the Power of Symbols under National Socialism», en D. Crew, *Nazism and German Society, 1933-1945*, Londres, 1994, pp. 67-109.

45. C. Friemert, *Produktionsästhetik im Faschismus. Das Amt «Schönheit der Srbeit» von 1933 bis 1939*, Múnich, 1980; P. Reichel, *La fascination...*, pp. 221 y ss.

régimen nazi resultó sencillo presentarlo como una propuesta aclasista, que venía a culminar el fin de la lucha de clases y la creación de una comunidad de empresa a través de un impulso ideológico preciso. La modificación del mobiliario de las oficinas en un sentido funcionalista, la creación de espacios ajardinados y piscinas, la lucha por la buena iluminación y una buena alimentación fueron cubiertos por campañas como «Dejar entrar la primavera en las empresas», «Aire sano en la sala de trabajo», «Gente limpia en una empresa limpia» o «Comida caliente en las empresas». En 1939, se habían realizado 67.000 inspecciones de fábrica, mejorándose las condiciones higiénicas, creándose cantinas y construyéndose espacios verdes por una cifra de 900 millones de marcos.[46] El organismo más importante, que llegó a tener una gran influencia en el reclutamiento de clientela fue, sin embargo, la Oficina «A la fuerza a través de la Alegría» *(Kraft durch Freude)*.[47] Si el DAF no consiguió el entusiasmo de los trabajadores, la KdF se convirtió en una de las pocas empresas del régimen que logró un apoyo abierto por parte de la clase obrera. No resulta extraño, por tanto, que los recursos entregados a su organización fueran generosos, creándose un aparato burocrático que incluía a casi ocho mil funcionarios a tiempo completo. La función básica de la KdF consistía en el control del ocio, haciendo del mismo una continuidad del trabajo, un espacio donde los obreros alemanes volvían a encontrarse y donde recuperaban fuerzas para dedicarse a sus labores al día siguiente. En la angustia del régimen por devorar los márgenes de privacidad familiar, esta invasión del tiempo que seguía al trabajo trataba no sólo de compensar a los empleados mediante una inversión pública que se convirtiera en una forma de salario indirecto, sino estabilizar el régimen logrando mayores niveles de control y de asentimiento. Las actividades del KdF incluían veladas teatrales, asistencia a conciertos, cabarets y películas, que afectaron a más de cincuenta millones de asistentes en 1938.[48] Pero la actividad más famosa fue la de los viajes, que permitió a muchos trabajadores realizar turismo interior por primera vez en su vida y a algunos de ellos incluso participar en un crucero. De hecho, a pesar de que los costos de estos últimos resultaban muy bajos en comparación con lo

46. J. Noakes y G. Pridham, *Nazism...*, vol. 2, p. 346.
47. P. Reichel, *La fascination...*, pp. 229 y ss.
48. J. Noakes y G. Pridham, *Nazism...*, vol. 2, p. 348.

que se ofrecía en el mercado, quienes pudieron disfrutar en mayor medida de los cruceros a Canarias, a los fiordos noruegos o al sur de Italia fueron miembros de la clase media. El régimen, no obstante, tenía poco en cuenta este privilegio. Para él, lo que contaba era la concreción de la comunidad popular, que se expresaba en viajes en los que había desaparecido la diferencia de clases y donde podía manifestarse la benevolencia y superioridad del Tercer Reich en comparación con el sistema político anterior. Si cabe considerarse que las actividades del KdF tuvieron escaso impacto en un adoctrinamiento directo de la clase obrera, no debe ignorarse el papel de estímulo a la integración pasiva que un engranaje de este tipo podía desempeñar.

En el régimen nazi, la clase media creía encontrar un proyecto político propio en el que hallaría la compensación por el apoyo electoral y militante prestado al partido, y en correspondencia con las contradictorias señales propagandísticas con que el movimiento nacionalsocialista había conseguido seducirla.[49] Después de una etapa imperial en la que la clase media había sido el baluarte de la cultura política en oposición al socialismo, el pacto social de la república la había excluido y condenado a un proceso simultáneo de empeoramiento de las condiciones materiales y pérdida de la identidad. Tales condiciones favorecieron, como ya se ha visto, que el discurso nacionalista, jerárquico, comunitario, anticapitalista del nazismo conectara con la angustia social que vivía este sector. No obstante, si la ideología del régimen le era favorable, su lugar en el conjunto de la producción resultaba muy pequeño y habría de reducirse a lo largo del Tercer Reich. Esta contradicción entre el discurso favorable a la pequeña propiedad de los dirigentes nazis y la realidad del impacto de la modernización industrial influyó de forma muy diversa en la conducta del *Mittelstand*. La vieja clase media había dado su apoyo militante al partido de una forma más activa, a través del *Kampfbund*, que exigió de inmediato una posición firme del régimen en la cuestión de los grandes almacenes. La lucha antisemita se convirtió en el vehículo para transformar esta re-

49. Sobre la conducta de las clases medias, M. Broszat, *L'État...*, pp. 249 y ss.; P. Ayçoberry, *La société...*, pp. 162 y ss.; D. Schoenbaum, *Hitler's Social Revolution. Class and Status in Nazi Germany, 1933-1939*, Nueva York, 1980; I. Kershaw, *Popular Opinion and Political Dissent in the Third Reich. Bavaria, 1933-1945*, Oxford, 1983, pp. 111-155.

sistencia a la concentración de capital en un combate racial comunitario, como pudo observarse en el boicot de abril. El 12 de mayo de 1933, la Ley de Protección del Pequeño Comercio prohibió la creación de nuevos almacenes, medida que se suavizó al año siguiente, exigiendo la aprobación ministerial previa. Los pequeños comerciantes y artesanos habían de sentirse pronto decepcionados por una posición del régimen más coherente con las necesidades de los consumidores y con la exigencia de la libre empresa, una actitud que culminó en la ley que prohibía la realización de más boicots y en la posición general del Tercer Reich, más favorable a la disminución del papel de los grandes almacenes que a su cierre sistemático. Sin embargo, estos factores materiales que podían crear el descontento en la clase media han de contrastarse con el peso de un apoyo puramente ideológico, que procedía del aprendizaje realizado a lo largo de la República de Weimar, en el combate contra la democracia y el sindicalismo. La defensa de los valores íntimos de un *Mittelstand* reaccionario se realizaba a la perfección en el proyecto fascista, y la imposibilidad de evitar la modernización de la sociedad alemana no bastó para alejarla de este horizonte ideológico, dada, además, la carencia de alternativas. Por otra parte, los niveles de compensación fueron considerables. Es cierto que algunos historiadores contemplan a la clase media como una víctima del proceso de concentración económica que, sin duda, se produjo durante los años treinta,[50] pero ello no obsta para considerar la dispersión de experiencias vividas bajo el régimen. De entrada, el proceso de cierre de empresas no fue tan radical, ya que sólo afectó al 10% de las mismas, en general debido a la competencia en el mercado de trabajo característica de la gran industria. Además, la clase media halló algunos factores importantes de compensación: entre ellos la restitución de su lugar como jefes de la empresa, tras la destrucción del sindicalismo, algo que poseía el potencial suficiente para aliviar cualquier otra frustración. Pero se obtuvieron más concesiones por parte del nuevo Estado, como la reorganización gremial, con la expulsión del intrusismo en la entrega de diplomas profesionales, así como la entrega a las Cámaras del Artesanado de la responsabilidad de cerrar talleres ineficaces mediante la entrega discrecional de certificados superiores de cualificación. Por otro lado, el artesanado pudo contentarse con los efectos colaterales del

50. C. Bettelheim, *La economía alemana bajo el nazismo*, Barcelona, 1972.

crecimiento industrial, especialmente aquellas pequeñas empresas que realizaron contratos con la gran industria, los talleres que recibieron encargos directos —uniformes, construcción de cuarteles, etc.— o quienes se beneficiaron de la expansión general del consumo con la recuperación económica.

El campesinado había sido una fracción de la clase media especialmente desatendida por la protección a los consumidores urbanos de la república, cuyas propuestas aduaneras mostraron una mayor preocupación por las condiciones de los terratenientes cerealistas prusianos que por las granjas medianas. Además de soportar la libre entrada de productos competitivos, los pequeños agricultores hubieron de padecer durante mucho tiempo los controles de precios que procedían de la guerra y la diferencia de precios con los productos industriales. La Gran Depresión se anunció inicialmente en la agricultura, con una reducción de los precios reales que dejó a la intemperie la economía campesina, haciéndola presa fácil de sus acreedores. La multiplicación de quiebras y de expropiaciones de las tierras cuyos dueños no podían hacer frente a las hipotecas provocaron intensas movilizaciones agrarias en los tramos finales de la década de los veinte y a comienzos del decenio posterior. Para los nazis resultó relativamente fácil ir al encuentro de un territorio por el que nadie parecía sentir interés, salvo los pequeños partidos campesinos que resultaban insuficientes para articular una alternativa a la república. El discurso integracionista del nacionalismo hitleriano se reforzó, además, con una propaganda racial que hacía del campesinado la parte esencial de la restauración de la raza, convirtiéndolo en depositario de todos sus valores. Recordemos que la única modificación programática del partido fue la que se refirió a la agricultura, y que el desarrollo de la Oficina Agraria del NSDAP fue la respuesta inmediata a los primeros éxitos electorales en las zonas agrícolas en 1928 y 1930. Aunque el Ministerio de Agricultura cayó en manos del aliado conservador del nazismo Alfred Hugenberg, la caída de éste fue aprovechada para colocar al frente de todo el sistema de abastecimientos de Alemania al *Führer* del campesinado y teórico del ruralismo racial, Walter Darré, quien trató de obtener en el ámbito de sus competencias lo que no se había logrado en el espacio industrial, creando una estructura corporativa muy rígida bajo la administración del *Reichnährstand.* La Ley de Explotaciones Hereditarias, que impedía le enajenación de la tierra, se presentó como el proyecto más acabado para proteger la pequeña propiedad, y afectó a setecientas mil explotaciones, una tercera parte del territorio agrícola. Sin embargo, a pesar de su carácter proteccionista, la ley fue pronto denunciada por sectores diversos, como los excluidos de la herencia, los pequeños productores no aceptados en la categoría de campesinos hereditarios *(Erb-Bauer)* y aquellos medianos propietarios que temían una restricción del crédito. Además, la mayoría del campesinado se puso en contra del exceso de burocratización del RNS, al que se veía como una constante interferencia del libre uso de la propiedad privada.

El campesinado, uno de los sectores que sufrió más directamente la intervención del Estado, no vio con demasiado agrado el proceso de dirigismo corporativo, aunque habría de beneficiarse notablemente de las facilidades que el desarrollo de la economía a mediados de los años treinta le ofrecería, permitiéndole unos precios más rentables, y la compra de maquinaria y fertilizantes a bajo costo, que permitirían el incremento de la superficie cultivada, en especial bajo el Plan Cuatrienal. Un factor notable de descontento, sin embargo, sería la pérdida masiva de mano de obra por la competencia de la gran industria —un millón y medio de trabajadores rurales entre 1933 y 1939—, proceso de modernización que sembró el desconcierto entre quienes lo contemplaban como una vulneración directa de la ideología de la tierra y de la sangre.[51] En los años finales del decenio, la afiliación al partido se reducía a los responsables de los pueblos y a quienes habían sido más beneficiados por el sistema de explotaciones hereditarias.[52]

El discurso nazi no había tenido tanto éxito en el seno de la nueva clase media, formada por los trabajadores de «cuello blanco» *(Angestellten)* y los funcionarios *(Beamte)*. Por lo que parece, el voto de ambos sectores se distribuyó de manera bastante uniforme entre los diversos partidos de Weimar, incluyendo a la socialdemocracia, que disponía de una filial sindical bastante poderosa. Las diferencias existentes con los trabajadores de cuello azul, muy superiores a las que se daban en Estados Unidos o Gran Bretaña, se vieron asediados por las condiciones posteriores a la Gran Guerra, en especial por el proceso inflacionario y por el recurso a la expulsión de trabajadores estatales para frenar los gastos del gobierno.

51. H. U. Thamer, *Il Terzo...*, p. 609.
52. G. Conti, *Hitler and...*, pp. 66 y ss.

La llegada del nazismo al poder hubo de contar con el apoyo de una administración que en modo alguno podía ser sustituida por los viejos camaradas del partido. El proceso de captación de empleados públicos por el nuevo régimen fue acompañado de una enérgica depuración del aparato del estado, que afectó a los judíos y a los sectores democráticos de la administración. Sin embargo, la mayoría de los funcionarios conservadores continuaron sirviendo lealmente al nuevo régimen, incluso en funciones policiales controladas por el Ministerio del Interior. La política del Tercer Reich hacia estos sectores resulta contradictoria. Por una parte, el discurso oficial tendió a la abolición de las diferencias sociales entre las diversas categorías de los trabajadores, en especial cuando este discurso fue realizado por funcionarios del DAF, quienes promovían un proceso de igualación que le diferenciara de la proletarización sufrida por el sector durante la república. Las mejoras directas ofrecidas a los obreros ocuparon zonas de privilegio antes reservadas a los empleados, como la obra social o las vacaciones, algo que fue acompañado de la fanfarria de la unidad de los trabajadores y la superación de las diferencias de grupo, sustituidas por una estricta promoción individualizada. De esta forma, los trabajadores de cuello blanco tuvieron que buscar formas de mejora personal compensatoria, algo que pudieron hallar especialmente los del sector estatal, mediante el desarrollo de entidades como el propio DAF, que exigían una mano de obra cualificada. Aun cuando les resultara imposible alcanzar los niveles más elevados de la administración, la ingente oferta de empleo en las diversas instituciones del partido y del Estado actuó como una forma de superar la pérdida de privilegios específicos. Algo parecido podría decirse del sector más entusiasta del régimen, formado por aquellos elementos modernistas de la tecnología que veían en las nuevas obras del nacionalsocialismo un campo de experimentación profesional y que, en todo caso, se sentían fascinados por el elogio de la tecnología realizada por el nuevo régimen.[53]

La posición del NSDAP en la cuestión femenina había hallado, a lo largo de la república, el desarrollo de un proceso social de modernización, con la incorporación de la mujer al mundo laboral, a

53. M. Prinz, *Vom neuen Mittelstand zum Volksgenossen. Die Entwicklung des sozialen Status der Angelstellten von der Weimar Republik bis zum Ende der NS-Zeit*, Múnich, 1986; G. Herf, *El modernismo....*, pp. 318 y ss.

los sectores académicos y al derecho al sufragio. Esta ocupación del espacio público fue rechazada por el nazismo, cuyo estilo, propaganda y organización manifestaban posturas sexistas, favorables a la segregación y a la reclusión de la mujer en su «pequeño mundo» familiar. En este sentido, pocas cosas diferenciaban la actitud del movimiento hitleriano de la cultura conservadora y católica, reacia a aceptar los cambios que se estaban introduciendo en la sociedad desde el final de la Gran Guerra. Esta coincidencia no sólo había de permitirle al nacionalsocialismo penetrar en estas áreas de voto, incluyendo el que depositaban las mujeres influidas por esta ideología, sino que creó un área de consenso que facilitaría la gestión del problema en los años del Tercer Reich. En el seno del movimiento nazi, sin embargo, las mujeres más radicales no tenían prevista una simple vuelta al hogar y a la privacidad. Aceptando que las cuestiones de gestión política correspondían a los hombres, las dirigentes del NSF prefirieron considerar que a ellas habría de dejarse la conquista de un «espacio espiritual» de protección de la revolución nacional. El alcance que pudiera tener esta propuesta no apareció claramente hasta después de la captura del poder, cuando el enfrentamiento en el seno del movimiento femenino nazi y la disputa con los dirigentes masculinos del partido se hizo más obvia y ruidosa. La falta de instrucciones concretas al movimiento —algo que correspondía a la situación caótica de los primeros meses de la «revolución desde abajo»— llevó a dos movimientos paralelos. Mientras, por un lado, se producía la ocupación de los espacios de sociabilidad femeninos, incorporando a los nuevos organismos del Tercer Reich a las mujeres de las asociaciones independientes, por otro lado se dividían las funciones del Ministerio del Interior y de la jefatura del partido, entregando responsabilidades muy similares a distintas dirigentes femeninas. La primera cuestión había de causar más contrariedades que satisfacciones a los sectores radicales del movimiento femenino nazi. Al rendirse con tanta facilidad los grupos de mujeres conservadoras, que se apresuraron a señalar su lealtad al nuevo régimen, se multiplicó la militancia del NSF y, más tarde, la de las instituciones creadas por el nuevo régimen, el *Frauenwerk*, dependiente del Ministerio del Interior y responsable de la organización general de las mujeres, y el *Frauenschaft*, menos numeroso, como formación específica del partido. Este crecimiento se hizo en detrimento de las posiciones de la «vieja guardia» y en favor de las posturas más acomodaticias del conservadurismo femenino desarrollado en Weimar frente a las propuestas más agresivas del movimiento feminista. La división de responsabilidades entre el gobierno y el partido —algo que solía ocurrir, como hemos tenido ocasión de comprobar, prácticamente en todas las áreas de conflicto del nuevo régimen— permitió que los sectores contrarios a un protagonismo de la mujer en su área de responsabilidad ganaran tiempo, debilitando la posición de las líderes radicales. Así, el apoyo de Frick a la moderada Paula Siber en el Ministerio del Interior, contrastaba con la reclusión de la joven y extremista Lydia Gottschewski en el Frente de la Mujer, que Ley había creado en Múnich. La solución de compromiso se encontró, finalmente, en Gertrud Scholtz-Klink, una responsable de segunda fila que combinaba el radicalismo en temas raciales con una posición nada favorable al protagonismo de la mujer en la sociedad y la política.[54] A partir de entonces, el inmenso trabajo desplegado por la organización femenina del Estado habría de destinarse a la preparación de las mujeres como amas del hogar bien preparadas, dispuestas a ser madres sanas y con disposición científica para dar una educación sana a sus hijos. Ello no hacía a la mujer algo separable de los espacios públicos de la Alemania nazi, en la medida en que la vida familiar perdía su condición de mundo privado, para ajustarse a las necesidades eugenésicas de una sociedad racial. Para muchas mujeres, esta nueva función de madres «públicas» podía contemplarse como una promoción alternativa a la que había ofrecido la república de Weimar, en términos estrictamente laborales, fuera del hogar. De forma similar a como se hacía con los valores simbólicos depositados en la clase obrera, el discurso racial hacía de la familia, y en especial de la mujer, la base de un Estado moderno, algo que distinguía la posición femenina en el nazismo de la que podía tenerse en otros fascismos.[55] Al respecto debe recordarse que la opción natalista del fascismo alemán se «compensaba», a través del discurso racial, con los criterios de selección de quién podía y quién no podía reproducirse, qué matrimonios resultaban legales y cuáles habían de ser prohibidos, qué individuos tenían un verdade-

54. C. Koonz, *Mothers in the Fatherland. Women, the Family and Nazi Politics*, Nueva York, 1987, pp. 127 y ss.

55. Una comparación entre franquismo, fascismo y nazismo en este tema la ofrece C. Molinero, «Mujer, franquismo, fascismo. La clausura forzada en un mundo pequeño», *Historia Social*, 30, 1998, pp. 97-117.

ro valor racial y cuáles habían de situarse en la esfera de los inservibles, aquellos cuya reproducción había de ser evitada. La condición de mujer autorizada a reproducirse puso a las madres alemanas en una categoría legal superior, que las ensalzaba con indiferencia de su origen social, a la vez que establecía un rango jerárquico que producía mayor satisfacción a los miembros sanos de la comunidad cuanto de una forma más intensa y pública se les distinguía de los racialmente impuros. En este sentido, la función de la mujer como víctima y perpetradora de la política racial del régimen nos ofrece un ámbito de debate fundamental para entender la intimidad ideológica y los mecanismos de persuasión del Tercer Reich.[56]

La política nazi se orientó en dos líneas complementarias de actuación que no siempre hallaban el acuerdo de los mismos sectores culturales: la retirada de la mujer del mundo del trabajo y el estímulo de una política matrimonial de carácter racista. La vinculación de ambas cuestiones se halla en el ambiente favorable de la crisis económica, cuando amplias capas de la población alemana —y no sólo del sector masculino— fueron receptivas a un discurso que combinaba el regreso de la mujer al hogar y la recuperación del pleno empleo masculino. Los esfuerzos para apartar a la mujer del mundo laboral fueron aplaudidos por razones sexistas, pero también por criterios de equidad social, de la justicia distributiva que sacrificaba la promoción de la mujer en favor de que todos los hogares dispusieran de un ingreso.[57] El éxito de la propaganda nacionalista se basará en esta presión social, que atraviesa diversas opciones políticas concretas, en la lucha contra el «doble empleo» familiar. Las estadísticas no acaban de ofrecer un panorama claro de los efectos de una política de expulsión del mercado laboral que tomó muy pocas medidas positivas directas. Muchas mujeres no se registraban como desempleadas porque su condición dependiente en la familia les negaba el subsidio, de modo que estas cifras ofrecen una visión falsamente idílica del paro femenino. No obstante, fuera de los sectores donde la política discriminatoria fue más fuerte, como la adminis-

56. A. von Saldern, «Victims or Perpetrators? Controversies about the role of women in the Nazi state», en D. Crew, *Nazism...*, pp. 141-165; E. Kasberger, *Heldinnen waren wir keine. Alltag in der NS-Zeit*, Hamburgo, 1995.

57. T. Mason, «Women in Germany, 1925-1940. Family, Welfare and Work», en *Nazism...*, pp. 149 y ss.

tración y los medios profesionales,[58] el trabajo femenino consiguió resistir la presión para que las mujeres casadas abandonaran las empresas. No fue ajena a esta resistencia la propia actitud de los patronos, que difícilmente podían renunciar a una mano de obra especializada que, además, resultaba más barata que la masculina. El natalismo, cuya lógica iba más allá de la simple retirada de la mujer al mundo familiar, tuvo una mayor eficacia. En este ámbito, los gestos del gobierno fueron progresivamente generosos, tanto para propiciar las bodas como para estimular la reproducción, algo en lo que el régimen no se distinguía de lo que estaba haciendo la mayor parte de los países europeos en aquel momento, obsesionados por la caída de la fertilidad. Así, los préstamos matrimoniales fueron muy bien acogidos por las parejas que no habían podido contraer matrimonio por las dificultades de la crisis económica, y unas setecientas mil parejas se acogieron a ellos en los primeros cuatro años del Tercer Reich. La exigencia de que la mujer abandonara su puesto de trabajo a cambio de un crédito que se devolvía en condiciones irrisorias apartó del mercado laboral a un segmento importante de la mano de obra femenina joven, de mediana y baja cualificación.

El estímulo de la procreación fue el aspecto positivo de la política eugenésica del régimen, que se completaría con las pruebas de salud y la exigencia de esterilización poco tiempo después. Las medidas estatales ayudaban a las familias y a las empresas a facilitar las condiciones de reproducción, otorgando premios y subvenciones en metálico a las familias numerosas. El régimen utilizaba esta red propagandística en los términos contradictorios que solía caracterizar a las campañas nazis: de la misma forma que la política social impulsaba al mismo tiempo el individualismo y la subordinación a la comunidad, la política de reproducción se refería a la necesidad de aumentar la tasa de natalidad al mismo tiempo que se exasperaba la falta de espacio vital para alimentar a los ciudadanos alemanes. Siendo ésta una característica perversa del régimen, la población no lo comprendió en sus términos contradictorios, sino en su espíritu literal más agresivo: la libertad del pueblo para tener más hijos no podía limitarse por las barreras territoriales. Sin embargo, las posibilidades de hacerlo habían de contrastarse con otras condiciones que podían llegar a superar la generosidad del régimen. Tim Mason ofrece una serie de causas capaces de frenar el de-

58. H. U. Thamer, *Il Terzo...*, p. 633.

sarrollo de una tasa de natalidad que fuera más allá de la recuperación de los niveles de la década anterior: el retraimiento de los opositores por el miedo al futuro, el déficit de viviendas, los efectos negativos de un servicio militar obligatorio y prolongado, o la relación entre el nivel de vida y el tamaño de la familia, cuando las ayudas estatales no pudieron enfrentarse al descenso de los salarios reales hasta 1936-1937.[59]

Una de las características del movimiento hitleriano había sido su influencia en la juventud, que reproducía dos aspectos de la propia dirección del partido: su edad media, mucho más baja que la de cualquier otra organización política de la república, y la insistencia en un lenguaje favorable a la irrupción de una generación nueva en la vida pública, un rechazo de la «vieja política» que transmitido e identificado en términos de una llamada a la juventud alemana, a quienes se habían formado en las trincheras o en los vericuetos de la dinámica contrarrevolucionaria de los primeros años de la democracia. El movimiento juvenil alemán había desarrollado tendencias neorrománticas y populistas muy acusadas, que se extendieron en la tupida red de un asociacionismo que involucraba a una parte considerable de la población joven. El movimiento *Bündisch* y los *Wandervogel* presentaban una alternativa ideológica a los principios políticos de la democracia, una exigencia al contacto directo con la naturaleza, con el pueblo y con las tradiciones que podía actuar como un primer rechazo del sistema político de Weimar, aunque no siempre facilitara la permeabilidad a los principios disciplinarios y jerárquicos de las Juventudes Hitlerianas. A finales de 1932, las *Hitler Jugend* de Baldur von Schirach habían conseguido una militancia de más de cien mil miembros, lo cual era una cifra muy alejada de las organizaciones juveniles socialistas o del movimiento *Bundisch*. La procedencia de los jóvenes solía ser de clases más humildes que la media del partido, y su posición política más radical, aunque Schirach fue tratando de modificar las actitudes «socialistas» de los primeros años de la juventud hitleriana en una posición más integrada en un discurso nacionalista comunitario. El nacionalismo y el antirrepublicanismo eran factores que los jóvenes nazis compartían con otros movimientos juveniles, y ello habría de facilitar el proceso de *Gleichschaltung* de 1933, cuando Schirach fue nombrado jefe de la Juventud del Reich y a co-

59. T. Mason, «Women...», pp. 175-176.

mienzos del mes de julio se procedió a la disolución del Comité de Asociaciones Juveniles. Durante los primeros meses del año fue destruyéndose el tejido asociativo conservador, y organizaciones como el *Bundische Jugend,* las *Hindenburg Jugend,* las *Scharnhost Jugend* y, finalmente, el *Grossdeutschland Bund* del almirante Von Trotha fueron integrándose en la organización juvenil nacionalsocialista.[60] Aunque la afiliación a las *Hitler Jugend* no fue obligatoria en un principio, la avalancha de jóvenes procedentes de sectores no vinculados al movimiento hitleriano en el período de Weimar cambió la composición social y la actitud ideológica de esta institución, favoreciendo las posiciones más nacionalistas y reaccionarias en contra de las inclinaciones radicales de los primeros tiempos, algo que, sin duda, tenía que ver con el cambio de composición social de las *Hitler Jugend*, cuyo origen fue desplazándose hacia la clase media en perjuicio de los sectores de trabajadores.

El régimen trató de inculcar en los jóvenes la misma impresión de centralidad en el proyecto nacionalsocialista que había ido depositando en la clase obrera o en las mujeres, obteniendo el respaldo de una multitud de sectores que se consideraban, de acuerdo con la propaganda del propio régimen, como la principal fuente de recursos de éste. El discurso de Hitler a los jóvenes en el congreso de 1934 puede situar perfectamente las esperanzas que el nuevo sistema ponía en el recambio generacional: «Queremos ser un pueblo pacífico, pero al mismo tiempo valeroso. Es por eso por lo que debéis ser pacíficos y valientes al mismo tiempo. Queremos que nuestro pueblo ame el honor: por ello debéis aprender el concepto del honor desde muy pequeños. Queremos ser un pueblo orgulloso, y debéis ser orgullosos, orgullosos de ser los miembros más jovenes de la nación más grande. Queremos un pueblo obediente, y debéis aprender a practicar la obediencia. Queremos un pueblo que no sea blando, sino duro como el pedernal, y queremos que desde vuestra primera juventud aprendáis a superar las dificultades. Queremos que no haya distinciones de clase en nuestro pueblo, y no debéis permitir que la distinción de clase arraigue en vosotros. Todo lo que espera Alemania de su futuro, nosotros lo esperamos de vosotros. Nosotros pasaremos, pero Alemania vivirá en vosotros.»[61] Esta formación ideológica de los jó-

60. H. W. Koch, *The Hitler Youth. Origins and Development, 1922-1945*, Nueva York, 1975, p. 99.
61. Citado por Koch, *ibíd.*, p. 105.

venes se basaba en un aprendizaje que a éstos ya les venía fascinando desde la época de Weimar: una fidelidad a los impulsos idealistas, la reacción contra el racionalismo, el romanticismo tradicionalista, la herencia de la guerra, la misión de una nueva generación que habría de quebrar las humillaciones de la anterior, la función de una revolución conservadora que iba a necesitar del ánimo de una juventud incorrupta, puesta a salvo de la contaminación política de la democracia. El programa nacionalsocialista se benefició de las intuiciones ideológicas de un amplio sector de la juventud, convertidas luego en doctrina oficial a través de las escuelas de cuadros de las *Hitler Jugend*. No obstante, el espacio de actividad creado por el régimen provocó contradicciones en otros niveles de la ecléctica gestión del Tercer Reich. Por ejemplo, rompió los esquemas formales de la autoridad familiar o escolar, al establecer una jerarquía paralela que se consideraba principal en la identificación de la posición del joven. La obediencia al Estado y a la cadena de mandos de las *Hitler Jugend* podía contradecirse con la disciplina solicitada por los maestros o los padres, y el refugio en el uniforme ser la salvaguarda de una posición rebelde por parte de los jóvenes, de la misma forma que la obtención de un terreno de actividad en la organización femenina podía contrariar el esquema de subordinación privada que sufrían las chicas en las tareas domésticas, a manos de los padres o de los hermanos. Este espacio de «liberación» que ofrecía la militancia no debe, sin embargo, exagerarse, pues existieron líneas de descontento ante la presión que suponía la afiliación en las *Hitler Jugend*, por parte de jóvenes pertenecientes a familias obreras o de sectores más acomodados, que buscaron sus propios espacios de sociabilidad al margen de las tediosas sesiones doctrinales y las tablas gimnásticas del movimiento juvenil hitleriano. Experiencias como las de los amantes de la música *swing* o los grupos rebeldes que se agrupan bajo la etiqueta común de *Edelweiss Piraten* muestran la persistencia de zonas de cultura contraria a los principios militaristas y racistas en que se inspiraban las *Hitler Jugend*. La afiliación obligatoria ayudaría a quebrar estas zonas de *disenso*, cuyo destino fue enfrentarse a la propia policía juvenil —las patrullas del *Streifendienst*— e incluso al internamiento en los campos de concentración por llevar a cabo actividades consideradas asociales.[62]

62. D. Peukert, *Inside...*, pp. 145-174.

VIII

ORGULLO Y PREJUICIO

En las condiciones ideológicas del Tercer Reich, la raza es el criterio para fundamentar la inclusión y la exclusión sociales. El biologismo político se convierte en la coartada científica para diagnosticar la desigualdad radical entre los seres humanos y los grupos raciales. La exclusión de los inferiores no es, por tanto, el resultado de una intuición voluntarista, sino la asunción de las exigencias de la naturaleza. El principio de la desigualdad será el territorio fértil en que crecerán los ritmos de la exclusión, que creará una espesa vegetación de marginaciones, recorte de los derechos de los individuos, reclusión y emigración forzosa de los grupos considerados inferiores y peligrosos para la salud de la comunidad popular. La tradición de una ciencia que viene preocupándose por la mejora del grupo humano, que interpreta los desajustes sociales, las actitudes de inconformismo, la expansión de la delincuencia como el resultado de una carga genética defectuosa, hallará en el Tercer Reich un excelente laboratorio para legalizar las medidas de control racial de la población que la democracia había contenido. El entusiasmo de los colaboradores, médicos, antropólogos, biólogos, expertos en estadística y demografía, etc., será indispensable para que la barbarie nazi adquiera la solemnidad ritual de las grandes aventuras terapéuticas y preventivas de la medicina. Gracias a la gestión voluntaria y bien retribuida de las respuestas racistas a los problemas sociales, los programas de clasificación, control, expropiación, exclusión, internamiento, esterilización y exterminio irán encontrando una justificación «progresista», relacionándose con las propuestas eugenésicas que han impregnado la atmósfera médica desde comienzos de siglo. Los mecanismos de exclusión obtienen, además, la gratificante respuesta de una mayor cohesión social. En efecto, todas aquellas medidas que afectan a los «insanos» se convierten, por una especie de reflejo deforme y perverso, en acciones destinadas a asegurar la salvaguardia de los ciudadanos con salud racial certificada. Los jóvenes autorizados a contraer matrimonio, retribuidos por los hijos que van teniendo, se sienten confortados por una política de bienestar social que se niega a los «inferiores». Las madres autorizadas a procrear, en un ambiente en el que tal tarea deja de ser un factor de la vida privada para convertirse en una función pública, se sienten promocionadas al observar los procesos de esterilización de cientos de miles de personas a quienes el Estado niega la misma capacidad que alienta en los miembros de la comunidad popular. Las medidas sociales se justifican como instrumentos de carácter racial. La lucha contra el desempleo, que concede un préstamo a las jóvenes parejas que quieren casarse, siempre y cuando la mujer abandone el puesto de trabajo, se detiene en el umbral de las parejas insanas. La denominación de los «asociales» incluye a quienes se niegan a aceptar un empleo, y los *raids* que conducen a numerosos individuos a los campos de trabajo se realizan en plena escasez de mano de obra, cuando acaban de inaugurarse las empresas del imperio económico de las SS. El Estado nazi determina cuáles son los motivos para la exclusión racial, pero la flexibilidad de los mismos desenmascara los objetivos políticos y sociales ocultos tras la liturgia científica. El Estado racial se convierte en la forma más acabada de un régimen puesto al servicio de la represión y de la desigualdad.

La ciencia al servicio de la exclusión

> Es la raza y no el Estado lo que constituye la condición previa de la existencia de una sociedad humana superior.
>
> ADOLF HITLER, *Mein Kampf*

Casi al comienzo del segundo volumen de *Mein Kampf,* Hitler dedicaba un capítulo entero a la concepción racial del Estado. Denunciando la actitud de quienes veían en la conservación de los regímenes políticos un fin en sí mismo, el *Führer* planteaba el carácter de mediación de las instituciones, su naturaleza de instrumento para conservar la raíz profunda de la cultura. El Estado *völkisch* debía hacer frente a un problema que se agravaba con el tiempo y que podía provocar la desaparición de los fundamentos elementales de la nación. «Desgraciadamente —escribía— nuestra nacionalidad ya no descansa sobre un núcleo racial homogéneo. El proceso de fusión de los diferentes componentes étnicos originarios no está tampoco tan avanzado como para poder hablar de una nueva raza resultante de él. Por el contrario, los sucesivos envenenamientos sanguíneos que sufrió el organismo nacional alemán, en particular a partir de la guerra de los Treinta Años, vinieron a alterar la homogeneidad de nuestra sangre y también de nuestro carácter.» En estas circunstancias, la misión del pueblo alemán era la creación de un Estado de nuevo tipo, cuya función sería la promoción de los espacios racialmente puros que se habían conservado en el país. Un Estado cuyo objetivo básico, cuyo «deber para con lo más sagrado», sería velar por la conservación y expansión de la limpieza de sangre. El *Führer* ni siquiera trataba de suavizar su lenguaje al detallar las tareas preventivas que habría de afrontar el nuevo régimen, entre las que se hallaba la de evitar que los matrimonios continuaran un proceso de degradación que conducía a la procreación de «monstruos, mitad hombre, mitad mono». El Estado racial debía acabar con los criterios individualistas de reproducción, había de superar el esquema liberal de autodeterminación de los individuos, para convertir el ámbito de la descendencia en una esfera controlada por la sociedad y al servicio de la preservación de la raza. Por ello, la función del régimen *völkisch* era «inculcar que existe un oprobio único; engendrar estando enfermo o siendo defectuoso, y debe ser considerado un gran honor impedir que esto ocurra, existiendo una acción que dignifica: renunciar a la descendencia. [...] Todo individuo notoriamente enfermo y efectivamente tarado debe ser declarado inapto para la procreación y sometido a tratamiento esterilizante.» Al contrario que algunos científicos optimistas, Hitler preveía un largo período de depuración racial, que duraría seiscientos años. En cualquier caso, la ideología racista habría de procurar que «los hombres se preocupen menos de la selección de perros, caballos y gatos que de levantar el nivel racial del hombre mismo».

Estas ideas, por descarnada que fuera la forma de presentarlas, eran herencia de una dilatada tradición que había anidado en el rigor de la ciencia para sobrevolar luego los paisajes de la divulgación. La existencia de diferentes grupos raciales, separados por su desigual aportación a la cultura, cuya mezcla iba en detrimento del grupo superior, así como el establecimiento de categorías humanas perceptibles mediante diagnóstico de los especialistas, identificables en términos de mayor o menor validez para el desarrollo de la civilización, y la necesidad de preservar las cualidades de los más aptos, fueron terrenos en los que las ciencias sociales y naturales corrieron al encuentro de los prejuicios instalados en la mentalidad popular, formando una trama cultural, un sentido común favorable a la exclusión, cuya fundamentación científica habría de elaborarse como una respuesta a los mitos igualitarios de la Ilustración. En la mitad del siglo XIX, la obra de Joseph-Arthur de Gobineau planteó la desigualdad radical de los seres humanos y la superioridad de los arios, cuya sangre debía ser protegida de la mezcla con negros o amarillos.[1] Las reflexiones del *Essai sur l'inegalité des races humaines* alimentaban una postura extendida en su tiempo, que había sido anunciada por la obra de contemporáneos de la Revolución Francesa como Christoph Meiners o Franz Joseph Gall.[2] La invasión más irresistible del campo de la ciencia vino, sin embargo, de la mano de la obra de Charles Darwin. Su combate contra el conservadurismo académico y religioso para imponer sus ideas sobre la evolución de las especies[3] tuvo una curiosa derivación en la apropiación de sus principios por aquellas corrientes que pretendían extender a las relaciones entre los seres humanos los principios de la selección natural. A comienzos de la década de los ochenta del siglo XIX, su primo Francis Galton acuñó el término «eugenesia», estableciendo el principio de una selección asistida por los médicos, que habría de compensar el envilecimiento de la selección natural por el cuidado prestado a los sectores más débiles de la sociedad. Las ideas eugenésicas tuvieron una repercusión especial en Estados Unidos, un país donde el porcentaje abundante de población negra y la afluencia constante de inmigración podía despertar la preocupación de quienes deseaban tutelar la identidad de los sectores «superiores» de la sociedad. Tal fue la función del Eugenics Record Office, dirigido por Charles Davenport y Harry Laughlin y localizado en Cold Spring Harbor, en el estado de Nueva York. La institución se dedicó a acumular datos, obtenidos mediante trabajo antropológico de campo y tests psicológicos inspirados en las investigaciones de Alfred Binet, para señalar la transmisión hereditaria de características raciales indeseables. Los científicos se apresuraron a establecer una relación causal entre la inteligencia inferior y la inclinación a prácticas cri-

1. M. Biddiss, *Father of Racist Ideology. The Social and Political Thought of Count Gobineau*, Nueva York, 1970, pp.103 y ss.

2. G. L. Mosse, *Toward the Final Solution. A History of European Racism*, Nueva York, 1978.

3. Un ejemplo de este combate, en H. W. Paul, *The Edge of Contingency. French Catholic Reaction to Scientific Change from Darwin to Duhem*, Gainesville, 1979, pp. 22 y ss.

minales, realizando intensas campañas para obtener la limitación de la inmigración y el recurso a prácticas de esterilización.[4]

En Alemania, las corrientes eugenésicas habían conseguido, al llegar la Gran Guerra, una expansión mayor y una más notable inserción en los ambientes universitarios. El debate fundamental en la biología era el que enfrentaba a los seguidores de la obra de Lamarck, partidarios de la influencia del ambiente en la calidad de la conducta de los individuos, y los partidarios de Gregor Mendel, para quienes los seres humanos eran meros receptáculos de una carga genética ajena a la acción de los factores educativos y sólo comprensible por las leyes de la herencia. La multiplicación de trabajos fascinados por la posibilidad de mejorar el nivel medio de la especie a través del control de la reproducción fue espectacular. La obra de Ernst Haeckel había proclamado la evolución desigual de las razas, al tiempo que exigía la protección de los individuos más fuertes de la comunidad prestando menos atención al cuidado de los débiles. Haeckel, que era partidario de las ideas de la evolución pero pertenecía a la corriente lamarckiana, entró en contacto con el industrial Friedrich Alfred Krupp, un apasionado de las ideas darvinistas que deseaba profundizar en las aplicaciones sociales directas de éstas. Fruto de esta relación fue el famoso premio anunciado a comienzos del año 1900 para un trabajo sobre la redacción de leyes de acuerdo con los principios evolucionistas. La inmensa participación en el concurso indica la popularidad del tema en la sociedad alemana de comienzos de siglo, y el debate que siguió al fallo del tribunal señala las profundas divergencias que dividían a los eugenistas. El premio de diez mil marcos fue concedido a Wilhelm Schallmayer en marzo de 1903. Se trataba de un estudio sobre la selección de los individuos mejores a través de la intervención del Estado, que habría de salvaguardar la calidad racial del grupo estimulando la realización de matrimonios jóvenes, la formación de familias numerosas y prohibiendo la reproducción de los inútiles, entre quienes se hallaban los débiles mentales, los alcohólicos, los criminales y los enfermos crónicos.[5] Esta posición ya ha-

4. H. Friedlander, *The Origins of Nazi Genocide. From Euthanasia to the Final Solution*, Chapel Hill, 1995, pp. 4-5. Para el ambiente en Estados Unidos, *véase también* S. J. Gould, *The Mismeasure of Man*, Nueva York, 1981.

5. S. Weiss, *Race Hygiene and National Efficiency. The Eugenics of Wilhelm Schallmayer*, Berkeley, 1987.

bía sido expuesta en 1895 por el influyente eugenista Alfred Ploetz, en su texto *La herencia de nuestra raza y la protección de los débiles.* Ploetz defendía la superioridad de los pueblos germanos y la necesidad de proteger la estirpe otorgando a los médicos la autoridad para decidir si cada recién nacido merecía continuar viviendo, a fin de asegurar la erradicación de los débiles, que debían proporcionar, además, la carne de cañón para las guerras. La prevención del nacimiento de individuos débiles se enfrentaría, por otro lado, a los riesgos de una superpoblación y a las luchas sociales derivadas de la escasez de recursos materiales para alimentar a la especie.[6] Ploetz fundó, en enero de 1904, una de las revistas más influyentes en su temática, *Archiv für Rassen- und Gesellschaftsbiologie*, a lo que siguió la creación de la Sociedad de Higiene Racial, constituida en Berlín en 1905. Antes de la Gran Guerra, la sociedad contaba con varios grupos locales y medio millar de miembros.[7] La República de Weimar asistió a una notable expansión de la literatura y de la institucionalización del movimiento eugenista, que pasó a utilizar también el término de «higienismo racial», adoptado especialmente por quienes creían en la superioridad de la raza aria. Así, en 1920, Karl Bindin y Alfred Hoche publicaron un texto con título provocador, *La libertad para la destrucción de las vidas sin valor (Freigabe der Vernichtung lebensunwerten Lebens)* que habría de dar denominación de origen a una categoría concreta de los individuos degenerados *(entartet).* El texto se basaba en el estímulo de la eutanasia para sacrificar a aquellas personas cuyo sufrimiento se había hecho intolerable, pero la reflexión acabó siendo la base para hacer un frío cálculo de costos y beneficios en el ejercicio de las tareas médicas y en las consideraciones de la asistencia social. A estos científicos se sumarían amplios sectores profesionales, protegidos por la solidez académica de instituciones como el Instituto Káiser Guillermo, algunas de cuyas ramas llegaron a dirigir partidarios de las nuevas doctrinas eugenésicas. Tal fue el caso, por ejemplo, de Eugen Fischer, director del Instituto de Antropología y autor de una renombrada obra sobre las consecuencias del cruce de blancos y negros en África, o Ernst Rüdin, director del Instituto de Psiquiatría. Los médicos, biólogos y antropólogos que se dedicaban a ex-

6. M. Kater, *Doctors under Hitler*, Chapel Hill, 1989, pp. 112-113.

7. P. Weidling, *Health, Race and German Politics Between National Unification and Nazism, 1870-1945*, Cambridge, 1989, pp, 141 y ss.

poner la conveniencia de un mayor control de la reproducción por los expertos al servicio de los intereses generales de la sociedad, no estaban de acuerdo en un tema que luego habría de resultar central en su aceptación o no por parte del Tercer Reich: la superioridad de la raza aria. Mientras algunos, como Ploetz, Fritz Lenz, Fischer o Hans Günther, la defendían, otros, como Muckermann, Ostermann o Grotjahn, estaban en contra, lo cual exigiría un proceso de depuración por el régimen instaurado en 1933.[8] Como se ha señalado,[9] resulta imposible entender las apreciaciones científicas del eugenismo o del higienismo racial sin comprender el tipo de sociedad en que se produjo esta discusión. El debate científico no era, en absoluto, algo que pudiera quedarse en el silencio de los anaqueles universitarios o en la calma de los laboratorios médicos. Se trataba de una discusión sobre un aspecto central de la modernidad, referente a la forma en que se respondía a la expansión de la sociedad de masas, a la destrucción de las viejas certidumbres políticas elitistas y a la irrupción de un proceso de cambio acelerado que hacía tambalear la posición de amplios segmentos de la clase media, a la que pertenecían precisamente estos profesionales. Parecían debatir sobre la salud, pero en el fondo estaban discutiendo acerca de una respuesta de la ciencia a los problemas sociales derivados de este proceso de modernización. Los médicos pudieron ver la amenaza que se cernía sobre sus privilegios profesionales por la ampliación de los espacios de poder de los trabajadores, algo que en la República de Weimar resultó más evidente que en ninguna otra parte de los países occidentales. Pudieron considerar la expansión de un estado asistencial que entregaba recursos a los sectores más desfavorecidos, actuando en favor de quienes, según un mecanismo de diagnóstico racial, mostraban su debilidad en su fracaso en la lucha por la vida, convirtiéndose en un *lumpenproletariado* que asaltaba los recursos de los individuos más sanos a través de los mecanismos fiscales de redistribución o mediante su entrega a operaciones de delincuencia. Creyeron que las formas de compensación social elaboradas por la república venían a debilitar las condiciones de vida de quienes habían podido afrontar adecuadamente

8. H. Friedlander, *The Origins...*, 9-17; P. Weindling, *Health, Race and German Politics...*, pp. 399-487.
9. M. Burleigh y W. Wippermann, *The Racial State. Germany 1933-1945*, Cambridge, 1991, pp. 33 y ss.

los retos de la sociedad moderna. Y se vieron arrastrados a una complicidad con la derecha radical, que encontró en ellos una perfecta coartada para afrontar desde el punto de vista de la ciencia la clasificación de los individuos de acuerdo con su valor racial, cuyo objeto era la determinación de la desigualdad y de la exclusión. De esta forma, la influencia de las ideas de la contrarrevolución alemana se vio prestigiada con la conversión de conceptos sociales en categorías científicas. Un paradigma de la medicina se construyó para proporcionar así una afirmación reaccionaria revestida de progreso, una respuesta retrógrada que surgía de la manipulación y perversión de la modernidad.[10]

Los profesionales de la medicina, la biología, la antropología y otras especialidades relacionadas con la higiene racial recibieron la llegada del Tercer Reich como una oportunidad incomparable de promoción. La misma normativa del régimen en este campo iba a necesitar la colaboración de los expertos para la realización de los registros, el diagnóstico de las personas afectadas por las leyes de exclusión, la autorización de los matrimonios entre individuos sanos e incluso la realización de operaciones de esterilización. De esta forma, un sector social que, como otros profesionales, se había resentido de las difíciles condiciones económicas y su influencia sobre la degradación de la clase media, pudo mejorar su estatus social —tanto en los términos de remuneración como en el de prestigio— convirtiéndose en el instrumento indispensable para llevar adelante una política racial adecuada, protegida por los criterios neutrales de la comunidad científica. Además, este sector vio realizado su sueño de dar soluciones médicas a los problemas sociales, de concebir los desajustes económicos, las conductas indisciplinadas, la marginación de la pobreza o la delincuencia como el resultado de una determinada carga genética, que sólo los especialistas de su campo estarían en condiciones de analizar, diagnosticar y controlar. El poder que se concedía a un estamento castigado por la Gran Depresión fue utilizado para descargar los prejuicios de muchos años de investigación racial-higienista sobre las consecuencias de la crisis de comienzos de los años treinta. Todos los esfuerzos de la República de Weimar para crear un estado de asistencia social fueron combatidos por estos profesionales antidemócratas, para los

10. D. Peukert, «The Genesis of the Final Solution from the Spirit of Science», en T. Childers y J. Caplan, *Reevaluationg...*, pp. 234-252.

que la relación entre el costo y el beneficio de cada vida individual resultaba determinante para considerar su prolongación o su derecho a la reproducción. De esta manera se invertía la concepción de los problemas sociales modernos, justamente cuando la crisis había desafiado la capacidad financiera del régimen republicano para mantener su política de asistencia. La concepción del «Estado del bienestar» nazi iba a ser coherente con los principios de la raza y, por tanto, con la adecuación de las medidas sociales a las leyes de selección natural, obstaculizadas por la protección de los sectores más débiles de la sociedad. En una tarea de estas características, la colaboración de unos médicos influidos por las tendencias políticas *völkisch* podría dotar de legitimidad y asepsia a una operación de marginación masiva, orientada por criterios ideológicos.

El funcionamiento del régimen en este campo tendría las mismas incoherencias que hemos observado en otros ámbitos de su actuación, determinadas por el enfrentamiento entre las diversas agencias del partido y del gobierno. Las aspiraciones del Ministerio del Interior de controlar la política racial del Tercer Reich fueron respondidas por el cada vez más influyente imperio policial, a medida que Heinrich Himmler iba dotando de mayor unidad el mundo disperso de los organismos de seguridad, y en función de que la política de exclusión fuera desbordando los niveles estrictamente sanitarios para referirse a los sociales. Así, el Comité de Expertos creado por el Ministerio del Interior el 28 de junio de 1933 pudo mantener hasta cierto punto el control de los procesos de esterilización y la expedición de los certificados de matrimonio. Sin embargo, las SS habían de disponer de una influencia notable en el registro de vagos y delincuentes habituales, a fin de asegurar su traslado a centros de internamiento, en un proceso que tenía también una justificación racial que podía conducir a la esterilización. Lejos de constituir un enfrentamiento simple entre dos áreas, la beligerancia se complicó con la intervención de oficinas creadas *ad hoc* para la realización de uno u otro servicio de registro y control de enfermos, indigentes, gitanos, homosexuales o lo que la literatura del régimen llamaba «vagos». La realización del programa de eutanasia, la clasificación de los gitanos o los criterios de esterilización son ejemplos de terrenos en los que actuaban agencias distintas del gobierno. Las leyes de Núremberg fueron preparadas por diversas agencias, y Hitler escogió el producto que le pareció más adecuado. La protesta del partido cuando se adjudicó a las autoridades del Ministerio del Interior la fijación de los procedimientos de esterilización, rechazando que los criterios de los médicos contratados por el Departamento de Salud Pública fueran los más adecuados para llevar a la práctica el diagnóstico, indica la permanencia de un enfrentamiento en el que Hitler, como era habitual, se negó a entrar, estableciendo sólo la necesidad de que el partido y el gobierno llegaran a algún tipo de relación no conflictiva. Por otra parte, este caos administrativo era necesario para asegurar la mutua emulación de cada sector en unos casos, así como para mantener el secreto de las operaciones en otros. Y, en general, permitía mantener la confusión sobre el control de la sociedad alemana, que ninguna de las esferas del partido llegó a poseer antes del estallido de la guerra, asegurándose así que ningún área del nazismo se pudiera sentir todopoderosa, al tiempo que las otras podían imaginarse en un terreno de subordinación insoportable para la cohesión del régimen.

El 14 de julio de 1933, justamente cuando se definía el fin de la pluralidad de partidos políticos en Alemania, se decretó la ley de esterilización, presentada como Ley para la Prevención de Descendencia con Enfermedades Hereditarias. La norma fijaba el examen de todas aquellas personas que estuvieran afectadas por las siguientes deficiencias: debilidad mental, esquizofrenia, psicosis maníaco-depresiva, epilepsia hereditaria, corea de Huntington, ceguera hereditaria, sordera hereditaria, deformidades físicas hereditarias graves, alcoholismo grave. Las instituciones sanitarias, los profesionales y los tutores eran llamados a dar cuenta de estas situaciones, que serían estudiadas por un Tribunal de Salud Hereditaria. Ante él se presentarían aquellas personas afectadas por una de estas dolencias para ser examinadas, voluntariamente o por la fuerza, y la esterilización habría de llevarse adelante, caso de ser aprobada, aunque fuera sin contar con la autorización de quien había de sufrir la intervención. El examen contemplaba la realización de un test psicológico para medir las aptitudes de aquellas personas sospechosas de debilidad mental. El test, que incluía preguntas como el lugar de residencia, el nombre o la fecha del día, contemplaba otras cuestiones de cultura general —quiénes eran Lutero o Colón— y la caracterización del régimen político existente en Alemania, cuestión esta última que nada tenía de inocente y que podía provocar una respuesta punible. Sin embargo, el test no era suficiente, y todo dependía de la apreciación que el experto tuviera de las aptitudes de la persona interrogada. Se dieron casos de individuos que fueron capaces de responder correctamente a todas las cuestiones y que, al no causar una buena impresión «general», fueron condenados a la esterilización. Las denuncias fueron realizadas básicamente por personas que pertenecían al estamento médico, ya fueran profesionales privados o trabajadores de las instituciones. Los tribunales, que trabajaban con cierta lentitud por la afluencia masiva de denuncias y la escasez de recursos, se inclinaron a tomar decisiones condenatorias. De los casi 260.000 casos que llegaron a los tribunales en el período 1933-1934, el 90% se resolvió con una sentencia favorable a la esterilización. La mitad de los casos fueron diagnosticados como débiles mentales, una cuarta parte como esquizofrénicos y los demás como pacientes del resto de las enfermedades contempladas en la ley, siendo los casos más raros los que correspondían a la ceguera y sordera hereditarias, a las deformaciones físicas graves y a la corea de Huntington. Mientras la debilidad mental era un terreno flexible, mal fundamentado científicamente, el ámbito de actuación de las autoridades se extendería más adelante, refiriéndose a aquellas personas que tenían dificultades para una correcta adaptación social. El número total de personas afectadas nunca ha podido llegar a saberse, pero los cálculos más fiables sitúan una cifra comprendida entre las 300.000 y las 375.000 intervenciones.[11]

Poco tiempo después, la ley de esterilización fue ampliada con dos medidas. La primera de ellas fue discrecional y secreta, en la línea de lo que sería una práctica habitual del régimen para dejar de cumplir sus propias leyes o, simplemente, habilitar un espacio de vacío legal que sería ocupado por actuaciones específicas de alguna de sus agencias. Se trataba de la esterilización de los hijos nacidos por las relaciones entre un negro y una alemana y, en concreto, por los casos de embarazo producidos durante la ocupación del Rin por las tropas coloniales francesas. La presencia de soldados provenientes de Senegal o Marruecos en las fuerzas de ocupación tras la Gran Guerra causaron un gran escándalo en la prensa conser-

11. El texto más importante sobre la aplicación de la ley de julio de 1933 es el de G. Bock, *Zwangssterilisation im Nationalsozialismus. Studien zur Rassenpolitik und Frauenpolitik*, Opladen, 1986. Pueden verse, además, los comentarios de H. Friedlander, en *The Origins...*, pp. 23-38, y M. Burleigh y W. Wippermann, *The Racial...*, pp. 136-140.

vadora alemana, ante el cual incluso organismos de los países vencedores se sintieron comprensivos. La opinión pública dio por sentado que se habían producido numerosos casos de violaciones, y que la responsabilidad de las autoridades francesas incluía la voluntad de envenenar la sangre alemana. Las propuestas de esterilización de los «bastardos del Rin» realizadas en los años de Weimar no consiguieron llegar a una conclusión positiva, pero la llegada del Tercer Reich atendió a la «solución» de un tema que había ocupado buena parte de la propaganda nacionalista durante el período democrático. Ya en 1933, el Instituto Káiser Guillermo de Antropología, Herencia y Eugenesia, realizó un estudio sanitario que determinó la calidad inferior de los hijos de madres alemanas y soldados pertenecientes a las fuerzas coloniales francesas. Aunque las propuestas de esterilización llegaron de inmediato, por parte incluso del Comité de Expertos del Ministerio del Interior, la decisión hubo de ser tomada por el propio Hitler y realizarse por una comisión *ad hoc* de la Gestapo en 1937, que se encargó de organizar las cosas para que algo más de un centenar de adolescentes fueran esterilizados.[12]

La segunda medida, en cambio, tuvo cobertura legal. El 26 de junio de 1935 se aprobó una Ley de Ampliación de la Ley de Prevención de la Descendencia con Enfermedades Hereditarias, señalando la posibilidad de interrumpir el embarazo de una mujer que sufriera alguna de las enfermedades señaladas para los procesos de esterilización o que hubiera sido fecundada por un individuo que las padeciera. La operación exigía que el feto fuera incapaz de tener una vida independiente y que la vida de la mujer no corriera peligro. Para ambas circunstancias, se establecía un máximo de seis meses de embarazo, a partir de los cuales el aborto dejaría de estar permitido. La ley contemplaba, además, la necesaria autorización del afectado en aquellos casos en que se considerara la castración, para evitar delitos de índole sexual.[13]

Si la esterilización forzosa estuvo sujeta —salvo en el caso de los «bastardos del Rin»— a una escrupulosa normativa, que incluía juicios públicos y la posibilidad de apelación a un tribunal superior, el paso más radical dado por el régimen antes de la guerra

12. R. Pommerin, *«Sterilisierung der Rheinlandsbastarde». Das Schicksal einer farbigen deutschen Minderheit, 1918-1937*, Düsseldorf, 1979.
13. M. Burleigh y W. Wippermann, *The Racial...*, pp. 140-141.

tuvo una realización muy diferente. La eutanasia de aquellos individuos considerados incurables fue aplicada en secreto, sin que se encargara de ello ninguna de las agencias del partido o del gobierno de acuerdo con una normativa precisa. Los orígenes del programa de eutanasia suelen relacionarse con una petición realizada por el padre de un niño nacido con graves deformaciones, de apellido Knauer, que se dirigió a la Cancillería del *Führer* en el invierno de 1938-1939 para solicitar su muerte, dadas las graves consecuencias psicológicas que estaba teniendo el episodio sobre la madre. La carta fue tramitada por el jefe de la Cancillería, Philipp Bouhler, un miembro del partido de la primera hora, que había estado al frente de la administración de las oficinas del NSDAP en Múnich poco después de la refundación del movimiento en 1925. Junto con esta petición del padre llegaron otras, que se referían a personas sufriendo dolencias incurables o consecuencias graves de algún accidente laboral. Bouhler disponía de un servicio independiente del control del partido y del gobierno, organizado en cinco oficinas que se encargaban, entre otros asuntos, de los millares de peticiones diarias que recibía Hitler de ciudadanos del Tercer Reich. Bouhler transmitió al canciller la carta y Hitler consideró oportuna una intervención en el caso, solicitando al médico Karl Brandt que visitara al niño enfermo en Leipzig, para dar su diagnóstico. Brandt señaló el carácter irresoluble de las graves deformaciones del niño —al parecer había nacido sin un brazo y una pierna, era ciego y sufría retraso mental— y autorizó su muerte, cosa que el médico al que había acudido en primera instancia el padre se había negado a llevar a cabo por no disponer de la cobertura legal adecuada.[14]

Este primer episodio resultó crucial para la forma en que se llevaría adelante un proceso de liquidación de individuos cuyo mantenimiento se consideraba un costo intolerable para la sociedad, especialmente en vísperas de un conflicto bélico que convertiría su

14. M. Burleigh, «"Wheels Must Roll for Victory!" Children's "Euthanasia" and "Aktion T-4", en *Íd., Death and Deliverance. «Euthanasia» in Germany 1900-1945*, Cambridge, 1994, pp. 93-129. *Véase también* su trabajo «Psychiatry, German Society and the Nazi "Euthanasia" Programme», en *Íd., Ethics and Extermination. Reflections on Nazi Genocide.* Cambridge, 1997, pp. 113-129. El libro indispensable para esta sección es el de E. Klee, *«Euthanasie» im NS-Staat. Die «Vernichtung lebensunwerten Lebens».* Fráncfort, 1987. Una visión más actualizada es la que ofrece H. Friedlander, *The Origins...* Algunos documentos interesantes en J. Noakes y G. Pridham, *Nazism...*, vol. III, pp. 997-1.047.

carga sanitaria como un peso especialmente gravoso. Hitler mismo encargaría llevar adelante el proceso de exterminio de personas con graves dolencias físicas o mentales a Bouhler, con la explícita indicación que, dadas las protestas que ello podría ocasionar en la opinión pública, el programa se llevara a cabo en secreto. El proyecto fue desviado a la Oficina Central II de la Cancillería del *Führer*, cuya dirección estaba a cargo de Victor Brack, y, dentro de ella, a la Oficina IIb, responsable de asuntos relacionados con los ministerios del Reich, bajo la dirección del doctor Hans Hefelmann. El carácter secreto de la operación determinó que los implicados firmaran sus órdenes con seudónimo, y que el conjunto de las tareas se llevaran a cabo bajo un organigrama falso, comenzando por la propia denominación de la agencia encargada de orientar todo el programa, que pasó a llamarse Comité del Reich para el Registro Científico de las Enfermedades Hereditarias Graves.

El Comité propuso, con el auxilio del Departamento IV del Ministerio del Interior, que se le hicieran llegar los informes sobre todos aquellos niños menores de tres años que tuvieran problemas físicos y mentales graves e incurables, entre los que se citaban el mongolismo, la microcefalia, la hidrocefalia, la parálisis progresiva grave y las deformaciones congénitas. Las autoridades de los centros sanitarios aceptaron rellenar los informes con el convencimiento de que, tal como indicaba el decreto emitido por el Ministerio del Interior, sólo se trataba de un registro a tomar por las Oficinas de la Salud Pública, con motivos estadísticos y con la posibilidad de centralizar el tratamiento a dar a los pacientes. A su vez, el Comité creó una comisión de expertos, formada por los doctores W. Catel, H. Heinze y E. Wentzler, que debería dictaminar, de acuerdo con los informes llegados desde los centros de salud, cuál era el destino que habrían de sufrir los niños, señalando con el signo + o el signo – las decisiones en favor o en contra de la liquidación. Para poder llevar adelante este proceso se crearon departamentos especiales en algunas residencias, como Görden en Brandenburgo o Eglfing-Haar en Múnich, cuyo personal sanitario sería adiestrado en la realización del programa. La muerte se producía recurriendo a una alimentación deficitaria, aunque el sistema preferido fue la inyección o ingestión de barbitúricos y veronal. Como cada vez resultaba más difícil obtener la medicación para llevar a cabo el crimen, y resultaba difícil pedirlos a las autoridades sanitarias sin correr el riesgo de filtraciones, se tuvo que recurrir a la asistencia de la policía, concretamente al departamento conocido como KTI —Intituto de Técnicas Criminales—, dependiente de la Oficina Central de la Policía Criminal —RKPA—, que disponía de laboratorios donde podían fabricarse los materiales indispensables para el programa. Cinco mil niños perecieron en un proyecto que estaba cargado de irregularidades: desde la convicción del carácter incurable de algunas de las enfermedades, hasta la frivolidad a la hora de medir los niveles reales de atraso mental y la incapacidad de organizar una existencia digna con los recursos mentales y físicos de que disponía cada individuo.[15]

El proceso de liquidación de niños enfermos alcanzaría rápidamente a los adultos. Sin que se conozca la fecha exacta, cabe pensar que antes de iniciarse la guerra Hitler ordenó la realización de un programa de eutanasia más amplio. Aunque al principio pudo encargársele a Leonardo Conti, secretario de Estado para Asuntos Sanitarios y jefe de medicina del partido, la conveniencia de que el asunto quedara en secreto volvió a destinarlo a la Cancillería del *Führer* y a las ya expertas manos de su responsable, Philipp Bouhler. Como en otros casos, la lucha por ocuparse de los trabajos más abyectos del Tercer Reich indica la ferocidad del debate entre las diversas agencias del partido y del gobierno, que trataban de asegurarse el más impecable cumplimiento de las órdenes de Hitler y, por consiguiente, la recompensa de un espacio más influyente en la poliarquía nazi. Uno de los factores de barbarie progresiva del régimen sería precisamente esa necesidad de emulación, demostrando una mayor capacidad para llevar adelante las tareas del partido, y necesitando un ámbito de liberalidad para actuar sin atenerse a ley escrita alguna, a adscripción precisa a una institución. En la medida en que el régimen se fuera radicalizando, esos espacios de libertad de acción de sus funcionarios irían siendo mayores, no sólo entre una agencia y otra, sino en los niveles inferiores con respecto a las órdenes genéricas que se daban desde las instancias más altas. Bouhler encargó el programa a las mismas autoridades que se habían organizado para la liquidación de los niños con minusvalías graves, poniendo al frente del proceso a Victor Brack y a su ayudante Werner Blankenburg, con la asesoría técnica del psiquiatra Werner Heyde. La resistencia de algunos médicos invitados a participar en el programa derivaba del temor a la realización

15. H. Fridlander, *The Origins...*, pp. 39-61.

de un acto ilegal que pudiera crearles problemas más adelante, por ello, se pidió a Hitler que concediera una autorización por escrito que diera una aberrante cobertura legal a la actuación de los profesionales. El documento, una de las pocas pruebas de implicación personal del *Führer* en procesos de exterminio, consistió en una breve nota señalando que se había responsabilizado a Bouhler y a Brandt para nombrar a aquellos médicos cuyas competencias se ampliarían, a fin de que pudieran diagnosticar los casos de enfermedades incurables y autorizar a otorgar una «muerte piadosa» a los pacientes. La magnitud de la empresa exigió una movilización importante de recursos, que incluyeron el traspaso de las oficinas centrales a la calle Tiergarten 4. En adelante, el proyecto se conocería como T-4. Fue necesario crear una compleja trama administrativa, dirigida por Gerhard Bohne, que incluía diversas oficinas encargadas del diagnóstico de los pacientes y la coordinación de los expertos, de los vehículos para el transporte de los enfermos, de la comunicación con las instituciones que los custodiaban, de la financiación del programa y de su relación con otras agencias del gobierno y de la cancillería. Se enviaron formularios a todas las instituciones sanitarias del país, pidiendo referencias sobre la situación de sus instalaciones y sobre la condición física y mental de sus pacientes. Se preguntaba si los internos sufrían las mismas enfermedades que se recogían en la Ley de Prevención de la Descendencia con Enfermedades Hereditarias. Este cuestionario era revisado por algunos expertos que decidirían sobre su vida o su muerte, a cambio de una compensación económica proporcional al número de informes revisados. Además de la obscenidad que suponía actuar sin un examen físico directo del paciente, además de la extraordinaria velocidad con la que se realizaban los diagnósticos, la presión económica añadía mayor abyección al programa. Uno de los criterios fundamentales para decidir la liquidación o salvación del individuo era la rentabilidad de su trabajo, sobre cuya base se podía considerar si un ser humano era útil a la comunidad, financiando parte de su costo, o era sólo una carga para los intereses nacionales. El examen de las presuntas *unwerten Leben* (vidas sin valor) se hacía al margen de cualquier criterio de validez intrínseca, para considerarlo, tras años de debates sobre la función social de la medicina, en los términos de su validez comunitaria. No se trataba ya de actuar por compasión, para afrontar niveles de sufrimiento insostenibles, sino de tener en cuenta tan sólo el costo de los enfermos y las necesidades objetivas de la comunidad. El atento examen a su posibilidad de trabajar, fuera cual fuese el grado de padecimiento que tuviera cada enfermo, prueba la distancia entre un tipo de eutanasia y otro. Se sabe, por otra parte, que algunas instituciones falsearon los datos sobre la disposición al trabajo activo de sus internos, por temor a que, en caso de señalar que podían llevar adelante tareas productivas, les fueran requisados y llevados a algún campo de concentración. Debe subrayarse que algunos de los afectados fueron conscientes de la suerte que iban a correr, como lo fueron también las autoridades que se encontraban a su cargo. En ciertos casos, los pacientes tuvieron que ser arrancados bajo amenazas al personal sanitario de sus lugares de origen, y los enfermos tuvieron que ser sedados o maniatados al ofrecer resistencia.

El proceso se mantuvo en un secreto muy inestable, porque la magnitud de la operación, que llegó a afectar a unas 70.000 personas, se filtró a los familiares, a los médicos y enfermeras que los atendían antes de su secuestro o a los vecinos de los lugares destinados a su muerte, en general realizada por gaseamiento en cámaras que se disfrazaban de duchas, a lo que seguía la incineración del cadáver.[16] Resultaba imposible silenciar una empresa de tales dimensiones, en especial teniendo unos ayudantes que bajo los efectos del alcohol bromeaban sobre su trabajo en las tabernas de las localidades donde se realizaban las matanzas, o por la simple intuición de los familiares, alarmados por los fallos constantes de la administración que les informaba de la muerte por enfermedad de sus parientes.[17] El responsable de distrito del partido en Ansbach informó en junio de 1940 de las pruebas que, por falta de pericia administrativa, estaba dejando la realización del programa: «Los siguientes casos no debían haberse permitido: 1. Una familia recibió dos urnas por equivocación. 2. En una ocasión se notificó, como causa de muerte, la apendicitis, cuando el paciente había sido operado diez años antes. 3. Otra causa de muerte fue una afección de la espina dorsal, cuando los familiares habían visitado una semana antes al paciente, que se encontraba en perfecto estado de salud. 4. Una familia recibió la noticia de la muerte cuando la mujer

16. Sobre utilización de gas, *véase* el informe del doctor Augusto Becker, químico de la policía, recogido por J. Noakes y G. Pridham, *Nazism...*, vol. III, pp. 1.019-1.020.
17. M. Burleigh y W. Wippermann, *The Racial...*, p. 150.

aún vivía en el asilo y se encontraba perfectamente.»[18]Aunque algunos sectores de la opinión fueron tranquilizados de una forma vergonzosa —como el acuerdo con protestantes y católicos para dar los últimos sacramentos a los moribundos—, otros decidieron actuar, como lo hizo el obispo de Münster, Clemens von Galen, el 3 de agosto de 1941, en un sermón en el que proclamó su oposición a lo que estaba sucediendo: «Alguna comisión puede colocarnos en la lista de los "improductivos" que, en su opinión, no merecen seguir viviendo. Y ninguna policía nos protegerá, ningún tribunal investigará nuestro asesinato ni castigará al culpable como se merece. ¿Quién podrá confiar en su médico a partir de ahora? Puede informar que su paciente es "improductivo" y recibir instrucciones para matarlo. Es imposible imaginar el nivel de depravación moral, de desconfianza general que se extenderá por las familias si esta pavorosa doctrina se tolera, se acepta y se sigue.»[19] Estas y otras protestas debieron de influir en la decisión de Hitler de interrumpir el proceso de eutanasia en agosto de 1941, una vez que se habían «liberado» 93.251 camas de las 282.696 utilizadas por enfermos mentales.[20] En el mismo año en que se interrumpió el programa, los esfuerzos del régimen se habían dirigido, no obstante, a cautivar la opinión pública mediante el recurso de la propaganda. Si las películas pensadas originariamente habían sido las que exageraban con reportajes de gran crudeza la vida en los asilos, se decidió pasar a un tipo de persuasión más sutil, presentando una producción como *Yo acuso,* que presentaba la experiencia de una mujer aquejada de una enfermedad degenerativa, cuyos dolores insoportables y progresiva degradación le llevaban a suplicar a su esposo y a su médico que le dieran muerte. La película, contemplada por docena y media de millones de espectadores, era una espléndida muestra de propaganda indirecta, aun cuando el episodio que narraba tenía tan poco que ver con los criterios seguidos para la matanza de enfermos de 1939-1941.[21]

18. J. Noakes y G. Pridham, *Nazism...*, vol. III, p. 1.029.
19. *Ibíd.*, p. 1.038.
20. M. Burleigh y W. Wippermann, *The Racial...*, p. 153. Sobre la opinión pública y el proceso de eutanasia, *véase también* M. Burleigh, «The Churches, Eugenics, and "Euthanasia" Programme», en *Ethics...*, pp. 130-141; *Íd.*, «Gentlemen's Agreements? Responses to the "Euthanasia" Programme», en *Death...*, pp. 162-180.
21. M. Burleigh, «Selling Muder. The Killing Films of the Third Reich», en *Death...*, pp. 183-219.

La exclusión racial había tenido su expresión en las leyes que determinaban la esterilización de algunos grupos de personas consideradas inservibles o mediante el exterminio en secreto de enfermos mentales cuyo costo resultaba intolerable para una sociedad que exaltaba la pureza racial manifestada en la salud física y en la capacidad productiva. Las mismas leyes que se consideraban favorables a la protección de la familia, como el préstamo a aquellas parejas que se iban a casar —a condición de que la mujer dejara su empleo—, consideraban la exclusión de quienes tenían algún defecto racial. El registro de las personas afectadas por lo que se consideraban enfermedades incurables y hereditarias no sólo provocaban una intervención quirúrgica destinada a evitar la reproducción, sino que alimentaban en el individuo afectado la impresión de su carácter inservible, dada la presión ambiental en favor de una reproducción acelerada de alemanes sanos. Siendo ésta una forma de enfrentarse a la salud del propio grupo racial, más agresiva había de ser la conducta ante quienes pertenecían a una raza extraña, como los gitanos. El Tercer Reich inició su andadura en este campo tratando de generalizar aquellas normas de represión que ya habían sido elaboradas durante la República de Weimar, en especial la ley bávara de 1926.[22] Los gitanos fueron afectados por decretos de las autoridades locales que exigían su expulsión del estado o su internamiento en zonas especiales de acampada. Aunque las leyes raciales de 1933-1935, referentes a la esterilización de deficientes, a la lucha contra la criminalidad o a los matrimonios entre germanos y judíos no parecieron afectar a los gitanos, más adelante habrían de sufrir las consecuencias de la normativa. Las llamadas Leyes de Núremberg —en realidad Ley para la Protección del Honor y la Sangre Alemanes— se ampliaron con los comentarios realizados por expertos del Ministerio del Interior, quienes señalaron que la prohibición de relaciones sexuales entre alemanes y judíos debía extenderse a otros colectivos que pudieran afectar la pureza de la sangre, en especial «los gitanos, los negros y sus bastardos». A mitad de la década, los dirigentes nazis mostraron su preocupación por el vacío legal que envolvía el tratamiento de la cuestión gitana, que afectaba a unos treinta mil miembros de diferentes ramas tribales de este pueblo. Para efectuar un estudio adecuado de la si-

22. Para este apartado, *véase* G. Lewy, *The Nazi Persecution of Gypsies*, Oxford, 2000.

tuación, se creó, en el seno de la Oficina de Salud del Reich, el Instituto de Investigación de Higiene Racial y Biología de la Población, cuya dirección se encargó al psicólogo infantil y médico Robert Ritter, a cuyo servicio se puso un equipo de antropólogos formado por los doctores Adolf Würth, Gerhard Stein y Sophie Ehrhardt. La misión del instituto era recoger información en todo el país, que incluía muestras de sangre, medidas craneales y severos interrogatorios sobre la ascendencia, para los que se disponía de la posibilidad de amenazas con los campos de concentración si las respuestas no eran correctas. También se contó con la colaboración de la Iglesia para verificar los archivos parroquiales y observar la antigüedad de los bautismos. Después de ello podía establecerse una clasificación de los individuos en cinco grupos, atendiendo a su pureza racial alemana o gitana y a los diversos grados de «contaminación» de ambas. Era opinión de Ritter, compartida por las autoridades nazis y, en especial, por el jefe de las SS, Heinrich Himmler, que los gitanos eran una raza pura en principio, pero envilecida por los constantes cambios de residencia y su mezcla con grupos inferiores. A ojos del científico, resultaba necesaria la protección de los gitanos de pura sangre, mientras la exclusión debía dirigirse a quienes se habían mezclado, a los que se atribuían tendencias a la criminalidad y la vagancia. Ritter llegó a recomendar el internamiento y esterilización de estos últimos, mientras Himmler trataba de salvar una reserva de gitanos puros para su proyecto *Ahnenerbe*, una institución de las SS dedicada al estudio antropológico de la raza aria.

En diciembre de 1938, el decreto «para combatir la plaga gitana» vino a concluir los borradores que circulaban desde la primavera, utilizando los fondos del Instituto del doctor Ritter para examinar la cuestión gitana «desde el punto de vista de sus características raciales». El decreto establecía el registro de todos los gitanos y el envío de los datos a la policía criminal, que debería conceder los permisos para asentamientos, viajes y comercio después de realizar un examen biológico. Al año siguiente, Reinhardt Heydrich, mano derecha de Himmler y jefe de la policía de Seguridad (SIPO) y del Servicio de Seguridad de las SS (SD), ordenaba el registro de las condiciones de vida de los gitanos para tomar la decisión de su internamiento y futura expulsión. El nombramiento de Himmler como responsable del Reich para el Asentamiento del Pueblo Alemán *(Reichskomissar für die Festigung Deutschen Volks-*

tum) agravó estas circunstancias. Con la oposición de numerosos sectores del partido y del gobierno, entre ellos el responsable de Salud, Conti, y el jefe del Gobierno General de Polonia, Hans Frank, Himmler ordenó la deportación, con la excepción de ancianos, mujeres con un embarazo adelantado, casados con alemanes o familiares de combatientes. Obligados a firmar un documento que los comprometía a no regresar a sus hogares bajo pena de esterilización e internamiento, más de dos millares de gitanos fueron abandonados a su suerte en el Gobierno General, donde trataron, muchas veces sin éxito, de encontrar un trabajo para sobrevivir, muriendo de hambre o de frío. Quienes pudieron escapar a esta primera oleada de deportación hallaron un estado de hostigamiento insoportable, con una opinión pública que exigía al gobierno que tomase medidas contra las molestias causadas por los gitanos. Las autoridades respondieron señalando la imposibilidad de una solución general a la cuestión gitana, pues no había modo de construir campos para internarlos. De hecho, en los años previos, y al calor de las leyes locales de internamiento, ya se habían iniciado los procesos de aislamiento en los suburbios, con el apoyo entusiasta de amplias capas de la población. Se construyeron espacios en Düsseldorf —Heinefeld—, en Fráncfort —Dieselstrasse— y, sobre todo, en Berlín, donde se procuró limpiar la ciudad colocando a la población itinerante gitana en Marzahn, en unas condiciones higiénicas —carencia de retretes y de agua corriente abundante— que acabaría provocando una grave mortandad entre los residentes. Las causas de la inexistencia de una ley general sobre la cuestión gitana o, como quería Ritter, de una norma para el conjunto de los «ajenos a la comunidad», no procedía tanto de sus dificultades teóricas como de la preferencia por la discrecionalidad, por una acción que derivara sólo de la voluntad del sistema policiaco. De esta forma, ni siquiera los afectados sabían a qué atenerse, y los mandatarios de la poliarquía nazi podían adaptar ante la población las posiciones que les convinieran a corto plazo. En diciembre de 1942, Himmler ordenó el ingreso de los gitanos en su destino final de Auschwitz. Esta vez, no hubo exención de los más viejos: sólo los gitanos más puros, los casados con alemanes y los de ciudadanía extranjera escaparon a ese trágico final de trayecto.

El régimen nazi aplicó la exclusión y persecución racial con la suficiente generosidad para incluir a los «asociales». Se entendía por ello a personas que, a pesar de poder superar un test de inteligencia destinado a la posible esterilización, tenía instintos contrarios a la comunidad nacional. La figura de los «débiles mentales sociales» condujo a muchos de ellos a enfrentarse a los Tribunales de Salud Hereditaria, a la esterilización y al internamiento. Tal categoría era difusa tanto desde el punto de vista legal como médico, y procedía de un concepto de la criminalidad vinculado a la falta de pureza racial. Si el régimen atacaba a los enfermos y a los miembros de una raza extranjera, el análisis de la conducta social se convertía en un campo también determinado por la herencia y, por tanto, un terreno en el que el régimen podía introducir soluciones del mismo carácter que las llevadas a cabo para resolver las enfermedades físicas o psíquicas. En noviembre de 1933, la Ley contra Criminales Habituales Peligrosos establecía la custodia preventiva de aquellas personas que hubieran cometido varios delitos, realizándose un informe médico-racial que podría conducir a la esterilización. Los criterios para definir el objeto de la ley se fueron ampliando con el tiempo: mendigos o desempleados permanentes fueron incluidos en ella, convirtiéndose en personas cuya conducta social mostraba un defecto congénito. El decreto de diciembre de 1937, para la prevención del crimen, lo señalaba de forma descarada. Se señalaba que el objeto de la ley no eran sólo los delincuentes, sino aquellas personas que, aun cuando no hubiesen cometido delito alguno, ponían «en peligro la seguridad general por su conducta asocial». Aquellos que no se adaptaban «a la disciplina natural del Estado nacionalsocialista», entre quienes se contaban los parados de larga duración, quienes no se sometían a la disciplina en su puesto de trabajo, quienes pedían limosna o no tenían una residencia fija, eran integrados en las condiciones legales de los delincuentes. En 1940, los criterios para medir la salud hereditaria contemplaban a aquellas personas en constante conflicto con la ley, a quienes se aprovecharan de la asistencia social, a los improductivos, los borrachos y los disolutos. Un borrador de la policía, destinado a examinar las bases de una ley para los «ajenos a la comunidad», integraba en esa categoría a quienes no tuvieran una fuente de ingresos fija, a las personas cuyo estilo de vida ofendiera a la moral o a los menores incorregibles, proponiendo para ellos el internamiento en los campos y la esterilización. En abril de 1938, justamente cuando las necesidades de mano de obra eran más acuciantes, y cuando se precisaba disponer de trabajadores para las primeras empresas económicas de las SS en Buchenwald o

Sachsenhausen, se realizó una serie de redadas para capturar sólo a aquellos «asociales» que estuvieran en condiciones de trabajar, recurriendo para ello a la información de las Oficinas de Colocación, que podían señalar quién tenía esa capacidad y, además, quién había rechazado reiteradamente un empleo, lo cual, en las condiciones de aquel año, era de esperar, dadas las posibilidades de obtener otro mejor remunerado. La redada proporcionó 11.000 cautivos para los campos de concentración; ostentando el triángulo negro, estarían en el último escalón de los prisioneros, sufriendo con especial rigor el trato de los capataces y los SS.[23]

El único nivel que tal vez podía considerarse por debajo de los «asociales» en el trato en los campos de internamiento, es el de los homosexuales. La persecución nazi en este terreno no resultaba una excepción a las condenas que se sufrían en otros países, salvo por la consideración de la homosexualidad no sólo como una ofensa a la moral, sino como un delito contra la sangre y la expresión de una profunda degeneración racial. Ni siquiera fue necesario un incremento de la legislación en este terreno, que se limitó a la ampliación del artículo 175 del Código Penal. Sin embargo, la obsesión de Himmler por este tipo de conducta sexual, en la que el jefe de los servicios de seguridad veía un peligro muy acentuado para la reproducción, equiparándolo a la pérdida de hombres jóvenes en la Gran Guerra, empeoró las condiciones de los homosexuales. En noviembre de 1937 se decretó su envío a los campos de trabajo tras cumplir sentencia, multiplicándose por diez el número de detenidos entre 1934 y 1938. El número total de víctimas debió oscilar entre los 10.000 y los 15.000, algunos de los cuales fueron sometidos a experimentos que pretendían verificar una «cura» de la homosexualidad mediante la inserción quirúrgica de una cápsula de testosterona. Naturalmente, los operados hubieron de simular una rápida terapia, a fin de abandonar las difíciles condiciones de portadores del triángulo rosa, que los convertían en presa fácil de los guardianes, sin que pudieran disfrutar del apoyo moral de los detenidos por otras causas, que los contemplaban con prevención.[24]

23. M. Burleigh y W. Wippermann, *The Racial...*, pp. 167-182; J. Noakes, «Social Outcasts in the Third Reich», en R. Bessel (ed.), *Life in the Third Reich*, Oxford, 1987.

24. M. Burleigh y W. Wippermann, *The Racial...*, pp. 182-197; G. Grau, *Hidden Holocaust? Gay and Lesbian Persecution in Germany, 1933-1945*, Londres, 1995.

«La obra del Supremo Creador»

> Por eso creo que, al defenderme del judío, lucho por la obra del Supremo Creador.
>
> ADOLF HITLER

El 29 de abril de 1945, en la atmósfera angustiosa del búnker de la Cancillería, Hitler decidió dictar su testamento. Las esperanzas de que las tres divisiones de infantería del general Wenck lograran dar un giro a la situación militar se habían desvanecido, y la sensación de pesadumbre se nutría de las constantes noticias de las deserciones de las principales figuras del régimen. El testamento, dictado a la secretaria Traudl Junge a medianoche, terminaba con una exhortación a los supervivientes de la catástrofe, llamando a los nuevos líderes de Alemania a una «escrupulosa observancia de las leyes de la raza y a una oposición despiadada al envenenador universal de todos los pueblos, el judaísmo internacional». Cuando Hitler trataba de mantener la continuidad de su imperio en el corazón mismo de sus escombros, quiso despedirse de una forma muy parecida a como había entrado en la política activa: recordando quiénes eran los enemigos fundamentales de su proyecto político. Muchos años antes, como ya se ha visto, mientras trabajaba en el comando de educación y propaganda de las tropas de la *Reichswehr* estacionadas en Múnich, el cabo Hitler había redactado unas indicaciones sobre el problema judío, señalando que debía superarse una visión religiosa y sentimental para acercarse al tema desde el punto de vista racional de la raza. La solución no eran los estallidos intermitentes de indignación popular, los pogromos y la violencia desordenada, sino una labor planificada desde un Estado de nuevo tipo, que restaurara la protección del *Volk* como principio básico de su conducta. Esa vinculación del antisemitismo a la interpretación racial de la historia y, por tanto, a la imposibilidad de una asimilación sobre la base de la conversión religiosa, «modernizaba» el discurso tradicional antisemita, lo enlazaba con los sectores más radicales de la literatura racial del siglo anterior, y planteaba, como única solución para el «problema», la erradicación de los judíos de la comunidad nacional alemana.

Antes de comenzar su militancia en el DAP, Hitler ya había adquirido una visión del desarrollo de la historia basada en la lucha entre las naciones racialmente constituidas, en un proceso de selección natural de los más fuertes. Este combate que tendría las exigencias y la inflexibilidad de un esfuerzo por la supervivencia. Una lucha de estas características que debía acaparar la atención del Estado, no podía sino ser implacable, despiadada, porque de su resultado iba a derivar no sólo la resistencia a la extinción de un grupo concreto, sino el futuro de toda la humanidad. En esta batalla dramática, el combate contra los judíos tenía una función esencial, que ocupará la mente de Hitler con la constancia incansable de una obsesión. Si el cruce con las razas inferiores suponía el envilecimiento de las cualidades de los arios, la presencia del judaísmo provocaba males mayores. Hitler no se enfrenta sólo al judío concreto, visible, sino a una entidad abstracta que lo trasciende y completa. Ese *Judentum* es algo más que la suma de las gentes de una raza y religión. Es, sobre todo, un «espíritu», una determinada concepción de la vida que infecta las maneras germanas de contemplarla, que seduce a los jóvenes con sus propuestas de democracia, mestizaje e internacionalismo. Tal capacidad de dominio psicológico, primer factor de embrutecimiento de una nación, es lo que convierte el combate con los judíos en una lucha a muerte, por la salvaguardia de la propia especie.

Sin duda, Hitler adquirió un cierto prejuicio antisemita en su etapa de formación vienesa, pero es más discutible que su concepción del mundo se completara, en éste u otros sentidos, en la capital imperial de los Hasbsburgo, y debió de alimentarse de las condiciones políticas de la posguerra y la contrarrevolución. La propia confesión de Hitler, señalando su voluntad de convertirse en político cuando le llegó la noticia de la derrota alemana, puede verificarlo, además de contaminar dicha decisión en el ambiente radicalizado de los estertores de la revolución bávara. La identificación entre la derrota, la revolución y los judíos se apropió de la conciencia del movimiento *völkisch*, dando vigor a las tendencias aparecidas antes del gran conflicto bélico. En la desolación, el terror y el fin de un mundo reconocible de las primeras etapas de Weimar, los nacionalistas radicales vieron el cumplimiento de una amenaza secular. Poco importaba que los judíos militantes en el espartaquismo, en los dos partidos socialistas o en los grupos liberales hubieran abandonado resueltamente la confesión de sus padres. Desde una estricta concepción racial del problema, eran judíos, eran —para decirlo en el lenguaje violento que Hitler compartía con los folletos *völkisch*— bacterias y virus cargados de un material ideológico y físico infeccioso, ávidos de medrar en la descomposición y podredumbre de la cultura alemana.

El programa del partido redactado por Drexler y Hitler a finales de 1919 coincidía con las propuestas de estas posiciones radicales, y exigía arrebatar la ciudadanía alemana a esa minoría tenebrosa, responsable del «terror rojo» imperante en la ciudad en la primavera anterior. Cuando Rosenberg pasó a influir más en Hitler, la coincidencia entre el judaísmo y el nuevo poder soviético, entre antisemitismo y antibolchevismo, tramará un ámbito ideológico familiar, de gran poder expansivo, como un factor de apoyo a la lucha por el espacio vital y la conquista de los territorios de la Europa oriental. A la vieja idea de la inferioridad racial de los eslavos, que habían desarrollado en el siglo anterior escritores como Johann Reitemeier, Moritz Heffer o Heinrich von Treitschke, se sumaba, ahora, la captura del poder político de Rusia por el espíritu de los judíos. A lo largo de su carrera como dirigente político de Weimar, Hitler habría de recordar reiteradamente una vinculación que otorgaba singular coherencia a su discurso, un enlace que alentaba a identificar un perfil compartido por los adversarios del proyecto racial. Las posibles contradicciones en que se movían sus planteamientos al elogiar la astucia de la raza semita y vituperar su carácter infrahumano, se resolvieron al arrebetarles incluso su pertenencia a la especie. Así habría de señalarlo de forma metafórica al hablar de los judíos como parásitos, insectos y alimañas, así lo resumiría al indicar, en un célebre fragmento de su libro, que la victoria del judaísmo convertía «la diadema de su triunfo en la corona mortuoria de la humanidad», haciendo que el planeta volviera a girar a solas en el espacio, sin rastro de ser humano alguno, como lo había hecho durante millones de años. El tono de Hitler en *Mein Kampf,* en los discursos dirigidos a los excitados públicos cautivos o en las conversaciones privadas que nos han dejado algún testimonio, mostraba una furia abrumadora cuando se tocaba el tema, llegando a indicar que el Imperio debería haber ejecutado con gas a unos cuantos miles de judíos en lugar de propiciar la muerte de soldados alemanes en el frente, o insinuando que, tras la toma del poder, dejaría pudrirse los cuerpos de los judíos ejecutados en las farolas. A pesar de estos comentarios exaltados, no es probable que ya en aquellos momentos se pensara en términos de exterminio, sino en una exclusión brutal de la vida económica del país, que provocaría la emigración forzosa de la mayoría, mientras otros se quedarían en calidad de rehenes, para evitar el boicot del judaísmo internacional.[25] A lo largo de los años, sin embargo, Hitler y los dirigentes del partido tuvieron que poner sordina a una propaganda que ya había colmado los espacios seguros de la opinión *völkisch*, para adentrarse en los ámbitos de sociabilidad donde el discurso antisemita podía resultar de menor eficacia. Las tesis de Abel, ya citadas, han mostrado hasta qué punto la motivación de la militancia antisemita desempeñaba un papel secundario en el desarrollo más amplio del partido, en las inmediaciones de 1930. Resultaba de mayor utilidad un discurso nacionalista que buscara sus enemigos en la república, en la democracia, en Versalles o en los sindicatos marxistas. Esta suavización del *issue* antisemita no implicaba su abandono, sino su reciclaje para convertirlo en una especie de sentido común prejudicial de la derecha alemana. Otra cosa es la firmeza y radicalidad del principio racial en un político como Hitler, capaz de mezclar con especial habilidad las necesidades del pragmatismo y la entrega a las posiciones más fanáticas.

El antisemitismo de Hitler se basaba en una tradición paciente, obstinada, que había ido convirtiendo un viejo esquema dual religioso en un conflicto social y político, desplazando los mecanismos de identidad cristiana a los de la percepción comunitaria nacional. Ciertamente, en las postrimerías del siglo XIX, el antisemitismo no hallaba sus mejores recursos en la Alemania de los Hohenzollern, sino en el imperio de los Habsburgo o, de forma más desafiante, en la Francia de la Tercera República.[26] Esta preeminencia no puede evitar, sin embargo, la existencia de un paisaje ideológico donde habría de arraigar el antisemitismo alemán, en las condiciones propicias de una nación identificada, a través del romanticismo, con la comunidad más que con el Estado. Una base muy mal dispuesta a nutrir espacios e integración y gravemente afectada por la dualidad de unas instituciones artificiales y una nación natural, basada en los poderes místicos de la sangre y de la raza. La literatura huma-

25. P. Burrin, *Hitler et les Juifs. Genèse d'un génocide*, París, 1989, pp. 28 y ss.
26. B. Pauley, *From Prejudice to Persecution. A History of Austrian Antisemitism*, Chapel Hill, 1992, esp. pp. 27 y ss.; P. Pulzer, *The Rise of Political Anti-Semitism in Germany and Austria*, Londres, 1988, esp. pp. 121 y ss.; Z. Sternhell, *La Droite révolutionnaire. Les origines français du fascisme, 1885-1914*, París, 1978; R. Byrnes, *Antisemitism in Modern France. The Prologue to the Affair Dreyfus*, New Brunswick, 1950.

nista y cosmopolita que había acompañado la crítica del espíritu judío en los primeros instantes de la Ilustración habrá de ampliarse en la época siguiente a la unificación alemana, tras la concesión de ciudadanía a los judíos. La coincidencia entre la mayor visibilidad y poder económico de los judíos en proceso de integración y la depresión económica de finales de siglo ayudó a convertirlos en un objetivo fácil para las víctimas de los procesos de modernización. En la medida en que el judaísmo trataba de mejorar su suerte, y lograba encaramarse a mejores condiciones sociales en el seno de la burguesía, aumentaba el rencor de aquellos sectores alimentados por una literatura que se había empeñado en describir el carácter ajeno de la moralidad judía. A la teoría promocionada por Wilhem Marr, Gustav Freytag o Paul de Lagarde,[27] se sumarían las movilizaciones que trataban de convertir el antisemitismo en una fuerza política coherente, y que llegaron a obtener algún resultado apreciable en las elecciones de los años noventa.[28] A pesar de la decadencia de estas propuestas en los primeros años del siglo XX, la aproximación de la Gran Guerra y, en especial, el éxito de los socialdemócratas en las elecciones de 1912 habrían de reforzar la reorganización de la derecha, cuyos rasgos de continuidad, atravesando el episodio bélico, aparecerían en las condiciones favorables de la posguerra.[29]

El acceso del nacionalsocialismo al poder[30] fue recibido con recelo, pero en modo alguno con pánico, por parte de la comunidad ju-

27. R. W. Lougee, *Paul de Lagarde, 1827-1891. A Study of Radical Conservatism in Germany*, Cambridge, Mas., 1962, esp. pp. 117 y ss.; P. L. Rose, *Revolutionary Antisemitism in Germany. From Kant to Wagner*, Princeton, 1990, pp. 279 y ss.

28. P. Massing, *Rehearsal for Destruction. A Study of Political Anti-semitism in Imperial Germany*, Nueva York, 1949, esp. pp. 75 y ss.

29. Para una visión más matizada sobre los elementos de continuidad, *véase* G. Eley, *Reshaping the German Right. Radical Nationalism and Political Change after Bismarck*, New Haven, 1980, pp. 293 y ss.

30. Para la relación entre la comunidad judía y el régimen nazi antes de la guerra, *véase* W. Benz, *Die Juden in Deutschland. Leben untern nationalsozialistische Herrschaft*, Múnich, 1988; S. Friedländer, *L'Allemagne nazi et les juifs. Les années de persécution, 1933-1939*, París, 1997; S. Gordon, *Hitler, Germans and the «Jewish Question»*, Princeton, 1984; H. Graml, *Antisemitism in the Third Reich*, Oxford, 1992; D. Bankier, *The Germans and the Final Solution. Public Opinion under Nazism*, Oxford, 1992; P. Burrin, *Hitler et les Juifs...*; M. Richarz (ed.), *Jüdisches Leben in Deutschland. Selbszeugnisser zur Sozialgeschichte, 1918-1945*, Stuttgart, 1982; K. Schleunes, *The Twisted Road to Auschwitz. Nazi Policy toward German Jews, 1933-1939*, urbana, 1970; M. Kaplan, *Between Dignity and Despair. Jewish Life in Nazi Germany*, Nueva York, 1998.

día. Como el resto de la opinión pública no vinculada al Partido Comunista o al Socialdemócrata, ésta creyó que el gobierno de coalición era algo distinto del régimen nazi puro, y que el uno no debía desembocar en el otro necesariamente, sino todo lo contrario: podía contemplarse la opción de un período breve de la cancillería de Hitler, como breves habían sido los gobiernos de los anteriores jefes de gabinete presidenciales. Para buena parte de los alemanes, y también para los judíos, Hitler tendría que controlar a los sectores más violentos de su partido si pretendía asegurar el funcionamiento del país. Las actitudes de las organizaciones judías, como el *Zentralverein der Deutschen Staatsbürger jüdischen Glaubens*, fue de un respeto exquisito a las nuevas autoridades, con las que se intentó pactar la no beligerancia e incluso la colaboración si permitían espacios de libertad adecuados. El llamamiento a la emigración correspondía a la minoría sionista, con la que el régimen llegó a tener una relación ambigua. En la medida en que su política fundamental era la emigración, algunas agencias del Tercer Reich, en especial las más radicales, vinculadas a los servicios de seguridad, podían ver necesario algún acuerdo económico que permitiera la marcha a Palestina.[31] Sin embargo, esta visión se hallaba corregida por dos factores que lesionaban las simpatías del régimen por la opción palestina. El primero era el temor a que se estableciese una especie de Vaticano judío en la región, un poder centralizador de la actividad de los hebreos dispersos en todo el mundo. El segundo tenía que ver con las condiciones económicas del país. Incluso los antisemitas más radicales entendían que había de marcharse despacio, de acuerdo con los ritmos de una recuperación que pudiera permitir actitudes más agresivas contra los judíos. El tema no se contemplaba de manera muy distinta en el otro lado. El movimiento sionista era una minoría entre los judíos, quienes creían que se habían ganado la integración en la comunidad alemana, sobre todo con su participación en la Gran Guerra, hasta el punto de que se habían organizado ligas de excombatientes de esa confesión. Además, aunque hubieran querido emigrar, las condiciones económicas en que se hacía eran confiscatorias, y la carga tributaria de la salida del país era algo que la mayoría de los afectados no podía asumir. En cualquier caso, la razón fundamental radicaba en una

31. Y. Bauer, *Jewish for Sale? Nazi-Jewish Negotiations, 1933-1945*, New Haven, 1994, pp. 5 y ss.

falta de plena consciencia de lo que iba a significar el nuevo régimen, cuya actitud general no deseaba extraerse de la violencia callejera provocada por las fuerzas de asalto. La persecución inicial contra los comunistas, que algunos sectores acomodados judíos no debían de ver con malos ojos, provocó una falsa imagen de seguridad, de ser un objetivo secundario. De esta forma, los judíos alemanes asistieron a los primeros pasos de la formación del aparato represivo nazi con disgusto, pero con calma. La nueva estructura policial, que iba fijando la autonomía de las fuerzas de seguridad frente a las autoridades judiciales, era el resultado del estado de excepción que siguió al incendio del Reichstag, un instrumento para combatir la subversión comunista o, en la peor de las circunstancias, al conjunto de la oposición política.

Muy poco después de las elecciones de marzo, la comunidad judía percibiría una situación menos propicia que combinaba, como otros episodios del *Machtergreifung*, la acción por la base y la reglamentación gubernamental. El 1 de abril, en respuesta a las protestas internacionales por la violencia que se había ejercido contra los judíos, en especial tras las elecciones, se dispuso la realización de un boicot que, como se ha indicado algo más atrás, no obtuvo la colaboración de una mayoría aplastante de la población. La propia prensa nazi se refirió a esa desdichada circunstancia, que contrastaba con los esfuerzos de los sectores más duros del partido para acelerar el proceso de nazificación. El boicot tenía las características del momento: se trataba de una movilización impulsada por las autoridades, que luego aparecían como reguladoras de un movimiento de la base, como un gobierno conciliador y moderado que trataba de poner cauces normativos a la actuación de las masas. La posición de Hitler resultaba un tanto incómoda. Haber alentado la realización del boicot para no continuar de inmediato con una campaña de expropiación legal podía causar frustraciones, en especial en el muy activo *Kampfbund* de pequeños artesanos y comerciantes. Pero el régimen carecía de una definición exacta del problema que permitiera afrontar, con las mínimas garantías legales, un proceso de «arianización» como el que se desarrollaría en la segunda mitad de la década.[32] La interrupción de las actividades comerciales judías eran un lujo ideológico que el régimen no podía permitirse. Su desorden provocaba la

32. Para el proceso de expropiación de los judíos, *véase* A. Barkai, *From Boycott to Annihilation. The Economic Struggle of German Jews, 1933-1943*, Londres, 1989.

resistencia del núcleo económico más moderado del Estado, en especial el influyente Hjalmar Schacht, que pronto adquiriría la máxima responsabilidad de la economía alemana. Por otro lado, la morbosa satisfacción política dada a los pequeños comerciantes nazis no compensaría el perjuicio causado a los consumidores, la impresión general de disturbio y la amenaza de desempleo que podría cernirse sobre los trabajadores alemanes empleados en los almacenes judíos. En este caso, las presiones que sufría Hitler y su propio sentido de realismo político le empujaron a exigir la moderación, llegando a alterarse cuando los militantes de algunas localidades comenzaron a marcar espontáneamente los comercios judíos.

Una semana más tarde, sin embargo, el gobierno compensaría en cierto modo a los sectores más radicales, dando un paso histórico al iniciar el proceso de expulsión de los judíos de la comunidad nacional, incluso cuando no se había señalado una delimitación precisa de los sectores afectados por la legislación. La Ley de Restauración de la Función Pública, cuyo marco se ha comentado en un capítulo anterior, introdujo un párrafo «ario» por el que se apartaba del empleo en el Estado a cualquier ciudadano judío. La ley, pactada con los sectores conservadores del gobierno, respondía a un viejo empeño del ministro del Interior, Frick, que la había presentado en el Reichstag en la década anterior. Desde comienzos de marzo, Hitler había estado negociando con él las características de la normativa, a la que Hindenburg añadió la excepción de los excombatientes. Gracias a esta cláusula la ley afectó a un número muy reducido de funcionarios, pero tuvo un efecto devastador en las universidades, donde apenas existieron protestas por parte del personal docente y sí, en cambio, colaboración y comprensión.[33] La aceptación de la expulsión de los colegas judíos ejemplificaba un ejercicio de abdicación moral por parte de los profesores, acompañado, en muchos casos, no sólo de resignación, sino de creencia firme en la nueva etapa de regeneración nacional. La posición aún más radical de los estudiantes, ganados desde hacía tiempo al nazismo, podía tener motivaciones de carácter profesional, pero indicaban también la intensa penetración que el nazismo había logrado en los grupos de elite a comienzos de la década.[34]

33. S. Friedländer, *L'Allemagne...*, pp. 61 y ss.

34. M. Kater, *Studentenschaft und Rechtradikalismus in Deutschland, 1918-1933*, Hamburgo, 1975; G. Giles, *Students and National Socialism in Germany*, Princeton, 1985, pp. 101 y ss.

Tal cosa facilitó la depuración del aparato estatal y de los ámbitos culturales que iba a realizarse. En este terreno, la aureola de respetabilidad del nazismo, quebrada por contadas actitudes de protesta, determinó el cumplimiento de los objetivos del régimen, permitiéndolo sin necesidad de recurrir a más violencia que la que toleraban las mismas relaciones académicas.

A la purga en la administración siguió, en el mismo mes de abril, una batería de leyes que expresaba el esfuerzo del régimen para llevar adelante una limpieza étnica en el sector de la medicina pública y de las leyes. Sólo la cláusula de excepción presidencial evitó una expulsión masiva, y la redujo a menos de un 30% de los profesionales. A finales de mes, la depuración se completaba con un decreto que limitaba al 1,5% el porcentaje de judíos en las escuelas y universidades.

La opinión pública recibió las medidas con cierta indiferencia. Sus preocupaciones se centraban más en los grandes problemas económicos derivados de la depresión que en lo que pudiera afectar a una minoría racial o religiosa. Las promesas de renovación nacional y recuperación de las condiciones materiales permitían abrigar esperanzas sobre el nuevo régimen, en el que se veía una alternativa, tal vez la única, al proceso de descomposición política y bloque institucional de la república extinguida. Si la constante movilización podía provocar las quejas por el excesivo número de actos, ello no implicaba un distanciamiento de la línea general del régimen, sino de sus autoridades más cercanas.[35] En otros casos, la agitación antisemita continuaba ejerciendo el papel de cohesión de grupo, si se conseguía la normalización de la violencia legal contra los judíos, algo así como una realización de la parte negativa del programa que compensaba la ausencia de cumplimiento inmediato de sus difusas promesas sociales. Puede pensarse en el miedo, pero no sólo en el sentido estricto del que provoca directamente una maquinaria terrorista, sino como un estado de ánimo, una posición moral en la que todos y cada uno sufrirían aprensión a sentirse fuera de la comunidad antes que a ser denunciados como ajenos a la misma.[36] Pero ha de tenerse en cuenta, también, la complicidad abierta con el régimen, la aceptación entusiasta de una identidad: la pertenencia a la *Volksgemeinschaft* como oposición al pluralismo

35. D. Bankier, *The Germans...*, pp. 14 y ss.
36. S. Gordon, *Hitler...*, pp. 120 y ss.

y fragmentación de la sociedad democrática destruida. Robert Gellately ha indicado la frecuencia abrumadora de los arrestos de la Gestapo en Würzburg como resultado de la delación, un ejercicio de «lealtad» con el que los ciudadanos se protegían contra toda sospecha y afirmaban su vinculación con la comunidad.[37] El efecto acumulativo de los actos de violencia acabó verificando una determinada imagen del judío, una abstracción extraña a la *Volksgemeinschaft* que descartaba la escasa relación concreta que se tenía con un sector tan minoritario y concentrado en ciertas actividades. En esta situación lo que arraigó fue una proyección idealizada que tenía más relación con la tradición cultural antisemita que con la experiencia real, de ultrajes, resentimientos o envidia provocada por la contemplación física de individuos concretos.[38] Ello no significa que dicho contacto real, inmerso en una tradición potente, no despertara mayores sentimientos antisemitas, como se observa al comparar la opinión pública en Franconia y zonas católicas de Baviera.[39] Al igual que en otros aspectos, existe aquí una amplia gama de posiciones, que dependen de la propia tradición familiar y personal, así como de la experiencia concreta que cada cual pudiera tener de la marcha del régimen en relación a sus necesidades.

Éste es el marco en que cabe comprender las medidas que se tomaban en los ámbitos locales o estatales, incluso antes de que tuvieran una expresión general como resultado de una norma del gobierno. Las quejas por la utilización de espacios públicos por los judíos, por ejemplo, que dieron lugar a fuertes presiones sobre el ejecutivo para una legislación restrictiva, proceden de jefes radicales en los niveles básicos de la administración, pero también de lo que se pensaba que era la actitud del ciudadano medio. La negativa a usar los servicios de un médico judío en el sector hospitalario, o los conflictos con los letrados judíos alimentaron disposiciones estatales previas a la depuración de abril. Y, a continuación, fortificaron la costumbre de actuar discrecionalmente, tolerando las acciones de exclusión que tomaba la empresa privada o estimulándola, como ocurrió con las medidas de restricción de acceso a los baños

37. R. Gellately, *The Gestapo and the German Society. Enforcing Racial Policy, 1933-1945*, Oxford, 1990.

38. A. Barkai, «*Volksgemeinschaft,* "Aryanization" and the Holocaust», en D. Cesarani, *The Final Solution. Origins and Implementation*, Londres, 1994, pp. 33-50.

39. I. Kershaw, *Popular Opinion and Political Dissent in the Third Reich. Bavaria, 1933-1945*, Oxford, 1991, pp. 224 y ss.

públicos, un espacio que se consideraba especialmente agredido por el contagio judío. Resultaba muy difícil que un tribunal actuara para salvaguardar los derechos todavía no aplastados por las leyes antisemitas, más aún cuando los propios afectados preferían seguir los consejos de sus dirigentes y no provocar con demandas o apelaciones contra los actos de marginación.

Sin duda, uno de los factores que actuó en el camino de esta «normalización» fue la percepción general de una presencia importante, desproporcionada, de los judíos en el mundo de las finanzas, de la cultura y de la comunicación. No se trataba de una impresión subjetiva radicalizada por los prejuicios raciales. Los principales periódicos pertenecían a este sector, así como la mayor parte de la banca berlinesa o los grandes almacenes.[40] La visibilidad de un sector tan escueto de la población en el mundo de la economía y los medios de la comunicación se completaba con una densa participación en la cultura y, en especial, en el espectáculo.[41] Ello no sólo permitió despertar la resistencia de los medios *völkisch* ante la «degeneración» de la cultura alemana, dando alas a la organización de Rosenberg, sino algo más decisivo: dio argumentos a Hitler para ir convenciendo a los conservadores de la bondad de su misión, al destacar la influencia judía en los medios culturales y profesionales, escasamente relacionada con el porcentaje de su población, y al señalar su carácter «extraño» a la visión del mundo germana.

La influencia de los judíos en los ambientes de izquierda habría de consolidar el prejuicio antisemita que se había desarrollado en los medios conservadores durante la República de Weimar. De esta forma, como en otros aspectos de su gestión, el régimen actuó aquí sobre un cierto terreno de complicidad ideológica, de contaminación de la opinión conservadora y católica, de existencia de un «antisemitismo suave» que iría aceptando los prudentes pasos dados por los nazis, mientras se establecía la costumbre de una legislación antijudía, cuya radicalización podría digerirse con mayor facilidad. La lentitud del proceso, la ocupación sistemática de posiciones, el perfecto ajuste de la legalidad a los ritmos de consolidación y prestigio general del régimen hicieron de la política antisemita un ejercicio de radicalización controlada, que permitiría al Tercer

40. S. Friedländer, *L'Allemagne...*, pp. 87 y ss.

41. I. Deak, *Weimar Germany's Left Wing Intellectuals. A Political History of the Weltbühne and its Circle*, Berkeley, 1968.

Reich actuar «en respuesta» a la voluntad de la comunidad popular, y siempre sobre la base de una cuidadosa evolución de las acciones sobre las que se fundamentaban los actos posteriores.

La vinculación de la política antisemita a las condiciones generales del régimen puede explicar el cierto respiro que se concedió a la comunidad judía en el año siguiente, tras la ofensiva de privación de derechos que se había formulado en los primeros meses de la gestión nazi. La delicada situación internacional, con la salida de la Sociedad de Naciones, la previsión del plebiscito del Sarre y el conflicto con Italia por la cuestión austriaca podían influir en la demora de una nueva campaña legislativa. De forma más rotunda, la crisis interna del régimen, que desembocaría en la purga de junio de 1934, actuó como un mecanismo favorable al control por el Estado de la movilización de los escalones básicos del partido en cualquier cuestión, incluyendo el hostigamiento a los judíos.[42] Acciones como la intervención del ministro del Interior, recordando que correspondía al gobierno la regulación de las relaciones entre ambas comunidades, no supuso una calma absoluta en este terreno, sino una breve pausa que ocultaba la preparación de planes fundamentales. La agresión contra los derechos de la minoría se mantuvo despierta en algunos campos importantes, como la reclusión de las actividades artísticas en un organismo especial, la Liga Cultural de Judíos Alemanes, con la que los intelectuales expulsados de la Cámara del Reich trataron de organizar sus actividades y mantener un empleo. Las autoridades nazis no vieron con malos ojos esta forma de marginación, que permitía la censura de los espectáculos a realizar por los judíos y verificaba una «guetización» de una actividad en la que esta minoría había tenido especial visibilidad.[43] Otras medidas legales, como la prohibición de los estudiantes judíos de asistir a los exámenes de judicatura o de farmacia, señalaron la persistencia de un goteo de normativa que aguardaba un marco genérico de mayor audacia, sobre el que se construyera la verdadera exclusión del judaísmo alemán.[44]

Las presiones para que se estableciera este ámbito legal se hicieron especialmente fuertes en la primera mitad del año 1935.

42. H. Graml, *Antisemitism...*, pp. 107 y ss.

43. S. Friedländer, *L'Allemagne...*, pp. 76 y ss.; E. Geisel y H. Broder (eds.), *Premiere und Pogrom. Der Jüdische Kulturbund, 1933-1941*, Berlín, 1992.

44. J. Walk, *Das Sonderrecht für Juden in NS-Staat*, Heidelberg, 1996, pp. 86 y 98.

Las manifestaciones de los jefes locales del partido se referían, sobre todo, a la necesidad de regular las relaciones entre miembros de las dos comunidades. El periódico *Der Stürmer*, principal exponente del antisemitismo nazi y proclive a la denuncia del envenenamiento de la sangre aria a través del contacto sexual, realizó una campaña muy activa denunciando la frecuencia de esta forma de «contagio», como lo prueban las palabras de su director y jefe del partido en Franconia, Julius Streicher: «Aun cuando un judío se acueste con una aria una sola vez, las membranas de la vagina quedan tan impregnadas de semen "ajeno", que la mujer no será capaz de tener niños puramente arios.»[45] Sin que se llegara a una obscenidad de ese nivel, en la primera mitad del año las autoridades subalternas realizaron acciones tendentes a evitar o castigar los encuentros sexuales entre arios y judíos. Esta actitud trataba de conseguir una reprobación pública violenta, capaz de justificar una intervención *a posteriori* del gobierno, de acuerdo con la mecánica general de actuación del nuevo régimen. A la agitación llevada a cabo en algunas ciudades como Múnich o Berlín, acompañada de pintadas en los comercios judíos, se sumaron numerosas medidas tomadas por la administración local para restringir el uso de los baños públicos, la circulación libre de los judíos o la posibilidad de que los alemanes «puros» compraran en las tiendas de aquéllos. Aunque los medios conservadores consiguieron que el gobierno pusiera cierto freno a las acciones más violentas, se había conseguido crear un estado de necesidad legal, que era percibido de esta forma por la opinión de ciudadanos pertenecientes a cualquiera de los sectores implicados. En el plenario celebrado en Núremberg en septiembre de 1935, el Reichstag aprobó por unanimidad la Ley de Ciudadanía y la Ley para la Protección de la Sangre y el Honor Alemanes. Tales normas arrebataban a los judíos, sesenta y cinco años después de haberla conseguido, la ciudadanía alemana, convirtiéndolos en súbditos *(Staatsangehöriger)*. Además, se prohibía el matrimonio entre judíos y personas de sangre alemana. La definición del judío fue, en un principio, moderada, limitándose a aquellos casos en que tres de los cuatro abuelos lo fueran. Sin embargo, en los años siguientes, al calor de la progresiva expansión de la política antisemita, el criterio se haría más restrictivo, afectando a las posibilidades de matrimonio y empleo por parte de los

45. Cit. por Graml, *Antisemitism...*, p. 109.

mestizos.[46] La opinión pública acogió con alivio la medida, que parecía establecer la calma y fijar unas reglas de juego reconocibles, a las que deberían resignarse los sectores radicales del partido, que con tanta frecuencia habían alterado el orden público y atemorizado a los espectadores. Las leyes también implicaban, sin embargo, una cesura institucional grave, al devolver a los judíos al estado previo al *Kaiserreich*. La pérdida de ciudadanía era la base legal sobre la que podría deslizarse la radicalización del régimen. En la última parte del año y los comienzos de 1936, el empeoramiento de las condiciones se hizo evidente. Los judíos fueron expulsados, ahora sin excepción alguna, de la administración pública. Se les prohibió la abogacía de oficio, la medicina y la farmacia, y se estableció un régimen más minucioso y restrictivo de las prohibiciones de matrimonios que afectaban a los diversos grados de mestizaje de los cónyuges.

Estas medidas pudieron llevarse a cabo arropadas por las condiciones económicas favorables y protegidas por las condiciones de tensión internacional. El apoyo de Hitler a la invasión de Abisina, la posterior firma de un tratado con Japón y la participación en la guerra de España cambiaban las condiciones diplomáticas del continente, que Hitler deseaba ceñir a una bipolarización entre países anticomunistas y el «judeobolchevismo» internacional. La preocupación en los ambientes conservadores europeos, y especialmente en los británicos, por el triunfo de los Frentes Populares en Francia y España favorecería actitudes más comprensivas ante la política alemana de rectificación del Tratado de Versalles. La tolerancia con que se llevó a cabo la militarización de Renania tuvo una excelente acogida en la opinión pública, que la contempló como un éxito de la política de restauración nacional del régimen. El aplastante triunfo gubernamental en la elección plebiscitaria del Reichstag en marzo de 1936 marcó el momento de máximo prestigio del Tercer Reich y de su líder.[47] La impresión de cierre de filas, de carácter invulnerable del régimen, le incitó y le permitió profundizar en la exclusión de los judíos de las actividades profesionales, aprovechando que la recuperación económica creaba un marco material muy favorable en el que la utopía racista nazi no sería bloqueada por consideracio-

46. Un excelente comentario de las leyes lo proporciona S. Friedländer, en *L'Allemagne...*, pp. 153 y ss.
47. I. Kershaw, *The Hitler...*, pp. 124 y ss.

nes pragmáticas de salida de la crisis. El diseño del Plan Cuatrienal, justificado por las necesidades armamentísticas de Alemania, tendía a la marginación de los núcleos conservadores de la gestión económica del país, a los que pronto seguirían los responsables de la diplomacia y los altos mandos del ejército. De igual forma, y como veremos con mayor detalle en el apartado siguiente, la centralización de la policía y su puesta bajo el mando supremo de Himmler, identificándola con la dirección de las SS, no sólo dotaba de mayor coherencia la confusión entre el Estado y el partido en las tareas de represión, sino que colocaba éstas al servicio de la agencia más extremista en las cuestiones raciales, anticipando el proceso de registro de toda la población judía exigido por las fuerzas de seguridad, que estaría en la base de la deportación y el exterminio. Solamente los Juegos Olímpicos de invierno y los de verano en Berlín suavizaron un tanto la presión psicológica asfixiante que atenazaba a los judíos, al limpiarse las calles de los carteles que señalaban la prohibición que pesaba sobre aquéllos de entrar en ciertos lugares. Sin embargo, tras la conclusión de los Juegos, el proceso de exclusión se aceleró con nuevas medidas de prohibición de estudios y el ejercicio de profesiones, así como con el inicio de un importante proceso de expropiación económica que llevaba el curioso título de «arianización». El 60% de las empresas judías habían cambiado de manos al llegar abril de 1938, y los niveles de desempleo en la comunidad hebrea superaban las situaciones más penosas de la Gran Depresión. La misma pobreza hizo casi imposible la emigración, a pesar de las presiones desencadenadas por las autoridades. Ese «privilegio» sólo pudo ser afrontado por 25.000 personas en 1936 y 23.000 en 1937.[48]

La ocupación de Austria en la primavera de 1938 provocó un nuevo impulso a la radicalización del régimen, como venía ocurriendo con todas las operaciones de prestigio internacional, que acentuaban la impresión de su impunidad y la posibilidad de la realización íntegra de sus objetivos. Para la posición de los judíos, el *Anschluss* supuso una vuelta de tuerca fatal. No sólo se colocaba en manos del Tercer Reich a casi dosientos mil individuos, sino que se pasaba a la aplicación de la política antisemita en un punto de máxima radicalización del régimen, operada en un país con una fuerte tradición antisemita, algo que explica el entusiasmo, la virulen-

48. H. Graml, *Antisemitism...*, pp. 133 y ss; sobre la política de emigración, *véase* P. Burrin, *Hitler...*, pp. 37 y ss.

cia y la velocidad con que se llevó adelante.[49] En pocas semanas, casi todas las empresas financieras, la mayor parte del pequeño comercio, la mitad de la propiedad inmobiliaria y un cuarto de la industria judía había pasado a manos de compradores alemanes, como resultado de la gestión de la Oficina de Transferencia de la Propiedad.[50] El gobierno llevó a cabo masivos desplazamientos de población, obligando a los judíos de provincias a instalarse en Viena y exponiendo abiertamente que la política antisemita ya no se detendría en la marginación, sino que recurriría a la expropiación completa y a la emigración forzosa de los judíos así depauperados. Sin embargo, esta salida ofrecía pocas oportunidades reales. Tras la conferencia de Evian de julio de 1938, quedó bastante claro que ni Estados Unidos ni los países europeos estaban dispuestos a recibir una afluencia de emigrantes judíos, algo que llenó de regocijo a los dirigentes nazis, pues les permitía demoler el doble lenguaje de los políticos liberales.[51] La miseria de los judíos había de agudizarse en vísperas de la gran ofensiva de noviembre. En abril, la Ley contra el Apoyo a las Empresas Judías combatía el encubrimiento para evitar la expropiación. En el mismo mes, se exigía el registro de todos los bienes judíos, declarándose que sería considerada judía toda empresa que tuviera un miembro del consejo de administración de esta raza, o una cuarta parte del capital social. En julio, se prohibía la actividad de los médicos y los abogados, el comercio de tierras, el ejercicio de representaciones comerciales, la venta ambulante y la asesoría financiera. Durante la primavera y el verano, las tiendas judías fueron marcadas con pintadas insultantes, acompañadas de graves actos de violencia contra los miembros de esa comunidad. Como anotaba una residente en Berlín en su diario, en un apunte del 28 de junio: «Escenas de ferocidad y de desdicha han impregnado mi mente. Toda la calle Kurfüsterdam estaba llena de pintadas y caricaturas. Las puertas, las ventanas y los muros estaban manchados con la palabra "judío". Fue peor cuando nos acercamos al centro de la ciudad, donde se encuentran algunos pequeños comercios judíos. Íbamos a entrar en una joyería minús-

49. E. B. Burke, *Hitler's Austria. Popular Sentimentin the Nazi Era, 1938-1945*, Chapel Hill, 2000, pp. 131 y ss.

50. S. Friedländer, *L'Allemagne...*, pp. 244-245.

51. M. A. Charguéraud, *Tous coupables? Les démocraties occidentales et les communautes religieuses face à la détresse juive*, París, 1998, pp. 187 y ss.

cula, cuando un grupo de jóvenes uniformados rompieron la ventana e irrumpieron en la tienda, blandiendo cuchillos de carnicero.»[52]

El 7 de noviembre de 1938, un joven sionista de origen polaco, Herschel Grünspan, disparó contra un alto funcionario de la embajada alemana en París, Ernst von Rath, que moriría unas horas más tarde. El joven se había desesperado al recibir noticias angustiosas de su hermana pequeña, una de las 16.000 personas que habían sido expulsadas de Alemania y devueltas a Polonia poco antes de que este país decidiera cerrar las fronteras a los judíos que lo habían abandonado hacía años. La posición en una tierra de nadie, en pleno invierno, en una situación sanitaria y alimenticia deprimente, provocó el gesto propagandístico del joven Grünspan, pero habría de causar una reacción semejante a la que produjo, en perjuicio de los comunistas, el incendio del Reichstag. Hitler fue informado de la muerte de Von Rath cuando se hallaba en la conmemoración del *Putsch* de Múnich, en plena cena. Habló en voz baja con Goebbels y se ausentó, dejando que el jefe de la propaganda del régimen realizara un discurso durísimo sobre lo sucedido, que todos los presentes interpretaron como una orden para actuar. Ya se habían producido algunos actos espontáneos de la militancia del partido el mismo día del atentado, pero la orquestación de la movilización correspondía al antiguo *Gauleiter* de Berlín, mientras Hitler procuraba no citar ni una sola vez en público la necesidad de vengarse, mediante la destrucción de sus bienes, de la comunidad judía.[53] Los actos que siguieron, coordinados por las autoridades provinciales con órdenes expresas genéricas de Goebbels, fueron de tal envergadura que llegaron a provocar el disgusto de Himmler, quien atribuyó una acción tan inoportuna a la megalomanía y la estupidez del ministro de Propaganda. Ni siquiera Göring se sintió satisfecho por el volumen de destrucción de objetos irrecuperables, aunque nada le habría importado la destrucción de vidas humanas. Los asesinatos superaron el centenar y quedaron completamente impunes, y las autoridades se aseguraron de que sólo se intervendría en caso de pillaje o cuando no se hubiera actuado de acuerdo con el sentimiento

52. B. Fromm, *Blood and Banquets. Berlin Social Diary*, Nueva York, 1990, pp. 273-274.

53. Para estudios detallados del pogrom de noviembre, *véase* W. Pehle (ed.), *Der Judenpogrom 1938. Von der «Reichskristallnacht» zum Völkermord*, Fráncfort, 1987. El libro de Graml ya citado va introducido por un excelente relato de los hechos, pp. 5-29.

de indignación nacional. El resultado legal fue aún más grave, porque supuso poner las condiciones para la expropiación definitiva de los judíos y su condena a una vida de gueto, de emigración o de deportación, cuando las circunstancias lo permitieran. El proceso se inició en la conferencia de Göring con altos responsables del partido y de la administración, que contempló el pago de una indemnización de mil millones de marcos por la comunidad judía a las empresas aseguradoras. La Ley de Exclusión de la Vida Política Alemana exigió el fin de todas las actividades económicas y la venta de todas las propiedades judías, incluyendo joyas y obras de arte. Se procedió a la expulsión de los niños judíos de las escuelas y a la supresión de toda asistencia social, a cargo de agencias estatales, de los desempleados, actos que se completaron con la prohibición a las zonas centrales de las ciudades y con la incitación a concentrar a los judíos en edificios especiales. A comienzos del año siguiente se creaba la Oficina Central de Emigración Judía, que dependía directamente de la policía. La responsabilidad de la realización de los procesos de deportación pasaba, en vísperas de la guerra, de los ministerios del Interior y de Justicia a la Oficina Central de Seguridad del Estado —RSHA—, controlada por las SS, toda una premonición del futuro que esperaba a la comunidad judía alemana.

Por si no estuviera lo bastante claro, Hitler habría de escenificarlo de forma dramática en su discurso ante el Reichstag, el 30 de enero de 1939: «Hoy quiero ser profeta de nuevo. Si el judaísmo internacional de Europa y de fuera de Europa consigue precipitar a los pueblos a una guerra mundial, el resultado no será la bolchevización de la tierra y la victoria del judaísmo, sino el exterminio de la raza judía en Europa.»

El Ministerio del miedo

> El más pequeño rasgo de piedad sería contemplado por los enemigos del Estado como un signo de debilidad que aprovecharían inmediatamente. En las filas de las SS no había lugar para hombres blandos de corazón.
>
> RUDOLF HÖSS

El aparato policial del Tercer Reich es uno de los ámbitos en que la diversidad de agencias y la lucha entre las diversas facciones del régimen adquiere mayor relevancia. La imagen de una policía monolítica desde el principio, que uniera a su capacidad de represión la coherencia de un cuerpo uniforme, con autoridades claras y ámbitos de actuación explícitos, es una visión idealizada con pocas conexiones con la realidad. Por el contrario, la construcción del estado terrorista fue un proceso lento, complejo, relacionado con la dinámica del sistema, reflejando los puntos de conflicto entre el gobierno y el partido, entre diversos niveles de la administración y distintas agencias del movimiento nazi, así como entre las ambiciones de las personalidades que componían su más alta jerarquía. La consolidación de la poliarquía encuentra su prueba más clara en este confuso trayecto desde la división originaria hasta los niveles de poder y homogeneidad que adquirió la trama del sistema policial, hasta fundir en un conjunto coherente las instancias del partido y de la administración pública.[54]

La definición del poder policial del nuevo Estado no se había formulado con precisión antes de la captura del poder. Como en tantos otros aspectos, el nazismo hubo de improvisar de acuerdo con el delicado equilibrio que debía sostenerse con los aliados conservadores del régimen, sin desatender las exigencias de la militancia más activa y radicalizada. El partido siempre había dispuesto de organizaciones de seguridad interna y de choque para sus enfrentamientos con las fuerzas paramilitares de la izquierda. Las funciones del aparato defensivo del NSDAP estaban delimitadas antes de 1933, subordinando los Escalones de Protección (SS) y el Servicio de Seguridad (SD) a la autoridad del jefe máximo de las Secciones de Asalto, Ernst Röhm. Si los responsables del aparato de defensa del partido creyeron que se convertirían, automáticamente, en funcionarios de la policía controlando la seguridad del régimen, los ritmos concretos del *Machtergreifung* habrían de desengañarlos, incitando una fuerte competencia entre ellos para adquirir mayores niveles

54. El examen clásico de la evolución del aparato policial nazi es el de Hans Buchheim, «The SS Instrument of Domination», en H. Krausnick *et alii*, *Anatomy of the SS State*, Londres, 1968, pp. 125-396; otros trabajos de interés, en los que también se han basado las siguientes páginas, son: G. C. Browder, *Foundations of the Nazi Police State. The Formation of SIPO and SD*, Lexington, 1990; *Íd.*, *Hitler's Enforces. The Gestapo and the SS Security Service in the Nazi Revolution*, Nueva York, 1996; H. Ziegler, *Nazi Germany's New Aristocracy. The SS Leadership, 1925-1939*, Princeton, 1989; R. L. Koehl, *The Black Corps. The Structure and Power Struggles of the Nazi SS*, Madison, 1983.

de autoridad en la gestión de las fuerzas represivas. Los compromisos que se adquirieron con la derecha conservadora y la misma actitud de algunos dirigentes sin base importante en el partido, pero con una buena conexión con los sectores tradicionales de la administración y la economía, como Göring y Frick, hicieron que se marginara a Röhm y a Himmler de las áreas centrales del gobierno. El proceso de radicalización inicial del régimen fue el marco en el que cobró cuerpo un profundo conflicto ideológico, que venía afectando a la concepción misma de la revolución nacionalsocialista y que había dado lugar, en los años previos a 1933, a una áspera discusión sobre la política de alianzas del partido. Para los más moderados, el acceso del nazismo al poder implicaba el mantenimiento de una sólida alianza estratégica con la derecha conservadora y los sectores sociales a los que ésta representaba. Para personas como Frick, el nazismo incorporaba a las masas a una contrarrevolución popular, pero las relaciones entre el partido y las elites que habían actuado para derribar la república no podían verse interferidas por la acción de los cuadros locales o sectoriales. La función del movimiento era apoyar la gestión de un gobierno dictatorial, no sustituirlo por un poder paralelo al del Estado basado en la relación directa entre el *Führer* y el partido. El desaliento con el que se contemplaba la agitación de las SA no procedía de una timidez ante la violencia, sino de un temor burocrático a que ésta fuera controlada por instancias distintas de la del gobierno. En las condiciones de los primeros meses de gestión nazi, sin embargo, pocas cosas podían hacerse para interrumpir las acciones de las fuerzas de asalto, dada la necesidad de controlar una posible reacción de los comunistas y la penuria de los recursos policiales de confianza con que se contaba. En el centro de la polémica entre radicales y moderados, Hitler, que recibía las presiones de unos y otros para una intervención decisiva, había de medir cuidadosamente la satisfacción a dar a cada sector en conflicto. Sus simpatías podían orientarle a apoyar a los más radicales, como se demostró en episodios como el boicot al comercio judío, pero debía apaciguar, al mismo tiempo, las preocupaciones de unos compañeros de viaje indispensables.

El principio básico que permitió la imposición de un funcionamiento discrecional del aparato represivo fue la figura de la «custodia protectora» *(Schutzhaft)*, un mecanismo que antes de 1914 se había utilizado para garantizar los derechos de las personas detenidas, pero que desde la guerra se había utilizado como una vía de urgencia para la privación de libertad de los sospechosos de oposición política.[55] Desde el acceso al poder de Hitler, se desechó la obligación de dejar en libertad a los detenidos en un plazo de veinticuatro horas, y el decreto del 28 de febrero de 1933 dio cobertura legal al procedimiento. El arresto indefinido no era la única irregularidad que propiciaba la ley. Al calor de la misma, y de las condiciones de radicalización del régimen tras el incendio del Reichstag, la policía pudo prescindir de cualquier control del aparato judicial, convirtiéndose en un órgano que disponía las causas de la detención y su duración, interfiriendo en la delimitación de todos los derechos de los ciudadanos. A las posibilidades proporcionadas por este estado de emergencia continuada se sumó la conversión de los diversos grupos paramilitares de la derecha —incluyendo al *Stahlhelm*— en fuerzas auxiliares de la policía regular prusiana. Esta fusión relativa entre el aparato de seguridad del Estado y las del Partido Nazi se llevó adelante para tratar de poner bajo el control institucional a las SA, aunque el resultado no fue tan satisfactorio. Aprovechando su nueva función estatal, las Secciones de Asalto fueron las verdaderas protagonistas de una represión masiva que sufrieron, en especial, los militantes del KPD, que eran internados en cárceles privadas, muchas veces clandestinas, donde desaparecía cualquier garantía judicial de los derechos del detenido, incluyendo el mínimo sentido de la medida que podía haber adoptado el mismo régimen bajo la presión de los sectores más legalistas.

La organización de la policía política del nuevo régimen tuvo que comenzar por la coordinación de las diversas instancias federales. En el mayor de los *Länder*, Prusia, la autoridad máxima recaía en Hermann Göring, cuyas intenciones eran dotarse de un instrumento de poder personal en la poliarquía nazi, al margen de las presiones de las organizaciones de choque del partido y en condiciones de ser canalizado de acuerdo con las necesidades de construcción del nuevo Estado. Göring halló un aparato policial ya depurado por el gobierno de Von Papen, y el espíritu de colaboración de los profesionales del Ministerio del Interior prusiano le dio un margen de maniobra relativamente amplio. En abril, logró crear su propia policía política, la Gestapo —*Geheime Staatspolizei*—, al

55. M. Broszat, «The Concentration Camps, 1933-1945», en H. Krausnick *et alii*, *Anatomie...*, pp. 401-402.

frente de la cual colocó a un funcionario nacionalista que era miembro del partido, Rudolf Diels. El nuevo organismo, que estableció unos cuarteles independientes del Ministerio en el célebre número 8 de Prinz Albrech Strasse, asumió tareas muy amplias de investigación y detención, pasando a establecer una línea jerárquica que prescindía de las autoridades locales. De esta forma, el rumbo inicial de la Gestapo fue el de un vehículo vinculado al propio Göring como máxima autoridad real en Prusia, que ejercía funciones de vigilancia y represión en el lugar de la vieja policía criminal y trataba de oponerse al trabajo que realizaban en este ámbito las SA y las SS. Esta complicada superposición de funciones no resultaba extraña en las primeras etapas del régimen, y venía a expresar los ámbitos de poder de autoridades diversas, que trataban de perfilar la estructura maleable del Estado con la ocupación de espacios de responsabilidad. La flexibilidad del régimen a las presiones de sus diversos sectores y, en especial, al enfrentamiento entre moderados y radicales —o entre institucionalistas y «movimentistas»— se alargaría hasta la purga del verano de 1934, adquiriendo después un aspecto más difuso, de querella entre los diversos sectores que apostaban por una disciplina estatal más acusada.

En el otro gran *Land* del Reich, Baviera, la ocupación del poder por los nazis se había demorado hasta el mes de marzo, cuando el gobierno del BVP fue derribado y, en su lugar, se instaló un nuevo gabinete bajo las órdenes de Ritter von Epp, quedando el *Gauleiter* Adolf Wagner al frente del Ministerio del Interior. Himmler adquirió el cargo, aparentemente modesto, de jefe de Policía de la ciudad de Múnich, mientras Röhm, perdidas sus posibilidades de una cartera en Berlín, pasaba a ser comisario para misiones especiales, un título lo suficientemente ambiguo para satisfacer sus ambiciones de ir ganando poder.[56] Desde su posición secundaria, Himmler, que conservaba el mando de las SS, había de edificar la plataforma de su inmenso dominio policial. Para ello, aprovechó con suma habilidad las características del proceso de toma del poder y el conflicto entre las diversas concepciones de la revolución. En abril, Wagner le nombró jefe de la policía de toda Baviera, y desde ese lugar fue absorbiendo tal función en un *Land* tras otro,

56. S. Aronson, *The Beginnings of the Gestapo System. The Bavarian Model in 1933*, Jerusalén, 1969, pp. 9 y ss.

hasta que solamente quedaron fuera de su responsabilidad Prusia y los pequeños estados de Lippe y Schaumburg-Lippe. Este proceso de concentración de poder se realizó de una forma muy cautelosa, procurando no despertar los recelos de los diversos *Gauleiter* y gobernadores del Reich. Para ello, Himmler se presentaba como el dirigente de una fuerza de represión institucionalizada que se oponía al constante desorden de las SA, en una fase en la que éstas habían comenzado a despertar la animadversión de múltiples niveles del gobierno y el partido. El ascenso de Himmler no se realizó sin resistencias, pero éstas fueron fácilmente vencidas por la mezcla de líder de un organismo revolucionario y administrador del Estado que conseguía transmitir. La confusión entre ambos estratos le permitía, al mismo tiempo, una autonomía envidiable. Como jefe de las SS, aun cuando estuviera teóricamente subordinado a Röhm, iba destacando su dependencia última del *Führer*. Como responsable de la policía política de gran parte de los *Länder*, podía operar al margen de la jerarquía local y regional del partido, estableciendo una línea directa de mando a través de los ministerios del Interior.

Una demostración del nivel de poder alcanzado fue su capacidad para establecer el campo de concentración de Dachau como modelo del sistema político penal, eludiendo las críticas que le hicieron algunos sectores de la administración, deseosas de terminar con un método de internamiento que parecía más vinculado a las organizaciones del partido que a las instituciones del Estado. T. Eicke, encargado de la administración de Dachau tras un escándalo que llevó a la destitución de su antecesor, acusado de excesos contra los prisioneros, logró ajustarse a la demanda de Himmler para establecer un sistema despersonalizado de represión, que superara las cárceles salvajes de las SA, donde, sin reglamentación alguna, se disponía de la vida de los presos. Por el contrario, el modelo himmleriano proporcionaba unas normas claras de funcionamiento, desde la graduación de los castigos hasta el contacto entre el personal de vigilancia y los detenidos, que suponía una objetivación de la represión, más allá de los ejercicios de venganza personal y brutalidad atolondrada de la etapa anterior. El nombramiento de Eicke como inspector general de los campos y jefe máximo de las tropas de vigilancia de los mismos, en julio de 1934, corroboraban la primera fase de ocupación de un espacio de soberanía de las SS, donde sus funciones de represión se mezclarían con sus intereses productivos y con su custodia y definición del proyecto racial.[57]

Durante los últimos meses de 1933 y los primeros de 1934, el conflicto para definir la estructura policial del régimen alcanzó su grado más elevado. El debate enfrentaba a Frick, que deseaba llevar adelante una reforma administrativa para clarificar la estructura del régimen, y a quienes habían adquirido posiciones de poder precisamente gracias a la confusión del mismo. Las ambiciones de Frick para definir un ámbito neutral de la policía chocaban con los propios deseos de Hitler, para quien resultaba imposible enfrentarse, al mismo tiempo, con Röhm, Himmler y Göring. El sistema de equilibrios entre partes en que se basaba su autoridad se lo impedía, pero también su concepción de un Estado discrecional, poco favorable a un marco legal rígido que limitara su actuación. Su jefatura dual, como *Führer* del partido y canciller, le obligaba a tener en consideración ambos espacios. Su estilo de liderazgo se sumaba a su visión del proceso revolucionario para actuar unilateralmente contra el partido. Eso no significa que no tratara de controlar algunas actuaciones más radicales, lo cual permitió a Frick ir moderando la aplicación de la «custodia protectora», anular el carácter auxiliar de las SA en agosto de 1933 y regular el cierre de los campos de concentración salvajes, abriendo otros que pasarían a controlarse mejor, en Papenburg, Brandenburgo o Lichtenburg, a la espera de que todo el sistema desapareciese. Lo que no pudo obtener fue una centralización de la policía política bajo su mando, que detuviera la masiva infiltración por las SS y el control de un aparato del Estado por una agencia del partido.[58]

Los dos puntos clave en el progreso de Himmler hacia la dirección absoluta del sistema policial fueron su alianza táctica con Göring y su victoria sobre Röhm. La primera condición fue precipitada por el enfrentamiento entre Göring y Frick, cuando éste trató de hacerse con el mando de la policía política de Prusia. La reacción de Göring fue apartar la gestión de la Gestapo del Ministerio del Interior prusiano, y poner todas las oficinas de la agencia bajo los

57. M. Broszat, «The Concentration...», pp. 429 y ss.; E. Kogon, *L'État SS. Le système des camps de concentration allemands*, París, 1993 (edición alemana de 1946); W. Sofsky, *The Order of Terror. The Concentration Camp*, Princeton, 1997.

58. Un excelente relato del juego de enfrentamientos entre Göring, Frick y Himmler es el que ofrece G. C. Browder, *Foundations...*, pp. 98 y ss.

gobernadores estatales, lo cual le convertía a él en máximo dirigente del organismo en Prusia. En el marco de ese conflicto, y cuando Göring buscaba con desesperación aliados que le permitieran conservar su poder, Himmler consiguió ser nombrado inspector general de la Gestapo, en tanto que su mano derecha, Reinhard Heydrich, pasaba a ocupar la dirección de la Oficina Administrativa (Gestapo), sumando a ese cargo el de Jefe del Servicio de Seguridad. Estar a las órdenes teóricas de Göring sería un rasgo que Himmler lograría convertir en anecdótico al cabo de poco tiempo. La dinámica de la «segunda revolución» aseguró otro paso decisivo para la ocupación del poder policial, cosa que ha hecho suponer que la «conspiración» de las SA fue documentada por el propio SD. Como se ha visto en otro lugar, la purga de junio de 1934 vino a liquidar las aspiraciones de un sector radical del partido, que estorbaba la normalización del nuevo régimen. Sería erróneo, sin embargo, suponer que el sangriento trámite implicaba una moderación del proyecto político. La adquisición de un poder autónomo por las SS, que incluía el reconocimiento final del sistema de campos de concentración y la entrega de éste a Himmler, apuntan en un sentido contrario. Lo que Hitler indicaba no era la renuncia a la ocupación total del Estado, sino una rectificación de su ritmo, basándolo en una constante contaminación de las instituciones, que deberían acabar identificándose con el movimiento, y, a la vez, un proceso de sustitución de la burocracia estatal por organismos del partido, que pasarían a ejercer las tareas teóricamente a disposición del gobierno. De ahí que los esfuerzos de Frick para amortiguar el nuevo poder alcanzado por Himmler resultaran poco provechosos, y que su reforma de la administración quedara en nada. Eliminado el protagonismo de las SA, Hitler necesitaba llenar ese vacío con una fuerza leal a su persona, bien arraigada en el partido y con una dinámica correcta de ocupación lenta de las instituciones. Las condiciones generales de la política, tan delicadas en 1934, incitaron al *Führer* a no desmoralizar a su ministro, deteniendo el ascenso de Himmler en los niveles ya alcanzados. Sin embargo, la radicalización de los años siguientes, al calor de la política antisemita, el aumento de la cohesión interna y los cambios en las relaciones diplomáticas, le permitirían fijar de una vez por todas la coherencia policial entre el partido y el Estado. El nombramiento de Himmler como jefe de la Policía del Reich, manteniendo al mismo tiempo su carácter de *Reichsführer* de las SS, implicó el paso fundamental en la fusión entre la policía y los órganos de seguridad del movimiento nazi. La atribución a Heydrich de la dirección máxima de una nueva policía, la SIPO *(Sicherheitspolizei),* procedente de la Policía Criminal y la Gestapo, mientras continuaba ostentando la jefatura del SD, lo corroboraron. La creación de la Oficina Central de Seguridad (*Reichssicherheitshauptamt*, RSHA), en 1939, culminaría este proceso con la fusión del SD y la SIPO.

La nueva estructura policial sería un organismo constante de vigilancia pública que se alimentaba a través de una nutrida delación. La mayor parte de las investigaciones realizadas por la Gestapo procedían de la acción de los propios ciudadanos, que acudían a las oficinas para denunciar a personas, acusándolas de delitos de opinión o, más a menudo, de delitos raciales. El volumen de recursos de la Gestapo nunca podría haber actuado con tal eficiencia sin una complicidad masiva. Los testimonios de la resistencia, señalando la inmensa capacidad represora de esta agencia, han llegado a crear la leyenda de una sociedad controlada desde arriba, por un enorme mecanismo de investigación, servido por un número abrumador de funcionarios, cuando lo más justo es pensar en una compleja trama de autoobservación, de colaboración preventiva con las autoridades, ya fuera por efecto de una convicción entusiasta, ya por el deseo de aparecer como alguien libre de toda sospecha.[59] La facilidad con que se actuó sobre la oposición, la rapidez con que fue neutralizada, hace creer en un grado notable de conocimiento de la realidad social en que se actuaba, y ésa era la percepción de los contemporáneos. La población, sobre todo los sectores que no simpatizaban con el régimen, tenía la impresión de un control permanente, de una amenaza aumentada por la misma proliferación de los departamentos encargados de la vigilancia y la represión. Los espacios superpuestos de las SS, la Gestapo y la policía regular creaba una confusión en los ciudadanos, que los veían como instrumentos de un terror omnipresente.[60]

La cohesión del régimen se establecía, así, sobre la base del miedo, pero también sobre el esquema de una colaboración que certificaba la pertenencia a la comunidad y la salud racial. En los años de consolidación del régimen, que coincidieron con su primera eta-

59. K. M. Mallmann y G. Paul, «Omniscient, Omnipotent, Omnipresent? Gestapo, Society and Resistance», en D. Crew, *Nazism...*, pp. 166-196.
60. N. Frei, *L'État...*, p. 117.

pa de radicalización, la población penitenciaria apenas llegaba a los diez mil reclusos, tres veces inferior a los primeros meses del gobierno nazi. No obstante, el aparato de seguridad del partido y del Estado se había perfeccionado, extendiendo sus ámbitos de actuación hasta zonas insólitas. Ya en la década de los treinta habría de mostrar una polivalencia que presagiaba las condiciones del terror del tiempo de guerra. Las SS, integradas en el sistema policial hasta identificarse con él, fueron también el lugar de la poliarquía nazi donde se concentraron los elementos más radicales del proyecto racista. A sus diversas ramas correspondió no sólo la represión política, sino el registro y clasificación de los enemigos raciales del régimen, la percepción de los delincuentes y la expansión del ámbito de oposición. El proceso de exclusión de zonas cada vez más amplias de la población correspondió a la policía más que a los tribunales. Las detenciones masivas de «asociales», las redadas de los años 1937 y 1938, antes de la gran ofensiva antisemita, hicieron de las SS la agencia central de identificación del descontento social con la desigualdad racial, mientras los campos de trabajo se convertían en la forma modélica de vincular la represión política, la exclusión racial y el esfuerzo productivo en condiciones de esclavitud.

IX

VIAJE AL FIN DE LA NOCHE

La mitad de la trayectoria del régimen nazi habría de vivirse en las circunstancias excepcionales de la guerra. Sin embargo, éste no fue un período que rompiera la plácida trayectoria de un sistema de dominio basado en el proyecto racial, sino que fue la etapa creadora de las circunstancias adecuadas para su cumplimiento. El conflicto bélico resultó de la propia dinámica del régimen. Incluso el momento de su llegada correspondió a una crisis interna cuya salida más propicia fue la aceleración de una guerra prevista para años posteriores. La guerra estaba en la misma concepción de las relaciones sociales que Hitler había manifestado de forma reiterada: su versión darviniana de la lucha entre las razas, del implacable enfrentamiento en pos de la supervivencia y del poder, fue la sustancia íntima de una ideología cada vez más resuelta a actuar libremente, fuera de las presiones de los compromisos internos o de la diplomacia. Nunca se ocultó la voluntad de expansión hacia los territorios ocupados por pueblos inferiores, ni se desdeñó una vinculación entre la depuración racial que se había estado organizando en la paz con los procesos de limpieza étnica que se desarrollarían durante la guerra. Si los éxitos en la política internacional habían asegurado una consolidación del régimen, incrementando su prestigio popular y la desmoralización de los opositores, el proceso bélico vino a eliminar cualquier obstáculo normativo al funcionamiento pleno del nazismo. La influencia progresiva de las SS en la toma de decisiones fundamentales, la expansión del sistema de trabajo forzado, la concentración del poder en manos de Hitler y el avance hacia la «solución final» del problema judío son elementos de esta realización de los objetivos profundos del ideario nacionalsocialista en unas condiciones de impunidad y complicidad generalizadas, que hallaron en la guerra una excusa permanente y un territorio constante de verificación. La guerra de aniquilamiento en la Unión Soviética, precedida por los anuncios del genocidio eslavo y judío en Polonia, indican que la naturaleza misma del conflicto se alejaba de las convencionales normas de una guerra como las que se habían conocido, para convertirse en la implacable e impecable aplicación de un verdadero programa social. La liquidación en masa de soviéticos y judíos mostraba la fusión entre el bolchevismo y el judaísmo asentada en la propaganda nazi y las convicciones de sus líderes en este sentido. La represión antisemita y la orden de liquidación de los comisarios comunistas parecía reunir en un solo episodio las dos caras de los enemigos fundamentales de la raza, mientras el funcionamiento de los atestados campos de concentración recalcaba el lugar de cada uno en el aparato productivo del nuevo imperio. La violencia de la guerra pareció cubrir con un manto de normalidad la exasperación de una violencia que había empezado a rodar en los primeros días del régimen nazi. En niveles más o menos próximos a la lealtad al sistema, en áreas más o menos alejadas de la resistencia, la población fue viviendo las etapas de esta aventura de forma compleja, diversa, dependiendo de la docilidad, el entusiasmo, el temor o la indiferencia acumulados en los años de paz. Tales sentimientos fueron tejiendo un hábito de coexistencia con el Tercer Reich que llegó a anestesiar el sentimiento de culpabilidad por los procesos genocidas. La colaboración del ejército en las operaciones de liquidación de prisioneros o la convivencia insensible con los trabajadores esclavos pueden ser indicadores de un movimiento cuyos primeros gestos, torpes y dubitativos, se habían dado en la década de los treinta. La guerra nazificó el fascismo europeo, convirtió la «excepción» alemana en la categoría más reconocible del proyecto; pero también ayudó a definir con mayor nitidez las características del régimen, a desnudar su naturaleza, a restarle los adjetivos de los compromisos, al tiempo que iba abriendo los cauces de su descomposición. El pueblo alemán lucharía «hasta el amargo final», pero los mitos fundamentales del régimen y la cohesión de su equipo dirigente se quebraron con la inmediatez de la catástrofe de 1945. El nazismo sólo podía existir con la guerra, no sobreviviría a una derrota.

Diplomacia y demagogia

> Como Führer y canciller de la nación alemana y del Reich, anuncio ahora ante la Historia la entrada de mi patria en el Reich alemán.
>
> ADOLF HITLER en Viena, marzo de 1938

La radicalización del régimen nazi en la segunda mitad de la década tuvo una relación directa, de mutua influencia, con los cambios que se producían en las relaciones internacionales. En los primeros años de su gobierno, Hitler logró mantener un equilibrio con los núcleos nacionalistas conservadores, similar al consenso que había establecido en la política del Reich, presentando sus objetivos como una mera exigencia de revisión de las condiciones del Tratado de Versalles. De hecho, incluso pudo presentarse como alguien más pragmático y moderado que el sector más leal a las reivindicaciones radicales colonialistas, prueba de lo cual es el incidente provocado por Alfred Hugenberg en la Conferencia Económica de Londres, que condujo al propio Foreign Office británico a considerar al *Führer* más fiable que sus aliados bismarckianos. Esta apreciación no sólo procedía de una disposición a comprender las posibles injusticias del *Diktat* de 1919, sino de un desconocimiento de los objetivos últimos de Hitler y de su periodización de la política exterior alemana. Es cierto que, en aquellos primeros años del régimen, podían asimilarse las posiciones de Hitler y las de los sectores nacional-conservadores menos radicales del Ministerio de Asuntos Exteriores, como Von Neurath, en la persecución de objetivos limitados a una rectificación de las consecuencias de la Gran Guerra. Estas posiciones habían conducido a la revisión de la conducta diplomática de Weimar, con gestos airados como el abandono de la Sociedad de Naciones, implicaciones en los conflictos internos de Austria o un acuerdo bilateral como el pacto de no agresión con Polonia. Por preocupantes que resultaran estas actuaciones, parecían conducir más al aislamiento que al fortalecimiento de la posición en Europa, y podían sumir más en el desconcierto a Gran Bretaña, interesada en la integración alemana en una red amplia de relaciones, que a la misma Francia, siempre temerosa de una normalización que provocara el resurgir del poderío militar germano. La impresión de aislamiento pudo agudizarse en 1935, cuando la declaración de Stresa, que siguió a la decisión alemana de establecer el servicio militar obligatorio, prolongó la solidaridad de las naciones vencedoras. La solemne celebración de una jornada de conmemoración de los héroes, con la presencia del único de los mariscales de la Gran Guerra que seguía con vida, trató de reiterar la alianza entre la nueva y la vieja Alemania que ya se había esbozado dos años antes en la jornada de Potsdam. La fusión del militarismo prusiano con la revolución nacionalsocialista podía convenir a los objetivos de la propaganda nazi y a la necesidad de acentuar el consenso en el interior de la coalición de gobierno. En un caso, el régimen conseguía llegar a aquellos sectores de la opinión popular que habían aceptado el Tercer Reich como un sistema de restauración nacional. En el otro, aseguraba un espacio confortable para la derecha nacionalista y las fuerzas armadas en el magma estatal del nuevo orden. El cierre de filas que Italia, Francia y Gran Bretaña realizaron en torno a los principios de Locarno, sin embargo, parecía limitar las posibilidades de una revisión a fondo del sistema acordado en la primera posguerra.[1]

La impresión de que las cosas podían alterarse procedió tanto de cambios sustanciales en las relaciones políticas entre las potencias vencedoras como en la posición de Gran Bretaña. La actitud básica de Londres era llegar a un entendimiento con Alemania que permitiera reintegrarla en las condiciones de un sistema de seguridad colectivo. Para ello, debían darse pasos diplomáticos que hicieran creer a Hitler en la disposición británica para que el nuevo régimen germano dejara atrás su posición de exclusión voluntaria de la Sociedad de Naciones y de los mecanismos de acuerdo multilateral. No era éste, sin embargo, el camino que deseaba tomar Hitler, quien prefería el uso de acuerdos exclusivos con Gran Bretaña que le dejaran las manos libres en su negociación con otros países europeos de forma individual. Las objetivos últimos del *Führer*, claramente expansionistas, no podían integrarse en el esquema de pacificación propuesto por Londres, aunque algunos elementos de sus primeras etapas se confundieran, en especial la adquisición de zonas de influencia en la Europa central, lo que podía contemplar la modificación de las fronteras salidas de Versalles. Hitler pretendía llegar a un acuerdo exclusivamente con Gran Bretaña, a la que ofrecía un verdadero reparto de las responsabilidades. Alemania podía dejar de reivindicar espacios coloniales que afectaran al Imperio británico, mientras Gran Bretaña permitía una expansión continental germana en el continente. Naturalmente, ésta era la primera fase del acuerdo, pues Hitler tenía en cuenta desde el principio una etapa de expansión imperial extraeuropea posterior a la consolidación de su poder en el espacio continental, algo que calculaba para la segunda mitad de los años cuarenta.[2] En la primavera

1. G. Weinberg, *The Foreign Policy of Hitler's Germany. Diplomatic Revolution in Europe, 1933-1936*, Chicago, 1970, pp. 205-206.

2. Para la definición de estos objetivos coloniales de Hitler y su periodización, *véase* K. Hildebrandt, *The Foreign Policy of the Third Reich*, Berkeley, 1973.

de 1935, poco después de que la declaración de Stresa hubiera manifestado su preocupación por la evolución de la política alemana, representantes del Foreign Office acudieron a Berlín a fin de señalar su disposición a un acuerdo con el Tercer Reich que estimulara esta aceptación alemana de compromisos a varias bandas. La respuesta de Hitler fue esgrimir la amenaza de las reivindicaciones coloniales, lo cual, aun estando presente en los objetivos finales del régimen, le servía para granjearse el apoyo de los nacionalistas conservadores e intimidar a sus interlocutores británicos, indicándoles la puesta, en primera instancia, de unas reivindicaciones de revisión del Tratado de Versalles capaces de afectar los equilibrios del sistema colonial. Esta posición se mantuvo incluso después de la firma del acuerdo naval en junio de 1935, cuando Hitler consiguió fijar una relación entre su poderío naval aceptable para Gran Bretaña, después de unas negociaciones muy duras llevadas a cabo por Ribbentrop en Londres. El secretario del Foreign Office, Samuel Hoare, indicó su oposición a toda estrategia que no contemplara la normalización de las relaciones exteriores de Alemania en el marco de las instituciones internacionales existentes, pero Hitler interpretó la consecución del acuerdo como una demostración de la debilidad británica, un indicio de la ruptura del frente de las potencias vencedoras y el primer paso para que el Reino Unido aceptara su línea de acuerdos bilaterales tendentes a tener las manos libres en el continente. Para añadir, como era su costumbre, la amenaza al regocijo, Hitler estimuló la unión de todas las asociaciones coloniales en una sola organización, bajo la supervisión del NSDAP, algo que Ribbentrop contempló con agrado, como una forma de expansión de su poder en la poliarquía nazi a costa del Ministerio de Asuntos Exteriores y en favor de las oficinas del partido.

Además de esta fijación de las reglas del juego diplomático con Gran Bretaña, que se moverían muy poco en los próximos años, el aislamiento de Hitler fue quebrado por la evolución de otras circunstancias internacionales. En el otoño de 1935, la invasión de Etiopía por las tropas italianas ponía a prueba la solidaridad de las potencias occidentales y la eficacia del sistema de garantías internacionales de la Sociedad de Naciones. La guerra de Etiopía, que suponía un giro de graves consecuencias en la diplomacia italiana, coincidiendo con el proceso de radicalización interna del régimen, podía haberse detenido con una intervención económica de los países que suministraban recursos energéticos a Italia, o con la amenaza verosímil de una intervención militar. Si Gran Bretaña parecía más dispuesta a alguna acción que preservara el prestigio de la SDN y desalentara aventuras de este estilo en el futuro, la posición de Francia era menos intransigente, situando en primer plano la necesidad de mantener la alianza con Italia frente a Alemania y atendiendo a las demandas de un espacio colonial de su aliada. Por lo demás, la presión de una parte de la opinión pública se hizo sentir, no sólo por las simpatías que las poderosas ligas de la extrema derecha podían sentir por el régimen fascista, sino por el carácter innecesario de un sacrificio militar en beneficio de Abisinia. El discurso «civilizador» de Mussolini no estaba demasiado alejado de las palabras con que la Tercera República legitimaba su presencia en las posesiones coloniales galas, y a los sectores conservadores les resultaba difícil negarle a otra potencia lo que su país estaba disfrutando desde hacía tiempo. Que Etiopía fuera un miembro de la Sociedad de Naciones pareció ser el factor que menos se tuvo en cuenta en aquel momento, cuando las amenazas más inmediatas derivaban de las propias movilizaciones de la derecha radical o de la sombría presencia del rearme alemán. El propio Laval lo expresaría con contundencia unos años más tarde, al advertir que: «Fue con el fin de no romper con la Gran Bretaña y la Liga que se aplicaron las sanciones. Fue con el fin de no romper con Italia y provocar una guerra, en aquel entonces prácticamente inevitable, que las sanciones fueron aplicadas con moderación.»[3] Finalmente, la oferta del plan Laval-Hoare, que implicaba algunas concesiones territoriales a Italia, desautorizó la práctica misma de las sanciones, al tiempo que provocaba una crisis en el gobierno británico y la indignación de la oposición de izquierda y de los propios abisinios. La retirada del plan, que Mussolini había estudiado con suma lentitud, acabó de sancionar la improvisación y carencia de fuerza del sistema de protección internacional diseñado tras la Gran Guerra. A pesar de la pronta adaptación de la diplomacia franco-británica a las nuevas condiciones creadas por la proclamación del Imperio italiano en 1936, se había hecho un daño irreparable a la credibilidad de la Sociedad de Naciones, a la energía de Londres y París a la hora de defender los dere-

3. Citado en L. Villari, *La política exterior de Mussolini*. Barcelona, 1956, p. 203. *Véase también* J. Delarue, «La guerra d'Abissinia vista dalla Francia. Le sue ripercusioni nella politica interna», en A. del Boca, *Le guerre coloniali del fascismo*, Bari, 1991, pp. 317-339.

chos de los pueblos y a la misma alianza entre Italia y las potencias occidentales. La guerra había sido orientada por la radicalización interna del régimen, pero su prolongación y las tensiones internacionales que sugirió actuaron para reafirmar su crispación. El mismo escenario del conflicto, justificado ideológicamente por el expansionismo fascista, la crueldad ejercida contra la población civil con la superioridad de las armas modernas y el recurso a principios racistas para consolidar la aventura colonial ponían a Mussolini en las mejores condiciones para entenderse con el nacionalsocialismo.

Hitler, que había llegado a proporcionar armas al gobierno etíope en una etapa anterior, comprendió perfectamente la ocasión que le brindaba esta serie de fracturas en las relaciones mutuas de las potencias vencedoras y en la confianza en las garantías internacionales. Tras haberse asegurado la neutralidad italiana, pasaba, en marzo de 1936, a la militarización de Renania. El estupor de Gran Bretaña y, sobre todo, de Francia, fue respondido en un discurso pacifista de Hitler en el Reichstag, en el que señalaba su disposición a acuerdos diplomáticos generosos con sus vecinos, en el momento en que Alemania estaba recuperando sus derechos históricos, al tiempo que advertía del carácter indeseable del pacto entre Francia y la Unión Soviética. Esta referencia tenía un importante valor estratégico, al introducir una nueva cuña en el frente de los aliados occidentales y reavivar el debate que más convenía a Alemania en aquel año, y que habría de fundamentar su discurso hasta el estallido de la Segunda Guerra Mundial. La radicalización del mensaje antibolchevique le otorgaba una línea de argumentación para justificar su alianza con Gran Bretaña y para exigir la normalización de la situación de Alemania en el continente, rompiendo el esquema de Versalles y construyendo una lógica basada en el enfrentamiento entre la civilización europea y el comunismo. Utilizado también como recurso para justificar su radicalización interna y su identificación constante entre judaísmo y bolchevismo, su posición suponía un salto cualitativo con respecto a los primeros pasos de la andadura diplomática del régimen. Sus declaraciones al periodista Bertrand de Jouvenel, que trataban de tranquilizar a Francia sobre sus objetivos políticos, centrándose en una lucha por la expansión hacia los territorios del Este, son una muestra de esta nueva actitud, acompañada de gestos de fuerza y hechos consumados.[4]

4. K. Hildebrandt, *The Foreign...*, p. 42.

La invasión de las ciudades renanas por las tropas fue muy limitada, ejercida con prudencia, a sabiendas de que una reacción armada de Francia habría sido imposible de resistir. Pero el gesto de audacia se apoyaba en la nueva situación creada por la guerra de Etiopía y en la presunción de que los galos, afrontando los problemas de una profunda división nacional por el proceso de las elecciones, estaban en las peores condiciones para responder a esta provocación. Para completar la jugada, su discurso en el Reichstag volvió a plantear los derechos coloniales de Alemania, algo que venía siendo habitual en la obra de cohesión del régimen y en la tarea de indicar a Gran Bretaña el camino de riesgo que suponía su oposición a una política continental germana. De lo que no cabe duda es del inmenso prestigio que deparó la operación, que los informes de la policía sobre la opinión pública alemana destacaron. El Hitler que respondía a los dictados de Versalles con el ejercicio de la soberanía alemana era el gobernante situado por encima de las pequeñas miserias de la vida cotidiana. Mientras el desprestigio de las agencias del partido y de los jefes locales podía irse asentando en el país, la posición del *Führer* se sacralizaba con unos éxitos en la política exterior que no se vinculaban a la realización práctica del programa del NSDAP, sino a una tarea más integradora, producto de una revolución nacional de la que el nazismo era solamente un aspecto.[5] Hitler ya no aparecía como el vértice de un sistema de dominio sobre el pueblo, sino como la emanación física del mismo, como su encarnación ideológica, mezclando la tradición *völkisch* con la liberación de las humillaciones de Versalles. El hecho de que esto se realizara sin modificar la situación de paz tuvo una mayor capacidad de crear consenso en torno al líder quien, a pesar de los crecientes temores que se daban en el ejército y al margen de su propia voluntad de llevar adelante una guerra, era visto como el campeón del cumplimiento de las reivindicaciones nacionales sin el riesgo de un conflicto. Pocos días más tarde, un plebiscito para el nuevo Reichstag quiso mostrar a la nación alemana y a las potencias occidentales el grado de unidad del pueblo con su máximo dirigente. La «lista del Führer» consiguió un resultado abrumador que no sólo se explica por la carencia de alternativa, por las presiones sobre los votantes y por el fraude. Indicaba el impacto de una línea de fuerza que contrastaba con la inmovilidad de algunas potencias que, a ojos de la población, habían fijado

5. Para la consolidación del mito, I. Kershaw, *The Hitler...*, pp. 77 y ss.

las condiciones de vida de los alemanes en las experiencias más amargas de la vieja república. El hecho de que el país viviera con ese entusiasmo un gesto de política internacional amplió el margen de maniobra del régimen en el frente exterior y en la política interna, justamente en el momento en que iba a modificarse su dinámica, empujándolo hacia su radicalización.

Otros factores acentuarían esta tendencia, impregnando el marco europeo de una nueva corriente que favorecía las posiciones alemanas, al establecer la lógica de las relaciones internacionales en un esquema ideológico bipolar, que no marcaba la diferencia entre la democracia y el fascismo, sino que acentuaba la que separaba a las potencias occidentales del comunismo. El triunfo del Frente Popular en Francia y en España fue observado con preocupación por los sectores conservadores británicos, permitiendo que el discurso hitleriano sobre la lucha principal contra la subversión de izquierdas hallara más ecos de los esperados en los meses anteriores. El estallido de la guerra de España y la inmediata intervención alemana, a pesar de las vacilaciones de algunos de los dirigentes del Ministerio de Asuntos Exteriores, mostraba la resolución de Hitler de aprovechar la reciente fertilidad del terreno para nutrir su política expansionista, presentándola como un simple recurso defensivo ante la amenaza del comunismo. A los motivos ideológicos de la intervención, se sumaba la posibilidad de obtener algunas materias primas españolas y la prevención de utilizar la península como un espacio favorable ante una guerra con Francia. Mientras Italia se volcaba en su ayuda a los militares insurrectos, alejando su línea de acción definitivamente de la diplomacia francesa, Gran Bretaña, alarmada por las fuerzas revolucionarias que se movían en torno al bando republicano, optaba por una estricta política de no intervención. En cuanto a Hitler, el desarrollo de la guerra fue una ocasión para volver a mostrar la solidaridad internacional de los movimientos fascistas, pero también una oportunidad de probar la decisión británica de llegar a un acuerdo con ella. En este sentido, el líder nazi no utilizaba la crisis española sólo para acentuar sus vínculos con Italia, sino también para mantener abierta una alianza con Gran Bretaña, aunque se trataba de una posición que poco tenía que ver con la actitud de Ribbentrop. Para el embajador en Gran Bretaña y futuro ministro de Relaciones Exteriores, cada vez se hacía más nítido el objetivo de un enfrentamiento con el imperio británico, opción a la que había que sacrificar otras consideraciones de índole ideológica.[6] Para Hitler, en cambio, el objetivo de la alianza con Gran Bretaña era aún un objetivo que debía combinarse con operaciones paralelas, como la que condujo al pacto Antikomintern con Japón a finales de 1936, y a la ofensiva diplomática en las relaciones con la Italia fascista, que culminarían en el clamoroso recibimiento tributado a Mussolini en Berlín.

La consolidación de este espacio de acuerdos internacionales cuando Italia se sumó al pacto Antikomintern marcaría el ritmo de un nuevo impulso a la política belicista de Hitler, que se expresaría en una crisis interna de notables proporciones. Hitler había llegado al convencimiento de que las condiciones de la política internacional permitían marcar los ritmos concretos de la expansión alemana y los objetivos de la política racial. Ya el memorial redactado para la preparación del Plan Cuatrienal, en el verano de 1936, había indicado la necesidad de graduar la preparación económica del país para afrontar un conflicto bélico a comienzos de la década siguiente. El 19 de noviembre de 1937, lord Halifax acudió a ver al *Führer* como enviado especial de Neville Chamberlain, a fin de señalarle hasta qué punto Gran Bretaña estaba dispuesta a hacer concesiones en el ámbito de la expansión territorial alemana, siempre y cuando ésta se realizara por medios pacíficos que resultaran de una justa revisión del Tratado de Versalles. En esta cuestión, Halifax respondía perfectamente a la lógica de la política del *appeasement,* que había introducido una cierta coherencia en la política exterior británica tras las improvisaciones de los primeros años de gobierno de Hitler. Para Chamberlain lo importante era la defensa del Imperio, sometido a fuertes presiones de los sectores anticolonialistas locales, al tiempo que se reconocía la incapacidad para asumir una guerra como la que se había experimentado en 1914 sin someter a una tensión insoportable las estructuras imperiales. Esta posición conducía a la aparente generosidad del *premier* con las actitudes más agresivas de Hitler, una generosidad que, lejos de ser ingenua, correspondía a una adecuada medición de las propias fuerzas, a la inestabilidad de las posesiones británicas en ultramar

6. Para el detalle de las diversas posiciones de Hitler y Ribbentrop, *véase* S. Kley, *Hitler, Ribbentropp und die Entfesselung des Zweiten Weltkrieges*, Paderborn, 1996, pp. 15-34.; M. Bloch, *Ribbentrop*. Buenos Aires, 1994, pp. 122 y ss.; A. Low, *The Men around Hitler. The Nazi Elite and its Collaborators*, Boulder, 1996, pp. 132-138; W. Michalka, «Joachim von Ribbentrop. Vom Spiritusonderhändler zum Aussenminister», en R. Smelser y R. Zitelmann (eds.), *Die braune...*, pp. 201-211.

y, sin duda, a un error en la apreciación de la voluntad última de Hitler, que no residía sólo en la expansión europea, sino en el camino del dominio mundial.[7] Al *Führer* debía de resultarle indiferente la actitud conciliatoria de Halifax, con su insistencia en la vía no violenta de acción en Europa central, de la misma forma que le irritaban las actitudes de los funcionarios conservadores del Ministerio de Asuntos Exteriores, favorables a la consolidación de las adquisiciones territoriales y a una política de evolución ajustada a los ritmos de Gran Bretaña. El 5 de noviembre había reunido a los comandantes de la *Wehrmacht,* de la *Luftwaffe* y de las fuerzas navales, en compañía de los ministros de Defensa y de Exteriores, para exponerles sus planes de guerra en un informe que sería conocido con el nombre del oficial que tomó las notas de la reunión, el coronel Hossbach. Hitler señaló los objetivos de su política expansionista, vinculándolos al proyecto racial, y confió en que Francia y Gran Bretaña no intervendrían en un movimiento de expansión hacia el Este. Su posición fue ambigua con referencia a Gran Bretaña, señalando al mismo tiempo la posibilidad de neutralizarla y la necesidad de tener en cuenta una visión imperial a más largo plazo, algo que derivaba de la cuidadosa periodización de las acciones a realizar por el país. En cualquier caso, las condiciones internas hacían indispensable el movimiento, para permitir que Alemania se recuperara del agotamiento económico derivado del rearme. Siendo indiscutible una acción armada en el Este europeo, aunque no se consideraba la invasión de la Unión Soviética, lo que debía hacerse era dominar el ritmo de los acontecimientos, controlar el cómo y el cuándo de las operaciones.[8] Los motivos para una declaración abierta de estos objetivos militares y su aceleración eran diversos: el temor a un rearme de las potencias occidentales que hiciera obsoleto el poderío alemán, la coyuntura favorable por la debilidad del pacto anglo-francés y el reforzamiento de la amistad con Italia, el desengaño por la imposibilidad de conseguir una alianza estable con Gran Bretaña, las tensiones económicas provocadas por la política de rearme o, un factor no desdeñable, el temor a una muerte cercana, que en las condiciones de asunción de su pa-

7. K. Hildebrandt, *The Foreign...*, pp. 51 y ss. Para las presiones económicas en favor de esta política de apaciguamiento, *véase* S. Newton, *Profit of Peace. The Political Economy of Anglo-German Appeasement*, Oxford, 1996, pp. 53 y ss.
8. H. U. Thamer, *Il Terzo...*, pp. 694 y ss.

pel providencial, llevaban a Hitler a querer realizar personalmente la conquista del espacio vital para el Reich.[9]

La respuesta de los jefes militares y del ministro de Asuntos Exteriores fue de alarma por la inmediatez de un conflicto bélico para el que, según consideraban, Alemania no estaba preparada, y Fritsch, el comandante en jefe de la *Wehrmacht*, lanzó rotundas acusaciones contra Göring, a quien imputó falta de competencia en su posición al frente del Plan Cuatrienal. Hitler debió de quedar muy preocupado por la posición de sus generales y de Von Neurath, lo cual acentuó su desconfianza hacia los círculos conservadores y, en especial, hacia algunos mandos militares de quien sospechaba, con razón, su falta de entusiasmo hacia el régimen y hacia su persona. La crisis se produjo muy rápidamente, y estuvo impulsada por un Göring que había visto su posición amenazada por las críticas de los oficiales. En enero de 1938, presentó a Hitler pruebas escandalosas sobre la vida privada del ministro de Defensa, Von Blomberg, y de Fritsch. El reciente matrimonio del primero con su secretaria había sido apadrinado por el propio *Führer*, quien hizo de este enlace entre gentes de muy diverso origen social una prueba palpable del espíritu sin castas de la *Volksgemeinschaft*. Sin embargo, Göring consiguió desempolvar una antigua ficha policial de Erna Gruhn, según la cual se trataba de una prostituta conocida en el Berlín de los años de la república. Aunque Hitler se sintió desolado e insultado por el hecho, la dimisión de Von Blomberg fue exigida con cierto respeto, en reconocimiento del papel que había desempeñado en la nazificación del ejército y pagándole escrupulosamente su retiro. Muy distinto fue el caso de Fritsch, en quien Hitler confiaba mucho menos, y que en la reunión del 5 de noviembre se había destacado en sus ataques a Göring. Aunque Hitler había tenido noticias de un chantaje por la presunta homosexualidad del general, desechada de inmediato años atrás, el caso fue reactivado para apartar al oficial de su cargo. A pesar de las irregularidades del procedimiento, que incluyeron la embarazosa declaración de un testigo en presencia del general, Hitler acabó obteniendo la dimisión de éste, a comienzos de febrero. Hechos como éstos indicaban los métodos que estaba dispuesto a utilizar el régimen contra quienes no aceptaran el nuevo rumbo de las cosas, unos métodos que incluían

9. W. Carr, *Arms, Autarky and Aggression. A Study in German Foreign Policy 1933-1939*, Nueva York, 1973, pp. 75-78.

la humillación pública y el desmantelamiento de la reputación, recurriendo a las informaciones que conseguían obtener la Gestapo o el SD. Cuando Werner Fritsch fue rehabilitado, en la primavera del mismo año, el país estaba pendiente de asuntos más urgentes. En todo caso, su sacrificio había servido para llevar a cabo la reorganización de la cúpula militar y civil que necesitaba el *Führer*. El Ministerio de de la Guerra fue sustituido por un mando supremo de las Fuerzas Armadas, que pasó a manos del propio Hitler, mientras la administración del nuevo OKW se entregaba al dócil general Keitel. El general Fritsch fue sustituido por un jefe también vinculado ideológicamente al nazismo, Von Brauchitsch, y el Ministerio de Exteriores dejó de ser responsabilidad del conservador Von Neurath para pasar a serlo de Von Ribbentropp. El conflicto, resuelto en favor de los sectores más radicales en política exterior, ponía en las mejores condiciones al régimen para asumir la cadena de acontecimientos que iba a conducir a un conflicto generalizado.

En febrero de 1938, el canciller austriaco Schuschnigg fue recibido en el *Berghof* de Berchtesgaden. Hitler trataba de llevar adelante la vieja aspiración de una fusión entre los dos estados, que se había visto frustrada durante la República de Weimar por las condiciones del Tratado de Versalles y en los primeros años del régimen nazi por la resistencia de Italia, poco favorable a mantener fronteras con un Reich poderoso y menos abierta a una expansión alemana hacia una zona que, como los Balcanes, se consideraba un marco de expansión natural italiano. La visita del canciller austriaco estuvo perfectamente escenificada por Hitler, que abrumó a su invitado con quejas proferidas a gritos y con amenazas de una intervención militar que incluyeron una llamada al general Keitel para que se presentara en el despacho. Hitler argumentaba que Austria se alejaba de la política exterior alemana, y que no cumplía el acuerdo de 1936, que exigía la entrada de la oposición nacionalsocialista austriaca en las tareas de gobierno. El *Führer* exigió la amnistía, la incorporación de un líder nazi local al gabinete y la coincidencia de la diplomacia del pequeño país con la del Reich, sin tratar de buscar el apoyo externo contra un proceso de unidad. De regreso en Viena, Schuschnigg creó un nuevo gobierno en el que colocó a Seyss-Inquart como responsable de la cartera del Interior, y decretó una amnistía que favoreció igualmente a los nazis y a los socialdemócratas. Inmediatamente, sin embargo, convocó un plebiscito en el que se preguntaba a los ciudadanos si deseaban votar «por una Austria libre, alemana, independiente, social, cristiana y unida; por la paz, el trabajo y la igualdad de todos los que reconocen su fe en nuestro pueblo». Para su desolación, Mussolini le advirtió que el plebiscito «le estallará en las manos», y los intentos de mediación de Chamberlain fueron ignorados groseramente por el embajador italiano, Dino Grandi, a pesar de los esfuerzos del secretario del Foreign Office, Anthony Eden.[10] El aislamiento del gobierno austriaco era dramático, y Schuschnigg tuvo que retirar la convocatoria de un plebiscito no exento de irregularidades. Tras forzar su dimisión, sin que el presidente de la república aceptara nombrar a un canciller nacionalsocialista, el Reich dispuso la entrada de las tropas alemanas en Austria, el 12 de marzo. Los esfuerzos de algunos dirigentes radicales nazis austriacos como Josef Leopold, partidarios de realizar una revolución, fueron desechados por Hitler en favor de esta anexión sin resistencia. Si en un principio se había dudado de la posibilidad de establecer un gobierno títere en Viena, la actitud de la población permitió al *Führer* llevar adelante su célebre discurso en la Heldenplatz, en el que proclamó la incorporación de su país de origen al Reich.

El triunfo de Hitler en Viena llevó la opinión pública alemana al paroxismo, pero no sólo la que se hallaba en las fronteras estrictas del estado. El siguiente golpe de la diplomacia hitleriana se dirigiría hacia la destrucción del estado checoslovaco, con el pretexto de liberar a los ciudadanos de origen germano del territorio de los Sudetes. El *Anschluss* había procurado un símbolo especial de movilización a los seguidores de Konrad Henlein, dirigente del *Sudetendeutscher Partei* (SdP). Tras sus éxitos en las elecciones de mediados de la década, Hitler había animado a los nazis de esta región a una fuerte movilización, que se redobló en la coyuntura faborable de 1938. Su culminación fue la declaración de Carlsbad, ciudad alemana donde se celebró el congreso del partido, exigiendo la autonomía de la región y el reconocimiento del «espíritu» especial de sus habitantes, a los que se suponía de ideología nacionalsocialista.[11] La actitud checa ante la provocación alemana y, sobre todo, ante los contactos de la diplomacia germana con la británica que

10. J. Gehl, *Austria, Germany, and the Anschluss, 1931-1938*, Nueva York, 1968, pp. 166 y ss.

11. I. Lukes, *Czechoslovaquia between Stalin and Hitler. The Diplomacy of Edvard Benes in the 1930s*, Oxford, 1996, pp. 119 y ss.

parecían aislarla, fue enérgica y flexible al mismo tiempo. En mayo decretó la movilización de sus tropas, pero fue proponiendo planes de autonomía para los Sudetes que Henlein rechazó de forma sistemática, por indicaciones de Hitler. De todas formas, la movilización checa provocó la inmediata preocupación de los sectores más moderados del régimen y de los residuos nacional-conservadores del aparato militar. La comunicación de Hitler a sus generales, indicando que debía considerarse la eliminación de Checoslovaquia como Estado, llevó a jefes del partido como Göring, a dirigentes de la diplomacia como el secretario del Ministerio de Exteriores Weiszäcker, o a militares como el jefe del Estado Mayor, Ludwig Beck, a considerar el riesgo grave de un conflicto armado al que podría seguir una intervención de Francia y Gran Bretaña. En el verano, cuando se producía el mayor nivel de tensión, con maniobras del ejército alemán y la movilización del ejército checo, el general Von Beck redactó un memorándum pacifista que conduciría a su destitución posterior, cuando trató de convertirlo en posición unánime de los mandos del ejército.[12] Por otro lado, la conspiración de un sector de la *Wehrmacht* y de los servicios diplomáticos para sacrificar a Hitler en favor de algún dirigente más moderado se acrecentaron, aunque el *Führer* habría de tener un aliado precioso en el propio jefe del gobierno británico. En dos ocasiones, en Berchtesgaden y Bad Godesberg, Hitler se entrevistó con Chamberlain, quien abogó por un arreglo pacífico con Checoslovaquia que incluyera la anexión de territorios con mayoría alemana, siempre que se hiciera con el consentimiento del gobierno de Praga y la aprobación de la población autóctona. La negativa de Hitler a aceptar los acuerdos sólo resulta sorprendente —a fin de cuentas se le daba lo que teóricamente exigía— si se tiene en cuenta su voluntad de llegar a un enfrentamiento militar que le permitiría obtener ventaja de las precarias condiciones de Francia y Gran Bretaña y, probablemente, romper cualquier posible entendimiento entre ellas.[13] Las presiones de Mussolini y la actitud de personajes muy influyentes como Goebbels y, sobre todo,

12. K. J. Müller, «Colonel-General Ludwig Beck, Chief of the General Staff, 1933-1938. Some Reflections on the Results of Recent Research», en *The Army, Politics, and Society in Germany, 1933-1945*, Manchester, 1987, pp. 54-99.

13. W. L. Shirer, *Le Troisième Reich. Des origines à la chute*, París, 1961, vol. I, pp. 417 y ss.

Göring, lograron obligarle a aceptar un acuerdo entre todas las grandes potencias, excluyendo a Checoslovaquia y a aquellos países que, por temas fronterizos o tratados firmados con este país, podían tener interés en la cuestión.[14] A pesar de lo que ha podido pensarse contemplando el encuentro internacional *a posteriori*, como una concesión de Gran Bretaña y Francia a las pretensiones alemanas, Hitler no quedó nada satisfecho del resultado de la conferencia, que le privaba de un golpe de fuerza inmediato y le obligaba a retrasar un enfrentamiento que ya creía inevitable. Aun en sus últimas semanas de vida, responsabilizaba de la angustiosa situación militar del Reich al año perdido entre la conferencia de Múnich y el ataque a Polonia.[15]

No pasaría mucho tiempo antes de que Hitler impusiera de nuevo su ritmo a la expansión hacia el Este. En el mismo otoño de 1938, instruyó al OKW para liquidar «el resto de Checoslovaquia» en los meses siguientes. Para ello, aprovechó otro factor de política interior del país, alimentado por las especiales condiciones de construcción del estado checo tras la Gran Guerra. Mientras se manifestaba la lealtad al espíritu de Múnich, se animaba a los independentistas eslovacos de Tiso a que provocaran una crisis entre Bratislava y Praga. La nueva movilización checa, seguida de la proclamación de la independencia eslovaca, provocó el llamamiento del jefe del gobierno Hacha a Berlín y la exigencia de la libre entrada de las tropas alemanas en el país, bajo la amenaza de un inmediato bombardeo de su capital. El presidente checo, que llegó a sufrir un ataque al corazón en la entrevista, acabó aceptando las condiciones alemanas para evitar una masacre, tras haber intentado en vano cualquier salida que permitiera la independencia formal del país, aunque aceptando el control diplomático de Berlín. El 15 de marzo de 1939, las tropas alemanas entraron en Praga, y Hitler se apresuró a declarar el Protectorado de Bohemia y Moravia, a cuyo frente puso a Von Neurath, mientras Eslovaquia se convertía en un estado satélite.[16]

14. Para un desarrollo detallado de la misma, *véase* T. Taylor, *Munich. The Price of Peace*, Nueva York, 1979.

15. G. Weinberg, «Germany, Munich, and Appeasement», en *Germany, Hitler, and World War II. Essays in Modern German and World History*, Nueva York, 1995, pp. 109-120.

16. H. U. Thamer, *Il Terzo...*, pp. 745-746.

Hitler podía tener la impresión de impunidad, pero las cosas estaban cambiando en los ambientes diplomáticos. El 17 de marzo, Chamberlain realizó un violento discurso en Birmingham donde confirmó su desconsuelo por haber sido sistemáticamente engañado por Hitler. Para el jefe del gobierno británico, ya no se trataba de una operación destinada a resolver los problemas del Tratado de Versalles restituyendo la unidad de la nación alemana, sino de la ejecución de un verdadero programa para conquistar el mundo. Transmitió esta misma idea a su gabinete, y le indicó que si Hitler daba un paso más en esa dirección, el Imperio británico aceptaría el desafío.[17] Sin embargo, Hitler no parecía dispuesto a aceptar ese control ni contaba con las condiciones internas del país para hacerlo. En 1939, los problemas de la economía alemana se habían agudizado de una forma que ni la represión ni la seducción del régimen eran capaces de controlar. Tales problemas no eran pequeños fallos de funcionamiento, susceptibles de ajustes de coyuntura, sino que podían conducir a un colapso de las estructuras básicas del sistema. Los problemas se referían a la asignación de recursos entre los sectores civil y militar de la producción, y a la necesidad de acomodar el crecimiento económico sustentado por el rearme a los desafíos del consumo popular. No hacerlo podía llevar a un conflicto social insoportable, en caso de que se redujeran las tasas de consumo privado, o a una renuncia al programa de expansión, en caso de que se orientara la distribución de recursos hacia éste. Los problemas aparecían por el déficit del Estado como cliente de la industria armamentista, que no se había compensado a través de un aumento de los impuestos, y que había actuado como un competidor desleal de la inversión privada en el mercado de capitales. A ello se sumaba una inflación con la que colaboraba la expansión de la demanda pública, lo cual provocaba la caída de las exportaciones alemanas y, por tanto, dificultades para obtener materias primas y divisas con que adquirirlas. No obstante, lo más alarmante era la escasez de la mano de obra rural e industrial. La primera podía explicarse por las condiciones de vida en el campo, que iban empeorando por la imposibilidad política de subir los precios de los productos agrarios al nivel de los industriales. La segunda era producto de la propia expansión generada por el rearme, que inducía incrementos salariales con que las empresas

17. I. Kersahw, *Hitler, 1936-1945*, Barcelona, 2000, p. 184.

trataban de disputarse el empleo escaso. Naturalmente, tal incremento de salarios conducía a un aumento paralelo de la inflación y un desvío del consumo hacia productos de importación, que limitaba aún más la capacidad alemana para adquirir materias primas con que hacer funcionar la industria de guerra. Por no ser los materiales sintéticos una alternativa global a corto plazo, el régimen se enfrentaba a la necesidad de acelerar una expansión territorial que proporcionara los recursos necesarios en materias primas, alimentos y mano de obra que permitiera el cumplimiento de los objetivos políticos del régimen sin abrir un frente de descontento social que habría evitado, a su vez, el mantenimiento de un conflicto bélico con garantías.[18] Esta relación entre los factores internos del régimen y su radicalización en el exterior es indispensable para entender la naturaleza misma del posterior imperio nazi, incluyendo los mecanismos de consenso de sus conquistas. Sirven, sobre todo, para situar el aparente sinsentido de una expansión que estaba destinada a provocar, tarde o temprano, su enfrentamiento con Gran Bretaña, y para plantear hasta qué punto lo que siguió fue un cálculo equivocado o una necesidad de la propia dinámica del régimen.

En la primavera de 1939, poco después de que se hubiera obtenido la absorción de Checoslovaquia, Hitler planteó la cuestión polaca en términos de una alianza antibolchevique que permitiera el ingreso de Polonia en el Pacto Antikomintern, después de haber realizado algunos cambios territoriales, fundamentalmente el regreso de Danzig al Reich. Dados los pasos que había realizado el régimen nazi recientemente, el gobierno de Varsovia creía sentirse más seguro con sus propias fuerzas y con las garantías proporcionadas a finales de marzo por el irritado gobierno británico. La oferta hitleriana de una posible expansión polaca hacia el Este no resultaba creíble y, en todo caso, suponía un enfrentamiento abierto con la Unión Soviética, en el que el país haría de colchón entre las dos principales potencias ideológicas. Si el acuerdo con Polonia era imposible, podría abrirse paso la postura

18. Repito aquí la argumentación de T. Mason, en *Innere...*, matizada en «The Domestic Dynamics of Nazi Conquest. A Response to Critics», en T. Childers y J. Caplan, *Reevaluating...*, pp. 161-189. Para la versión de uno de los críticos de Mason más cualificado, *véase* R. Overy, «Germany, "Domestic Crisis" and War in 1939», en *War...*, pp. 205-232.

de Ribbentrop, que hacía tiempo había presentado un memorándum a Hitler en el que señalaba la alternativa de un frente continental contra Gran Bretaña, que incluiría el pacto con la Unión Soviética. Al contrario que su ministro de Relaciones Exteriores, Hitler no podía ver algo así como definitivo, sino como un breve interludio que le permitiera ganar tiempo. Por otro lado, una alianza con la URSS permitiría a Alemania disponer de recursos alimenticios y energéticos que habrían de estar en la base de un acuerdo. Por su parte, la Unión Soviética evitaba un pacto antibolchevique más extenso y, sobre todo, la posibilidad de que la política alemana de reparto del mundo con Gran Bretaña, por lejana que fuera su realización, llegara a materializarse. A Stalin le interesaba más la expansión territorial que ofrecía el acuerdo a corto plazo —a expensas de Polonia y los países bálticos—, para lo que estaba dispuesto a ceder terreno a una aproximación territorial de los nazis, a sabiendas de que ello podría provocar un enfrentamiento armado con Francia y Gran Bretaña y, por tanto, un alejamiento momentáneo de la tensión en la frontera soviética hacia Occidente. El mutuo debilitamiento de las potencias capitalistas le parecía la mejor fórmula para asentar una posible expansión hacia la Europa oriental, además de evitarle, por el acuerdo entre Alemania y Japón, los incidentes fronterizos que había tenido en Asia.[19] Los esfuerzos británicos tendentes a lograr un pacto alternativo fueron bloqueados por Chamberlain, temeroso de hacer concesiones a una expansión soviética en el Oriente europeo. Cuando Gran Bretaña quiso reaccionar, Ribbentrop volaba ya hacia Moscú para encontrarse con Stalin y Molotov, quien recientemente había sustituido al partidario del equilibrio con las potencias occidentales, Litvinov. El 23 de agosto, el pacto germano-soviético venía a romper de forma provisional la línea ideológica de la diplomacia del Tercer Reich, inaugurada en la cruzada antibolchevique de 1936. La política del *appeasement* también había concluido. Sólo faltaba el siguiente golpe hitleriano que, al certificar su muerte, diera comienzo a una guerra tan ansiosamente buscada.

19. G. Weinberg, «The Nazi-Soviet Pact of 1939. A Half Century Later», En *Germany...*, pp. 168-181.

Cenizas y diamantes

Ha estallado una guerra racial, y esta guerra determinará quién ha de gobernar Europa y, con ella, el mundo.

ADOLF HITLER, noviembre de 1939

La invasión de Polonia el primer día de septiembre de 1939 iba a provocar una respuesta inmediata de las potencias occidentales que habían garantizado recientemente su soberanía. La intervención de Francia sólo preocupaba a Hitler en la medida en que posibilitaba la apertura de un segundo frente que reiterara lo ocurrido en la Gran Guerra. La de Gran Bretaña, que el *Führer* había tratado de evitar en la primera fase de su expansión continental, certificaba la progresiva desilusión de Hitler por la incomprensión del imperio. La campaña, a la que dos semanas más tarde habría de incorporarse la Unión Soviética, vino a confirmar las expectativas de la *Blitzkrieg* por parte de los altos mandos de la *Wehmarcht.* El 27 de septiembre caía Varsovia y el 6 de octubre, al cesar los últimos y desesperados focos de resistencia, la campaña se consideraba concluida. La parálisis del ejército francés había permitido a Hitler luchar en un solo frente, mientras en la opinión pública gala se extendían las corrientes de opinión opuestas a un enfrentamiento militar por salvar a Polonia. La potencia de la extrema derecha en este país se presentaba ahora en la forma de un neutralismo agresivo, que ayudó a apaciguar la necesaria intervención rápida de las tropas francesas para aprovechar la distracción de la *Wehrmacht* en el frente oriental. La rapidez de la campaña polaca crearía también una impresión desoladora entre los sectores más atemorizados ante la repetición de una catástrofe como la que había vivido la generación anterior. Ciertamente, eso no sólo ocurría entre los oficiales franceses, sino que contaminaba también la conciencia de los generales alemanes, para quienes el recuerdo de las trincheras de la Gran Guerra era un motivo psicológico suficiente para tratar de evitar una confrontación con las potencias occidentales. Los esfuerzos para convencer a Hitler de que pusiese fin al conflicto en aquella fase resultaron vanos, en especial porque, tras el fracaso de la política del *appeasement,* la posición de Gran Bretaña se había hecho intransigente, como si con su radicalización el primer ministro tratara de compensar las muchas e inútiles concesiones hechas a Hitler, o como si Chamberlain y los sectores conservadores británicos se hubieran convencido ya de que la expansión del Reich carecía de límites. El llamamiento para una paz negociada a comienzos de octubre, realizada por un Hitler que deseaba consolidar su conquista polaca a fin de considerar una nueva ofensiva, fue tajantemente rechazado, y con ello las esperanzas de algunos sectores militares alemanes de que la generalización del conflicto pudiera convertirse en realidad. No parece, sin embargo, que la oferta de Hitler tuviera demasiados elementos de sinceridad, por lo menos en lo que corresponde a una Francia cuya invasión formaba parte de su primera etapa expansiva, luego de la cual podría lanzarse con tranquilidad sobre el oriente europeo. Desde ese momento, las presiones del *Führer* sobre sus generales para que preparasen un rápido ataque a Francia fueron abrumadoras, convencido como estaba de que el tiempo actuaba en su contra, y de que una liquidación rápida del frente evitaría una generalización del conflicto a la gran potencia extraeuropea, Estados Unidos. Su voluntad de dominar los ritmos de la expansión, cosa que hasta entonces había conseguido hacer, le indicaba la conveniencia de liquidar uno a uno los focos de resistencia, antes que Alemania, por la propia dinámica de la guerra contra el bolchevismo y por las vicisitudes de las tensiones en Asia, pudiera tener que enfrentarse a una coalición de fuerzas insoportable.

El 9 de octubre, poco después de que su propuesta de paz hubiera sido rechazada, Hitler comunicó la directiva número 6: «Siendo evidente que, en el próximo futuro, Inglaterra y, bajo su influencia, Francia no están dispuestas a finalizar la guerra, he decidido iniciar la ofensiva sin la menor pérdida de tiempo.»[20] En los días siguientes, se dieron decenas de órdenes para organizar de inmediato la lucha en el frente occidental, en una campaña que Hitler confiaba terminar antes de que llegara el invierno. La resistencia de los generales y la actitud de algunos sectores moderados del partido, como el propio Göring, siempre temeroso de la expansión del conflicto, pudieron obstaculizar el desarrollo de las operaciones, enfureciendo a un Hitler que incrementó su desconfianza en el valor y la capacidad de los generales que le exponían alguna reserva, al tiempo que se convencía de la bondad de su decisión de tomar en sus propias manos la dirección de las operaciones militares. Mien-

20. H. R. Trevor-Roper (ed.), *Hitler's War Directives*, Londres, 1966, p. 50.

tras continuaba insistiendo para que éstas se reiniciaran al momento, las condiciones atmosféricas debieron de influir en su decisión de retirar órdenes que implicaban una rápida movilización de blindados y de aviación. En la primavera de 1940, tras haber invadido Dinamarca y Noruega con la finalidad de evitar una entrada de las tropas británicas en el Báltico y aprovechar mejor los recursos naturales escandinavos, ordenó la ofensiva en Francia de acuerdo con las previsiones del plan redactado por Von Manstein y en contra de la opinión de la mayor parte de su Estado Mayor. El éxito de una entrada por las Ardenas, que dividió a las tropas enemigas y las arrinconó en Flandes, y la rapidez del avance posterior hacia París aseguró una huida desmoralizada de las tropas francesas, muchas de las cuales fueron capturadas sin combatir a lo largo de la inútil línea Maginot, en la frontera con Alemania. El 14 de junio caía París, y diez días más tarde se firmaba el armisticio entre los dos países. Los llamamientos a la resistencia en África lanzados por algunos políticos y generales franceses fueron desoídos por la mayoría del pueblo y la clase dirigente. La caída de Francia no se consideraba sólo la destrucción física de un ejército —por mucho que este factor resultara sorprendente, humillante y desmoralizador—, sino la caducidad de una forma determinada de organizar la vida social. El modelo político de la Tercera República, la Francia de la revolución, la patria del jacobinismo, habían sido anuladas en pocas semanas por el golpe de un nuevo tipo de Estado, basado en todos los principios que se rechazaban en la cultura hexagonal. Para los críticos de las ligas de la extrema derecha, para los futuros colaboracionistas del invasor, para los entusiastas funcionarios del régimen de Vichy o para los voluntarios que se alistarían en la Legión Francesa para combatir con uniforme alemán, junio de 1940 señalaba un paso de página que habían venido reclamando, en las querellas ideológicas de su propio país, desde el final mismo de la Gran Guerra. La *rectificación* de la república que habían reclamado políticos conservadores como Tardieu, se sumaba a la *superación* de los principios de 1789 que desde las páginas de *Action Française* o desde las tribunas políticas de Valois, Déat y Doriot, conformarían la base del acuerdo con el nuevo orden continental. Mientras esta conmoción, en la que se mezclaba el rencor contra el viejo orden, la decepción de sus viejos partidarios o el entusiasmo de sus enemigos de siempre, hacía temblar el paisaje político e ideológico de Francia, Hitler era recibido triunfalmente en

Berlín. La memoria de 1918 era aún lo bastante fresca para apreciar el impacto de un triunfo que compensaba las humillaciones de Versalles, del Ruhr, de los pagos de guerra y las amputaciones territoriales. La cierta generosidad de los vencedores parecía añadir más saña a la vergüenza del vencido: haber permitido la existencia de un régimen centrado en Vichy, mientras París pasaba a ser administrado por los alemanes, marcaba la baja temperatura del plato de la venganza. El uso del mismo vagón en el que se había firmado el armisticio en noviembre de 1918 para que los generales franceses certificaran la defunción de sus instituciones políticas escenificaba una refinada agresión al orgullo del vencido, que hacía de 1940 la revancha de 1918, como ésta había tratado de ser la respuesta francesa a la vergüenza de la sala de los espejos de Versalles en 1871. La multitud volvió a premiar a Hitler en las calles de la capital alemana en el que sería el último de los grandes triunfos diplomáticos o militares que el *Führer* podría ofrecer a su pueblo. El genio político se convertía ahora en el genio militar. El mito del líder nazi aumentaba con el del comandante supremo de las Fuerzas Armadas. Sin embargo, Hitler no podía llamarse a engaño, a sabiendas del temor a la guerra que su pueblo había manifestado en los meses anteriores, y que los servicios de espionaje de la Gestapo recogían con gran exactitud. El pueblo que aclamaba a Hitler no sólo creía que había llegado la victoria, sino que también se estaba a las puertas de la paz. El desengaño habría de llegarle en muy poco tiempo, no sólo por la terca resistencia del enemigo, sino por la extensión de los frentes de lucha.

La victoria iba a tener, en cambio, un perfil mucho menos favorable para quienes venían sufriendo la represión del régimen. La aceleración del proyecto racial, la crispación observada a partir de 1938, encontraron un campo de extraordinaria fertilidad en las condiciones de la guerra en el frente oriental, que habrían de llegar al paroxismo con la invasión de la Unión Soviética. La ocupación de Polonia fue acompañada de constantes vejaciones a la población judía, al tiempo que se reprimía a los cuadros culturales del país. Hitler ya había indicado durante la campaña que las exigencias del gobierno posterior de Polonia exigían la liquidación de su intelectualidad, y Heydrich pudo utilizar los grupos especiales de acción de las SS *(Einsatzgruppe)* en operaciones de liquidación selectiva de los sectores más preparados de la sociedad. Himmler lo expresaría con una crudeza extraordinaria, cuyo lenguaje indica la normalización que había alcanzado el discurso racista: «No debe haber escuela alguna para la población no alemana del Este que supere el nivel elemental. La función de esta escuela elemental será sólo poner en condiciones de saber contar hasta un máximo de 500, saber escribir el propio nombre, aprender la enseñanza según la cual es un mandato divino obedecer a los alemanes, ser honestos, diligentes y buenos. No creo que sea necesario hacer aprender a leer.»[21] Los excesos cometidos por las SS despertaron la queja de algunos oficiales de la *Wehrmacht*, para quienes los malos tratos a la población civil, la ejecución de prisioneros o la destrucción gratuita de propiedades resultaban desmoralizadores para sus tropas. Las denuncias, seguidas en ocasiones de una condena por un tribunal militar, fueron desarmadas por una orden del *Führer* que señalaba la amnistía para todos aquellos individuos acusados de algún crimen, seguramente cometido, según palabras del propio Hitler, en respuesta a la indignación causada por los sufrimientos previos de las minorías alemanas en la zona. La insistencia de algunos oficiales no condujo más que a la represión administrativa, como ocurrió con el general Johannes Bloskowitz, una persona que no se había destacado precisamente por sus comentarios compasivos acerca de judíos y polacos, pero que expresó su preocupación por la brutalización que se estaba estimulando en sus propios hombres, aunque no participaran directamente en la realización de actos de violencia contra gentes indefensas.[22]

Las medidas a llevar a cabo contra la población judía resultaron un tanto confusas en las primeras semanas. A finales de septiembre, Heydrich había dado directrices para concentrar la población judía y crear una reserva en Cracovia, a lo que seguirían planes para realizar una operación similar en Lublín. La deportación se había convertido en una cuestión urgente después de que Himmler fuera nombrado comisario del Reich para la Consolidación del *Volkstum* alemán, un proyecto que implicaba la llegada de miles de ciudadanos de origen germano procedentes de los países bálticos para ser instalados en el Wartheland, la región polaca incorporada al Reich. Mientras tanto, Hitler informaba de la necesidad de trasladar a todos los judíos a la zona situada más allá del Vístula, y se

21. Citado por H. U. Thamer, *Il Terzo...*, p. 791.

22. J. Förster, «The Relation Between Operation Barbarossa as an Ideological War of Extermination and the Final Solution», en D. Cesarani, *The Final...*, p. 88.

exigía a Hans Frank, jefe del Gobierno General, la aceptación de cientos de miles de hebreos desplazados, ante lo que el dirigente nazi comenzó a alarmarse, señalando las dificultades para su control y alimentación y, en cualquier caso, su escasa complacencia al ver el territorio de su administración atestado de judíos.[23] La necesidad de controlar un magno proceso de deportación, identificando a las personas afectadas, expropiando sus recursos, aprovechando su mano de obra y dando a todo ello un carácter ordenado y útil para la economía del Reich, además de coherente para el proyecto racial, llevó a la instauración de guetos, ya fuera en el territorio del nuevo Gobierno General, ya en las zonas incorporadas al Reich. La creación de este verdadero monumento a la exclusión social tuvo muchos factores de improvisación y confusión, además de presentarse como un factor transitorio antes de que se dieran las condiciones para llevar adelante una verdadera solución del problema, que sólo podía consistir en el abandono del territorio por parte de los judíos. Como lo indicó el *Regierungspräsident* Friedrich Uebelhoer al considerar las complicaciones de la construcción de uno de los guetos: «Determinaré en qué momento el gueto será limpiado. Al final, debemos eliminar esta peste bubónica.»[24] En noviembre de 1939, todos los judíos mayores de doce años fueron obligados a llevar un brazalete con la estrella de David; unos días más tarde se les prohibió que circularan de noche, cambiaran de residencia y utilizaran el tren sin permiso. El 28 de noviembre se creaba la autoridad que habría de regir los guetos, un *Judenrat* o Consejo Judío, formado por un número de miembros proporcional a la cantidad de personas que estuvieran concentradas en el mismo. Los dirigentes judíos fueron seleccionados entre aquellas personas que tenían algún tipo de autoridad tradicional en la comunidad, fueran rabinos, encargados de hospitales u orfanatos, aprovechando así las formas de sociabilidad ya existentes, siempre y cuando ello no supusiera nombrar para el cargo a quienes pudieran mostrar una oposición mayor al nuevo régimen, como militantes sionistas o cuadros de la izquierda.[25] La creación de esta figura resultó un acto de especial

23. G. Aly, «*Final Solution*». *Nazi Population Policy and the Murderer of the European Jews*, Londres, 1999, pp. 33 y ss.
24. Citado por R. Hilberg, *The Destruction of the European Jews*, Nueva York, 1985, p. 80.
25. *Ibíd.*, pp. 75-76.

villanía por parte de las autoridades alemanas: para decirlo con palabras de un especialista, «una de las medidas más arteras».[26] La función de los consejos, encargados de disponer del orden público, la economía, incluso de decidir quién debía salvarse y quién podía ser entregado para perecer a manos de los nazis, se trasladó a la ejecución de los propios dirigentes de la comunidad, creando duros enfrentamientos entre ellos. Sin duda, la posición de los jefes del Consejo no era envidiable: Adam Czerniakow, dirigente máximo del gueto de Varsovia, decidió suicidarse antes que decidir el orden concreto de la deportación. Otros, como Mordechai Rumkowski, *Judenältester* del gueto de Lodz, trataba de justificarse ante sus conciudadanos señalando que había sacrificado a unos cuantos para salvar la supervivencia de su pueblo: «Ayer recibí la orden de deportar a unos veinte mil judíos del gueto. Si yo no lo hago, lo harán otros. Sin embargo, no debemos dejarnos llevar por el pensamiento "¿cuántos pueden salvarse y cuántos habrán de perderse?" sino por el de "¿cuántos pueden salvarse?". Debo llevar adelante esta difícil y sangrienta operación. Tengo que amputar miembros para salvar el cuerpo.»[27] El drama de estos miembros de los consejos, y en especial de sus máximos dirigentes, muchos de los cuales no sobrevivieron a la tragedia, continuó en el debate posterior al Holocausto, alimentado por las pruebas de corrupción que se apreciaron en algunos de estos encargados de la administración. Su propio crecimiento, que hizo que el Consejo del gueto de Varsovia llegara a tener docenas de oficinas para encargarse del desarrollo de la vida en el interior del mismo, facilitó, sin duda, el esfuerzo individual tendente a mejorar la propia suerte en el marco de una desesperación generalizada.

Dado el hacinamiento en un espacio pequeño, que en Varsovia correspondía a más de siete individuos por habitación, con 450.000 personas en un área que podía acoger a 160.000;[28] dadas las condiciones extremas de trabajo, que arrastraba a casi cien mil personas a las fábricas de armamento a cambio de una comida escasa; dada la expropiación de los bienes con los que podían haber comerciado o la durísima represión contra los intentos de establecer contacto

26. C. Vidal, *El Holocausto*, Madrid, pp, 68.

27. Citado por W. Benz, *The Holocaust*, Nueva York, 1999, p. 57.

28. L. P. Fargion, *Per ignota destinazione. Gli ebrei sotto il nazismo*, Milán, 1994, p. 88.

con el exterior, las epidemias comenzaron pronto a devastar los guetos, en especial el tifus, lo que justificó que se hiciera más férrea la reclusión de sus habitantes. Por otro lado, el hambre provocada llevó a la muerte por pura inanición, como lo indicaba el Departamento de Propaganda de Varsovia a comienzos de 1940: «El nivel de fallecimientos en el gueto se mantiene aún en los 5.000 casos por mes. Hace sólo unos días, se produjo el primer caso de canibalismo. En una familia judía, fallecieron el padre y los tres hijos, y la madre comió un pedazo de la carne del último de los fallecidos, un niño de doce años. Eso no la salvó, porque murió dos días más tarde.»[29]

Los guetos fueron creados en numerosas ciudades de Polonia como una manera de concentrar a la población judía antes de decidir definitivamente la suerte que correría. En Varsovia, donde antes de la invasión vivían unos trescientos cincuenta mil judíos, éstos tuvieron que ajustarse para compartir el espacio con miembros de la misma comunidad trasladados desde las zonas rurales, de acuerdo con las órdenes impartidas por Heydrich en septiembre de 1939, estableciendo que la población debía establecerse en centros urbanos bien comunicados. En Lodz, que quedó dentro del territorio alemán y vio su nombre cambiado por el de Litzmannstadt, el gueto fue ubicado en un suburbio del norte de cuatro kilómetros cuadrados. En treinta mil viviendas pobres, muchas de las cuales carecían de agua corriente y sanitarios, tuvieron que acomodarse miles de judíos procedentes de Viena y Praga así como gitanos, que ocuparon espacios determinados.[30] Poco a poco, a medida que se establecieron las condiciones de la «solución final», los guetos fueron vaciados y su población liquidada en Chelmno, Auschwitz y otros campos de exterminio.

La búsqueda de una «solución territorial» para el problema judío se había manifestado ya durante la etapa de paz, cuando el Reich había estimulado la emigración, estableciendo incluso conversaciones para considerar una solución palestina. En 1940, Heydrich había mostrado su preocupación para las dificultades de una deportación en los límites de la zona de influencia alemana, dada la existencia de varios millones de judíos que habían pasado a depender del nazismo. Si bien podía pensarse en una deportación masiva más allá de las fronteras orientales, una vez que se hubiera

29. R. Hillberg, *The Destruction...*, p. 95.
30. *Véase* la descripción de ambos casos en W. Benz, *The Holocaust...*, pp. 42-60.

conseguido la victoria sobre la URSS, se consideró también la posibilidad, tras la derrota francesa, de provocar la emigración a la isla de Madagascar. Ello tenía la ventaja de evitar una solución palestina, a la que los dirigentes nazis siempre se habían mostrado reticentes, ya fuera por el interés de lograr aliados en una zona estratégica que iba siendo contemplada como esencial para golpear los intereses británicos, ya por el temor a que se convirtiera en un foco de irradiación de la influencia judía. Tras la campaña de Francia, la obtención de la colonia como una reserva para los judíos parecía una solución operativa, cuando había sido abandonada la idea de una concentración de esta población en Polonia. El proyecto comenzó a redactarse en el Ministerio de Relaciones Exteriores, pero pronto pasó a manos de las SS, que deseaban continuar teniendo el monopolio de la gestión de la cuestión judía. Ello provocó algunos desacuerdos, como la voluntad de Himmler de colocar la gran reserva bajo la gestión de sus fuerzas de seguridad, mientras Hitler pensaba en una solución que concediera la plena autonomía, eliminando cualquier preocupación futura del gobierno alemán. Otro de los temas a debatir era si la emigración correspondía solamente a los judíos procedentes de las zonas occidentales o también a los de la Europa oriental. En cualquier caso, la alegría de Hans Frank y sus funcionarios del Gobierno General fue inmensa, al considerar que la emigración a su zona había concluido y que incluso podía detenerse la construcción de los guetos. Sin embargo, el proyecto precisaba de un elemento estratégico con el que no se había contado: la neutralización de la fuerza naval británica. Dado que los esfuerzos para llegar a un acuerdo de paz con Londres no se realizaron, y tras fracasar la aviación alemana en la batalla de Inglaterra, el Plan Madagascar fue progresivamente abandonado, aunque a finales de año aún era posible escuchar en boca de Hitler algunas consideraciones optimistas sobre esa solución.[31]

La invasión de la Unión Soviética, en junio de 1941, el rápido desplome del frente ruso y la inmensidad de tropas enemigas y territorio capturado, permitieron que el régimen diera un paso adelante en la línea de su radicalización. La guerra con Polonia ya había tenido un carácter racial, pero la que se producía contra la URSS parecía una culminación: era el enfrentamiento del régimen con las dos caras de su enemigo natural, el rostro bolchevique y el

31. P. Burrin, *Hitler...*, pp. 81-84.

rostro judío. Antes de que se realizara la ofensiva, el 6 de junio de 1941, Hitler había dado ya la orden de liquidar inmediatamente a los comisarios políticos, algo que señalaba las condiciones de brutalidad en que iba a realizarse aquella guerra, de naturaleza distinta a la que se había emprendido en el Oeste.[32] Mientras las tropas alemanas avanzaban aplastando la resistencia del ejército soviético, les seguían las unidades de los *Einsatzgruppen* seleccionados por Heydrich. Éstos ya habían actuado en Austria, Checoslovaquia y Polonia, pero su intervención en la Unión Soviética tuvo unas dimensiones extraordinarias. Las funciones de los *Einsatzgruppen* no sólo eran las de eliminar a los funcionarios comunistas, sino, en general, a los «enemigos ideológicos» del Reich, incluidos los judíos, a quienes se achacaba una estrecha colaboración con el régimen comunista. Los *Einsatzgruppen* estaban formados por unos tres mil hombres divididos en cuatro grupos, que se repartían el territorio de norte a sur: Báltico, Bielorrusia, Ucrania y Crimea. A mediados de 1942, sus víctimas superaban el medio millón, siendo ejecutadas de un tiro en la nuca. Los métodos de los *Einsatzgruppen,* cuyas tareas rebasaron sus posibilidades, incluyeron contar en los pogromos con las poblaciones con sentimientos antisemitas, así como con la eficaz colaboración de voluntarios de los países ocupados, que solían realizar el trabajo sucio bajo la vigilancia de los miembros de los grupos de acción. Una de las matanzas más célebres fue la de los judíos de Kiev, que con la excusa de un traslado fueron llevados a las cañadas de Babi Yar el 29 de septiembre de 1941, y allí despojados de todos sus bienes, desnudados y ejecutados, en un número superior a los treinta mil.[33] Podría pensarse que los *Einsatzgruppen,* cuya conducta radical permitió la primera limpieza étnica de masas, aunque fuera con mecanismos muy rudimentarios, estaban formados por gentes salidas de la hez de la sociedad alemana, una imagen muy conveniente para adormecer las relaciones de complicidad entre los sectores dirigentes y las tareas más repugnantes del proyecto racial. Sin embargo, mediante el examen minucioso de los expedientes académicos de los jefes de los comandos, se ha demostrado lo contrario. Dieciséis de los 69 jefes de los comandos disponían del título de doctor, generalmente en me-

32. H. A. Jacobsen, «The *Komissarbefehl* and Mass Executions of Soviet Russian Prisoners of War», en Krausnick, *Anatomie...*, pp. 505 y ss.
33. W. Benz, *The Holocaust...*, pp. 79-83.

dicina, en leyes y en sociología, circunstancia que se daba también en la mitad de los altos jefes de los *Einsatzgruppen*. El doctorado de Marin Sandberger, por la Universidad de Tubinga, o el de Manfred Pechau, por la de Greifswald, o el de Rudolf Lange, por la de Jena, entre otros muchos casos, muestran a unos sectores que estaban aplicando de forma rigurosa el encuentro entre el radicalismo ideológico y la perversión de la ciencia. Su operación había de ser realizada por esa simbiosis entre cultura y barbarie que se mezclaba en el proyecto de modernización nacionalsocialista, de la misma forma que los médicos de Auschwitz actuaban protegidos por una impresión de impunidad científica. Esa implicación de la elite universitaria lleva el terreno de la colaboración mucho más allá de lo que hicieron los profesores que toleraron la depuración de personal académico judío en los años de paz, para asentarse en los territorios de la complicidad directa con el asesinato o de su misma ejecución.[34] La educación en un proyecto racial que imponía sus valores de una manera extrema hacía de la «solución final» un proyecto indiscutible, al que sólo podía prestarse una perfecta aplicación técnica. La mezcla de euforia de científico con un campo de experimentación, el aberrante principio de un servicio a la patria racial, la imagen de un proceso de «desinfección» preventiva, que ya se había iniciado en los tiempos de paz, establecen las orillas de espanto que bordeaban los cauces de esta colaboración.[35]

Las labores de los *Einsatzgruppen* debían estar de acuerdo con las operaciones militares, y Heydrich había tenido que aceptar la subordinación de sus tropas a las acciones del ejército. Sin embargo, a fin de cumplir la orden de julio de 1941 dada por Göring, quien había indicado al jefe del SD que acelerara la toma de medidas tendentes a «llevar a cabo la preparación organizativa, práctica y material para la solución total de la cuestión judía en la esfera alemana de influencia en Europa», los medios de que disponía Heydrich eran insuficientes, caso de que se deseara cumplir, a la misma velocidad, con la liquidación de los funcionarios comunistas contemplada en la «orden los comisarios» de junio de 1941. En octubre de 1941, el *Einsatzgruppe* A sólo había conseguido matar a 125.000 per-

34. B. Müller-Hill, «The Idea of the Final Solution and the Role of Experts», en D. Cesarani, *The Final...*, pp. 62-70.

35. G. Aly, «The Planning Intelligentsia and the "Final Solution"», en O. Bartov, *The Holocaust. Originis, Implementation, Aftermath*, Londres, 2000, pp. 92-105.

sonas, el B a 45.000, el C a 75.000 y el D a 55.000.[36] Se requería, por consiguiente, una colaboración más intensa de la *Wehrmacht*. La participación del ejército alemán en las matanzas de prisioneros de guerra y de población civil ha sido muy debatida, presentando pruebas en contra, como algunas quejas que los oficiales de alto rango dedicaron a la acción de los cuerpos de seguridad. Sin embargo, las investigaciones más fehacientes han puesto las cosas en su sitio. Desde luego, un sitio incómodo, que vuelve a plantear una línea de colaboración social con el régimen que preferirían ignorar quienes piensan en términos de una represión dictada, ejercida y preservada por un núcleo muy limitado de la sociedad y, en especial, de su elite. El exterminio de prisioneros de guerra soviéticos, ejecutados en el lugar o muertos por las condiciones de su cautiverio cuando aún estaban en manos de la *Wehrmacht*, indica niveles cercanos al 60% de mortandad, más de tres millones de individuos.[37] De hecho, los militares conocían el carácter racial de la guerra, que Hitler nunca les había ocultado, y habían asistido al inicio de la violencia contra los civiles y los prisioneros de guerra en la misma Polonia, seguida por la aministía del *Führer*. Hitler empezó en Rusia una *Vernichtungskrieg*, una guerra de aniquilamiento, y la mayor parte de los jefes militares secundó esta concepción. Al principio, se trató sólo de una aceptación de las funciones separadas de los cuerpos de seguridad y del ejército regular, pero más adelante, de acuerdo con las necesidades de enfrentarse a los partisanos y la conveniencia de llevar a cabo represalias contra la población civil por atentados cometidos contra las tropas, la misma *Wehrmacht* fue responsable de una parte considerable de la represión. El ejército no sólo asumía determinados criterios raciales que compartía con buena parte de la población alemana, sino que llegó a considerar la operación de limpieza como una parte intrínseca de la estrategia militar. La desproporción de los actos quedan manifestadas en un ejemplo como el protagonizado por la 707 división de Infantería, que fusiló a diez mil prisioneros en un mes, tras haber sufrido dos muertos en un enfrentamiento con los partisanos.[38] Para Omer Bartov, uno de los principales especialistas en el tema,

36. R. Hillberg, *The Destruction...*, pp. 109 y ss.
37. Sobre este tema, *véase*, sobre todo, C. Seit, *Keine Kameraden. Die Wehrmacht und die sowjietischen Kriegsgefangenen, 1941-1945*, Stuttgart, 1978.
38. J. Förster, «The Relation...», p. 93.

la invasión de Rusia creó, además de las condiciones técnicas, los requisitos mentales para llevar adelante la «solución final», con la implicación activa del ejército. La *Wehrmacht* protegió a los asesinos y les proporcionó apoyo logístico, asesinó directamente a prisioneros y partisanos, o dejó que murieran de hambre y de frío, y participó, además, en la destrucción física del territorio, lo que ayudó a ampliar la masacre. Se trató de una brutalización facilitada por la magnitud de la guerra, que causó dos veces más bajas que el total de soldados que habían participado en la primera ofensiva. Pero, sobre todo, ese proceso procedió de la distinta concepción que se tenía del enemigo británico o francés, perteneciente a la misma civilización, y del enemigo ruso, parte de una horda de infrahumanos que habían de ser exterminados sin piedad. La educación de tantos años de cultura nacionalsocialista en los jóvenes combatientes, sumada a las condiciones terribles de la lucha en el territorio soviético, permitieron el cumplimiento del carácter nuevo de la guerra como conflicto racial, asegurando, al mismo tiempo, las condiciones básicas de la realización del Holocausto.[39]

A finales de 1941, por tanto, la liquidación de los enemigos ideológicos del régimen y los judíos se había iniciado de forma masiva antes de que se abandonara cualquier criterio relativo a la deportación. Se ha discutido si la decisión de asesinar a los adversarios raciales del régimen procedió de la seguridad de la derrota o de la euforia de los primeros momentos de la victoria, lo cual pondría sobre la mesa, de nuevo, la vieja discusión entre «funcionalistas», partidarios de una improvisación del régimen al calor de las circunstancias, o «intencionalistas», que preferirían situar la aplicación de un programa pensado con mucha antelación y realizado cuando las circunstancias lo permitieran.[40] Mientras la posición de

39. O. Bartov, «Operation Barbarrosa and the Origins of the Final Solution», en D. Cesarani, *The Final...*, pp. 119-136. *Véase también* sus libros *The Eastern Front 1941-1945. German Troops and the Barbarisation of Warfare*, Nueva York, 1985, y *Hitler's Army. Soldiers, Nazis, and War in the Third Reich,* Nueva York, 1992. Además, M. Burleigh, «See You Again in Siberia. The German-Soviet War and Other Tragedies», en *Ethics...*, pp. 37-110. Sobre la preparación ideológica y académica del conflicto, el libro del mismo M. Burleigh, *Germany Turns Eastwards. A Study of Otsforschung in the Third Reich*, Nueva York, 1988.

40. Sobre las características de ambas corrientes, *véase* el trabajo de T. Mason, «Intention and Explanation. A Current Controversy about the Interpretation of National Socialism», en *Nazism...*, pp. 212-230.

P. Burrin o de H. Mommsen[41]se inclina por una decisión de exterminio tomada después de los fracasos en el frente oriental, la de C. Browning[42] se decanta por avanzarla a los días en que la impresión de la victoria sobre los soviéticos parecía cercana. No hay duda de las matanzas realizadas antes de que se reglamentara la muerte masiva de los judíos y gitanos, mediante el uso de gas, como tampoco cabe considerar que ésta se realizara al margen de una interpretación de las órdenes impartidas por Göring en julio de 1941 para llevar a la práctica la solución del problema, cuando parecía descartada cualquier opción migratoria. La ausencia de documentos explícitos no es más que el resultado de una dinámica interna del régimen, de la multitud de las agencias afectadas e incluso de los problemas que podían surgir entre ellas: por ejemplo, la contrariedad de una deportación de judíos que trabajaran en la industria armamentista, algo que implicaba la frecuente lucha entre criterios de eficiencia económica y aquellos que correspondían al cumplimiento estricto del proyecto racial. Sin embargo, ni siquiera estos últimos deben tomarse en consideración como factores contradictorios, toda vez que la limpieza de elementos indeseables podía convertirse en una medida de liquidación de población sobrante que permitiera una racionalización del proceso productivo.[43] Christian Gerlach ha planteado el contexto de la Conferencia de Wannsee en unos términos que permiten clarificar el problema de la cronología.[44] En diciembre de 1941 ya se habían producido matanzas importantes de población judía en Rusia, Serbia y el Wartheland, en la Polonia incorporada al Reich. En octubre de 1941, se ordenó la deportación de judíos alemanes, que llegaron a los destinos de Lodz, Minsk, Kaunas y Riga. En algunos lugares, fueron ejecutados de inmediato, mientras que en otros, como Minsk, se procedió a la matanza de judíos bielorrusos para hacer sitio a los recién llega-

41. P. Burrin, *Hitler...*; H. Mommsen, «The Realization of the Unthinkable. The "Final Solution of the Jewish Question" in the Third Reich», en *From Weimar to Auschwitz. Essays in Modern History,* Cambridge, 1991, pp. 224-253.

42. C. Browning, «Hitler and the Euphoria of Victory. The Path to the Final Solution», en D. Cesarani..., *The Final...*, pp. 137-147.

43. G. Aly, «The Planning intelligentsia and the "Final Solution"», en O. Bartov, *The Holocaust...*, pp. 92-105.

44. C. Gerlach, «The Wannsee Conference, the Fate of German Jews, and Hitler's Decision in Principle to Exterminate All European Jews», en O. Bartov, *The Holocaust...*, pp. 106-161.

dos. La ausencia de una directriz clara sobre los judíos alemanes, y en especial sobre quienes no estaban definidos como judíos por las leyes de Núremberg, despertó la inquietud de las autoridades y la opinión pública, hasta el punto de que se enviaron cartas a la RSHA preguntando por la suerte de personas que, en principio, parecían excluidas de la persecución. Esta confusión, no para decidir la suerte de los judíos, sino para considerar qué hacer con los *Minschlinge*, con quien estuviera casado con un ario o quienes hubieran sido condecorados en la Gran Guerra, es lo que estuvo en el espíritu de la convocatoria de una reunión para unificar criterios de gestión. Previamente, sin embargo, Hitler ya había indicado a Himmler la necesidad de tratar a los judíos como partisanos, y el 12 de diciembre de 1941 se dirigió a los dirigentes del partido para señalarles que, cumpliendo con la promesa hecha ante el Reichstag en enero de 1939, la mundialización de la guerra a causa de la conspiración judía debía conducir a la destrucción de este pueblo. Nada ajeno a la declaración debían de ser los problemas del frente ruso, con la detención de la ofensiva alemana, y la entrada de Estados Unidos en la guerra, algo que convertía el conflicto en un enfrentamiento generalizado que, además de dificultar las condiciones del frente para Alemania, parecía cumplir las predicciones de Hitler antes de que estallara la guerra. En la conferencia del barrio berlinés de Wannsee convocada por Heydrich, a la que asistió una docena de funcionarios de los ministerios del Interior, de Justicia, de los Territorios Ocupados, de la Cancillería del Reich y del Partido, así como un delegado del Gobierno General de Polonia y representantes de la RSHA, el 20 de enero de 1942, la «solución final» fue aprobada en condiciones de plena reglamentación. Para satisfacción de Heydrich, apenas hubo discusión política, sino algunas apreciaciones técnicas que urgían la puesta en marcha del proceso, con la única resistencia de Wilhelm Stuckart, del Ministerio del Interior, a la hora de decidir la suerte de los medio-judíos.

Poco después del asesinato de Heydrich en Praga, se llevó a cabo la primera operación masiva de ejecución de judíos en cámaras de gas, utilizando personal que ya se había adiestrado en el programa de «eutanasia» conocido como T-4, bajo las órdenes de P. Bouhler y V. Brack. Un equipo de unos quinientos hombres, bajo la dirección del *Brigadeführer* Odilo Globocknik, se encargó de realizar la tarea en los campos de Belzec, Sobibor y Treblinka. El proceso comenzó en marzo de 1942, con la ejecución de 35.000 judíos del gueto de Lublín, y continuó sin descanso en las semanas siguientes, trasladando a cientos de miles de personas desde sus centros de origen en trenes cuyo destino se camuflaba bajo los carteles de «asentamiento». Himmler exigía que la matanza concluyera en diciembre de 1942, sobre todo por los graves problemas que se provocaba al transporte militar. Sin embargo, la operación no pudo concluirse hasta avanzado el año 1943, cuando el número de víctimas superaba el millón y medio. Entre todos los campos, había destacado, por su eficiencia y velocidad, el de Treblinka, que había alcanzado un ritmo de 15.000 gaseados por día. Empresas de Hamburgo o de Fráncfort fueron contratadas para la entrega de un gas que acelerara el proceso de ejecuciones. Su empleo más contundente se haría en Auschwitz, el lugar que de forma más clara se identifica, aun por aquellas personas con menores conocimientos del proceso, con los aspectos más abyectos del exterminio. Cerca de Oswiecim, una ciudad del Imperio austrohúngaro que Polonia obtuvo tras la Gran Guerra, y cuyo nombre habría de germanizarse para adquirir el que simboliza el conjunto de la matanza, unos antiguos barracones militares fueron aprovechados como primer esbozo del campo. Wolfgang Sofsky ha descrito el funcionamiento de esta «fábrica de la muerte» como el de una empresa que debe atender la urgencia de la matanza con eficiencia y cálculo. El incremento del volumen del trabajo exige una respuesta técnica capaz de hacer frente a los envíos masivos de futuras víctimas. La rutina, la realización, minuciosamente medida, de labores simultáneas en el campo, la centralización de las decisiones en unas pocas oficinas, aseguran que los cinco crematorios de Birkenau actúen de acuerdo con lo previsto. En sus últimas tareas, destinadas a la liquidación de judíos húngaros, se superan los 24.000 gaseamientos al día. La mecánica se aleja de la brutalidad de las primeras ejecuciones en masa, realizadas mediante un tiro en la nuca, para alcanzar la calidad de un gesto cautelosamente alejado de quienes van a morir. Un gesto higiénico, similar a la puesta en marcha de una maquinaria productiva. Mientras el verdugo inicia la salida del gas venenoso, que matará en unos quince minutos a quienes atestan crematorios con capacidad para 3.000 personas, las ropas de las víctimas ya están siendo clasificadas y empaquetadas. Fuera, protegido por máscaras y botas especiales, aguarda el comando especial cuya misión es limpiar la cámara y enterrar a los muertos; su nombre es *Sonderkommando*, y está formado por prisioneros judíos. La eficiencia exige también el secreto. Cuando salen de la rampa de llegada y atraviesan el «tubo» (al que los SS llaman «el camino del infierno»), los moribundos tienen que ser convencidos de que van a la ducha, a fin de evitar disturbios que, si bien no evitarían la operación, la retrasarían de forma intolerable. La parodia se mantiene en el lenguaje nazi. El verdugo, cuyo trabajo se limita a accionar el motor, alejado de un contacto directo con las víctimas, recibe el burlesco nombre de «desinfectante».[45]

Todo aquello que se identifica con el Holocausto se encuentra en la crónica de Auschwitz. La llegada de los prisioneros en los trenes y la selección de quienes podían trabajar o no por los médicos del campo. La decisión de quiénes resultaban aún útiles para el imperio de las SS o habían perdido todo valor, incluso el que se desprendía de su simple explotación. La entrega de gemelos al doctor Mengele para que realizara sus pavorosos experimentos, a lo que se sumaban las pruebas de resistencia al frío o a la presión. La separación atroz de las familias. La expropiación de sus últimos bienes, incluyendo la profanación de los cadáveres en busca de su cabello, sus dientes de oro, los tatuajes de su piel. La colaboración de las empresas industriales, con la instalación de una filial de la I. G. Farben en las cercanías del campo principal y de la filial de la muerte, Birkenau. La creación de una cadena de campos-satélite, en número de casi cuarenta, que alimentaban las necesidades de trabajo y la oferta de mano de obra extenuada. El cálculo riguroso del funcionamiento de las cámaras, la eficiencia de un funcionario joven como Rudolf Höss, a quien en el verano de 1941 Himmler había encargado la realización de una tarea especial, que el oficial de las SS contemplaba como un deber para con el proyecto político dominante. Todo se encuentra en Auschwitz, convertida en una condensación brutal del genocidio. Todo. Incluso el insulto final a las víctimas: la destrucción de las cámaras y los crematorios, en 1944, para tratar de encubrir la matanza. Un millón de personas se extinguió en Auschwitz: gitanos, «asociales», judíos, eslavos. Cerca de Lublín, en el campo de Majdaneck, las víctimas fueron 200.000. La Operación Reinhard acabó con 600.000 vidas en Belzec y 250.000 en Sobibor, según las cifras más conservadoras. Al término de la misma, Globocknik pudo informar de que se habían obtenido 180 millones de marcos como resultado de la expropiación

45. W. Sofsky, *The Order...*, pp. 259 y ss.

de las víctimas.[46] No sólo era un negocio el trabajo de los prisioneros. Su muerte dejaba la estela de sus escasos recursos confiscados por la Oficina Económica de las SS. A su paso, el imperio racial ya sólo generaba asesinatos y robo, cadáveres y riqueza. Cenizas y diamantes.[47]

«¿Queréis la guerra total?»

> No puede hablarse de una comunidad nacional. Cada uno piensa sólo en su propio interés.
>
> Informe de los servicios de seguridad, 1941

En la tarde del 18 de febrero de 1943, Goebbels llegó al Palacio de los Deportes de Berlín en el nuevo Mercedes blindado que Hitler le había obsequiado. Había preparado minuciosamente las palabras que pronunciaría ante la multitud, en la que se encontraba su esposa Magda y sus dos hijas mayores, Helga y Hilde. El discurso fue una pieza magistral, que levantó el entusiasmo de los asistentes.[48] Con gran habilidad retórica, Goebbels hizo participar a los asistentes formulándoles diez preguntas sobre la marcha de la guerra y la voluntad del pueblo alemán de continuar con el esfuerzo que ella suponía. El público respondió que no había perdido la fe en la victoria; que no estaba cansado de luchar; que respondería a los requerimientos del gobierno para la movilización de recursos; que conservaba su adhesión al *Führer* y su apoyo a los combatientes en la lucha contra el bolchevismo; que las mujeres aceptarían su papel en el esfuerzo de guerra; que apoyaría la persecución implacable de los especuladores; que exigiría el cumplimiento del programa del partido en su referencia a los derechos iguales de los ciudadanos. Pero la afirmación más solemne fue la que se refirió al carácter de la guerra tras la derrota de Stalingrado: «¿Queréis la guerra total,

46. C. Zentner y F. Bedürftig, *The Encyclopedia ot the Third Reich*, Nueva York, 1991, vol. 2, p. 792.
47. Sobre el funcionamiento de Auschwitz, Treblinka y los otros campos de exterminio, *véase* W. Benz, *The Holocaust...*, pp. 131 y ss.; C. Vidal, *El Holocausto,* pp. 104 y ss.; E. Kogon *et alii*, *Nazi Mass Murder. A Documentary History of the Use of Poison Gas*, New Haven, 1993.
48. R. G. Reuth, *Goebbels...*, pp. 519-520.

una guerra más total y radical de lo que hoy podemos imaginar siquiera?»

La petición de Goebbels constituía un ejercicio de demagogia impecable, un disparo más de las armas ideológicas del régimen, dispuestas a crear espacios simbólicos de adhesión como los que se habían reiterado en los períodos de paz. Pero la guerra total requería cambios en las áreas menos líricas de la gestión gubernamental.[49] Desde los comienzos del Tercer Reich, el propio Hitler había estimulado una superposición de tareas que creaba conflictos serios en el seno de la administración, difuminando las responsabilidades últimas, multiplicando los orígenes de las normas y tratando de contentar a las diversas instancias del partido y del Estado, asegurando que ninguno de sus órganos podría adquirir la suficiente base social, ya fuera para enfrentarse a Hitler, ya para forzar la hegemonía de una de las facciones. El caos administrativo que ello provocaba se compensaba con el reconocimiento de la autoridad suprema del *Führer* y con la claridad de algunos objetivos en los que Hitler decidió tomar alguna decisión adecuada, como en el caso del Plan Cuatrienal. Al mismo tiempo, Hitler toleraba que alguna de las secciones del partido fuera imponiéndose a la inercia de la administración, como fue el caso de la concentración de poderes en manos de las SS. En cualquier caso, tal episodio se correspondía con la identificación de Hitler con el proyecto racial contundente que las SS expresaban, superior al de integración social no tan visiblemente racista en el que podía poner énfasis, por ejemplo, el Frente del Trabajo. La forma de cohesión social favorita de Hitler era la que se manifestaba directamente en términos de biologismo político, como sublimación de los conflictos de clase y mecanismo material de cimentación de la comunidad popular. El ritmo de la guerra de exterminio, la planificación del Holocausto, la propia dinámica de los campos de trabajo y la función relevante de las SS en *diversas* áreas de responsabilidad no harían más que incrementar esa función asignada por Hitler a lo que iba convirtiéndose en un imperio dentro del Reich.

Esta situación «feudal» o «poliárquica» de desorden administrativo habría de resultar más visible cuando se presentara el esfuerzo de la guerra. En el área de gobierno, la tendencia había sido a

49. Para este apartado, *véase* la documentación que proporciona J. Noakes en *Nazism*, vol. 4, pp. 1-54.

una concentración paulatina del poder en manos de Hitler. En 1938, como se ha visto, se produjo no sólo la depuración de los elementos conservadores del gobierno y de las fuerzas armadas, sino una asunción de la máxima autoridad militar por Hitler, a lo que se sumó la tendencia a abandonar cualquier forma colegiada de gestión, sustituida por el nombramiento de delegados especiales, que se entrevistaban de manera individual con el *Führer*, para opinar exclusivamente sobre los problemas de su área de competencia. La guerra condujo, así, a una dinámica aparentemente contradictoria, que causaría desajustes graves en la dirección del conflicto, tanto desde el punto de vista militar como del económico. Por un lado, Hitler prescindía cada vez más de todo tipo de obstáculos administrativos para hacerse con el control absoluto del poder. Por otro, se fragmentaba la aplicación de sus directrices en un magma de agencias del partido y del gobierno que iban actuando no sólo con independencia, sino en franca competencia mutua. El modelo de la primera situación fue la demanda que Hitler realizó en abril de 1942, solicitando al Reichstag que se abrogaran todas las garantías administrativas que pudieran proteger las posiciones de los funcionarios frente a su voluntad de destituirlos. La respuesta, en forma de un acuerdo unánime del parlamento, fue inmediata. La condensación de todos los cargos gubernamentales en la firma única de *Führer* y el ascenso a un lugar privilegiado de su secretario, Martin Bormann, simbolizan este proceso de encarnación del poder máximo en una persona. La segunda cuestión, referente a la fragmentación de la administración, trató de ser compensada con constantes nombramientos vinculados a una responsabilidad concreta, con el propósito de formalizar la coordinación de las tareas del gobierno. Tales medidas, como el nombramiento de Funk como plenipotenciario para la Economía de Guerra, de Frick como plenipotenciario para la Administración, o de Sauckel como plenipotenciario para la Movilización del Trabajo, sólo lograron crear mayor confusión, al no establecerse una cadena de mando funcionarial perfectamente delimitada, algo que Hitler entendía como una agresión a su poder discrecional y un factor que podía provocar descontentos en los sectores afectados. Se reiteraron, sobre esta base, las resistencias de las diversas instituciones y el enfrentamiento entre dirigentes que deseaban escalar posiciones en la frágil estructura del régimen, unas posiciones que, dada la naturaleza del desorden establecido, acababan por definirse en razón de la mayor o menor proximidad a la persona de Hitler.[50] El problema más grave era que, en la situación de guerra, no se trataba sólo de alcanzar una mayor esfera de influencia o resignarse a un lugar secundario, sino de ganar o perder el conflicto armado. Y no deja de ser sorprendente que un régimen con reputación de poder monolítico y de un funcionamiento riguroso pusiera tan grandes dificultades a una dirección coherente del esfuerzo bélico. Sin que pueda considerarse la causa de la derrota, constituyó el motivo de algunas ocasiones perdidas, la más importante de las cuales fue no afrontar con la debida preparación la campaña de Rusia.

En el área de gobierno, los intentos de una cierta coordinación mostraron su fragilidad ya en el nombramiento de plenipotenciarios que sumaban ese cargo a su carácter de ministros, para ser subordinados, al mismo tiempo, al máximo responsable del Plan Cuatrienal, Hermann Göring, en aquel momento figura dominante del régimen. A este mismo esfuerzo de coordinación correspondió la creación, muy poco antes de que se iniciara el conflicto, de un Consejo Ministerial de la Defensa, presidido por Göring y del que formaron parte los ministros de Economía e Interior, Rudolf Hess en su calidad de jefe de la Oficina personal de Hitler, Lammers por su responsabilidad en la cancillería del Reich y Keitel por su función en el comando de las fuerzas armadas. Su vida real fue muy breve, biocoteado por quienes no formaban parte de él y por los mismos deseos de Hitler de no generar órganos ejecutivos colectivos, que pudieran hacer las veces del gobierno. Al temor del *Führer* a edificar límites formales a su soberanía, en especial un ámbito de discusión global que llegara a oponer objeciones a sus opiniones, se sumó la reticencia de cada una de las agencias del régimen a frustrar el funcionamiento de este organismo al poco tiempo de nacer. Las condiciones de 1940, en especial la buena marcha de la guerra, que desmantelaban la impresión de urgencia de una mayor coordinación gubernamental, hicieron que sólo se apreciara el perfil más atractivo de esta falta de una instancia de poder por debajo de Hitler a la que debieran subordinarse las demás. La multiplicación de ordenanzas y decretos, que llegaban a contradecirse, sólo añadió densidad burocrática a la ausencia de una línea coherente de actuación.

50. M. Broszat, *L'État...*, pp. 425 y ss.

Las presiones para cambiar este rumbo se dieron, simultáneamente, en el área económica y en la administrativa, coincidiendo con el fracaso de la ofensiva contra Moscú en diciembre de 1941 y con la seguridad de que el conflicto sería más largo y duro de lo esperado.[51] En el ámbito económico, la falta de coordinación entre empresas civiles y militares, así como la rivalidad entre diversas secciones de las fuerzas armadas, había llevado a una muy deficiente preparación de las campañas y al práctico colapso de la producción de municiones. El conflicto procedía de las dificultades para movilizar la mano de obra sin abrir fisuras sociales en el país, pero también, y de modo fundamental, de la mala gestión del proceso, con la superposición de responsabilidades que confundían las áreas de actividad del Plan Cuatrienal, de los ministerios de Economía y Trabajo o de la Oficina de Economía y Armamento de la *Wehrmacht*. El nombramiento de Fritz Todt, encargado de la construcción de autopistas, como ministro de Armamento y Municiones en marzo de 1940, sólo podía responder a la confianza en su pericia administrativa, por encima de cualquier consideración faccional, e indica cierta preocupación de Hitler por la caída en la producción de municiones. No obstante, la designación era insuficiente sin la entrega de recursos eficaces para llevar adelante un proceso de racionalización. El incremento del papel de la empresa privada y la coordinación entre las fábricas a escala regional fueron sólo esbozos de una política de planificación que necesitaba de poderes ejecutivos más claros para conducir a buenos resultados. Dado el temor de Hitler a enfrentarse con las atribuciones de las diversas agencias, tal cohesión sólo podía proceder de un estado de emergencia como el que se produjo a finales de 1941. La línea de racionalización productiva coincidió, por tanto, con la perfecta administración del exterminio de los judíos europeos. En efecto, justamente cuando se coordinaba la acción de todas las agencias implicadas en la deportación, concentración y liquidación de los judíos, Hitler presentaba los planes para una nueva visión del proceso productivo,

51. Para los aspectos administrativos, *véase* D. Rebentisch, *Führerstaat und Verwaltung im Zweiten Weltkrieg. Verfassungsentwicklung und Verwaltungspolitik 1939-1945*, Stuttgart, 1989. Para los aspectos económicos, R. Overy, «Guns or Butter? Living Standards, Finance, and Labour in Germany, 1939-1942» y «Rationalization and the "Production Miracle" in Germany during the Second World War», ambos publicados en *War and Economy...*, pp. 259-314 y 343-375 respectivamente.

más atento a la producción en cadena que a la perfección artesanal del producto, más dispuesta a concentrar una sola producción en cada fábrica que a la dispersión. La estandarización de la masacre de los judíos, gitanos y otras minorías iba a coincidir, y no casualmente, con la misma visión técnica de la modernización del proceso productivo, dispuesto al sacrificio de las empresas ineficientes, a una asignación de materias primas, ventajas de transporte y a un proceso de concentración y especialización de grandes dimensiones. Como se ha indicado, la guerra permitió la modernización y racionalización industrial dadas las perfectas condiciones del poder absoluto y de la mínima resistencia de los trabajadores.[52] A la muerte de Todt, en febrero de 1942, siguió el nombramiento de Albert Speer, quien había ganado la confianza y admiración de Hitler gracias a su talento de urbanista. La gestión de Speer correspondió a la segunda fase de la guerra, en la que se consiguió un incremento de la producción y una subordinación de las agencias a la Oficina Central de Planificación, creada en el mes de abril de 1942. A pesar de algunos intentos de resistencia, en especial los que protagonizó Göring en defensa de la autonomía de la fuerza aérea, Speer debía de lograr una movilización y asignación de recursos que en 1944 casi triplicó los que se habían obtenido dos años antes. Hasta el colapso producido en 1945 por los bombardeos y, sobre todo, por la pérdida de territorios ocupados, la economía alemana fue capaz de proporcionar una suficiente capacidad productiva sin generar reducciones abrumadoras del consumo, recurriendo a la explotación del trabajo extranjero y los prisioneros de guerra. En ambos casos, una parte importante del sufrimiento económico se desvió hacia los no alemanes, aunque fue preciso también el recurso a una nueva distribución de lugares de trabajo que afectó a capas numerosas de la clase obrera autóctona.

El intento de una racionalización de la producción de guerra fue acompañado de las presiones en el área de gobierno tendentes a verificar un esquema coherente de actuación. Eso significaba, también, un enfrentamiento muy duro entre los diversos dirigentes para hacerse con una posición que concentrara las tareas de dirección del esfuerzo bélico, un principio que ya nadie negaba, pero que todos trataban de no otorgar a sus rivales. En esa lucha por la supervivencia y promoción en el ámbito del poder, sería Goebbels

52. H. U. Thamer, *Il Terzo...*, pp. 875 y ss.

quien obtuviera la victoria, en compañía de un Himmler que iba acumulando áreas de actuación que expresaban, en sí mismas, la condensación de los aspectos raciales y sociales del proyecto nazi. Por eso no resulta extraño que, en su ascenso al dominio, Goebbels procurara asociar su exigencia de una coordinación personalizada del esfuerzo civil con la cesión a Himmler de la dirección del ejército de reserva, una operación destinada a evitar que el poderoso ministro del Interior, jefe de los campos de trabajo, de los servicios de seguridad y de las condiciones de asentamiento de alemanes en el Este, pudiera obstaculizarlo. Nada importó, sin embargo, enfrentarse a un Göring que había ido perdiendo la confianza de Hitler. Tras la eliminación de un primer ensayo de coordinación, el llamado Comité de los Tres —Lammers, Bormann y Keitel—, que había funcionado sin eficacia a lo largo de 1943, Goebbels consiguió que se le nombrase plenipotenciario para la Movilización en favor de la Guerra Total, después del atentado del 20 de julio de 1944. Es decir, en un momento en que el *Führer* podía sentirse más inclinado a quitar espacios de poder a la *Wehrmacht* y entregarlo a algún colaborador de probada lealtad personal. La insistencia de Goebbels en la situación caótica de la administración y sus críticas al funcionamiento del ejército debieron de resultar atractivas en esta coyuntura. Sin embargo, el decreto de finales de julio aún mostraba las reticencias de Hitler a un proceso de personalización demasiado acusado. La inercia de un estilo de liderazgo continuaba funcionando lo bastante como para que aún se dejara poder a las agencias departamentales a fin de administrar las directrices que emanaran del nuevo cargo.

Los esfuerzos para mejorar la coordinación de gobierno resultaban estériles sin la colaboración de la población. La actitud de las clases populares alemanas durante la guerra respondió a algunas líneas de continuidad con la experiencia acumulada en los años de Weimar y en el período de paz del Tercer Reich, pero fue sobre todo resultado de las fracturas operadas por el conflicto. Los intentos de crear una «comunidad de destino» que completara en las condiciones dramáticas de la guerra la «comunidad popular» de los años anteriores, no tuvieron demasiado éxito y mostraron, por el contrario, la escasa penetracón de la cultura nacionalsocialista y el escaso prestigio del partido en zonas muy amplias de la sociedad. Ésta es una reacción apreciable en el campesinado,[53] un sector mimado por

53. Para este apartado, *véase* I. Kershaw, *Popular...*, pp. 281 y ss.

la propaganda del nazismo, pero que ya había mostrado sus quejas por dos elementos que se agravaron durante la guerra: la carencia de mano de obra y la intervención de las agencias estatales en la regulación de los precios. Desde el principio de la guerra, los informes de los organismos de seguridad mostraron su desaliento por la falta de un interés del campesinado en la marcha del conflicto, sugiriendo que se extendieran las medidas de propaganda, como ofrecer un mayor número de aparatos de radio. La identidad nacional era sustituida por el mantenimiento de identidades confesionales, de región o, simplemente, de localidad y empresa familiar. Y esta última estaba afectada por lo que estos mismos informes destacaban: la requisa de la producción de derivados de la leche, el mantenimiento de los precios bajos, el alistamiento de jóvenes y la carencia de maquinaria y combustible. La situación se aliviaba, sin embargo, con la disposición de comida, la cierta seguridad frente a los bombardeos, el aprovechamiento de las condiciones del mercado negro y la explotación de mano de obra extranjera, que en algunas regiones llegó a cubrir la mitad de las necesidades.

Más difícil era la posición de los trabajadores industriales, cuya mejora relativa en las condiciones de escasez de mano de obra de 1938-1939 fue interrumpida por el endurecimiento del régimen tras el estallido de la guerra.[54] Esta radicalización, con todo, se vio sometida al temor constante del gobierno a provocar un descontento en la retaguardia capaz de provocar que se repitieran las condiciones de 1918. Ello explica la prudencia con que se afrontaron las medidas excepcionales, como el incremento de impuestos o la eliminación de bonos para horas extras y días festivos, algunos de cuyos aspectos hubieron de ser anulados después de haberse publicado el decreto. Tras esta primera etapa «dulce» en el trato a la clase obrera, el empeoramiento de la situación militar y la mejor coordinación del régimen llevaron a algunos cambios, como los esfuerzos para activar la entrada de mano de obra femenina en el mercado, la movilización forzosa de los trabajadores y el recurso a los obreros extranjeros, a lo que se añadiría la caída de los salarios reales, ya fuera por el mantenimiento inflacionario de los costos de producción de

54. T. Mason, *Social...*, pp. 331 y ss.; L. Herbst, *Der totale Krieg und die Ordnung der Wirtschaft. Die Kriegswirtschaft im Spannungsfeld von Politik, Ideologie und Propaganda 1939-1945*, Stuttgart, 1982; M. L. Recker, *Nationalsozialistische Sozialpolitik im Zweiten Weltkrieg*, Múnich, 1985.

armamentos, ya por el aumento de las horas de trabajo a la semana, con la progresiva reducción del pago por horas laborales en días festivos. Los cambios relacionados con un aumento de la explotación de los trabajadores pudieron introducirse sin una amplia resistencia de los afectados. La guerra y la misma racionalización del esfuerzo armamentístico a partir de 1942 vinieron a agravar algunas características del trabajo industrial que erosionaban la posición de los trabajadores y permitía, para usar el término de Mason, su «contención». Las medidas administrativas ayudaron a fragmentar y dispersar a los obreros, el alistamiento hizo que su media de edad aumentase, y la racionalización rompió los antiguos vínculos existentes mediante la reasignación de la fuerza de trabajo en una producción fordista. Además de estos factores materiales que resultaban del proceso de modernización inducido por la guerra, la presencia de la represión se hizo mucho más acusada. El temor a ser internado en un campo educativo se sumaba al miedo a castigos menos duros, como la retirada de bonos de alimentación. La represión no agota, sin embargo, el perfil de la conducta obrera. La desmoralización causada por los largos años de dominio nazi, la atomización provocada por el Tercer Reich, los factores de seducción simbólica del régimen, se vieron reforzados por algunos aspectos del estado de guerra. Resulta curioso observar, por ejemplo, cómo los bombardeos, que sembraban el pánico y el desaliento, hacían que aumentasen al mismo tiempo los lazos de solidaridad, dando lugar a una organización de base para tratar de aliviar sus resultados, en tareas de desescombro y ayuda a las víctimas. Además, las instituciones de auxilio social del régimen, como el NSV, fueron las únicas que se libraron de la crítica generalizada a la burocracia del partido.[55] Mantener la guerra contra un enemigo racial ayudó también a reforzar este sentimiento de comunidad amenazada. Pero fue, sobre todo, el mito de Hitler el que sostuvo el apoyo al régimen, amplio y transversal, incluso en los peores momentos de la guerra. Hasta una clase media afectada por la racionalización que liquidaba las pequeñas empresas en busca de mano de obra y eficiencia; incluso una clase obrera que había visto perder las condiciones de poder social derivadas del pleno empleo; hasta un campesinado bávaro furioso por los decretos confiscatorios de riquezas de la Iglesia, se mantuvieron fieles a un *Führer* que parecía mantener sus pro-

55. P. Ayçoberry, *La société...*, pp. 241 y ss.

mesas de expansión territorial, en medio del incumplimiento generalizado de los horizontes sociales del régimen. El cuidado que puso el mismo Hitler en conservar su prestigio, con abundantes intervenciones radiofónicas hasta 1943, logró consolidar un estado de ánimo nutrido por las rápidas victorias en Polonia y Francia, y salvado de las noticias de la mala situación del frente hasta la derrota de Stalingrado. Este apoyo obtenido por Hitler iba, sin embargo, en detrimento del prestigio del partido, cuyos funcionarios debían enfrentarse a las condiciones reales, cotidianas, en las que se desenvolvía la vida del pueblo. Hitler, el máximo responsable de la guerra, quedaba a salvo de las murmuraciones sobre la corrupción de los principales dirigentes del partido y el gobierno. La reacción general de condena del atentado del 20 de julio de 1944 señala hasta qué punto del desastre militar había llegado la urgencia de este apoyo. Sólo cuando el mismo *Führer* decidió dejar de aparecer en público, negándose a atender los ruegos de Goebbels para dirigirse con frecuencia a su pueblo a través de la radio, el mito, falto de su alimento fundamental, comenzó a desmoronarse. Y, con él, uno de los factores clave para el mantenimiento del régimen.

La llegada de los trabajadores extranjeros trató de resolver el problema de la carencia de mano de obra ahorrando niveles de explotación insoportables para la propia comunidad.[56] Pero ni siquiera éstos, en caso de haberse tolerado políticamente por el régimen, habrían conseguido evitar el colapso del esfuerzo de guerra alemán tras Stalingrado. En 1944, una cuarta parte de los trabajadores en suelo alemán eran extranjeros, proporción que aumentaba a más de un tercio en la agricultura o en la industria armamentista. El empleo de mano de obra afectó a todos los países ocupados, incluso a Italia después de 1943. Pero el uso de trabajadores de la Europa oriental, en especial rusos y polacos, fue el factor que introdujo mayores contradicciones en la actitud del régimen, ya que enfrentaba a unos empresarios deseosos de aumentar el rendimiento de sus trabajadores con una administración representada por la RSHA o la Agencia para la Movilización de la Mano de Obra (GBA), que actuaban con especial dureza e indiferencia por la salud de unos seres considerados inferiores. Para los doctrinarios del régimen, el

56. U. Herbert, *Hitler's Foreign Workers. Enforced Foreign Labor in Germany under the Third Reich*, Cambridge, 1997, esp., pp. 61 y ss.; J. Dülffer, *Nazi Germany, 1933-1945. Faith and Annihilation*, Londres, 1996, pp. 159 y ss.

peligro del empleo de esta mano de obra era doble: podía contaminar ideológicamente con propuestas antifascistas y podía romper el estereotipo de individuos infrahumanos que el régimen había construido calmosamente en la conciencia de sus súbditos. Por ello, sólo se empleó esta fuerza de trabajo a regañadientes, a partir del invierno de 1941-1942, cuando la actitud inicial había sido la de dejar morir de hambre y frío a los prisioneros rusos. Por ello, también, se recurrió a la población civil, incluso la de corta edad. Por ello, finalmente, tuvieron que considerarse algunas medidas de alivio de las condiciones de trabajo que permitiera aumentar su productividad. De cualquier forma, la posición de las SS fue la de sostener un principio de jerarquía racial estricta, lo que empeoraba el trato dado a los *Ostarbeiter* en relación con el que recibían trabajadores occidentales. De esta actitud participó también el empresariado, encargado de la vigilancia del trabajo y del castigo de la indisciplina, e incluso algún sector de la población, que pudo compensar a través de la conducta racista el propio sentimiento de explotación, sublimándolo con el desprecio, la falta de solidaridad y los malos tratos a unos trabajadores cuya imagen deteriorada había logrado convertirse en un prejuicio generalizado tras muchos años de educación nazi.

El empeoramiento de la represión y la expansión de parcelas de poder por parte de las SS añadieron a ese espacio del trabajo forzado el de los campos de trabajo bajo la administración de los cuerpos de seguridad. Los 25.000 reclusos de 1939 se convirtieron en más de medio millón al final de la guerra, distribuidos en una infinidad de campos satélites de otros campos mayores, que provocaba la existencia de centros de internamiento en casi todas las localidades. La oleada de arrestos producida a partir de 1941-1942 permitió que la Administración Central de Economía de las SS (WVHA) dispusiera de una gran cantidad de trabajo esclavo, con el que alimentaron sus empresas. Nuevamente, en este punto se produjo algún desacuerdo entre las concepciones raciales liquidacionistas y la necesidad de la eficiencia productiva. Los administradores de la WVHA podían pensar en el recambio infinito de la mano de obra detenida y en el peligro para la seguridad de los campos que implicaba una buena alimentación, mientras que, por otro lado, la lógica empresarial precisaba de algunas mejoras en la administración de los recursos destinados a los presos. Lo importante es, con todo, señalar la magnitud del imperio económico de las SS, que se sumó a su fuerza militar, a su control policial y al encargo del proyecto racial del régimen, para convertir el cuerpo de Himmler en la agencia del Estado más poderosa. Empresas como la DEST *(Deutsche Erd- und Steinwerke)* o la DAW *(Deutsche Ausrüstungswerke)*, organizadas por las propias SS, proporcionaron miles de trabajadores internados en Buchenwald, Mathausen, Flössenburg, Sachsenhausen y otros campos para las necesidades de la empresa privada. Krupp, I. G. Farben, AEG, Siemens, Junkers, fueron algunas de entre las muchas beneficiadas de esta oferta. En 1942 los campos, siguiendo la orden de la RSHA, habían transformado «su vieja forma política en una nueva organización económica».[57]

La guerra situó la resistencia contra el nazismo en una posición extraña, incómoda, que contiene algunos factores de parentesco con la posición de los fascistas nativos en los países ocupados. Para los nacionalistas conservadores, que habrían de desempeñar un papel crucial en el atentado del 20 de julio, la oposición a un régimen en situación de emergencia nacional les hacía aparecer como personas que debilitaban la defensa de la patria. No era éste el caso de la actitud de otros núcleos de la oposición, para los cuales la guerra había creado dificultades de naturaleza distinta. Para los comunistas, el pacto germanosoviético se convirtió en un factor de perplejidad que difícilmente podía compensarse con el discurso de la defensa de la Unión Soviética fuera de los círculos más leales del partido. Para ellos y para los socialdemócratas, las condiciones descritas de dispersión y fragmentación de la clase obrera, de ruptura de tradiciones y de aislamiento de la vanguardia clandestina se agudizaron con el proceso bélico. Además, la represión se hizo más dura, a medida que el esfuerzo de producción empujaba a los empresarios a llamar en su auxilio a la Gestapo para luchar contra las formas plurales de resistencia a la explotación, desde el absentismo hasta el discurso político. Con la invasión de Rusia y las noticias de los episodios de exterminio, sin embargo, la oposición pudo recomponer algunos espacios desmoralizados por los éxitos iniciales de la guerra. En 1941, los comunistas comenzaron a reorganizar una resistencia dispersa en ciudades como Hamburgo, Mannheim y, sobre todo, Berlín. Mientras el grupo dirigido por Robert Uhrig estaba compuesto por trabajadores industriales, el sector que publicaba *Innere Front* estaba formado por antiguos redactores

57. P. Ayçoberry, *La société...*, 298 y ss.; W. Sofsky, *The Order...*, pp. 167 y ss.

de la prensa comunista. Además, en torno a Arvid Harnack y Harro Schulze-Boysen, se movilizó una serie de profesionales que incluía contactos con funcionarios de los ministerios. Estos grupos actuaban sin relación entre ellos, y aislados de una directiva central que tardó bastante tiempo en conectar a los cuadros del exilio con los militantes del interior. La llegada de Wilhelm Knöchel y la publicación de *Der Friedenkämpfer* empezó a dar cierta coherencia a la oposición comunista, aunque se produjeran desacuerdos de relevancia con Moscú, como la subvaloración soviética de la hegemonía del régimen y la absurda propuesta de la formación de comités de obreros y soldados. Las detenciones realizadas por la Gestapo descabezaron muy pronto la resistencia de este sector, y la responsabilidad de orientar políticamente la acción comunista pasó al exilio, realizándose una intensa campaña entre los prisioneros de guerra alemanes, y creándose en julio de 1943 el Comité Nacional para una Alemania Libre. La propuesta de una alternativa socialista hizo que los líderes del interior buscaran contactos con los cuadros socialdemócratas, en aquellos momentos incluidos en la conspiración conservadora, pero las detenciones de julio de 1944, poco antes del atentado contra Hitler, vinieron a frustrar este esfuerzo.[58]

Especialmente activa fue una oposición conservadora que ya había tratado de interrumpir la marcha de Alemania hacia la guerra, quebrándose cuando ésta se generalizó. Junto a Carl Goerdeler, quien redactó el documento más conocido del sector en 1938, se encontraban personalidades del Ministerio de Relaciones Exteriores, como Von Hassel, embajador en Italia hasta 1938, y altos jefes militares, como Beck. Sus propuestas eran reaccionarias, más favorables a un sistema autoritario calcado de los gobiernos presidenciales de 1930-1932 que a una auténtica democratización. Algunos incluso consideraban posible una limpieza del régimen que eliminara a los núcleos más radicales, para pactar con los moderados una transición aperturista y pacifista.[59] Al margen de Hassel, Beck o Goerdeler, se encontraba el llamado Círculo de Kreisau, que debía su nombre a la residencia de su fundador, el aristócrata Von Moltke. Incluyó a personalidades ideológica y profesionalmente muy di-

58. A. Merson, *Communist Resistance in Nazi Germany*, Londres, 1985. pp. 233 y ss.

59. P. Hoffmann, *Tedeschi contro il nazismo. La resistenza in Germania*, Bolonia, 1994, pp. 85-96.

versa, como los socialistas Carlo Mierendorff, Adolf Reichwein o Julius Leber, los católicos Alfred Delp y Augustin Rösch, el protestante Harold Poelchau, sacerdotes, pastores, intelectuales y miembros de la administración, en especial del Ministerio de Asuntos Exteriores, que fueron muy activos en una búsqueda de apoyo externo. Formado en 1940, el grupo se dedicó en sus primeros años a la redacción de un programa, que se concluiría en 1943. Después de ello, se buscó una elite alternativa a la gobernante, que se inclinara por posiciones más progresistas que el grupo de Goerdeler. El programa del Círculo de Kreisau era una mezcla de personalismo cristiano, corporativismo y democracia industrial, que rechazaba el sistema de partidos de Weimar, pero que se situaba a la izquierda de las propuestas conservadoras. La estrategia socialista de inserción en este grupo correspondía a la seguridad de los socialdemócratas del interior de la necesidad de articular un frente muy amplio que contara, sobre todo, con individuos bien situados en la administración y con contactos en el ejército, ante la imposibilidad de desarrollar un movimiento de masas contra el régimen. En 1944, el grupo sufrió un serio revés, al ser arrestado Moltke, primero, y meses después Leber y Reichwein. Sin embargo, Peter Yorck, otro aristócrata, logró mantener la actividad del grupo, que fue cayendo en la órbita de los sectores más dispuestos a una acción audaz.[60] Quien pasó a marcar el ritmo de la conspiración contra Hitler fue un grupo de oficiales reunidos en torno a otro aristócrata, Stauffenberg. Éste, cuyas posiciones ideológicas eran muy conservadoras, había simpatizado con el régimen desechando solamente sus aspectos plebeyos, pero su crispación por el desastre que se avecinaba para Alemania le llevó a decidirse por una acción radical, como el asesinato de Hitler, algo ante lo que se habían detenido otros opositores. El 20 de julio de 1944, el propio Stauffenberg trató de acabar con la vida del dictador, dejando a sus pies un maletín con una bomba cuya explosión en el cuartel general del *Führer* provocó algunas víctimas, pero sin llegar a herir de consideración a éste. La Operación Walkiria, que debía haber aprovechado el vacío del poder para dar el mando del país a los militares de la conspiración, fue desarticulada en cuanto la radio informó de que Hitler continuaba con vida.

60. T. Childers «The Kreisau Circle and the Twentieth of July», en D. C. Large (ed.), *Contending with Hitler. Varieties of German Resistance in the Third Reich*, Cambridge, 1991, pp. 99-117.

Lo que debería haber sido el principio de un cambio de régimen se convirtió en una nueva ola de asesinatos y radicalización del nazismo.[61]

Final. El cielo bajo Berlín

Todos me mienten, no puedo fiarme de nadie. Todo esto me da asco.

HITLER a una de sus secretarias, marzo de 1945

La fotografía fue tomada, seguramente, en febrero de 1945. Un Hitler encorvado, envejecido, contempla la maqueta de la ciudad de Linz que le ha construido el arquitecto Hermann Giesler. La observa con suma atención, abstraído, con el cuidado con que mediría las estructuras de un proyecto realizable. La elegancia de la maqueta contrasta con el amasijo de escombros en que están convirtiéndose las ciudades alemanas. En muy pocos días, Dresde sufrirá un bombardeo «ejemplar» que revelará la impotencia de los dirigentes nazis a la hora de establecer una mínima defensa de su pueblo. Pero Berlín también sufre a diario la visita de las fuerzas aéreas aliadas. La Cancillería ha sido destruida en su mayor parte, y Hitler recibe a sus colaboradores en la sala de conferencias del búnker. Allí ha redactado el mensaje que dirige a su pueblo el 30 de enero. Allí ha escrito también las palabras que Hermann Esser leerá en recuerdo del aniversario de la proclamación del programa del partido, el 24 de febrero. Hitler se ha dirigido también a sus fieles *Gauleiter* recordándoles, en una sombra de los discursos enérgicos de otros días, los difíciles años de lucha, los tiempos del *Kampfzeit.* El pasado transcurre en el búnker de la Cancillería, se instala en forma de la juventud en el Imperio austrohúngaro, en el aprendizaje artístico frustrado y las veladas wagnerianas en compañía de Kubicek. El recuerdo retrocede hasta las primeras luchas del movimiento, hacia Landsberg, hacia los congresos multitudinarios en Núremberg, hacia el triunfo de la voluntad. Bajo tierra, la imaginación de Hitler se

61. Para el atentado, *véase* J. Fest, *Plotting Hitler's Death. The German Resistance to Hitler 1933-1945*, Londres, 1996, pp. 202 y ss. *También*, T. Hamerow, *On the Road to the Wolf's Lair. German Resistance to Hitler*, Londres, 1997, pp. 337 y ss.

proyecta hacia el pasado y falsea las condiciones del presente. Sólo la advertencia que lanza a su pueblo en el mensaje del 24 de febrero, refiriéndose a las hordas bolcheviques, tiene algo que ver con lo que está sucediendo fuera, donde docenas de miles de personas huyen aterradas del frente oriental, hipnotizadas por una propaganda que habla del ejército soviético como una horda asiática y temiendo, con buen criterio, las represalias por el inmenso sufrimiento que se ha sufrido en Rusia tras 1941, cuando la guerra se convirtió en una operación de aniquilamiento. Desde 1942, el conflicto bélico no ha hecho más que propinar reveses a las fuerzas alemanas, justamente cuando la empresa de conquista parecía coordinarse de una forma más adecuada. La entrada de Estados Unidos en el frente africano coincide con la contraofensiva rusa. A la caída de Stalingrado, agravada por la derrota de Kursk, sigue el desplome del fascismo italiano y la consolidación de un nuevo frente en el Mediterráneo. Luego, el derrumbe del frente oriental va seguido del desembarco aliado en Normandía y la liberación de Francia. La pérdida acelerada de territorios no sólo desmoraliza, sino que va restando capacidad operativa al ejército alemán y mano de obra para la industria de guerra, ya bastante castigada por las operaciones aéreas. La ofensiva de las Ardenas y la eficacia de los tanques Tigre se convierte en una ilusión. Alemania no dispone de reservas suficientes, no tiene el combustible necesario, perdido por el avance de los soviéticos en los Balcanes, ni el control del espacio aéreo, indispensable en la suerte de una guerra moderna.

¿Cuál es la esperanza del régimen? Para algunos, como Himmler, Göring o Speer, la posibilidad de un acuerdo con los aliados de Occidente, la necesaria y previsible ruptura de la contradictoria coalición que reúne sus fuerzas contra Alemania. Se sabe que cualquier paz por separado implicará la deposición de Hitler, pero eso no desanima a quienes creen posible salvar el régimen aunque sea renunciando a su jefatura. Sólo el sangriento resultado del golpe del 20 de julio les congela el gesto decisorio. La Conferencia de Yalta, que renuncia a cualquier pacto con el nazismo, les desengañará, dando la razón a los más radicales, y con ellos al propio Hitler. No se trata solamente de la cabeza de éste, sino la del régimen entero y, probablemente, la del futuro de Alemania como nación. Eso provoca la desesperación de los dirigentes, pero también la resolución de luchar hasta el final. Las conversaciones entre Goebbels y Hitler vuelven a proyectarse sobre el pasado, sobre Federico el Grande y la guerra de los Siete Años. A esas imágenes que conectan al *Führer* con los héroes del pasado, se suma la alternancia entre su fe en la victoria y su desprecio por el pueblo que no ha merecido vencer. La contradicción no está sólo en quien habla, sino en quienes le escuchan. Bormann, Goebbels, Keitel, Jodl, Dönitz, siguen aguardando las órdenes del *Führer*. Göring se ha desacreditado, ni siquiera hay demasiada confianza en Himmler, algo que el tiempo se encargará de justificar. Guderian, el jefe del Estado Mayor, ha perdido la esperanza de concentrar sus fuerzas sobre el frente oriental, así como de convencer a americanos y británicos de que comparten un enemigo común con Alemania. El 13 de abril, las tropas soviéticas toman Viena. El 16, la línea del Oder se desmorona al reanudarse la ofensiva rusa. El 20, la capital del Reich está al alcance de la artillería del Ejército Rojo. Al día siguiente, las fuerzas acorazadas irrumpen en los arrabales de Berlín. Sobre la vida imaginaria del búnker, sobre los paraísos artificiales de las conversaciones de salón, sobre el cielo fabricado a los pies de la Cancillería, ha empezado el infierno de la batalla de Berlín.

Bajo tierra, Hitler celebra su último cumpleaños. La muerte cercana que tantas veces había expresado a sus colaboradores, justificando con ella la toma de decisiones precipitadas, está a la espera, observando el saludo ritual de aquéllos, que tratan de fijar su lealtad en una fecha celebrada antes con entusiasmo. Después, los principales jefes se van, tratando de ponerse a salvo de una batalla sin esperanza, a la que quieren contribuir, en cambio, los adolescentes de las Juventudes Hitlerianas que las fotografías han captado, aceptando la caricia del *Führer* o el elogio de Goebbels. Hitler quiere quedarse en Berlín, seguro ya de que la guerra está perdida, pero dispuesto a una inmolación en la que espera que le acompañen los restos del ejército. Sus antiguos colaboradores no quieren seguir esta suerte. Unos días más tarde, se recibe en el búnker la noticia de que Göring ha decidido asumir la jefatura del Estado como sucesor de Hitler. Hacía mucho tiempo que el mariscal del aire había dejado de contar con la confianza de Hitler, pero la noticia conmueve a éste, le enfurece, le desmoraliza. Göring es destituido de todos sus cargos, pero salva la vida. Himmler también trata de resolver su futuro: ofrece a las tropas angloamericanas una rendición incondicional. Que el ejecutor de la sentencia contra el pueblo judío, el jefe del imperio de terror de las SS, el administrador de las matanzas en Rusia crea en una capitulación que le salve sólo puede indicar que, en algún sentido, Hitler aprecia la situación más claramente que algunos de sus colaboradores. Lo realizado durante la guerra no puede resolverse en un pacto vestido con la coartada antibolchevique. Eso, por lo menos, Hitler lo sabe, y sólo puede exponer el desprecio ante un tipo de colaboradores como los que le abandonan. El matrimonio con Eva Braun y la redacción de su testamento disponen el argumento final de la tragedia íntima del régimen. Hitler está dispuesto a suicidarse, y la suerte que ha corrido Mussolini a manos de los partisanos le hace afirmar que su cuerpo nunca será objeto del escarnio de sus enemigos. El 30 de abril, después de comer, Hitler se despide de Bormann, de sus secretarias, del matrimonio Goebbels y de algunos oficiales. Luego, en sus habitaciones, se dispara un tiro en la cabeza. Junto a su cadáver, yace el de su compañera desde hace más de diez años y esposa desde hace solamente unas horas, Eva Braun, quien ha preferido usar cianuro.

Al día siguiente, tras realizar una última revisión de su diario, Goebbels lleva a cabo la decisión que ya había tomado hacía tiempo. Según sus propias palabras, un mundo sin Hitler y el nacionalsocialismo no era digno de ser vivido. Según parece, tampoco por sus hijos. Los seis son envenenados luego de administrarles morfina. Joseph y Magda Goebbels siguen el camino de su prole: «Dile a Dönitz —señala Goebbels a un colaborador— que no sólo sabemos cómo vivir y luchar, sino también cómo morir.» Como ha ocurrido con los de Hitler y Eva Braun, se trata de destruir sus cadáveres prendiéndoles fuego. Unas horas más tarde, la batalla de Berlín finaliza. La resistencia inútil, heroica y absurda de las Juventudes Hitlerianas y el *Volksturm* sólo ha servido para custodiar la solemnidad de la muerte de sus dirigentes. A los demás, a Ribbentrop, a Frank, a Göring, a Rosenberg, a Kaltenbrunner, a Streicher, a Jodl, a Keitel, la muerte les aguarda en otra parte: en Núremberg, no muy lejos del Múnich donde todo había empezado, sólo veintiséis años antes. El Reich de los mil años existió menos tiempo del que dura una vida.

EPÍLOGO

LA REALIDAD Y EL RECUERDO

«Der Tod ist ein Meister aus Deutschland.» La muerte es un maestro de Alemania. A pesar de la recomendación de Adorno, quien señaló que escribir un poema sobre Auschwitz sería un acto vandálico, el célebre verso de Celan encabeza, de una forma real o con una presencia implícita, buena parte de la reflexión sobre el lugar del nazismo en la historia germana. Temiendo haber dotado al ritual de la muerte de una belleza trágica que confunde su sentido, Celan pedirá a sus editores que el poema no vuelva a publicarse.[1] La trayectoria vital del escritor tiene una extraña relación con el idioma en que escribirá la mayor parte de su obra. Nacido en Rumania, su madre lo educará en alemán, y Celan convertirá el lenguaje en una dolorosa residencia lírica. Una paradoja similar a la que explica Marcel Reich-Ranicki, al recordar que en 1929, cuando abandonaba Polonia para dirigirse a Berlín, su maestra le despidió diciéndole: «Hijo mío, te vas al país de la cultura.»[2] La anécdota es tan frecuente que se convierte en tópico, un lugar común de perplejidad ante la circunstancia de que Hitler se expresara en el mismo idioma utilizado por Goethe. De lo que se trata es de la selección interesada de tradiciones sobre las que se perfila una conciencia nacional, decretando lo que es prescindible y lo que, por el contrario, define el camino principal de una cultura, su verdadera *razón de ser.* Pero las presuntuosas cavilaciones de Alfred Rosenberg utilizaron las mismas pautas verbales con las que Kant humillaba los límites del conocimiento humano. La prosa plana de Hans Grimm podría sepultarse en el mismo diccionario que nos guía a través del enconado paisaje de Alfred Döblin. La morfología del idioma alemán, dotado de una capacidad de matización inagotable, pudo ser un perfecto vehículo para la simplificación, al servicio de la mordacidad de los insultos de Goebbels. La lengua es un dominio de comunicación y, por consiguiente, de identificación, de demarcación

1. El verso de Celan corresponde al poema «Todesfüge». La referencia, incluyendo las palabras de Adorno, está tomada de I. Buruma, *Il prezzo della colpa*, Milán, 1994 (edición en inglés del mismo año, *The Wages of Guilt*), pp. 87-88.

2. E. Val, «Una vida entre la cultura y la barbarie», *La Vanguardia,* 27 de agosto de 1999.

de lo propio y de lo extraño. Por eso, para quienes desean relativizar la participación del nazismo en la intimidad de la cultura germana, el uso del lenguaje en la Alemania del Tercer Reich es ya una injuria, porque la voz *Aufklärung,* al parecer, no debería resignarse al Ministerio de Propaganda nazi después de haberse referido a la Ilustración. Como si la lengua del rigor conceptual no pudiera ser también el lugar del eufemismo. Como si los dirigentes nazis, a la manera del cínico definido por Oscar Wilde, no pudieran ignorar el valor de las palabras y saber perfectamente su precio. La lengua que la madre de Paul Celan inculcó a su hijo fue también la que se utilizó para dar la orden de su detención, de su deportación, de su ejecución. Y la misma en que el poeta narró el suplicio de los compañeros de cautiverio de sus padres, con una eficacia estética tan turbadora que haría dudar al autor de su corrección moral.

La referencia a esa querella de las palabras no es gratuita, porque reitera, en un espacio simbólico determinante, lo que ha venido ocurriendo con los hechos. El reciente debate de historiadores o *Historikerstreit*, aun cuando se circunscriba al análisis de la especificidad del Holocausto, es el síntoma más reciente de una obsesión. Si se quiere usar una expresión más indulgente, de una crisis de identidad que viene tratando de resolverse en el debate intelectual alemán desde antes de la caída del Tercer Reich. La experiencia nazi ha proyectado una sombra de singular espesor sobre la forma en que los europeos hemos entendido nuestra época. Ello obedece, en primer lugar, a la influencia que el mismo hecho de la derrota alemana ha tenido sobre las condiciones de vida de la mayor parte de los pueblos del continente hasta la gran conmoción de finales de los años ochenta. Pero, además, tal presencia se basa en la tupida red de elementos decisivos para definir los desafíos del mundo contemporáneo que contiene el nazismo. La densidad de las sugerencias morales que inspira no procede, como se dice a veces en tono reprobatorio, del exceso de carga emotiva o de una sobrante firmeza de imperativos éticos a través de los cuales se juzga el Tercer Reich. Deriva del mismo sentido moral que poseían en su tiempo, porque ninguna otra ideología tuvo la capacidad de invertir los valores que la tradición heredada de las revoluciones liberales había ido imponiendo. Se basa, también, en que dicha inversión no se aisló en la marginalidad de callejuelas intelectuales poco transitadas, sino que llegó a constituir el fundamento de una *Weltanschauung* —como les gustaba llamarla a sus defensores— que dio cohesión a un movimiento y, después, a un régimen con todos los instrumentos de un estado moderno para su realización. El peso que se le da al nazismo en la peripecia europea del siglo XX reside en la propia ruptura que éste quiso representar, la imagen *revolucionaria* que pretendió dar de sí mismo. El juicio del que a veces se quejan quienes lo trivializan responde a la demanda del propio movimiento hitleriano. El nazismo consiguió, por méritos y voluntad propios, volver a plantear cuestiones nucleares de nuestra civilización. El *carácter* de la democracia —es decir, no sólo su *viabilidad* sino su *legitimidad*—; el papel de los individuos en una nueva *comunidad*, en un sistema de inclusión tranquilizante y de violencia excluyente que se complementaban; los recursos y los límites morales de la ciencia, al convertir las apreciaciones de algunas corrientes de la biología a comienzos de siglo en el fundamento de la dinámica del estado racial; la organización de las relaciones internacionales sobre la desigualdad de los derechos de los pueblos, una desigualdad radical, basada en leyes inconmovibles de la naturaleza, *precisamente* cuando tales derechos comenzaban a codificarse en organismos internacionales que superaban los meros acuerdos diplomáticos de grandes potencias. A ello se sumaba una multitud de factores que son la aplicación fáctica de estas cuatro grandes cuestiones, ya sea la visión positiva de la violencia en la política, la concepción del adversario como un elemento degenerado que ponía en peligro la salud de la comunidad, la reclusión de la mujer en una función reproductora-científica cuyo constante elogio, incentivo y selección no alteraba la pérdida radical de derechos específicos con respecto a la experiencia de Weimar, la clasificación de los seres humanos en función de sus derechos raciales, que empezarían refiriéndose a su capacidad de reproducción y acabarían por definir la obligación de entregar su trabajo gratuito, el carácter prescindible de su existencia o la necesidad de su exterminio. Algunos de estos ingredientes aparecieron antes del nazismo, pero sólo se precipitaron en un compuesto eficaz en el laboratorio político del Tercer Reich. Y esta síntesis es lo que permite hacer una distinción entre la suma de los elementos en un conjunto coherente y su presencia aislada en otras opciones políticas. La abundancia de la bibliografía internacional dedicada al tema y las distintas formas de aproximación —desde las biografías de los dirigentes hasta los estudios de la vida cotidiana, desde los sofisticados recuentos electorales hasta los análisis de las organizaciones del partido, desde la aproximación al antisemitismo hasta la lectura más amplia del proyecto racial— corrobora la impresión de ese espacio privilegiado que ocupa el nazismo para responder a algunas cuestiones elementales de la construcción del mundo contemporáneo.

En Alemania, esta combinación de interés historiográfico y tensiones morales se hace más inquietante. Francia o Gran Bretaña contemplan su propia edad con una actitud serena, que no excluye la firmeza de los debates sobre la construcción de sus peculiaridades. Las continuidades sustanciales permiten una aproximación de *longue durée*, como si los acontecimientos hubieran ido depositándose en un lento y ordenado proceso de cristalización. Semejante visión *acumulativa* de la memoria histórica, en la que incluso las rupturas adquieren un sentido positivo, de aceleración de la velocidad hacia el progreso —o, en todo caso, hacia lo que se ha llegado a ser—, no encuentra paralelo en Alemania. Las fracturas de su proceso histórico son digeridas como traumas que debilitan una toma de conciencia nacional. La mayor y más inmediata de todas ellas ha tenido un efecto devastador sobre esa adquisición tranquila de una identidad de ciudadanos. ¿De qué otra forma podría ser, cuando desde 1945 se ha respondido que Alemania sólo adquiere su madurez al calor de una derrota, de una ocupación militar, de la depuración ideológica de su población y de la separación en dos estados, a lo que deberían sumarse las formas diversas de asumir una culpabilidad, cuyo carácter sinuoso no siempre procede de las responsabilidades concretas? Los alemanes, incluyendo a sus historiadores, han añadido al peso de Auschwitz el de Núremberg. La reconstrucción institucional se ha hecho en condiciones de sumisión a los vencedores, aceptando que la recuperación de su salud cívica sólo podría verificarse mediante la renuncia a lo que habían sido sus objetivos nacionales en su última centuria. El resto de europeos pueden enfrentarse a la experiencia nazi como una atrocidad que se contempla o que se sufre pasivamente. Alemania la vive como un desequilibrio de conducta, una mutación del sentido moral cuyo recuerdo se transmite a las generaciones sucesivas como una pavorosa herencia familiar.

El laberinto de la soledad alemana. Liberación, depuración y olvido en los otros fascismos

El aislamiento de Alemania es relativo, porque la experiencia del fascismo impregnó la cultura europea en su conjunto. Francia dispone, también, de un *pasado que no pasa*,[3] una resonancia de complicidad con la ocupación alemana de 1940, cuyo nombre despierta aún los recelos de quienes preferirían una historia más fiel a los mitos republicanos sobre los que se diseña la identidad hexagonal. Durante decenios, Francia se ha referido a Vichy con una mezcla de mala conciencia, de su *extrañeza* con respecto a la comunidad, de negación de su carácter. Fuera de las aulas, más allá del debate académico, en la conexión con el pasado que los ciudadanos pulsan para reconocer su genealogía, el síndrome de Vichy ha sido la imagen deforme que ofrecía la mitología de la Resistencia al otro lado del espejo.[4] Los ecos del escándalo provocado por Sternhell cuando hizo de Francia la cuna del fascismo han ido atenuándose, pero aquella incomodidad, convertida en una elegante violencia universitaria, somatizó la repugnancia de ilustres historiadores cuya formación intelectual —y, por tanto, afectiva— se había construido en los límites del «pacto republicano». La trayectoria ideológica que saltaba, en un místico camino de perfección, desde la república jacobina hasta las presidencias imperiales posgaullistas, había sido contaminada por una acusación que, más allá de su definición discutible del fascismo, *normalizaba* la experiencia de Vichy en la evolución política francesa.[5] Pétain y De Gaulle, Déat y Herriot, Céline y Malraux, *Je suis partout* y *Combat* pasaban a ser alternativas políticas de unos franceses tan permeables como el

3. E. Conan y H. Rousso, *Vichy, un passé qui ne passe pas*, París, 1994.
4. H. Rousso, *Le Syndrome de Vichy de 1944 à nos jours*, París, 1990.
5. Z. Sternhell, *La droite révolutionnaire. Les origines françaises du fascisme 1885-1914*, París, 1978; *Ni droite, ni gauche. L'idéologie fasciste en France*, París, 1983. El debate provocado por las tesis de Sternhell puede seguirse en P. Milza, *Fascisme français. Passé et présent*, París, 1987, pp. 28-41. Sobre el peso de la memoria del fascismo, pueden verse también las contribuciones en el libro editado por R. Golsan, *Fascism's Return. Scandal, Revision, and Ideology since 1980*, Lincoln, 1998; R. Soucy, «The Debate over French Fascism», pp. 130-151; B. M. Gordon, «World War II France Half a Century After», pp. 152-181; R. Golsan, «History and the Responsability of Memory. *Vichy: Un passé qui ne passe pas* and the Trial of Paul Touvier», pp. 182-199; L. Higgins, «The Barbie Affair and the Trials of Memory», pp. 200-217.

resto de los europeos a las grandes opciones del momento. Opciones que no sólo les *obligaron* a elegir, sino que, sobre todo, se lo *permitieron*. Y una parte nada desdeñable de ellos, educados en un vago inconformismo frente al mundo que agonizaba desde la Gran Guerra,[6] puestos ante el dilema con que Drieu La Rochelle había querido reducir el compromiso de la juventud contra la decadencia —«O Roma o Moscú»—[7] decidieron optar por Berlín, el lugar al que el fascismo había trasladado su residencia real y simbólica en 1940.

A partir de 1944, la *liberación* se complementa con lo que podría ser un sentido ritual de la palabra: la *depuración*. Tras haber vacilado en el ritmo pendular de la colaboración y la resistencia, Francia alivia las molestias de sus responsabilidades en una purga enérgica, que no retrocede ante altos funcionarios, ante escritores notables, ante capitanes de la industria. Camus aplaudirá en *Combat* el arresto de Louis Renault,[8] en unos términos que recuerdan la frase con que Saint Just indicó a Luis XVI el camino del patíbulo: «No se puede reinar inocentemente.»[9] Una exasperación del papel objetivo de los individuos que Camus habrá de matizar no mucho más tarde, tomando como ejemplo, precisamente, al joven teórico del terror revolucionario.[10] De Gaulle se niega a aceptar las peticiones de gracia y sostiene la condena a muerte de Robert Brasillach, provocando la inmediata conversión al fascismo del ilustre escritor Maurice Bardèche, azote, desde entonces, de una justicia que cree cortada a la medida de los vencedores.[11] Con Lucien Rebatet vivo, pero condenado a trabajos forzados, con Céline libre gracias a una argucia legal, con Drieu La Rochelle afrontando su sui-

6. J. L. Loubet del Bayle, *Les non-conformistes des années 30. Una tentative de renouvellement de la pensée politique française*, París, 1967.

7. Aunque, tiempo atrás, el mismo Drieu había planteado otro dilema, que alternaba entre el pacifismo reformista a la revolución, en su texto *Genève ou Moscou*, París, 1928. Véase un análisis de su obra en M. Balvet, *Itinéraire d'un intellectuel vers le fascisme. Drieu La Rochelle*, París, 1984, especialmente pp. 125 y ss., «De la mythologie guerrière au fascisme».

8. H. Lottman, *La depuración*, Barcelona, 1998, pp. 389-390.

9. L. A. Saint Just, *Oeuvres complètes*, París, 1984, p. 379. Discurso ante la Convención Nacional, 13 de noviembre de 1792.

10. A. Camus, *El hombre rebelde*, edición con *El mito de Sísifo*, Buenos Aires, 1970, pp. 220-227.

11. P. Milza, *Fascisme...*, p. 278. Las obras principales de rechazo de la depuración en Francia o Alemania escritas por Bardèche son su *Lettre a François Mauriac* (1947) y *Nuremberg ou la terre promise* (1948).

cidio, la suerte del colaboracionismo intelectual parece cubrir todas las posibilidades legales y vitales, incluyendo la complicidad de los escritores antifascistas en la depuración, una actitud no siempre cómoda, no siempre intachable, no siempre ligada a un pasado de lucha en la resistencia. Tal vez algunas de las reflexiones del ensayo, del teatro y de la novela acerca de la legitimidad de la violencia, tan frecuentes en la cultura francesa de los siguientes años, tengan algo que ver con el recuerdo de ese ajuste de cuentas entusiasta, especialmente cuando Francia deba asimilar la guerra de Argelia y su cambio de papel en el juego de ocupantes y ocupados, de torturadores y resistentes, de policías y terroristas, que hasta aquel momento ha marcado una confortable distinción entre el Bien y el Mal absolutos en la memoria popular. La arbitrariedad de la depuración, sin ser la norma, tiene ejemplos que matizan su carácter legítimo. Pétain, condenado a muerte y a la indignidad nacional, se salvará por el ejercicio del derecho de gracia que De Gaulle ha negado a otros muchos, sacrificando la lógica del primer proceso de Núremberg. Una paradoja que obedece, sin embargo, a una adecuada lectura de los sentimientos de la mitad del país, para la que Pétain es aún el Mariscal, el héroe de Verdún, incluso el personaje que preserva un cierto sentido de estado que escapa a los devaneos doctrinarios de los verdaderos fascistas.[12] La muerte de Laval parece compensar esa clemencia mediante una condena ejemplar de la deriva de un republicano, mientras la prisión perpetua de Maurras castiga, de forma igualmente modélica, la prolongada coherencia de un monárquico antiliberal.[13] De esta forma, la depuración señala sus propósitos, que incluyen una desfascistización orientada a replantear las reglas del juego republicano tras la tolerancia de la Tercera República con los inconformistas de la extrema derecha. El castigo de las *opiniones* con tanta o mayor firmeza que el de los *actos* —la comparación entre las condenas de Pétain y Maurras lo atestigua— tendrá una virulencia más intensa que la que llega a observarse en Italia o Alemania. Francia, que puede y quiere de-

12. H. Lottman, *Pétain*. Barcelona, 1998, pp. 435-436; M. Ferro, *Pétain*, París, 1987, pp. 614 y ss.

13. El 65% de los parisinos preguntados por el tema a fines de 1944 eran favorables a la ejecución de Laval (J. P. Azéma y F. Bédarida, *La France des années noires*, vol. 2. *De l'occupation à la libération*, París, 1993, p. 424). Sobre el proceso a Charles Maurras, E. Weber, *L'Action Française*, París, 1985 (edición americana de 1962), p. 520.

sempeñar su papel de potencia en la reorganización del continente, se ve obligada a mostrar un celo especial en la persecución de los colaboracionistas, arrebatándoles su propia territorialidad, presentándolos como un injerto en el cuerpo agotado de las instituciones de la primera posguerra, nunca como lógicos militantes de una empresa destinada a «rehacer la república», en la que participaron cientos de miles de ciudadanos caminando sobre la imprecisa línea que separa el conservadurismo radical del fascismo.[14] Las sentencias de muerte o de prisión, incluso las de la muerte civil que implica la marginación de la cultura francesa, parecen reiterar, en manos de los jueces, el drama que ha llevado a algunos fascistas a elegir el país antes que la ideología, la solidaridad nacional frente a la fraternidad política. Curiosamente, algunos de los peor librados en ese trayecto, gentes como Valois, dirigente de *Acción Francesa* y fundador de Le Faisceau, muerto en Bergen-Belsen poco antes de la liberación,[15] continuarán siendo considerados una especie de bohemios excéntricos, figuras ornamentales en los márgenes de una tradición política intachable, dispuesta a consumir los frutos de la victoria.[16]

La adquisición de un pasado aceptable mediante la negativa a ver en la colaboración *una* cara de una cultura nacional poliédrica, tallada por los diversos impulsos ideológicos del período de entreguerras, alcanzará niveles altos en otros países ocupados por Alemania, para los que el «internacionalismo fascista» se vivió como la vergonzosa servidumbre de cipayos sin principios. La ejecución de Quisling en Akerhus, en octubre de 1945, será seguida de la condena a prisión de 20.000 miembros de la Unión Nacional noruega y de

14. F. Monet, *Refaire la République. André Tardieu, una dérive réactionnaire, 1876-1945,* pp. 178 y ss., para la evolución emblemática de uno de los políticos conservadores más destacados.

15. A. Douglas, *From Fascism to Libertarian Communism. Georges Valois against the Third Republic*, Berkeley, 1992. Georges Valois había roto con el fascismo a finales de los años veinte, pero el ejemplo es válido por el ostracismo que ha sufrido su obra más interesante, que pertenece a la fase de su monarquismo obrerista y, tras su ruptura con Maurras, a la del fascismo ortodoxo (*véanse* pp. 19-146 del libro de Douglas).

16. Este esfuerzo por construir una continuidad momentáneamente eclipsada por la ocupación ha sido muy bien analizada por M. Kelly, «*Révolution, Renaissance, Redressement.* Representations of Historical Change in Post-War France», en G. Bartram, M. Slawinski y D. Steel, *Reconstructing the Past. Representations of the Fascist Era in Post-War European Culture*, Keele, 1996, pp. 32-48.

30.000 sentencias de pérdidas de derechos cívicos y multas. En la confusión de los últimos meses de la guerra, Quisling y sus compañeros del Natjional Samling habían tratado de conseguir una evacuación pacífica de las tropas alemanas, construyendo un gobierno sin tutelas. De poco sirvió este último expediente, salvo para provocar la detención por la Gestapo de algunos fascistas noruegos. Quisling, fracasado su intento de ser un Badoglio nórdico, acabará poniendo su nombre a los actos de alta traición, adquiriendo el penoso rango de una alusión genérica a las miserias de la guerra, que comparte con otros nombres abrumados por su significado interminable: Auschwitz, Coventry, Hiroshima, Katyn...[17] Bélgica no irá a la zaga de esa tipificación y castigo del delito de colaboración. La popularidad del movimiento Rex, aunque se evapore tras el éxito electoral de 1936, precisa de una acción quirúrgica que evite la reproducción del mal en otras formas. En la primavera y verano de 1946, 97 dirigentes rexistas serán juzgados en Charleroi por los hechos de Courcelles, donde los colaboracionistas se dedicaron al pillaje y el asesinato en la excitación nihilista de la retirada alemana. En noviembre de 1947, 27 son fusilados por la espalda, incluyendo a los cabecillas del partido Victor Matthys y Louis Collard.[18] El dirigente más destacado, Léon Degrelle, escapará a la suerte de sus compañeros, hallando refugio en la España de Franco, la misma que se lo ha negado a Pierre Laval, en un contraste de consideraciones diplomáticas muy propias de los lacios escrúpulos del Caudillo. La protección del régimen le permitirá escapar a las demandas de extradición, y tras la muerte de Franco publicará numerosos textos autobiográficos devorados por los fascistas españoles, católicos prevaticanistas para los que Léon Degrelle encarna la imagen de un fascismo de mística cristiana en el que la tarea de las Waffen SS reitera el destino de las órdenes militares medievales, una cruzada que actualiza, en el rostro soviético, el semblante moderno del Anticristo.[19]

La peculiaridad de la herencia alemana se refiere también a la que la separa de sus aliados «visibles» en la Segunda Guerra

17. H. F. Dahl, *Quisling. A Study in Treachery*, Cambridge, 1999, pp. 345 y ss.

18. M. Conway, *Collaboration in Belgium. Léon Degrelle and the Rexist Movement*, New Haven, 1993, pp. 276-277.

19. Sobre la influencia de L. Degrelle en España, *véase* X. Casals, *La tentación neofascista en España*, Barcelona, 1998, pp. 80-86.

Mundial. Ninguno de ellos experimentará las condiciones de *Zusammenbruch* («derrumbamiento general») que Alemania vive en mayo de 1945. La guerra civil italiana permite romper el ensamblaje del país y del régimen del *ventennio*. La protección de la República Social por la Wehrmacht acentúa la desnacionalización del fascismo mussoliniano que se había iniciado en el verano de 1943, con la crisis en el mismo seno del partido y con la ruptura entre el Duce y las elites tradicionales. Durante muchos años, hasta que de la rigurosa mano de Renzo de Felice se proponga una *historización* del fascismo,[20] la cultura política italiana se fundamentará en el universo mítico de la Resistencia. La derrota militar no se vive en términos de un fracaso nacional, sino sólo como la caída del régimen fascista y la recuperación del predominio de las verdaderas fuerzas populares italianas, representadas en el Comité de Liberación Nacional. Italia se libera a sí misma, sufriendo una guerra civil cuya dureza arrebata al régimen caído cualquier asomo de cohesión y consenso, devolviéndole la imagen previa a la Marcha sobre Roma, no tanto en la reivindicación de sus aspectos «revolucionarios» que proclaman los *reduci* de Saló y que se encarnan en la Carta de Verona, como en la despiadada violencia contra la izquierda partisana. Esa «elección» del campo del antifascismo por una parte considerable de los italianos[21] irá seguida también de la depuración, cuya primera etapa radical, confiada al comunista Scoccimarro y al socialista de izquierdas Nenni, será cancelada en aras de la reconciliación nacional impuesta por el pragmá-

20. R. de Felice, *Intervista sul fascismo*. Bari, 1975. La posición «normalizadora» ya había sido experimentada en los primeros volúmenes de su biografía de Mussolini. Hasta aquel momento, habían aparecido *Mussolini il rivoluzionario, 1883-1920*, Turín, 1965; *Mussolini il fascista. La conquista del potere, 1921-1925*, Turín, 1966; *Mussolini il fascista. L'organizzazione dello Stato fascista, 1925-1929*, Turín, 1968; *Mussolini il Duce. Gli anni di consenso, 1929-1936*, Turín, 1974. El efecto de la obra de De Felice en los ambientes antifascistas fue considerable, pero no provocó ninguna reacción cultural en los partidarios del régimen mussoliniano, agrupados en el Movimiento Social, que trataban de salir del gueto político en el que la cultura de la Primera República los había recluido. *Véase* P. Ignazi, *Il polo escluso,* Bolonia, 1998 (1.ª de 1989), pp. 222-224.

21. C. Pavone, *Una guerra civile. Saggio storico sulla moralità della Resistenza*, Turín, 1991. Una reflexión sobre la resistencia desde el punto de vista de la ética en R. Bennett, *Under the Shadow of the Swastika. The Moral Dilemmas of Resistance and Collaboration in Hitler's Europe*, Londres, 1999. Especialmente, el capítulo «Collective Responsibility and the Responsibility of the Resistance», pp. 130-174.

tico secretario del PCI, Palmiro Togliatti, impulsor de la amnistía de 1946.[22]

Para esta trama de recursos de identificación, el fascismo no forma parte de los grandes referentes de la cultura moderna italiana, junto con el catolicismo, el liberalismo y el socialismo. Por el contrario, aparece como una desviación en el ritmo de democratización del país, un bloqueo de la vida política que conduce a los desastres consecutivos de la alianza con la Alemania nazi y la guerra mundial. Sin que Italia sufra los efectos de la ocupación en los términos en que los padecerá su aliado, esa explicación tiene los elementos anestésicos propios de una decoración del pasado que sacrifica la funcionalidad al confort. Al negar la existencia del fascismo real, olvidando la sinceridad de su convocatoria popular, su captación de voluntades, su deseo de construir una nación, el innegable prestigio del régimen hasta la guerra misma, la precariedad de la resistencia *activa* y *organizada*, no sólo se falsifica la *consistencia* del fascismo, su encaje sólido en la crisis italiana del *dopoguerra*, sino que se caricaturizan los motivos de adhesión y, por tanto, los de *desengaño* con respecto al régimen. Se oscurecen formas ingeniosas y valientes de *disenso* cuya expresión no siempre era la militancia en la oposición política, sino simples pero enérgicas negativas a la colaboración y entrañables mecanismos para burlar la complicidad con la represión que el gobierno exigía y tras la que se protegió.[23] Su efecto secundario menos deseable —y más paradójico— ha sido edificar una forma opuesta de simplificación, destinada a acompañar la destrucción institucional de la Primera República con el de una tajante revisión de la historia italiana en el siglo XX. Tal reconstrucción confunde la percepción positiva del fascismo en su época por zonas muy amplias de la población con el carácter intrínsecamente positivo de sus propuestas frente a la amenaza revolucionaria del comunismo. Puestas las cosas en el terreno de un relativismo moral e histórico que obliga a escoger en un juego innecesariamente bipolar, lo que se hace es

22. H. Woller, *I conti con il fascismo. L'epurazione in Italia, 1943-1948*, Bolonia, 1997. Sobre el debate en el seno del PCI, *véase* P. Spriano, *Storia del Partito Comunista Italiano, vol.* 5. *La Resistenza. Togliatti e il partito nuovo*, Turín, 1975.

23. «"The years of consent"? Popular attitudes and resistance to Fascism in Italy, 1925-1940», en T. Kirk y A. McElligott, *Opposing Fascism. Community, Authority and Resistance in Europe*, Cambridge, 1999, pp. 163-179.

renunciar a la esencia y a la indudable fertilidad de la *historización* que reclamaba De Felice. Si la actitud de la «historia oficial» del antifascismo de la Primera República consideraba la experiencia del *ventennio* sólo desde su punto de llegada, un Estado adulto que permitía la identificación precisa de su implacable información genética, el revisionismo convierte el fascismo en la muleta intelectual de un futurible: su validez reside en haber evitado algo que no ocurrió y, por consiguiente, una experiencia cuya apreciación sólo puede construirse sobre las arenas movedizas de la ficción histórica. A fin de cuentas, un análisis del fascismo que proceda de sus últimos momentos tiene mayores expectativas de generar un discurso útil, al margen de los excesos de la cultura de la Resistencia. Porque el final *existió realmente*, aun cuando su relación con el principio haya de ser tratada sin hacerlo el único final posible para un determinado principio. La apreciación de Tim Mason, al señalar que toda historia bien escrita comienza por el final, obedece a la necesidad de precisar el *carácter* de un episodio de largo recorrido que no puede atender tan sólo a lo que pretendía ser, ni siquiera a lo que consiguió ser en un principio, sino a lo que fue como *experiencia total*.[24] El debate revisionista se produce en un espacio académico atento a la crisis de las instituciones creadas en la gran fractura nacional de 1943-1946, una crisis que trata de hallar en el fascismo un referente *histórico* para negarle la posibilidad de ser un referente *político*. Arrinconado en el pasado, pero aceptado en la memoria colectiva de los italianos, el fascismo deja de provocar nostalgia o resentimiento, deja de tener una calidad de identificación político-afectiva de futuro, como condición previa para que el antifascismo pierda esa misma eficacia. El derrumbamiento de la Primera República y la extinción generacional de los contemporáneos del *ventennio* ofrece un espléndido marco de normalización, en el que los militantes del viejo «polo excluido» de las mayorías gubernamentales durante cincuenta años, los defensores del «ni renegar ni restaurar» pasarán a for-

24. «*All good history writing begins at the end. However artfully it may be disguised however unthinkingly it may be assumed, the end of the story is there at the beginning. Where the end is judged to lie in time, what its character is, how it is defined —in taking these decisions about any piece of work, historians necessarily make their judgement about the general significance of their particular theme of the period. And this judgement in turn determines where they start.*» T. Mason, «Ends and beginnings», *History Workshop,* 1990, p. 134.

mar una parte esencial en la construcción de la gran derecha posfascista.[25]

La otra gran potencia vencida, el Imperio japonés, afrontará la experiencia de la derrota en términos muy diferentes. A pesar de haber resistido hasta el final, incluso tras la capitulación de Alemania, a pesar de la dureza que ha caracterizado al conflicto, las consideraciones diplomáticas sobre el equilibrio en Extremo Oriente, amenazado primero por la URSS y después por la China revolucionaria, aconsejarán la indulgencia de Estados Unidos.[26] Los horrores llevados a cabo por la Unidad 731 de Ishii Shiro, experimentando con seres humanos para dotarse de un arsenal de guerra biológica,[27] no son utilizados como un mecanismo de propaganda que abrume la memoria del pueblo japonés, y se tarda mucho en enfrentar al país con la denuncia de mujeres asiáticas, pertenecientes a etnias «inferiores», condenadas al servicio sexual de los combatientes.[28] Las matanzas indiscriminadas de chinos se archivan en la desventurada evolución que sufre el país desde la caída del imperio, salvo la masacre de Nanking, cuyas dimensiones y publicidad, que provocan un escándalo en todo el mundo, llevarán al castigo de los responsables máximos tras la derrota japonesa.[29] La diferencia de trato con Alemania nos señala, una vez más, el desorden jurídico de las depuraciones y, seguramente, la inconsistencia moral de su talante selectivo. La discusión sobre el carácter del régimen imperial en los

25. P. Ignazi, *Postfasciti? Dal Movimento sociale italiano ad Alleanza nazionale*, Bolonia, 1994, pp. 65 y ss.; M. Tarchi, *Dal MSI ad AN. Organizzazzione e strategie*, Bolonia, 1994, pp. 95 y ss.; F. Gallego, «La extrema derecha italiana: del MSI a Alianza Nacional», *Historias*, 2, 1999, pp. 118-129; *Íd.*, *The Extreme Right in Italy from the Italian Social Movement to Post-Fascism*, Working Paper del ICPS, Barcelona, 1999.

26. R. Thompson, *The Pacific Basin since 1945. A History of the Foreign Relations of the Asian, Australian and American Rim States and the Pacific Islands*, Londres, 1994, pp. 4-79.

27. P. Williams y D. Wallace, *Unit 731. Japan's Secret Biological Warfare in World War II*, Nueva York, 1989.

28. El gobierno estadounidense obligó a los prisioneros de guerra condenados a trabajar en grandes empresas a firmar documentos renunciando a posteriores reclamaciones. Todavía en septiembre de 1999, supervivientes de los que trabajaron en condiciones de esclavitud, presentaron una demanda (J. Valenzuela, «Esclavos de las empresas japonesas. Medio centenar de ex prisioneros de la II Guerra Mundial demandan a Kawasaki y Mitsubishi», *El País,* 16 de septiembre de 1999, p. 64).

29. A. Crozier, *The Causes of the Second World War*, Oxford, 1997, p. 205; I. Buruma, *Il prezzo...*, pp. 120-144.

años treinta y cuarenta conduce ya a un debate que trata de realzar el carácter específico de la contienda con Japón. La ausencia de un fascismo japonés sitúa la guerra del Pacífico no sólo en un escenario geográfico distinto, sino también en un territorio político diferente, haciendo de la alianza germano-japonesa una cuestión diplomática sin más referencias ideológicas que un confuso antibolchevismo.[30] La tesis de las dos guerras, sin embargo, ha recibido críticas recientes de la propia historia de las relaciones internacionales que, sin considerar el carácter interno del régimen, define los objetivos de los aliados en términos de una gran coalición paralela a la que actúa en el frente europeo,[31] de la misma forma que el imperialismo japonés plantea una «diplomacia moral» alejada del sentido de la política exterior británica o norteamericana y próxima a la del Tercer Reich.[32] El esfuerzo por difuminar la naturaleza fascista del régimen imperial en los años que preceden y acompañan a la Segunda Guerra Mundial tiene plena legitimidad académica, pero también una indudable utilidad en otros ámbitos, al propiciar una justificación para el trato que recibirá el sistema.

Japón no escapará al castigo de algunos criminales de guerra, ejecutados en septiembre de 1948: seis altos mandos militares y un solo civil, Hirota Koki, ministro de Asuntos Exteriores en 1933-1936 y primer ministro en 1936-1937. Varios jueces muestran su desacuerdo con las sentencias e incluso con la tipificación de los delitos. Finalmente, los condenados a penas de prisión serán absuel-

30. Una visión favorable al carácter fascista del régimen es la que ofrece M. Maruyama, *Le radici dell'espansionismo. Ideologie del Giappone moderno*, Turín, 1990 (edición original en Tokio, 1957), especialmente pp. 27-171. Contrario a la misma, y defensor de un régimen conservador autoritario, E. K. Tipton, *The Japanese Police State. The Tokyo in Interwar Japan*, Sydney, 1990. Un reciente intento de mezclar las tres grandes experiencias fascistas utilizando la categoría de «fraternalismo», P. Booker, *The Faces of Fraternalism. Nazi Germany, Fascist Italy, and Imperial Japan*, Oxford, 1991, pp. 207-288. Sobre la evolución interior del régimen, G. M. Berger «Politics and Mobilization in Japan, 1931-1945», en P. Duus (ed.), *The Cambridge History of Japan,* vol. 6, Cambridge, 1988, pp. 97-153.

31. M. Banhart, «The Origins of World War II in Asia and the Pacific. Synthesis Impossible?», *Diplomatic History,* 20 (2), 1996, pp. 241-260; *Íd., Japan prepares for Total War. The Search for Economic Security, 1919-1941*, Ithaca, 1987.

32. Hosoya Chihiro, «Britain and the United States in Japan's View of the International System, 1937-1941», en I. Nish (ed.), *Anglo-Japanese Alienation, 1919-1952*, Cambridge, 1982, pp. 57-75.

tos en 1957.[33] La diferencia con el proceso de Núremberg es innegable, tanto en lo que se refiere a la desproporción entre civiles y militares acusados y sentenciados, como en lo que afecta a la magnanimidad con quienes reciben condenas de prisión, dejados en libertad nueve años después, mientras los cautivos en Spandau cumplen íntegramente su condena. La línea de responsabilidades se interrumpe, además, en Hiro Hito, al que ni siquiera se exige la abdicación, en contra de una parte considerable de la opinión pública americana y británica. La decisión de no juzgar al emperador, según escribió en sus memorias el propio MacArthur, obedecía al temor de una guerra civil,[34] pero también a los principios sobre los que quería reconstruirse el país y, por tanto, también su memoria histórica. Después de una áspera propaganda de guerra, que convirtió a los japoneses en un adversario deshumanizado, de principios y conducta incomprensibles, moralmente inferiores a sus aliados nazis, la «normalización» se realiza en términos inversos, tratando de establecer una larga línea de continuidad nacional, de fructífero proceso de modernización iniciado con la revolución Meiji de 1868 y que, tras superar el desdichado incidente de la guerra, se reencuentra con una evolución esencial a la que se inculcan algunas mejoras de funcionamiento institucional procedentes de los vencedores.[35] La guerra y sus antecedentes, que algunos especialistas insertan en una «doble mentalidad» japonesa, donde convivían la agresividad y la delicadeza, la violencia y la contemplación —o, para decirlo en los términos de un célebre texto, la espada y el crisantemo—,[36] son atribuidos a una camarilla de militares que interrumpieron una vía pacífica hacia la construcción de una nación moderna, equiparable a los estados occidentales. La figura de Hiro Hito, incluyendo su renuncia al poder absoluto, se coloca así como necesaria encarnación de la permanencia de una tradición momentáneamente sepultada bajo las ilusiones de un *Lebensraum* asiático, de un Nuevo Orden continental sometido a la superioridad ra-

33. Mikiso Hane, *Eastern Phoenik. Japan since 1945*, Boulder, 1996, pp. 15-16.
34. *Ibíd.*, p. 16-17.
35. R. J. Bosworth, *Explaining Auschwitz and Hiroshima. History Writing and the Second World War 1945-1990*, Londres, 1993, pp. 167-190. Sobre la ocupación americana, *véase* Haruhiro Fukui, «Postwar Politics, 1945-1973», en P. Duus, *The Cambridge...*, pp. 154-184.
36. R. Benedict, *The Chrysanthemum and the Sword. Patterns of Japanese Culture*, Boston, 1946.

cial japonesa.[37] Páginas arrancadas de la historia del país, secuencias cortadas en un trámite de censura para proyectar un pasado deseable y utópico. La entrada del Japón en el mundo contemporáneo no se realiza, en la memoria de sus ciudadanos, como la de un país que supera su propia dinámica militarista, fruto de un desarrollo preciso y coherente de su cultura, de su expansión y su insuficiencia económicas, de un régimen que mezclaba el arcaísmo de sus mecanismos de legitimación con la modernidad de sus instrumentos de control interno y conquista exterior. El imperio ingresa en la posguerra como la primera víctima de la era nuclear, adquiriendo la calidad de un aviso, de una disuasión de la violencia entre los estados, en una nueva fase de la carrera armamentística que sólo conduce a la destrucción mutua. Como si el recuerdo renunciara a parte de su soberanía, Hiroshima persiste a expensas de Nanking. Los caídos en Okinawa silencian a las prostitutas forzosas de los corales del Pacífico. La risueña adaptación de los burócratas imperiales a la ocupación americana sella la agonía de quienes fueron usados como cobayas en Manchuria. En Japón, amplias zonas del pasado no sólo *pasan,* arrastradas por la corriente de una reconstrucción selectiva. Para las jóvenes generaciones, ni siquiera *ocurren.*

Los *años cero* de Alemania: de la ocupación a la reunificación

En este campo complejo, donde el pasado y la historia mantienen una relación interceptada por los atenuantes que dulcifican la herencia de los fascismos locales, la soledad alemana es un *hecho.* Pero es también —y sobre todo— una *sensación.* Su aislamiento tiene los aires de una cuarentena, de la protección de los otros ante los síntomas de una enfermedad moral. A la hora de afrontar su relación con el nazismo, presentado brutalmente como la «aportación» germánica a la historia de nuestro siglo, el pueblo alemán lo hace en unas condiciones concretas, en una encrucijada histórica,

37. *Véase* el conjunto de ensayos compilados por R. Myers y M. Peatti, *The Japanese Colonial Empire, 1895-1945.* En especial, M. Peattie, «Japanese attitudes toward Colonialism, 1895-1945», pp. 80-127, y R. Myers, «Post World War II Japanese Historiography of Japan's Formal Colonial Empire», pp. 455-477.

donde el pasado funciona como un reactivo que permite *observar* el presente. No sólo *vivirlo,* sino *valorarlo.* Las premisas de este nuevo comienzo, de este *año cero,*[38] son poco envidiables. Tras la catástrofe, Alemania ni siquiera sabe si continuará existiendo, aun cuando es obvio que su pervivencia como estado nacional ha concluido. Roosevelt no llegará a ver la rendición del Reich, pero su actitud poco benévola, que ha discutido con Churchill en Teherán y Yalta,[39] se mantiene en algunos miembros destacados del gabinete de Truman. Henry Morgenthau propone no sólo la divisón del país, sino una sistemática desindustrialización que impida cualquier agresión en el futuro.[40] Tal actitud cederá el paso a la prudencia de los británicos, que puede fundamentarse en las consideraciones estratégicas de Churchill o en la solidaridad de Carr con los demócratas alemanes. Las propuestas de Morgenthau parecen ahora una excentricidad, pero no lo son en el marco de verdadera *desnacionalización* en que se realizan. En los cuatro años que transcurren entre el final de la guerra y la proclamación de la República Federal, resuenan dos palabras dominantes: reeducación *(Umerziehung)* y desnazificación *(Entnazifizierung).* Se sobreentiende una tercera: ocupación *(Besatzung),* que ofrece la cobertura local de ambos procesos, pero que expresa también su legitimación *externa.* Las palabras verifican que la derrota no se analiza, fundamentalmente, en términos militares, sino ideológicos, aun cuando ello no debería sorprender a un país que ha soportado el impulso bélico gracias a estimulantes de esta categoría. Menos aceptable para los vencidos, incluso para los antifascistas —¿sería mejor decir los «afascistas»?—, es que la limpieza del carácter de una generación deformada por la dictadura se considere atributo de los vencedores, y que corresponda a éstos la vigilancia sobre cualquier intento de reconstruir las organizaciones nazis. Hasta 1949, serán los responsables aliados de cada zona los que decidan cuáles son los partidos autorizados. Y, después de aprobarse la Carta Fundamental de la república, las decisiones de la Corte de Karlsruhe para decretar la ilegalización de partidos neonazis estarán tan pendientes

38. J. Solchany, *Comprendre le nazisme dans l'Allemagne des années zéro (1945-1949),* París, 1997.

39. K. Sainsbury, *Churchill and Roosevelt at War. The War they Fought and the Peace they Hoped to Make,* Londres, 1994, pp. 134-159.

40. H. Morgenthau, *Germany is our Problem,* Nueva York, 1945.

de la propia constitución como de la atención de las antiguas potencias ocupantes.[41] La desnazificación efectiva resultará tan suave a medio plazo como agresiva a corta distancia, mezclando los peores resultados de una y de otra actitud. La apertura de millones de expedientes se considerará injusta, y la escasez de condenas no supondrá un castigo de los militantes nazis ni una erradicación auténtica de sus principios, cuya persistencia podrá observarse tanto en los éxitos electorales de la extrema derecha que aún se observan a comienzos de los años cincuenta,[42] como en la persistencia de una valoración positiva del régimen hitleriano, por matizada que sea, en zonas importantes de la población.[43]

Las palabras de los ocupantes irán seguidas de las que pronuncian los ocupados: «culpa» *(Schuld)* y «responsabilidad» *(Verantwortlichkeit).* Tal actitud, que trata de *entender* lo ocurrido, planea sobre una postura general de resignación ante el desastre, poco propicia a la reflexión y más proclive a la negación violenta del nuevo orden o al refugio en un olvido impenetrable. Para los intelectuales que se interrogan, lo de menos es el delito de cada uno, y las palabras se matizan esparciendo el peso de la conciencia en un ámbito más amplio: la culpa se convierte en complicidad *(Mitschuld),* la responsabilidad individual en colectiva *(Mitverantwortlichkeit).*[44] Este esfuerzo de racionalizar la catástrofe sale al paso de un lugar común que la propaganda de guerra ha ido fijando en la causa de los vencedores. Autores como Vansittart defienden la apreciación del nazismo como una manifestación especialmente depurada del carácter del pueblo alemán. Lejos de ser una aberración en el camino de la conciencia europea, el nazismo es una expresión de la lógica interna del desarrollo nacional, aunque la aberración pase a ser *toda* la historia del país. El episodio hitleriano ni siquiera es

41. R. Stöss, *Politics against Democracy. Right-Wing Extremism in West Germany*, Oxford, 1989, pp. 106.

42. Sobre 3.660.648 casos instruidos, sólo hubo 175.152 condenas (P. Ignazi, *L'estrema destra in Europa*, Bolonia, 1994, p. 149). En 1952, se prohibió el Partido Socialista del Reich, que había conseguido entrar en el parlamento de la Baja Sajonia y en el senado de Bremen el año anterior.

43. F. Gallego, «De la nostàlgia al nou radicalisme. L'extrema dreta alemanya des del 1945», *Afers,* 35, 2000, pp. 87-106; E. Kolinski, «A Future for Right Extremism in Germany?», en P. Hainsworth (ed.), *The Extreme Right in Europe and the USA*, Londres, 1992, pp. 61-94.

44. P. Solchany, *Comprendre...*, p. 59.

la variable germana de una «desviación» continental llamada fascismo. Alemania entera es un error. Según esta visión, el espíritu alemán se *realiza* en el Tercer Reich, en una perversa concepción del concepto hegeliano de progreso.[45] La búsqueda de rasgos peculiares y detestables en la cultura alemana —el afán de dominación, el servilismo con respecto al Estado, el desprecio por otros pueblos, la crueldad y la autosuficiencia— se hacen proceder de la Reforma protestante, y llegan incluso a instalarse en las primeras invasiones germanas, en una búsqueda de referentes históricos que parecen calcar la actitud de los propios nazis, escudriñando el molde de su excepcionalidad en episodios como la derrota de las legiones de Augusto en el *Hermannschlagt* de Teotoburg. La negativa a considerar el papel de los individuos, sumergiéndolos en la marea de un movimiento, se aproxima también a las posiciones de algunos intelectuales que apoyaron el nazismo, como Heidegger, que se refiere a la pérdida de sentido de la individualidad y a la reedificación del *Dasein* (el estar ahí) en el seno del pueblo.[46] La vehemencia de Vansittart tiene estas curiosas conexiones con las actitudes más conservadoras de la historiografía alemana, que defienden una continuidad esencial observada en términos positivos. Donde los fiscales ven servidumbre, los defensores ven disciplina. Donde los primeros dan cuenta del espíritu gregario, los segundos aportan la prueba del sacrificio abnegado a favor del colectivo. La inmersión en la comunidad se opone al individualismo de la tradición liberal francesa, y la modificación romántica del idealismo pasa a quebrar el racionalismo, el empirismo y el positivismo con que se limitan las fuerzas de *la vida* en la filosofía galo-británica. Esa versión entusiasta de una tradición nacional específica —en la línea de otras escuelas dominantes en la historiografía europea de la época— conectará con las críticas de la «revolución conservadora» de la primera posguerra a la experiencia de Weimar, viéndola como la aplicación violenta de unos principios ajenos a la naturaleza de la «germanidad» *(Volkstum).* Como ya se ha visto, serán precisamente los *Wegberei-*

45. *Véase* el análisis de esta posición en M. Burleigh y W. Wippermann, *The Racial State. Germany, 1933-1945*, Cambridge, 1991, pp. 7-8; P. Solchany, *Comprendre...*, pp. 15 y ss. La principal obra de R. Vansittart es *Black Record. German Past and Present*, Londres, 1941.

46. R. Safranski, *Un maestro de Alemania. Martin Heidegger y su tiempo*, Barcelona, 1997, pp. 312-313.

ter del nazismo quienes preparen el camino, quienes defiendan la artificialidad de la democracia para el carácter comunalista del pueblo alemán. Y aunque la posición inicial ante el nuevo régimen tenga rasgos de complacencia, su desviación de la tradición conservadora prusiana se presentará como la verdadera fractura en la historia contemporánea alemana. Para este grupo, el nazismo es una catástrofe[47] que interrumpe la lógica de la propia evolución diferencial, en modo alguno su resultado. El Tercer Reich es un episodio aislado, una excepción en la norma de la vida europea y *también* en la alemana. Nada tiene que ver con el fascismo, pero nada debe tampoco a una tradición que se empeña en vulnerar.[48] El nazismo es una revolución en el peor de sus sentidos, una revolución del nihilismo, un producto de la modernidad.[49] O, para decirlo en los términos de un filósofo marxista, una «asincronía» *(Ungleichzeitigkeit),*[50] una explosiva coincidencia de elementos de cambio y de tradición, un *modernismo reaccionario.*[51]

Lo que tenga el nazismo de excepcionalidad alemana y lo que comparta con un movimiento genérico conmueve el debate intelectual de los años siguientes a la ocupación, y se filtra en la propia conciencia nacional que van adquiriendo los ciudadanos de dos nuevos estados. En los años cincuenta y sesenta, la tesis del carácter único del Tercer Reich se disputa el territorio académico con las referencias cruzadas al totalitarismo y al fascismo. La primera, dejando aparte su funcionalidad en los debates ideológicos de la guerra fría —aunque sus primeros esbozos sean anteriores—, procede de un análisis conservador de la irrupción de las masas en la historia del siglo XX: la referencia de Arendt a la alianza entre la chusma y la elite para identificar el nazismo tiene bastante que ver con la perplejidad de los intelectuales conservadores ante una nueva calidad de la política, que supera los mecanismos de integración del liberalismo decimonónico. La inseguridad provocada por esta «invasión» se confirma en los proyectos radicales que acompañan la

47. F. Meinecke, *Die deutsche Katastrophe. Betrachtungen und Erinnerungen*, Wiesbaden, 1946.

48. G. Ritter, *Europa und die deutsche Frage. Betrachtungen über die geschichtliche Eigenart des deutschen Staatsdenkens*. Múnich, 1948.

49. H. Rauschning, *Die Revolution des Nihilismus*, Zúrich, 1938.

50. E. Bloch, *Erbschaft dieser Zeit*, Fráncfort, 1962 (1.ª de 1935).

51. J. Herf, *El modernismo reaccionario. Tecnología, cultura y política en Weimar y el Tercer Reich*, México, 1990 (edición en inglés de 1984).

necesidad de seducir a millones de personas angustiadas por una sociedad fracturada. La coincidencia en el tiempo y la apariencia de las maquinarias de poder parece prestar auxilio en la realidad a un juego en que se olvida la importancia de los proyectos, incluso de los deseos, de la forma en que los partidarios de esos regímenes conciben su propio lugar en la historia, identifican a sus adversarios, establecen sus alianzas. Y, por qué no decirlo, de qué forma *real* —más allá de sus percepciones— actúan en el marco de una fase de desarrollo de la sociedad moderna.[52]

La consideración del nazismo como una parte del fascismo europeo, impulsada en la República Federal y en Occidente a partir de los años sesenta, matiza también la impresión de soledad de la historia reciente alemana. Por ambas vías, la experiencia individual del recuerdo se convierte en una *conmemoración*, en la que Alemania llama a las puertas de diversos episodios de la historia europea para hallar los rasgos familiares de un parentesco.[53] Si los actos se asemejan, la culpa podrá difuminarse, su peso se distribuirá entre quienes hicieron posibles los regímenes de la misma naturaleza, dejará de ser soportada en exclusiva por los alemanes. Sin embargo, ni siquiera la investigación que integra el nazismo en un campo más amplio le resta factores específicos, que son precisamente los que diseñan los rasgos espantosos del pasado reciente, los que de una forma más eficaz llegan al público. Auschwitz sigue siendo una excepción, aunque el ascenso del nazismo al poder sólo se entienda en los términos de una oleada europea, que a su vez entiende más de semejanzas que de diversidad. Aunque las víctimas de Auschwitz, o de Mauthausen, o de Bergen-Belsen sean entregadas complacientemente por los fascistas de otros países, las palabras vuelven a engendrar los hechos: vuelve a plantearse la dinámica del *Schuld* y del *Mitschuld*, de la culpa y de la

52. H. Arendt, *The Origins of Totalitarianism*. Nueva York, 1951; C. J. Friedrich y Z. Brzezinski, *Totalitarian Dictatorship and Autocracy*. Cambridge (Mass.), 1956.

53. La obra pionera en Alemania fue la de E. Nolte, *Der Faschismus in seiner Epoche*, Múnich, 1963. Desde entonces, la inclusión del nazismo en el fascismo ha generado un volumen tan inmenso de producción que resulta imposible hacer una mera selección de la misma, aunque pueden citarse algunos títulos de los mismos años sesenta, que normalizaron la inmersión del Tercer Reich en la corriente, como el de F. L. Carsten, *The Rise of Fascism*, Londres, 1967, la recopilación de S. J. Woolf (ed.), *European Fascism*, Londres, 1968, y la edición de W. Lacqueur y G. Mosse del *Journal of Modern History* de 1966, «International Fascism, 1920-1945».

complicidad. De nuevo, como si acompañara a las personas que fueron internadas en *sus* campos procedentes de toda Europa, el fascismo regresa a Alemania y se convierte en una versión tan radical, que parece querer disimular sus orígenes modestos, la retórica hueca de otros casos, la desidia de los latinos en la gran tarea que todo el fascismo ha anunciado para el nuevo siglo. Cuando la categoría *fascismo* vuelva a entrar en crisis, a mediados de los años ochenta,[54] una parte de la historiografía, orientada al análisis del biologismo político, fundamentará la identidad del nazismo sobre una nueva base, que la integra en las tendencias eugenésicas y en un determinado «progresismo» de la ciencia en el período de entreguerras, aunque el carácter implacable de su aplicación establezca una nueva diferencia cualitativa que lo aleja de las tareas de algunas oficinas gubernamentales en otros países y, desde luego, de la teorización que puedan hacer médicos y biólogos eugenistas.[55]

Además, los intentos de localizar el nazismo en territorios plurales siguen recibiendo la agresión de quienes, sin negar los espacios comunes, reivindican una *predisposición* alemana que la hace menos resistente a la contaminación. La *peculiaridad* del país se establece sobre criterios culturales y psicológicos, así como sobre aquellos rasgos de una concepción del mundo dispersa en la sociedad, con la que se metabolizan las rupturas del mundo moderno. Las referencias al pensamiento *völkisch,* a la solidez del imperialismo popular, al papel vertebrador del antisemitismo, al rechazo del racionalismo, se presentan en textos para los que el Tercer Reich acabará siendo la tierra de promisión para un pueblo elegido, que entiende su redención en términos estrictamente tribales.[56] La continuidad ideológica se extiende al campo de las estructuras políticas y las relaciones sociales, al calor de una renovación de los estudios sobre el Segundo Imperio. La búsqueda de las responsabilidades

54. «Whatever happened to "fascism"?», en T. Childers y J. Caplan (eds.), *Reevaluating de Third Reich*, Nueva York, 1993.

55. D. Peukert, «The Final...»; M. Burleigh y W. Wippermann, *The racial...*

56. F. Stern, *The Politics of Cultural Despair. A Study in the Rise of the Germanic Ideology.* Berkeley, 1961; G. L. Mosse, *The Crisis of German Ideology. Intellectual Origins of the Third Reich*, Londres, 1966; Ralph Dahrendorf, *Society and Democracy in Germany*, Londres, 1968. A ello podría añadirse el texto anterior de G. Lukács, *El asalto a la razón. La trayectoria del irracionalismo desde Schelling hasta Hitler*, Barcelona, 1972 (edición alemana, *Die Zerstörung der Vernunft*, Berlín, 1953).

alemanas en la Gran Guerra,[57] señalando los factores de permanencia en la política exterior, se completará con la comprensión de ésta como un reflejo de las tensiones entre modernización y democratización vividas por el *Kaiserreich*.[58] La especificidad alemana se presenta en forma de un *atraso* que se refiere no sólo a una cultura autoritaria y comunalista, sino también al fracaso de las revoluciones burguesas, al pacto entre las elites industrial y terrateniente *(Sammlungspolitik)* y a la incapacidad para establecer un gobierno representativo, a lo cual se suman las primeras formas de movilización populista del campesinado y la pequeña burguesía, presentadas como prefascistas.[59] La imagen negativa de continuidad se relaciona, así, con la identificación del fascismo con la permanencia de estructuras arcaicas y con el peso de las elites tradicionales que se resisten a ceder el paso al capitalismo más innovador. Ambos aspectos serán respondidos por dos jóvenes historiadores británicos, G. Eley y D. Blackbourn, profundos conocedores de la dinámica del *Kaiserreich*,[60] quienes destruirán la imagen del «atraso» de la burguesía alemana, asignándola a una cierta petulancia de las historias nacionales de Gran Bretaña y Francia, la conducta de cuyas clases dirigentes, además de considerarse «normal», se exagera en los términos de su progresismo natural.[61] A ello añadirá Eley una refutación antológica del fascismo como arcaísmo,[62] dando paso a

57. F. Fischer, *Germany's War Aims in the First Worl War*, Londres, 1965 (edición alemana, *Griff nach der Weltmacht*, Hamburgo, 1961); V. R. Berghahn, *Germany and the Approach of War in 1914*, Londres, 1973.

58. Sobre todo, los trabajos de H. U. Wehler, *Bismarck und der Imperialismus*, Colonia, 1969, y *Das deutsche Kaiserreich, 1871-1918*. Gotinga, 1973.

59. H. J. Pühle, *Von der Agrarkrise zum Präfaschismus. Thesen zum Stellenwert der agrarischen Interessenverbände in der deutschen Politik am Ende des 19. Jahrhunderts*, Wiesbaden, 1972.

60. Las dos primeras investigaciones de ambos tendrán un gran impacto en el germanismo anglosajón: G. Eley, *Reshaping the German Right. Radical Nationalism and Political Change after Bismarck*, New Haven, 1980; D. Blackbourn, *Class, Religion and Local Politics in Wilhelmine Germany. The Center Party in Würtemberg before 1914*, Wiesbaden, 1980.

61. D. Blackbourn y G. Eley, *The Peculiarities of German History*. Oxford, 1984. (La edición alemana tiene un título más expresivo: *Mythen deutscher Geschichtsschreibung. Die gescheiterte bürgerliche Revolution von 1848*; es decir, *Mitos de la historiografía alemana. La revolución fallida burguesa de 1848.*)

62. «What produces Fascism: Pre-Industrial Traditions or a Crisis of the Capitalist State?», en su recopilación *From Unification to Nazism. Reinterpreting the German Past*, Londres, 1986, pp. 254-282.

reflexiones que comenzarán a relacionarlo con las tensiones y las necesidades de la modernización, lo cual implica situarlo en la dinámica compleja del capitalismo en una fase de racionalización industrial.[63]

Como ocurre en todos los países, la reflexión sobre el nazismo no se hace estrictamente en la universidad o, cuando menos, ésta recibe el estímulo de una demanda social que atiende preocupaciones que superan el debate de especialistas. Los años sesenta asisten a la primera recesión económica tras el *Wirtschaftswunder,* el «milagro económico» de la era Adenauer, uno de los factores que ha permitido la integración de la vieja clientela de extrema derecha en los partidos constitucionales. A mitad de la década, el aumento de desempleo y la caída de los índices de producción abre una brecha en la confianza de los ciudadanos hacia las nuevas instituciones, cuya legitimidad de ejercicio posee mayor prestigio que su legitimidad de origen. La fusión de los grupos neonazis en el Partido Nacional-Demócrata y los posteriores éxitos electorales de éste renuevan el debate sobre el Tercer Reich, que adquiere mayor virulencia al coincidir con la movilización de la extrema izquierda en lo que se conoce como APO, oposición extraparlamentaria.[64] La *actualidad* del fascismo, en el discurso de los grupos radicales, se expresa en la voluntad de *devolverlo al pasado* en los medios conservadores, pero también en un renovado ímpetu para establecer su verdadera naturaleza. Mientras la extrema derecha desarrolla una ofensiva revisionista, que comienza en la defensa del honor de los combatientes alemanes en la Segunda Guerra Mundial y concluye con escépticas referencias al Holocausto,[65] los historiadores vinculados a las culturas democristiana, liberal o socialdemócrata advierten de la renovación de un riesgo para una democracia que podría no hallarse tan asentada. De nuevo, la especificidad del nazismo se

63. M. Roseman, «National Socialism and Modernisation», en R. Bessel (ed.), *Fascist Italy and Nazi Germany. Comparations and Contrasts*, Cambridge, 1996, pp. 197-229; M. Priz y R. Zitelmann (eds.), *Nationalsozialismus und Modernisierung*, Darmstadt, 1994.

64. El NPD entró en todos los parlamentos regionales alemanes salvo en el de Hamburgo, entre 1966 y 1969. En las elecciones federales de este año, a pesar de obtener millón y medio de votos, quedó a un 0,7% de la barrera del 5% necesaria para entrar en el Bundestag.

65. P. Moreau, *Les héritiers du IIIème Reich. L'extrême droite allemande de 1945 à nos jours*, París, 1994, pp. 132-133.

busca en la debilidad de las estructuras democráticas de Weimar, tolerante con los extremistas y víctima del encuentro de sucesivas crisis económicas y de una extensa mentalidad autoritaria.[66] La respuesta intelectual tiene, sin embargo, un doble fondo, al actuar sobre los radicales de izquierda a quienes se achaca, como en el análisis de la responsabilidad de los comunistas en Weimar, la responsabilidad por la inestabilidad política. Aun cuando a algunas corrientes de la APO no les importe calificar de fascista el régimen de la Alemania Oriental, los historiadores más moderados tenderán a reproducir el malestar de la división política del país haciendo una referencia paralela a sus dos causantes visibles: el nazismo derrotado y el comunismo soviético.

En 1969, Alemania rompe la tradición política que se había confundido con la historia misma de la República Federal. El acceso de Brandt a la Cancillería coloca a un socialdemócrata en la presidencia del gobierno por primera vez desde 1930. Además, se trata de un viejo luchador antifascista, huido de la Alemania nazi y combatiente en la guerra civil española. Sus años de ministro de asuntos exteriores se han acompañado de claros gestos a favor de la normalización con los países del bloque socialista. La *Ostpolitik* sustituirá al *Drach nach Osten,* la marcha hacia el Este, en el vocabulario con que Alemania ordena sus relaciones con el Oriente europeo. Los gestos simbólicos, como caer de rodillas ante el monumento a las víctimas del Holocausto, tienen un profundo poder de seducción: el pasado intachable de Brandt hace que el canciller asuma una personalidad colectiva. No es el individuo quien medita ante la obra del Tercer Reich, que él mismo combatió desde el principio, sino el país que ahora dirige. El entusiasmo, la complicidad, la pasividad complaciente o el miedo inmóvil: todas las posiciones que hicieron posible el nazismo piden perdón en Polonia. Sin matizaciones, sin resquicios por donde se filtren condenas genéricas de la violencia de nuestro siglo. Lo único que concierne a Brandt, lo único que concierne a Alemania, es Auschwitz. A los gestos siguen los documentos, los tratados que plantean el reconocimiento de las fronteras surgidas del último conflicto. Tal resignación es aprovechada por la oposición democristiana para denunciar la actitud de

66. K. D. Bracher, *La dictadura alemana. Génesis, estructura y consecuencias del nacionalsocialismo.* Madrid, 1972 (edición alemana de 1969), que reitera la tesis de su libro clásico, *Die Auflösung der Weimarer Republik*, Villingen, 1955.

la coalición en el gobierno, y el éxito de su movilización contra la política de apertura al Este, contra una *normalización* que no se entiende como *reunificación,* indica la falta de una asunción plena de la derrota del nazismo, expresada en las aspiraciones a restaurar las fronteras inmediatamente anteriores al estallido de la guerra. Las encuestas siguen detectando que, para una parte importante del país, el nazismo se presenta como un régimen aceptable, de no haber existido el Holocausto.[67] Las críticas a las insuficiencias de Weimar, a la humillación de Versalles, a las condiciones alemanas en la Gran Depresión, hacen *comprensible* el ascenso del nazismo, en un sentido de *aceptación* que poco tiene que ver con la voluntad de *entenderlo.* Antes de que acabe la década, los políticos conservadores llegan a plantear lo que los profesionales de la historia aún no señalan, enfrascados en un duro debate sobre el carácter del Tercer Reich. En la patria del catolicismo alemán, Strauss lo dirá en unos términos casi religiosos: es preciso imponer el *Ende der Busserzeit,* el final del tiempo de penitencia.

Sin embargo, ese perpetuo estado de contricción no es el que pide la historia. A medida que las generaciones que no han conocido el Tercer Reich van instalándose en la opinión pública o accediendo a las esferas académicas, la responsabilidad *directa* deviene una interrogación más distanciada, aunque ello no la exima de desazón, de rencor o de simple curiosidad cívica. La cuestión del nazismo continúa provocando un debate abierto, actual, en la sociedad alemana, de la misma forma que puede inducir silencios ominosos en la vida familiar, en las relaciones personales, incluso en la escuela.[68] Durante el decenio de gestión socialdemócrata, el debate historiográfico permanece inmune al revisionismo que pide la derecha radical, y también al *pasar página* que solicitan los políticos democristianos. La discusión entre *intencionalistas* y *funcio-*

67. Eva Kolinski, «A Future...», p. 76. En 1975, un 38% de los encuestados declararon que, sin el Holocausto, Hitler habría sido un buen canciller. Un 18% se negó a responder. El porcentaje era inferior al de 1955 (48%), pero superior al de los años sesenta, cuando apenas se llegaba al 30%.

68. En 1976-1977, en respuesta al tema «Lo que he oído de Hitler», tres mil escolares alemanes escribieron cosas como éstas: «Aún no he oído nada sobre este tema en la escuela» (Karin, 15 años); «Nunca me lo he encontrado cara a cara» (Ilona, 15 años); «Hitler fundó el SED» —Partido Socialista Unificado, de Alemania Oriental— (Katharina, 16 años); «Creo que era un nazi, pero no sé lo que significa» (Petra, 16 años). Datos de R. Stöss, *Politics...,* pp. 39-40.

nalistas,[69] que divide con bastante precisión los espacios de la derecha y de la izquierda en la universidad alemana, manifiesta una discrepancia en factores cruciales del nazismo que reflejan las condiciones de la época tal vez en mayor medida de lo que actúan sobre la memoria popular. La línea esencial de esta relación consiste en que los intencionalistas, al subrayar la responsabilidad de Hitler en el proyecto nazi, lo simplifican, en la misma medida en que, al indicar un cumplimiento minucioso de proyecto, ajeno a cualquier circunstancia coyuntural, establecen una lectura finalista de la dinámica del ascenso del nazismo en Alemania y de la conducta de los dirigentes del Tercer Reich, a los que se supone un grado de homogenidad discutible. Sin embargo, al proponer una lectura de la excepcionalidad del nazismo no sólo en Europa, sino en la propia historia alemana, acompañada de la *inviabilidad* de la República de Weimar, lo que se hace es limitar la responsabilidad colectiva del pueblo alemán, que no vive *con* el nazismo, sino *bajo* los diseñadores del régimen. En todo caso, su apoyo se justifica por la carencia de alternativas viables, una falta que se achaca a las instituciones salidas de la revolución de 1918. La aproximación de los funcionalistas a las estructuras del estado hitleriano, donde hallan una poliarquía llena de enfrentamientos entre instituciones del gobierno y organismos de masas del partido, y la reducción de la figura de Hitler al papel de un «dictador débil» provocarán una airada respuesta de los intencionalistas, quienes ven en todo ello una trivialización del nazismo, que ya habían querido descubrir en la inclusión del Tercer Reich en la experiencia fascista europea. Lo que preocupa es el proceso de revisión de la dictadura que se realiza, donde se muestra que ésta no sólo no disponía de unos proyectos tan claros desde el comienzo, sino que el ritmo de su aplicación depende de la compleja trama de fuerzas que contiene el nuevo régimen, a las que da cohesión a través de una violencia exterior progresivamente radicalizada. De la misma forma que la resistencia es examinada con mayor detalle, observando sus indicios más allá de lo que se ha magnificado hasta entonces —básicamente las conspiraciones conservadoras—, la complicidad con el régimen sale a la luz en unas dimensiones más amplias, que superan la pura visión litúrgica de

69. T. Mason «Intention and Explanation. A Current Controversy about the Interpretation of National Socialism», en G. Hirschfeld y L. Kettenacker, *Der "Führerstaat". Mythos und Realität*, Stuttgart, 1981, pp. 23-42.

participación en los mítines y los desfiles, para afrontar el control social de los opositores o los «tibios» que se ejerce desde la convicción del ideal comunitario, de la defensa de la *Volksgemeinschaft.* Los estudios centrados en la *Alltagsgeschichte,* la historia de la vida cotidiana, apoyarán la visión funcionalista al hacer más complicada y más real la relación entre el poder y la sociedad, rechazando una divisón tajante de las dos esferas y mostrando cómo se ejerce el poder *en* la sociedad y no sólo *sobre* ella.[70] Sin duda, la atención a esta experiencia cercana, en la cual las actitudes se miden de una forma más minuciosa, la voluntad de resaltar una zona de *distanciamiento* distinta a la de la *oposición* puede generar algún problema, aunque su deseo sea ofrecernos un espacio magnético donde el régimen va perdiendo fuerza de atracción por motivos que afectan a su conducta, pero también a la diversidad de culturas, de opciones políticas e incluso de coraje personal. La aplicación del término *Resistenz* —tan prestigiado en otros países— a formas suaves de denuncia del régimen puede llevar a menospreciar la verdadera *Widerstand*, cuya referencia más divulgada continúa siendo la de los conspiradores de julio de 1944.[71] La insercion del Holocausto en una complicada trama de instituciones estatales puede dispersar también la responsabilidad de los dirigentes y, sobre todo, ir excluyéndolo de la lógica del proyecto.

La aparente «trivialización» del nazismo no es sino su paso hacia una visión multidireccional, que rompe la aproximación bipolar realizada hasta entonces, sea en los términos de oposición entre un dictador extravagante y un pueblo seducido, sea en los de una dictadura terrorista frente a una población colapsada por el miedo. Desde luego, la posición de los «funcionalistas» no banaliza la ex-

70. El principal adalid de los historiadores «intencionalistas» es K. D. Bracher. En el campo «funcionalista» se encuentra, básicamente, la obra de Hans Mommsen y Martin Broszat. Los estudios de la *Alltagsgeschichte*, que bordean el límite de las dos décadas, tienen un pionero excepcional en D. Peukert y se ha continuado en la obra de A. Lüdtke y L. Niethammer, entre otros muchos. Los análisis del control social «desde abajo» han ampliado el estudio de los servicios de seguridad, en especial en la línea de los trabajos de Robert Gellately y un aluvión de estudios locales sobre la Gestapo, que K. M. Mallmann ha resumido en su artículo «Social Penetration and Police Action. Collaboration Structures in the Repertory of Gestapo Activities», *International Review of Social History,* 42, 1997, pp. 25-43.

71. C. S. Maier, *The Unmasterable Past. History, Holocaust, and German National Identity*, Cambridge, Mass., 1988, p. 93.

periencia nazi, sino que examina un organismo activo, contradictorio, desechando la disección de un cuerpo inmóvil que puede ofrecer respuestas a la causa de su muerte, pero no a la trayectoria de su vida. Lejos de suavizar la visión del Tercer Reich, la tarea de estos historiadores la endurece. No resulta extraño que el propio Broszat, poco antes de que se inicie el explosivo *Historikerstreit,* plantee la necesidad de recobrar un impulso moral agotado por las simplificaciones en los estudios del nazismo, considerando que sólo una aproximación histórica más rigurosa tendrá como efecto secundario apreciable dotar de vigor la denuncia de aquel régimen.[72] Los historiadores —y no precisamente los más conservadores— han pronunciado la palabra que en Italia viene repercutiendo desde hace una década: *Historisierung.* Una «historización» a cuyo paso salen rápidamente quienes creen que ello equivale a una lectura aséptica de lo que sigue exigiendo el compromiso moral,[73] que implica una aproximación de distinta calidad a la que necesitan otros episodios del pasado. Sin embargo, lo que ocurrirá muy poco después volverá a delimitar los campos. Situará, en vísperas de la reunificación alemana, la crudeza esencial de un debate que viene conteniendo sus impulsos primarios en el cauce de los efectos culturales de 1945.

Una década como la de los ochenta, con cambios profundos no sólo en las instituciones, en los recambios de gobierno o incluso en la crisis de sistemas políticos enteros, sino, sobre todo, en la recalificación de la política que se produce, ha de tener un impacto especial en la contemplación de los fundamentos de un mundo que está alterando sus definiciones elementales, aquello que, tras la derrota del fascismo, se ha considerado inamovible o, más aún, *natural.* Tal vez las deficiencias en el análisis de lo que fue el fascismo —y el antifascismo— ayudan a explicar la facilidad de una mutación cultural de tales dimensiones. La revisión del orden en que se ha vivido desde el final de la guerra exige la modificación de su *legitimidad de origen*, de la causa de la resistencia, de las motivaciones

72. M. Broszat, «Plädoyer für eine Historisierung des Nationalsozialismus», *Merkur*, 39, 1985, pp. 373-385.

73. Quien más ha destacado en esta actitud es S. Friedländer; por ejemplo, en «Überlegungen zur Historisierung des Nationalsozialismus», en D. Diner, *Ist der Nationalsozialismus Geschichte? Zur Historisierung und Historikerstreit*, Fráncfort, 1987, pp. 34-50.

ideológicas de los aliados, de un antifascismo que no implica sólo la lucha contra las dictaduras, sino una concepción de lo que se ofrece a cambio, un compromiso con mecanismos de cohesión social distintos a los que Hitler y Mussolini difundieron en la quiebra del régimen liberal tras la Gran Guerra. El desarrollo de la extrema derecha en Francia a partir de 1983, la crisis terminal del sistema soviético, el desorden mental de la izquierda, el agotamiento de la Primera República en Italia hacen temblar, en compañía de la *visibilidad* de una crisis económica de larga duración, que se ha iniciado en 1973, los factores de articulación política del continente, los vínculos entre los gobernantes y los gobernados, la convicción de que el sistema *funciona.*

Para Alemania, esta fractura del edificio levantado sobre su derrota parece la mejor ocasión para revisar su habitabilidad. El apestado de 1945 está en condiciones, por la potencia de una economía que aún no sufre los efectos de la reunificación, de recuperar el papel que corresponde a su vigor financiero, y que se quiere hacer coherente con un derecho vulnerado durante cuatro décadas. Los gestos de Brandt a comienzos de los setenta darán paso a los de Kohl, un canciller que se fija el objetivo de desprender de la conciencia alemana el sedimento del Tercer Reich, exigiendo su condena sin matices, pero también la aceptación sin reservas del nuevo curso de la historia del país desde la fundación de la República Federal. El desaire sufrido en el cuarenta aniversario del desembarco en Normandía, celebrado como una victoria y no como una reconciliación, será respondido por el encuentro con Mitterrand en Verdún. Previamente, en enero de 1984, Kohl viaja a Israel y señala la inexistencia de una responsabilidad de las generaciones de la posguerra en los errores de sus padres,[74] una afirmación impecable en sus términos más obvios, pero matizable en lo que afecta al espacio complejo de las culturas nacionales, cuya estructura no limita de forma tan tajante con los automatismos del recambio generacional. Sin embargo, el terremoto lo provocará un acto más audaz, un paso más en la línea de rectificación que *sí* se refiere a los padres. En 1985, se le pide al presidente Reagan una visita simbólica al cementario de Bitburg, donde resposan soldados de la Wehrmacht —pero también de las *Waffen SS*—. Con su habi-

74. J. Herf, *Divided Memory. The Nazi Past in the two Germanys*, Cambridge, Mass., 1997, p. 351.

tual sentido de la oportunidad, el anciano presidente señalará que judíos y alemanes son víctimas equivalentes de Hitler.[75] Ciertamente, la larga marcha a través de un cierto sentido de inferioridad moral, mezclado con la sensación de sufrir un agravio comparativo, parece desmoronarse. Y con ello, la incapacidad para que el país consuma adecuadamente su pasado. La República Federal busca desesperadamente una identidad, saqueada por la gran *razzia* del Tercer Reich. El asesor histórico de Kohl, el profesor de la Universidad de Erlangen, Michael Stürmer, señalará esta angustia de forma diáfana: «En una tierra sin historia, quien proporcione memoria, defina conceptos e interprete el pasado ganará el futuro.»[76] Algunos historiadores tratarán de suministrar todo ese material, a través de una furiosa denuncia de las responsabilidades aceptadas en la gran crisis de mediados del siglo XX. El tiempo de la penitencia ha concluido. ¿Habrá de iniciarse el de la absolución?

El debate se sitúa a pocos metros de la llegada a la meta de la reunificación, a lo largo de verano de 1986. Historiadores anglosajones han señalado el escaso interés del debate en un sentido historiográfico estrecho,[77] pero la discusión parece ser la primera en que las formas diversas de asumir la experiencia nazi se presentan sin elegantes meandros aproximativos, sin la prudente defensa de la erudición, sin el refugio corporativo de las publicaciones especializadas. En *Die Zeit, Frankfurter Allgemeine Zeitung, Frankfurter Rundschau*, es decir, en comunicación directa con el gran público, los historiadores discuten. Es el *Historikerstreit* por excelencia, precisamente porque rebasa el coto vedado de la Academia, abandona la seguridad del recinto universitario, la red de convenciones que protege la integridad de los participantes. La existencia de público no puede evitar las tretas argumentales de un espectáculo. Acuden la fácil desautorización del adversario —¿no se le dice a Habermas que nunca se ha matriculado en un curso de his-

75. C. S. Maier, *The Unmesterable...*, pp. 9-16. La visita a Bitburg y los comentarios de Reagan despertaron una polvareda suficiente como para ser recogida en un libro: G. H. Hartmann (ed.), *Bitburg in Moral and Political Perspective*, Bloomington, 1986.

76. Citado en R. J. B. Bosworth, *Explaining...*, p. 74.

77. G. Eley, «Nazism, Politics and the Image of the Past. Thoughts on the West German *Historikerstreit*, 1986-1987», *Past and Present*, 121 (1988), pp. 171-208; I. Kershaw, *The Nazi Dictatorship. Problems and Perspectives of Interpretation*, Londres (2.ª), 1989. Cap. 9, «Living with the Nazi Past: *Historikerstreit* and After».

toria?—,[78] los juicios de intención —¿no se le plantea a Hillgruber que *en el fondo* desea recalificar el Holocausto, graduándolo en una torpe relación con el avance del Ejército Rojo?—[79] o la burla por las deficiencias de estilo —¿no se señala que Hillgruber tiene una «fastidiosa falta de precisión y de objetividad intelectual, ataviada y justificada por un lenguaje pretencioso»?—.[80] La dureza del debate, sin embargo, se refiere más a su contenido que a sus licencias verbales. Porque éste no es otro que la ubicación del nazismo no sólo en la propia historia alemana, sino en la del siglo XX en su conjunto.[81]

Su parte fundamental se refiere al Holocausto. En modo alguno —salvo algunas apreciaciones de Nolte sobre el carácter respetable de los negacionistas radicales— para poner en duda su existencia, ni siquiera su planificación. Pero sí para *resituarlo.* A fin de cuentas, la especificidad del nazismo se refiere a ese tema, no a sus rasgos dictatoriales, al papel del liderazgo carismático o a los problemas de la política económica de los años treinta. Por lo menos, la triste «popularidad» del nazismo proviene del *Judenvernichtung,* de la aniquilación de los judíos. Otra cosa es que el nazismo sea *exclusivamente* un proyecto antisemita, algo que muy pocos aceptan, o que sea *fundamentalmente* una ideología orientada a esa operación de limpieza racial —y no a otras—, una tesis que sería discutible. Andreas Hillgruber abrirá el fuego con dos artículos que publica en el mismo libro, *Zweierlei Untergang. Die Zerstörung des deutschen Reiches und das Ende des europäischen Judentums* —«Dos formas de hundimiento. La destrucción del Reich alemán y el final de los judíos europeos»—, cuyo título expresa ya dos niveles de aproximación: «destrucción» del Reich y «final» de los judíos. De he-

78. A. Hillgruber, Carta en *Frankfurter Allgemeine Zeitung*, 23 de agosto de 1986, que no se editará en la compilación del debate realizada con el título *Historikerstreit. Die Dokumentation der Kontroverse um die Einzigartigkeit der nationalsozialistischen Judenvernichtung*, Múnich, 1987. Las citas de los artículos se han tomado del libro de H. U. Wehler, *Le mani sulla storia. Germania: riscrivere il passato?*, Florencia, 1989. (El título alemán es más contundente), *Entsorgung der deutschen Vergangenheit? Ein polemischer Essay zum «Historikerstreit»*. Múnich, 1988. La palabra *Entsorgung* puede traducirse por «eliminación».

79. J. Habermas, «Eine Art Schadensabwicklung Apologetische Tendenzen in der deutschen Zeitgeschichsschreibung», *Die Zeit*, 11 de julio de 1986.

80. M. Broszat, «Wo sich di Geister scheiden», *Die Zeit*, 3 de octubre de 1986.

81. Además de los libros citados en este epílogo, el debate puede seguirse en R. Evans, *In Hitler's Shadow. West German Historians and the Attempt to Escape from the Nazi Past*, Londres, 1989.

cho, en el artículo original, Hillgruber había utilizado el término más usual: «exterminio» *(Vernichtung)*. Incomprensiblemente, en un tema en que cada palabra posee un valor de cambio muy superior al del valor de uso, el historiador de Colonia menosprecia las matizaciones. ¿O se trata, precisamente, de una corrección de énfasis deliberada?[82] La vinculación del exterminio al avance de las tropas soviéticas se desliza en una defensa de los alemanes del Este, objeto de una violencia que la resistencia desesperada de la Wehrmacht trata de atenuar, provocando la dilatación de la masacre en los campos de concentración. Alemania, aunque sea la Alemania nazi, se ha convertido en un baluarte contra el bolchevismo, en una línea de defensa de Occidente: la diferencia de naturaleza de las guerras —la que se libra contra los angloamericanos y la que se realiza frente a los soviéticos— reaparece, pero no en la denuncia de las brutalidades que comparten la Wehrmacht y las SS en la Unión Soviética, sino en la relativa justicia del combate en el frente oriental.[83]

Será Nolte, sin embargo, quien recibirá mayor atención, quizá porque su propuesta de revisión se plantea ya en la prensa, como un desafío, un guante lanzado a la cara de las convenciones académicas. *Vergangenheit, die nicht vergehen will:* «El pasado que no quiere pasar», titula Nolte,[84] añadiendo un subtítulo que le añade provocación: *Eine Rede, die geschrieben, aber nicht gehalten werden konnte:* «Un discurso que podía escribirse, pero no pronunciarse.» La conciencia de ruptura, social y académica, no sólo es obvia, sino que quiere destacarse. No es para menos. Nolte, cuya brillante irrupción en la historiografía del fascismo se ha ido apagando en una producción escasa, espaciada,[85] establece el carácter defensivo del nazismo frente a la amenaza de los «actos asiáticos» del bolchevismo. El movimiento hitleriano es, en sí mismo, una *prevención*, derivada del obsesivo miedo de la población de Alemania a las noticias que llegan de Rusia. La violencia de la contrarrevolución es la imagen, en el espejo de una época de crisis, de la violencia de la revolución. El paralelismo entre la brutalidad del comunismo y del

82. Tal es la posición de Wehler, *Le mani...*, p. 56.
83. R. Evans, *In Hitler's...*, pp. 47 y ss.
84. *Frankfurter Allgemeine Zeitung*, 6 de junio de 1986.
85. Tras *Der Faschismus...*, Nolte publicará *Deutschland und die kalte Krieg*, Múnich, 1974; *Marxismus und Industriellen Revolution*, Stuttgart, 1983, a lo que añadirá, en plena resaca del *Historikerstreit, Der europäische Bürgerkrieg, 1917-1945. Nationalsozialismus und Bolschewismus*, Berlín, 1987.

nazismo sólo exceptúa las cámaras de gas, colocando unos la *raza* donde los otros ponen la *clase*. ¿Querrá decir Nolte que se trata de dos perversiones de la ciencia, de la modernidad, justificándose unos por la *biología* donde otros se legitiman a través de la *sociología*? En la lógica del argumento, la *coincidencia* ya ha sido superada por la *motivación*. Más adelante Nolte radicalizará sus propuestas, espoleado por la acritud de la respuesta que recibe, aunque lo que desarrolle en *La guerra civil europea* sea bastante coherente con lo que plantea en su artículo. Progresivamente, Auschwitz pasa a ser un eslabón en la cadena de despropósitos del siglo XX, cadena cuya resistencia sólo puede sostenerse con otros eslabones: la masacre de armenios en Turquía, el *Gulag,* incluso Vietnam.

El cambio de posiciones resulta asombroso. Los historiadores conservadores, que habían acusado a los «funcionalistas» de trivializar el nazismo negando su carácter excepcional, tratan ahora de hacer reposar a sus víctimas junto a las víctimas de un siglo de genocidios, de una «época de tiranos».[86] La respuesta de Jäckel, de Broszat, de H. Mommsen, tendrá diferencias en el tono, pero advertirá del sentido profundo de lo que se está haciendo. Jäckel, que ya había denunciado en su momento la patraña de una ausencia de lógica en el pensamiento de Hitler, negará la validez de la comparación con otros genocidios, argumentación en la que le acompaña un Mommsen amargado por que intelectuales de la solvencia de Nolte lleguen a considerar la barbarie nazi como un *episodio universal* que va cobrando forma en momentos y lugares distintos.[87] Una mecánica que abandona los recursos instrumentales de la historia, pero también los de la exigencia moral, mediante la peor de las falsificaciones: conducir a la *impotencia* por el camino de la *generalización*, y, tal vez, concluir en la *insensibilidad* por la vía del exceso. La intervención de Broszat tendrá una especial virulencia porque, más allá de la refutación de los análisis concretos, el director del *Institut für Zeitgeschichte* contempla un serio peligro para una memoria larvada con laboriosidad, con paciencia, con una tajante rectitud moral y con la compasión necesaria con las vícti-

86. K. Hildebrandt, «Das Zeitalter der Tyrannen», *Frankfurter Allgemeine Zeitung*, 31 de julio de 1986.

87. E. Jäckel, «Die elende Praxis der Untersteller», *Die Zeit*, 12 de septiembre de 1986; H. Mommsen, «Suchen nach der "verlorenen Geschichte"», *Merkur*, 40, 1986, pp. 864-875.

mas del nazismo, que reclama la exacta definición de su sacrificio. Broszat defiende una «relación autocrítica con el pasado», que nunca puede presentarse como una «desventaja moral» frente a otras naciones, sino como el supremo recurso para edificar una nueva identidad.[88]

Las elecciones de 1987 y el debate sobre la reunificación cerrarán el *Historikerstreit*, que aún se cobrará alguna víctima civil, como en el caso de la dimisión del presidente del Bundestag, Philipp Jenninger, tras un discurso en el cincuentenario de la *Kristallnacht*, poco matizado en su defensa del apoyo del pueblo alemán a Hitler.[89] La recuperación de la unidad alemana establece un nuevo *año cero* en la historia del país. El desconcierto cultural advertido por Günther Grass y las dificultades económicas señaladas por Oskar Lafontaine son barridos por un entusiasmo que permite a la coalición gobernante subsistir ocho años más en la Cancillería. Los problemas de la identidad alemana pronto van a referirse a un encaje de los antiguos *Länder* del Este mucho más traumático de lo que creían los políticos de Bonn, incluyendo un resurgimiento de la extrema derecha que, en pleno período de recesión, se nutre del derrumbamiento de las seguridades sociales de la RDA.[90] La caída del muro, primero; la unidad, después; el traslado del Reichstag a Berlín, por último, van marcando las pautas de un viaje simbólico hacia la fusión con una identidad nacional desquiciada por la sombra del nazismo. Los alemanes más jóvenes, quienes crezcan y maduren lejos de una dilatada provisionalidad política, de una larga precariedad moral, pueden afrontar su relación con el pasado exentos de la constante repercusión de la complicidad, de la condescendencia, de la cobardía, que han resonado sin pausa desde los tiempos del Tercer Reich. Pueden atender con mayor serenidad la distancia entre la realidad y el recuerdo, entre los hechos y la imaginación, entre la historia y la memoria. Pero, espectadores lejanos de la racionalidad de la barbarie, no podrán escoger el olvido. Ni si-

88. M. Broszat, «Wo sich...»
89. J. Herf, *Divided Memory...*, pp. 360 y ss.
90. P. Merkl, «Are the Old Nazis Coming Back?», en *Íd.* (ed.), *The Federal Republic of Germany at Forty-Five. Union without Unity,* Londres, 1995, pp. 427-484; H. Kurten, W. Bergmann, R. Erb (eds.), *Antisemitism and Xenophobia in Germany after Unification*, Nueva York, 1997; W. Bergmann y R. Erb, *Anti-Semitism in Germany. The Post-Nazi Epoch since 1945*, New Brunswick, 1997, pp. 299 y ss. para el período posterior a la unificación.

quiera podrán elegir el silencio. Desde Auschwitz, la experiencia nazi continúa planteando cuestiones radicales sobre la trayectoria de nuestro siglo, sobre la condición humana. El nazismo quiso dar respuesta a la crisis moral de una época. Del más evidente de sus símbolos, de la mayor de sus realizaciones, solamente brotan preguntas. De su pretendida «*solución* final», sólo emerge un *problema* para la definición de la cultura europea. De las *razones* de las víctimas y las *razones* de los verdugos, surge una obligada matización de *la razón* como fundamento que fascina y legitima nuestra tradición política. De la instrumentalización *científica* de la masacre, procederá una revisión del papel de la *ciencia*, en una sociedad acostumbrada a la veneración atónita de su lugar en el mundo. Las respuestas no son fáciles, pero del proceso del compromiso intelectual y moral que impliquen, dependerán la certeza de nuestro *conocimiento histórico* y la calidad de nuestra *conducta cívica.*

BIBLIOGRAFÍA CITADA

ABEL, T., *Why Hitler Came into Power,* Cambridge; Mass., 1986.

ABRAHAM, D., *The Collapse of the Weimar Republic. Political Economy and Crisis,* Nueva York, 1986.

—, «State and Clases in Weimar Germany», en M. Dobkowski e I. Walimann, *Radical Perspectives on the Rise of Fascism in Germany, 1919-1945,* NuevaYork, 1989, 21-68.

ALLEN, W. S., *The Nazi Seizure of Power. The Experience of a Gingle german Town, 1922-1945,* Londres, 1989.

ALY, G., *«Final Solution». Nazi Population and the Murderer of the European Jews,* Londres, 1999.

AREILZA, J. M. de, *Paris de la Belle Époque,* Barcelona, 1989.

ARENDT, H., *The Origins of Totalitarianism,* Nueva York, 1951.

—, *Eichmann en Jerusalén. Un estudio sobre la banalidad del mal,* Barcelona, 1999.

ARONSON, S., *The Beginnings of the Gestapo System. The Bavarian Model in 1933,* Jerusalén, 1969.

ASCHHEIM, S., *The Nietzsche Legacy in Germany, 1890-1990,* Berkeley, 1992.

AUERBACH, H., «Hitlers politische Lehrjahre und die münchener Gesellschaft 1919-1923. Versuch einar Bilanz anhand der neuerend Forschung», *Vierteljahrshefte für Zeitgeschichte,* 25, 1977, 1-45.

AYÇOBERRY, P., *La société allemande sous le Troisième Reich, 1933-1945,* París, 1998.

AZEMA, J. P., BEDARIDA, F., *La France des années noires,* París, 1993.

BAECHLER, C., *Gustave Stresemann (1878-1929). De l'impérialisme à la sécurité collective,* Estrasburgo, 1996

BALVET, M., *Itinéraire d'un intellectuel vers le fascisme. Drieu La Rochelle,* París, 1984.

BANHART, M., *Japan Prepares for Total War. The Search for Economic Security, 1919-1941,* Ithaca, 1987.

BANKIER, D., *The Germans and the Final Solution. Public Opinion under Nazism,* Oxford, 1992.

BARKAI, A., *The Eastern Front 1941-1945. German Troops and the Barbarisation of Warfare,* Nueva York, 1985.

—, *From Boycott to Annihilation. The Economic Struggle of German Jews, 1933-1943,* Londres, 1989.

—, *Nazi Economics. Ideology, Theory, and Policy,* Oxford, 1990.

—, *Hitler's Army. Soldiers, Nazis, and War in the Third Reich,* Nueva York, 1992.

—, «*Volksgemeinschaft*, "Aryanization" and the Holocaust», en D. Cesara-

ni, *The Final Solution. Origins and Implementation,* Londres, 1994, pp. 33-50.
—, *The Holocaust. Origins, Implementation, Aftermath,* Londres, 2000.
BARTRAM, G., *et alii, Reconstructing the Past. Representations of the Fascist Era in Post-War European Culture*, Keele, 1996.
BAUER, Y., *Jewish for Sale? Nazi-Jewish Negotiations, 1933-1945,* New Haven, 1994.
BECKENBAUER, A., *Ludwig III von Bayern 1845-1921,* Ratisbona, 1987.
BECKER, J. y R. (eds.), *Hitlers Machtergreifung. Dokumente vom Machtantritt Hitlers 30. Januar 1933 bis zur Besielegung des Einparteienstaates 14. Juli 1933,* Múnich, 1983.
BENEDICT, R., *The Crysanthemum and the Sword. Patterns of Japanese Culture,* Boston, 1946.
BENN, G., *El Yo moderno y otros ensayos,* Valencia, 1999.
BENNETT, R., *Under the Shadow of the Swastika. The Moral Dilemmas of Resistance and Collaboration in Hitler's Europe,* Londres, 1999.
BENZ, W., *Die Juden in Deutschland. Leben untern nationalsozialistische Herrschaft,* Múnich, 1988.
—, *The Holocaust,* Nueva York, 1999.
BERGEN, D., *Twisted Cross. The German Christian Movement in the Third Reich,* Chapel Hill, 1996.
BERGHAHN, V., «Die Harzburger Front und die Kandidatur Hindenburgs für die Präsidentschaftswählen 1932», *Vierteljahrshefte für Zeitgeschichte,* 13, 1965, pp. 64-82.
—, *Der Stahlhelm. Bund der Frontsoldaten,* Düsseldorf, 1966.
—, *Germany and the Approach of War in 1914,* Londres, 1973.
BESSEL, R. (ed.), *Political Violence and the Rise of Nazism. The Stormtroopers in Eastern Germany, 1925-1934,* New Haven, 1984.
—, *Life in the Third Reich*, Oxford, 1987.
—, *Germany after the First World War,* Oxford, 1993.
—, *Fascist Italy and Nazi Germany. Comparations and Contrasts,* Cambridge, 1996.
BETTELHEIM, C., *La economía alemana bajo el nazismo,* Barcelona, 1972.
BIDDISS, M., *Father of Racist Ideology. The Social and Political Thought of Count Gobineau,* Nueva York, 1970.
BLACKBOURN, D., *Class, Religion, and Local Politics in Wilhelmine Germany. The Center Party in Würtemberg before 1914,* Wiesbaden, 1980.
—, *The Long Nineteenth Century,* Londres, 1997.
—, y ELEY, G., *The Peculiarities of German History,* Oxford, 1984.
BLOCH, E., *Erbschaft dieser Zeit,* Fráncfort, 1962.
BLOCH, M., *Ribbentrop,* Buenos Aires, 1994.

BOCA, A. del, *Le guerre coloniali del fascismo,* Bari, 1991.
BOCK, G., *Zwangssterilisation im Nationalsozialismus. Studien zur Rassenpolitik und Frauenpolitik,* Opladen, 1986.
BOEMECKE, M. F., *et alii, The Treaty of Versailles. A Reassessment after 75 Years,* Cambridge, 1998.
BOLOGNA, S., *Nazismo y clase obrera,* Madrid, 1999.
BOOKBINDER, P., *Weimar Germany. The Republic of the Reasonable,* Manchester, 1996.
BOOKER, P., *The faces of Fraternalism. Nazi Germany, Fascist Italy, and Imperial Japan,* Oxford, 1991.
BORCHARDT, K., *Perspectives on Modern German Economic History and Policy,* Cambridge, 1991.
—, «Wirtschaftspolitische Beratung in der Krise. Die Rolle der Wissenschaft», en H. A. Winkler (ed.), *Die deutsche Staatskrise 1930-1933,* Múnich, 1992, pp. 109-132.
BOSL, K. (ed.), *Bayern im Umbruch. Die Revolution von 1918, ihre Voraussetzungen, ihr Verlauf und ihre Folgen,* Múnich, 1969.
BOSWORTH, R. J., *Explaining Auschwitz and Hiroshima. History Writing and the Second World War 1945-1990,* Londres, 1993.
BOYER, J. W., *Cultur and Political Crisis in Vienna. Christian Socialism in Power, 1897-1918,* Chicago, 1995.
BRACHER, K. D., *Die Auflösung der Weimarer Republik. Eine Studie zum Problem des Machtverfalls in der Demokratie,* Villingen, 1955.
—, *La dictadura alemana. Génesis, estructura y consecuencias del nacionalsocialismo,* Madrid, 1972.
—, *et alii, Die nationalsozialistische Machtergreifung. Studien zur Errichtung des totalitären Herrschaftsystems in Deutschland 1933-1934,* Colonia, 1960.
BRAUNTHAL, G., *Socialist Labor and Politics in Weimar Germany. The General Federation of German Trade Unions,* Hamden, 1978.
BRAYARD, F., *Comment l'idée vint à M. Rassinier. Naissance du révisionnisme,* París, 1996.
BREISBOD, B., «The Crisis of Bourgeois Society in Interwar Germany», en R. Bessel (ed.), *Fascist Italy and Nazi Germany. Comparisons and Contrasts,* Cambridge, 1996, pp. 23-39.
BREITMAN, R., «On German Social Democracy and General Schleicher, 1932-1933», *Central European History,* 9, 1976, pp. 352-378.
BREUER, S., *Anatomie de la révolution conservatrice,* París, 1996.
BROSZAT, M., *L'État Hitlérien. L'origine et l'évolution des structures du troisième Reich,* París, 1985.
—, «Pladöyer für eine Historisierung des Nationalsozialismus», *Merkur,* 39, 1985, pp 373-385.
—, *Hitler and the Collapse of Weimar Germany,* Oxford, 1987.

—, «Die Anfänge der Berliner NSDAP, 1926/1927», *Vierteljahrshefte für Zeitsgeschichte,* 8, 1998.
BROWDER, G. C., *Foundations of the Nazi Police State. The Formation of SIPO and SD,* Lexington, 1990.
—, *Hitler's Enforces. The Gestapo and the SS Security Service in the Nazi Revolution,* Nueva York, 1996.
BRÜNING, H., *Memorien, 1918-1934,* Stuttgart, 1970.
BURKE, E. B., *Hitler's Austria. Popular Sentiment in the Nazi Era, 1938-1945,* Chapel Hill, 2000.
BURLEIGH, M., *Germany Turns Eastwards. A Study of Ostforschung in the Third Reich,* Nueva York, 1988.
—, *Death and Deliverance. «Euthanasia» in Germany, 1900-1945,* Cambridge, 1994.
—, *Ethics and Extermination. Reflections on Nazi Genocide,* Cambridge, 1997.
—, y WIPPERMANN, W., *The Racial State. Germany, 1933-1945,* Cambridge, 1991.
BURRIN, P., *Hitler et les juifs. Genèse d'un génocide,* París, 1989.
BURUMA, I., *Il prezzo della colp,* Milán, 1994.
BÜTTNER, U., «Politische Alternativen zum Brüningschen Deflationskurs. Ein Beitrag zur Diskussion ber "ökonomische Zwangslagen" in der Endphasen von Weimar», *Vierteljahrshefte für Zeitgeschichte,* 37, 1989, pp. 209-251.
BYRNES, R., *Antisemitism in Modern France. The Prologue to the Affair Dreyfus,* New Brunswick, 1950.
CAMUS, A., *El mito de Sísifo. El hombre rebelde,* Buenos Aires, 1970.
—, *Moral y política,* Madrid, 1984.
CAPLAN, J., «Speaking the Right Language. The Nazi Party and Civil Service Vote in the Weimar Republic», en T. Childers (ed.), *The Formation of Nazi Constituency, 1919-1933,* Londres, 1986, pp. 182-201.
—, *Government without Administration. State and Civil Service in Weimar and Nazi Germany,* Oxford, 1988.
CARR, W., *Arms, Autarky and Agression. A Study in German Foreign Policy 1933-1939,* Nueva York, 1973.
CARSTEN, F. L., *The Rise of Fascism,* Londres, 1967.
—, *The German Workers and the Nazis,* Aldershot, 1995.
CARY, N., «The making of the Reich President. 1925. German Conservatism and the nomination of Paul von Hindenburg», *Central European History,* 23, 1990, pp. 179-204.
CHAGUERAUD, M. A., *Tous coupables? Les démocraties occidentales et les communautés religieuses face à la détresse juive,* París, 1998.
CHILDERS, T., *The Nazi Voter. The Social Foundations of Fascism in Germany, 1919-1933,* Chapel Hill, 1983.

—, «Who, indeed, Vote for Hitler?», *Central European History,* 17, 1984, pp. 45-53.

—, «Interest and Ideology. Anti-system Politics in the Era of Stabilization 1924-1928», en G. Feldman y E. Müller-Lückner (eds.), *Die Nachwirkungingen der Inflation auf die deutsche Geschischte 1924-1933,* Múnich, 1985, pp. 1-20.

—, «The limits of National Socialist Mobilization. The Elections of 6 November 1932 and the Fragmentation of Nazi Constituency», en T. Childers, *The Formation of the Nazi Constituency,* Londres, 1986.

—, «Languages of Liberalism. Liberal Discourse in the Weimar Era», en K. Jarausch y L. E. Jones, *In Search of Liberal Germany,* Oxford, 1990.

—, «The Middle Classes and National Socialism», en D. Blackbourn y R. Evans (eds.), *The German Bourgeoisie. Essays on the Social History of the German Middle Class from the Late Eighteen to the Early Twentieth Century,* Londres, 1991.

—, y CAPLAN, J. (eds.), *Reevaluating the Third Reich,* Nueva York, 1993.

COLLOTTI, E., *La Alemania nazi,* Madrid, 1972.

CONAN, E. y ROUSSO, H., *Vichy, un passé qui ne passe pas,* París, 1994.

CONWAY, M., *Collaboration in Belgium. Léon Degrelle and the Rexist Movement,* New Haven, 1993.

CORNI, G., *Hitler and the Peasants,* Nueva York, 1990.

CREW, D., «The pathologies of Modernity. Detlev Peukert on Germany's Twentieth Century», *Social History,* 17, 1992, pp. 319-328.

CROZIER, A., *The Causes of the Second World War,* Oxford, 1997.

DAHL, H. F., *Quisling. A Study in Treachery,* Cambridge, 1999.

DAHRENDORF, R., *Society and Democracy in Germany,* Londres, 1968.

DEAK, I., *Weimar Germany's Left Wing Intellectuals. A Political History of the Weltbühne and its Circle,* Berkeley, 1968.

DEICHMANN, U., *Biologists under Hitler,* Cambridge, 1996.

DELPLA, F., *Hitler,* París, 1999.

DEUERLEIN, E., «Hitlers Eintritt in die Politik und die Reichswehr», *Vierteljahrshefte für Zeitsgeschichte,* 1959, 177-227.

DETWILER, B., *Nietzsche and the Politics of Aristocratic Radicalism,* Chicago, 1990.

DICKMANN, F., «Die Regierungbildung in Thüringen als Modell der Machtergreifung. Ein Brief Hitlers aus den Jahre 1930», *Vierteljahrshefte für Zeitgeschichte,* 14, 1966, pp. 454-464.

DIEHL, J., «Von der "Vaterlandspartei" zur "Nationalen Revolution". Die Vereignite Vaterländische Verbände Deutschlans (VVVD) 1922-1923», *Vierteljahrshefte für Zeitsgeschichte* 33, 1985, pp. 615-639.

DIEHL, J. M., *Paramilitary Politics in Weimar Germany,* Bloomington, 1977.

DINER, D., *Ist der Nationalsozialismus Geschichte? Zur Historisierung und Historikerstreit,* Fráncfort, 1987.

DOUGLAS, A., *From Fascism to Libertarian Communism. Georges Valois against the Third Republic,* Berkeley, 1992.
DRIEU LA ROCHELLE, P., *Genève ou Moscou,* París, 1928.
DÜLFFER, J., *Nazi Germany, 1933-1945. Faith and Annihilation,* Londres, 1996.
DUUS, P. (ed.), *The Cambridge History of Japan,* vol. 6, Cambridge, 1988.
ELEY, G., *Reshaping the German Right. Radical Nationalism and Political Change after Bismarck,* New Haven, 1980.
—, *From Unification to Nazism. Reinterpreting the German Past,* Londres, 1986.
— , «Nazism, Politics and the Image of the Past. Thoughts on the Western German *Historikerstreit,* 1986-1987», *Past and Present,* 121, 1988, pp. 171-208.
EPSTEIN, K., *Matthias Erzberger and the Dilemma of German Democracy,* Nueva York, 1971.
ERDMANN, K. D. y SCHULZE, H., *Weimar. Selbspreisgabe einer Demokratie. Ein Bilanz heute,* Düsseldorf, 1980.
ERGER, J., *Der Kapp-Lüwitz Putsch,* Düsseldorf, 1967.
EVANS, R., *In Hitler's Shadow. West German Historians and the Attemp to Escape from the Nazi Past,* Londres, 1989.
EYCK, E., *A History of the Weimar Republic,* Nueva York, 1962.
FALTER, J. *et alii, Wählen und Abstimmungen in der Wemarer Republik,* Múnich, 1986.
— , «The Two Hindenburg Elections of 1925 and 1932. A Total Reversal of Voter Coalition», *Central European History,* 23, 1990, pp. 225-241.
—, *El extremismo político en Alemania,* Barcelona, 1997.
FARIS, E., «Takeoff Ponit for the National Socialist Party. The Landtag Election in Baden, 1929», *Central European History,* 8, 1975, pp. 140-171.
FARGION, L. P., *Per ignota destinazione. Gli ebrei sotto il nazismo,* Milán, 1994.
FAUST, A., *Der Nationalsozialistische Deutsche Studentenbund. Studenten und Nationalsozialismus in der Weimarer Republik,* Düsseldorf, 1973.
FELDMAN, G., *Army, Industry, and Labor in Germany, 1914-1918,* Oxford, 1992.
—, *The Great Disorder. Politics, Economics, and Society in the German Inflation, 1914-1924,* Nueva York, 1993.
—, y MÜLLER-LUCKNER, E. (eds.), *Die Nachwirkungen der Inflation auf die deutsche Geschichte 1924-1933,* Múnich, 1985.
FELICE, R. de, *Mussolini il rivoluzionario,* Turín, 1965.
—, *Mussolini il fascista. La conquista del potere 1921-1925,* Turín, 1966.
—, *Mussolini il fascista. L'organizzazzione dello Stato fascista, 1925-1929,* Turín, 1968.
—, *Mussolini il Duce. Gli anni di consenso, 1929-1936,* Turín, 1974.
—, *Intervista sul fascismo,* Bari, 1975.

FERGUSON, N., *Paper and Iron. Hamburg Business and German Politics in the Era of Inflation, 1897-1927,* Cambridge, 1995.

FERGUSSON, A., *Cuando muere el dinero. El derrumbamiento de la República de Weimar,* Madrid, 1984.

FERRO, M., *Pétain,* París, 1987.

FEST, J., *Hitler*, Barcelona, 1974.

—, *Plotting Hitler's Death. The German Resistance to Hitler 1933-1945,* Londres, 1996.

FEUCHTWANGER, E. J., *From Weimar to Hitler. Germany, 1918-1933,* Londres, 1993.

FINER, H., *Representative Government and a Parliament of Industry. A Sduty of the German Federal Economic Council,* Londres, 1923.

FINK, E., *La filosofía de Nietzsche,* Madrid, 1966.

FISCHER, C., *Stormtroopers. A Social, Economic, and Ideological Analysis, 1929-1935,* Londres, 1983.

—, *The Rise of National Socialism and the Working Classes in Germany,* Providence, 1996.

FISCHER, F., *Germany's War Aims in the First World War,* Londres, 1965.

FLOOD, C. B., *Hitler. The Path to Power,* Boston, 1989.

FRANK, H., *Im Angesicht des Galgens,* Múnich, 1953.

FRANZ-WILLING, G., *Ursprung der Hitlerbewegung 1919-1922,* Oldendorf, 1974.

—, *Krisenjahr der Hitlerbewegung 1923,* Oldendorf, 1975.

—, *Putsch und Verbotzeit der Hitlerbewegung, november 1923-Februar 1925,* Oldendorf, 1977.

FREI, N., *L'État hitlérien et la société allemande, 1933-1945,* París, 1994.

FRESCO, N., *Fabrication d'un antisemite,* París, 1999.

FRIEDLANDER, H., *The Origins of Nazi Genocide. From Euthanasia to Final Solution,* Chapel Hill, 1995.

FRIEDLÄNDER, S., *L'Allemagne nazi et les juifs. Les années de persécution 1933-1939,* París, 1997.

FRIEDRICH, C. J. y BRZEZINSKI, Z., *Totalitarian Dictatorship and Autocracy,* Cambridge, 1956.

FRITZSCHE, P., *Rehearsals for Fascism. Populism and Political Mobilization in Weimar Germany,* Oxford, 1990.

—, «Presidential victory and popular festivity in Weimar Germany. Hindenburg's 1925 election», *Central European History,* 23, 1990, pp. 205-224.

—, «Breakdown or Breakthrough? Conservatives and the November Revolution», en L. E. Jones y J. Retallack, *Between Reform, Reaction and Resistance. Studies on the History of German Conservatism from 1789 to 1945,* Oxford, 1993, pp. 299-328.

—, *Germans into Nazis,* Cambridge, 1998.

FROMM, B., *Blood and Banquest. Berlin Social Diary,* Nueva York, 1990.

FRYE, B., *Liberal Democrats in the Weimar Republic. The History of the German Democratic Party and the German State Party,* Carbondale, 1985.
FUSSELL, P., *The Great War and Modern Memory,* Nueva York, 1975.
GALLEGO, F., «La estrategia del Partido Nazi en los años centrales de la República de Weimar (1925-1930). Un comentario crítico», *Investigaciones históricas,* 16, 1996, pp. 223-238.
—, «La naturaleza del nazismo», *Investigaciones históricas,* 18, 1998, pp. 313-326.
—, «Del *Stammtisch* a la *Volksgemeinschaft*. Sobre el lugar del nazismo en la Alemania de Weimar», *Historia Social,* 34, 1999, pp. 73-100.
—, «La extrema derecha italiana: del MSI a Alianza Nacional», *Historiar,* 2, 1999, pp. 118-129.
—, *The Extreme Right in Italy from the Italian Social Movement to Post-Fascism,* Barcelona, 1999.
—, «De la nostàlgia al nou radicalisme. L'extrema dreta alemanya des del 1945», *Afers,* 2000.
GEARY, D., «The Industrial Elite and the Nazis in the Weimar Republic», en M. Dobkowski e I. Wallimann (eds.), *Towards the Holocaust. The Social and Economic Collapse of the Weimar Republic,* Westport, 1983, pp. 177-196.
—, «Employers, Workers and the Collapse of the Weimar Republic», en I. Kershaw, *Weimar. Why did German Democracy Fail?*, Oxford, 1990, pp. 92-152.
GEEHR, R., *Karl Lueger. Mayor of Fin de Siècle Vienna,* Detroit, 1990.
GEHL, J., *Austria, Germany, and the Anschluss, 1931-1938,* Nueva York, 1968.
GELLATELY, R., *The Gestapo and the German Society. Enforcing Racial Policy, 1933-1945,* Oxford, 1990.
GENTILE, E., *Storia del Partito Fascista, 1919-1922. Movimento e milizia,* Roma, 1989.
—, *Le origini dell'ideologia fascista (1918-1925),* Bolonia, 1996.
GIES, H., «NSDAP und landwirtschaftliche Organisationen in der Endphase der Weimarer Republik», *Vierteljahrshefte für Zeitgeschichte,* 15, 1967, pp. 49-67.
GILES, G. J., «National Socialism and the Educated Elite in the Weimar Republic», en P. Stachura (ed.), *The Nazi Machtergreifung,* Londres, 1983, pp. 48-67.
—, *Students and National Socialism in Germany,* Princeton, 1985.
GISEVIUS, H. B., *Hitler,* Barcelona, 1966.
GOEBBELS, J., *Tagebuch,* Edición de R. G. Reuth, Múnich, 1992.
GOLSAN, R., *Fascism's Return. Scandal, Revision, and Ideology since 1980,* Lincoln, 1998.

GORDON, H., Jr., *Hitler and the Beer Hall Putsch,* Princeton, 1972.
GORDON, S., *Hitler, the Germans and the «Jewish Question»,* Princeton, 1984.
GRAML, H., *Antisemitism in the Third Reich,* Oxford, 1992.
GRATHWOL, R. P., *Stresemann and the DNVP. Reconciliation or Revenge in German Foreign Policy, 1924-1928,* Lawrence, 1980.
GREGOR, N., *Daimler-Benz in the Third Reich,* New Haven, 1998.
GRILL, H., *The Nazi Movement in Baden, 1920-1945,* Chepel Hill, 1983.
GUSY, C., «La conception de la démocratie dans la constitution de Weimar», en G. Krebs y G. Schneilin, *Weimar ou de la démocratie en Allemagne,* París, 1994, pp. 11-46.
HAINSWORTH, P. (ed.), *The Extreme Right in Europe and the USA,* Londres, 1992.
HAFFNER, S., *Failure of a Revolution. Germany 1918-1919,* Nueva York, 1972.
HALE, O., *The Captive Press in the Third Reich,* Princeton, 1964.
HAMANN, E., *Hitler's Vienna. A Dictator's Apprenticeship,* Nueva York, 1999.
HAMEROW, T., *On the Road to the Wolf's Lair. German Resistance to Hitler,* Londres, 1997.
HAMILTON, R., *Who Voted for Hitler?,* Princeton, 1982.
—, «Braunschweig 1932. Further Evidence on the Support to National Socialism», *Central European History,* 17, 1984, pp. 3-36.
HANE, M., *Eastern Phoenix. Japan since 1945,* Boulder, 1996.
HANFSTAENGL, E., *Hitler. The Missing Years,* Londres, 1955.
HANSER, R., *Prelude to Terror. The Rise of Hitler 1919-1923,* Londres, 1971.
HARSCH, D., *German Social Democracy and the Rise of Nazism,* Chapel Hill, 1993.
HARTMANN, G. H. (ed.), *Bitburg in Moral and Political Perspective.* Bloomington, 1986.
HAYÊC, M., *Historia de la Tercera Internacional. La política del Frente Único, 1921-1935,* Barcelona, 1984.
HAYES, P., «A Question Mark with Epaulettes? Kurt von Schleicher and Weimar Politics», *Journal of Modern History,* 52, 1980, pp. 35-65.
—, *Industry and Ideology. IG Farben in the Nazi Era,* Cambridge, 1987.
HEBERLE, R., *From Democracy to Nazism. A Regional Case Study of Political Parties in Germany,* Nueva York, 1970.
HEIDEN, K., *Der Fuehrer. Hitler's Rise to Power,* Boston, 1944.
HEILBRONNER, O., *Catholicism, Political Culture, and Countryside. A Social History of the Nazi Party in South Germany,* Ann Arbor, 1998.
HEINZ, H., *Germany's Hitler,* Londres, 1938.
HERBERT, U., *Hitler's Foreign Workers. Enforced Foreign Labor in Germany under the Third Reich,* Cambridge, 1997.
HERBST, L., *Der totale Krieg und die Ordnung der Wirtschaft. Die Kriegs-*

wirtschaft im Spannungsfeld von Politik, Ideologie und Propaganda 1939-1945, Stuttgart, 1982.

HERF, J., *El modernismo reaccionario. Tecnología, cultura y política en Weimar y el Tercer Reich.* México, 1990.

—, *Divided Memory. The Nazi Past in the Two Germanys,* Cambridge, 1997.

HERMAN, A., *La idea de decadencia en la historia occidental,* Barcelona, 1998.

HERMAND, J., *Old Dreams of a New Reich. Volkish Utopias and National Socialism,* Bloomington, 1992.

HERTZMANN, L., *D.N.V.P. Right Wing Opposition in the Weimar Republic, 1918-1924,* Lincoln, 1963.

HERWIG, H., *The First World War. Germany and Austria-Hungary, 1914-1918,* Londres, 1997.

HILDEBRANDT, K., *The Foreign Policy of the Third Reich,* Berkeley, 1973.

—, *Das vergangene Reich. Deutsche Aussenpolitik von Bismarck bis Hitler,* Stuttgart, 1995.

HILLBERG, R., *The Destruction of the European Jews* (student edition), Nueva York, 1985.

HITLER, A., *Mi lucha,* Barcelona, 1995.

HIRSCHFELD, G. y KETTENACKER, L. (eds.), *Der «Führerstaat». Mythos und Realität,* Stuttgart, 1980.

HOEGNER, W., *Die verratene Republik. Deutsche Geschichte 1919-1933,* Múnich, 1958.

HOFFMANN, H., *Hitler was my Friend*, Londres, 1955.

HOFFMANN, P., *Tedeschi contro il nazismo. La resistenza in Germania,* Bolonia, 1994.

HOLMES, K., *The NSDAP and the Crisis of Agrarian Conservatism in Lower Bavaria,* Nueva York, 1991.

HOLTFRERICH, C. L., «Zu hohe Löhne in der Weimarer Republik? Bemerkungen zur Borchardt-These», *Geschichte und Gesellschaft,* 19, 1984, pp. 122-141.

—, «Vernachlässigte Perspektiven der wirtschaftlichen Probleme der Weimarer Republik», en H. A. Winkler, *Die deutsche Staatskrise 1930-1933,* Múnich, 1992.

HONG, Y. S., *Welfare, Modernity, and the Weimar State, 1919-1933,* Princeton, 1998.

HÖRSTER-PHILIPPS, U., «Conservative Concepts of Dictatorship in the Final Phase of the Weimar Republic. The Government of Franz Von Papen», en M. Dobkowski e I.Wallimann, *Towards de Holocaust. The Social and Economic Collapse of the Weimar Republic,* Westport, 1983, pp. 115-130.

IGNAZI, P., *Postfascisti? Dal Movimento sociale italiano ad Alleanza nazionale.* Bolonia, 1994.

—, *L'estrema destra in Europa,* Bolonia, 1994.
—, *Il polo escluso,* Bolonia, 1998.
JABLONSKI, D., *The Nazi Party in Dissolution. Hitler and the Verbotzeit, 1923-1925,* Londres, 1989.
JÄCKEL, E. y KUHN, A., *Hitler. Sämtliche Aufzeichnungen, 1905-1924,* Stuttgart, 1980.
JAMES, H., *The German Slump. Politics and Economics, 1924-1936,* Oxford, 1987.
—, «Economic Reasons for the Collapse of the Weimar Republic», en I. Kershaw (ed.), *Weimar. Why did German Democracy Fail?* Oxford, 1990, pp. 30-57.
—, «Innovation and Conservatism in Economic Recovery. The Alleged "Nazi Recovery" of the 1930s», en T. Childers y J. Caplan, *Reevaluating the Third Reich,* Nueva York, 1993, pp. 114-138.
JANZ, C. P., *Friedrich Nietzsche. Los diez años de Basilea, 1869-1879,* Madrid, 1981.
JARAUSCH, K., «The Crisis of German Professions, 1918-1933», *Journal of Contemporary History.* 1985, pp. 379-398.
JASPER, G., *Die gescheiterte Zähmung. Wege zur Machtergreifung Hitlers 1930-1934,* Fráncfort, 1986.
JEANNESSON, S., *Poincaré, la France et la Ruhr, 1922-1924. Histoire d'une occupation,* Estrasburgo, 1998.
JETZINGER, F., *Hitler's Youth,* Londres, 1958.
JOACHIMSTHALER, A., *Korrektur einer Biographie. Adolf Hitler, 1908-1920,* Múnich, 1989.
JONES, J. S., *Hitler in Vienna, 1907-1913,* Nueva York, 1983.
JONES, L. E., «Inflation, Revaluation and the Crisis of Middle-Class Politics. A Study in the Dissolution of the German Party System», *Central European History,* 19, 1979, pp. 142-168.
—, «Crisis and Realigment. Agrarian Splinter Parties in the Late Weimar Republic, 1928-1933», en R. Moeller (ed.), *Peasants and Lords in Modern Germany. Recent Studies in Agricultural History,* Boston, 1986.
—, *German Liberalism and the Dissolution of the Weimar Party System, 1918-1933,* Chapel Hill, 1988.
—, y Retallack, J., *Between Reform, Reaction and Resistance. Studies on the History of German Conservatism from 1789 to 1945,* Oxford, 1993.
JONES, N. H., *Hitler's Heralds. The Story of the Freikorps 1918-1922,* Londres, 1987.
JUNG, J., «Plebiszitärer Durchbruch 1929? Zur Bedeutung von Volksbegeheren und Volksentscheid gegen den Youngplan für die NSDAP», *Geschichte und Gesellschaft,* 1989, pp. 489-510.
JÜNGER, E., *Tempestades de acero,* Barcelona, 1987.

KAPLAN, M., *Between Dignity and Despair. Jewish Life in Nazi Germany,* Nueva York, 1998.

KASBERGER, E., *Heldinnen waren wir keine. Alltag in der NS-Zeit,* Hamburgo, 1995.

KATER, M., «Der NS-Studentenbund von 1926 bis 1928. Ransgruppe zwischen Hitler und Strasser», *Vierteljahrshefte für Zeitgeschichte,* 22, 1974, pp. 148-190.

—, *Studentenschaft und Rechtradikalismus in Deutschland 1918-1933. Eine sozialgeschichtliche Studie zur Bildungskrise in der Weimarer Republik,* Hamburgo, 1975.

—, «Hitler in a Social Context», *Central European History,* 14, 1981, pp. 243-272.

—, *The Nazi Party. A Social Profile of Members and Leaders, 1919-1945,* Oxford, 1983.

—, «The Nazi Phisicians' League of 1929. Causes and Consequences», en T. Childers (ed.), *The Formation of the Nazi Constituency, 1919-1933,* Londres, 1986, pp. 147-181.

—, «Physicians in Crisis at the End of the Weimar Republic», en P. Stachura (ed.), *Unemployment and the Great Depression in Weimar Germany,* Londres, 1986, pp. 49-77.

—, *Doctors under Hitler,* Chapel Hill, 1989.

—, *The Twisted Muse. Musicians and their Music in the Third Reich,* Nueva York, 1997.

KELE, M., *Nazis and Workers. National Socialist Appeals to German Labor, 1919-1933,* Chapel Hill, 1972.

KENT, B., *The Spoils of War. The Politics, Economics, and Diplomacy of Reparations, 1918-1932,* Oxford, 1989.

KERSHAW, I., «Ideology, Propaganda and the Rise of the Nazi Party», en P. Stachura (ed.), *The Nazi Machtergreifung,* Londres, 1983, pp. 162-181.

—, *Popular Opinion and Political Dissent in Third Reich. Bavaria, 1933-1945,* Oxford, 1983.

—, *The «Hitler Myth». Image and Reality in he Third Reich,* Oxford, 1987.

—, *The Nazi Dictatorship. Problems and Perspectives of Interpretation,* Londres, 1989.

—, *Hitler,* Londres, 1991.

—, *Hitler, 1889-1936,* Barcelona, 1999.

—, *Hitler, 1936-1945,* Barcelona, 2000.

KESSLER, H., *The Diaries of a Cosmopolitan, 1918-1937,* Londres, 1999.

KIRK, T. y MCELLIGOTT, A., *Opposing Fascism. Community, Authority and Resistance in Europe,* Cambridge, 1999.

KLEE, E., *«Euthanasie» in NS-Staat. Die «Vernichtung lebensunwerten Lebens»,* Fráncfort, 1987.

—, *La médecine nazi et ses victimes,* Arlès, 1999.

KLEMPERER, K. von, *Germany's New Conservatism. Its History and Dilemma in the Twentieth Century,* Princeton, 1957.
KLEY, S., *Hitler, Ribbentrop und die Entfesselung des Zweiten Weltkrieges,* Paderborn, 1996.
KLUGE, U., *Die deutsche Revolution 1918-1919. Staat, Politik und Gesellschaft zwischen Weltkrieg und Kapp-Putsch,* Fráncfort, 1985.
KOCH, H. W., *The Hitler Youth. Origins and Development, 1922-1945,* Nueva York, 1975.
—, *Der deutsche Bürgerkrieg. Eine Geschichte der deutschen und österreichen Freikorps,* Fráncfort, 1978.
KOEHL, R. L., *The Black Corps. The Structure and Power Struggles of the Nazi SS,* Madison, 1983.
KOGON, E., *L'État SS. Le système des camps de concentration allemands,* París, 1993.
—, *et alii, Nazi Mass Murder. A Documentary History of the Use of Posion Gas,* New Haven, 1993.
KOONZ, C., *Mothers in Fatherland. Women, the Family and Nazi Politics,* Nueva York, 1987.
KOSHAR, R., *Social Life, Local Politics and Nazism. Marburg / Lahn, 1880-1935,* Chapel Hill, 1987.
KRATZENBERG, V., *Arbeiter auf dem Weg zu Hitler? Die Nationalsozialistische Betriebszellen-Organisation. Ihre Entstehung, ihre Programmatik, ihre Scheitern 1927-1934,* Fráncfort, 1989.
KRAUSNICK, H., *et alii, Anatomie of the SS State,* Londres, 1968.
KREBS, A., *The Infancy of Nazism. The Memoirs of Ex-Gauleiter Albert Krebs, 1923-1933,* W. S. Allen (ed.), Nueva York, 1976.
KREBS, G. y SCHNEILIN, G. (eds.), *Weimar ou de la démocratie en Allemagne,* París, 1994.
KRÜLL, M., *La familia Mann*, Barcelona, 1992.
KUBIZEK, A., *Hitler, mi amigo de juventud,* Buenos Aires, s.f.
KÜHNL, R., *Die nationalsozialistische Linke, 1925-1930,* Meisenheim, 1966.
—, «Zur Programmatik der Nationalsozialistischen Linken. Das Strasser-Programm von 1925-1926», *Vierteljahrshefte für Zeitgeschischte,* 14, 1966, pp. 317-333.
—, *La República de Weimar,* Valencia, 1991.
KURTEN, H., BERGMANN, W. y ERB, R. (eds.), *Antisemitism and Xenophobia in Germany after Unification,* Nueva York, 1997.
KUNZ, A., *Civil Servants and the Politics of Inflation in Germany, 1914-1924,* Berlín, 1986.
LARGE, D. C., *The Politics of Law and Order. A History of the Bavarian Einwohnerwehr, 1918-1921,* Filadelfia, 1980.
—, (ed.), *Contending with Hitler. Varieties of German Resistance in the Third Reich,* Cambridge, 1991.

—, *Where Ghosts Walked, Munich's Road to the Third Reich,* Nueva York, 1997.

LASSERRE, R., «Weimar, une expérience de démocratie sociale», en G. Krebs y G. Schneilin (eds.), *Weimar ou de la démocratie en Allemagne,* París, 1994, pp. 207-216.

LENMAN, R., «Julius Streicher and the Origins of the NSDAP in Nuremberg, 1918-1923», en A. Nichols y E. Matthias, *German Democracy and the Triumph of Hitler,* Nueva York, 1971, pp. 129-160.

LEOPOLD, J., *Alfred Hugenberg. The Radical Nationalist Campaign Against the Weimar Republic,* New Haven, 1977.

LÉTOURNEAU, P., *Walther Rathenau, 1867-1922,* Estrasburgo, 1995.

LEWY, G., *The Catholic Church and Nazi Germany.* s.l.e., 2000.

—, *The Nazi Persecution of Gypsies,* Oxford, 2000.

LOHALM, U., *Völkischer Radikalismus. Die Geschichte des Deutschvölkischen Schutz —und Trutz— Bundes 1919-1923,* Hamburgo, 1970.

LONGERICH, P., *Die braune Bataillone. Geschichte der SA,* Múnich, 1989.

LOTTMAN, H., *La depuración,* Barcelona, 1998.

—, *Pétain,* Barcelona, 1998.

LOUBET DEL BAYLE, J. L., *Les non-conformistes des années 30. Une tentative de renouvellement de la pensée politique française,* París, 1967.

LOUGEE, R. W., *Paul de Lagarde, 1827-1891. A Study or Radical Conservatism in Germany,* Cambridge, 1962.

LOW, A., *The Men around Hitler. The Nazi Elite and its Collaborators,* Boulder, 1996.

LÖWITH, K., *Mi vida en Alemania antes y después de 1933,* Madrid, 1992.

LUDECKE, K., *I knew Hitler,* Londres, 1938.

LÜDTKE, A., «The Honor of Labor. Industrial Workers and the Power of Symbols under National Socialism», en D. Crew, *Nazism and German Society,* Londres, 1994, pp. 67-109.

LUKÁCS, G., *El asalto a la razón. La trayectoria del irracionalismo desde Schelling hasta Hitler,* Barcelona, 1972.

LUKÁCS, J., *The Hitler of History,* Nueva York, 1997.

LUKES, I., *Czechoslovaquia between Stalin and Hitler. The Diplomacy of Edvard Benes in the 1930s,* Oxford, 1996.

LUXEMBURG, R., *Reforma o revolución,* Barcelona, 1974.

LYTH, P., *Inflation and the Merchant Economy. The Hamburg Mittelstand, 1914-1924,* Oxford, 1990.

MABIRE, J., *Röhm. L'homme qui inventa Hitler,* París, 1983.

MACRAKIS, K., *Surviving the Swastika. Scientific Research in Nazi Germany,* Nueva York, 1993.

MAHEL, W. H., *The German Socialist Party. Champion of the First Republic, 1918-1933,* Lawrence, 1986.

MAI, G., «Die Nationalsozialistische Betriebszellen-Organisation. Zum

Verhältnis von Arbeitschaft und Nationalsozialismus», *Vierteljahrshefte für Zeitgeschichte,* 31, 1983, pp. 573-613.

MAIER, C. S., *The Unmasterable Past. History, Holocaust, and German National Identity,* Cambridge, 1988.

—, *La refundación de la Europa burguesa. Estabilización en Francia, Alemania e Italia en la década posterior a la I Guerra Mundial,* Madrid, 1988.

MALLMANN, K. M., «Social Penetration and Police Action. Collaboration Structures in the Repertory of Gestapo Activities», *International Review of Social History,* 42, 1997, pp. 25-43.

—, y PAUL, G., «Omniscient, Omnipotent, Omnipresent? Gestapo, Society and Resistance», en D. Crew, *Nazism and German Society, 1933-1945,* Londres, 1994.

MARUYAMA, M., *Le radici dell'espansionismo. Ideologie del Giappone moderno,* Turín, 1990.

MARX, M., *Government in the Third Reich,* Nueva York, 1937.

MASER, W., *Hitler,* Barcelona, 1983.

—, *Der Sturm auf die Republik. Frühgeschichte der NSDAP,* Düsseldorf, 1994.

MASON, T., «The Legacy of 1918 for National Socialism», en A. Nichols y E. Matthias (eds.), *German Democracy and the Triumph of Hitler,* Nueva York, 1971, pp. 215-239.

—, «Zur Entstehung des Geseztes zur Ordnung der nationalen Arbeit vom 20. Januar 1934. Ein Versuch über das Verhältnis "archaischer" und "moderner". Momente in der neuesten deutschen Geschichte», en H. Mommsen *et alii, Industrielles System und politische Entswicklung in der Weimarer Republik,* Düsseldorf, 1974, pp. 322-351.

—, «Innere Krise und Angriffskrieg 1938-1939», en F. Forstmeier y H. Volkmann (eds.), *Wirtschaft und Rüstung am Vorabend des Zweiten Weltkriegs,* Düsseldorf, 1975, pp. 155-188.

—, *Social Policy in the Third Reich. The Working Class and the «National Community»,* Oxford, 1993.

—, *Nazism, Fascism, and the Working Class,* Cambridge, 1995.

MASSING, P., *Rehearsal for Destruction. A Study of Political Change in Imperial Germany,* Nueva York, 1949.

MATTHIAS, E., y MORSEY, R. (ed.), *Das Ende der Parteien, 193. Darstellungen und Dokumente,* Düsseldorf, 1984.

MCELLIGOTT, A. C., *Contested City. Municipal Politics and the Rise of Nazismin Altona, 1917-1937,* Ann Arbor, 1998.

MCKEAN, R., *St. Petersburg Between the Revolutions. Workers and Revolutionaries. June 1907-February 1917,* New Haven 1990.

MEINECKE, F., *Die deutsche Katastrophe. Betrachtungen und Erinnerungen,* Wiesbaden, 1946.

MERKL, P., *Political Violence under the Swastika. 581 Early Nazis,* Princeton, 1975.
—, *The Making of a Stormtrooper,* Princeton, 1980.
—, *The Federal Republic of Germany at Forty-Five. Union Without Unity,* Londres, 1995.
MERSON, A., *Communist Resistance in Nazi Germany,* Londres, 1985.
MILATZ, A., *Wähler und Wählen in der Weimarer Republik,* Bonn, 1968.
MILLER, S., *Die Bürde der Macht. Die deutsche Sozialdemokratie 1918-1920,* Düsseldorf, 1978.
MILZA, P., *Fascisme français. Passé et présent,* París, 1987.
—, *Mussolini,* París, 1999.
MITCHELL, A., *Revolution in Bayern 1918-1919. Die Eisner Regierung und die Räterepublik,* Múnich, 1967.
MITCHELL, O., *Hitler's Nazi State. The Years of Dictatorial Rule, 1934-1945,* Nueva York, 1988.
MOELLER, R. G., *German Peasants and Agrarian Politics, 1914-1918. The Rhineland and Westphalia,* Chapel Hill, 1983.
MOLINERO, C., «Mujer, franquismo, fascismo. La clausura forzada en un mundo pequeño», *Historia Social,* 30, 1998, pp. 97-117.
MOMMSEN, H., «Die Auflösung des Bürgertum seit dem späten 19. und 20. Jahrhundert», en J. Kocka (ed.), *Bürger und Burgerlichkiet im 19. Jahrhundert,* Gotinga, 1987.
—, *Die verspielte Freiheit. Der Weg der Republik von Weimar in den Untergang 1918 bis 1933,* Fráncfort, 1990.
—, *From Weimar to Auschwitz. Essays in Modern History,* Cambridge, 1991.
—, «Regierung ohne Parteien. Pläne zum Verfassungsumbau amb Ende der Weimarer Republik», en H. A. Winkler, *Die deutsche Staatskrise, 1930-1933,* Múnich, 1992.
—, *Le national-socialisme et la société allemande. Dix essais d'histoire sociale et politique,* París, 1997.
—, «Cumulative Radicalisation and Progressive Self-Destruction as Structural Determinants of the Nazi Dictatorship», en I. Kershaw y M. Lewin (eds.), *Stalinism and Nazism. Dictatorships in Comparison,* Cambridge, 1997, pp. 75-87.
MONET, F., *Refaire la République. André Tardieu, une dérive réactionnaire, 1876-1945,* París, 1993.
MORGAN, D. W., *The Socialist Left and the German Revolution. A History of the German Independent Social Democratic Party, 1917-1922,* Cornell, 1975.
MORGENTHAU, H., *Germany is our Problem,* Nueva York, 1945.
MOSSE, G. L., *The Crisis of German Ideology. Intellectual Origins of the Third Reich,* Londres, 1966.

—, *Toward the Final Solution. A History of European Racism,* Nueva York, 1978.

—, *Fallen Soldiers. Reshaping the Memory of the World Wars,* Nueva York, 1990.

MOREAU, P., *Nationalsozialismus von links. Die «Kampfgemeinschaft Revolutionärer Nationalsozialisten» und die «Schwarze Front» Otto Strassers 1930-1935,* Stuttgart, 1985.

—, *Les héritiers du III Reich. L'extrême droite allemande de 1945 à nos jours,* París, 1994.

MORSEY, R., *Das «Ermächtigungsgesetz» vom 24. März 1933,* Düsseldorf, 1992.

MÜHLBERGER, D., «A "Workers Party" or a "Party Without Workers?" The Extent and Nature of the Workin-class Membership of the NSDAP, 1919-1933», en C. Fischer (ed.), *The Rise of National Socialism and the Working Classes in Weimar Germany,* Providence, 1996.

MÜLLER, J. Z., *The Other God that Failed. Hans Freyer and the Deradicalization of German Conservatism,* Princeton, 1987.

MÜLLER, K. J., *The Army, Politics, and Society in Germany, 1933-1945,* Manchester, 1987.

—, «Der Tag von Potsdam und das Verhältnis der preussich-deutschen Militär-Elite zum Nationalsozialismus», en B. Kröner, *Potsdam. Stadt, Armee, Residenz,* Fráncfort, 1993.

MYERS, R., y PEATTI, M., *The Japanese Colonial Empire, 1895-1945,* Princeton, 1984.

NAYWARD, N. F., y MORRIS, D. S., *The First Nazi Town,* Brookfield, 1988.

NEKRICH, A., *Pariahs, Partners, Predators. German-Soviet Relations, 1922-1941,* Nueva York, 1997.

NETTL, P., *Rosa Luxemburgo,* México, 1974.

NEUMANN, F., *Behemoth. Pensamiento y acción en el nacionalsocialismo,* México, 1943.

NEWTON, S., *Profits of Peace. The Political Economy of Anglo-German Appeasement,* Oxford, 1996.

NICHOLS, A., y MATTHIAS, E., *German Democracy and the Triumph of Hitler. Essays in Recent German History,* Nueva York, 1971.

NIETZSCHE, F., *Consideraciones intempestivas. David Strauss, el confesor y el escritor,* Madrid, 1988.

NISH, I. (ed.), *Anglo-Japanese Alienation, 1919-1952,* Cambridge, 1982.

NOAKES, J., *The Nazi Party in Lower Saxony, 1921-1933,* Oxford, 1971.

—, y PRIDHAM, G., *Nazism, 1919-1945. A Documentary Reader,* Exeter, 4 vols., 1983-1998.

NOLTE, E., *Der Faschismus in seiner Epoche,* Múnich, 1963.

—, *Deutschland und die kalte Krieg,* Múnich, 1974.

—, *Marxismus und Industriellen Revolution,* Stuttgart, 1983.

—, *Der europäische Bürgerkrieg, 1917-1945. Nationalsozialismus und Bolschewismus,* Berlín, 1987.
OLDEN, R., *Hitler the Pawn,* Londres, 1936.
ORLOW, D., *The History of the Nazi Party, 1919-1933,* Pittsburgh, 1969.
—, *The History of the Nazi Party, 1933-1945,* Pittsburgh, 1973.
ORTEGA Y GASSET, J., *El tema de nuestro tiempo,* Madrid, 1959.
OVERY, R., *The Nazi Economic Recovery, 1932-1938,* Londres, 1982.
—, *War and Economy in the Third Reich,* Oxford, 1994.
PAPEN, F. von, *Der Wahrheit eine Gasse,* Múnich, 1952.
PAPINI, G., *Obras,* Madrid, 1957.
PASCHALL, R., *The Defeat of Imperial Germany, 1917-1918,* Nueva York, 1994.
PATCH, W., *Christian Trade Unions and the Weimar Republic, 1918-1933. The Failure of «Corporate Pluralism»,* New Haven, 1985.
—, *Heinrich Brüning and the Dissolution of the Weimar Republic,* Cambridge, 1998.
PAUL, H. W., *The Edge of Contingency. French Catholic Reaction to Scientific Change from Darwin to Duhem,* Gainesville, 1979.
PAULEY, B., *From Prejudice to Persecution. A History of Austrian Anti-Semitism,* Chapel Hill, 1992.
PAVONE, C., *Una guerra civile. Saggio storico sulla moralità della Resistenza,* Turín, 1991.
PAYNE, R., *The Life and Death of Adolf Hitler,* Nueva York, 1973.
PEHLE, W. (ed.), *Der Judenpogrom 1938. Von der «Reichskristallnacht» zum Völkermord,* Fráncfort, 1987.
PETZINA, D., *Autarkiepolitik im Dritten Reich. Der nationalsozialistische Vierjahreplan,* Stuttgart, 1968.
—, «Problems in the social and economic development of the Weimar Republic», en M. Dobkowski e I. Wallimann (eds.), *Twards the Holocaust. The Social and Economic Collapse of the Weimar Republic,* Westport, 1983.
PETZOLD, J., *Franz Von Papen. Ein deutsches Verhängnis,* Múnich, 1995.
PEUKERT, D., *Die Weimarer Republik. Krisenjahre der Klassischen Moderne,* Fráncfort, 1987.
—, *Inside Nazi Germany. Conformity, Opposition and Racism in Everyday Life,* Londres, 1989.
—, «The Genesis of the Final Solution from the Spirit of Science», en T. Childers y J. Caplan (eds.), *Reevaluating the Third Reich,* Nueva York, 1993, pp. 234-252.
PHELAN, A., *El dilema de Weimar. Los intelectuales en la República de Weimar,* Valencia, 1990.
PHELPS, R., «Hitlers "Grundlegende" Rede über den Antisemitismus», *Vierteljahrshefte für Zeitgeschichte,* 16, 1968, pp. 390-420.
—, «Hitler and the DAP», en H. A. Turner, *Nazism and the Third Reich,* Nueva York, 1972.

POMMERIN, R., *«Sterilisierung der Rheinlandsbastarde». Der Schicksal einer farbigen deutschen Minderheit, 1918-1937,* Düsseldorf, 1979.

PRIDHAM, G., *Hitler's Rise to Power. The Nazi Movement in Bavaria, 1923-1933,* Londres, 1973.

PRINZ, M., *Vom neuer Mittelstand zum Volksgenossen. Die Entwicklung des sozialen Status der Angelstellten von der Weimar Republic bis zum Ende der NS-Zeit,* Múnich, 1986.

—, y ZITELMANN, R. (eds.), *Nationalsozialismus und Modernisierung,* Darmstadt, 1994.

PROST, *Les Anciens Combattants et la société française, 1914-1939,* París, 1977.

PÜHLE, H. J., *Von der Agrarkrise zum Präfaschismus. Thesen zum Stellenwert der agrarischen Interresenverbände in der deutschen Politik am Ende des 19.Jahrhunderts,* Wiesbaden, 1972.

PULZER, S., *The Rise of Political Anti-Semitism in Germany and Austria,* Londres, 1988.

RAUSCHNING, H., *Die Revolution des Nihilismus,* Zúrich, 1938.

REBENTISCH, D., *Führerstaat und Verwaltung im Zweiten Weltkrieg. Verfassungsentwicklung und Verwaltungspolitik 1939-1945,* Stuttgart, 1989.

RECKER, M. L., *Nationalsozialistische Sozialpolitik im Zweiten Weltkrieg,* Múnich, 1985.

REDLICH, F., *Hitler. Diagnosis of a Destructive Prophet,* Nueva York, 1999.

REICHE, E. G., *The Development of the SA in Nürnberg, 1922-1934,* Cambridge, 1986.

REICHEL, P., *La fascination du nazisme,* París, 1993.

—, *L'Allemagne et sa mémoire,* París, 1998.

REUTH, R. G., *Goebbels. Eine Biographie,* Múnich, 1990.

RICHARD, L., *Le nazisme et la culture,* Bruselas, 1988.

RICHIE, A., *Faust's Metropolis. A History of Berlin,* Londres, 1998.

RITTER, G., *Europa und die deutsche Frage. Betrachtungen über die geschichtliche Eigenart des deutschen Staatsdenkens,* Múnich, 1948.

ROSEMAN, M., «National Socialism and Modernisation», en R. Bessel (ed.), *Fascist Italy and Nazi Germany. Comparations and Contrasts,* Cambridge, 1996, pp. 197-229.

ROSENBAUM, R., *Explaining Hitler. The Search for the Origins of his Evil,* Londres, 1998.

ROSENBERG, Alfred, *Memoirs,* Chicago, 1949.

ROSENBERG, Arthur, *Entstehung der Weimarer Republik,* Hamburgo, 1991.

ROSSE, P. L., *Revolutionary Antisemitism in Germany. From Kant to Wagner,* Princeton, 1990.

ROUSSO, H., *Le Syndrome de Vichy de 1944 à nos jours,* París, 1990.

RUDE, G., *The Crowd in the French Revolution,* Oxford, 1959.

—, *Paris and London in the 18th Century. Studies in Popular Protest,* Londres, s.f.

RUPIEPER, H., *The Cuno Government and Reparations, 1922-1923,* La Haya, 1979.

RYDER, A. J., *The German Revolution of 1918. A Study of German Socialism in War and Revolt,* Cambridge, 1967.

SABROW, M., *Der Rathenaumords,* Múnich, 1995.

SACKETT, R. E., *Popular Entertainment, Class, and Politics in Munich, 1900-1923,* Cambridge, 1982.

SAFRANSKI, R., *Un maestro de Alemania. Martin Heidegger y su tiempo,* Barcelona, 1997.

SAINSBURY, K., *Churchill and Roosevelt at War. The War they Fought and the Peace the Hoped to Make,* Londres, 1994.

SAINT-JUST, L. A., *Oeuvres Complètes,* París, 1984.

SALDERN, A. von, «Victims or Perpetrators? Controversies about the Role of Women in the Nazi State», en D. Crew, *Nazism and German Society, 1933-1945,* Londres, 1994.

SALOMON, E. von, *Die Geächteten,* Berlín, 1930.

SCHIRACH, B. von, *Yo creí en Hitler,* Barcelona, 1968.

SCHIRER, W., *Le Troisième Reich. Des origines à la chute,* París, 1961.

SCHORSKE, C., *Vienne fin de siècle,* París, 1983.

SCHLEUNES, K., *The Twisted Road to Auschwitz. Nazi Policy toward German Jews, 1933-1939,* Urbana, 1970.

SCHOENBAUM, D., *Hitler's Social Revolution. Class and Status in Nazi Germany, 1933-1939,* Nueva York, 1980.

SCHULZ, G., *Deutschland am Vorabend der Grossen Krise,* Berlín, 1987.

SCHULZE, H., *La Repubblica di Weimar,* Bolonia, 1987.

SCHUMACHER, M., *Mittelstandfront und Republik. Die Wirtschaftspartei-Reichspartei des deutschen Mittelstands 1919-1933,* Düsseldorf, 1972.

SEIT, C., *Keine Kameraden. Die Wehrmacht und die sowjietischen Kriegsgefangenen, 1941-1945,* Stuttgart, 1978.

SIEGEL, T., *Leistung und Lohn in der nationalsozialistichen «Ordnung der Arbeit»,* Opladen, 1989.

—, «Whatever was the Attitude of German Workers? Reflections on Recent Interpretations», en R. Bessel (ed.), *Fascist Italy and Nazi Germany. Comparisons and Contrasts,* Cambridge, 1996, pp. 61-77.

SILVERMAN, D., *Hitler's Economy. Nazi Works Creation Programs, 1933-1936,* Cambridge, 1998.

SMELSER, R., *Robert Ley, Hitler's Labor Front Leader,* Oxford, 1988.

—, y ZITELMANN, R. (eds.), *Die braune Elite. 22 biographischen Skizzen,* Darmstadt, 1989.

SMITH, B. F., *Adolf Hitler. His Family, Childhood and Youth,* Stanford, 1967.

SOFSKY, W., *The Order of Terror. The Concentration Camps,* Princeton, 1997.
SOLCHANY, J., *Comprendre le nazisme dans l'Allemagne des années zero (1945-1949),* París, 1997.
SONTHEIMER, K., *Antidemokratisches Denken in der Weimarer Republik. Die politischen Ideen des deutschen Nationalismus zwischen 1918 und 1933,* Múnich, 1962.
SOUTOU, G., *L'or et le sang. Les buts de guerre économiques de la Première Guerre mondiale,* París, 1985.
SPEIER, H., *German White-Collars and the Rise of Hitler,* New Haven, 1986.
SPENGLER, O., *Años decisivos,* Granada, 1938.
—, *La decadencia de Occidente. Bosquejo de una morfología de la historia universal,* Madrid, 1983.
SPRIANO, P., *Storia del Partito Comunista Italiano. 5: La resistenza. Togliatti e il partito nuovo,* Turín, 1975.
STACHURA, P., «Der kritische Wendepunkt? Die NSDAP und die Reichstagwahlen von 20. Mai 1928», *Vierteljahrshefte für Zeitgeschichte,* 26, 1978, pp. 66-99.
—, «The NSDAP and the German Working Class, 1925-1933», en M. Dobkowski e I.Wallimann, *Towards the Holocaust. The Social and Economic Collapse of the Weimar Republic,* Westport, 1983, pp. 131-153.
—, *Gregor Strasser and the Rise of Nazism,* Londres, 1983.
STARK, G., *Entrepeneurs of Ideology. Neoconservative Publishers in Germany, 1890-1933,* Chapel Hill, 1981.
STEINBERG, M. S., *Sabers and Brown Shirts. The German Student's Path to National Socialism, 1918-1933,* Chicago, 1973.
STEINWEIS, A., *Art, Ideology, and Economics in Nazi Germany. The Reich Chamber of Music, Theater, and the Visual Arts,* Chapel Hill, 1993.
STEPHAN, W., *Aufstieg und Verfall des Linksliberalismus 1918-193. Geschichte der Deutschen Demokratischen Partei,* Gotinga, 1973.
STERN, F., *The Politics of Cultural Despair. A Study in the Rise of the Germanic Ideology,* Berkeley, 1961.
STERN, J. P., *A Study of Nietzsche,* Cambridge, 1979.
STERNHELL, Z., *La droite révolutionnaire. Les origines français du fascisme, 1885-1914,* París, 1978.
—, *Ni droite, ni gauche. L'idéologie fasciste en France,* París, 1983.
—, (ed.), *The Intellectual Revolt against Liberal Democracy, 1870-1945,* Jerusalén, 1996.
STÖSS, R., *Politics Against Democracy. Right-Wing Extremism in West Germany,* Oxford, 1989.
STRASSER, O., *Hitler and I,* Boston, 1940.
STRUVE, W., *Elites against Democracy. Leadership Ideals in Bourgeois Political Thoght in Germany, 1890-1933,* Princeton, 1973.

SZENJEMANN, C. C., *Nazism in Central Germany. The Brownshirts in «Red» Saxony,* Nueva York, 1999.
TARCHI, M., *La «Rivoluzione legale». Identità colletive e il crollo della democrazia in Italia e Germania,* Bolonia, 1993.
—, *Dal MSI ad AN. Organizzazzione e strategie,* Bolonia, 1994.
TAYLOR, T., *Munich. The Price of Peace,* Nueva York, 1979.
THOMAS, R. H., *Nietzsche in German Politics and Society, 1890-1918,* Manchester, 1983.
THOMPSON, R., *The Pacific Basin since 1945. A History of the Foreign Relations of the Asian, Australian and American Rim States and the Pacific Islands,* Londres, 1994.
TIPTON, E. K., *The Japanese Police State. The Tokko in Interwar Japan,* Sydney, 1990.
TOLAND, J., *Hitler,* Ware, 1997 (1.ª edición de 1976).
TRACEY, D., «The Development of the National Socialist Party in Thuringia, 1924-1930», *Central European History,* 8, 1975, pp. 23-50.
TRAVERS, M. A. A., *German Novels on the First World War and their Ideological Implications, 1918-1933,* Stuttgart, 1982.
TREUE, W., «Hitlers Denkschrift zum Vierteljahresplan 1936», *Viertelahreshefte für Zeitgeschichte,* 3, 1955, pp. 184-210.
TREVOR-ROPER, H. R. (ed.), *Hitler's War Directives,* Londres, 1966.
TURNER, H. A., «Emil Kirdorf and the Nazi Party», *Central European History,* 1, 1968, pp. 324-344.
—, *Hitler's Thirty Days to Power. January 1933,* Londres, 1996.
TURNER, Jr., H. A., *Stresemann and the Politics of the Weimar Republic,* Princeton, 1963.
—, *German Big Business and the Rise of Hitler,* Nueva York, 1985.
TYRELL, A., *Vom «Trommler» zum «Führer». Der Wandel von Hitlers Selbsverständnis zwischen 1919 und 1924 und die Entwicklung der NSDAP,* Múnich, 1975.
VANSITTART, R., *Black Record. German Past and Present,* Londres, 1941.
VENNER, D., *Les blancs et les rouges. Histoire de la guerre civile russe, 1917-1921,* París, 1997.
—, *Söldner ohne Sold. Die deutsche Freikorps, 1918-1923,* Berlín, s.f.
VERMAL, J. L., *La crítica de la metafísica en Nietzsche,* Barcelona, 1987.
VERMEIL, E., *Doctrinaires de la révolution allemande, 1918-1938,* París, 1939.
VIDAL, C., *La revisión del Holocausto,* Madrid, 1994.
—, *El Holocausto,* Madrid, 1995.
VILLARI, L., *La política exterior de Mussolini,* Barcelona, 1956.
WAITE, R., *Vanguard of Nazism. The Freecorps Movement in Post-War Germany, 1918-1923,* Cambridge, 1952.
WALK, J., *Das Sonderrecht für Juden in NS-Staat,* Heidelberg, 1996.
WEBER, E., *L'Action Française,* París, 1985.

WEHLER, H. U., *Bismarck und der Imperialismus,* Colonia, 1969.
—, *Das deutsche Kaiserreich 1871-1918,* Gotinga, 1973.
—, *Entsorgung der deutschen Vergangenheit? Ein polemischer Essay zum «Historikerstreit»,* Múnich, 1988.
WEIDLING, P., *Health, Race and German Politics Between National Unification and Nazism, 1870-1945,* Cambridge, 1989.
WEINBERG, G., *The Foreign Policy of Hitler's Germany. Diplomatic Revolution in Europe 1933-1936,* Chicago, 1970.
—, *Germany, Hitler, and World War II. Essays in Modern German and World History,* Nueva York, 1995.
WEISS, S., *Race Hygiene and National Efficiency. The Eugenics of Wilhelm Schallmayer,* Berkeley, 1987.
WELCH, D., *The Third Reich. Politics and Propaganda,* Londres, 1993.
WEST, F., *A Crisis of Weimar Republic. The German Referendum of 20 June 1926,* Filadelfia, 1985.
WHALEN, R. W., *Bitter Wounds. German Victims of the Great War, 1914-1939,* Ithaca, 1984.
WHITE, D. S., *Lost Comrades. Socialists of the Front Generation, 1918-1945,* Cambridge, Mass., 1992.
WILLIAMS, P. y WALLACE, D., *Unit 731. Japan's Secret Biological Warfare in World War II,* Nueva York, 1989.
WINKLER, H. A., *Mittelstand, Demokratie und Nationalsozialismus,* Colonia, 1972.
—, *Von der Revolution zur Stabilisierung. Arbeiter und Arbeiterbewegung in der Weimarer Republik 1918 bis 1924,* Berlín, 1984.
—, *Der Schein der Normalität. Arbeiter und Arbeiterbewegung in der Weimarer Republik 1924 bis 1930,* Berlín, 1988.
—, *Weimar, 1918-1933. Die Geschichte der esrten deutschen Demokratie,* Múnich, 1994.
WINNOCK, M., *Le siècle des intellectuels,* París, 1997.
WINTER, J. y ROBERT, J. L. (eds.), *Capital Cities at War, Paris, London, Berlin, 1914-1919,* Cambridge, 1997.
WOHL, R., *The Generation of 1914,* Cambridge, Mass., 1979.
WOODS, R., *Ernst Jünger and the Nature of Political Commitment,* Stuttgart, 1982.
—, *The Conservative Revolution in the Weimar Republic,* Londres, 1996.
WOOLF, S. (ed.), *European Fascism,* Londres, 1968.
WOLLER, H., *I conti con il fascismo. L'epurazione in Italia, 1943-1948,* Bolonia, 1997.
ZENTNER, C. y BEDÜRFTIG, F. (eds.), *The Encyclopedia of the Third Reich,* Nueva York, 1991.
ZIEGLER, H., *Nazi Germany's New Aristocracy. The SS Leadership, 1925-1939,* Princeton, 1989.

ZITELMANN, R., *Hitler. Selbsverständnis eines Revolutionärs,* Múnich, 1998.

ZOLLITSCH, W., *Arbeiter zwischen Weltwirtschaftkrisse und Nationalsozialismus. Ein Beitrag zur Sozialgeschichte der Jahre 1928-1936,* Gotinga, 1990.

ZWEIG, S., *La lucha contra el demonio. Hölderlin, Kleist, Nietzsche,* Barcelona, 1999.

ÍNDICE ONOMÁSTICO

Los números en *cursiva* remiten
a las páginas de ilustraciones